Aragon

LE MONDE RÉEL

Les voyageurs de l'impériale

Gallimard

ET, COMME DE TOUTE MORT
RENAÎT LA VIE...

Ce livre est l'histoire imaginaire de mon grand-père maternel. Dans la réalité, je l'ai vu quelques minutes, au début de 1915, à la gare de Lyon. J'avais dix-sept ans. Mes seules données, le touchant, dataient de 1906. Je n'en avais plus jamais entendu parler depuis ce soir de ma neuvième année... En 1915, il revenait de Turquie, et malgré tout ce qu'elle avait pu penser de lui, ma mère était terriblement émue. Elle m'avait pris avec elle, elle m'avait demandé : « Tu veux bien ? C'est mon père, tu comprends... » Oui, je comprenais. Et aussi que tout ce qui la forçait à se souvenir la bouleversait. Qu'arriver avec moi devant cet homme, c'était parler de ce dont elle ne parlait jamais. Ma naissance. Pas même à moi. Elle devait attendre 1917, pour s'infliger de me dire la vérité. Moi, je l'avais devinée, en silence. Dans le métro, elle m'avait tendu ses mains : regarde comme elles sont froides. Cette lumière jaune, cette absence jaune de lumière, des gares. Nous l'avions attendu au portillon. Le voilà, dit-elle, et c'était un homme de l'âge que j'ai maintenant, mais qui paraissait bien dix ans de moins que ce type aujourd'hui dans les miroirs. Il enleva son chapeau mou, il avait une couverture de voyage sur le bras, une valise assez lourde, regarda sa fille, dont il effleura le front très cérémonieusement des lèvres. Tout cela faisait un trou dans le bruit. Il était chauve avec la moustache et le bouc gris, une lavallière à pois, un nez en bec de corbin, l'œil gros soudain fixé. Même les années ne m'ont pas fait lui ressembler. Ma mère me poussa par les épaules, et dit à demi-voix : « C'est Louis... » Il eut un petit recul, puis me tendit la main : « Bonjour, Monsieur... », après quoi, j'avais pris sa valise, il parla sur un ton distrait à sa fille, et m'ignora. Non, il avait eu un café dans le train, il n'avait pas besoin d'aller au buffet. Il ne s'agissait que de retirer sa malle. Sa chambre était retenue, dans un hôtel près de la Porte d'Orléans. Il prit très naturellement les deux billets pliés que sa fille lui tendait avec gêne, un peu tremblante. Nous l'avons mis dans un taxi. Il ne me dit même pas au revoir. Je n'avais rencontré qu'une fois ses yeux. J'avais simplement remarqué qu'il était à peu près de ma taille, c'est-à-dire beaucoup plus grand que le reste de ma famille, mon oncle...

L'année d'après, j'ai suivi son enterrement. A partir du petit hôtel sur le boulevard extérieur, à l'ouest de la Porte d'Orléans. Pneumonie. Soixante-neuf ans. Ma mère avait dû me dire, pour expliquer de nouvelles restrictions à la maison, dans ce temps de guerre, que la pension de son père à l'hôtel était fort raisonnable, mais que ça venait s'ajouter à nos difficultés. Pas question, bien entendu, de demander à sa sœur dont le mari était mobilisé, de partager... Pourquoi ? c'est son père, à elle aussi, et son mari, il n'est pas mobilisé, il est général, c'est son bon moment, au contraire... Louis, comment tu parles ! C'est vrai, j'avais tort, on lui a tué deux de ses fils, à cet homme. Mais il ne s'agit pas de tout ce monde. On a vendu les vêtements à un fripier, les mâles, chez nous, étaient tous militaires, et puis plus petits, les survivants. Enfin, de ce côté-là des nôtres, il n'est resté à la maison qu'un petit missel en cuir rouge à fers d'or, *Uffizio della Sett. Santa, colla versione italiana di Monsignor Martini, Torino, Tipografia & Libreria Canfari, 1835*... qui a fini par me tomber entre les mains, à la mort de ma mère, à Cahors en 1942. J'avais déjà écrit *Les voyageurs de l'impériale*, et la seule chose que m'ait dite, à ses derniers jours, ma mère touchant son père, n'a donc pu avoir le moindre reflet sur ce roman, non plus que l'image de première communion de mon grand-père que j'ai trouvée dans le missel, avec au dos son nom et la date à la main, à l'encre, *2 juin 1859*, et qu'accompagnait une autre image du même style à dentelle, au nom d'un petit camarade apparemment, avec la même date et la mention à l'encre : *Souvenir de Ire communion de M. Revel Edmond*, personnage dont je n'ai jamais entendu souffler mot dans la famille, mais de qui vint d'évidence le prénom de mon oncle, plus tard. Le missel était sans doute celui de mon arrière-grand'mère, née italienne, d'une famille de petits nobliaux lombards, dont elle avait dû faire alors cadeau à son fils Fernand. Tout cela n'a pas grand intérêt : mais ce sont les seules marques d'origine que je possède des miens. Le missel était à Cahors dans la chambre de ma mère. Ses logeurs me l'ont *donné*.

La chose qu'elle m'avait dite de son père, alors qu'elle avait déjà la persuasion de bientôt mourir, une chose comme soufflée, — faute de forces, Maman, bien sûr, mais peut-être aussi parce qu'elle me l'avait cachée toute la vie, — c'était... approche-toi, mon petit... tu sais, je ne te l'ai jamais dit, mais tu avais de qui tenir. Ceci, de cette voix exténuée, avec un étrange orgueil soudain. Je ne pouvais pas comprendre.

Enfin, pour dire au bref, mon grand-père Fernand, en 1871, avait eu quelque chose à faire avec la Commune de Marseille. Quoi, comment, il était trop tard pour le demander. D'ailleurs, ce qu'il lui restait de souffle, ma mère, c'était pour les nouvelles : alors, les Russes... ils avancent ? Et il faut comprendre que, dans ce temps-là, j'étais tout pour elle, qu'elle voulait aussi que je sache ce secret qui avait été une honte familiale, et qui, maintenant, devant moi, devenait pour elle une raison de fierté, et aussi pour son père, à mes yeux, peut-être, un peu plus qu'une excuse, une réhabilitation. C'est à ce signe que j'ai compris que Marguerite avait toujours aimé son père. Ce qui n'allait pas de soi.

Quand l'idée m'était venue d'écrire l'histoire imaginaire de mon grand-père, cela devait être après Munich, au plus tard, comme si j'avais à me hâter, à donner ce passé au *Monde Réel* entrepris, et peut-être, plutôt, ce témoignage d'un univers qui allait devenir tout à fait incompréhensible et, je le savais bien, prochainement sombrer... quand l'idée m'était venue d'écrire ce qui devint *Les voyageurs*, qu'est-ce que je savais au juste de celui dont je projetais faire Pierre Mercadier?

A part l'aspect de cet homme à la gare de Lyon en 1915, presque tous mes renseignements étaient ceux de 1905, c'est-à-dire ce que j'avais pu comprendre, enfant, d'une histoire tout de même alors hors de ma portée. On ne parlait jamais du mari de ma grand-mère à la maison. Toute allusion en sa présence donnait à cette pauvre femme de véritables crises de nerfs. Je savais que mon grand-père avait abandonné sa famille, dans les temps d'avant ma naissance, à une date assez vague, et que ma mère, l'aînée, avait dû travailler pour élever ses deux sœurs et son frère, nourrir sa mère qui considérait tout labeur comme une honte pour une femme, en tout cas, une dérogation à sa situation mondaine. Puis il y avait eu ce malheur, moi.

Que ma mère, dont je n'étais aucunement supposé être le fils, donné que j'étais comme l'enfant d'amis défunts adopté par la famille, eût un père quelque part dans le monde, il avait bien pourtant fallu en convenir vers 1902 quand mon oncle avait été invité à Constantinople, juste après son service militaire; d'autant qu'il en avait rapporté un roman intitulé *Vierges d'Orient*, à couverture lavande, avec le dessin sépia de deux personnes langoureuses dans des coussins regardant par la fenêtre ouverte le spectacle de la Corne d'Or *(Messein éd.)*. D'où des conversations. Je n'étais pas encore sourd. C'était avenue Carnot, où Marguerite avait eu l'idée en 1899, ayant enfin touché après de longues paperasseries, un procès, l'héritage de ses grands-parents maternels, les Massillon, d'ouvrir une pension de famille juste à la veille de l'Exposition universelle. Ce que faisait le mari de Grand'mère à Constantinople, évidemment, je ne me le demandais même pas. Il paraît qu'il était très riche. « Pourquoi il ne t'envoie jamais des sous? » avais-je demandé une fois à Marguerite, elle me regarda avec un certain étonnement, et dit comme en ravalant de la salive : « Mais il a invité Edmond là-bas pendant dix-huit mois... il a même payé le voyage... » Ah, alors.

Ma mère avait vendu la pension en 1904, elle prit un appartement à Neuilly, rue Saint-Pierre. C'est vers ce temps-là que je compris, à ce qui se disait devant moi, que le père de ma mère était revenu à Paris. Comment cela se faisait-il qu'on ne le vît point ? D'abord Grand'mère ne voulait pas entendre parler de lui, elle ne lui pardonnait pas de l'avoir abandonnée avec ses quatre rejetons. C'était quand la famille se trouvait en Algérie, d'où on avait rapporté ce beau costume qu'on me mettait à la mi-carême, pour les fêtes d'enfants... le grand-père était sous-préfet de Guelma. L'été, on allait près de Soukharas, dans la montagne, un endroit qui s'appelait La Verdure... Le sous-préfet devait souvent s'absenter, faire son rapport à Alger. On ne se méfiait pas. Un jour, il n'était plus revenu. Il jouait, paraît-il. Il avait laissé sa femme, ses enfants, ses dettes. Disparu. Ce n'était que beaucoup plus tard qu'il avait donné de ses nouvelles. Quand tout allait bien pour lui. De Turquie. Où il portait le nom de sa mère, un peu francisé : Fernand de Biglione. Comment, de joueur malheureux, il était devenu tenancier de maison de jeux, je l'ignore. Toujours est-il que sa disparition avait dû coïncider avec l'Exposition de 1889, quand Marguerite avait seize ans. Quand Edmond avait été à Constantinople. M. de Biglione y faisait figure de magnat des jeux. Pourquoi, et à quel moment exactement, il se trouva de retour en France, il fallut les événements de 1906 pour que j'en sache quelque chose. Toujours est-il qu'en 1904, ou au plus tard au début de 1905, il avait ouvert un cercle place de l'Opéra, dans les grands salons qui ont balcon au-dessus de la Maison de Blanc. Il avait dû vendre ses tripots de Turquie. Marguerite faisait des scènes à son frère parce qu'Edmond voyait son père, et se montrait au Cercle. Peut-être même jouait-il.

Je répète que c'est en 1906 que ma mère fut entraînée à m'expliquer tout ça. Au printemps, ou un peu avant. Vers le soir. Un coup de téléphone avait appelé Marguerite au-dehors. Il faut dire que nous n'avions pas le téléphone dans l'appartement : il fallait descendre les quatre étages, l'appareil était dans cette espèce de cabine, en face de la loge, qui avait l'air d'une porte d'ascenseur, et puis pas du tout. Quand Marguerite était remontée, on avait déjà allumé. Elle m'appela dans sa chambre, et c'est alors qu'elle me raconta par le détail, tout, le départ du père, sa vie à elle, comme elle travaillait pour le Bon Marché, la nuit, à peindre des éventails, des assiettes, des tasses, des soucoupes avant cuisson ; et comment, quand ils étaient arrivés à Paris, avant ma naissance, boulevard Morland, tandis qu'elle se donnait un mal de chien pour payer la pension des petites, habiller Edmond qu'on avait pris à l'École Massillon, à cause du nom, elle n'avait pas plus tôt tourné les talons que sa mère, pour s'acheter du linge, une robe, vendait n'importe quoi, la grande armoire, les chaises de la chambre de Marguerite, elle bazardait les tableaux que leur avait laissés le père... C'était un point important de l'affaire : le père, lui, il avait des goûts artistiques. Remarquez, ça, je le savais. Parce que ma grand'mère, c'était même tout ce qu'elle disait de lui... le reproche qu'elle faisait à sa fille, d'aimer la peinture, quand on pense à ce que la peinture nous a coûté. (Ce trait-là a passé dans *Les voyageurs*.) En fait, elle ne devait rien *nous* avoir coûté du tout, la peinture. Les achats extravagants de Fernand dataient d'avant son mariage. Sa mère était restée veuve encore sous l'Empire, et pour simplifier elle avait fait émanciper son fils afin qu'il s'occupât lui-même des propriétés. C'étaient de vastes cerisaies à Soliès. Mais très vite Fernand avait été habiter Marseille, les cerises n'avaient pas besoin de lui pour rougir. Là, il avait mené la vie à grandes guides. Du moins, cela se racontait ainsi. Il était devenu très ami du peintre Monticelli, lui achetait des toiles, il avait aussi des Monet, des Renoir, des Sisley, et puis des peintres locaux. Enfin, il faisait figure de mécène à la veille de la guerre, il avait même, à vingt-deux ans, pensez ! subventionné un opéra. Ça, c'était le comble ! Et comme je comprends maintenant, il y avait eu l'entraînement politique, la défaite de la Commune... alors, on avait décidé, les cousins, sa mère, de le marier pour faire oublier tout ça, et puis avec des appuis politiques, on l'avait casé dans l'administration. Ma mère, l'aînée, est née en 1873.

Ce soir-là de Neuilly, en 1906, M. de Biglione avait cessé de porter beau. Il s'était souvenu de ce qu'il avait une fille. Il l'avait appelée au téléphone pour lui dire qu'il l'attendait au bistro du coin de l'avenue. Un endroit peu fait pour une dame, mais tant pis. Il venait lui demander, oh, pas grand'chose! le prix d'un billet de chemin de fer pour Genève. Mon Dieu, comme ça tombait mal! On venait d'avoir des ennuis, Marguerite n'avait rien sur elle, elle attendait une rentrée (c'était de l'argent qu'elle avait prêté à M. mon père, lequel avait perdu à la Bourse, et qui d'ailleurs ne le lui a jamais rendu). Mais faute du billet pour Genève... Il faut dire que Clemenceau, ministre de l'Intérieur du cabinet Sarrien, venait de décider de faire respecter la loi de 1901 interdisant les jeux de hasard dans les lieux publics à un rayon de 100 km de Paris, dont l'application s'était peu à peu relâchée sous ses prédécesseurs. Le Cercle avait été fermé, et M. de Biglione était frappé d'un arrêt d'expulsion. S'il ne partait pas immédiatement, il serait jeté en prison... Du moins, c'est ainsi que ma mère m'expliqua les choses. Elle se tordait les mains, c'est tout de même mon père, il attendait la réponse au bistro, et elle avait voulu me consulter : que devait-elle faire? Je n'avais pas neuf ans. Je lui dis de donner ce qu'elle avait, même si pour nous... Mais, est-ce que tu comprends que nous n'aurons pas à manger? et qu'est-ce que je vais dire à la bonne? et à Maman? C'est alors que je cassai la tête de chat bleue et rose où on mettait pour moi les sous neufs, comme de l'or, et quelques pièces blanches. Il y avait dedans trente ou trente et un francs. Cela suffisait. C'est ainsi que mon grand-père a repris le large. A Genève, il avait des amis, il faut croire. Il regagna la Turquie où il reprit son joli métier par le commencement. Si bien qu'en 1914, quand éclata la guerre, il se trouvait effectivement à la tête des jeux à

Ankara, Scutari, Brousse, Smyrne, etc. Mais ses biens furent saisis lors de l'entrée en guerre des Turcs aux côtés de l'Allemagne, et il était revenu en France, entièrement dépourvu de moyens d'existence, pour vivre aux crochets de sa fille aînée que, même alors, il ne cessa d'humilier du fait de mon existence.

*

J'ai raconté l'histoire véritable de Fernand de Biglione, pour permettre qu'on la compare à l'histoire inventée de Pierre Mercadier. Pour qui s'intéresse à la création des personnages, à ce qui est création dans un personnage, cet exemple-ci a le mérite de la simplicité.

Le décalage entre Biglione et Mercadier s'effectue sur plusieurs plans. Le premier, et à lui seul il serait déjà décisif pour distinguer les deux hommes, est celui de la chronologie. Il y a neuf ans d'âge entre eux : Pierre Mercadier est né en 1856 (ce qui fait qu'il ne peut avoir activité d'homme à l'époque de la Commune) et Fernand de Biglione en 1847. C'est en 1882 que Pierre rencontre Paulette et en 1883 qu'il l'épouse, tandis que Fernand se marie en 1872. C'est en 1889 que commence le roman des *Voyageurs*. Le décalage dans le temps est plus marqué encore à la génération suivante. Pascal a trois ans en 1889, et Marguerite (car c'est entre ma mère et Pascal que se fait dans mon esprit le parallèle, et non pas entre Pascal et mon oncle Edmond) est née en 1873, elle a donc alors déjà seize ans. C'est l'année où Fernand abandonne sa famille en Algérie, tandis que dans le roman toute la première partie sépare l'Exposition Universelle de 89 de la fuite à Venise. Et toute cette première partie, bâtie sur l'époque décrite, se passant en France, est donc absolument étrangère à l'existence de mon grand-père. Quand Pierre arrive à Venise, à l'orée de 1898, il vient d'avoir neuf années d'une vie que n'a pas connue Fernand. L'intermezzo de Venise et Monte-Carlo ne dure que quelques semaines. Juste pour expliquer son départ pour l'Égypte (transposition évidente de la Turquie) puis, avec la troisième partie, s'ouvre le vingtième siècle. Quelques pages nous font parcourir ses dix premières années, comme s'il s'agissait de rattraper le temps des *Cloches de Bâle* et des *Beaux Quartiers* et, au printemps 1910, Pierre Mercadier est retrouvé à Paris (où il a dû retourner depuis deux ans, y précédant de sept ans mon grand-père). Le restant du livre couvre essentiellement les années treize et quatorze, c'est-à-dire qu'il dépasse *Les Beaux Quartiers* pour arriver aux premiers jours de la guerre. Pierre Mercadier meurt huit ou neuf mois avant le retour de Fernand. Ni l'aventure intellectuelle de Pierre, ni cette démoralisation du destin (l'aventure avec Dora) ne peuvent à aucun moment passer pour une transcription quelconque de la vie de mon grand-père. Tout ceci est une histoire imaginée.

De même, malgré l'introduction ici du cadre réel de Sainteville (qui est Angeville à côté de Lompnès, dans l'Ain) dans la première partie, et de celui d'*Étoile-Famille* (qui est la pension du 20 avenue Carnot), ni l'histoire de Pierre Mercadier et de Blanche ni l'histoire de Pascal ni celle de Jeannot ne peuvent être considérées comme le calque de la réalité.

Le ménage de Paulette et Pierre Mercadier n'est pas calqué sur ce que put être celui de mes grands-parents. A part la nature des rapports entre eux quand ils étaient jeunes, avant que je fusse de ce monde, qui reflète des paroles échappées beaucoup plus tard à ma grand'mère. L'existence aussi de cette petite fille, assez tôt morte de la scarlatine : ma mère avait eu comme cela une sœur, Marthe, tôt disparue, en 1879, je crois, en tout cas avant la naissance d'Edmond, le plus jeune. Quant aux grand'mères de Pascal, elles n'ont aucun rapport avec ma famille réelle. Pascal tient dans le livre le rôle de chef de famille, qui fut celui de Marguerite. On comprendra que ce livre, écrit du vivant de ma mère, ne pouvait aucunement la décrire : la substitution d'un garçon à la fille crée donc ici l'écart de l'imagination. De même que si le professorat à Alençon correspond au fait que Fernand a été sous-préfet dans la Sarthe, le décalage romanesque dans le temps change

15

entièrement les préoccupations du personnage. Le Panama, et tout ce qui s'en suit, l'Affaire Dreyfus, cela va sans dire, n'ont aucun rapport avec l'histoire des miens, Fernand disparu depuis 1889, la famille vivant dans la misère parisienne. L'invention ici est d'avoir donné à l'enfance de Pascal la réalité périodique, aux vacances d'été, du château de Sainteville, où vit l'oncle de Mme Mercadier. Ce décor me vient de mes vacances à moi, à une date bien postérieure : je les ai passées deux années de suite, en 1906 et 1907, je n'ai pas vérifié, dans ce château d'Angeville dont ma mère avait loué une partie pour la saison, au propriétaire qui ne nous était aucunement apparenté. J'ai fait de cela Sainteville, à l'époque de l'Affaire Dreyfus. Il n'y a rien dans cette histoire qui corresponde aux faits de ma biographie (je n'étais pas né à cette époque) sauf les rapports en classe de Pascal avec Levet, dont j'ai fait don à Pascal, et qui viennent de mes jours scolaires à Neuilly, onze ans plus tard[1]. Naturel-

---

1. Par la suite, je devais décrire par le détail ces jours réels de ma vie scolaire, dans la nouvelle qui s'appelle *Le Mentir-vrai (Œuvres croisées*, tome IV*)*. On trouvera dans ce texte des répétitions des *Voyageurs*, qui ne sont nullement de hasard. Par exemple le personnage de Guy, qui dans le roman s'appelle Levet-Duguesclin. Il y a là un jeu sérieux, qu'on aura peut-être un jour l'idée d'examiner de près, pour mesurer la marge qui existe entre le réel et l'inventé. Le travail du romancier *gomme* pour ainsi dire cette marge, afin de ne laisser qu'une image détachée de lui ou de ses modèles, de ses *pilotis*. Une image nette, un trait précis. Or, il m'est arrivé, réfléchissant sur cette technique, de prendre goût aux mauvaises épreuves de la photographie, celles où l'on voit à la fois les pilotis et les personnages, où parce que le cliché est *bougé*, il y a deux ou plusieurs silhouettes qui se chevauchent, et la réalité, précisément la réalité, donne à l'être décrit des allures de fantôme. Et cela ne se borne pas au *dessin* : la lumière aussi peut varier, changeant les rapports, le roman est mal viré, comme l'épreuve. Et par là plus réel, moins posé, plus loin de l'art du photographe, sans ses horribles retouches. Avec ces simplifications de plan qui le rapprochent de la peinture, d'une main, et cette poésie de matière, d'une matière fausse, qui le rend plus vrai.

Et, à ce point de réflexion, j'aurais l'envie d'ajouter que c'est de là que vient *l'allure rêvée* dans le roman, ce qui lui donne pouvoir sur l'imagination du lecteur à venir, lequel sait de moins en moins de quoi nous lui parlons, pour qui tout prend dans le meilleur des cas le caractère de l'image scolaire, de l'épinal historique. L'allure rêvée... une histoire générale du roman pourrait s'écrire à cette lumière et, par exemple, expliquer l'emprise ainsi de livres aussi différents que *Werther, Illusions perdues, Dominique, Lady Macbeth du canton de Mtsensk, Peter Ibbetson, Le Grand Meaulnes, Les Cavaliers, Gouverneurs de la rosée* ou *Le Guépard*... Du point de vue du réalisme.

lement tout le reste de la jeunesse de Pascal est purement et simplement inventé. Il s'agissait de mettre sur pied un jeune homme que je substituerais à Marguerite. Mais Sainteville n'était que le cadre où faire pousser Pascal, c'était le lieu où devait se passer l'aventure après quoi la vie conjugale de Pierre deviendrait impossible.

Dans la troisième partie du livre, la vie de Pascal et des siens se déroule de même dans un décor réel, qui s'appelle ici *Étoile-Famille*. La pension des Mercadier n'est pas seulement située où se trouvait celle que tint ma mère : toute la description en est faite suivant mes souvenirs de l'avenue Carnot. Mais ici le décalage chronologique est pratiqué à l'inverse de celui qui avait repoussé Sainteville de onze à douze ans en arrière. Mes souvenirs de l'avenue Carnot sont de la période de 1899 à 1904, après laquelle ma famille a émigré à Neuilly, mais dans les *Voyageurs* nous voyons la pension de 1913 à 1914. Cela tient à ce que l'enfant de Pascal, Jeannot, né en 1908, a cinq ans lorsque Mercadier le rencontre et que c'est par les yeux de Jeannot que nous voyons *Étoile-Famille*, que nous y entrons. Car il y a une différence de réalité entre la vue directe de la pension et son image *de récit* (dans l'histoire de Pascal sur quoi l'on revient, pendant une vingtaine de pages, dans les chapitres de XXIII à XXVI de la Troisième partie); que Jeannot soit devenu un objet de premier plan, tandis que Pascal appartient ici au *fond* du tableau, s'explique par un projet qui était dès 1938-39 dans la tête de l'auteur, une idée qu'il se faisait du développement du *Monde réel*. Ici l'auteur se prépare déjà, sans savoir ce que va être le futur immédiat, un personnage qui aura trente et un ans l'année même où il écrit *Les voyageurs*, le Jean-Blaise des *Communistes*.

Les commentateurs, depuis une vingtaine d'années bientôt que *Les voyageurs de l'impériale* ont paru, se sont généralement complu à me reconnaître dans l'enfant Jeannot, mon cadet de douze ans. J'ai toujours protesté contre cette assimilation : il me faut pourtant reconnaître que j'ai situé le fils de Pascal Mercadier dans le cadre de ma petite enfance, pas seulement pour les murs, mais aussi pour les personnages qui passent entre ces murs, les bonnes, les locataires, les dames étrangères... Cet enfant n'est pas moi, mais je n'ai pas résisté à lui faire *mes* souvenirs. Ceux dont on trouve trace dans la seule autobiographie que j'aie écrite, *Le Roman inachevé*. On chante aujourd'hui *Marguerite Marie et Madeleine*, sur une musique de Leonardi... mais ce sont surtout les vers suivants (*Les beaux habits du soir...*) où l'on trouvera ce peuple de l'avenue Carnot (décrit à propos de la mort de Madeleine, bien plus tard, après la première grande guerre)... *C'est l'année où l'on a mis des portes pliantes — Entre la pièce jaune et la salle à manger...* (Cela devait être en 1903, quand ma mère avait fait des frais sur la maison, dans l'idée de la revendre l'année suivante...) ... *Il était descendu chez nous une cliente — Qui restait tous les jours dans sa chambre, allongée — Elle écoutait le soir parfois le phonographe — La Muette ou Norma, L'Italienne à Alger...* c'est la Mme Seltsam des *Voyageurs* avec sa fille Sophie. Les dames Manescù, M. Werner qui habitait rue Anatole-de-la-Forge, tous ces gens-là, avec des noms voisins, ont habité avenue Carnot neuf ans plus tôt que dans le roman. La fille de la blanchisseuse... enfin, l'enfant que j'ai été a prêté ses jouets à Jeannot, que voulez-vous, il n'est pas devenu pour autant Jeannot ni Jean-Blaise. De moi, parcourant mes vers, on trouvera d'autres avenues, ici et là, qui ramènent aux jours de l'avenue Carnot. Dès mon premier recueil de vers, *Feu de Joie*, où le poème *Vie de Jean-Baptiste A*_{**} commence par

> *Une ombre au milieu du soleil dort*
> *soleil d'or*
> *Jean-Bart*
> *dans l'avenue aux catalpas*

ce qui est, bien sûr, resté fort obscur à tout le monde depuis 1920. Or *l'avenue aux catalpas* est l'avenue Carnot, on appelait alors « Jean-Bart » ces chapeaux de paille ou de toile cirée à larges bords relevés tout autour

18

que portait Jean-Baptiste A.∗∗ (comme Jeannot). Et personne, certainement ne s'est avisé du fait que la vie de ce personnage écrite à l'époque où je donnais pour *Anicet* à Gallimard en guise de note biographique (et cela m'a servi une quarantaine d'années) ces simples mots : *ARAGON, Louis : né à Paris le 3 octobre 1897, vit encore...* était bien la mienne, dont il n'y avait guère plus à dire, et que le pseudonyme Jean-Baptiste A.∗∗ s'expliquait par le fait que l'évêque de Clermont, dont se réclamait la famille, se prénommait aussi Jean-Baptiste. Mais plus tard je suis revenu plus d'une fois dans cette avenue silencieuse de mon enfance. Quand ce ne serait que dans ce poème d'où est tirée *L'Étrangère*, une chanson de Léo Ferré, où les gens rient régulièrement, et je me demande bien pourquoi, quand on arrive aux vers :

> *J'aimais déjà les étrangères*
> *Quand j'étais un petit enfant*

Ce qui n'est pas du tout une plaisanterie. Et si l'on veut vraiment connaître ce petit garçon que je fus, je crois que dans *Le Roman inachevé*, c'est aux pages qui commencent par

> *Je ne récrirai pas ma vie*

qu'il faut se reporter, plutôt qu'aux passages des *Voyageurs* où l'on voit *Étoile-Famille*.

> *... Il y a des sentiments d'enfance ainsi qui se perpétuent*
> *La honte d'un costume ou d'un mot de travers T'en souviens-tu*
> *Les autres demeuraient entre eux Ça te faisait tout misérable*
> *Et tu comprenais bien que pour eux tu n'étais guère montrable*
> *Même aujourd'hui d'y penser ça me tue*

Voyez-vous, le fils de Marguerite aura été un enfant autrement triste que le fils de Pascal, qui deviendra sculpteur, et plaira beaucoup aux femmes, comme son père.

Remarquez, je pourrais insister ici sur la nécessité des décors *réels* pour donner réalité à ce dont le lecteur risque de douter, comme par exemple de la maison de Dora, *Les Hirondelles*. Faut-il dire que, peut-être, en faire l'achèvement de la vie de Pierre Mercadier était la reprise d'une certaine conception démoralisatrice de la société, dont le songe m'était venu quand j'écrivais *La Défense de l'Infini*, ce livre que j'ai détruit sans être encore arrivé à ce point de convergence de mes personnages, de la foule de mes personnages, lequel devait ressembler beaucoup aux *Hirondelles*? Cela ne prouve pas grand'chose. Ni même que le concept « Voyageurs de l'impériale » dont il n'est pas besoin d'analyser ici la signification, le livre s'en charge, ait sans doute ajouté à une perspective qui dans *La Défense* peut passer pour purement pessimiste : l'optimisme des *Voyageurs*, en effet, demeure très relatif. Car, à l'échec pur et simple de la vie de Pierre Mercadier, que trouve donc à opposer le roman ? les dernières phrases du livre, sous les espèces de Pascal, instruit de l'expérience paternelle :

Le temps de tous les Pierre Mercadier était définitivement révolu et quand, par impossible, on pensait à leur vie absurde de naguère, comment n'eût-on pas haussé les épaules de pitié ?

Ce sont tout de même ces gens-là qui nous ont valu ça [1].

Oui, mais Jeannot, lui, eh bien, Jeannot, il ne connaîtra pas la guerre !

Pascal pendant quatre ans et trois mois a fait pour cela son devoir.

Songez, outre le sinistre d'évidence de ces lignes, qu'elles ont été écrites le jour même où un incident de frontière machiné, le 31 août 1939, à Gleiwitz [2] à la frontière de Pologne, déclenchait la Seconde Guerre mondiale.

1. La guerre, s'entend.
2. *Gleiwitz :* Voir *Œuvres croisées*, tome IX, dans *La Valse des Juges* par Elsa Triolet.

*

Je m'étais mis à vraiment écrire *Les voyageurs*, comme je l'ai dit, au lendemain de Munich, octobre 1938 : mais j'avais déjà pris des notes sur le déroulement des faits historiques de 1889 à 1900, et les deux premiers chapitres, l'Exposition de 89 et les précédents du couple Mercadier, étaient sur le papier depuis deux ou trois mois. Depuis mars 1937, je dirigeais un quotidien du soir, et j'y faisais chaque jour le bilan des vingt-quatre heures écoulées, une sorte de grand feuilleton. Cela laissait peu de place à l'écriture romanesque.

En juin 1939, quand nous sommes allés à New York, le livre était très avancé, je devais en être au chapitre XXVI de la Troisième Partie, c'est-à-dire où Pierre Mercadier raconte à Dora ses rencontres du dimanche avec son petit-fils. Notre cabine déjà retenue sur le *Norman-die*, nous avions bien failli ne pas partir : j'avais sagement rempli ma feuille à l'Ambassade des États-Unis, affirmé que je n'avais pas l'intention d'assassiner le Président de la République ni les généraux, mais, à la grande consternation du fonctionnaire américain, j'avais écrit en réponse à la question : *Avez-vous appartenu ou appartenez-vous à un parti politique ?* la pure et simple vérité : *Parti communiste français*. « Je n'ai rien vu, — me disait cet homme, — reprenez une autre feuille... » Et moi de lui déclarer que je refusais d'entrer dans la patrie de Lincoln au prix d'un mensonge. Il avait fallu l'intervention de Mme Eleonor Roosevelt, et celle du secrétaire à l'Intérieur, Hickes, pour que je puisse, au mépris des lois constitutionnelles, pénétrer sur le territoire américain, le visa délivré en dernière minute, dans des conditions sans précédent.

J'avais bien emporté mon manuscrit, deux copies de mon manuscrit, mais la découverte de l'Amérique est peu compatible avec le travail du romancier. Nous étions dans le principe invités par les écrivains américains pour leurs Congrès, à New York. Mais cela n'impliquait ni le voyage ni l'hôtel ni les repas. J'avais vendu à Paris le manuscrit des *Cloches de Bâle*, et croyais que cela nous permettrait six semaines aux États-Unis. Au bout de six jours, nous n'avions plus un sou. Des gens très gentils nous prêtèrent leur appartement, étant en vacances, et moi, dans ma naïveté, je tentai de placer un petit bout des *Voyageurs à Vanity Fair* où nous avions des amis, pour nous faire l'argent de poche. Mais qu'en détacher? Le seul morceau qui constituât un tout, et l'on pouvait s'en tirer avec une note ou chapeau de six lignes, c'était Venise. Cela me parut lumineux. Quelle ne fut pas ma confusion quand on me rendit ces pages pour lesquelles nous aurions mangé pendant un mois dans les *drugstores*, parce que la moralité américaine ne permettait pas (alors), dans un magazine, qu'on parlât d'un homme de quarante-deux ans qui avait une aventure avec une fille de seize. L'ami qui nous l'expliquait nous promena le soir même à Brooklyn dans des boîtes où la prostitution masculine avait une agressivité ignorée à Paris, et même à Berlin au temps de l'inflation.

L'étrange de cet été d'Amérique tenait à la fois à cette crainte, plus sensible encore qu'en France, qu'on avait de la guerre prochaine et, dans ce New York avec son atmosphère d'éponge chaude, à l'énorme baroque de l'Exposition qui venait d'ouvrir. Ainsi me semblait-il que l'histoire me jouât cette plaisanterie de me cerner entre les deux extrêmes de mon roman, 89 et 14. J'avais été reçu par Roosevelt à la Maison Blanche, après une conférence de presse où, sur ce fauteuil à roulettes, dans son costume de toile, son infirmité lui donnait bizarrement l'air d'un croupier à une table de jeu. Nous sommes revenus chez nous, assez émerveillés de Manhattan, de Harlem, du Connecticut... Nous avions invité Richard Wright à Paris pour l'automne. Puis tout a commencé à se bousculer. *Les voyageurs* n'avançaient pas. C'était trop ressemblant à ce qui mûrissait là, sous nos yeux. Des amis, à New York, m'avaient dit : dès que ce sera fini, envoyez le manuscrit. Oui. Mais il s'agissait de finir. D'y avoir la tête.

Un matin, en arrivant à mon bureau, à neuf heures, je

trouvai dans le courrier la dépêche Havas annonçant la signature du pacte germano-soviétique. J'écrivis sur-le-champ l'édito de *Ce soir* : mon point de vue était qu'il fallait en finir avec les tergiversations de plusieurs mois, s'entendre immédiatement avec les Russes qui affirmaient que les pactes de non-agression pouvaient toujours s'étendre à d'autres pays. *Ce soir* fut saisi, puis interdit. Entre mon bureau de la rue de Port-Mahon et chez moi, rue de la Sourdière, je fus assailli par des gens habillés en officiers, avec des placards de décorations. C'étaient des hommes de Bucard. On me conseilla de ne plus coucher chez moi. Les huit jours qui précédèrent la mobilisation, nous avons donc habité, Elsa et moi, à l'ambassade du Chili, où l'on nous avait aimablement invités. C'est là que j'écrivis les cent et quelques dernières pages du livre, données au fur et à mesure à la dactylo sans relire. Le premier septembre, une copie en partait par la poste à destination des États-Unis. J'étais mobilisé le 2. J'avais fait copier le roman à quatre exemplaires. J'en emportais deux, avec l'idée vague de retravailler la prose, laissant une copie à Elsa.

En ce temps-là, Jean Paulhan, qui avait déjà publié des extraits des mémoires d'Elsa Triolet sur Maïakovski dans la N. R. F., lui avait demandé de collaborer à *L'Air du Mois*, de cette revue. Dans l'état de solitude (qu'allait rapidement aggraver la mise dans l'illégalité du parti communiste) où je l'avais laissée, la fuite des relations, l'oubli comme de hasard, Elsa, je m'en souviendrai toujours, n'avait guère trouvé hors de ceux qui étaient à la même enseigne, et Robert Denoël, que de la part de Paulhan cette gentillesse comme si de rien n'était, par quoi elle pouvait se sentir encore hors quarantaine. Elle lui prêta *Les voyageurs*. Il voulait les publier en feuilleton dans sa revue, ce qui n'était pas seulement dispro-portionné en raison de la taille du livre, mais impossible aussi à cause de la nature de mes rapports avec Gaston Gallimard, depuis neuf années, un procès que j'avais perdu, enfin je n'entrerai pas dans le détail de cette histoire. Jean Paulhan s'entremit entre nous, Gaston Gallimard m'écrivit, je demandai une permission à mon colonel et, au début de novembre, je crois (des poèmes, les premiers du *Crève-Cœur* ont paru dans le numéro de décembre), je me rendis à Grandville, non loin d'où s'était « repliée » la Nouvelle Revue Française, y passai un après-midi avec Gaston : la paix était faite, et Elsa eut de quoi manger presque tous les jours.

Mais, à l'arrivée des Allemands, la direction de la N. R. F. passa aux mains de Pierre Drieu la Rochelle, dont le premier acte d'autorité fut de suspendre le feuilleton de la N. R. F., après cinq numéros. A Carcassonne, où nous étions tombés, Elsa et moi, redevenu civil, et où Gaston Gallimard, très égaré du fait que son fils Claude était prisonnier, venait d'arriver de son côté, nous mangions les derniers sous de la prime de démobilisation et d'un bienheureux rappel de solde, la N. R. F. ayant cessé ses paiements. C'est là que nous atteignit une lettre de l'éditeur américain Sloane : elle nous apprenait que nos amis américains l'avaient persuadé de publier *Les voyageurs de l'impériale*, dont ils avaient entrepris la traduction, et que nous recevrions un mandat mensuel, à titre d'avance, qui, au cours officiel du dollar, nous faisait cinq mille francs. C'était la vie assurée, et l'indépendance par rapport à Vichy, la possibilité d'exister légalement et de mener en même temps notre travail illégal. Cela devait durer tant que les États-Unis gardèrent des rapports avec le gouvernement du Maréchal Pétain, c'est-à-dire jusqu'au débarquement en Afrique du Nord.

Gallimard, en 1942, a essayé de publier *Les voyageurs de l'impériale*. Le général de Gaulle citait mes vers à Radio-Alger, personne en réalité ne doutait plus de la nature de mon activité, qui eût sans doute mal tourné si l'entrée des Italiens à Nice ne nous avait forcés à passer dans l'illégalité. C'était une entreprise au moins risquée, le livre sortit pourtant, il y eut quelques comptes rendus dans les journaux, mais rapidement on fit comprendre à l'éditeur que mieux valait ne pas insister. Les exemplaires restèrent en cave. Le livre ne devait vraiment voir le jour qu'au quatrième trimestre de 1947, avec, sur la couverture, la mention purement fallacieuse *Édition définitive*. Je n'en avais pas même revu le texte. Il a fallu les *Œuvres croisées* pour que je m'y mette, et Dieu sait s'il en était besoin! Le texte que je publie aujourd'hui est en grande partie récrit : celui de 1939 était né dans des conditions de bousculade qui en expliquent et le lâché de l'écriture, et les erreurs chronologiques, les simples fautes de la typographie. Il paraît que cela ne se fait pas, que j'aurais dû m'en tenir à ce que j'ai écrit il y a vingt-cinq ans. Cela n'est pas de mon caractère. Je n'ai d'ailleurs rien changé de ce qui était *dit* dans *Les voyageurs* : je me suis borné à en éponger les bavures, à enlever le bavardage[1]. Toujours est-il que *Les voyageurs de l'impériale* nous avaient permis de franchir matériellement le moment le plus difficile de la guerre. C'est bien tout ce que je dois à mon grand-père.

1. L'édition de 1942, dont je n'avais pu corriger les épreuves, à cause de la séparation de la France en deux par la ligne de démarcation, avait été, à mon insu, sur les conseils d'officieux représentants des autorités allemandes, paraît-il, remaniée à Paris sans moi d'une façon que je ne pouvais imaginer, une sorte d'habileté diabolique qui en changeait fondamentalement la signification (au point qu'on pouvait croire le Capitaine Dreyfus *coupable* à la lecture du roman). Quand j'ai vu cette édition pour la première fois (c'était à la Libération, à la sortie de l'illégalité), le haut-le-cœur m'en fut tel, au premier coup d'œil, que je me refusai même de lire ce texte travesti et plus encore d'en rétablir moi-même le texte. Ce qui explique, *Aurélien* paru entre-temps, que la seconde édition (portant la mention fallacieuse : *Édition définitive*, en guise d'explication des changements apportés) n'ait vu le jour qu'en 1947, le travail de restauration fait, avec grand soin je dois dire, par un correcteur des éditions Gallimard sur la copie dactylographiée du manuscrit original qui avait miraculeusement subsisté.

Mais je n'ai vraiment lu l'abominable édition *princeps* que pour établir celle que voici, n'ayant jamais eu d'exemplaire de 1942 à ma connaissance, et en découvrant, dans le fond de ma bibliothèque cependant, mis en pièce, celui sur lequel en 1947, le correcteur, avec une exactitude remarquable, avait pour l'impression rétabli mon texte : ceci en 1965, seulement, et à ma grande stupeur, car toujours en raison du dégoût que j'éprouvais à voir cette défiguration de mon livre, j'avais dû enfouir quelque part ce paquet débroché, sali, tout rayé d'encre rouge, sans en prendre connaissance, et c'était miracle que je ne l'eusse pas purement et simplement jeté un jour ou l'autre en rangeant chez moi. Je garde ce document de l'occupation à l'intention de la Bibliothèque Nationale à qui je le léguerai, c'est un étrange témoignage de ce qui a pu se passer dans notre pays. On comprendra comment, à partir de cette découverte, au-delà des raisons que j'en donne plus haut, le goût m'en soit venu de réécrire *Les voyageurs de l'impériale*, en fait de fond en comble.

*

Quand Paulhan avait lu *Les voyageurs*, ou tout au moins pendant qu'il était en train de les lire, j'étais venu à Paris, de façon plus ou moins régulière, et il s'était justement trouvé par hasard rue de la Sourdière. Au point où il en était de sa lecture, c'est-à-dire vers la fin de la première partie, les divers passages par quoi on se fait idée de Mercadier comme historien, c'est-à-dire les fragments de son *John Law*, avaient soulevé en lui une certaine appréhension, laquelle d'évidence venait de l'idée qu'il se faisait de moi ou mieux, si l'on veut des communistes. Est-ce que je n'allais pas faire de ce roman, je n'allais pas faire tourner ce roman à une leçon de marxisme ? Je le regardai avec stupeur : Mercadier marxiste ? Il n'avait donc pas vu que c'était pour moi le dernier individualiste, la condamnation de l'individualisme par l'exemple ? Et même si Pierre écrit des phrases du genre : *Toute l'histoire du monde est celle de l'argent*, etc., il faut se faire une idée bien sommaire du marxisme pour croire que cet économisme vulgaire, c'est le marxisme... Paulhan me regardait avec étonnement : apparemment je devais avoir l'air sincère.

J'ai repensé à cette scène au moment même où j'achevais le livre, où l'attaque allemande contre la Pologne déclenchée la radio délirait dans cette pièce vaste et encombrée de l'ambassade du Chili, voyant par la fenêtre le mur des Invalides et les arbres sombres, et c'est à la pensée de Paulhan, qui ne s'appelle pourtant pas Léon, que j'ai rajouté sur le manuscrit fini cette petite phrase pour qu'on ne se trompe pas sur les intentions de l'auteur, et qu'on n'aille pas s'imaginer que Pierre Mercadier, c'était mon idéal :

L'individu. Ah non, Léon, tu veux rire : l'individu !

Et c'est ainsi qu'à mes yeux, ne haussez pas les épaules, je vous en serai reconnaissant, tout comme *Le Paysan de Paris* quatorze ans plus tôt a été écrit *pour* exprimer la fin de l'idéalisme, *Les voyageurs de l'impériale*, complétant la chose sur le plan romanesque, était en 1939 une entreprise de liquidation de l'individualisme, ce monstre ébouriffé que je rencontrais alors (je pense au *Comité des Intellectuels antifascistes*) c'est-à-dire dans les années du Front Populaire, comme l'adversaire têtu, l'inconscient barreur de routes, dont je redoutais de retrouver les objections et le négativisme sur les chemins qu'il allait falloir prendre, je n'en pouvais plus douter.

Comment le poème *Vingt ans après*, qui est le premier du *Crève-Cœur*, a été ajouté en appendice au roman est expliqué dans la note qu'il y comporte. A vrai dire, cette note avait surtout pour but d'affirmer que le roman avait été écrit *plusieurs mois* avant ce poème d'octobre 1939 et de désarmer par là la censure parisienne de 1942. Je ne crois pas me souvenir que Bob Sloane m'ait le moins du monde « suggéré » de transcrire ce poème au bout des *Voyageurs*. Ces malices cousues de fil blanc allaient d'ailleurs très vite perdre toute efficacité : les États-Unis étaient entrés en guerre contre l'Allemagne, et il n'y avait plus à se vanter de correspondre avec un éditeur américain.

Mais cette note avait une autre raison d'être, cette phrase par quoi elle se termine, et qui dépasse la simple négation de l'individualisme :

Et, comme de toute mort renaît la vie, de toute horreur l'espoir, il ne se pouvait pas non plus que ce drame se terminât sans qu'y parût ton image, à toi pour qui fut écrit ce poème (et ce livre), à toi, inséparable de mes rêves, ma chérie, dont le nom s'inscrit ici pour chasser les ombres, ELSA, par qui je crois en l'avenir.

Où définitivement se croisent nos destins, ces pas mêlés dans le sable du temps, de notre temps. Qui ne seront plus jamais, au *grand jamais* plus démêlables.

Décembre 1965.

Première partie

FIN DE SIÈCLE

I

« Oh! quelle horreur! » s'écria Paulette.

Il faisait un temps magnifique, un de ces ciels où c'est un bonheur qu'il y ait des flocons de nuages, pour que quelque chose y puisse être de ce rose léger qui les rend plus bleus. Au débusqué du Trocadéro, sur les marches, on se heurtait à cette grande cloche vide au-dessus de Paris, de la Seine et des jardins. Les jardins dévalaient toutes eaux dehors — cascades, bouquets d'écume, jets surgis en panaches de la pièce centrale — et chargés dans la lumière de statues d'or étincelantes, de massifs de fleurs vivaces, avec une couronne d'arbres inclinés jusqu'au fleuve, d'où jaillissaient de droite et de gauche, tourelles et terrasses, de bizarres architectures de bois aux toits de couleur. Dans tout cela, la foule, une foule ahurie, bigarrée, avec des Arabes, des Anglais, des Parisiens, des badauds grimpés, le melon sur le nez, sur des ânes blancs conduits par des fellahs, les extravagantes modes de l'année avec leurs tournures embarrassantes et les petits chapeaux étroits et perchés, retenus d'une bride sous le menton, la flâne des ouvriers en blouse, des enfants qui courent dans vos jambes, et l'un d'eux dans les escaliers tombe et pleurniche, les pantalons rouges des militaires, les chéchias des spahis, les redingotes noires et cintrées de messieurs barbus qui pérorent, des flopées et des flopées de gens qui arrivent et qui s'en vont, comme un chassé-croisé de fourmis où l'on était pris, avec un relent de poussière et de sueur, la sensation irrépressible qu'on entrait pour des heures dans un engrenage de fatigue et d'émerveillement, qu'on allait rouler avec les autres, sans pouvoir s'arrêter, sur cette pente où déjà depuis le matin s'étaient esquintés les visiteurs solitaires, les familles époustouflées, les mille et une nations du monde accourues pour l'Exposition...

« Oh! quelle horreur! » répéta Paulette.

Elle commençait sous ses pieds, l'Exposition, par ce déballez-moi-ça de gogos, ce méli-mélo de bronzes d'art, de géraniums, de filles, de soldats, de bourgeois, de gosses, de grandes eaux, d'Annamites, de Levantins, d'étrangers frais débarqués et de voyous venus de la Butte, par ce pandémonium étonné, goguenard, bruyant, traînant la patte... Elle se poursuivait par-dessus la Seine, où le pont disparaissait sous un dais de toile rayée rouge et grise qui le transformait en un couloir happant les fourmis. Elle se poursuivait, l'Exposition, sur l'autre rive par toutes sortes de baraques barrant les quais, inégales, sans rapport entre elles, en bois, en pierres, en stuc, en métal, en carton, en plâtras, boursouflées, baroques, burlesques, bourgeonnantes, à balcons, à loggias, à balustrades, colonnettes,flèches, pignons, belvédères. Mais qui pensait à cette champignonnière burlesque, ou au quadrilatère, aperçu par-derrière, du Champ-de-Mars bâti de pavillons de fer, de verre, de briques et de céramiques, jusqu'à la voûte bleue et verte de la Galerie des Machines, cette espèce de hangar géant devant l'École militaire? Qui pensait de là-haut, du porche du Trocadéro où les Mercadier avaient fait halte, à quoi que ce fût au monde, à la foule, aux restaurants, aux bicoques, à la bouffée de musique berbère et de piaulements canaques qui s'échappait de tout ça dans l'après-midi finissant, qui pensait à quoi que ce fût, excepté à ce monstre aux pattes écartées, dont la dentelle d'acier dominait tout, trouant le ciel, avec ses étranges corbeilles, son enchevêtrement de câbles, son chapeau de verre là-haut, tout là-haut, dans les nuages roses, dans le bleu ébloui, dans la lumière déchirée... qui pouvait penser à autre chose

34

qu'à cette tour de trois cents mètres, dont on avait tant parlé, tant médit, mais dont rien n'avait donné l'idée, l'ombre de l'ombre de l'idée...

« Quelle horreur ! » dit pour la troisième fois Paulette, et Pierre hocha la tête, et expliqua : « Goût américain... » comme pour le champagne, et il enleva son chapeau neuf, dont le cuir lui serrait le front. La foule entourait le couple de toutes parts, elle le bousculait, elle le pressait, elle le portait. Paulette se sentit perdue, désemparée et se retourna avec un geste enfantin et si charmant que Mercadier en fut étrangement attendri. Elle venait de l'agacer par cent petites sottises, comme à l'habitude. Mais, maintenant, le long de ces baraques qui descendaient vers la Seine, sur leurs toits une double rangée de hampes à oriflammes, il tenait le petit bras rond de sa femme avec une fierté pleine de douceur. On n'eût jamais pensé qu'elle avait eu deux enfants. Je veux bien que le corset y fût pour quelque chose, mais sa taille était surprenante, incroyable. Dans sa robe beige et brune, avec ses gants de chamois, le chapeau marron si exagéré, les paniers virevoltants, aux hanches drapées, elle avait l'air d'une enfant costumée. Vingt-trois ans, d'ailleurs, ce n'était pas être bien vieille. « Paulette, — souffla Pierre, — veux-tu descendre au centre de la terre ? »

Derrière les massifs de fleurs, non loin du pavillon des Forêts, s'ouvrait une excavation, où des employés en casquette, avec des redingotes bleues, faisaient la retape pour un voyage à la Jules Verne dans les profondeurs. On eût dit d'un puits de mine, on y entrait dans une espèce de cage inconfortable où le jeune couple s'entassa avec toutes sortes de badauds, de vieilles gens effrayés, de titis gouailleurs, et un soldat que Pierre regarda de travers parce qu'il avait nettement voulu s'approcher de Paulette. On éteignait la lumière, on vous secouait, on avait l'impression de descendre au fond d'un abîme, puis une vague clarté et voici des paysages étranges : les égouts de Paris avec les égoutiers aux grandes bottes, leurs voûtes et leurs quais par où traîne l'ombre de Rocambole, puis après une nouvelle trépidation dans l'ombre, et des cris de femmes surprises, ce sont les Catacombes, les carrières abandonnées de Paris où se cultivent les champignons... Pierre entourait sa femme de ses deux bras pour la préserver des contacts. Ils eurent coup sur coup un cours sur l'histoire de la terre, et la formation des couches sédimentaires, puis une leçon de choses dans une mine de charbon, une mine de fer, et finalement dans les grandes et bizarres salles de sel gemme d'une exploitation où des mineurs demi-nus maniaient la pioche contre un décor éclairé par des frisures de lumière...

Ils retrouvèrent le grand air, et la foule, avec plaisir. La belle barbe bien lustrée de Pierre ne le vieillissait guère, et on ne lui eût jamais donné ses trente-trois ans, parce qu'il était resté mince, bien que pas très grand, avec des épaules larges pour son costume de bourgeois bien sage. Elle avait l'air de jouer à la dame, mais il y avait en lui quelque chose qui ne s'habituait sensiblement pas à être un père de famille et un professeur. Son melon clair peut-être. Ou un trop-plein de force, une brusquerie de conquérant en vacances. Justement, ces manières qui portaient sur les nerfs de Paulette.

« Tout de même, dit Pierre, poursuivant une pensée, il faudra montrer ça un jour au petit...

— Tu crois? — répondit Paulette après un petit silence. — Il n'y comprendra rien, Calino... Et il y a la poussière, les microbes... »

Mercadier sifflota. Il fallait tout de même faire des souvenirs à cet enfant. Pascal avait trois ans. Lui, Pierre, se rappelait encore des choses de cet âge-là...

Ils traversaient le pont sous le dais de toile quand ils se heurtèrent presque à un homme d'âge, grand, avec des côtelettes, le menton et la lèvre rasés, une redingote ajustée qui sentait son militaire. Pierre allait prendre son air agressif, quand Paulette s'écria : « Oh! par exemple! Pierre, tu ne reconnais pas l'amiral? »

Pierre n'avait pas reconnu l'amiral, qu'il n'avait pas revu depuis le jour de leur mariage. L'amiral Courtot de la Pause. L'oncle de Denise, voyons.

« Je sais, je sais », dit Pierre qui cherchait déjà à se faire pardonner son étourderie, mais l'amiral était ravi d'avoir rencontré des gens jeunes. Il flânait, seul, un rendez-vous manqué, un moment creux, puis je me suis dit, tiens, mais l'Exposition, au fait? et alors. Cette petite Paulette! C'est plus fort que moi, je la vois toujours avec ses cheveux dans le dos... Je l'ai fait sauter sur mes genoux, monsieur Mercadier, votre femme, et la voilà mère. Deux fois même. C'est vrai deux fois, pardon, j'oubliais... Il en voulait un peu à Pierre d'avoir pris cette petite au sérieux. Et comment se porte Mme d'Ambérieux? très bien, très bien. Je ne vous dérange pas, au moins?

Il ne les dérangeait pas. Du moins pas Paulette. Elle était au comble de l'aise. L'Amiral, pensez donc, l'Amiral. Toutes ses phrases commençaient par *Amiral*... Une chatte qui joue. Alors Pierre, d'abord un peu nerveux, n'était plus mécontent de la rencontre. Ils tournèrent ensemble parmi les bâtisses de l'histoire de l'habitation, de la caverne préhistorique au gratte-ciel new-yorkais... Ils s'enfoncèrent sous la Tour, la tête renversée, pris du vertige de la perspective, dans le tourbillon des explications de l'amiral, qui devenait d'un technique à en éclater. Imaginez-vous que la Tour est transportable et que quand on voudra la déplacer, eh bien, rien de plus facile, on la portera place de l'Étoile, à la Bastille, au bord de la mer.

L'amiral, avec des gestes de commandement, comme d'une dunette, calculait la pression du vent sur les faces de la tour Eiffel, les charges que supporte chacun des piliers de mortier qui sont là, sous ces pattes de fer. Il expliquait les ascenseurs, les échelles, les câbles, les caissons, les arbalétriers... Paulette s'y perdait comme dans la musique. Vous imaginez, là-haut, les ouvriers boulonnant les traverses? Elle n'imaginait rien, elle s'accrochait au bras de Pierre, elle aurait voulu que les passants qui la regardaient reconnussent l'amiral...

« Voulez-vous visiter la reconstitution de la Bastille, chère petite? »

Elle était fatiguée, et puis la Bastille... L'amiral les

invita donc à s'asseoir à un petit café arabe sur le Champ-de-Mars. Paulette ne voulut pas de café. Elle eut de l'orgeat. L'amiral semblait si plein de son sujet qu'on aurait eu mauvaise grâce à l'interrompre. Pierre lui donnait la réplique, et Paulette lasse, mais heureuse, écoutait un mot sur trois, reposait ses yeux sur les toits vert-gris des pavillons de fer tarabiscotés qui encadraient le jardin où grimpaient des jets d'eau monumentaux. Des moukhères voilées circulaient entre les tables. Des hommes en fez et gandoura traînaient sur les chaises parmi les toilettes parisiennes. Le soir commençait à tomber avec la poussière, l'odeur rance de la foule.

« Ce qu'il faut voir, — disait l'amiral, — c'est le pavillon de Sèvres... et les Gobelins... la Savonnerie! Les Gobelins surtout... L'atelier de haute lice! Il faut voir comme la broche de laine travaille à l'envers... la main gauche saisit la lice... c'est une cordelette en forme de cercle, la lice... arrimée à une perche... »

Paulette n'écoutait plus du tout. L'orgeat était douceâtre, et ses bottines écrasaient un peu les pieds de la jeune femme. Tout d'un coup quelque chose sembla plus particulièrement s'adresser à elle...

« Vous n'avez pas été au palais des Beaux-Arts? »

Les petits sourcils s'élevèrent avec étonnement. Pour la première fois, il sembla que Paulette fût habitée par une idée à elle.

« Je déteste la peinture, moi... », prononça-t-elle avec la plus adorable des bouches minuscules. L'amiral ne remarqua pas la crispation du visage de Pierre, et dit avec une magnifique assurance de marin :

« Vous avez tort, mon enfant. Non pas que je sois un amateur bien, bien... Non. Même à vrai dire... Surtout les impressionnistes... Enfin... Il faut s'instruire, se tenir au courant... Sur la mer ce n'est guère possible, vous me direz... Je vous le concède... » Pierre sifflotait doucement. L'amiral ne s'en aperçut pas. Il poursuivit : « Il y a des toiles charmantes, tenez : un sujet de genre... près d'une mare... un paysage pour chasseur... des paysans qui entourent leur petite fille qui commence à marcher... la mère qui tend les bras... le père prêt à soutenir la petiote... charmant, charmant... Et ça s'appelle : *Les premiers pas*... J'ai oublié le nom du peintre... Il y a une religieuse de Henner... Vous me direz que j'ai des goûts modernes, mais moi j'aime Henner ! oui. C'est Denise qui me l'a fait connaître, du reste... »

Pourquoi parlait-il de tout cela en s'adressant surtout à Paulette, puisque c'était Pierre qui comprenait la peinture ? Il révéla soudain sa pensée.

« On ne vous a pas dit, Paulette, qu'il y avait un tableau de Blaise ?... Non ? Pas très beau, je dois dire. Je m'excuse, enfin... Comme toujours des ouvriers... A l'assommoir, cette fois. Manière de M. Zola qui fait école... Il faut que ça plaise à quelqu'un, à lui au moins... Je ne vous vexe pas ? »

Non. Paulette n'était pas vexée que la peinture de son frère fût mauvaise. Mais ça l'irritait d'entendre parler de ce type-là. En tout cas, ce n'était pas elle qui irait visiter le palais des Beaux-Arts pour voir la toile de ce barbouilleur. « Amiral, ne me parlez pas de Blaise... Nous ne l'avons pas vu depuis... depuis... et c'est un vilain monsieur... »

Bon, l'amiral parla d'autre chose. Le ciel était devenu tout rouge devant eux, les gens étaient moins nombreux, les petits ânes blancs trottaient, fouettés par leurs âniers égyptiens... Maintenant l'amiral prenait à témoin de ce qu'il disait tout le vaste paysage singulier avec ses pelouses géométriques, ses palais-cages, ses eaux jaillissantes, ses statues de colosses aux formes rondouillardes, et la tour de fer tricoté, énorme et bleue, éclaboussée du sang solaire... Comme c'était l'heure du dîner qui approchait, les visiteurs peu fortunés, qui avaient regardé avec horreur et respect les cartes des restaurants, s'organisaient sur les bancs verts au pied des grands palmiers en caisse pour des dînettes selon leurs moyens. Des journaux se déployaient sur les genoux où s'étalaient les saucissons et les oranges. Des enfants rapportaient des verres d'eau rougie des cafés voisins. Près des balustrades blanches, des paquets déposés, un couple qui s'installe... Un soir de collégiens et de vieilles dames, de retraités aux jambes lasses, avec des prospectus par terre, et des petites filles qui voudraient aller dormir. La voix de l'amiral prit tout à coup le creux du solennel.

« Un centenaire de révolte et d'émeute ?... je ne dis pas... je ne dis pas... Mais un prétexte est un prétexte ! Leur Révolution française... Seulement, comme l'a dit l'autre jour M. Tirard, le progrès ne ralentit pas sa marche... Et regardez ! Quel spectacle ! Avec ses laideurs, je veux bien. Mais sa grandeur. Songez à tous ceux qui ont travaillé pour faire cela, aux ateliers, aux usines, aux manufactures, quel effort ! quel gigantesque effort ! »

Il tenait son thème. Pierre vit qu'il avait les yeux bleus. On n'aurait pas arrêté l'amiral pour un boulet de canon. Mais il sentit lui-même le poids de l'heure fléchissante, et peut-être aussi son estomac. Bien qu'il eût promis à des gens de venir les voir, et que le creux de sa journée se fût rempli, il invita les jeunes gens à dîner. Il avait un besoin inextricable de parler à Pierre, qu'il connaissait peu. Il n'était pas d'habitude si bavard. Mais ce soir-là quelque chose en lui s'était déchaîné. La tristesse sans doute, à l'occasion d'une heure de solitude, comme l'épreuve soudain faite qu'il était aussi seul dans ce monde que sur l'Océan, et le sentiment encore de la vieillesse qui vous prend certains jours à la gorge, quand il fait beau, au milieu de la foule, et des manifestations de la force des autres, de leur immense travail qui nous survivra. Alors, on parle, on parle... Les gens vous écoutent et se disent : quelle vieille peau, quel grotesque. Ils n'ont pas entendu ce grelottement de terreur qui donnerait pourtant du tragique à chaque fin d'une phrase nulle, à chaque hoquet d'un esprit qui bat la campagne à tout hasard, pour ne pas voir sa propre faiblesse, l'ombre préfiguratrice de la mort.

Ils s'en furent donc dans l'Exposition coloniale, qui avait envahi l'esplanade des Invalides. Un capitaine de frégate, attaché au ministère de la Marine, avait indiqué à l'amiral un petit boui-boui pas trop cher et je ne vous dis que ça. Les lumières commençaient de s'allumer. Ça allait être la féerie promise. Car, à l'Exposition de 89, la grande nouveauté était cet éclairage *a giorno* comme on n'en avait jamais vu avec des yeux d'homme. « La Fée Électricité », murmura Pierre, en s'asseyant.

Les girandoles de lumière avaient l'air de colliers de perles accrochés en feston autour de l'esplanade. Les bâtisses hétéroclites, où l'Asie, l'Afrique, l'Océanie se mêlaient, prenaient dans ce qui restait d'ombre des airs de constructions rêvées. Des Javanaises servirent les convives, et ils mangèrent des mets étonnants et indigestes.

« Quand on pense, — disait l'amiral, — de quel désastre nous sortions! Après 71, avec les dettes de guerre, le pays démoralisé... Ah non, merci! pas de sel! J'ai déjà une soif... J'avais demandé du vin? »

Paulette suivait de moins en moins cette conversation d'hommes. Les colonies, l'Allemagne, les Balkans. Jules Ferry... « Je n'ai jamais été boulangiste, — entendit-elle dire à l'amiral, — pourquoi serions-nous dirigés par un officier de terre?

— Vous savez, — répondait Pierre, — je ne suis pas très ferré en politique... J'ai pour principe... »

Mais l'amiral était lancé.

« Cela vous paraîtra étonnant, jeune homme, qu'un marin vous tienne ce langage... mais ce spectacle pacifique... » Il embrassait du geste l'Exposition « ... dans le moment où toutes les nations s'arment... La France les appelle... Voyez mon travail! Et elle leur montre ses tapisseries, ses vases de porcelaine, sa métallurgie, le savoir-faire de ses artisans, son empire... Notre pays monte. Malgré les Prussiens. Malgré l'Angleterre. Nous avons l'amitié du tsar... »

Le vin n'était pas mauvais. Au dessert l'amiral se rappela les promesses qu'il avait faites : « Je me suis oublié, avec une jolie femme... » Ils se quittèrent sur le quai. « On rentre? » demanda Pierre. Mais au fond si flattée qu'elle eût été de dîner avec l'amiral, Paulette avait l'envie de baguenauder encore un peu sans lui...

« Tu veux voir la Bastille? » Elle se fâcha. Puisqu'il savait que ça l'embêtait! Bon, bon. Des bateaux illuminés circulaient sur la Seine. Le public du soir commençait à envahir l'Exposition. Pierre rêvait à mille choses, avec un certain dégoût du côté foire de toute l'affaire, et l'idée qu'on eût pu faire des merveilles de couleur avec cette lumière. Quelqu'un comme Claude Monet par exemple...

« Tu ne veux pas entrer ici ? »

Il sursauta. De sa petite main gantée, Paulette montrait une boutique sous les marronniers : *Le mage Assuérus*, disait l'enseigne éclairée, et sur un petit tréteau un bizarre personnage barbu avec un chapeau pointu à étoiles se tenait sous une draperie rouge sombre, une femme avec des voiles orientaux accroupie à ses pieds. Pierre sourit.

« Tu n'es pas folle ? »

Elle insistait, enfantine. Ils entrèrent.

II

Les Mercadier sortent d'une vieille famille de robe, d'où les mauvais garçons s'enfuirent le plus souvent par la marine ou par l'armée. Des Provençaux à l'origine, dont on retrouve le nom dans les cimetières au-dessus de Barcelonnette, mais le service de l'État depuis plusieurs générations les promène dans toute la France. Il y a des branches collatérales fixées aux colonies. Des cousins à Paris et d'autres à Nantes. A vrai dire, ce n'est déjà plus une famille. Ils se sont démembrés et disputés pour des lopins de terre. On a dispersé les héritages, perdu de vue des oncles paillards, des cousines ennoblies.

Pierre Mercadier, l'unique universitaire de la famille, enseignait l'histoire dans les lycées de province, et valait un peu mieux que son métier errant. Ses travaux sur l'Angleterre au xviiᵉ siècle lui avaient fait une réputation qui passait les frontières. Il avait eu un prix international pour une étude sur Charles Iᵉʳ.

Avec l'âge, nous le verrons lentement perdre cette désinvolture dans le maintien, cette allure de coq que donne une taille médiocre. Pierre portait la barbe qu'il avait châtaine et s'habillait avec du drap fin, toujours en noir. Plus que fier de ses larges épaules, il avait le nez un peu busqué de la Provence, et de bonne heure de petits plis aux coins des yeux.

Il aurait pu avoir une vie tout autre, s'il se fût consacré aux exercices violents. C'était un soldat sentimental qui s'était perdu dans les livres. Une erreur d'aiguillage. Maldonne. Il ne s'était pas reconnu lui-même pour l'un de ces Mercadier, dont on raconte à table les frasques, et qui se sont embarqués à quinze ans. Pierre Mercadier avait cru à sa calme destinée.

Il redoutait les aléas de l'avenir du monde. Il avait traversé des bouleversements, il savait au fond la fragilité de l'édifice social. Né en 1856, il avait passé son enfance dans le temps de l'Empire libéral. Fils de magistrat, élevé dans la certitude de la pérennité du régime, il avait vu tourner les choses sur un accident de chemin de fer où son père avait trouvé la mort. Sa mère s'était remariée à un petit industriel voltairien et frondeur, qui était un ami de M. Émile Ollivier, mais qui n'allait pas aussi loin que lui en politique. Ce beau-père à son tour avait été tué par un obus allemand à Paris où il s'était rendu pour affaire. L'Empire était tombé, les Prussiens campaient un peu partout en France, il y avait eu la Commune, et Pierre Mercadier n'avait encore que quinze ans.

Que croire ? Tant de gens racontaient les choses les plus contradictoires. Sa mère, la pauvre femme, après cet accident de chemin de fer et cet obus qui deux fois l'avaient faite veuve, entoura la jeunesse de Pierre d'un réseau de craintes et d'appréhensions. Dieu merci, une seule certitude leur restait dans leurs malheurs : l'argent. Bien que l'héritage du second mari eût été piètre : l'industrie avait souffert de la guerre. La République naissait dans des convulsions redoutables. Pierre aimait la peinture, parce que dans un tableau tout est calme, achevé, rien ne se déplace. Il eut la folie de la nouvelle école. Sa mère s'en désolait, disant, fâchée, qu'il perdait son temps et sa tête à ces bêtises. Et lorsqu'il fut majeur et qu'ils vinrent habiter à Paris quand il entra à l'École Normale, il avait eu la chance d'un bon numéro au tirage au sort, c'est même son argent que ces sottises de barbouilleurs de Barbizon lui prirent. Enfin! les femmes auraient pu lui coûter davantage.

Mme Mercadier aimait certes son fils plus que sa vie. C'est aussi pourquoi, deux fois rejetée vers lui par son double malheur, elle habitua ce jeune homme taillé pour le risque à une vie duvetée et toute pleine à la fois d'appréhension apprise.

Les mères aimantes jouent ainsi parfois un rôle décisif et tragique à l'instant où s'aiguille la destinée de leur fils. Elles faussent une vie dans les meilleures intentions du monde. Mme Mercadier voyait Pierre, à sa majorité, maître de l'héritage paternel. Elle-même avait de son second mari, après tout, assez pour vivre, et là-dessus un oncle Mercadier laissa sa fortune au jeune homme, ou la plus grande part de celle-ci.

Cette mère craignait et aimait l'argent à la fois. C'est-à-dire qu'elle considérait un héritage comme le plus grand bonheur, et la dépense comme le plus grand danger. En général, elle voyait Pierre parti, avec ses tableaux, pour être un dilapidateur... Peut-être n'avait-elle pas tort : en tout cas, l'argent qu'on avait pouvait fondre d'un instant à l'autre. Il fallait donc s'assurer pour l'avenir une carte de sûreté. La seule qu'elle connût était de donner à Pierre l'assurance de l'État, en le faisant fonctionnaire. C'est pourquoi elle le poussa vers un métier dérisoire par rapport à leurs rentes. Mais il faudra toujours des professeurs, même s'il y a la guerre, la révolution, la peste ou le triomphe de l'impressionnisme.

Au reste, un homme ne doit-il pas faire quelque chose? Pierre n'avait pas besoin de l'argent, il l'avait. Il avait besoin de l'estime publique : le professorat la lui donnerait. L'École Normale sonnait bien d'ailleurs. Pierre ne fut pas difficile à convaincre. Normale, cela voulait dire Paris, les galeries de tableaux, qui sait, la fréquentation des jeunes peintres, les concerts, l'art enfin...

La guerre ne s'était jamais tout à fait éteinte dans le monde. La France payait ses dettes, sans doute. Mais on se battait dans les Balkans. Les Russes étaient de la partie. Puis commencèrent les expéditions coloniales. Les gens se passionnaient pour ou contre. Pierre Mercadier allait au concert. La musique... c'est l'art idéal, on met dedans ce qu'on veut, les notes ne prennent pas parti, tout s'y résout dans l'harmonie. Ne lui était-il pas arrivé de commanditer un opéra sur l'héritage de son père? Il n'en était résulté que du son, dirait, plus tard, la jeune Mme Mercadier, qui trouvait cela très spirituel, et qui allait toute la vie faire sonner ce son-là pour excuser ses extravagances vestimentaires, son amour de la babiole et de la fanfreluche.

Pierre s'était épris d'elle sans lui avoir, pour ainsi dire, parlé, comme dans les livres, quand elle avait seize ans. Il en avait vingt-six, ses études terminées, le service militaire évité. Il l'avait vue au bal de la Préfecture, à Aix. Cadette d'une famille de nobliaux ruinés des hautes régions qui dominent le pays bressan, Paulette d'Ambérieux était venue à Aix chez des cousins plus riches. Elle avait toute l'étourderie et la fraîcheur de son âge, des cheveux bouclés blond cendré, une frange sur le front, une mouche au menton qui n'était pas un effet de l'art, et les tournures alors à la mode semblaient inventées pour elle, tant ce corps déjà féminin était svelte et heureux de porter quelque chose.

Mme Mercadier avait applaudi au choix de son fils. Elle s'était employée à lever les scrupules d'une belle famille qui considérait comme une mésalliance un mariage sans particule. Je dirai plus : comme une sorte de concubinage. Elle avait l'argument de l'argent, elle l'employa. Cela créa entre les deux mères, Mme d'Ambérieux et elle, la gêne d'une complicité dans le crime. Les deux femmes se détestèrent cordialement. Ce qui pouvait être l'origine de querelles dans le jeune ménage. Sans attendre l'événement, Mme Mercadier se sacrifia.

Elle se tint à l'écart, vivant à Paris, comme Mme d'Ambérieux du reste. Celle-ci n'imitait point sa réserve et venait chez sa fille toutes les fois que cela lui chantait.

Paulette avait accepté le premier homme qui l'avait demandée, parce que ses amies qui avaient des dots commençaient déjà à se marier et qu'on l'avait élevée dans l'idée que c'est une honte de rester une vieille fille. Elle avait vingt ans, elle s'entendait mal avec Mme d'Ambérieux, déjà veuve, à qui sa fille était un perpétuel rappel de la disparition du seul mâle de sa famille. Paulette n'avait pas neuf ans quand Blaise d'Ambérieux avait brisé avec les siens, et ce grand frère qui était rarement à la maison, et avec lequel elle se chamaillait, lui avait peu manqué. Mais elle en avait gardé un souvenir rancunier, pour les colères maternelles qui s'étaient toujours rabattues injustement sur elle. Une horreur aussi, de tout ce que le disparu représentait de désordre, d'histoires de mauvaises femmes à Paris, de bohème, probablement de débauche; il les avait abandonnées pour peindre, paraît-il, je vous demande un peu. Plus tard cette peinture, quand elle en retrouvera le goût, même comme simple acheteur, chez Pierre Mercadier, elle y concrétisera tout ce qu'il y a de mal au monde, toute la lâcheté masculine, le lâchage des siens, la fuite devant les responsabilités du chef de famille...

Que ce que Mme Mercadier avait dit à Mme d'Ambérieux de la fortune de son fils fût pour quelque chose dans le fait que Paulette se laissa embrasser un soir, après le bal, par ce jeune homme emporté, à la barbe soignée, qui lui traduisit en valsant des vers latins où l'on parlait d'amphores et de danseuses, cela est bien possible, mais qui osera le lui reprocher? Ce jeune homme aurait pu tout changer dans sa vie, s'il avait su lui parler comme à un être humain. Le malheur voulut qu'il fût si attendri de sa beauté nouvelle, qu'il ne vit en elle qu'une enfant, et lui passa ses caprices. Du moins tint-il pour caprices tout ce qui venait de la futile éducation de Paulette. Il ignorait que l'amour fût pour les jeunes femmes une école, il n'avait guère fréquenté que des personnes préoccupées de lui donner à lui, du plaisir, et déjà assez rompues à cette gymnastique pour y trouver ainsi le leur. Il crut avoir tout fait en apportant à Paulette une fougue assez violente. Il était de ces hommes qui confondent amour et tempérament. Paulette dut donc le subir ; et quand elle eut remarqué que certaines simagrées abrégeaient l'ennui de toute cette affaire et avaient pour effet de rendre Pierre heureux, elle prit l'habitude de jeter quelques cris, alors qu'elle n'éprouvait rien, seulement pour en finir, et peut-être aussi par une sorte de gentillesse.

Il en résulta que Pierre la croyait éprise de lui, qu'il ne se posa aucune question sur une matière délicate et en conçut définitivement cet orgueil absurde du mâle, qui veut qu'un homme soit presque toujours persuadé que, parvenu à faire l'amour à une femme, celle-ci lui appartienne corps et âme. Les romans, les plus souvent écrits par des hommes, sont bâtis à l'ordinaire sur cette conception si étrange et si peu réelle : aussi tout y est-il réglé quand enfin les héros ont couché ensemble.

Il ne faut pas voir en ceci chez Pierre Mercadier un aveuglement stupide. C'est si commune monnaie qu'on peut bien croire qu'il s'agit là de l'un des malheurs traditionnels des hommes, d'une imperfection de leur nature plutôt que d'une insuffisance de l'intelligence de Pierre. Pourtant, puisque par la suite Pierre tint lui-même la sottise de Paulette, son égoïsme, sa vanité, pour seuls responsables des conséquences qui découlèrent de cette mésentente originelle, il est sans doute utile de prendre ici la défense de la femme contre le mari, pour l'orgueil duquel semblable interprétation était, bien entendu la plus agréable et la plus facile.

De cette comédie d'habitude à laquelle Paulette s'abandonnait sans doute par le meilleur de son naturel, naquit doucement l'habitude du mensonge.

Elle mentait constamment à Pierre sur des choses insignifiantes, si insignifiantes qu'il ne s'en apercevait point. Pierre était devenu par là même étranger à sa femme, parce qu'il était celui à qui l'on ment. Très vite, cela avait porté sur l'argent du ménage. Paulette, à qui son mari donnait largement et sans compter, n'aimait plus que l'argent subtilisé, le coulage. Ainsi s'établit pour elle une absolue discrimination du mien et du tien entre elle et Pierre, et cela avait son prolongement dans toutes les choses de la vie.

Encore une fois, Pierre n'était pas mesquin, il eût trouvé tout naturel que l'argent fût également à tous deux et qu'on ne comptât point entre époux. Mais Paulette ne l'avait jamais rêvé ainsi : tout naturellement la monstrueuse propriété de l'homme s'établit dans leur ménage. Ils étaient mariés sous le régime de la communauté qui ne permet pas à une femme d'avoir un compte en banque, une signature, une personnalité civile. Tout l'argent d'ailleurs ne venait-il pas de son côté à lui ? Pierre en gagnait en plus chaque mois, n'est-ce pas ? si peu que ce fût.

L'horreur banale de toutes les familles de leur monde s'installa donc entre eux, avec son corollaire, le mensonge. Ils ne le remarquaient pas, et même leurs disputes portèrent toujours sur autre chose.

Entre un homme et une femme, l'argent prend toujours un masque. On se querelle à son sujet sans le dire, à cause des enfants, à cause des domestiques, à cause de la blanchisseuse. L'argent disparaît ainsi avec ces monceaux de rancœurs, ses déceptions, ses tricheries, derrière le décor banal de l'enfer quotidien.

Pierre avait pris le mariage comme un changement total de sa vie. Il était par tempérament tout enclin à ce genre de rupture avec son propre passé. Il en avait assez des amitiés datant du collège, et qu'il traînait au-delà de sa vie d'étudiant. Son esprit critique s'était exercé avec toute sa vigueur sur le milieu de sa jeunesse. Il en connaissait trop l'ennui, la tristesse, pour vouloir l'imposer à sa jeune femme. Quelques désillusions banales aidant, à l'égard de ces artistes dont il avait cru, venant à Paris, la fréquentation la chose la plus désirable et la plus enivrante, le mariage lui apparut comme une libération. Il prenait un billet pour un pays lointain.

Une jolie femme, l'amour... est-ce que ça ne peut pas remplir une existence ?

De lycée en lycée, d'une petite ville de province à l'autre, il avait fallu plusieurs années de vie conjugale et deux enfants pour que Pierre Mercadier ressentît que la sottise de Paulette ne pourrait se mettre éternellement au compte de l'âge. Et, encore dans les débuts, comment faire le départ des enfantillages d'une toute jeune mère devant ses petits et de la simple niaiserie? Cela n'expliquait pourtant pas l'humeur qu'elle avait tatillonne, obsédée à l'absurde par les détails de la vie commune. Il pensait que la maternité arrangerait les choses. Il n'en fut rien. Ses enfants (il y eut d'abord une fille, puis Pascal), elle n'y voyait que des objets de vanité à attifer et à montrer, mais qu'ensuite on laissait aux bonnes. Au fond elle pensait de même de son mari. Une femme a besoin d'un mari pour payer ses dépenses et aussi pour sortir, pour les réceptions, pour le théâtre. Qu'il demeurât ensuite un être humain, et qui plus est, une présence réelle, elle ne s'y accoutuma de la vie.

Elle ne se plaisait qu'aux papotages, aux ragots, aux mondanités, et encore aux mondanités pour ce qu'elles ont de plus extérieur. Elle n'était pas de ces femmes à qui le monde est un vertige. Elle était, Dieu merci, une femme honnête, et aimait tout autant rencontrer en ville de vieilles dames que de jeunes messieurs. Trouvant tout travail indigne d'une femme, elle faisait des gorges chaudes de ces personnes qui écrivent ou étudient. Bien qu'on puisse un peu peindre, sans excès, et chanter à l'occasion, pour elle, elle n'avait aucun talent et s'en vantait. Le talent, c'est l'affaire des hommes, ce n'est pas féminin.

Elle avait de la religion, certes. Mais pas trop non plus. Elle aimait assez les plaisanteries légères, qu'elle ne comprenait d'ailleurs qu'à moitié. Enfin c'était, pour un commensal qui ne la connaissait point, une personne charmante et assez rieuse.

Paulette s'est toujours vantée de sa fidélité sans défaillance. Non point qu'on ne lui fît pas la cour, avec les yeux et les dents qu'elle avait. Mais il y avait bien, à la longue pour son mari, même dans cette fidélité dont il avait d'abord douté, étant d'un naturel jaloux, quelque chose d'horrible, et pour ainsi dire d'anormal. Quelque chose aussi comme une position stratégique d'où elle dominait un homme faible et sanguin, lequel savait bien l'avoir trompée, parfois, sans que cela tirât à conséquence. Et qui s'en voulait un peu.

Pourtant, quand elle lui faisait une scène pour un dessin acheté, une esquisse, il se révoltait. Elle lui disait : « Oh! cette peinture! Elle nous a fait assez de mal comme ça! » Il répondait : « Fiche-moi la paix avec ton Blaise! » Blaise était ce frère disparu de Paulette, que Pierre n'avait jamais connu.

Elle n'aimait rien de ce que Pierre aimait; elle se moquait de ses tableaux, ses livres étaient le sujet des plaisanteries de Paulette. Qu'il pût lire l'anglais, sans le parler toutefois, était entre eux un sujet de piques incessantes, de niaises balivernes qu'elle lui jetait au nez et qu'elle trouvait très drôles. Il prit son rire, cette chose qu'il avait tant aimée d'abord, en exécration. Il haussait les épaules, quand, de loin, à travers les pièces de la maison, il entendait ce rire cristallin mais idiot, qui lui donnait l'envie de briser de la porcelaine.

Il se replia sur lui-même. Il n'aima jamais tout à fait ses enfants, parce qu'ils étaient aussi les siens, à elle. Il se rejeta dans l'étude. Il faisait sa classe, voyait des hommes d'âge et les intellectuels de la ville. Il lisait les livres de Paris, dont les robes jaunes faisaient dire à Paulette : « Ah? Encore un de tes mauvais livres? » Il n'éclatait que rarement : à propos de choses sans importance, la viande trop cuite, des insolences trop déplacées de Paulette à l'égard de quelqu'un de ses amis. C'était un mari modèle. Pierre Mercadier, au fond, s'était réfugié dans le professorat, le fonctionnarisme, aussi bien devant la vie, que devant sa femme. Bâti comme pas mal des siens pour une aventureuse destinée, il avait refusé le combat et cru trouver la tranquillité, un avenir assuré dans sa profession, dans cette existence en veilleuse, que rien, sauf des choses inimaginables comme la faillite de l'État ou un tremblement de terre, ne pouvait sérieusement mettre en péril. Qui sait si Paulette ne l'eût pas différemment aimé, ou estimé au moins s'il avait été de ces Mercadier du début du siècle : qui avaient repris le rôle actif abandonné par les Sainteville et les Ambérieux dont elle avait le sang en elle ?

Il avait fait un mauvais calcul. Quelque chose d'insatisfait grandissait en lui, sans qu'il s'en rendît vraiment compte. Il croyait qu'avec un peu de philosophie, une sorte de restriction mentale, on pouvait toujours biaiser dans la vie, s'en tirer à ses propres yeux et éviter les problèmes catastrophiques. Il le pratiquait dans son ménage. Il le pratiquait en politique. L'État lui assurait le vivre et le couvert, n'est-ce pas ? D'autres avaient la charge de gouverner l'État. Pour lui, il ne faisait que parcourir les journaux, pour n'avoir pas l'air trop bête avec ses confrères. Il faisait toujours dévier la conversation quand ceux-ci s'enferraient dans la politique.

Mais s'il lisait peu les journaux, il se rabattait sur les revues d'histoire, qu'il déchiffrait en plusieurs langues. D'abord c'était son métier, et puis on y retrouvait les questions de la politique mais refroidies, prêtes à la rigueur scientifique. Si Pierre ne jugeait pas ses contemporains, il n'avait aucune raison de se retenir par rapport à Talleyrand.

III

En 1889, les Mercadier firent donc le voyage de Paris pour l'Exposition. On ne pouvait manquer cela. On laissa la grande aux bonnes dans les Landes : vous imaginez Paris avec deux enfants pendant l'Exposition ! Mais impossible d'abandonner le petit : et puis cela s'arrangeait, car Mme d'Ambérieux se trouvait à ce moment dans son appartement de la rue de Babylone, on lui confia Pascal, et on descendit tranquillement dans un hôtel voisin du Bon Marché, tout ce qu'il y a de bien vu des Dames Augustines.

Pascal n'a gardé aucun souvenir de l'Exposition. C'est

un peu par cœur qu'il se rappelle la tour Eiffel et le Trocadéro, parce qu'on les voit partout sur les cartes postales. Mais de l'appartement de Grand'mère, il a retenu
les plus petits détails, comme d'une grotte magique où
on est entré par erreur, pour avoir frotté une lampe au
bon endroit. L'appartement se composait de trois pièces, d'une vieille bonne, d'une cuisine, et tout cela donnait en même temps sur des jardins secrets, que rien
dans ces rues tranquilles ne révélait de l'extérieur. Des
jardins fleuris d'acacias dont l'odeur au printemps
montait dans le soir avec le bruit assourdi de la
grand'ville.

« Cet enfant est né à l'automne », dit Grand'mère, et
elle lève sentencieusement un doigt chargé de significations automnales, où brille la chevalière d'or de son
défunt mari.

Si petit qu'il se souvienne, Pascal se retrouve sur les
genoux de sa grand'mère maternelle, Mme d'Ambérieux
qui ne vivait point en province chez sa fille, mais qui y
venait souvent, habitant Paris, où retrouvait les enfants
l'été au château de Sainteville, chez son frère, où les
Mercadier menaient Pascal en été. Cette vieille femme
flétrie, à la peau douce et duveteuse, maigrie de visage
mais non point de corps, avec des corsages compliqués
de petits plis, de guimpes, d'applications, de manches
travaillées, les cols haut montant, baleinés, pour cacher
un cou pendant, la dernière coquetterie d'une femme
qui a été belle, c'est toute la douceur de l'enfance pour
Pascal, tout ce qui relie dans le passé à cet étrange
monde charnel d'où il est sorti, et auquel il semble que
son père et sa mère soient si complètement étrangers.

Grand'mère aimait en Pascal le garçon, l'homme de
la famille. La naissance de l'aînée, une fille, avait été
pour elle une déception. Et comme Mme d'Ambérieux
n'avait jamais pu souffrir son beau-fils, elle voyait en
Pascal, un prénom qui venait de son côté, celui que portait son propre frère, la perpétuation de sa race à elle,
l'arrière-petit-fils de son père à elle, pour lequel elle
avait eu une admiration de jeune fille. Peut-être
aurait-il des traits de son mari, feu M. le préfet d'Ambé-

rieux, qu'elle avait giflé un soir à Compiègne devant l'Impératrice, parce que l'Impératrice lui avait souri.

Certes, c'était une piètre espérance que d'attendre le surgeon des Sainteville et des Ambérieux de la famille Mercadier. Mais après tout, un homme est un homme. Le grand malheur de la vie de Mme d'Ambérieux avait été de perdre son fils, Blaise, lequel n'était pas mort, et même se portait, disait-on, à merveille. Mais il avait mal tourné. Un bohème, un anarchiste... Allons, il vaut mieux ne plus y penser. Elle ne l'avait pas revu depuis 1875. Ce n'était pas la petite Paulette qui aurait pu le remplacer! L'aîné. Quand elle y songeait, elle avait un mouvement de révolte.

Bien qu'elle fût dévote avec emportement, et partageât son temps entre sa famille, le souvenir de M. d'Ambérieux qui dormait au Père-Lachaise et des retraites religieuses chez les Dames Augustines, Mme d'Ambérieux avait avec elle-même, jusque dans ses propos, une sincérité cynique, qu'on connaît mal dans la bourgeoisie. Elle disait que c'était le sort des femmes en vieillissant de reporter sur les petits la fureur qu'elles avaient donnée à leurs pères. Elle ne s'y trompait pas, et n'eût permis, elle étant là, à aucune bonne, ni à sa fille, de faire la toilette de l'enfant. Non plus d'ailleurs, qu'elle eût souffert qu'on employât jamais, pour le petit Pascal, une autre poudre de talc, une autre eau de lavande, un autre dentifrice que ceux dont elle tenait les secrets de sa propre vie de femme, et des confidences d'amies disparues; Paulette Mercadier n'eut garde en ceci de contrarier sa mère, à la sagesse de laquelle elle croyait dur comme fer.

Pour Grand'mère, Pascal était Calino, son câlin. Elle le faisait sauter sur ses genoux puis le balançait d'un coup la tête en bas, cramponné par ses menottes. Elle lui donnait toutes sortes de noms démesurés, pendant cette cérémonie. Elle l'appelait sa Beauté, son Grand Cheval, son Roi d'Angleterre, son Charlemagne, son Raminagrobis, son Chat-Botté, son Capitaine de Frégate, son Oiseau de Paradis, sa Manière de Bon Dieu, son Joli Lucifer, son Duc de Savoie, son Duc de Morny, son Cantonnier chéri, son Mauvais voyou des barrières, son Prince Charmant, son Diable-à-quatre, son Fra Diavolo, son Melon d'eau douce... Elle lui pinçait les fesses tout gentiment, où ça fait un pli. Elle le jetait en l'air et le rattrapait sous les bras. Elle le chatouillait, lui appuyait sur le nez jusqu'à ce qu'il se mît à rire. Elle l'adorait et lui chantait des chansons où les mots n'étaient pas mâchés bien que, pour elle comme pour le petit, les mots ne voulussent jamais rien dire. Elle avait l'accent traînant et grave des gens de son pays, quand elle ne se surveillait plus. Et elle ne se surveillait pas avec Calino : aussi retrouvait-elle les intonations paysannes qu'elle avait chassées au couvent, puis à la cour de l'Empereur. Elle se mettait à parler comme son frère, Tonton Pascal. Comme lui, alors, elle ne disait plus oui, mais voï. Comme lui, elle chantait à la fin des phrases.

Le soir, elle mettait le petit au lit vers les six heures, après lui avoir fait manger sa soupe (une cuillerée pour Grand'mère, une cuillerée pour l'Empereur, une cuillerée pour le Prince Impérial, une cuillerée encore pour Grand'mère, une autre pour les Dames Augustines, et puis, tant pis, une autre pour Maman, faut bien, Prunelle de mes yeux! rien pour papa...). Elle le bordait dans le petit lit de fer laqué blanc, au-dessus duquel il y avait comme une potence, à laquelle on ne suspendait plus les rideaux de voile de naguère. Elle le berçait longuement de chansons à mi-voix dites, sans musique qu'un ronron monotone, des chansons inventées qui restaient dans la tête de l'enfant par grands lambeaux inexplicables, comme d'étranges refrains d'un monde oublié :

> Il s'en va sur son grand cheval,
> Le petit câlin, qui porte des fraises,
> Il s'en va sur son grand cheval,
> Le petit câlin qui porte des braises...
> Il s'en va sur son cheval brun,
> Le petit héros qui porte des roses.
> Il s'en va sur son cheval brun,

Le petit héros tout rose et tout brun...

Ou bien :

> *Tourne, tourne, tourne,*
> *Moulin des bises, moulin des bises,*
> *Tourne, tourne, tourne,*
> *Puis va-t-à l'église, puis va-t-à l'église !*
> *Tourne, tourne, tourne...*
> *Monsieur le curé, monsieur le curé,*
> *(Tourne, tourne, tourne !)*
> *Me faut-il pleurer, me faut-il pleurer ?*

Il y avait aussi l'immanquable ritournelle, ponctuée de petites claques sur le derrière qu'on lavait :

Cul sur tronc — Gros bâton — Rôt gâté — Rats y vont...

Les trois pièces de l'appartement étaient-elles vraiment très grandes, Ursule vraiment très vieille sous son bonnet attaché sous le menton par une ganse blanche, c'est ce que Pascal qui était tout petit et tout jeune croyait en tout cas. Il y avait constamment dans la cuisine des crèmes renversées, des quatre-quarts, des gâteaux aux amandes, qui se préparaient pour Calino. Cela sentait toujours un peu la mélasse et le caramel. Grand'mère achetait à l'autre bout de Paris, disait-elle, la seule farine blanche qu'on pût trouver dans la capitale où tout était falsifié, pourri.

Comment les trois pièces et la cuisine se suivaient-elles ? comment passait-on de l'une à l'autre ? On a beau faire des efforts de géant, pas moyen de s'en souvenir. Il y avait la chambre de Grand'mère, la salle à manger, et le salon, qu'Ursule appelait le boudoir de madame. La cuisine, elle, était pleine de cuivres rouges, brillants, brillants. Et par terre de petits carreaux noirs entre de grands carreaux blancs. Les trois pièces étaient faites d'étoffes de soie rouge et d'objets de Chine. On ne voyait pas le plus petit morceau de bois aux sièges capitonnés. C'était bourré d'étagères toutes chargées de dragons, de magots aux têtes branlantes, de vases en cloisonné bleu, fleuri d'émail, de vases d'argent couverts de poissons d'or, et des éventails peints, des gobelets ornés de caractères mystérieux, des statuettes d'ivoire compliquées, des scènes de marché, des pêcheurs sur des petits ponts, des chevaux de terre cuite, des bêtes inconnues en porcelaine vert et jaune, des papillons sur des manteaux brodés au mur. Au milieu de tout cela un grand crucifix noir, comme un reproche, où mourait un Christ si beau, si beau, qu'on pouvait pleurer à voir ses souffrances, un Christ entouré de tous les péchés du lointain Orient, et presque grand comme un enfant, avec des gouttes de sang peintes en rouge sur son corps jaune et émacié, une grande croix posée sur le piano quart de queue tout décoré de fêtes galantes au vernis Martin à fond d'or, au-dessous des panoplies rapportées des Indes par le père de M. d'Ambérieux qui avait été gouverneur de Chandernagor pour Sa Majesté Charles X.

« Écoute, Calino, — dit Grand'mère, — voilà le papa de ton grand-père. Il allait à la chasse sur un éléphant. Il portait un casque et les indigènes tout nus jetaient des fleurs sous ses pieds. Il était bon et puissant, et il a élevé son fils, ton grand-père, dans la crainte de Dieu... Les femmes l'aimaient, comme tous les hommes de notre famille, comme elles t'aimeront, Calino, quand tu seras grand et que tu chasseras le tigre à dos d'éléphant. Écoute, Calino, les femmes ne t'aimeront pas si tu fais des grimaces, et si tu ronges tes ongles... Et le bon Dieu te regarde quand j'ai le dos tourné... Et la Sainte Vierge... Il faut être coquet pour la Sainte Vierge, Calino... Les femmes t'aimeront, mais si la Sainte Vierge ne t'aime pas, tout est manqué... Calino, tes ongles! Les femmes t'aimeront parce que tu es né à l'automne, et que les enfants de l'automne ont été conçus avec la force de l'an nouveau... » Autour de Grand'mère, il y a des crabes de bronze, des ibis porte-chandelles, des roses de Saxe, des marguerites en verre de Venise, des portraits de dames aux cheveux pris dans une résille noire. Autour de Grand'mère, il y a des batailles d'éléphants et de tigres, des troubadours chantant à des châtelaines, des vierges de velours grenat chargées de fleurs d'or.

C'est l'image du monde qu'emporte d'abord comme un cadeau le petit Pascal, gavé de crèmes et de massepains tendres, un monde fantastique et parfumé, sur lequel veille un Dieu martyrisé et sanglant, un monde où la Chimère joue le rôle du chat, un monde de gouverneurs et de bergères, un monde où la cigogne est d'or, et le ciel de brocart. Entre les idoles de l'Inde aux bras multiples et les lotus de la Chine sur des paravents de laque, une vieille femme, au corset busqué, au nez grossi par l'âge, dans sa robe d'intérieur en zénana framboise, répète avec les yeux demi-fermés l'adage de l'avenir prédit : « Les femmes t'aimeront, Calino, les femmes t'aimeront ! »

Par la fenêtre, monte l'odeur des acacias.

IV

De ses jeunes années, Pierre Mercadier avait gardé cette superstition : la Bourse. Non pas qu'il fût à ce point intéressé, mais de quoi parlait-on d'autre à la maison dans ces jours troublés ? La Bourse était le baromètre de la stabilité sociale. S'affolait-elle ? Adieu, beau fixe ! Pierre Mercadier avait pris l'habitude de jeter tous les jours d'abord un coup d'œil sur les cours. On ne peut pas croire ce qu'écrivent les journalistes. Mais là, dans les chiffres, était la vérité. La vérité d'argent. On ne triche pas, on ne peut pas tricher avec ça.

Professeur d'histoire, il s'était beaucoup intéressé à l'étrange histoire de l'Écossais Law (prononcez Lass) qui inventa le papier-monnaie, mais non point ses conséquences. Alors même qu'il écrivait son essai sur les Stuarts, il avait jeté sur le papier quelques notes touchant ce grand financier. Un peu plus tard, il y revint, trouva ses idées originales, mais peu scientifiques. Il sortit tout de même de son cahier un article assez bizarre, qui parut dans une revue académique. « Il faudra que je revienne là-dessus », se dit-il en le lisant. Dans les années 80, un professeur d'histoire n'avait, pour l'agrégation, aucunement besoin d'étudier l'économie politique. L'histoire qu'il enseignerait aurait pour moteur la lutte de l'esprit d'invention et de progrès contre l'esprit de tradition et de réaction, ou le développement de la nation, ou l'évolution des idées... L'argent n'avait que faire là-dedans : c'était un domaine laissé à la fantaisie personnelle de Pierre Mercadier. Aussi s'abandonnait-il à la fantasmagorie de l'argent, à des théories à lui, échafaudées comme des nuages sur des réflexions passagères, et qu'il substituait facilement à d'autres théories sur lesquelles il avait préalablement rêvé...

Par exemple... Tous les exemples sont mauvais. Mais la pauvreté d'un peuple n'était-elle pas un reproche usuel que les historiens faisaient à son monarque, à son gouvernement ? L'enrichissez-vous, qui avait été la morale de la monarchie de Juillet, n'était pas un mauvais principe ; le malheur était que la France se fût appauvrie avec ce principe-là. La fausse morale des philosophes, calquée sur celle des prêtres, voulait qu'il y eût dans l'argent un principe de perdition. Sottise qui ne tenait pas devant les faits.

Ce respect de l'argent qui pénétrait le jeune professeur ne l'induisait aucunement à faire de l'argent le pivot de sa vie. Le professorat ne pouvait guère l'entraîner dans cette voie. Mais il y avait la Bourse. Diverses Bourses d'ailleurs. Car il n'est pas certain qu'à son amour de la peinture ne fût pas mêlé un certain goût de la spéculation, un certain espoir du lucre. Les Monet étaient des valeurs d'avenir.

Il faut être de son temps, aimait-il à dire, sans que cela l'engageât à grand'chose. Par exemple, il préférait les lampes à pétrole à l'éclairage au gaz, et pouvait discourir là-dessus. « Il faut être de son temps » était une

expression qui avait pour but de justifier chez cet honnête fonctionnaire un certain goût de la joie, une soif
inassouvie du risque qui, ne trouvant pas à se satisfaire
dans la vie de Pierre Mercadier, ne s'étanchait que dans
le pile ou face des spéculations. Oh, entendons-nous,
Pierre Mercadier était très prudent, tout au moins dans
les débuts... Peu à peu le jeu couvert par le prétexte de
l'art l'avait lassé. Et puis quand il achetait une toile, une
fois marié, c'étaient des criailleries à la maison. Alors il
s'était pris au jeu pour lui-même. Peut-être eût-il fait en
d'autres circonstances un joueur de roulette. Mais la vie
lui rendait plus facile le plus abstrait, le plus nu de tous
les jeux : la spéculation boursière. On passe des ordres.
On attend. On suit la cote de la Bourse. On la regardait
de toute façon tous les jours. Maintenant, cela a pris un
sens de plus, un sens pour soi seul, car on ne tient pas
les siens au courant de ces choses-là. Paulette n'y aurait
rien compris du reste. Ainsi, le matin, en prenant le
petit déjeuner, des beurrées dans le café au lait, avant
de partir pour le lycée, Pierre Mercadier lisait son journal sans avoir l'air de rien. Et, en réalité, à ce
moment-là, sous le nez de Paulette, il jouait, il jouait
effectivement.

Je vous le dis : avec prudence. Sur de petites sommes,
des valeurs sûres. Plaisir double, du fait de la dissimulation. N'aimant plus Paulette, il la trompait ainsi. Cela
valait mieux que d'avoir des maîtresses, une satisfaction plus subtile, plus raffinée. Et puis, il se sentait
ainsi *de son temps* : Law n'avait pas prévu les conséquences du papier-monnaie inventé, or celles-ci, depuis
les jours de la rue Quincampoix, avaient transformé le
monde.

A vingt-sept ans, lors de son mariage, l'argent ne lui
paraissait pas encore à ce point la base de la sécurité
humaine. Quelques aventures, une liaison au Quartier
Latin, n'avaient pas épuisé son idée de l'amour, du rôle
de l'amour dans le monde. Après tout, c'était pour lui
que s'était faite la guerre de Troie, et on racontait de
l'Impératrice et la Païva des choses qui jetaient un
doute sur l'origine de la guerre de 70. L'art et l'amour...

Le misérable échec de sa passion pour Paulette avait emporté tout cela. Il ne croyait plus qu'à l'argent. Il était, enfin, de son temps.

Mais même alors, même quand dans l'analyse de ses plus secrètes pensées et des actions des autres hommes, Pierre Mercadier retrouvait toujours le luisant gris du métal, cela ne signifiait point que, pour ce qui le concernait, il dépouillât ses actes de tout prétexte idéal, de toute chevalerie sentimentale. Il n'avait, somme toute, de l'argent qu'un respect contemplatif : ses maigres spéculations ne faisaient pas de lui un de ces grands cyniques qui dominent le monde, elles ne justifiaient pas les écarts de pensée qu'eût demandés la transformation d'un petit professeur de lycée en un financier audacieux. Son amour de l'art n'avait abouti qu'à l'achat de quelques tableaux. Son respect de l'argent l'amena tout au plus à acquérir quelques actions qu'il revendait à terme. Dans l'ensemble il perdait un peu, pas beaucoup. Il se racontait pourtant qu'il spéculait pour assurer une dot à sa fille aînée. Il pensait même à Paulette en donnant des ordres à l'agent de change. Qui sait, il pouvait disparaître demain ? Comme son père et son beau-père, un accident, une bêtise... Ce que c'est que la vie d'un homme ! Paulette se trouverait alors comme sa mère jadis, mais avec deux enfants. Pierre, d'ailleurs, ne pensait pas qu'à sa femme et à ses petits : il pensait aussi à la France. Mon Dieu, oui ! C'est qu'on n'a pas eu pour rien quinze ans en 71. La France avait son prestige à reconquérir. Pacifiquement. Que nous ayons payé si bien, si vite les milliards de la paix de Francfort, avait fait plus pour le prestige de la France que n'eût pu une guerre sanglante et victorieuse. Si les Français savaient bien spéculer, placer leur argent... ils pouvaient conquérir le monde. Tout cela vu de Dax.

On me dira qu'il y avait là quelque chose de contradictoire entre cet esprit de spéculation qui suppose qu'on s'occupe des événements et l'horreur de la politique qu'affichait Mercadier. Mais je n'y peux rien. Mercadier était un homme de trente-trois ans aux jours de l'Exposition universelle, non pas une machine bien réglée. Il avait ses contradictions, et il vivait avec elles. Et avec les idées qui avaient cours à cette époque. C'est ainsi qu'il n'avait pas été sans remarquer le fléchissement de certaines valeurs quand l'esprit de rébellion s'éveillait dans les établissements dont elles représentaient le capital. Bien qu'il ne fût pas tout à fait fermé aux utopies généreuses, qu'il se fût pris à rêver d'un monde à la Thomas Moore ou à la Fourier, il fallait reconnaître que les gens étaient le plus souvent de terribles gâte-sauce, des brouillons qui allaient contre leur propre intérêt.

Pierre, même, avait parfois laissé aller sa tête jusqu'à imaginer un système dans lequel il y aurait des lois impératives qui prélèveraient sur ce que chacun gagnait une petite quote-part, oh, très modeste!... Histoire d'intéresser tout le monde à la vie commune, à la grandeur de la nation, au développement de l'industrie... Cette quote-part serait placée en Bourse, par un système à imaginer... C'était là la fin du salariat, certainement. Plus d'éléments antisociaux, chacun coopérait enfin à la fortune de tous et à la sienne propre. Sans parler des avantages moraux, diminution de l'ivrognerie, éveil du sentiment de responsabilité.

En dehors de toute politique, comprenez-moi bien, Pierre Mercadier n'eût pas placé un liard dans une affaire qui eût été contraire aux intérêts de la France. Évidemment il perdait toujours un peu, pas beaucoup, mais enfin... Il était obligé de laisser passer certaines occasions qui lui étaient signalées. Il avait des scrupules. Par ailleurs, il s'engageait dans des affaires dont le succès eût été souhaitable pour le pays. Mais voilà, elles ne réussirent pas toutes. Ce qui fit que, tout naturellement, en dehors de toute politique, après avoir lu un discours de M. Constans à la Chambre, Mercadier considéra comme une affaire nationale jointe à une bonne affaire, de vendre un gros paquet d'actions pour acheter du Panama. Vous imaginez la place de la France dans le monde, une fois qu'elle contrôlerait cette voie de communication essentielle. Puis, avec la garantie du gouvernement, que pouvait-il y avoir de plus sûr que le Panama? C'était la dot de Jeanne, l'avenir de Pascal!... Cent mille francs, par petits paquets, passèrent ainsi du portefeuille des Mercadier aux bureaux de MM. de Lesseps.

V

Deux coups à trois mois de distance remuèrent assez profondément Pierre Mercadier. La mort de sa mère, d'abord. Il avait vécu, jeune homme, dans l'intimité de cette mère inquiète, toute sa famille. Elle avait pesé sur sa jeunesse de tout un monde d'idées et de superstitions courantes, dont il s'était mal et difficilement dégagé. Il y avait bien eu des heurts, entre eux, particulièrement à cause des aspirations artistiques de Pierre. Qu'était cela devant la mort? Sa mère était morte seule et loin, à Paris, chez elle. La pneumonie ne l'avait pas laissée traîner. La nouvelle était venue tout à coup par un télégramme d'une amie. Il entre une grande part d'égoïsme dans notre regret des nôtres. Une mère, c'est un témoin irremplaçable qui s'en va : notre univers qui commence à se détruire. Mais qu'importent les raisons de la douleur quand la douleur est là? Elle s'atténuait à peine quand la petite partit à son tour : scarlatine. L'avenir comme le passé... Pour Pierre, sa fille avait été le premier miracle dans sa vie, le premier étonnement. Sur elle il avait fait la découverte de la paternité. Elle avait été sa raison d'ajourner tout jugement de Paulette. Il avait un peu cru à une sorte de devoir accompli, donner la vie... Tout cela s'était terminé d'une façon morne et brève, un petit cercueil enfoui dans une ville qu'ils allaient quitter dans les Landes. Il n'éprouvait pas un très grand chagrin : ce n'était pourtant pas la moindre part de ce chagrin que l'ironie d'avoir cherché à amasser de l'argent pour faciliter le mariage de cette petite fille qui devait périr à cinq ans. Il y a dans ce qui précède quelque chose d'exagéré, l'image pourtant de la dot le hanta dans ces jours-là avec une amertume atroce. Il était poursuivi par des phrases notariales, qui flottèrent dans le cimetière de Dax... Il n'avait pas eu le temps en cinq années de s'attacher vraiment à la petite, avec ses livres, ses études. Mais il restait là devant le fait, désemparé, ayant perdu le sens même de sa vie, de la vie. Qu'est-ce qui le liait à Paulette ? Pascal... Ce bourdonnement de la douleur maternelle, ces protestations bruyantes, ces sanglots, quelle sotte ! Pourtant sa femme éprouvait un sentiment pour une fois naturel, avec la violence d'une tempête. Il eut des mots amers, ironiques, qui creusèrent un petit peu plus le fossé entre eux deux.

Pascal, lui, était trop petit pour qu'il eût gardé de sa sœur un véritable souvenir. Mais non point de sa maladie. Car il l'avait prise et il en fut assez atteint pour que cela pesât sur toute sa vie. Sans la scarlatine, l'enfant qui était gros et solide serait sans doute devenu vraiment le descendant des Sainteville, de nobles montagnards pleins de santé et d'arrogance, et le continuateur aussi de ces Mercadier-là, qui entraient dans la Marine du roi, et dont l'un fut corsaire, et un autre finit au bagne pour avoir trop aimé des cocodettes et tiré des chèques sans provision.

Mme d'Ambérieux interrompit une de ses retraites pour venir s'établir au chevet de l'enfant. La fille, c'était un malheur. Mais le garçon... La scarlatine ? On ne l'attrape plus à mon âge ! Elle chassa l'infirmière et se chargea de tout. Pascal sortit de là allongé, plus chétif, et avec un regard tout perdu. « Je ne le reconnais plus, — disait Grand'mère, — il faudra lui faire prendre des toniques, ou ce sera une femmelette ! » Elle regardait les petits bras maigres avec désapprobation. C'est cela que vous appelez un homme ?

Chose curieuse, cet enfant qu'elle avait veillé, disputé à la mort, elle l'aima moins après sa maladie. Elle doutait de lui. En même temps, il faut dire que sa dévotion s'était accrue. Elle avait pris un culte pour saint François-Xavier, qui a une paroisse à Paris, où elle allait maintenant tous les dimanches quand elle habitait chez elle. Et puis ce saint-là a été dans les mers de Chine... Il ne se trouvait pas dépaysé dans son appartement, vous comprenez.

Plus que toute déception, la douleur de Paulette chassa rapidement cette grand'mère et la rendit à sa piété. Paulette se promenait dans la maison avec de petits chaussons de sa fille morte, qu'elle avait retrouvés, et elle attestait le Ciel en les brandissant. Mme d'Ambérieux, Pascal hors d'affaire, s'enfuit donc, incapable de supporter sa fille, et surprise jusqu'à l'écœurement de lui découvrir une possibilité d'excès.

Paulette, restée seule avec sa douleur, commença de s'y organiser. Les robes qu'elle avait fait faire et qu'elle ne pouvait porter, dans le cabinet noir où elle les avait pendues devinrent des spectres qu'elle allait consulter pour retrouver des larmes. Elle était parmi elles comme la septième femme dans le cabinet des victimes de Barbe-Bleue. Elle les palpait, y voyant mal, les reconnaissant au toucher. N'eût-ce été que la mort de sa belle-mère, elle eût porté celle-là et celle-ci assez facilement, car elles pouvaient passer pour un demi-deuil. Mais les deux morts s'ajoutaient et, pour la petite, ni le mauve, ni le blanc n'étaient tolérables. Le noir, rien que le noir qui allait si mal à Paulette, et le crêpe naturellement, qui a quelque chose tout de même de réconfortant d'être si dramatique. Tout cela mêlé à de vraies larmes. Il n'y a pas de frontières bien nettes entre les sentiments et la fatalité.

Et puis il y avait Pascal menacé. Mme Mercadier gavait son fils de tous les médicaments alors à la mode. Elle le fit examiner par tout le monde médical des Landes, puis de l'Orne où son mari venait d'avoir son changement. Déménager avait été une diversion puissante. L'affolement, le désordre, ce dont on se sépare, les nouvelles têtes, la découverte qu'on tenait bien moins qu'on ne croyait à certaines gens, le nettoyage des tiroirs, les vieilles lettres qu'on déchire, enfin mille choses intervenaient pour liquider le passé, pour faire de l'image crucifiante de la petite morte, quelque chose de lointain et de doux, d'infiniment moins douloureux. Bientôt, l'hiver venant, les voiles de deuil se firent indiscrets, ostentatoires. Il aurait fallu des robes plus effacées, moins brutalement noires. Avec cela, Pascal restait pâlot. Paulette décréta que les médecins de l'Orne ne valaient rien : il fallait ceux de Paris pour cet enfant. Elle laissa donc son mari aux jeunes Normands et s'en vint montrer Pascal aux sommités de la capitale. Elle était descendue au même hôtel aimé des Dames Augustines où elle avait habité avec Pierre l'année précédente pour l'Exposition, bien que Mme d'Ambérieux ne fût pas à Paris et que sa fille eût pu profiter de son appartement.

L'enfant avait bon dos. Mme Mercadier voulait avoir un moment de liberté. Plusieurs de ses amies de pension habitaient la capitale : on la reçut de toutes parts, on la choya à cause de son malheur, on l'invita. A Paris, une robe noire discrètement façonnée ne cause point à une table, ou au théâtre, le malaise qu'on éprouve en public de l'étalage d'un deuil, le scandale. On sortait des jours du boulangisme, il y avait en l'air une atmosphère de grands événements, de chansons et d'aventure, où Paulette n'eut pas la moindre peine à se changer les idées. Elle s'amusa comme une folle, laissant le petit à l'hôtel, à la caissière, une femme d'âge, qui n'oublierait pas de lui donner ses fioles à l'heure dite. Le soir, il dormait bien sage ; Paulette pouvait aller au théâtre, qu'elle adorait, et elle eut une toquade pour un ténor qu'elle s'en fut écouter dans ses rôles. Admirable dans *Le Trouvère*. Décidément les Italiens...

Quand elle revint dans l'Orne, avec des ordonnances de médecin, et un petit toujours maigrichon, son mari la trouva plus jolie qu'il ne se le rappelait. Et puis avec ça, meilleur caractère, malgré les bêtises qu'elle avait entendu dire, touchant le Général, et qu'elle répétait. Ne parle donc pas politique! De ce revenez-y, naquit Jeanne.

Paulette eut une grossesse difficile, et pleine de caprices. Jamais elle ne s'était montrée plus sotte et plus exigeante. Son état l'excusait : aussi ne se gênaitelle pas. Pour un rien, c'étaient des cris. Le monstre lui refusait tout! Le monstre alors prenait son chapeau melon, pliait le dos et s'enfuyait au café. C'est à cette époque, sous le couvert d'une envie, que Paulette obtint de son mari de faire chambre à part. L'affaire se présenta sous l'aspect d'une fantaisie qu'elle avait de s'installer une pièce à son idée, une chambre rose. Leur troisième enfant ainsi consacra leur séparation définitive. Mme d'Ambérieux venue pour l'accouchement, espérait un garçon solide. Une fille! Ces Mercadier, ce n'était vraiment pas grand'chose. Elle reprit le train de Paris dès le lendemain.

Pascal éprouva d'abord pour sa petite sœur un amour débordant, malheureux et émerveillé. Il s'installait près du berceau, sur un petit banc, agitait les mains pour se faire comprendre. La mioche regardait les lumières et dédaignait son frère : « Tu la fatigues... », disait Maman. Alors, dans le couloir, Pascal, qui avait cinq ans et demi, s'arrêtait devant la porte de la chambre où sommeillait sa petite sœur et, se pressant le cœur à deux mains, il murmurait : « Petite Jeanne, petite Jeanne, je te donnerai ma vie... », les yeux pleins de larmes, ravi de l'idée de son sacrifice. Jamais pourtant serment si noble ne fut si peu tenu... Car dès que Jeanne put dire trois mots, marcher, elle cessa d'intéresser son frère. Et, en général, d'être intéressante. C'est ainsi que, bien que n'étant pas fils unique, Pascal eut entre des parents divisés une enfance solitaire. Et puis pas si solitaire que ça. Dont il lui restera une couleur de feuillages sombres entremêlés, un parfum de noisetiers et de chèvres, une lumière d'avant l'orage, quand on se met à courir en sachant qu'il est trop tard pour gagner un abri.

VI

Il faisait une merveilleuse chaleur. Peut-être pas au lycée, dans les classes bondées, sous des verrières mal aérées, où les professeurs eussent été déshonorés d'enlever leur veston, ou de ne pas porter de gilet, ou de n'avoir pas un faux col dur les engonçant, qui laissait, comme chez Pierre Mercadier, une marque rouge dans la nuque. Le pire pour lui était ce furoncle qui menaçait de tourner à l'anthrax. Les petits Normands suaient ferme à leurs pupitres.

Mais, à la maison, où cela sentait le frais et la lavande, derrière les volets, avec le parfum des pommiers par la fenêtre, et du linge bleu qui séchait dans le jardin, on trouvait la chaleur merveilleuse, parce que c'était enfin cette chaleur solide qui en a pour des mois à céder, qui vous rend paresseux.

La maison était un peu en dehors de la ville, et bien qu'on y entrât par une rue inhospitalière, elle donnait par-derrière sur un clos ombreux, comme un puits de feuillage, et des fenêtres on apercevait les champs. Il y avait autour des murs très hauts, très gris, tout moussus, où poussaient des joubarbes roses.

Paulette traînassait agréablement à sa toilette. Elle adorait sa chambre. C'était même tout ce pourquoi elle avait un sentiment vif. Non que sa chambre d'Alençon représentât pour elle ou des souvenirs ou un effort de son imagination : elle venait de la refaire exactement à l'image de la chambre de Mme Lassy de Lasalle, qui était une amie de pension, mariée à Paris. Mais Mme de Lassy, Denise, une Courtot de la Pause par la naissance, était tout ce que Paulette considérait de plus sûr en matière de goût. Rien de trop, surtout rien de trop...

Dans la demi-obscurité des volets croisés, devant la coiffeuse à volants encombrée d'eau de concombres, de vinaigre de Bully, d'eau de Cologne de Jean-Marie Farina, de petits pots de crème qui étaient un secret de Denise, de trente-six pieds de biche, repoussoirs, vaporisateurs, polissoirs, brosses décorées de têtes d'anges, comme le miroir, et des boîtes rondes longues, carrées, parmi lesquelles se perdait le bâton à gants, Paulette, assise sur un pouf de peluche rose entouré de mille pompons, avait même enlevé la veste de sa matinée de linon à petites fleurs. Elle restait là, avec la jupe, les bras nus, et le cache-corset bordé de petite valenciennes, dans toute la fraîcheur de sa jeunesse, les seins à peine serrés par le corset qui lui faisait un buste si droit, simplement rapprochés et relevés. Elle avait ses cheveux cendrés ramenés en l'air dégageant la nuque, où s'échappaient deux frisettes, et sur son jeune visage heureux et reposé, les derniers bigoudis, gardés sur le devant, avaient l'air d'une aguicherie de plus. Les maternités avaient passé sur cette jeune femme sans y rien faire que de lui donner de l'éclat.

Comme elle était assise, elle avait l'air d'être la reine des sièges roses qui peuplaient la chambre où descendait une grande échelle d'or. Une grosse mouche bourdonnait en l'air, et cela faisait froncer les sourcils de ce visage paisible. Tout était dans la pièce de ce rose à qui il s'en faut de si peu qu'il soit rouge, sauf un guéridon noir et or à incrustations de nacre sur lequel était posée une lampe guillochée, avec un abat-jour de soie à petits plis, et tout ruché, rose. La chambre avait une alcôve, ce qui est vieux genre, mais quelle commodité, pour le désordre du matin! L'armoire, une grande armoire avec un tas de petits panneaux à glace, était ouverte, les vêtements, pendus sous des linges blancs à nid d'abeille, chevauchés de sachets doubles pleins de verveine.

Paulette se regarda, perplexe dans la glace de la coiffeuse. Elle devait donner un grand dîner, et ce qui l'inquiétait, ce n'était pas le menu, les vins... pour cela, il y avait des traditions immanquables. Mais le protocole de la table. C'était un dîner pour en être quitte avec les collègues de Pierre, et leurs épouses. A Alençon, comme ailleurs, Paulette était plutôt mal vue de ces dames. Les Mercadier étaient plus riches que n'est en général le ménage d'un professeur, et Paulette frayait surtout avec la bonne société du lieu, sans tenir compte du lycée, du proviseur, etc. Ses toilettes faisaient parler. Elle s'en tirait par un seul dîner, quand venait l'été. Mais cette fois l'histoire était que l'Amiral, de passage serait leur hôte, et (il faut bien le dire) Paulette était assez ravie de leur flanquer l'Amiral, à toutes ces pimbêches, avec toutes ses décorations, du Moulin-à-Vent et du Veuve Clicquot. Elle en riait d'avance.

L'amiral Courtot de la Pause était l'oncle de Denise. Peu de relations enivraient à ce point Paulette. Cet homme extrêmement distingué, très chic, genre anglais, rasé, avec des côtelettes, avait représenté la France aux grandes manœuvres navales en Angleterre, et la reine Victoria avait dit qu'elle le trouvait charmant. Le *Taller* avait rapporté ce propos.

Tout de même, comment asseoir l'Amiral à gauche de Paulette pour installer à sa droite le proviseur, un homme tout à fait ordinaire et avec ça qui ne sentait pas très propre... Il fallait trouver quelque chose. La femme de M. Lautier, le professeur de mathématiques, était assez jolie, si jeune, mais fringuée !

Paulette était d'une humeur charmante, et toute portée à l'indulgence. Elle s'interrompit même au milieu de ses pensées protocolaires pour se rappeler que c'était dans trois jours la fête de sa mère, et elle ouvrit sa cassette de bois doré, où elle tenait un ramassis de choses disparates, pour rechercher, entre des menus, un carnet de bal et des photographies, une carte postale qu'elle avait mise de côté. S'il y avait eu de l'encre dans la chambre, elle aurait tout de suite écrit : Bonne fête ! et signé avec cette écriture d'enfant qu'elle avait gardée de la pension, mais l'encre avait séché dans l'encrier. Paulette prit une houppe à poudre et la secoua en l'air. Cela fit un petit nuage. Où en étais-je ? Ah, oui, l'Amiral... Enfin elle était de la meilleure humeur du monde, et son mari ne devait pas revenir d'une heure au moins, car il allait au café en sortant du lycée...

Soudain la porte s'ouvrit d'une façon théâtrale, comme si tout à coup Paulette avait été surprise avec un monsieur, et Pierre entra. Un Pierre comme personne ne l'avait jamais vu.

Blême, nerveux, la cravate toute de côté, une manchette qui dépassait trop la manche. Paulette en resta la houppe suspendue. Il y eut un silence. « Que vous arrive-t-il, mon ami ? » dit-elle enfin.

Pierre Mercadier regarda sa femme, soupira. Puis

69

jeta successivement les yeux sur tous les sièges. Ils étaient désespérément roses. Ce décor était bien absurde pour la scène qui allait suivre. De guerre lasse, il s'assit enfin dans un fauteuil crapaud. « Paulette, — dit-il, — j'ai à te parler sérieusement... »

Elle le regarda mieux. Il était complètement défait. Elle eut alors le réflexe inattendu de la mauvaise conscience « Mon Dieu, — s'écria-t-elle —, qu'est-ce que je t'ai donc fait ? »

Phrase absurde, mais qui le toucha autrement qu'on ne pouvait s'y attendre. Toute l'histoire de leur ménage lui remonta à la gorge, et il pensa qu'il s'était peut-être trompé sur sa femme de bout en bout. Elle n'était pas si mauvaise, ni même si sotte. Il se mit, sans s'en rendre compte, à pleurer.

Elle était bouleversée, ne l'ayant jamais vu ainsi. Pierre, de sept ans son aîné, l'avait toujours un peu considérée comme une enfant, même parfois quand ils se disputaient. Il ne se serait jamais laissé aller devant elle : le motif devait être bien puissant. En dix années de vie commune, si la faiblesse l'avait jamais pris, sa femme n'en avait rien su. Quel appui aurait-il cherché près d'elle ? N'était-elle pas étrangère à ses soucis ? La mort d'un enfant ne les avait pas rapprochés. Qu'est-ce donc qui tout d'un coup pouvait faire ce miracle ?

Paulette n'avait pas attendu ce moment. Elle n'avait pas souffert de cette froideur entre eux. Mais, quand ce moment s'offrit, elle ne put faire autrement que de le saisir. Sans s'interroger, elle obéit à un réflexe féminin, à un réflexe maternel. Elle éprouva d'autant mieux peut-être cette pitié qu'elle ne se connaissait pas pour l'homme à qui était accrochée sa vie, qu'il y entrait une certaine inquiétude personnelle à la première minute. Peu importe, elle laissa tomber sa houppe, et se précipita sur Pierre dont elle serra la tête contre ses seins.

A travers ses larmes, dans la mi-lumière de cette grotte rose, il vit près de ses yeux, troubles et palpitants, les beaux bras blancs, nacrés : il respira le parfum de Guerlain dont elle venait de s'inonder par mégarde, il eut de petits sanglots dans sa barbe douce qu'il agita pour une caresse, près du cache-corset. Mon Dieu, c'était peut-être la seule minute de bonheur de toute leur vie ! Cette pensée déchirante rendait plus grand son désespoir, ce sentiment de culpabilité qui l'avait poussé chez sa femme, au sortir de sa classe... Il parla.

« Je n'ai pas pu... Ce matin, en prenant le petit déjeuner, quand j'ai ouvert le journal, les nouvelles...

— C'était donc ça que tu n'as rien mangé ? »

Cette exclamation émut Pierre plus que tout le reste. Ainsi, en silence, sa femme faisait attention au nombre de beurrées qu'il trempait dans son café. Elle s'inquiétait de son manque d'appétit. Oh, il s'était cruellement trompé sur leur vie ! Et il avait fait en cachette, cette chose, cette chose... Comment pouvait-il imaginer que c'était la bonne en desservant qui avait dit : « Monsieur n'a rien mangé ce matin... ? »

Il essaya donc d'expliquer le drame : la séance de la Chambre, la dernière journée en Bourse, le krach du Panama consommé, indiscutable... Elle l'interrompait sans cesse parce qu'elle ne voyait pas le lien de tout cela et des larmes de Pierre. Elle eut même ce mot d'égoïste, qui l'avait tant de fois mis en colère, lui : « Et qu'est-ce que cela me fait, à moi, tout ça ? » Dans cet embrouillement de tristesse, de sentimentalité et de remords, il entendit cette phrase tout autrement qu'à l'habitude, une naïveté qui l'accablait davantage, et se prit à confusément penser qu'il s'était trompé, quand cette phrase lui avait agacé les nerfs, qu'il ne l'avait pas entendue comme il fallait.

Paulette s'était assise sur les genoux de son mari, et elle lui passait doucement la main par la chemise entrebâillée, lui frottant les poils de la poitrine. Depuis qu'elle sentait que cela touchait la politique, la Bourse, elle n'était plus vraiment inquiète. Il n'allait pas lui faire de scène sur ses dépenses, il n'était rien arrivé à Pascal, qu'on entendait jouer dans le jardin avec une petite trompette. Elle jouissait d'une certaine supériorité sur Pierre qui lui tombait du ciel, et dont le secret ne lui était pas encore révélé, mais qu'elle pressentait. Enfin !

Son second bras s'infléchit autour du cou de Pierre,

et elle lui flatta la barbe. Il parlait, expliquant les mauvaises raisons qu'il avait eu de se fier, comme tant d'autres, au Panama, à ses mirages officiels... Il sursauta avec une grimace de douleur : « Le furoncle ! » Elle retira son bras qui avait pesé, confuse, et un peu dégoûtée.

L'aveu vint, à petits coups, une dent qu'on ébranle avant de l'arracher. L'aveu de la tromperie qui était l'essentiel pour Pierre. De ce jeu dissimulé, de chaque jour. De cet argent dont il disposait en dehors d'elle sans en rien dire, lui qui lui discutait de malheureuses notes.

Elle tressaillit. C'était vrai pourtant...

Pierre, dans sa honte, cent mille francs jetés par la fenêtre, descendait plus profondément en lui-même que quand il pensait seul. Il en venait à douter de ses sentiments les meilleurs. Il les narguait. La dot de sa fille, l'avenir de Paulette s'il disparaissait, et pendant qu'on y est la France, les intérêts de la patrie ! Ah lala. Prétextes. Il jouait, voilà tout. Il avait toujours été un joueur, seulement il se le cachait. D'abord c'étaient des jeux intellectuels, des paris avec lui-même... et puis cette manie artistique, les impressionnistes... Spéculation, jeu. Il se déchirait devant elle, il prenait un triste plaisir à se diffamer. Enfin avec l'argent, tout est toujours clair. Cent mille francs.

Plus qu'à la dissimulation, à ce qu'il appelait sa trahison, Paulette était sensible aux cent mille francs. Pendant qu'elle était là à calculer, à se priver d'une robe, d'un plaisir...

« Mais alors, — dit-elle, — nous sommes pauvres ? Qu'allons-nous devenir ? »

Elle se perdait dans les chiffres, elle ne savait pas qu'ils pouvaient après tout supporter cette perte sans vraiment changer de train de vie. Il le lui expliqua. Ah bien, alors... Elle allait dire : « Pourquoi te mettre la tête à l'envers ? » Elle se mordit les lèvres. Non, par exemple, pour qu'il se rassurât... Elle apercevait l'utilisation des remords conjugaux. Elle soupira :

« Ce n'est pas tant l'argent, mais cette tromperie ! »
Il se mit à genoux devant elle et lui demanda pardon.

VII

« Bonjour ! Je ne te dérange pas ?... Parce que tu sais, si tu as à sortir... Non ? C'est parfait. Je me sens bavarde... Merci, très bien... Je n'ai fait qu'un saut à Paris, je suis arrivée d'hier et je repars ce soir... ou demain matin...

— Et ton ours ?

— Pierre, comme toujours, se porte à merveille...

— Je t'admire de supporter la province, moi, je ne pourrais simplement pas...

— Il faut bien ! » Paulette soupira, enleva son mantelet noir bordé d'un ruché de soie, son chapeau où se battaient deux mouettes et posa le tout sur le canapé de soie rose. Denise était assise à son bonheur-du-jour, dans un déshabillé tout ce qu'il y a de fou, avec de la dentelle, de la dentelle et encore de la dentelle : une fortune, c'est sûr. Elle regarda Paulette, transportée par Paris, les yeux brillants, si différente de ce qu'elle était au couvent. Pourtant qu'est-ce qui lui manquait à cette Paulette ? Un quelque chose, je ne sais pas... Mais Mme de Lassy de Lasalle avait trop de pensées qui l'habitaient à cette heure pour s'attarder à se poser de telles questions.

Charmante, Denise, charmante : toujours la même. Mince, le visage un peu long, peut-être, mais ces yeux noirs ! Elle coiffe ses beaux cheveux bruns comme Sarah Bernhardt, elle a la coquetterie de porter à son cou parfait et jeune un ruban noir, comme si elle était vieille... Elle a des bras ronds avec des poignets minuscules, et des mains surprenantes, toutes petites. Paulette la considère comme grande, mais c'est fonction de sa propre taille.

Évidemment sa chambre ressemble à celle que Paulette vient de se faire, mais tout y est cependant de meilleure qualité. Paulette s'en rend compte et soupire. Denise se retourne :

« *Cœur qui soupire*... Qu'est-ce qui te manque, chérie ?

— Oh, rien, rien... C'est le temps qu'il fait...

— Tu voudrais qu'il pleuve ? Le temps est trop beau pour cette petite dame ? Ah, qu'est-ce que tu dirais, si tu étais à ma place ? »

A tout hasard, elle fait voler de la poudre sur son nez.

« Il paraît que c'est ravissant chez toi, à Alençon. Mon oncle me l'a dit...

— C'est très aimable à l'Amiral... Je lui ai fait un si mauvais dîner... mais nous avions toute sorte de soucis... »

Le mot souci fait tourner la girouette. Denise pense aux siens, elle virevolte sur sa chaise, les dentelles volent un peu, le déshabillé s'ouvre, on voit les jambes de Mme de Lassy de Lasalle, et on pense que le baron de Lassy pouvait plus mal faire son lit.

« Ma pauvre petite Paulette, tu ne sais pas dans quoi tu tombes !... Je me demande ce que je vais devenir.. Écoute... La porte est bien fermée ?

— Oui, oui... Mais tu m'intrigues ?

— Viens là, sur le pouf... »

Les voilà toutes deux sérieuses, et la robe verte de Mme Mercadier a l'air d'une mesure de lentilles renversée dans tout ce rose. Ça sent le papier d'Arménie, Denise s'en excuse, mais c'est ce bouledogue qui n'a aucune bienséance, alors il faut purifier l'air... Le bouledogue, qui se prénomme Chou, est blanc à taches grises, et il halète présentement sous la table, dans son collier rouge à clous d'or.

« Un peu de banyuls ? Non ? Avec des biscuits... »

Denise est contre cette mode du thé qui nous vient d'Angleterre. Elle préfère le vin doux.

« Si tu savais ! » murmure-t-elle.

Mais, précisément, Paulette ne sait pas. La voilà qui grille de curiosité. Enfin... qui grille ! Elle se doute bien un peu...

« Comment est-il ? » demanda-t-elle, car Denise n'est

pas comme elle et au fond, pauvre baron! il n'y a que les hommes qui comptent à ses yeux. Paulette exceptée, bien entendu.

« Tu plaisantes, chérie! C'est toujours le même... Mon Dieu, il est si beau, si gentil! C'est bien là le terrible! »

M. de Montbard a une petite moustache soyeuse et blonde, un monocle et un poste au Quai d'Orsay. Il est du Jockey. Il monte au Bois le matin. Il a rompu une liaison avec une actrice à cause de Denise, et elle le retrouve dans un petit hôtel particulier qu'il a à Auteuil. Tout cela, Paulette le sait, et comme il s'agit de Denise, toutes les idées dans lesquelles elle a été élevée, et qu'elle proclame à grands cris, cessent de jouer. Elle est sa complice, elle a peur pour elle, elle partage ses espoirs, ses joies. Vous lui feriez vainement observer que sa morale le lui interdit, elle vous rirait au nez. Tout ce que fait Denise est parfait, et à part ça, Paulette a une vive antipathie pour le baron de Lassy, bien plus âgé que sa femme, et qui bégaie légèrement.

« Enfin, qu'est-ce qu'il y a? » dit-elle. Denise a pris sa brosse et se la passe dans les cheveux. Elle essaye des bagues, et les remet dans une jolie boîte chinoise de laque rouge et or. Elle se donne le temps. Elle laisse mijoter un peu son amie. Enfin, elle lui prend les mains.

« Voilà... Nous avons été dîner chez Maxim's, avec Roger. Une folie. On nous a vus. M. de Lassy a été prévenu. Il a envoyé ses témoins à M. de Montbard. Ils se battent demain matin. »

Elle a dit tout cela d'une voix blanche. Elle en attend l'effet. A-t-elle bien conscience de ce qu'elle dit? Elle qui peut parler d'une robe d'une façon si théâtrale!

« Mon Dieu, Denise! Et s'ils allaient se tuer?

— De toute façon, il n'y aurait qu'un mort... C'est bien l'affreux, chérie, je ne peux pas me résoudre à faire des vœux plutôt pour l'un que pour l'autre...

— Comment? Mais Roger...

— Oui, je sais, tu as toujours été injuste pour M. de Lassy. Évidemment, je n'aime pas mon mari, mais c'est mon mari... Seulement Roger... J'aime Roger... Ils sont tous les deux très forts à l'épée... oui, c'est l'épée... Alors on ne peut pas prévoir... C'est cela qui me tue : tu sais comme je suis, je prends la vie du bon côté... Si on pouvait se dire, c'est celui-ci ou celui-là, alors je m'arrangerais pour souhaiter que l'autre n'ait rien, tu comprends ? Non, je vois bien que tu ne comprends pas !

— Mais ta position, Denise ! Que vont dire les gens ?

— Ah, ça, eux, ils n'ont pas de préférence ! de toute façon, c'est moi qui aurai tort à leurs yeux ! notre monde est ainsi fait.

— Mais c'est horrible ! Veux-tu venir à Alençon ? Disparaître un peu ? Je t'invite...

— Ma chérie ! Si gentil à toi ! Mais non, mille fois non : Alençon, ça me paraît pire que la mort, et je préfère le déshonneur ! » Elle se renversa en arrière, en lançant sa main gauche en l'air. « Alençon ! » répéta-t-elle, et elle rêva là-dessus, puis frissonna. « Si Roger meurt, — reprit-elle, — je ne pourrai plus voir le baron... Un assassin ! Tandis que si c'est le baron qui est tué, pour Roger c'est un peu différent... Ce n'est pas lui qui a voulu le duel... Et puis, je peux ne plus le voir si je veux. » Là-dessus Chou vint attirer l'attention de Denise. Il voulait absolument être caressé. Il avait la langue pendante et des mines si drôles qu'elles en rirent toutes deux, bien que, Jésus ! elles n'en eussent pas l'envie. « Maintenant, évidemment, veuve d'Édouard, je ne peux pas épouser celui qui l'a tué... Tandis que si c'est Roger qui meurt, même dans le monde le plus avancé d'idée on ne rêvera pas que je quitte mon mari pour si peu... et tant que le divorce en France demeure ce qu'il est...

— Le divorce, tu es folle ! Mieux vaut qu'ils meurent tous les deux ! Le divorce, le ciel nous préserve ! Tu te vois, toi, une divorcée. Tiens, j'en deviendrais folle !

— Calme-toi... Tout ce que je n'arrive pas à imaginer, c'est si je désire être veuve ou non... C'est difficile, quand je pense à Édouard.

— Est-ce qu'ils ne peuvent pas s'en tirer avec une estafilade ?

— Évidemment... Mais c'est alors que la situation deviendra délicate. Alors, c'est le divorce... Et tu vois l'effet que ça te fait, à toi! Avec ça, qu'on ne peut pas épouser le complice, la loi est formelle... Enfin je serai une femme finie, finie... » Oh, pour Paulette, l'affaire était toute réglée : le baron n'avait qu'à passer au fil de l'épée. Mais Denise... tout de même, c'était étrange comme Denise parlait froidement de tout ça! Brusquement Denise éclata en sanglots : « Bête, bête! Est-ce que tu ne vois pas que je fais semblant? Que je n'en peux plus? Roger, il va me tuer, mon Roger! Je le sais. Je suis là. Le temps passe. Je ne fais rien. Il va y avoir toute cette nuit. Et puis le matin... où, je n'en sais rien... Il montera dans une voiture... Oh, je sais comment cela se passe! Je ne peux pas souhaiter qu'il tue Édouard... et pourtant je le hais, je le hais! » Elle déchirait à belles dents un petit mouchoir bordé de dentelles. Eh bien, Paulette qui n'était venue qu'en passant!

« Je vais télégraphier à Pierre que je ne rentre que demain soir... En attendant, je reste avec toi...

— Merci, oh merci, ma chérie! Chou, tiens-toi tranquille... Prends un peu de banyuls, je t'assure... ça me fera du bien... »

Roger de Montbard a tué en duel le baron Édouard de Lassy de Lasalle. A la Grande-Jatte, bien entendu. Là-dessus on l'a envoyé à Vienne. Dans la carrière, on aime assez les gens qui ont le sang chaud. C'est un joli poste, pour son âge. Denise en est devenue presque folle quand le lieutenant de Passy de Clain, qui était témoin de M. de Lassy, lui en a apporté la nouvelle. Enfin, c'est une affaire relative : aussi folle qu'elle le peut, une femme si sensée. Vous ne m'avez pas saisie : pas de ce que M. de Montbard est parti, non, de la mort de son mari. Elle n'avait jamais su qu'elle l'aimait, elle croyait même... Puis voilà quand les gens disparaissent, on comprend soudain ce qu'ils étaient pour vous.

S'il n'y avait pas eu Paulette pour la traîner chez Worth, elle n'aurait même pas une robe noire, elle si coquette, et le deuil lui va à ravir... si bien même qu'elle

dit qu'elle devrait s'habiller en bleu clair par pénitence... avec des couleurs pastel elle a l'air d'une
bonne...

Pour le coup, Paulette, venue à Paris pour quarante-
huit heures, y est restée quinze jours. Elle a ramené
tout de même Denise à Alençon. Pierre a fait une scène
d'un déplacé! « Si on te tuait en duel, alors, tu trouverais mauvais qu'on me tienne compagnie? En voila de
ces comparaisons, merci bien. On compare ce qu'on
peut. Tu t'imagines que je vais te compromettre en
t'amenant chez nous une femme pour laquelle on se
tue? Non?

— Écoute, est-ce que je te reproche tes amies?
Denise, évidemment, est simplement odieuse avec
moi... Mais je m'en vais au dessert, et puis...

— Odieuse? Denise? Une femme à qui il est arrivé
un pareil malheur? Tu es un sans-cœur, voilà. Je n'aime
qu'elle au monde, et tu veux m'en séparer... Est-ce que
je te reproche tes amis...

— Mais oui, tu me les reproches... Seulement tu as
dépensé à Paris...

— Dépensé! L'argent, toujours l'argent! Est-ce que je
le jette dans le Panama, moi? Sans cœur! Sans cœur!
Me parler d'argent! »

Il a toutes les peines du monde à la calmer. Elle
devient nerveuse, et cette histoire du duel lui a fait une
grande impression. Elle s'en veut surtout d'avoir détesté
le mort, parce qu'elle l'a vu quand on l'a rapporté. Il
portait un macfarlane dont on avait rabattu la pèlerine
sur sa figure, et il avait un peu de sang caillé qui lui
avait dégouliné de la bouche, d'un côté... Elle avait cru
d'abord que c'était une cigarette, un mégot collé... Ah!
quelle horreur!

Mais, Dieu merci! Denise est veuve, tout est sauvé.

VIII

Malgré le Panama, les Mercadier étaient des gens qui avaient encore, somme toute, leurs aises. Non point que l'on gagnât gros à être professeur, mais il leur restait des valeurs de portefeuille, des intérêts dans les chemins de fer, qui leur venaient de l'industrie d'un oncle Mercadier sous le Second Empire : avoué d'une compagnie, il avait su spéculer heureusement sur les expropriations de terrains, et il était mort de trop bien manger avec ses coffres encore pleins. Pierre Mercadier eût même été du coup de cette indigestion un homme riche, si le défunt n'avait laissé derrière lui quelques bâtards et des dispositions testamentaires.

Défalquées les pertes de Panama, qui avaient été les plus grosses, et surtout d'un seul paquet, Pierre Mercadier avait encore près de quinze mille francs de rentes à ajouter à ses appointements (ce qui avait porté un coup aux Mercadier dans le Panama, cela avait été surtout le saisissement qui en avait arraché l'aveu à Pierre, car, au fond, ses petites pertes régulières lui avaient déjà mangé en dix années plus de soixante billets, mais c'était chaque fois trop peu à la fois pour qu'il eût jamais songé à s'en ouvrir à Paulette).

Tout cela ne faisait pas de quoi rouler sur l'or, mais permettait à Paulette d'exiger, comme une contrepartie de l'argent follement gaspillé par son mari au profit des Lesseps, disait-elle, que Pierre lui passât ses fantaisies et qu'elle pût commander à son gré robes et chapeaux à Paris, dans les meilleures maisons, ou du moins dans celles que l'on considérait autour d'elle comme les meilleures. Elle adorait les dentelles, et elles lui allaient bien. C'est effrayant ce que cela monte vite! L'Orne n'est pas loin de Paris, où Paulette faisait un tour vers la Noël ou au printemps, pour quelques jours seulement. Mais les grands achats, elle s'y lançait l'été. Pierre Mercadier payait sans trop rien dire. Il achetait ainsi la paix, puis il avait l'horreur du marchandage. A Paris, il passait chez son homme d'affaires, un banquier-commissionnaire, un Brésilien, M. de Castro, qui n'avait pas son pareil pour vous remettre du cœur au ventre, toujours un tuyau de Bourse! Un vrai marchand d'espoir. Quand Pierre accompagnait sa femme chez Paquin, le chinchilla lui paraissait à donation avec les gains qu'il avait en vue.

Avec cela que cette année-là, comme les revenus desquels ils vivaient s'étaient trouvés plus bas de trois à quatre milliers de francs, Pierre s'était dit que trois mille francs, ça fait une différence sur le revenu, mais pratiquement rien sur le capital : aussi avait-il comblé la différence en vendant une petite action. C'est cette même année qu'il reprit ses notes sur Law, et se lança dans des recherches pour faire de ces pages non liées le départ d'un ouvrage important, sur lequel il comptait pour effacer un sentiment de déception toujours retrouvé au fond de ses loisirs ou dans les mauvais moments.

Ainsi, tous les ans, c'était maintenant rituel, le couple allait commencer ses vacances à Paris, sans emmener les enfants qu'on laissait à cet oncle de Paulette, un célibataire, dans l'Ain, où il avait un château et un parc, des bêtes dans les champs, une voiture à cheval, et pas le quart de l'argent qu'il aurait fallu pour mener le train qu'exigeaient quatre tours du XIVe siècle, et un corps d'habitation reconstruit sous Louis XIII.

C'était alors le meilleur de la vie du petit Pascal, pour qui ces jours du château de Sainteville resteront l'image véritable de son enfance, le décor où il se retrouvera toujours chez lui, quand il ferme les yeux. Les dernières pentes du Jura face aux Alpes...

Sainteville dresse ses tours et ses toits d'ardoise au-dessus d'une terrasse, qui fait jardin à l'anglaise, bien qu'un peu négligée, au-delà d'une cour où l'on s'étonne que n'abordent plus les équipages. La terrasse n'a que trois côtés, parce que le château qui en fait le fond tombe à pic sur des rochers avec un mur de vingt mètres où la mousse couvre mal les anciennes meurtrières répondant à des chambres perdues des sous-sols auxquelles on ne peut s'empêcher de rêver. Il y a au centre de la terrasse une sorte d'îlot de verdure, des cèdres sombres où une grand-tante a fait construire un petit pavillon rustique, aujourd'hui démantelé, pouvant encore faire resserre pour le jardinier. Il y a des chemins entre des pelouses et brusquement, sur la droite, la terrasse s'étend jusqu'à un garde-fou en pierres d'où l'on s'accoude pour regarder le découvert de toute la vallée, et les montagnes au-dessous du plateau, comme si on se tenait sur le toit du monde, de petites montagnes vertes, bleues et mauves et des villages lointains accrochés à des collines, un paysage infini, calme, avec des ruisseaux, des vaches, des forêts, de belles prairies qui dévalent, et un ciel énorme, un ciel où les nuages font de grands gestes comme des charretiers qui se croisent hors de portée de la voix.

Le parc descend de la terrasse avec sa route en spirale et plusieurs hectares de bois, de prés, de vallons humides. Il n'y a point de murs pour le séparer des champs qui vont au village de Buloz où vit un peuple paysan dans des maisons de terre adossées à la colline. Le parc est plein de rêves et de fleurs. Ce n'est pas un parc au sens coutumier du mot, c'est un morceau de nature sauvage où des sources entre les arbres surgissent d'une grosse pierre ou de trois ardoises épaulées. Les morilles mauves au pied blanc y sortent tout droit de la terre et sous les ormes, les hêtres, les sapins mêlés, après la pluie, il y a des limaces orangées et des escargots de toutes les tailles avec leur trace d'argent. Dans les branches sèches et l'humus de feuilles tombées, cela fuit et bouge de partout : lézards, grenouilles ou couleuvres, que dérangent le piétinement des oiseaux, et la course de Pascal. L'herbe y est verte presque toute l'année et on y trouve toutes sortes d'insectes bleus, de mouches dorées, de petites bêtes couleur bois, aux membres longs et pliés. Cela sent généralement les champignons, qui sont ici pour la plupart des champignons de mort : vous les cassez, leur chair change de couleur, elle devient comme de la viande crue. Puis il y a de grands prés qui dévalent, avec des clochettes mauves et des boutons d'or. C'est là que Pascal mène les bêtes que le fermier lui confie, avec le petit Gustave, son cadet de trois ans, qui fait peur aux vaches pesantes, en levant son petit poing. C'est là qu'ils vont tous les deux avec les trois laitières, la génisse et un bœuf. Et les trois chèvres qui broutent les noisetiers.

On ne voyait guère M. de Sainteville qu'à la salle à manger, où Jeanne, assise sur un gros livre de Mme de Genlis, faisait vis-à-vis à Pascal, l'oncle au grand côté de la table, entre eux. La salle à manger se trouvait au premier, parce que le rez-de-chaussée se réservait aux réceptions, de grandes salles si hautes, et jamais éclairées, où l'on marchait sur la pointe des pieds, derrière les volets clos, de peur de réveiller Anne-Marie de Sainteville, qui avait en 1825 escaladé la Barre des Écrins dans les Alpes dauphinoises, habillée en homme avec une grande croix d'agate entre les seins.

Les pièces étaient garnies de meubles lourds et luisants, où devaient dormir des secrets de famille. Bien qu'on n'en parlât point, on savait que toutes les tables, les bureaux, les armoires avaient des tiroirs secrets.

M. de Sainteville vivait là-dedans sur le pied de l'économie, avec sa barbiche, son pince-nez, ses vestons d'alpaga gris, son pantalon sans pli, à l'ancienne, et couchait dans une petite chambre d'une tourelle, parce qu'elle était facile à chauffer. Le soir pourtant, il descendait au grand salon, et lisait de vieux livres, à côté d'un lourd candélabre d'argent, dont il n'allumait pas toutes les bougies. Tout alors prenait des ombres fantastiques. Les lampes parcimonieusement utilisées n'éclairaient que deux ou trois pièces de l'immense demeure, cuisine comprise, en contrebas, rez-de-chaussée par-derrière et sous-sol par-devant. Il régnait alors, par la maison à l'odeur humide, une sorte de murmure qui s'amplifiait et qu'on ne savait d'où venu. Quand le vent s'en mêlait, on eût dit des fous rires étouffés dans les murs. C'était évidemment très étrange, mais on s'y habituait comme on s'habitue à tout.

M. de Sainteville parlait fort peu à table avec ses neveux. Jeanne avait peur de lui, et se réfugiait tout le jour à la cuisine. Pascal attendait impatiemment durant les repas la permission de quitter sa chaise pour s'en aller dans le parc avec les bêtes. M. de Sainteville ne pouvait oublier que Paulette, leur mère, avait déchu en se mariant. Pascal était bien son neveu, mais avant tout c'était un petit roturier. Il acceptait cette double présence enfantine plus pour ce qu'elle apportait, avec la faible pension payée par les parents, à son maigre ordinaire, que pour le plaisir d'avoir dans la maison un peu de lumière et de jeunesse. Il était pourtant le parrain de Pascal, et c'était une de ses rares fiertés que d'avoir un filleul, à lui qui mourrait sans enfant, dernier de la race et dernier du nom. Il disait, présentant le petit : « Mon filleul, Pascal Mercadier... » la main posée sur sa tête. Alors ces dames de Champdargent qui étaient venues avec le break rendre visite au châtelain solitaire s'écriaient : « Ah, c'est le fils de Paulette ? » Et elles hochaient la tête, se regardant, à l'idée du mariage qu'avait fait Paulette. M. de Sainteville, appuyant sa main sur la petite tête, excusait tout d'un mot : « Il s'appelle Pascal, comme moi... »

Bon sang ne peut mentir, mais la roture se sent toujours : cet enfant ne se trouvait bien qu'à la ferme ou aux champs, avec les vachers. Ou bien il courait la montagne avec les garnements de Buloz. La montagne surplombait Sainteville, qui était comme une colline poussée à contre-pente. On passait au bas, le long du potager, du parc, par le chemin des étangs, le grand et le petit, où il n'y avait plus guère de carpes. On filait par les champs à travers une sorte de futaie jusqu'au flanc grimpeur où venait se dérouler l'anneau de la route. On traversait la route. Au-dessus, au-delà de la route, c'était enfin la vraie campagne, toute roussie par le soleil et le vent, brûlée, coupée de cultures, des champs de colza, un bout de terre labourée, puis on atteignait les lieux incultes, comme pelés, où le roc perçait tout d'un coup le velours des herbes folles. Un instant d'arrêt pour souffler. Déjà Sainteville est sous nos pieds, incorporé au paysage, comme un motif de tapisserie. Le plateau, un immense van, a élargi son paysage. A droite, on aperçoit Champdargent, avec sa table blanche, le château du cousin Gaëtan. A gauche, sur la montagne, vers le bonnet de sapins où se cache le pèlerinage de N.-D. de Mazière, la route qui s'est détachée de Buloz monte en lacets. A mi-pente, il y a une maison qui se construit. Un sanatorium, paraît-il.

Repartant, on se heurtait à l'éboulis. Une dégringolade de pierres à arêtes vives, blanches et grises, poussiéreuses, avec des éclats roux. On en remontait trois à quatre cents mètres, avec le terrain qui vous glissait sous le pied, attention qu'il n'y eût personne au-dessous. Cela croulait sur soi comme un tas de farine, il semblait que la montagne s'émiettât. En haut, l'éboulis s'arrêtait pile dans de la mousse, formant feston. Puis l'herbe reprenait pleine de pâquerettes, on grimpait se tenant à des souches d'arbres, vestiges d'une forêt, avant les incendies d'il y a un siècle. On arrivait enfin à la forêt.

La montagne, avec ses flancs nus et croulants, portait sur sa tête un capuchon vert sombre. Une bonne montagne qui faisait le fond du paysage jusqu'au ciel, et déjà, de la lisière des arbres, on ne distinguait plus en bas le vallonnement de Sainteville et de Buloz, de tout ce panorama bosselé qu'on voyait sous ses pieds de la terrasse du château. Ici commençait le domaine des enfants.

Le parc de Sainteville, si vaste et si sauvage qu'il fût, les garçons du village n'aimaient guère y jouer avec Pascal : ils s'y sentaient chez lui, on n'y cueillait pas les fleurs sans arrière-pensée, et Pascal partageait sourdement leur gêne : il en avait fait le lieu de sa rêverie, non pas de ses jeux. Seuls, Gustave, et la petite-fille de Marthe, la cuisinière, et Jeanne, qui étaient à peine des personnes humaines pour Pascal, peuplaient le parc avec les bêtes domestiques, et les lézards, et l'eau chantante des sources.

Pour les autres, ceux avec qui le jeu prenait un accent de la vie, ceux avec qui on pouvait courir et se battre, les garçons de Buloz, Joseph, Michel, Maurice, Rambert, il n'y avait d'égalité retrouvée, de complicité réelle que lorsqu'on avait mis entre le monde et soi toute la distance blanche des éboulis, dans ce pays supérieur où la royauté était au plus fort, au plus habile, au meilleur grimpeur d'arbres, à qui savait le mieux plier une branche pour en faire un arc, à qui connaissait les chemins à travers les marais.

La forêt se resserrait en montant, avec ses arbres aux longues racines qui parfois sortaient de terre, comme des crochets, tant la pente était raide ; et la terre d'abord rouge, puis rose, se mêlait d'un sable fuyant. Sur le sol, des taillis bas, des plantes rampantes semblaient se mettre à tisser profondément une dentelle verte, pleine de piquants et de fleurs. Dès la fin juin, cela sentait les framboises, qui saignaient à l'envers des feuilles sous les doigts chercheurs des enfants. On entendait le bruit de marteau du pic-vert, et soudain dans la frayée devant soi, assis sur son train de derrière, un écureuil vous regardait, avec son ventre nu et ses gros yeux ronds étonnés. Cela devenait si épais, si dru, que les sentes se perdaient. On reconnaissait les chemins d'habitude à de vieilles marques sur les arbres, à des branches cassées.

D'ailleurs chacun avait sa route, et ses secrets de cheminement. Un jour Rambert était le guide et on filait derrière lui sans discuter ses façons de vous faire prendre une grimpette où les pierres fuyaient sous les pieds, tout à fait à gauche, là où il y avait des rochers et un filet d'eau qui sourdait à l'orée du bois. Un autre jour, Joseph vous menait par sa route à lui, qui serpentait en plein cœur des taillis, et où il fallait passer sous des buissons creux, en se courbant presque à toucher terre du menton. Le plus souvent on se séparait dans les éboulis pour gagner chacun sa sente, et se retrouver au bord des marais ou dans la clairière des sapins, à qui arrivera le premier. Alors chaque garçon, collé à la montagne, soufflant et serrant les dents, les cheveux tombant dans les yeux, s'agrippant à la terre, filait comme un rat vers le lieu du rendez-vous, avec au cœur la volonté d'un record à battre, et ce grand battement de la concurrence. Sous les arbres, dans les fourrés, de temps en temps il y en avait un qui lançait son défi en se faisant une voix gutturale et traînarde à la manière des hommes du pays. On s'injuriait de loin, on se criait *coïon!* On avait soudain la surprise d'entendre Michel, loin en avant, là-haut, comment avait-il fait? Puis il y avait les framboises, auxquelles on ne peut résister, et qui vous faisaient perdre un temps du diable, des pierres bizarres qu'on ne pouvait pas ne pas mettre dans ses poches, de jeunes arbustes trop tentants à couper au couteau, pour faire des bâtons, enfin mille contretemps, et mille proies qu'on se montrait ensuite, qu'on comparait, qu'on échangeait, pour lesquelles on se flanquait des peignées, ou on luttait par terre, étendus sur le ventre, tête contre tête et les bras derrière le dos, une invention de Maurice, qu'on appelait *se buter*.

Une bande de garnements solides parmi lesquels seul Rambert était grand, et déjà noueux, comme les siens qui venaient de la montagne, quelque part près de la Savoie. Avec ses mèches blondes et raides, toujours en désordre, et une mâchoire d'homme à dix ans, la peau sombre de soleil, ses nippes déchirées, toujours saignant de quelque part, pieds nus, pas son pareil pour grimper à des arbres lisses, sans branches, avant qu'on ait eu le temps de l'arrêter. Les autres, tous bruns et petits, trapus, étaient les fruits des croisements de Buloz, où on se mariait entre cousins, sans que ça posât de questions. Tous assez semblables, sauf que Michel était le plus faible parce qu'il avait été malade tout petit, et qui toussait quand il avait trop couru. Ici, il y avait retournement des conventions et des privilèges, et cela avait pris longtemps pour que Pascal fût admis comme un égal. On lui en avait voulu d'abord de ses habits de la ville, puis il les déchirait bien, alors. On était entre hommes, les filles on n'en voulait pas. Parfois on emmenait un petit de cinq ou six ans, pour les expéditions sans importance. Le frère de Joseph, qu'on appelait le Moutard, ou le petit cousin de Maurice, Paulot. Mais les petits n'étaient pas admis à traverser les marais.

Quand on avait grimpé un peu plus d'une heure dans la forêt, on arrivait à une sorte de plateau où la végétation commençait à changer. Les sapins noirs y apparaissaient, mêlés à des mélèzes pâles. Là s'ouvrait la grande clairière au sol d'aiguilles où se tenaient les conciliabules, les délibérations graves. Il y avait là un arbre auquel, venu seul, on fichait un signe distinctif pour signaler sa présence, si bien qu'on pouvait savoir qui était dans la montagne, et qu'en criant : Hoho ! on avait des chances d'entendre à travers les arbres la voix de Maurice si on avait trouvé une pierre blanche dans un creux du tronc, ou celle de Rambert, s'il y avait eu deux baguettes liées en croix par une ficelle en équilibre à la naissance de la longue branche convenue. C'est dans la clairière aussi qu'on *se butait*, ou réglait les affaires d'honneur. Il y avait la trace des feux qu'on avait faits, des trous creusés, pour être la demeure de chacun, et sous de grosses pierres des cachettes inviolables. De la clairière, on partait ensemble pour les marais.

Les arbres se poursuivaient quelque temps encore, mais le taillis ne se prolongeait pas entre leurs pieds. Il y apparaissait de la mousse, une mousse pommelée, verte et jaune, avec de brusques plaques de pelade et la terre noire. Tout d'un coup la forêt s'arrêtait.

De loin, on ne s'y attendait guère. La forêt avait l'air d'encapuchonner tout le haut de la montagne, et cette déchirure était encerclée d'arbres de telle façon qu'il fallait tomber dessus pour la voir. Une blessure au cœur des bois. La mousse devenait fongeuse et verte, d'un vert qui ne disait rien de bon. Des herbes commençaient à pousser, à s'entrelacer, sur la terre noire, qu'on sentait incertaine, humide et bizarre, craquelée par-ci, par-là, avec des mottes soudain, boueuses, surplombant de petites flaques où sautaient des grenouilles. Très vite cette végétation malsaine s'élevait, formant au-dessus du sol un herbage trop vert pour être honnête, où les enfants s'enfonçaient parfois jusqu'aux épaules.

Où le sol commençait-il à être infidèle, c'était ce

qu'on ne savait pas, ce qu'on ne pouvait délimiter sans terreur. Le marécage s'étendait là sur quatre à cinq kilomètres de largeur, et une profondeur qui ne dépassait pas un kilomètre. On y enfonçait avec une facilité terrible : des voyageurs s'y étaient enlisés, le grand frère de Michel s'y était noyé. On n'avait jamais pu le retrouver. On connaissait trois chemins à travers le marécage. Trois chemins où le sol était à peu près portant, avec des pierres pour les repérer. On traversait ensemble la zone dangereuse. On vérifiait le sol avec des bâtons, et jamais on aurait emmené Paulot ou le Moutard avec soi, on les laissait tremblants de peur, sur le plateau, au pied des derniers arbres. Les hommes seuls avaient le droit de se risquer ici, et au retour ils montraient fièrement leurs pieds ou leurs souliers de toile trempés de la boue noire où les sphaignes pourries se transforment en une tourbe visqueuse et traîtresse.

Les garnements de Buloz qui ne respectaient rien et qui grandissaient sans religion malgré le prêtre et leurs mères, n'avaient de crainte au monde, et Pascal avec eux, que des marécages où se réfugiaient toutes les puissances du mystère. Il régnait sur eux des légendes à frémir, où des chevaux entiers s'étaient enlisés avec leurs cavaliers, grimpés, on ne sait comment sur la montagne ! Et des bêtes sombres et répugnantes se cachaient dans la profondeur humide, sous la tourbe, qui suçaient avec des ventouses les pieds des enlisés tandis qu'ils descendaient vers le fond de la terre avec l'horrible boue d'ombre qui leur entrait par les yeux et les oreilles. Serpents et dragons des profondeurs. Personne n'avait jamais vu les nains qui se cachaient sous les herbes et ne se montraient qu'à la nuit, ou quand un homme était pris par la terre et qu'il allait mourir. Sur les nains, il y avait des disputes : Rambert n'y croyait pas, non plus que Pascal. Mais ils n'étaient vraiment du pays ni l'un ni l'autre.

Traversé le marais, on se secouait de ses craintes, on se sentait léger et content, on riait, on criait *hoho!* Les attardés vous rattrapaient et alors on se mettait à courir. La montagne reprenait avec des sapins et des buis-

sons. Puis il y avait des espaces sans arbres, du rocher.
Puis encore des arbres et de l'herbe. C'était une région
de champignons, on y trouvait surtout des chanterelles
qu'on appelait des Sang-du-Christ, qui sont comme des
entonnoirs roux, et tout striés, dont l'odeur est forte et
soûlante. Il y avait des coulemelles, hautes comme des
dames avec leurs ombrelles, et un petit collier. Des cla-
vaires qui ont l'air de buissons de corail jaune. Et les
bolets jaunes, rouges, verts et gris, presque tous véné-
neux, mais si étranges, qu'on abattait d'un coup de
baguette en passant, pour les voir changer de couleur.
Les morilles. La forêt se reformait vers le sommet de la
montagne. Elle devenait une sorte de broussaille, percée çà et là par une arête pelée. Au vrai sommet, la
végétation cessait pile sur dix mètres environ, et soudain on était tout en haut, on dominait l'autre versant
qui tombait à pic sur un monde extraordinaire et inatteignable. Le monde des fées et des géants sur lesquels
il n'est pas de contes.

Le paysage qu'on découvrait de là hantait Pascal, et le
hanta toute sa vie, comme ces choses desquelles on ne
se souvient plus si on les a rêvées ou vues. Il avait pris
une sorte de sens symbolique, sans que Pascal pût en
rien s'en formuler le symbole. Un peu comme si, parvenu au sommet de la montagne, on avait atteint le
bord du monde visible, et qu'au-delà eussent débuté les
fantasmagories. Et aussi, y croyant sans y croire, il se
formait dans la tête du jeune garçon cette idée vague,
qu'il en était ainsi de toute chose, que toute chose avait
son rebord sur l'abîme, et que, par-derrière ce que l'on
voyait, il se creusait un pays pareil à celui que l'on
découvrait du haut de la montagne. La première fois
après 89 qu'il vint à Paris, il regarda le mont Valérien
avec ces yeux-là, et ce fut une déception prodigieuse
quand il eut enfin traîné sa mère et Jeanne jusqu'aux
collines qui dominent la capitale, et qu'il n'en aperçut
que le pays de petites maisons pour rentiers qui les
entoure. Cela se mêlait aussi véritablement à ses rêves,
c'était le rêve le plus fréquent que lui procuraient les
mauvaises digestions ou l'approche d'un examen : il

parvenait en haut de la montagne, après avoir traversé des forêts et des marécages qui rappelaient autant ceux des chevaliers de la Table Ronde que la bonne montagne au-dessus de Sainteville, il atteignait le rebord du monde mystérieux, d'où partait le pied mouillé d'un arc-en-ciel, il se penchait sur l'abîme où dansaient les vapeurs et les génies de l'été, il voyait se dérouler et s'enrouler les circonvolutions des vallées étroites et faites pour des chevauchées de paladins à la poursuite d'une étoile filante, il sentait s'effondrer sous lui l'écorce légère des apparences, il s'agrippait à des touffes de plantes rêches et soyeuses pour ne pas se laisser aller au vertige, mais la tête lui tournait; et le voilà suspendu à l'étrange balcon de la réalité, au-dessus du vide attirant, au-dessus de l'univers des aventures, si beau et si terrible, qu'on ne peut le comparer qu'à l'ange Lucifer.

Quand il était pour de vrai en haut de la montagne, Pascal essayait de bien se mettre dans la tête le paysage dont il rêvait. Il essayait de le regarder froidement avec ses yeux jeunes et profonds, sa tête claire, dans le grand air des hauteurs. Le paysage était fait d'un entonnoir énorme, et contourné, recoupé de plans sombres et bleus, de crêtes frangées d'arbres et de blanches routes lointaines, vers le fond, en spirales interrompues; dans cet entonnoir, on dégringolait du perchoir de Pascal, par des roches à pic, sans brèche et sans escalier, où des touffes d'herbe rose et brûlée avaient l'air, dans le soleil, des traces sanglantes d'un géant tombé jadis du ciel dans ce puits de mirages. Dans cet entonnoir, après les bords inaccessibles qui dressaient leurs murailles en guise d'interdit, commençaient les végétations obscures du pays inconnu. Puis les pentes s'adoucissaient, on apercevait des prairies où, quand le temps était clair, et que les brumes suspendues ne les dérobaient pas aux yeux de Pascal, on déchiffrait parfois comme des jouets des troupeaux de moutons blancs, bruns et noirs, et un chien qui courait follement entre les pierres, de petites baraques couleur d'amadou brûlé. De l'autre côté, les glacis de l'entonnoir ne remontaient pas jusqu'à la hauteur de Pascal : ils s'échancraient à mi-route, au milieu d'arbres légers, verts et bleus, semblant s'appuyer sur un décor plus lointain. On sentait que derrière eux il devait y avoir encore un autre abîme, d'autres vallées circulaires dont on n'atteignait au loin que les palissades pelées ou les forêts semblables à des grappes de fourmis. Ainsi, au-dessus de l'entonnoir, le paysage s'élargissait, s'épaulant sur l'horizon, d'une fuite éperdue de plans et de montagnes, et il semblait à Pascal qu'on avait posé sur le lointain une série fantastique de chapeaux de Napoléon, de plus en plus beiges, de plus en plus nus, de plus en plus voisins du ciel. Les derniers étaient peut-être les nuages. Le soleil, en plein matin, les inondait comme des lézards.

Pascal savait d'eux que celui-là, en face, avec sa crête coupée franc sur le ciel, c'était l'envers de cette Dent du Chat, qui surmonte face au Revard, l'invisible lac d'Aix-les-Bains. On l'avait mené une année dans cette ville d'eaux, dont il avait gardé une mémoire transformée. Du haut de sa montagne, l'enfant regardait la Dent du Chat, la tête pleine de songes. Il se rappelait l'ombre qui enrobe au bord du lac l'abbaye de Hautecombe qui est une enclave du territoire italien, avec le mystère de ses prêtres en longue robe. Il se rappelait le lac d'émeraude et le chemin de fer soufflant des roses blanches à la sortie du tunnel si près du lac qu'on se demandait comment il n'y tombait pas. Il se rappelait Aix-les-Bains : la ville des cyclamens. Le théâtre surtout où on le menait entendre des opéras de 1850 joués avec trois violons. Les jardins du casino pleins de fleurs rouge sombre et de feuilles imprimées de dessins d'argent...

Quand on tournait la tête vers la droite, à partir de la Dent du Chat, il y avait des montagnes et encore des montagnes. Que d'empereurs avaient laissé là leurs petits chapeaux! Ce n'était pas tous les jours qu'on apercevait dans le poudroiement de la lumière ces masses blanches aux ombres bleutées, auxquelles il était difficile de croire. La neige... les glaciers. Par là-bas, on sortait de France, et ce tas de clous de cristal, c'était le mont Blanc où commencent la Suisse et l'Italie. A droite, c'était le Dauphiné à en croire Rambert, là-bas la Barre des Écrins, le Pelvoux. Et toute sorte de massifs et de cimes dont les noms difficiles à retenir étaient pleins de nuages et de rêveries. Mais tout ce ciel et ce paradis de chevauchées pour les anges, ses grands langes roses et ses lèvres de pierre, n'étaient rien pour le frémissement auprès de l'univers voisin que formait aux pieds de Pascal l'entonnoir dont il cherchait en vain à détourner ses regards.

C'était dans cet entonnoir que finalement venaient se déverser toutes les pensées de Pascal, dans cet entonnoir dont le fond était à peine plus éloigné de lui que Sainteville, mais vers lequel aucun chemin ne menait, bien qu'on sût que cette route en bas surgît de derrière nous, et qu'elle eût enjambé la montagne à Notre-Dame de Mazière, et qu'elle courût vers Ruffieu portant sur son dos des mouches, les petites voitures noires qui venaient de Sainteville ou y retournaient. Mais d'ici, de ce balcon de pierre, il eût fallu se précipiter dans la mort pour l'atteindre, comme un gros caillou jeté, et on ne voyait aucune des villes qui faisaient sans doute le nouveau pays pareil à celui d'où l'on sortait : Rambert avait beau désigner à Pascal les directions porteuses de noms humains, il ne croyait à l'existence ni de Virieu, où pourtant son oncle l'avait conduit en cabriolet, ni d'Artemare, ni de Champagne vers le Sud; ni de Seyssel, là-bas au-delà des premières crêtes, où coule le Rhône légendaire; ni, vers le Nord, du col de Vallorse, d'Abergement... Il y a des lieux dont les noms sont purement chanteurs : le col de la Pierre Taillée, la forêt de Cormoranche... Le monde de Pascal ne pouvait aller jusque-là, parce que Pascal se perdait dans ses rêves entre son perchoir et le Grand Colombier qui lui faisait face au-dessus de Culoz invisible, où coule le chemin de fer dont on entend parfois les cris déchirants. Et qu'entre deux passât comme un fossé le Val Romey, dont le nom est plein de parfums et d'arômes, ce n'était pour le petit garçon rêveur ni une explication ni une réalité. Dans l'entonnoir, les rêves de Pascal prenaient corps et recréaient une vie où toute chose était amplifiée, et embellie comme le sont les traits des hommes quand on les regarde de plus près. Tout y était à la taille héroïque, et la bande de garnements dépenaillés, ses compagnons, y devenait une chevalerie épique. Pascal imaginait la geste de Rambert, et de Joseph, et de Michel, leurs chevauchées dans les roches et les villages perdus. Des histoires d'Indiens se mêlaient aux légendes médiévales, les ours aux cerfs, les princesses dormantes aux filles de trappeurs. L'épopée ne dépassait point le col de la Rochette au Sud, celui de Vallorse au Nord. Elle prenait sa violence à ses limites, comme la tragédie antique à l'unité de lieu.

Pascal aurait aimé avoir une force indomptable, et plier les troncs d'arbres dans ses bras, et soulever les montagnes, et tarir du poing les cascades. Dans ses songeries, il n'était rien qu'il s'interdît dans ce sens-là. Au vrai c'était un petit diable musclé, nerveux et infatigable qui courait la montagne à n'y plus tenir de sommeil. Alors il redescendait en courant comme on tombe, parfois si tard que la nuit le prenait. Cela allait mal, ces jours-là : l'oncle Pascal acceptait tout de son neveu Pascal, sauf les retards aux repas. L'enfant aurait voulu se jeter tout habillé sur son lit, dormir. Il fallait avaler son dîner jusqu'au bout, prendre garde de ne pas piquer du nez dans la soupe. Jeanne avec sa robe blanche toute propre, et des rubans par-ci, par-là, avait, sa cuiller en main, l'air si sage, reproche vivant à ce pendard qui avait encore déchiré ses culottes. Il la détestait, cette petite : il n'estimait guère les filles, mais il en était pour lesquelles, au moins, on pouvait se battre. Jeanne... enfin, c'était sa sœur mieux valait n'en rien dire.

IX

Le petit Gustave, le fils du fermier Lœuf, pourtant était amoureux de Jeanne. Cela crevait les yeux. Ils avaient six ans tous les deux. Jeanne était une petite brune frisée avec une bouche ronde, minuscule, qui faisait tout le temps la moue. Et des airs de reine. Boudeuse. Avec des larmes quand elle se fichait par terre, ce qui lui arrivait plus souvent qu'à son tour, ou que de grands garçons la regardaient en riant, car elle était poltronne comme pas une, et vexée pour un rien.

Gustave avec son vieux Jean-Bart de paille, son tablier noir usé, ses culottes trop grandes attachées par des ficelles, était un petit paysan à grosse voix, qui parlait déjà avec tous les jurons de son père et des valets. Figure longue, menton en galoche, un petit nez perdu entre les yeux et la bouche, il n'avait qu'une peur dans la vie, c'était de s'oublier sous lui, quand il était aux champs, conduisant avec une maîtrise surprenante des vaches dix fois comme lui qui le craignaient comme le diable, il avait des désespoirs quand il s'était déculotté, incapable de rattacher ses affaires. Alors si Jeanne était là, dans le pré, cueillant des fleurs, cela touchait au désespoir. « Arrange-moi, disait-il à Pascal. Oh arrange-moi, je t'en prie, moi je ne suis pas bon pour me reculotter ! »

Elle savait bien, la petite peste, le pouvoir qu'elle avait sur lui, et elle en usait pour se faire plus encore princesse. Elle était maniérée, mijaurée, et sûre d'appartenir à quelque essence supérieure. Elle accueillait l'amour de Gustave comme chose due. Elle en profitait pour se faire cueillir des framboises, apporter du lait, dénicher des oiseaux pelés et pitoyables. Mais elle méprisait Gustave, et si les vaches l'avaient piétiné, cela ne lui aurait pas fait ouf. C'était un paysan, Jeanne se savait châtelaine à Sainteville. Ses poupées étaient tout ce qui était fréquentable au château.

Aussi les moments les plus heureux de sa vie étaient ceux où elle allait passer huit jours à Champdargent. Les châtelains de Champdargent étaient apparentés par les femmes à M. de Sainteville. Bien que ce fussent des gens très riches, et le dessus du panier dans l'Ain, ils considéraient cette petite Jeanne-rien-du-tout un peu comme une cousine, et elle était mignonne. Alors on la prenait tous les ans, dans la période où à Champ-dargent on recevait ferme. Une poupée qu'on se passait de main en main. Quelles journées pour Jeanne. Des fêtes. Des beaux messieurs, des dames élégantes qui venaient de partout en voiture. Des enfants qui jouaient sur la terrasse du château Louis XIV, si bien habillés, si propres! Des petits comtes, des fils de généraux. Les demoiselles de Champagne avec leur beau chien. Un monde enfantin qui ressemblait aux histoires de Mme de Ségur. Un tas de bonnes en noir avec des bonnets. Le soir, on dansait la polka. Et Jeanne avait de la peine à s'endormir, à cause de tout ce qu'elle avait vu, des atte-lages, des mouchoirs brodés, des parfums. Ah, ce n'était pas Pascal qu'on aurait pu inviter à Champdargent! Ce mauvais sujet, toujours déchiré, toujours à se battre!

L'oncle Pascal emmenait son neveu en visite chez les Champdargent où séjournait Jeanne. Il l'avait fait coif-fer par la cuisinière. On l'avait forcé à se débarbouiller. Le gosse avait mis son costume propre, un marin, à pantalon long, avec un sifflet pendant à une cordelette blanche. Il était à peu près présentable. Montre-moi ces mains. Enfin ça peut aller.

La charrette anglaise attendait dans la cour de Sain-teville. On avait attelé Jockey, le petit cheval alezan, à la crinière pâle. La charrette était noire, brillante, avec de très minces filets rouges. M. de Sainteville avait mis son costume gris foncé qui lui donnait l'air si correct, et dans sa cravate de cheval, blanche, une épingle en or ou en forme de cravache. Le melon gris clair. Et de petites bottes noires, dans lesquelles la culotte de cheval s'engouffrait avec des airs de pantalon pincé. La bar-biche grise et le pince-nez à chaîne donnaient à Pascal de Sainteville un air bizarre de professeur qui détonnait avec cet accoutrement de hobereau. Il portait toujours des gants, sauf à table. Des gants noirs, assez râpés, avec un pointillé blanc aux points de frottement.

« Alors, Pascal? Je te ferai observer que je t'attends! »

Gustave tient la bride de Jockey. Il sait que les maîtres vont rejoindre la petite Jeanne à Champ-dargent... A Champdargent, le paradis défendu. Il paraît qu'on n'y mange que des gâteaux.

Pascal se hisse à côté de son oncle. Ho ho, on part On passe devant les communs : Pascal regrette un peu de ne pas se terrer dans la grange à foin. Il n'aime guère ces randonnées familiales et mondaines. Sous les arbres du parc, la charrette anglaise descend en spirale. Il y a plein de colchiques dans la prairie. L'oncle est d'abord silencieux. Il se tient raide, les rênes dans ses gants noirs. Puis, sans regarder le petit : « Tu t'es bien lavé ce matin ? » Silence de Pascal, choqué. « Tu t'es bien lavé, voï ou non ? » Pascal murmure quelque chose comme « Bien entendu, Tonton... » Mais déjà la glace est rompue, pour l'oncle tout au moins. Il peut penser à voix haute. Il n'est pas sûr que cela s'adresse à son neveu. Le certain est qu'il se moque des réponses comme de colin-tampon.

« ... parce que tu n'avais qu'à prendre un bain, mais tu n'y penses jamais, tout seul, petit ramoneur ! Il faut toujours que ce soit moi qui dise à Marthe... »

Le bain est un sujet de conversation qui plaît à l'oncle Sainteville. Il a fait installer dans la tour de l'ouest une salle de bains, pour pouvoir dire à ses hôtes, comme en Angleterre : « Si vous voulez prendre un bain avant le dîner... » L'anglomanie s'arrête là, car ordinairement la baignoire est pleine de choses qu'y dépose la vieille Marthe, du linge, des caisses. Pour avoir un bain, ce qui se peut pourtant, il faut pomper vingt bonnes minutes, en bas, près de la cuisine.

L'oncle parle toujours avec les points de suspension mis par la route, les écarts du cheval, un tournant :

« Quand nous étions enfants, mon père, s'il nous trouvait les oreilles sales, nous faisait déshabiller, nus comme des vers, puis il envoyait le jardinier avec la lance. Vlan. L'été, passe. Mais l'hiver. N'empêche que c'est comme ça qu'on trempe une génération... Ta mère, si je te faisais ça, en aurait des vapeurs pendant une semaine... J'exagère, elle n'a pas tant de suite dans les idées !... Je te rendrais pourtant un fameux service. Tu ne crois pas ? On ne sait jamais. Et d'ailleurs si ton père veut faire de toi une femmelette, ça le regarde. C'est sa famille, pas la mienne. Une idée absurde qu'on a toujours de vouloir rendre service. On n'en finirait plus. Chacun pour soi. Dans le monde où nous vivons. Pas la peine. Ah, non, alors, pas la peine ! »

On arrivait vers le bas du parc. Jockey trottait gentiment. On voyait au loin les fumées de Buloz. Dans les champs, les paysans se relevèrent, la route de Champdargent tournait à droite, presque à angle droit.

« Qu'est-ce que tu deviendras quand tu seras grand ? Un gratte-papier comme ton père. Ou un officier crève-la-faim. Merci. De toute façon, tu es pris dans l'engrenage. Tu auras des idées de ton temps. Quelles autres pourrais-tu avoir ? Est-ce que tu es un Sainteville ? voï ou non ? Non. Alors, tout ce qu'il y a à te souhaiter, c'est de t'adapter. Tu vivras dans leurs villes. Un de leurs appartements comme une boîte, avec le gaz. Il y aura le gaz dans tes idées. La démocratie ! Si on joue à l'égalité, il faut y aller franc jeu. Quand tu te flanques une peignée avec les lurons de Buloz, c'est le plus fort qui gagne. On s'en fout pas mal, si ta maman a son jour. Mais dans leur démocratie, on fait semblant. Les vrais égalitaires, c'est nous, la noblesse qui traîne dans les campagnes les vestiges d'un monde agonisant... Nous, voï ! Vous autres fonctionnaires, ou hommes de profession, au bout du compte vous êtes tous plus ou moins des négociants. Voï, voï ! Montre-m'en un qui n'achète pas des actions avec ses sous, qui ne spécule pas à la Bourse, qui ne prenne pas des obligations à lots ! Tiens, ton père, il avait voulu faire le malin avec le Panama. Tous pareils. Le commerce est votre loi. Les plus honnêtes sont encore ceux qui ouvrent boutique. Les autres... Ah, hypocrites ! Leur bourgeoisie, le beau progrès ! Il n'y a que deux sortes d'hommes dans un pays, ceux qui produisent avec leurs bras, et ceux qui conservent tous les biens du monde, spirituels et matériels, l'aristocratie, dépositaire de l'honneur, de la santé morale d'un pays... Les autres, ce sont des joueurs de bonneteau. Des voleurs de travail et des voleurs d'honneur. Je respecte le peuple. Je ne respecte pas les bourgeois... Encore dans les premiers temps, quand ils faisaient leur guerre ignoble à tout ce qui venait du passé, y avait-il un peu de grandeur dans leur sauvagerie... Je préfère Marat à Guizot si tu veux savoir... Ils étaient tout mêlés au peuple alors, ils s'en servaient... Leur grandeur, c'était la grandeur populaire... On a pu s'y tromper... Il y avait de la déchéance dans nos rangs, de l'abâtardissement, on peut en convenir sans honte... On pouvait croire que ces marchands de draps et ces fournisseurs aux armées allaient être piqués de la tarentule, voï... C'était mal les connaître... Napoléon Ier préparait Napoléon III. Le foutriquet! C'est déjà fini, leur aventure... Regarde ton père : pas de politique! C'est tout ce qu'il sait dire... Aussi démissionnaire que les petits imbéciles qui jouaient avec Marie-Antoinette à la laiterie de Trianon... Pas de politique! Surtout la peur de la politique, de la responsabilité... On laisse d'autres s'emparer des rênes... Tiens, il en pousse parmi les ouvriers... Ce Millerand par exemple : en voilà un qui a des longues dents et qui ira loin!... Peut-être que le moment serait propice pour les nôtres, s'il s'en trouvait... Mais, basta!...

« ... Il ne faut pas se tromper, ce qui subsiste de notre monde n'a surnagé que grâce à des compromissions. Crois-tu que les Champdargent qui sont à l'aise le doivent au patrimoine de leurs aïeux? Bon, regarde Suzanne... Elle est assez typique. Enjuivés, les Champdargent, enjuivés... Gaëtan monnaie son nom dans les conseils d'administration, et l'esprit pratique de sa mère... des gens de Francfort. Le vieux Mannheimer avait des mains si affreuses qu'il devait porter des manches lui tombant sur le bout des doigts... Quand on pense à Charles de Champdargent, le lieutenant général qui conspira contre Louis XIV à cause de Mazarin et qui ne pouvait supporter les étrangers. Et qui a le plus de raison, d'eux, ou de nous... C'est difficile à dire... Nous! je dis nous, à cause de ton oncle Blaise. Tu ne l'a jamais vu... Ta grand-mère l'a maudit que tu n'étais pas né... Et pourtant... Bien qu'il pense les pires sottises dans le genre Jean-Jacques Rousseau, c'était le seul de la famille dans lequel je me retrouvais... Je préfère encore un anarchiste comme lui à ces gentilshommes

commerçants... Que veut-on qu'ils deviennent, nos fils et nos neveux, aujourd'hui? Officiers de cavalerie? Curés de campagne? Ce qui vous a l'air généreux dans l'anarchie les entraîne... Ils ne sont plus rattachés à rien, les idées les emportent... C'est le vieil esprit de chevalerie qui se survit... Oh pas chez les Champdargent et leurs petits Mannheimer! Au fond, mets-toi bien avec ces gens-là, Pascal. Ils te seront plus utiles que ton vieux fou de Tonton. Il y a vingt ans que j'ai acheté ce costume que je porte. Un peu éraillé. Mais encore solide. C'était de l'étoffe, ça! Il me plaît de vivre avec des frusques du temps où je me payais encore des fantaisies. C'est comme s'il n'y avait pas eu leur République... Voï, quoique l'Empire c'était une chienlit que je n'ai jamais admise. Il n'y a pas de raison de mettre à la tête de leurs conseils d'administration, un godelureau costumé en militaire, un repris de justice... Tu comprends, ils ont vaguement saisi que leur révolution, c'était des bourdes... Qu'il fallait au-dessus du peuple une caste, une aristocratie... Aussi ils n'avaient pas plus tôt jeté bas la monarchie, qu'ils ont inventé leur noblesse de casino, les Murat, les que sais-je? Même qu'ils ont cherché à la marier avec la vieille France! Tant qu'ils ont pu... Seulement... seulement... Leur tradition, vieille de cinquante ans, le genre petit soldat, le tricolore... Ça cache mal les chemins de fer, la banque, les mines de papier mâché... Leur tort c'est d'avoir cru que l'essentiel d'une aristocratie, c'était la chamarrure... Ah, ils s'en sont payé! L'essentiel de la noblesse, petit roturier, ce n'est pas la particule, c'est l'honneur! L'honneur! Est-ce qu'on sait ce que c'est aujourd'hui? Peut-être encore en Angleterre, dans certains coins. Car ils sont bien mordus, eux aussi, par le commerce. Je me souviens à Dieppe, vers 1866, de cette jolie fille qui se faisait remarquer parce qu'elle montait à califourchon... Qu'est-elle devenue? Une Écossaise. Avec une voix extraordinaire. Si elle vit, aujourd'hui, c'est une vieille femme, avec des fils en âge d'homme... Voï... »
Ici les rênes flottèrent légèrement. Le vieux gentilhomme eut son regard bleu et usé sur la campagne. Le

ciel s'était couvert, comme plombé. Puis il caressa le dos de Jockey avec les rênes. La petite bête retrotta gaiement. L'oncle Pascal rêvait... Où était-il parti, et par quel détour elliptique se reprit-il à penser à Pascal? Il s'était tourné vers lui. Il le regardait comme s'il appréciait les paturons d'un cheval. Sans doute essayait-il de se l'imaginer homme, évidemment pas un Sainteville, mais enfin avec dans le sang un prolongement de la vieille aventure familiale tout de même... Courrait-il les femmes, serait-il pieux? Un quelque chose s'était humanisé dans les yeux fatigués du vieil homme: « Petit roturier... », murmura-t-il.

Sur la route, on entendit un trotteur. Une voiture noire à capote venait au-devant d'eux. Un homme à barbe rousse, assez corpulent pour les trente-cinq ans qu'il pouvait avoir, la conduisait bon train. C'était le docteur Moreau, récemment établi à Buloz. Au passage, le médecin se souleva avidement sur son siège et cria: « Bonjour, monsieur le comte! » Les Sainteville n'étaient pas comtes, mais il était de tradition qu'on les saluât ainsi dans la région. « Bonjour, docteur! » répondit l'oncle et il força Jockey avec un peu d'humeur. Pascal avait remarqué que la vue du docteur avait cet effet sur le vieux gentilhomme. Il ne savait guère pourquoi. Le docteur Moreau se spécialisait dans la tuberculose, et c'était lui qui faisait bâtir le sanatorium au-dessus de Buloz. Qu'y avait-il là qui pût renfrogner ainsi l'oncle Sainteville?

On voyait apparaître au loin la tour de Champdargent.

X

La cloche. Les portes des classes s'ouvrent sur la grande cour vitrée, en bas, et là-haut sur le balcon circulaire. Un bruit de torrents lâchés! Les croquenots qui galopent sur les marches de fer des escaliers. Les glapissements de centaines de gamins, des cris, des rires. On se bat déjà. Des bouquins dégringolent. « Allons, messieurs, allons ! » clame nasalement la voix du surpète, un vieux squelette vert sous son tube. Un tourbillon s'élance vers l'entrée des gogues.

Pierre Mercadier, qui sort de sa classe, écoute une fois de plus se déchaîner cette tempête. Elle le prend chaque jour à la gorge et aux tempes. C'est drôle, il ne peut se faire à cette débâcle de l'enfance. Il l'a même haïe autrefois. Aujourd'hui il en juge autrement : cette violence, ce goût de la bousculade, ces cris, ces joues rougies par le jeu, cet oubli frénétique des heures passées dans la contrainte, éveillent dans le professeur d'histoire une sorte de honte du métier qu'il fait. Gardechiourme, ni plus ni moins. Si l'on savait les pensées qu'il porte, on ne le garderait certainement pas pour enseigner à la jeunesse. Mais rien à craindre de lui pour la jeunesse. Elle n'en connaîtra rien. Il les conservera pour lui, ses pensées subversives.

Il salue au passage plusieurs de ses collègues. Comme on se fait vite à une nouvelle ville, de nouvelles gens ! Ils lui paraissent déjà familiers, et il n'y a pas trois mois qu'il est pourtant à ce nouveau poste.

Il y a eu des scènes avec Paulette pour l'installation de leur nouvelle demeure ; elle aurait dépensé les yeux de la tête, et on changeait trop souvent. Chaque année, l'argent se grignotait un peu... Les frais faits à Alençon n'étaient pas engageants pour recommencer en Lorraine. « M. Mercadier ! » Le proviseur l'a hélé, et lui parle longuement d'un de ses élèves, qui est extrêmement dissipé. Des garnements qui se poursuivent ont manqué les heurter au passage. Ils glissent sur le petit carrelage de la cour. Des balles volent dans l'air. Pierre n'écoute pas ce que dit le proviseur. A son habitude, il songe à l'enfance, à ses propres pensées d'enfance, à ce qu'il avait cru de la vie, désiré, attendu... Puis professeur... il s'était lui-même triché, trompé. Jusqu'à perdre le sens des récréations.

Il aperçoit, un peu en retrait, la silhouette de M. Meyer. De M. Meyer qui l'attend, à l'habitude.

M. Meyer est très timide, et pour rien au monde n'interromprait, fût-ce d'un salut, la conversation de M. Mercadier et du proviseur. Pierre sourit d'y penser. Il aime bien M. Meyer. Il s'entend avec lui. Il s'excuse auprès du proviseur et rejoint son collègue.

M. Meyer est un peu plus grand que Mercadier. Maigre avec un visage triste et long, des lorgnons et un bouc noir. A pas plus de trente ans, il est voûté. Il frotte presque incessamment ses mains l'une contre l'autre. Il professe les mathématiques. Alsacien d'origine. Assez mal vu au lycée où il est le seul Juif. Si timide qu'il a fallu tout le pouvoir de la musique pour qu'il parlât un jour à son collègue Mercadier. Car il joue du piano, M. Meyer. Éperdument, tout le temps qu'il est libre. Mais, dans son triste petit logement de célibataire, il n'a qu'une casserole de louage. Les Mercadier possèdent un Érard. Sur cet Érard s'est fondée une amitié. Paulette, certes, n'aime pas beaucoup cette fréquentation de son mari. « Dans ma famille, dit-elle, il ne nous est jamais arrivé d'avoir des Israélites... — Excepté tes cousins Champdargent, ma chère, qui ont du sang juif ! — Vous êtes stupide ! Est-ce que c'est la même chose... Enfin... » M. Meyer joue très bien du piano. On peut l'inviter quand on a du monde, c'est une distraction. Et les distractions ne sont pas si nombreuses dans cette triste ville de l'Est, sauf la garnison.

Parfois les deux professeurs rentrent ensemble, avec une nouvelle partition qui est arrivée de Paris. Ils s'enferment dans le salon, le soir après les classes. Et là, à la lueur du gaz, M. Meyer déchiffre. Pierre assis à côté de lui, tourne les pages : Il a bien pris des leçons, jadis, mais il n'a pas de doigté... Pas de patience non plus. Il ne s'est jamais intéressé à bien jouer. Il lisait la musique, en s'aidant du piano. Interminablement. Maintenant il en a perdu l'habitude et, en province, les concerts sont rares. Il a tenu à avoir un bon piano, sur lequel Paulette tapote. Elle a appris le piano à l'école, bien sûr. Elle a un filet de voix. Son répertoire va de la *Prière d'une Vierge* au *Quadrille des lanciers* ; et elle chante des valses et la sérénade de Gounod. Rien à faire pour l'en sortir.

« Tout de même, — dit-elle, — ton M. Meyer, il ne joue que de la musique allemande. » Pierre hausse les épaules. Allemande ou chinoise...

Il est certain que les amis de Paulette voient M. Meyer d'un mauvais œil. Dans la ville on n'aime pas les Juifs. Il n'y en a, Dieu merci! pas beaucoup. La famille du boucher. Deux tailleurs. Enfin pas grand'chose. Qu'ils retournent à Francfort! Après Sedan, nous n'avons pas besoin chez nous de ces Allemands déguisés.

« Moi, — dit Pierre, — je ne fais pas de politique. Un homme est un homme et un pianiste, un pianiste... »

Heureusement que celui-ci, pourtant, est célibataire. Parce que s'il avait femme et enfants, il aurait fallu se voir autrement. Avec toute son indépendance d'esprit, Pierre ne tient pas à la bataille perpétuelle. Il n'aurait pas rêvé d'imposer Meyer aux gens. Si les gens ne peuvent pas blairer les Juifs, c'est leur affaire.

Ce que Mercadier aimait en Meyer, c'était qu'il fût un compagnon silencieux. Pas besoin avec lui de longues conversations, la musique faisait les frais de leurs rapports. Cela convenait à une certaine disposition mélancolique qui allait en s'aggravant chez Mercadier. Cela lui épargnait de feindre, et même de penser; Liszt, Chopin, Beethoven, Mozart, donnaient à leurs fins d'après-midi une teinte de rêverie. Le salon de Paulette fondait au développement d'une phrase, dans une résolution d'harmonies. Pierre n'en voyait plus du tout ce qui l'y agaçait quand il était la proie de son esprit critique, tout ce qu'y avait entassé une femme, à qui c'était suffisant qu'il détestât quelque chose et l'eût dit, pour qu'elle s'obstinât dessus et en fît une parure de son intérieur.

L'ivresse de la musique tint longtemps à Pierre lieu de tout autre substitut sentimental. La musique... Ce qu'elle comporte de nostalgie devient la soupape de sûreté d'une vie calme et sans heurts. Il oubliait, Pierre, le pianiste penché sur le clavier, assez comique à regarder, grimaçant, appliqué, avec des efforts dans le visage, sans rapport avec les sentiments exprimés. Enfin, sans contrainte, dans un univers chantant et dramatique, où l'on n'a point honte des sanglots, il s'abandonnait à ce délire noble et permis, à ce dérèglement invisible des sens et du cœur. C'était sa récréation de grand collégien, ses bagarres et ses courses, ses jeux époumonés, ses folies d'enfance. Mais le préau en était le salon de Mme Mercadier où se renouaient pour lui de très anciennes pensées. Il retrouvait les doutes, les oscillations de sa jeunesse, ses inquiétudes philosophiques, ses espoirs sans objet, le goût amer de la vie, que l'on perd dans l'inconscience du travail quotidien. Le sens de l'inutilité de sa vie.

Qu'avait-il espéré de l'existence? Avait-il jamais espéré d'elle quelque chose? Il en doutait aujourd'hui profondément, plus près de se complaire dans cette inutilité que d'en désespérer. Ce n'était pas sa vie qui lui paraissait sans objet, mais la vie. Dire qu'il y a des imbéciles pour se lamenter de n'être pas Napoléon par exemple! Comme si, pour la raison humaine, il était plus satisfaisant d'avoir pendant des années promené des armées par l'Europe, et bivouaqué, la mèche sur le front, dans des plaines dévastées que, par exemple, d'avoir fabriqué des souliers dans une échoppe ou fait des additions sur un grand livre! Une phrase musicale faisait déborder toute cette philosophie, et c'était comme le grand air, et les courses à cheval.

M. Meyer lui fit connaître Wagner, autant que c'est possible au piano. Les paroles wagnériennes prirent pour Pierre une puissante et familière poésie. Il lisait couramment l'allemand, qu'il baragouinait. Tristan et Isolde devinrent la compensation sublime de sa vie de ménage. Wagner avait un petit goût d'interdit, à cause de 1871. Pierre s'assurait qu'il était, au fond, germanophile. C'était la forme tacite de sa protestation contre un monde médiocre. Comment cela se mariait-il avec le patriotisme qu'il professait et qui était si peu une plaisanterie que, dans le krach du Panama, il avait surtout ressenti la défaite française? Eh bien, cela ne se mariait pas. Ce n'est pas la première contradiction de ce genre que nous rencontrons en Pierre Mercadier. Ni la dernière. Il n'a pas conscience de cette opposition. Il en est le jouet. Comme de cet amour réel qu'il a eu de Paulette, et de cette indifférence à la fois de ce qu'elle pense ou sent : « Et puis, pourquoi se casser la tête ? Qu'attend-on de la vie sinon un peu de musique ? N'est-ce pas, Meyer ?

— Mon cher Mercadier, — dit le professeur de mathématiques, en rabattant le couvercle du clavier, — vous ne pouvez pas dire ça, vous avez des enfants, vous... c'est un but dans la vie... des enfants... »

Il frottait avec plus d'insistance que jamais ses doigts pliés les uns contre les autres pour les délasser d'avoir joué deux heures des choses aussi mélancoliques. Pierre tournait dans les siens une lettre de Castro. Il avait perdu à la Bourse, et il allait falloir prélever sur le capital pour compenser l'insuffisance des rentes.

XI

Ce printemps-là, Pascal fit sa première communion. On avait quitté la maison normande et la chambre rose, Pierre nommé en Lorraine. Avec cette inconséquence qui était une marque de son caractère, Mme Mercadier qui écoutait tout juste la messe avait exigé de son mari que leur fils n'allât point au lycée du gouvernement avant cette cérémonie. Cela ne manquait pas de désagréments pour un professeur de l'état. Cela pouvait nuire à sa carrière. Mais je m'en fiche, disait Paulette. C'était son élégance, à elle, avec les dames et les messieurs qu'elle fréquentait. Elle recevait les gens plus pour leurs qualités mondaines que pour ce qu'en penserait le gouvernement, n'est-ce pas ? Si son professeur de mari trouvait ça mauvais, il n'avait qu'à le dire. Paulette, avec sa désinvolture, comptait parfaitement que l'essentiel de leur train de vie n'était pas le salaire de Pierre. Même si sa carrière se poursuivait au mieux. Alors, autant tirer profit du peu d'importance que cela avait qu'il fût ou non augmenté, se donner de l'allure.

Elle se donnait de l'allure. C'était ce qu'elle avait gardé de sa famille.

Pierre Mercadier était parfaitement incroyant, mais de l'espèce tolérante. Sa tolérance, d'ailleurs, n'avait guère à être éprouvée, car jamais il ne s'était cru de droit sur le destin de son fils à qui, tous les quinze jours environ, Paulette marquait en présence de plusieurs personnes un débordant amour maternel inattendu. Pierre s'était fait à cette idée que les enfants appartiennent à leur mère. Il y avait d'ailleurs dans l'histoire du droit des exemples remarquables de ce matriarcat... En fait, son fils lui était un étranger qui ne valait pas une scène de Paulette. Avec ça, qu'il fût au lycée ou dans une école libre, cet enfant, où était la différence ? Pour ce que nous faisons dans la vie de ce qu'on nous a enseigné ! Il y avait bien les remarques du proviseur... « Vous me comprendrez, monsieur le proviseur, je suis un libéral, je ne peux pas me refaire... Sa mère pense ainsi, et c'est donner le bon exemple aux réactionnaires intolérants... » Oui, en attendant, on ne le nommait toujours pas à Paris.

Dans la grande ville morne, aux rues étroites, aux maisons hostiles, où Pierre Mercadier enseignait aux fils du juge, à des industriels à la page et de petits rentiers tremblants, l'admiration de Voltaire pour le roi de Suède et les efforts de M. de Necker pour sauver les finances du royaume de France, dans la grande ville sans visage où l'on fabriquait des gaufrettes, et des machines-outils avec tout le poids de l'Est français sur le cœur, la menace jamais oubliée de l'invasion, le petit Pascal descendait dès le matin du bel appartement délabré que ses parents avaient loué dans une vieille résidence de la noblesse. Il trouvait sous l'escalier monumental, à côté d'une voiture d'enfant, son vélo dont il détachait le cadenas. Puis il poussait la bécane par la selle sur les dalles blanches et noires jusqu'à la rue. Ses livres étaient ficelés par une courroie de toile beige. Enveloppés dans le petit tapis à fleurs rouges sur fond bleu qui lui évitait de trop user ses fonds de culotte. Il devait traverser toute la ville pour atteindre l'institution Saint-Elme, qui, par une concession de Paulette, n'était pas une école religieuse proprement dite, en ce sens qu'il n'y avait de prêtre que celui qui venait y enseigner aux grands le catéchisme de persévérance.

L'institution Saint-Elme était logée dans un hôtel particulier d'une rue tranquille. Demeure bourgeoise déchue de son emploi d'origine. Les murs plâtrés avec des moulures écaillées, et des pots de fonte aux coins, où tristement stagnait l'eau du ciel, ne racontaient rien des propriétaires précédents qui avaient dû avoir des misères dans la gaufrette. Seuls, le perron de l'entrée et la grande véranda, aujourd'hui à jamais close aux voitures indiquaient les espoirs forgés d'une grande vie à équipages, et aussi les écuries transformées en laboratoires, où les grands faisaient des expériences de chimie, et de la gymnastique. Du rez-de-chaussée surélevé, et des deux étages, tout avait pris cette tristesse uniforme des classes, sauf le réduit où s'entassaient le directeur, M. Legros, et toute sa famille, et un des répétiteurs, logé. M. Legros était tout petit avec les yeux rusés, une barbe en éventail, qui le rendait plus petit encore, poivre et sel, et un toupet pour rattraper les choses. Une longue redingote noire d'où sortait le pantalon rayé tirebouchonnant, les manchettes qu'il perdait tout le temps, et dans le col cassé une cravate noire plastronnante.

L'année de la première communion était aussi celle où l'on commençait vraiment le latin, la sixième. On avait bien, dès Pâques, en septième, appris les premiers éléments de la grammaire. Mais cela ne comptait pas, et ce dernier trimestre en avait gardé un goût singulier, incompréhensible. On aurait pu leur enseigner le chinois à la place, ces gamins n'eussent pas été stupéfaits davantage. Ils avaient regardé avec découragement les pages consternantes des déclinaisons, ânonné sans comprendre, mêlant tout. Puis un été avait passé là-dessus, comme un grand sommeil chaud. Au retour, on ne sait comment, tout était clair, ou presque... Cela pratiquait tout d'un coup entre les classes la différenciation comme de l'enfance à l'âge mûr. Ô mystères de l'ablatif absolu! Ces jeunes garçons tourmentés par leurs cols durs, avec leurs gros bas noirs, leurs manches de lustrine pour ne pas se mettre de l'encre à leurs habits, tailladant en cachette le couvercle fatigué des pupitres, abordent tout d'un coup les responsabilités de la vie par le biais étrange des langues mortes. *Turba ruït* ou *ruunt*... Si singulier que cela puisse paraître, l'étude du latin a détourné Pascal de la religion à laquelle il allait mordre. Il se croit païen. Il voudrait déjà lire Virgile. Il est troublé au fond de lui-même parce qu'il sait qu'il va faire une mauvaise communion. Et peut-être qu'il eût mieux valu attendre après l'initiation divine pour apprendre à décliner *urbs* ou *manus*.

L'étude est la grande pièce du rez-de-chaussée qui donne sur la cour. Elle n'a pas dépouillé son air de salon aménagé en classe. A cause des boiseries claires, bien que salies, à cause de la cheminée de marbre gris, au fond, sur laquelle on pose les dictionnaires qui sont à la disposition des écoliers, malgré le poêle placé devant la cheminée. A cause de la porte-fenêtre qui donne sur le perron, à cause de la porte vitrée qui mène dans l'ancienne serre, où l'on apprend maintenant l'anglais et les mathématiques. Mais le plancher n'est plus ciré, il est couleur de la poussière; les pupitres séparés par un passage médian sont par rangs de trois à gauche et de trois à droite. Sauf au dernier rang, à cause de la cheminée, cela en fait donc vingt-huit. Noirs, sauf où le vernis est parti, laissant voir le bois couleur bois. Là-dessus, cette odeur de l'encre et du porte-plume mâché. Aussi peu de lumière que possible. Quand j'y songe, il me semble qu'il pleuvait tout le temps derrière ces fenêtres insuffisantes. Une phrase allemande est restée au tableau noir, inexplicablement au-dessus de la chaire, où se dessèche un pion précocement chauve : *Der Reisende, der in Breslau umsteigen soll, kann in der Bahnhofsbuchhandlung eine Zeitung kaufen*... Au-dessus de la cheminée, il y a une glace dont le cadre a de petites perles tout autour.

Puis tout à coup le claquoir retentit. Le pion pâle s'est

dressé dans sa redingote triste comme le jour, et les enfants derrière leurs pupitres rangent en hâte leurs livres, un crayon tombe, une plume se casse en giclant. On se pousse, on se dresse. Vingt-cinq petits garçons hétéroclites, dépeignés par l'étude, les bras croisés, debout, répètent en chœur : « Je vous salue, Marie, pleine de grâces, le Seigneur est avec vous... »

Le bonheur des enfants est que tout leur soit nouveau, même la sueur de la médiocrité. Ou comment supporteraient-ils tout ceci ? C'est une école comme toutes les écoles. Écœurante à la façon des honnêtes épluchures de pommes de terre. Cela baigne dans une conception faussée de toute chose. Je ne dis pas cela pour la religion, plaquée sur cette institution à la façon des drapeaux tricolores à la porte des lavoirs. Simplement ce qui est ici le bien et le beau ne correspond strictement à rien dans la vie. C'est même presque un principe de cet enseignement. Le mal, on n'en parle pas. Ou du moins, c'est de parler en mettant sa bouche de côté, de rapporter, de copier ses devoirs... Aucun de ces jeunes êtres appliqués et sournois n'est supposé avoir un père ou une mère, se promener dans la rue, entendre le soir en traversant la ville les rixes dans le faubourg, lire les journaux pleins de meurtres et d'amours, mais comme dit M. Legros qui enseigne le latin en cinquième, *Felix*, heuheu, *Felix qui potuit*, vous m'entendez ? *potuit rerum*, M. Levet, cessez ces apartés ! *rerum cognoscere causas*.

Joachim Levet-Duguesclin était le meilleur ami de Pascal. Son aîné d'un an, il l'avait pris sous sa protection. Il descendait du Connétable par les femmes, et son grand-père avait obtenu de Louis-Philippe l'autorisation de joindre le nom de Duguesclin à celui de Levet. C'était un des meilleurs sujets de l'institution, pour les études sinon pour la conduite. Avec ses mollets nus hiver comme été, sa blouse de flanelle grise, et les culottes fermées sous le genou par un élastique, sa casquette portée en arrière, il avait un air de résolution et de gaieté, qui le faisait prendre pour un bel enfant, alors que les traits qu'il avait déjà très masculins l'auraient fait trouver laid, sans un certain charme.

Levet avait sur toute chose à peu près le point de vue de l'oncle Sainteville. A la sortie, on traînait un peu ensemble, quitte à se rattraper avec le vélo, pour que les familles ne grognent pas. On parlait littérature. Et trente-six mille choses dans quoi ne trempait pas le nommé Legros, avec sa barbe en éventail. Ça, c'était un point sur lequel on était d'accord. Agiter les cinq doigts écartés en barbe sous le menton, dans leur convention, signifiait à la fois voici Legros, ou la barbe, ou quelque chose d'impossible, de trop bête. Autrement il y avait un différend politique entre Levet et Mercadier.

Non pas que Pascal pensât à proprement parler ceci ou cela, à l'âge de onze ans, sur la politique. Mais il ne pouvait pas ne pas se définir par opposition. Ce qui s'était formé, sans se formuler, dans sa tête, en écoutant les monologues interminables de Tonton Pascal, lui remontait aux lèvres avec Joachim, déterminé dans tout par sa famille, l'ancêtre, et ce sentiment d'injustice de ne pas jouer un plus grand rôle dans le monde quand on descend d'un homme pour qui tout un peuple de femmes travailla, histoire de payer sa rançon. C'est ainsi que Pascal commença de se dire républicain.

On les voyait discuter dans la rue, avec leurs vélos, leurs pèlerines, leurs bouquins. En passant, on surprenait une phrase, et on se retournait sur eux d'étonnement. Cela les faisait rougir, et ils se mettaient à parler bruyamment d'une partie de billes. Levet n'avait pas son pareil aux billes et gagnait ses agates à Pascal. Il les lui rendait contre des poèmes. Car Pascal faisait des vers. Les poèmes, Levet les cachait jalousement dans un cahier ou plutôt une couverture de cahier, avec diverses choses précieuses, des articles sur le Panama et l'affaire Dreyfus. L'affaire Dreyfus et le Panama, Pascal s'y perdait. Il était trop petit quand tout ça avait commencé : Levet avait beau jeu à lui clouer le bec. Même si Dreyfus était un traître, ça ne prouvait rien contre la République. Et puis Pascal n'avait-il pas avoué à Levet, un jour, que son père avait été escroqué par la République dans le krach de Panama ?

Les vers de Pascal étaient généralement des vers

d'amour. Par exemple une chanson de Léandre à Héro. Ou une lettre de Juliette qui s'excuse de ne pas avoir pu se rendre à un rendez-vous parce que ses parents avaient du monde... C'était plein de baisers et d'étreintes, de candeurs et de craintes, d'aurores et de roses. Levet, qui pensait autrement connaître la vie que son cadet, le regardait avec admiration, et disait : « Où vas-tu chercher tout ça ? On croirait, ma parole, que tu as passé par là... » Il était amoureux d'une de ses cousines qu'il ne pouvait rencontrer qu'à Noël et à Pâques.

Bien que l'hiver les jours fussent brefs, les journées étaient longues à attendre ce moment de liberté partagée, où l'on fumait les premières cigarettes en cachette, et on se montrait du doigt la caissière de l'épicier Salé en disant : « Une belle poule, tout de même... » L'étude, la prière, les classes au premier étage, la classe dans la serre, encore la prière... Et comme ça tout le jour et tous les jours. La récréation du matin était trop courte pour s'amuser vraiment. Juste le nécessaire pour mieux sentir la contrainte de se taire, et de peiner sur les problèmes ou le thème allemand. Pascal ne faisait pas de grec. D'où une certaine infériorité par rapport à Levet. L'heure la plus difficile à passer était de trois à quatre. Surtout l'hiver, quand il faisait déjà sombre, qu'on n'allumait pas dans les classes, et que pour un peu on se serait endormi. Il faisait toujours ou trop chaud dans les petites pièces ou trop froid dans les grandes, à l'étude par exemple. Pendant cette heure-là, on avait les fourmis de la récréation, la vraie, celle de quatre heures, qui durait vingt minutes.

L'infernal, c'était comme on vous en gâchait le début par un exercice qu'on faisait faire à toute l'école. La cloche n'avait pas plus tôt sonné, que les gamins s'échappaient de partout, dégringolant le perron, courant à toutes jambes pisser au fond du jardin, dans le cabinet où on faisait des concours de hauteur ; cela glapissait, on se flanquait déjà des tournées, des balles sortaient des poches, on criait : Chat ! Mais au milieu de la cour il y avait un professeur, M. Cornu ou M. Glaise, qui n'avait pas l'air d'entendre la plaisanterie, et qui frappait dans ses mains... Allons, messieurs, allons, pressons !

La récréation n'était pas commencée. Il y avait d'abord l'exercice. On se rangeait donc par rangs de quatre, les petits devant, les grands derrière. Alors on se rend compte du baroque d'une école, le disparate des élèves. Les enfants, c'est encore plus différent entre soi que les grandes personnes, et puis il y a les différences de taille, même au même âge, et des différences d'habillement... Mais on n'avait pas le temps de s'amuser à regarder. M. Cornu, ou M. Glaise, frappait dans ses mains, un sifflet aux dents, puis sifflait. On courait alors autour de la cour, en rangs, les coudes au corps, au rythme du sifflet. D'abord lentement, puis plus vite. L'hiver, quand il faisait très froid, l'air vous brûlait les poumons. C'était alors aussi qu'on sentait venir la nuit et la tristesse.

Quand on vous lâchait, enfin, on se jetait sur le jeu avec une espèce d'avidité de condamnés à mort pour la dernière cigarette. Le petit gravier vous glissait sous le pied. Les balles repartaient dans l'air. Les arbres, les quatre arbres de la cour devenaient les buts des parties, les relais de balle-teck, les lieux sacrés d'une folle gymnastique en quoi la jeunesse prenait sa revanche. On se battait pour un rien. La nuit tombait.

Ou c'était l'été déjà. La poussière. Mais quand l'été vient, les vacances sont proches. Dans la République de Pascal, il y avait à la fois place pour les poètes et pour tous au bout de l'année un château avec des tours, une grande terrasse et la montagne. Cela seul rendait tolérable la barbe de M. Legros, le claquoir, les prières, et le pas de course, une deux, autour de M. Glaise ou de M. Cornu.

XII

« Vous êtes tout de même un homme bien curieux, Mercadier... », dit Meyer, comme Paulette venait de quitter le salon en claquant la porte, et après un long, long silence, par lequel, tous les deux de concert, ils avaient laissé un peu de temps s'interposer entre cette scène si désagréable et les premières paroles par quoi se renouait la conversation. Ma foi, Pierre avait trouvé de très mauvais goût de la part de sa femme d'avoir rendu témoin de cette chose entre eux le professeur de mathématiques. Mais il faut dire que Meyer était un personnage si effacé, qu'on ne pouvait guère prendre à sa présence habituelle plus d'attention qu'à celle des bougies sur le piano.

La phrase de Meyer ne s'enchaînait pas d'ailleurs à ces éclats domestiques dont Pierre oubliait le problématique pourquoi. Elle reprenait, comme si de rien n'eût été, le fil de propos antérieurs. Ils étaient tous deux dans le salon, encore plein de notes suspendues. Les cristaux du lustre tintaient encore de Brahms. « Sortons, — dit brusquement Mercadier —, nous serons mieux au café. Quand ma femme est comme ça... »

Tristes et beaux cafés de la province française au déclin du siècle! Ils hésitèrent entre les trois brasseries du centre de la ville. Ils n'avaient pas leurs habitudes, comme leurs collègues. C'est singulier, dans le centre, ici comme partout du reste les cafés vont toujours se fourrer l'un sur l'autre, dans la même rue... Ils échouèrent sur des banquettes fatiguées, devant des tables de marbre, sous des glaces entourées d'étoiles taillées. Un café, rouge, or et noir, avec des militaires jouant aux dominos, et des femmes pour servir. Si on peut dire.

Où avait-on déniché ces spécimens de plomb? Des êtres gris, lourds, hors d'âge. « Deux absinthes! » dit Pierre tout naturellement. Meyer esquissa un geste de dénégation effrayée, puis s'interrompit, vaincu d'avance. Sur la cuiller grillagée, le sucre fondit lentement, l'eau se troubla, prit sa belle teinte d'opale, jaunit.

« Mon cher Meyer, je ne sais ce que vous me trouvez de curieux...

— Curieux n'est pas vraiment le mot... Singulier plutôt... Oui : singulier... Nos vies ont été bien dissemblables... Notre milieu, l'atmosphère où l'on naît... Si je cherche à me représenter ce que vous avez été... Au fond, je ne comprends pas les romanciers : comment y arrivent-ils ? »

Mercadier écoutait cela et cherchait à se représenter, lui, Meyer enfant, sa famille, les mœurs de ces gens-là, leur appartement : la jeunesse de Meyer ne l'intéressait que parce qu'il avait songé précisément à des choses semblables la veille à propos de Law, peinant sur son manuscrit, et étonné de sa propre impuissance de représentation...

Mercadier, en réalité, essayait de ne plus penser à Paulette. Il l'essayait férocement, amèrement. Il suivait mal la phrase de Meyer poursuivant :

« On arrive à compliquer à souhait les images qu'on se donne du monde des nombres et des figures. C'est d'abord un monde fixe. Puis avec les inconnues, un monde à problèmes. On y introduit les mobiles, un, plusieurs, des valeurs variables, des paramètres... Alors, peu à peu, tout commence à glisser, à bouger, à fuir dans tous les sens... On s'y ferait. Mais avec les êtres humains, il y a trop de facteurs obéissant à des lois fantasques, suivant des courbes folles... »

Au bout du compte, est-ce qu'il ne ferait pas mieux de penser tout simplement de Paulette qu'elle était une emmerdeuse ? Oui, sans doute. Mais, qu'est-ce que cela arrangerait ? Dans tout ça, sa vie... Les siens... Il fallait bien que les choses eussent un sens à la fin. Il entendit Meyer dire, en agitant son absinthe : « Je sais très bien Mercadier, que vous n'avez pas d'amis... que vous ne tenez pas à en avoir... Vous n'en avez pas laissé derrière vous dans ces villes que vous avez habitées... ou seulement des types dans mon genre... Plutôt des connaissances que des amis... »

Pierre ne se récria pas. C'était vrai. Il n'avait pas d'amis. Il ne songeait pas à en avoir. Il en avait eu, pourtant, très jeune, au lycée, à l'école. Il les avait perdus, simplement, sans éclat... avec un certain soulagement.

« Tenez, Meyer, par exemple : nous étions un petit groupe. Depuis la seconde, on se rencontrait le dimanche matin, on allait au Bois... Vous avez habité Paris, hein ? Ou parfois à la sortie de la ville, du côté de Javel... n'importe. On marchait vite, comme si on allait quelque part. On n'allait nulle part vraiment. Mais nous aimions l'exercice. On parlait, on changeait de place les uns par rapport aux autres. On était trois, quatre ou cinq. Pas toujours les mêmes. Le groupe au complet ça faisait huit jeunes gens qui se relayaient... On se chahutait aussi, on se bousculait... On avait des visages graves et il y avait un trop grand, poussé en graine, un obèse, un minuscule, un à lunettes... Une de ces ménageries... On s'entendait bien... On s'engueulait...

— Alors ? Qu'est-ce qui vous a dégoûté de l'amitié ? des amitiés ?

— Rien, rien précisément. Peut-être que c'est un sentiment qui ne dépasse pas un certain âge chez l'homme. Les femmes... Mais non, quand j'y pense ce n'est pas ça...

— Moi, dit Meyer, j'écris toujours à trois amis de cet âge. Ils sont loin, différents... Je ne sais si nous pourrions parler encore. Mais par lettre... des monologues...

— Au fond, il faut être franc. Ça s'est passé tout autrement... » Mercadier, qui n'avait rien entendu même des mots de Meyer, s'arrêta, respira profondément, caressa sa barbe par en dessous. « Le vrai, — dit-il —, c'est que je les avais pris en grippe, en haine, mes amis. Il m'a fallu longtemps pour faire mon point de solitude. Pendant ce temps-là, mes amis allaient bon train. Ils se formaient une idée de moi. Je les voyais l'accréditer autour de nous, me comparer à elle. Parfois je me trouvais agir pas comme il était entendu que j'agirais... On ne m'en demandait pas des comptes, mais... Les autres prenaient un droit sur mon passé. Ils ne me permettaient pas de penser ceci ou cela de faits dont ils prétendaient rester les insupportables témoins... »

Meyer, peu habitué à l'absinthe, écoutait ces paroles à travers un brouillard léger, heureux, confortable. Il soupira, il frotta ses phalanges pliées dans ce geste inconscient qui le faisait reconnaître de loin dans la rue... Pierre se versait un second verre. Meyer refusa. Comme c'était joli, le sucre sur la cuiller!

« J'avais une histoire, une figure, grâce à mes amis. Vous auriez pu dire qui j'étais. Ce que je pensais, ce que je me permettais de penser, à tout coup on le comparait à ce que j'avais dit au moins dix fois... l'autre année... quand... quand... enfin! Les gens sont singuliers. Ils interprètent vos actes. Ils veulent en comprendre la logique. Un homme nu, tous peuvent voir les parties exposées de son corps... Cela se nomme l'amitié. Jolie invention! On se consent comme cela des amis, par faiblesse. Il y a tant de vides dans les jours... Puis on est jeune, imprudent... Quand on pense à sa propre mort, il y a de quoi devenir fou à l'idée de ce que les gens diront de vous, par la suite... Les amis... Ils se mêleraient de m'ordonner, de se souvenir, de démentir, de corriger. Ça fait froid dans le dos... Et de mon vivant, des amis, ce sont des gens que je ne peux aborder sans faire un effort pour me conformer à cette image qu'ils ont de moi... pas tous la même... quelle comédie! Devant un ami, à cause de ce passé qu'on traîne, on se sent un meurtrier qui assiste perpétuellement à des reconstitutions de son crime... Pourtant ils ne savent rien de moi... Ils ne peuvent rien en savoir... Je changerai pour leur confusion... Je ferai des choses folles... »

— Bon, — dit Meyer, — pourquoi vous mettre la ciboule à l'envers, puisque vous n'avez pas d'amis, mon petit Mercadier? »

Il était un peu soûl, évidemment. Pierre sourit. Il appela le garçon. Dans la rue il dit, comme s'il parlait à un enfant, histoire de lui inculquer une leçon de choses : « D'abord, moi je suis un homme très gai. Optimiste. Comme il n'est pas permis. Que c'en est honteux. Je suis un joyeux luron, et on m'apprécie en compagnie. Un optimiste. C'est joli, la bonne humeur. Et puis c'est rare, un tel degré d'optimisme... »

Meyer faisait doucement non avec la tête : « Vous ne me convaincrez pas... Mais enfin si ça vous fait plaisir... Un optimiste, Mercadier, c'est un optimiste... et un crétin! »

XIII

Avec les beaux jours reviennent les forains. D'où sortent-ils, on ne sait, mais d'ici ils s'en vont à Bar. Les roulottes arrivent sur la grand'place, et s'échelonnent, par le boulevard. Drôles de maisons peintes, qui s'entourent, à peine dételées, de ficelles tendues où pend le linge des acrobates et des dompteurs, dont les volets s'ouvrent sur des pots de fleurs et des femmes à tignasses, des hommes bruns en maillots, et des enfants bizarres et sournois.

Pendant plusieurs jours, à la sortie de l'école, on assiste au montage des manèges, des boutiques. La population s'attroupe autour du travail. Des connaissances se nouent. Des cafés mettent des tables au-dehors, autour de la foire qui se forme. Les premières musiques s'essaient en sourdine. Enfin la foire est montée. Les coups de feu claquent dans les tirs où dansent les œufs sur les jets d'eau. Devant les balançoires bleues, brillent à une balustrade, suspendues on ne sait pourquoi, des étoiles de miroir en rang d'oignon. Il y a un manège flambant neuf en l'honneur de l'amitié franco-russe avec des femmes cosaques blanc et or et des chevaux caracolant à l'entrée. Levet et Pascal traînent au milieu de tout ça leurs pèlerines et leurs serviettes. Il leur manque les sous pour pénétrer chez les puces savantes ou se payer des anneaux au jeu des couteaux; ça, les couteaux sont tentants, fichés sur leurs lames variées, dans un décor de cuivre et de velours rouge. Il y a la boutique de la géante et du nain avec un rideau peint qui les représente. Il y a le théâtre d'ombres. Il y a le théâtre des poses plastiques, où l'on voit le Jugement de Pâris et l'Enlèvement des Sabines. Il y a la boutique des lutteurs, où on a un spectacle pour rien avec la parade. Il y a le musée Dupuytren, avec, sur l'estrade, exposées, des vitrines qui donnent un avant-goût de l'intérieur, les sœurs siamoises attachées l'une à l'autre par l'estomac, la Belle au bois dormant, une princesse hindoue qui n'a pas moins de trois paires de seins, un gosse rachitique à trois jambes. Tout ça en cire, bien entendu. Mais c'est si bien fait, ça a des airs de chair. Sur les côtés, il y a de grandes toiles déjà assez délavées, grises, où sont représentées des scènes d'hôpital, un médecin dans son service avec ses internes, les infirmières, examinant un malade, et de l'autre côté, au laboratoire, des savants élèvent en l'air des éprouvettes, entourés de cornues, d'alambics, de becs Bunsen.

Levet, qui a renoncé à écrire des poèmes depuis que Mercadier lui lit les siens, suggère : « Et qu'est-ce que tu dirais de raconter la foire en vers ? Peut-être pas en alexandrins... » Pascal trouve ça tout à fait absurde. Même en vers de trois pieds. Il vient de commencer un nouveau cahier, et il a écrit en tête : *Les Forces et les Rêves*. Le premier poème est sur les fleuves. Puis viendront les océans, les orages, les volcans, les geysers, les aurores boréales naturellement, les papillons, les tempêtes en mer, les feux follets, que sais-je moi, les forêts, l'arc-en-ciel, l'électricité captée par l'homme, les chemins de fer, les avalanches de neige, le dégel, enfin quoi : les forces et les rêves !

On est allé en famille un soir à la foire. C'est-à-dire Papa, Maman, Pascal, Jeanne est trop petite. Mais Grand'mère. Mme d'Ambérieux ressemblait vraiment à sa fille, à l'âge près, avec ses cheveux gris cendré, qu'elle teignait sur le devant, parce qu'elle ne voyait pas le reste, ayant toujours tenu les miroirs à trois faces pour des inventions du diable. En 1897, elle avait soixante ans, il ne restait rien d'une beauté qui avait été éclatante, et s'appuyait sur une canne pour marcher, à cause d'une phlébite qu'elle avait eue. Il n'y avait pas que cela, et ce nez qui avait forci, et la peau distendue au cou comme chez les femmes qui se sont fait maigrir déjà vieillissantes, pour la distinguer de sa cadette : Paulette avait une tête d'oiseau, mais Mme d'Ambérieux était l'intelligence de la famille. Même son frère Sainteville le reconnaissait. Ils s'étaient disputés toute la vie, ayant des goûts assez divergents. Elle était pourtant ce que l'oncle Pascal aimait le mieux au monde. Il retrouvait en elle les caractères de sa race, un certain esprit de domination mêlé au désintéressement, un goût fier de la pauvreté, qui chez elle avait pris le caractère religieux et partait de cette idée commune à tous les Sainteville, qu'avec leur nom on pouvait bien manquer de tout, on serait encore salué par la canaille. Cependant Mme d'Ambérieux avait eu vingt ans aux plus beaux jours de la cour de Compiègne, et son mari s'était rallié à l'Empereur. Cela continuait aux derniers jours du XIXe siècle à entretenir, longtemps après la mort de M. d'Ambérieux, la bisbille entre Pascal de Sainteville et sa sœur.

En attendant, ce soir-là, c'était la phlébite de Grand'mère qui était une plaie. Habillée de vert foncé, Grand'mère, avec ses détentes brusques pour avancer, avait l'air d'une grosse grenouille. Impossible de courir comme on aurait voulu de boutique en boutique et de parade en parade. Mme Mercadier, très dépensière quand il s'agissait d'elle-même, était plus que regardante en famille : autant qu'on lui prenait sur ses fantaisies, n'est-ce pas ? Alors les discussions n'en finissaient plus pour savoir ce qu'on allait se payer. Papa, tout l'amusait, il serait entré dans dix endroits. Pourquoi pas chez les dompteurs ? « Quelle horreur, s'écria Paulette, et s'il allait y en avoir un de mangé ? » Il faut dire que le bifteck de dompteur n'était pas à donation : trente sous l'entrée.

Mme d'Ambérieux geignait : « Vous n'avez pas de pitié pour mes pauvres jambes, mes enfants, laissez-nous souffler... Allons, qu'est-ce que vous dites de cette parade ? Ça ne coûte rien à regarder... » Ce n'était pas l'affaire de Pascal : il l'avait déjà vue cette parade, l'après-midi, avec Levet. Il ne pouvait même pas le dire, parce que sa mère lui aurait donné une gifle pour lui apprendre à traîner, au lieu de rentrer tout droit à la maison faire ses devoirs. On a donc regardé la parade. Pascal ne riait plus. Il avait l'air idiot. Son père lui expliquait les plaisanteries : « Tu ne comprends pas ? Il lui a dit : *Tu es soûl, Palognon... Soupe à l'oignon !* » Pascal comprenait d'autant mieux que cette plaisanterie traditionnelle avait été l'objet d'une dispute à l'école. Pascal détestait les calembours. Il regardait ceux qui en riaient comme des fous. Et en l'honneur de Palognon, il avait flanqué une tripotée à un type de sixième A. « Calino, — criait Mme d'Ambérieux, — donne-moi ton bras, vous allez me perdre dans la foule ! »

De fil en aiguille, Mme Mercadier a empêché son mari de jouer à la loterie, de lancer des anneaux sur des bouteilles de champagne. (Qu'est-ce que tu ferais de ce mauvais champagne, si tu gagnais ? Et d'ailleurs nous en avons à la maison, si tu désires tant que ça en boire !...) Avec Mme d'Ambérieux, on ne pouvait pas grimper sur les manèges, ni la laisser là plantée sur ses jambes malades à vous regarder tourner. Il aurait bien fait un carton, papa, histoire de montrer à son fils qu'on peut être professeur et avoir bon pied, bon œil. Mais bah : sa femme avait décidé qu'on entrerait quelque part, inutile de dépenser avant de savoir ce que ça coûterait. On entrerait quelque part, parce qu'il fallait entrer quelque part. Mme d'Ambérieux n'aurait pas demandé mieux que de voir les lutteurs. De beaux hommes. Sa fille n'était pas de cet avis. C'est bestial, ces hommes du commun, tout nus, ou enfin presque. Pas un spectacle à donner à Pascal. Il se bat suffisamment avec ses petits camarades. Et puis vingt sous. On était quatre. Le prix d'un beau poulet. Pourtant puisqu'il faudrait bien se décider... Il y avait les théâtres, mais savait-on bien ce qui s'y jouait ? Il y a des spectacles pour lesquels on est excommunié, mère. « Ma chère Paulette, — dit Mme d'Ambérieux avec une petite grimace de souffrance, — le souci de nos âmes te vient bien brusquement. J'ai plus de religion que toi, et il me semble... d'ailleurs, s'il en est besoin, je demanderai pour nous tous une dispense à monseigneur. » Monseigneur était un cousin éloigné des Sainteville qui était évêque *in partibus infidelium*.

Pascal aurait voulu entrer au musée Dupuytren. Làdessus, unanimité. Pas question. A la fin des fins, Mme

Mercadier se décida tout à coup pour les poses plastiques, à quinze sous la place, parce que son mari commençait à parler d'aller au café. Mme d'Ambérieux marmonna dans ses dents fausses que pour le coup ce n'était pas un spectacle pour un enfant, ni non plus pour une honnête femme. Mais après tout elle préféra ne pas le dire tout haut. Elle allait s'asseoir, et sa phlébite lui vaudrait des indulgences. Indépendamment de tout cela, elle n'était pas fâchée de regarder les forains roulés dans du plâtre qu'on voyait à travers un voile changés en statues antiques. Elle ricanait à part elle, en les comparant à son beau-fils. Mme d'Ambérieux n'aimait pas sa fille : pas de tempérament, pas de dévotion, une sotte... Ça sentait l'ail, là-dedans, tandis que « Suzanne au bain » succédait à « Phryné devant l'Aréopage »... On n'avait plus qu'à rentrer : la phlébite de grand-mère avait pris le caractère d'un argument irréfutable.

Il advint le lendemain que M. Glaise qui enseignait le français et le latin en sixième donna à ses élèves pour thème de « style » : *Ce que vous avez vu à la foire*. A l'école précédente où allait Pascal, dans l'Orne, on appelait *rédactions* les compositions françaises. Ici on les appelait *styles* : vous me remettrez mercredi votre style, le style de la dernière fois n'était pas bien fameux, etc. D'abord ça lui avait paru bizarre, puis maintenant Pascal disait style, comme tout le monde.

Le mercredi suivant, donc, M. Glaise ramassa les styles, et le vendredi il donna les notes. On cotait de 0 à 10, Pascal avait 9. Une note exceptionnelle. On s'agita grandement dans la classe, et M. Glaise donna lecture du style de Mercadier. « Je vous aurais même mis 10, Mercadier, déclara M. Glaise, mais il y avait là un détail... un détail... enfin je ne veux pas discuter cela en classe. Vous verrez vous-même l'annotation à l'encre rouge... » De quoi s'agissait-il ? Rentré en étude, Pascal lut dans la marge de l'écriture distinguée de M. Glaise : « Cela ne se dit pas. » Qu'est-ce qui ne se dit pas ? Ah !... dans le texte, le mot *embryologie* souligné. Pascal tombe de son haut. Pourquoi, ça ne se dit pas ? Ce n'est pas un mot bien courant, bien sûr. Mais c'est écrit en énormes lettres sur le musée Dupuytren : Chirurgie-Embryologie... de part et d'autre.

Son problème de mathématiques se brouille devant ses yeux. Il pense à autre chose. S'il regardait dans le dictionnaire ? Les dictionnaires sommeillent entassés sur la cheminée, juste derrière Pascal. Embryologie. Bon. Maintenant il faudrait regarder embryon. D'embryon, il passe à fœtus, de fœtus à germe, à spermatozoïde, à sperme, à copulation. Les mathématiques s'en vont à l'abandon. Levet suit du coin de l'œil, de sous son pupitre, les manigances de Pascal, qui rapporte les tomes du dictionnaire, en ramène un autre...

« M. Mercadier, dit le pion, finissez ces va-et-vient ! »

Pas sans avoir regardé grossesse et pénis.

Mais Pascal s'arrête, à cause de son problème et aussi du fait qu'il n'a pas envie de mentir si on lui demandait ce qu'il cherchait tant dans les dictionnaires. Évidemment, si on avait le temps, on finirait par tout comprendre... Quelqu'un de renseigné, avec deux ou trois mots, remettrait en place toutes ces notions qui se bousculent. Le fœtus est le résultat de la copulation... Pascal se sent prendre une importance extrême. Cette science nouvelle qui lui est venue, il la doit à ce bon M. Glaise, à l'encre rouge de ce bon M. Glaise...

Levet souffle dans son couvercle. « Mercadier, psst ! » Pascal prend un air interrogateur. Il reçoit en plein nez la boulette de papier. Ah, ce Levet ! Il ne pourrait pas faire attention ! Qu'est-ce qu'il se croit ? Un simple fœtus de Duguesclin ! « Tu cherchais quoi dans le dico ? » est-il écrit sur le bout de papier déchiffonné. Pascal hoche la tête. Puis, une idée. Il répond sous la question : « Je te le dirai à la sortie. » La boulette tombe entre les genoux de Levet. Le maladroit ! Bon, il l'a rattrapée par terre en feignant de ramasser son mouchoir.

A la sortie, les voilà qui cheminent côte à côte. Pascal a son béret, Levet sa casquette, tous deux leurs pèlerines sous laquelle la serviette portée sur la hanche fait un angle baroque. Ils se parlent de choses et d'autres. Pascal ne viendra pas le premier au sujet qui les tient. Il

attend que Levet commence. Enfin l'autre s'y résout :
« Alors, qu'est-ce que tu cherchais dans le dico ? »

Ils ont passé devant l'épicerie Salé. Pascal, comme à
l'habitude, dit : « Une belle poule » dans la direction de
la caissière, mais sans conviction. Ils marchaient sur la
chaussée, près du trottoir, avec leurs vélos. Ils firent un
détour, de concert, sans rien se demander, pour
prendre par la rue R*..., qui leur évitait le boulevard et
la foire. Une rue de petites maisons modestes, à l'entrée
étroite où les gens restaient derrière leurs fenêtres. Tout
de même quand la conversation eut pris son tour véritable, ils s'arrêtèrent devant la grille de la maison de
santé, qui ouvre sur un jardin...

Pascal avait choisi le ton détaché pour parler de ces
choses. Il ne voulait pas avoir l'air de les avoir découvertes tout à l'heure, à l'étude, sous l'œil de Levet. Évidemment il avait quelques notions assez vagues... ne
s'était jamais beaucoup intéressé...

Levet voulait savoir au juste ce que Mercadier savait.

« Enfin, — demanda-t-il, — te représentes-tu exactement ce qui se passe ?

— Eh bien... » Pascal se lançait dans l'improvisation,
il se rappelait qu'on disait d'une femme qu'elle avait
porté ses enfants dans son sein... « Après la copulation,
la femme est grosse... elle porte l'embryon, je veux dire
le fœtus dans son sein... » Il se frappait la poitrine, son
vélo faillit dégringoler.

« Bon. Et après ?

— Après... Après... L'enfant sort naturellement...

— Par où ?

— Par le pli, bien entendu.

— Le pli ? »

Pascal avait vu se déshabiller Mme d'Ambérieux,
remarqué entre ses seins, au-dessus de l'estomac, un pli
transversal. De là à imaginer très vite, que c'était par là
que l'enfant sortait, il n'y avait pas un pas.

« Tu n'y es pas », dit doctement Levet. Comment,
alors ? Par où ? Pascal ne voulait pas discuter, il savait
mal ces choses... Mais puisque Levet... mais si Levet...

Levet avait pris un air d'importance. Il flanqua une

chiquenaude à la visière de sa casquette et se fit prier. Il
était d'un an l'aîné de Mercadier, c'est une responsabilité. Il ne savait pas s'il devait.

« Écoute, — dit Pascal, — tu n'es pas chic... et si tu
préfères que je lise de mauvais livres... »

Ça, c'était un argument. Levet se décida.

« Seulement, comprends-tu, ce que je sais, moi, c'est
quelqu'un qui me l'a dit l'année dernière... Quelqu'un de
très renseigné...

— Qui ça?

— J'ai promis de ne pas le dire. Quelqu'un qui risquait gros en me renseignant... D'ailleurs ça n'a aucune
importance... Seulement si ça se savait... Tu saisis : toi
et moi nous sommes des gens raisonnables... Mais à
l'école... Les autres... Une fois au courant imagine-toi,
c'est si facile, ils le feraient tous... Alors les conséquences... »

Pascal s'en fichait bien, des conséquences. Il voulait
savoir.

« Dis donc, dis vite...

— Oui, je te dirai tout... Seulement tu vas me jurer,
sous la foi du serment, que tu ne le répéteras à personne, jamais?

— Je te jure sous la foi du serment.

— Bien, j'ai confiance en toi. Alors, voilà... »

Il jeta un regard circulaire, baissa la voix. La rue était
presque vide. Une jeune femme venait dans leur direction sur le trottoir. Elle était encore assez loin d'eux. Il
faisait très beau, très doux; le soleil entrait dans la rue
par les arbres du jardin de la maison de santé. On
entendait le bruit éloigné d'un chantier de construction,
le marteau sur la pierre.

« C'est très simple. Très facile, — dit Levet. — Tout le
monde peut faire ça. Tu mets ton truc à pisser dans le
trou qu'on a entre les jambes. Tu vois si c'est simple, si
c'est facile. Tout le monde peut faire ça.

— Tu es sûr?

— Puisque je te dis. C'est comme ça que se font les
enfants. Après, les femmes les portent dans le ventre, et
pas dans le sein comme tu croyais.

— Mais pourtant on dit...

— On dit beaucoup de bêtises. C'est pour que nous ne nous rendions pas compte, probable.

— Alors, par où qu'il sort l'enfant ?

— Par où on l'a mis. Le trou qu'on a entre les jambes. Pas besoin de chercher plus loin... »

Il y a quelque chose qui échappe à Pascal dans tout ça. Mais surtout il est dégoûté. Sa tête marche, et il ne fait pas attention qu'il a élevé la voix :

« Ah ? Il faut faire ça pour avoir des enfants ? Eh bien, c'est rien sale ! »

La jeune femme qui passait à côté d'eux s'est brusquement retournée, elle a regardé avec étonnement ces deux gosses en pèlerine, avec leurs cartables et leurs bécanes. Elle continue son chemin. Levet a légèrement rougi.

A la maison, Pascal regarde les siens avec une sorte de mal au cœur. Il n'est pas bien à la conversation pendant le dîner. Il y a une altercation entre Mme d'Ambérieux et son beau-fils à propos du capitaine Dreyfus. C'est bizarre, ce sujet-là fait sortir papa de sa réserve habituelle.

« D'abord, — dit Paulette, — il a été dégradé, ton capitaine, alors il n'est plus capitaine...

— Capitaine ou pas, l'affaire va être rouverte, je vous en fiche mon billet.

— Je ne comprends pas, mon gendre, l'intérêt hystérique que vous portez à ce Juif, à ce traître...

— Juif, il l'est. Traître, c'est vous qui le dites... Et puis, et puis, je ne vous permets pas de me dire que je suis hystérique... »

La barbe du professeur s'agite. « Voyons, mon ami, dit Paulette, tu ne vas pas insulter maman ?

— Mais c'est elle. Moi je ne parle jamais politique !

— Laisse donc, laisse donc, Paulette. Tout le monde ne peut pas avoir de bonnes façons... »

Pascal n'a qu'une idée, se lever de table. « Eh bien, Pascal, où vas-tu ? Et le dessert ? » Quand enfin il peut s'échapper, il file dans sa chambre, grimpe sur une chaise placée devant la cheminée, tombe sa culotte, et cherche dans la glace, en se troussant tant qu'il peut, *le trou qu'on a entre les jambes*. Il ne le trouve pas. Il est consterné. Ce doit être un vice de conformation comme on dit dans le dico.

XIV

« Je vous écoute », dit Meyer, qui rabattit avec regret le couvercle du clavier. Pas moyen d'éviter cette lecture. Mercadier en avait parlé à trois reprises. Il voulait seulement essayer, sur le professeur de mathématiques, la préface de son essai sur Law, un morceau de bravoure dont il était assez inquiet. Pierre se plaça donc sous la lampe, toussa, regarda ses ongles comme s'ils l'intéressaient bien plus que son manuscrit, puis se mit à lire avec une voix monotone et sèche que Meyer ne lui connaissait pas : « S'il n'y avait point d'autres raisons de les écrire, c'en serait une suffisante pour prouver la nécessité des vies des hommes célèbres que le vif désappointement qu'elles apportent au lecteur. Les biographies les plus riches, une fois qu'on les a résumées avec les caractères de l'imprimerie, qu'on les a réduites aux caractères d'imprimerie, paraissent, dans le meilleurs cas, si essentiellement limitées, que leur morale en est immanquablement une amertume, qu'on applique fatalement à la vie tout entière. Alexandre, ou Newton, nous fait, mieux que le commun des mortels, comprendre l'insignifiance de notre destin ; le *sic transit gloria mundi* qui a enrichi les églises n'arrive jamais mieux à sa fin confondante que lorsqu'il suit le récit d'une existence et glorieuse, et pleine, et qu'on tenait pour exemplaire.

« On pensera peut-être qu'il en faudra tenir rigueur au biographe et non point au *talent* de l'homme raconté. Plutarque, Commines, Saint-Simon et Las Cases, pourtant nous autorisent à en juger autrement. Les péripéties, pour compliquées qu'elles soient, de la vie d'un roi grec, d'un aventurier florentin, d'un explorateur français, se réduisent après tout à ces quelques pages, à ces paragraphes secs, à ces phrases cernées. Le plus gros livre du monde ramène une vie (la plus riche, la plus longue) à moins de vingt-quatre heures de lecture, si l'on compte qu'un lecteur normal lit vingt pages à l'heure. Quelle pauvreté !

« On peut en déduire, si l'on veut, que les œuvres de l'homme sont incapables de résumer sa vie. Il me paraît plus raisonnable de penser que les biographies reflètent bien les vies humaines, et qu'elles démontrent les images fantastiques que nous nous en faisons. De telle sorte que le premier bienfait des biographies est de jeter sur la destinée de l'homme la lumière cruelle de l'insigniance et de l'inutilité.

« Aucune idée ne nous est plus horrible et difficile à accepter. Si ce n'est peut-être celle de la mort, telle qu'elle est, c'est-à-dire sans au-delà, sans tricherie avec le néant, avec la poussière. Notre puérilité les refuse l'une et l'autre, au mépris de tout témoignage de la science. Mais encore voulons-nous bien mourir, et tout à fait, si nous avons du moins vécu. Lisez toutes les biographies qu'ont laissées derrière eux les plus grands hommes, et vous verrez qu'il vous faut abandonner cette consolation.

« Je répète que c'est par ceci que les biographies se justifient, qu'elles trouvent leur excuse, et celle du biographe. Les biographies jouent pour l'esprit humain un rôle qui s'oppose à celui des romans ; et pour peu qu'on me suive, on conviendra que l'existence des biographies ressemble à une condamnation formelle de tout roman. Je rassurerai pourtant les romanciers sur leur gagne-pain, car le roman, inutile à tout autre point de vue, conserve pourtant l'utilité du mensonge dans la vie. Utilité qui est grande.

« L'historien-biographe qui prend conscience de la valeur de destruction que portent en elles l'histoire, et toute biographie, devient par là même une sorte de moraliste pascalien. Il tire sa grandeur de la qualité de désespoir qu'il amoncelle et détermine. On pourra aussi bien le considérer comme l'ennemi de l'humanité, que comme son plus fidèle traducteur. Dans la mesure où son talent lui donne pouvoir sur ceux qui le lisent, on aura aussi bien raison de le brûler que de lui élever des statues.

« Je doute que ces considérations me vaillent l'estime de mes confrères historiens, qui se croient généralement intéressés à accréditer d'eux-mêmes, et de leurs œuvres, une conception fort différente. J'en suis fort ennuyé, mais les alchimistes apparemment se fussent irrités de même si l'un d'eux, soudain, leur eût assigné le rôle et les fonctions qu'acceptent aujourd'hui sans étonnement leurs successeurs, les chimistes. L'histoire ne s'élèvera jamais à la science, ni les historiens n'atteindront à leur mission véritable, tant qu'elle n'aura pas, tant qu'ils n'auront pas abandonné, sans esprit de retour, la recherche de la pierre philosophale particulière, qui fait d'eux des mages attardés, des charlatans de la destinée humaine.

« On s'étonnera de l'imprudence qui pousse l'auteur de ce livre à placer en tête de son ouvrage des considérations qui auraient chance de décourager purement et simplement le lecteur, quand elles n'auraient pas pour effet plus certain de dresser contre lui tous ses confrères, les hommes politiques, les prêtres des diverses religions en usage, les écrivains, les âmes sensibles, et en général les hommes de devoir.

« On voudra bien y voir plutôt l'effet de la modestie de l'auteur, qui, de toute façon, se croit protégé par l'obscurité certaine de son livre, et espère finir tranquillement ses jours sans que les personnes les plus visées par ce qui précède en aient pu prendre connaissance ; et ne craint point la coalition de lecteurs si peu nombreux que ceux qu'il aura.

« On me dira encore, qu'à en croire la couverture, le faux titre et le titre, qui promettent une étude sérieuse de la vie, du caractère et des conceptions de John Law, le financier, on est en droit de s'étonner qu'une semblable étude débute par des considérations semblables à celles-ci. Je ne dénie pas ce droit au lecteur. Encore que s'il commence à s'étonner, il lui faudrait aussi le faire de plusieurs choses qui semblent aller de soi : car l'arbitraire du choix du héros ne frappe personne à partir du moment où son nom est imprimé en caractères majuscules sur la couverture, bien que pourtant on soit fondé à me demander sur ce choix même quelques explications qui ne seraient peut-être pas aisées à donner.

« Quand j'aurai dit que je ne me suis pas un beau jour proposé d'étudier et d'écrire la vie de John Law, comme cependant le font le plus souvent les candidats à l'agrégation ou au doctorat, qui vont même demander à un professeur de choisir pour eux le thème sur lequel ils exerceront leurs facultés scientifiques, quand j'aurai dit cela, j'aurai dit la vérité, mais on n'en sera pas plus avancé. Car il est bien vrai qu'avant d'écrire ce livre, j'avais attaqué Law à plusieurs reprises, dans des notes désintéressées, puis par un article qui a paru, et ensuite par diverses fiches formées à des années de distance, au hasard de réflexions qui m'étaient venues plus du papier-monnaie, dont ce financier est responsable, que des épisodes de sa vie. Et qu'en fait, j'ai été amené par les années à entreprendre cet ouvrage systématique, moins par esprit de système, que par un enchaînement de hasards, de pensées abandonnées, renouées par des rêveries, de conceptions amorcées et douteuses, auxquelles j'ai eu surtout l'envie de revenir pour ce qu'elles avaient de douteux, de précaire, d'improbable.

« Je n'ai point de honte à avouer cette cristallisation lente et irrégulière d'un ouvrage qui doit la vie aux conditions de la fantaisie. Cent fois j'ai pensé l'interrompre et j'ignore si j'irai jusqu'au bout. Il serait de sa nature de n'être jamais terminé, et où d'autres verraient un échec, il serait sage, de ne voir qu'une confirmation des principes qu'il supposait. Peut-être résultera-t-il de tout ceci un petit volume, en tout pareil aux livres qui tombent non coupés, dans les boîtes des quais, et que dans ma jeunesse je feuilletais avec une sorte de curiosité malsaine, assuré de n'y rien trouver qui me fût d'une utilité quelconque.

« Cette issue de mes préoccupations et de mes travaux vaudrait exactement l'autre, je veux dire leur abandon. Et si je puis en référer à un témoin idéal, à l'existence duquel je ne crois point, elle aurait le même caractère démonstratif sur le point essentiel auquel je m'attache; c'est-à-dire qu'il n'y a pas de destinée de l'homme, non plus que de but quelconque à son activité terrestre, et que le seul sens de la vie est le désordre, cette résultante complexe des forces matérielles, que les hommes, pour se rassurer, appellent par antiphrase l'ordre naturel, sans prendre garde que le substantif ici est nié par l'adjectif qu'on lui adjoint : car mettre de l'ordre suppose bousculer la nature, ou si l'on identifie ordre et nature, l'ordre humain est à proprement parler le désordre.

« Je ne me suis rien proposé ici que de faire connaître la vie d'un génial introducteur de désordre, John Law, qui inventa le papier-monnaie, fait infiniment supérieur à l'incendie de la bibliothèque d'Alexandrie, dans la hiérarchie des crimes et des délires humains... »

Meyer avait fait des efforts honnêtes pour suivre Mercadier. Il ne l'avait pu. Des zones de distraction avaient jeté dans la lecture leurs ombres brillantes. Il en avait écouté assez pour se faire une idée générale de ce qu'on lui avait lu. Mais, extrêmement scrupuleux de nature, il s'en serait voulu de porter un jugement qui ne fût pas en tout point justifiable.

« Eh bien, — dit Mercadier, — qu'en pensez-vous ?

— Je ne sais pas, — répondit-il. — Ça m'a l'air pessimiste... Êtes-vous sûr que notre vie n'ait point de sens et que notre passage sur la terre soit une mesure pour rien ? » Un petit pli se fit chez Pierre, près de la lèvre.

« Allons, Meyer, jouez-moi cette rhapsodie : cela au moins... »

XV

Pascal n'avait jamais compris que son oncle, avec le château, les fermes, la terre, pût être pauvre. Il en ressentit le coup cette année-là quand il trouva, installés à Sainteville pour l'été des locataires, des Lyonnais, à qui le vieux gentilhomme avait laissé le premier et les salons du bas, tout le luxe du château, les pièces où régnait le souvenir d'Anne-Marie de Sainteville, l'alpiniste de la Restauration. Une profanation : toutes les réceptions inondées de lumière, les volets ouverts, des gens là-dedans. Sans doute les meubles avaient été fermés à clef, l'album de velours grenat où étaient les souvenirs du raid glaciaire de la grand-tante emporté à l'abri dans le petit appartement de la tour, mais enfin, Sainteville, changé en hôtel. L'oncle même n'en avait pas l'air très fier devant son neveu. Il murmura quelque chose dans ce sens, que c'était drôle après tout de se trouver aubergiste, à faire argent de cette vieille baraque : « Tu ne veux pas prendre un bain par hasard ? »

Pour cette fois, l'offre ne vient pas que de l'anglomanie de M. de Sainteville. Outre qu'un bain ne serait pas désagréable après une nuit de chemin de fer, et les trois heures de voiture depuis la gare, avec le cheval qui peine au pas dans l'interminable montée, et la poussière, le soleil, la proposition de l'oncle est venue d'une association d'idées. Les gens de Lyon, bien que la salle de bains soit hors de leur domaine, demandent continuellement la permission de venir s'y laver. Comme c'est à côté de la chambre de M. de Sainteville, celui-ci est obligé de s'éloigner : il n'est plus chez lui.

On entend le hoquet de la pompe en bas : « Ah bon, — dit-il — les locataires vont se baigner... Mieux vaut remettre cela à plus tard, mon garçon ! » Il pince un peu ses lèvres, et tapote distraitement les joues de Jeanne, toute suante, dans un petit carrick écossais vert et gris avec une ligne orange.

Le drame était dans le partage de la cuisine entre les domestiques des locataires et la vieille cuisinière de Sainteville, Marthe. Là, pas de faux-semblants, la plaie à vif. Sous les voûtes de l'ancienne salle des gardes, dans le sous-sol, avec sortie de plain-pied dans les fossés du château, la déchéance avait les traits d'une paysanne crucifiée, qui maudissait les temps modernes, et cachait le sel aux intrus, avait peur de laisser traîner sa farine.

Pascal savait bien pourtant que la petite somme que ses parents donnaient au Tonton pour leur séjour, à Jeanne et à lui, était une aide pour le châtelain. Mais sans établir entre ceci, dont on parlait à table à la maison, et l'apparente avarice de l'oncle, un rapport de pauvreté. Sainteville lui était gâché. Ça allait être gai, les vacances avec ces gens-là sur le dos. Surtout qu'ils s'étalaient. Le samedi, le mari, parfois des invités venaient de Lyon. En semaine, il restait la dame, sa fille et une autre fillette, son amie, et la valetaille, disait Marthe. Deux domestiques, s'il vous plaît. Leur cuisinière et la camériste de madame. Elle avait une bonne touche, la camériste, entre nous. Enfin des gens qui se mettaient bien, ne se refusaient guère. Aucun tact. Au lieu de chercher à se faire oublier, pardonner, ils sortaient des chaises longues, s'allongeaient là, en plein devant le perron, ou sur la terrasse. On butait dedans à chaque pas.

Pascal se jura tout de suite d'éviter « ces gens-là ». Il n'avait qu'à filer de sa chambre par le petit escalier et le sous-sol. Des fossés, on dégringolait dans le parc vers la prairie où se perd le petit ruisseau. Là, on ne rencontrait que Gustave et ses vaches. Bonjour, Pascal ! Bonjour, petit. Il est tout drôle, Gustave, il n'est même pas venu au château quand il a su que les enfants Mercadier étaient arrivés. Pourtant Jeanne est là. Son idole. Ah, oui ? Il n'en demande même pas des nouvelles, Gustave. Il a l'air sournois, cachottier, il parle dans ses dents, en crachotant un peu, parce qu'il a perdu deux dents de lait qui étaient en retard dans sa bouche. Il rit, bafouille. Qu'est-ce que ça veut dire ? A-t-il compris la pauvreté de M. de Sainteville, cela rejaillit-il sur les neveux de celui-ci ?

Mais la prairie est belle, le ciel est bleu, profond, il ne fait pas trop chaud, à cause de l'air de la montagne. Pascal dévale sous les arbres, et dans son enthousiasme se laisse glisser du haut talus qui tombe sur la route, assis sur son fond de culotte. Voilà Buloz, des lézards vous filent entre les pieds. L'été plein de parfums, là-haut la forêt, les framboises. On oublie les Lyonnais, on file à travers champs. Les étangs ont encore baissé depuis l'an dernier, la vase séchée, au bord, se craquelle. On cueille au passage des groseilles à maquereau. Au fond Pascal n'aime pas les groseilles à maquereau. Il y a trop de graines, qu'il recrache. Il déteste avaler les graines. Et la peau est épaisse. On dirait des petits ballons rayés. Pour le goût, un goût pas très propre, je ne sais pas, une idée. Il y a des gens qui sentent comme ça... Mais c'est l'habitude, au passage, de grignoter des groseilles à maquereau... Le bruit des champs pleins d'insectes est étourdissant : Pascal l'avait oublié. Ça le grise.

L'éboulis. Les autres, c'est-à-dire Rambert, Joseph et compagnie devaient depuis le matin être là-haut, aux framboises. Allait-il grimper, et crier ? ou passer par la clairière voir par hasard s'il n'y avait pas un message dans le tronc d'arbre ? Ils ne savaient pas encore l'arrivée de Pascal. Au fond Pascal n'avait pas grande envie de les voir. Il toucha les pierres brûlantes de l'éboulis, puis s'en revint vers les étangs. Qu'est-ce qu'il avait ? L'envie de pleurer. Une rafale. Il se rappelle un petit champ entouré de haies, avec de la luzerne, où il serait à l'abri. Il y courut à toutes jambes, et là il se jeta dans l'herbe et sanglota. Mais alors, qu'est-ce que ça voulait dire ? Il s'assit à terre, et lança sur le monde des yeux d'étonnement. Il faisait beau, merveilleux. Il y avait des papillons blancs, des mouches bourdonnantes. Les haies d'épines-vinettes entouraient le champ. La luzerne saignait ses premières fleurs. Il y avait quatre petits arbres fruitiers à peu près régulièrement espacés dans le champ. Cela rappelait les quatre arbres de la cour de l'institution Saint-Elme. Juste assez pour en rire. Une douceur infinie. Pascal baissa ses yeux sur la terre. Des petites brindilles y traînaient, des fétus d'herbe morte, les épingles à cheveux de la campagne. La terre avait quelque chose de rose et d'infiniment varié, on aurait pu la regarder sans fin dans le sillon qui entourait le champ, ou dans la luzerne, en écartant la luzerne. C'est drôle, la terre. Ce n'est pas uni, ça a des verrues, des rides, toutes sortes de petits et grands accidents, tout d'un coup ça fonce. Ou ça se creuse. Ou ça se couvre d'une poudre fine, fine, où l'on voit marcher des insectes, aussi secs qu'elle, presque de sa couleur, quelle circulation.

Pourquoi avait-il pleuré? Il n'était pas triste. Les Lyonnais? « Ces gens-là ». Peuh! Non, mais quand toute l'année on a attendu ce paradis perdu, on n'a pensé qu'au retour, à cette minute, je ne sais pas, tout d'un coup, tout a l'air trop étrange. On ne s'attendait pourtant pas à ce que le paysage vous sautât au cou! Et puis aussi, la montagne est moins haute. On a grandi en un an. On a peur, si on regrimpait là-haut, d'être déçu par le pays qui est derrière toutes les choses. S'il allait, lui aussi, être moins profond, moins terrible, moins fantastique? Pascal sentait mieux les petites choses, les odeurs des champs, le charme d'un bout de chemin, l'air de jeune animal d'un arbre, la couleur de l'eau près d'une source. Mais le grand décor aimé s'était délavé. La campagne.

Qu'est-ce qui s'est passé entre-temps? La première communion? L'école? Le latin? Les poèmes? Tout cela n'explique rien. Je vais avoir douze ans, et pleurer comme ça! Bientôt douze ans... C'est peut-être l'explication. Si j'étais en avance pour mon âge? Cela se voit. Tout s'explique: j'ai besoin d'une femme! Déjà! Eh bien, mes amis...

Pascal sait qu'il pourra sans crainte grimper sur la montagne. Sans déception. Car chaque pas, chaque course, dans les bois, vers les nuages, sera comme une grande quête vers celle qu'il attend. Tout reprend sens en fonction de cette donnée nouvelle. Le monde qui est derrière tout le reste, c'est le pays inconnu de la femme, c'est la femme. Plus à craindre que les brumes flottantes au-dessus des pentes qui tombent sur Ruffieu lui apparaissent comme de simples vapeurs. Ne sont-elles pas la ceinture défaite de la fée? La forêt, les marais, tout retrouve son mystère. Sur chaque arbre, ne peut-on graver un nom? Pascal, dans sa poche, tâte son couteau. Sept lames, un cadeau de Levet. Il est à la mer, Levet. A Paramé. Pascal revient au château avec un grand bouquet de fleurs. Il les a choisies, chacune, avec un soin qui peut-être échappe. Par exemple, les scabieuses... Des scabieuses comme toutes les scabieuses? En vérité, des spécimens particulièrement vigoureux, avec la tige bien droite... Les renoncules... Un grand bouquet mauve, jaune et blanc, long, des feuilles autour... Près de la fontaine qui coulait entre des ardoises, Pascal s'arrêta, s'agenouilla et but. Une eau morte. Cela vous glace doucement le cœur. Il s'en passa sur le visage et les cheveux, qu'il essaya d'aplatir. Quelques gouttes lui avaient glissé dans la chemise, le long du corps. Les Lyonnais! Et puis, il n'y avait personne à qui offrir son bouquet. Il le posa au pied d'un arbre. Un frêne. Une idée. Il avait sorti son couteau, et s'approcha du tronc. Avec une bonne lame dans l'écorce, il commença à tracer des lettres avec application... A TOI... Voilà. Un dernier coup d'œil au bouquet, il replia la lame, et s'en fut vers la terrasse comme un homme nouveau.

XVI

Comme il atteignait la terrasse, près des grands lauriers-roses, Pascal aperçut les deux filles des Lyonnais. Il s'était juré de n'avoir rien à faire avec ces gens-là, mais il ne s'était pas attendu à rencontrer de « vraies jeunes filles », comme il pensa en les voyant. Elles pouvaient avoir douze ou treize ans. Cela les faisait bien ses aînées.

Pour autant qu'il pût saisir, elles s'étaient éloignées à son approche, et chuchotaient en le regardant : l'une très blonde, les cheveux pâles, défaits dans le dos, un ruban bleu sur le côté, dans une robe blanche à pois bleus, et des chaussettes, était la plus jeune, bien que sa robe fût la plus longue. L'autre surtout, avant tout, retint Pascal. Elle avait des cheveux châtain clair, très bouffants, et un ruban rouge sur le côté, une blouse à carreaux verts et rouges où le vert prédominait, les jambes découvertes par la robe au-dessus des genoux, des bas de fil noir. Un visage très pâle, sur lequel le soleil avait bizarrement mordu, de grands yeux, un air rêveur. Qu'est-ce que l'autre avec ses cheveux qui faisaient désordre, et ses mines dans le genre bouffon, lui glissait donc à l'oreille ? La petite bouche s'était entrouverte pour rire. Pascal rougit, et se heurta contre quelqu'un qui l'avait retenu par le bras.

« Ah, — dit une voix de femme assez aiguë, mais lente, — nous sommes le petit-neveu, je parie ?... Laissez voir un peu votre frimousse. Mais nous sommes joli garçon ! »

Celle qui parlait était assise dans un grand fauteuil de paille peint en vert, et avait une jambe étendue sur une chaise de jardin, ce qui relevait sa longue jupe de coutil blanc, et montrait le pied et la naissance du mollet sur de hautes bottines de chevreau noir et blanc, à lacets drôlement croisés. C'était une femme qui avait peut-être trente-quatre ans, d'une nonchalance étudiée, presque insolente, et Pascal fut à peu près également interdit par les grands yeux verts qui contrastaient avec ses cheveux d'une couleur inconnue, acajou, mais à reflets clairs, un peu brûlés, relevés en pouf sur le devant, la nuque bien dégagée, avec là-dessus un canotier de paille blanche ; à peu près également interdit par ces yeux d'eau moqueuse et par la blouse de la dame : une blouse noire, à taille longue, dans une espèce de soie mate, avec des manches toutes nouvelles comme Pascal ne savait pas encore qu'on en fît, énormes en l'air aux épaules, ballonnées, et qui avaient l'air de n'être pas finies de coudre.

La dame tenait un livre ouvert, dans la main qui n'avait pas saisi Pascal, et près d'elle, à terre, avait glissé une ombrelle de dentelle blanche à bec d'ébène que semblait garder un absurde toutou minuscule, tout blanc, à oreilles pointues, à museau noir, et taillé en lion, le derrière nu, pelé, qui se mit à aboyer de la façon la plus désagréable du monde.

« Chut, chut — dit la dame — ce jeune homme est un ami, Ganymède. Je vous présente Ganymède, mon jeune ami, mais il ne faut pas être farouche non plus avec les dames : vous font-elles peur ? »

Quelle mouche piqua Pascal ? Il avait l'envie de montrer à cette étrangère que tout n'était pas si simple qu'elle le croyait ! la phrase qui lui vint aux lèvres fut pour le moins singulière, et elle l'empourpra un peu :

« Pourquoi me feraient-elles peur, — dit-il d'une traite, — puisque je suis un enfant de l'automne ? »

La dame aux yeux verts eut un rire de surprise, et lâcha Pascal.

« Voyez-vous ça ? un enfant de l'automne ? Nous parlons drôlement et nous avons de jolies dents de petit carnassier... »

L'insolente ! Elle le regardait dans les yeux, avec un sourire. Il soutint ce regard; parce qu'il n'y avait pas à reculer, et sa première phrase lui ayant créé des obligations, il sentit qu'il fallait tout de suite répondre n'importe quoi qui ne la démentît point. Il s'entendit dire clairement :

« C'est pour mieux vous mordre, madame !

— Ah ! par exemple ! »

Il n'avait mis dans sa phrase que le souvenir du Petit Chaperon Rouge. Parce que, malgré lui, il pensait à la petite fille au ruban rouge qu'il voyait de côté, mais sitôt qu'il l'eut prononcée, il comprit que son interlocutrice l'avait entendue autrement, et en devint cramoisi. Il réussit à saluer et partit en courant, non sans maladroitement marcher sur la dentelle blanche de l'ombrelle, ce qui lui revint comme un remords quand il eut atteint la cuisine. Aurait-il dû parler ainsi ? Et puis tant pis, si ça ne lui plaît pas, à la Lyonnaise !

Un serment est un serment. Tout le reste du jour, Pascal l'a passé dans le parc, dans les parties inaccessibles et secrètes du parc, à ne rien faire qu'à rêver, qu'à prendre garde de n'être pas surpris par les envahisseurs. Par un double effet, son serment le lie à l'isolement et à la mystérieuse femme pour laquelle il a gravé deux mots sur un frêne. Il ne la connaît pas encore, mais c'est affaire de patience. Il faut laisser couler le temps, la chaleur. L'air est si plein du bruit des criquets que cela tient lieu de pensée. Surtout ne pas chercher à revoir Rambert et les autres, ce serait trop simple. Jouer! Non, laisser passer le temps épais comme la terre, monstrueusement seul, de l'ombre au soleil qui tourne, sur la terre chaude, avec les fleurs, les papillons, les criquets. Et puis il y a bien assez à faire à imaginer la femme du frêne. Une princesse pour le moins... Une jeune fille avec une longue robe, les bras nus, une petite poitrine : Pascal se demande s'il est besoin de penser à sa poitrine. C'est peut-être un sacrilège, mais il ne peut penser à une femme, à une jeune fille, sans tout de suite rêver à sa poitrine. Peut-être est-ce qu'il est vicieux? Qu'y faire?

Plusieurs fois l'idée lui revint de la petite fille aperçue près des lauriers-roses, le Chaperon Rouge, comme il l'appelait. Il l'avait mal regardée. Est-ce qu'elle avait déjà de la poitrine, de longues jambes dans du fil noir? Pas besoin de se gêner avec le Chaperon Rouge : ce n'est pas son grand amour, il ne lui a pas écrit dans l'écorce d'un frêne. Comme elle était hâlée bizarrement, des taches sur des joues pâles... Un peu de mépris à cette idée. Pascal s'est étendu en plein soleil, pour avoir vite l'air d'un homme, que sa peau oublie les villes, l'école, le latin, les lampes.

A dîner, l'oncle pose toutes sortes de questions embarrassantes. Qu'est-ce que tu as fait? Où as-tu été? Avec qui as-tu joué? Pascal répond de façon sibylline. D'ailleurs Jeanne facilite les choses parce qu'elle parle comme un petit moulin. Elle est tout excitée, elle s'agite sur sa chaise, elle perd sa respiration, elle avale sa salive parce qu'il y en a trop.

Je l'aurais parié : la petite sotte a lié connaissance avec « ces gens-là ». Elle n'avait pas fait de serment, elle. Elle est déjà pleine de ses nouvelles relations, elle ne parle plus que d'Yvonne et de Suzanne, et la maman de Suzanne qui lui a donné des bonbons. Pouah, que c'est dégoûtant ! Ces filles, on les achète avec des berlingots poisseux. Pas des berlingots : des caramels aux fruits, dans des papillotes. Des glacés.

« Tu as vu Mme Pailleron et les fillettes ? » demanda l'oncle à Pascal. La dame aurait-elle parlé à l'oncle ? S'il était sûr que non Pascal mentirait bien. Mais voilà... « Aperçues... », dit-il d'un ton détaché.

« Mme Pailleron a dit que Pascal était un petit homme, raconte Jeanne pleine d'importance, mais Yvonne a dit que c'était un petit garçon... »

Cette Jeanne ! Quelle imbécile ! Des cancans, toujours.

C'est drôle de se coucher aux bougies quand on en a perdu l'habitude, et qu'on se verse de la cire sur les doigts. Le lit est si haut, dans son joli bois plein de veines qui font penser à de longues, longues chevelures. On enfonce dans les oreillers de plume. Jamais, jamais, je ne m'endormirai... Par la fenêtre entre la fraîcheur de la montagne.

Le lendemain était un samedi. A peine levé, et mal débarbouillé dans la cuvette, avec ces pots à eau minuscules, à dessins bleus, qu'on a ici ! Pascal a couru à la cuisine. Marthe, dès le matin, est à préparer de la pâtisserie, elle roule de la pâte, et il y a des framboises décortiquées, un plein chaudron de cuivre rouge bosselé. « Marthe, dit Pascal, je veux prendre un bain... — A cette heure-ci ? Tu n'es pas fou, Calino, tu vas réveiller M. le comte ! »

C'est vrai qu'il est sept heures, et que la pompe fait un boucan du diable. Pascal attendra. Ce que la terrasse est jolie le matin, avec encore toute son ombre ! Le grand chien Ferragus, un Saint-Bernard noir et blanc, suit partout le jeune maître. On est chez soi parmi les cèdres, avec les aiguilles à terre, et la cabane de la grand-tante, toute délabrée...

« Tonton a déjà sonné ? » Huit heures. Oui, M. le comte a demandé son déjeuner. Alors on peut préparer le bain. Pascal pompe. L'eau s'amorce mal, crache. Il a oublié le mouvement. Ah, voilà. « Calino, — dit Marthe, — tu ferais mieux de débarrasser la baignoire d'abord... » Allons, bon. On découvre pourquoi la cuisinière n'avait pas envie de voir pomper Pascal : elle a mis, la veille, des pommes de terre dans la baignoire. On est si encombré maintenant ici, avec ces étrangers partout. « Viens les enlever avec moi... » Elle n'a pas le temps maintenant, le petit déjeuner de M. le comte... Pascal rage. Il n'a jamais tant eu l'envie d'un bain. Il monte chez l'oncle, M. de Sainteville est assis dans son lit avec un petit bonnet de soie noire sur le crâne, la chemise ouverte, le cou maigre et sinueux à l'air, la barbe pas faite. C'est du chocolat qu'il prend le matin. Il dort la fenêtre fermée.

« Bonjour, Pascal. Bien dormi, mon neveu ?... Un bain ? Voï, si tu veux t'arranger avec Marthe... Elle met des provisions dans la baignoire exprès pour que les locataires ne se baignent pas... ça fait des criailleries tous les deux ou trois jours... »

Pascal voit comme l'oncle a vieilli depuis l'an dernier. Des lignes se sont creusées sur son visage, poursuivant leur rigole dans le poil mêlé. Les mains ne sont plus très sûres d'elles-mêmes. Il respire mal. Il a toujours eu de l'asthme et Pascal aperçoit sur la cheminée les petites fioles qu'on l'a envoyé chercher une fois, quand M. de Sainteville a eu une crise, en bas, après le déjeuner. Les veines aux tempes de l'oncle sont devenues plus saillantes, plus sinueuses.

Enfin Pascal est dans sa baignoire. Il en a plein les bras de la pompe, l'eau n'est pas tout à fait assez chaude : le chauffe-bain marche au bois, et ça prend du temps. Il saute de temps en temps. Il faut faire attention. Ici on se lave toujours au savon de Marseille. Rien de mieux pour la peau. La salle de bains est presque ronde, parce qu'elle est dans la tour. Il y a des malons rouges par terre, et un revêtement de carreaux bleu foncé jusqu'à un mètre cinquante du sol sur les murs, avec une bande de carreaux turquoise en haut. Le restant des murs et le plafond sont en crépi blanc. La fenêtre par laquelle on voit se balancer une lourde branche feuillue, tout éclairée par en dessous par des rayons de soleil venus on ne sait d'où, est à peine plus grande qu'une meurtrière. Le mur est épais de près d'un mètre, et fait une étagère devant la fenêtre, où Marthe a posé les serviettes, de grandes serviettes blanches, à raies rouges, marquées S.

Il y a au plafond une craquelure que Pascal connaît bien. Elle prend là, elle part d'un coup, elle tourne... comme la veine à la tempe de l'oncle; elle s'est prolongée depuis l'an dernier... Dans la petite glace ovale, à cadre doré qui est placée si haut que personne ne peut s'y voir, Pascal suit la raie oblique de turquoise qui reflète les carreaux de frise. Il a traîné un peu, et l'impatience le prend comme si c'était sa vie qui se dissolvait dans ce bain, et non pas le savon.

Tout d'un coup par la fenêtre, une musique vient avec l'air du matin. Qui est-ce qui joue du piano? Un air déchirant, un air poignant, amer, qui se prend dans lui-même comme une fille qui marcherait dans ses trop longs cheveux... On ne savait pas qu'on était si triste... (Pascal reconnaît cette musique à cause de ce M. Meyer que son père invitait toujours et qui jouait sans fin.) Un prélude de Chopin. Les mains qui le jouent là-bas, dans la grande pièce au-dessus du perron, sur le piano incrusté de bronze, sont encore malhabiles, et parfois le cœur se serre parce qu'on a peur que la mélodie ne trouve pas son chemin. Mais quel injuste pouvoir la musique peut donner ainsi à quelqu'un qu'on ne voit pas, pour venir troubler jusque dans sa baignoire un petit garçon rêveur. Qui sait pour les mains, là-bas, tout cela n'est question que de doubles croches, mais ici, c'est le cœur, et le monde, et le printemps, et l'été, les songes, l'angoisse, les femmes inconnues, qui sont en jeu, tandis que la branche vert et or fait par l'étroite fenêtre de lents et mystérieux signes à la brise.

Quand le piano s'est tu, Pascal s'ébroue, se sèche, ramasse ses vêtements. Non, il ne mettra pas sa flanelle, avec la chaleur qu'il fait, et bien qu'on lui raconte que la flanelle ne tient pas chaud, mais que c'est bon pour la santé, la transpiration... Il a déjà assez de ce petit maillot Rasurel qu'il trouve si ridicule, parce qu'il s'ouvre indécemment vers le milieu du ventre en s'évasant sur les cuisses. Avec sa chemise, c'est bien assez. Il a choisi des chaussettes neuves. Ah, il ne s'est pas lavé les dents. Vite...

Quand Pascal descend dans la cour, il y a tout un remue-ménage. Les Lyonnais sont sur le perron. Une voiture du pays perchée, ouverte, noire avec une tente grise à pompons pour protéger du soleil, s'en va là-bas vers le parc. Il y a des messieurs sur le perron, bruyants, rigoleurs, vulgaires. M. Pailleron est venu voir sa femme, avec deux amis de Lyon, dans son genre; ils se sont levés à cinq heures pour arriver tôt à Sainteville, et ça n'en finit plus depuis la gare avec le cheval qui tire la langue.

Pascal bat en retraite. Il veut bien rompre son serment pour les femmes, mais les hommes, c'est trop lui demander. D'ailleurs, lundi ils seront repartis. Alors, à quoi bon ?

XVII

Les Pailleron ont fait monter du champagne du village. Ils prennent l'apéritif sur la terrasse; le mari a apporté de l'absinthe. Ils déjeunent et dînent dehors. On entend des accès de rires, des cris, le bruit des fourchettes, des chansons.

Ce sont des gens très vulgaires. Lui, du moins. Et ses amis. Un petit homme avec une moustache grise très frisée; mais les cheveux encore bien noirs. Dans son costume gris, avec un panama, une grande ceinture de soie marine en guise de gilet, sa chemise à raies, on ne voit plus que lui dans la maison, dans le parc. Il a dérangé Pascal qui était allé s'étendre avec un livre dans la prairie aux colchiques. Comme un lézard. Au fait, aucun d'entre eux ne va à la messe.

Pascal, qui ne croit plus, est tout de même un peu choqué de cette désinvolture. Il a fait, lui, une petite apparition à Buloz, par politesse pour M. le Curé. Il a rencontré Rambert. Un Rambert fuyant. Non, les escapades de l'année dernière n'ont pas continué. « On travaille maintenant... » Pascal est vexé : est-ce qu'il croit que lui ne travaille pas ? Enfin ils sont tous à aider aux champs, déjà comme les hommes, sauf Michel. Pourquoi ? Michel tousse trop fort. Il est bien fatigué. Est-ce qu'on ne l'a pas montré au médecin ? Si, bien sûr. Et alors ? Le docteur Moreau s'occupe de lui...

Vous ne croiriez pas qu'après le déjeuner, par la fenêtre, Pascal a vu, à côté du château, M. Pailleron qui pissait dans les plates-bandes, et cela devant tout le monde, ils en étaient encore au café, et avec des plaisanteries et des commentaires.

Ce qu'ils ont pu fumer, à en juger par les mégots dans les allées !

Jeanne, bien entendu, ne les quitte pas. M. Pailleron la fait sauter sur ses genoux : « A la une, à la deusse, mon bidet est trop maigre — sautissez, sautissez, — c'est de boire du vinaigre. — Nous n'y donnerons pas, papa — notre jolie jument, Maman. »

Le lundi, le calme est revenu. Les volets restent tard croisés. Mme Pailleron fait la grasse matinée. Les filles jouent aux grâces dans l'allée du gravier. Pascal les épie de loin. Il a essayé de s'asseoir sur le banc de pierre sous les cèdres, et de commencer ses devoirs de vacances. Tout est marqué dans une brochure, jour par jour, imprimée en caractères d'écriture à la main. On dirait qu'ils n'ont qu'une idée, les gens qui préparent ces devoirs-là, c'est que les enfants en aient chaque jour pour autant d'heures que s'ils allaient en classe. Et puis des choses qu'on ne sait pas, qui n'ont pas été traitées à l'école. Alors comment voulez-vous ? Pascal voulait les faire cette année pourtant, les devoirs de vacances ; bien qu'ils soient facultatifs, parce qu'il veut être très savant, très calé, battre tout le monde pour qu'on lui fiche la paix et qu'il puisse dire tout ce qui lui passe par la tête.

La version latine tirée de Salluste est tout de même trop, trop difficile. Alors, comme crampon, ce Salluste ! On dirait que ça lui fait plaisir de tourner ses phrases. Le gros dictionnaire marron est posé par terre.

Le Chaperon Rouge est plus habile aux grâces que l'autre, la blonde. Laquelle s'appelle Yvonne, laquelle s'appelle Suzanne ? On peut parier.

Pascal a déjà vu des jeunes gens accoster des femmes dans la rue. Il sait comme on fait. On marche derrière, assez près, on soulève son chapeau, on parle avec un air enjoué, on dit : « Ne courez pas petite si vite, ma petite demoiselle... » ou : « Est-ce que nous ne nous sommes pas rencontrés quelque part ? » Ce dernier procédé, il le tient de Levet. Levet a un cousin qui parle aux femmes dans la rue, et qui couche avec elles, pfft ! Le temps de se retourner. Mais la situation n'est pas la même ici, chez l'oncle avec les filles des locataires... Il n'y a pas de règles prévues pour ce genre de situation. Pascal met ses cahiers, ses brochures sous une grosse pierre, près du banc. Puis il dévale vers la source où il y a un tas de fleurs. De pauvres fleurs, dont il a un peu honte ; mais il en cueille des flopées, très vite très vite. Inouï ce qu'il faut de fleurs pour en faire des flopées. Il remonte tout essoufflé sur la terrasse. Les filles ne jouent plus aux grâces. Pascal reste là, avec sa brassée multicolore. Il se sent niais.

Voici venir du château une petite bouffée de Schumann. Cela court et accroche un peu, une phrase ratée se reprend. Ses fleurs dans les bras, Pascal se rapproche. Le petit lion blanc qui l'a vu venir accourt en glapissant avec ses dents dehors, il tourne autour des mollets de Pascal, et lui mordille les chaussettes. Sale roquet, veux-tu me foutre la paix ?... Ganymède, voyons, Ganymède... Tu parles d'un nom tarte... Fous-moi la paix, cabot à sa mémère ! Il est en rogne, n'est-ce pas, Pascal. Seulement la mémère du cabot est là, à trois pas, derrière les arbres, sur un fauteuil, habillée de vert tendre ce matin avec une capeline, et qui rit de bon cœur. L'a-t-elle entendu ?

« Et où allez-vous comme ça, Monsieur l'Enfant de l'automne, avec toutes les fleurs de l'été dans les bras ? »

Allons bon, il faut inventer quelque chose.

« Je vous cherchais, Madame...

— Moi ? petit menteur !

— Je n'aime pas votre cabot, mais vous, vous me plaisez... »

Mme Pailleron s'arrête de rire. Pascal lui tend ses fleurs. Elle les prend. Elle est très troublée de cette gentillesse. Ce petit garçon. Elle s'est sentie jeune, jeune...

« Jamais, — dit-elle, — des fleurs ne m'ont fait plus plaisir que les tiennes. Elles sont vraiment ravissantes. »

Elle l'a tutoyé, il faut qu'il marque un avantage : « Mais je n'aime pas votre chien, il est ridicule et il a un nom grotesque. »

Elle sourit : « Ganymède ? mais c'est très gentil, Ganymède ! Approche-toi... plus près que je t'embrasse... »

Pascal est horriblement gêné. Mme Pailleron le serre contre elle, elle sent un parfum très fort et très doux. Elle ne lâche pas le petit garçon. « Comment t'appelles-tu ?

— Pascal... Pascal Mercadier. Et vous, Madame ?

— Petit curieux... Je m'appelle Mme Pailleron... Pascal, c'est un joli nom...

— Pailleron ne me plaît pas, c'est le nom de votre mari... »

Ici la dame rit franchement : « Eh bien, je m'appelle Blanche... Ça te plaît ? »

Pascal s'est dégagé, la regarde, et puis il dit avec toute la canaillerie dont il se sent capable : « Blanche... ça peut aller... c'est pas vilain... Mais Ganymède ! » Le piano s'est tu, Pascal n'a plus de fleurs pour le Chaperon Rouge.

Il s'est sauvé tout l'après-midi dans la montagne. Il a perdu l'habitude des éboulis. Il n'aime plus autant les framboises, il a eu peur d'avoir oublié le chemin des marais. Finalement il y avait une brume de soleil, et on ne voyait pas le mont Blanc de là-haut. Le pays derrière le monde a pourtant gardé son charme, même aujourd'hui qu'il a l'air torride. Pourquoi Pascal, regardant les rochers à pic, les combes des sapins, les prairies qui dévalent où s'égrène un troupeau de moutons, pense-t-il invinciblement à la rue R..., avec ses petites maisons de l'Est lorrain, froides et grises, les gens cachés derrière les fenêtres impassibles, le jardin de la maison de santé dans ses grilles noires, son mur de meulière, et Levet dans sa pèlerine, avec sa casquette en arrière, les bécanes qui manquent de se flanquer par terre?

XVIII

Naturellement c'est Jeanne qui a fini par s'en mêler. A quoi s'agissait-il de jouer? A n'importe quoi. Mais il fallait être un de plus, et Yvonne, et Suzanne... A propos, c'est Suzanne le Chaperon Rouge. Elle est la fille des Pailleron. L'autre n'est qu'une amie. Probablement plus pauvre.

Cela a pris plus de deux jours pour se tutoyer. Le second, Pascal a montré la montagne à ces demoiselles. Elles étaient hors d'elles après l'éboulis. Un de ces soleils. Dans le bois, elles ne songeaient qu'aux framboises. Le difficile avec les filles, c'est qu'on doit leur parler tout le temps, ou elles cessent de vous admirer. Avec des garçons, on est comme on est.

Il y avait pas mal à leur dire. Leur expliquer les cachettes, les jeux, comment on se bute dans la clairière, les marais... Elles prétendaient que c'était exagéré, qu'il n'y avait pas de danger? Pas de danger? Et le frère de Michel qui s'est enlisé? « Il est mort? vraiment mort? » demanda Yvonne. Pascal raconte la mort du frère de Michel avec un luxe de détails à frémir. C'est très drôle, avec des garçons on ne ment jamais... Sauf aux billes. Enfin le fait est exact! Le frère de Michel est mort.

On n'a pas emmené Jeanne, elle est trop petite. Elle a pleuré comme un veau puis s'est consolée à la cuisine avec Marthe et des tas de chatteries. Ça ne fait rien, c'est bassin, les mioches. « Vous aimeriez en avoir? Moi pas », déclara Pascal. Et Suzanne : « Comme je vous comprends! — Voyons, dit Yvonne, on a décidé qu'on se tutoyait! »

Vont-elles aimer de là-haut le pays d'au-delà des choses? Pascal, tout en bavardant, se sent soucieux. Leur dira-t-il? Il n'a jamais parlé de cela à personne. Rambert, les autres, on grimpait avec eux, on se disputait, on jouait, mais pas besoin de leur parler, ce qui s'appelle parler. Non, il ne mettra pas les filles au courant. Il y a des choses sacrées.

Elles sont très différentes, Suzanne et Yvonne. C'est à Suzanne que Pascal fera la cour. Mais il ne faut pas que cela se voie de trop, que ça se sache. Yvonne court tout le temps à droite et à gauche, avec ses grands cheveux blonds qui se prennent dans les buissons d'épines. Elle rit très fort, elle lève les bras devant des fleurs, elle tombe et s'écorche le genou. Suzanne, qui doit être plus forte, elle est un peu plus grande qu'Yvonne, a l'air bien plus doux. Assez silencieuse. Elle sourit, et son sourire sur son silence ressemble à ce hâle mal mis qu'elle a au visage, sur un teint pâle des villes.

Ces longs bas noirs qu'elle porte...

L'agaçant, c'est cette manière qu'elles ont de temps en temps, de se chuchoter à l'oreille et rire entre elles et regarder Pascal. Il en rougit, il se fâche en dedans.

Ici la grimpée est assez forte, et il se pourrait bien que ce fût pour se donner une raison de s'arrêter qu'Yvonne crie à Pascal qui est en avant d'elles, accroché à des racines :

« Pascal?

— Quoi donc?

— Dis un peu... quel âge as-tu au juste?

Il grimpe sans les regarder : « Douze ans! » Il ne ment que de deux mois. La voix de Suzanne un peu essoufflée, et rendue indistincte par les framboises lui arrive dans le dos : « Tu vois, Yvonne, tu croyais qu'il n'avait que onze ans... »

Ah oui? voilà ce qu'elles se chuchotaient, alors. Un petit garçon n'est-ce pas?

« Il est plus petit que nous, Suzanne, c'est pour ça... »

Pour le coup Pascal se retourne : « Plus petit ? Je ne porte pas de nœuds dans les cheveux, moi !

— Tout de même, dit Suzanne, un peu plus petit... »

Il va leur montrer, à ces filles ! Tiens, voilà un sapin qui n'a pas de branches en bas. Un de ces sapins de cathédrale avec lesquels d'autres arbres, ordinairement petits, s'époumonent à lutter de vitesse dans la montagne pour que leurs feuilles atteignent aussi le soleil...

« Eh bien, vous, les filles, est-ce que vous pouvez faire ça ? »

Il a attrapé le tronc et il se hisse des bras et des jambes, tant qu'il peut, très vite, très haut, sauvagement, en se râpant les bras, les jambes, en se faisant mal aux mains, avec une certaine peur de la défaillance des muscles de ses cuisses, de ses épaules... Elles ont la tête levée, elles admirent...

« Ça n'empêche pas, — dit Yvonne, — que tu sois plus petit !

— Ça n'a pas de rapport ! » laisse-t-il tomber du haut de son arbre et de sa mauvaise foi. Il est monté un peu trop haut pour ses forces, la descente se fait assez rudement, et pas à l'instant prévu. Ses deux pieds atteignent le sol avec violence. « Oh ! s'écrie Yvonne, vous vous êtes fait mal ? »

Pascal a une certaine gêne à ressaisir la parole. Il a peur d'avoir des larmes dans les yeux : « Je croyais, — dit-il, — qu'on se disait tu... »

Suzanne est penchée vers la terre, elle a pour la première fois une intonation joyeuse : « Des champignons ! Des champignons ! » Pascal est un peu dépité de l'importance prise par ces champignons. Il décide d'en tirer vengeance : « N'y touchez pas, ils ne sont pas comestibles... » Mais Suzanne, cela ne lui suffit pas, elle répète : « Des champignons ! J'ai un livre à la maison avec des plantes... Il faudra que je l'apporte. »

Pascal est furieux : « Puisque je vous dis qu'ils ne sont pas comestibles ! » Suzanne secoue la tête. Il est clair qu'elle consultera son livre. On peut pourtant lui expliquer : ce sont des bolets fausse oronge, ils ont sur leur chapeau des taches de couleur, ce qui les rend dangereux c'est la pluie, elle lave les taches et les bolets ressemblent alors à des champignons inoffensifs... C'est comme ça qu'on s'empoisonne.

Suzanne a levé les yeux sur Pascal. Rien n'altère sa placidité ! Elle a fait ses lèvres un peu plus minces. « Ça n'empêche pas, dit-elle, que ce sont des champignons. Même s'ils ne sont pas comestibles. » Cette logique des filles ! Pascal prévoit vaguement toutes sortes de complications pour l'avenir.

Sur la terrasse à l'heure du café, M. de Sainteville salue Mme Pailleron. Il est clair que cela lui fait quelque chose la présence de cette jolie femme au château. Il soigne sa toilette, il se calamistre le poil. Très sagement sur une table de vannerie, Pascal et Suzanne, conseillés par Yvonne, jouent aux dames. Il manque un pion aux noirs ; on le remplace avec un haricot trempé dans l'encre. Le chien Ferragus contemple avec une stupeur qui ne se dément pas, de son œil un peu rouge, le roquet Ganymède, tout hérissé et grondant.

« Votre neveu est charmant, — dit Blanche Pailleron, — et je crois que c'est l'avis des petites...

— Voyez-vous ça ? Il n'est pas trop indiscret ? Il ne vous encombre pas ? C'est un garnement bruyant... »

La politesse traditionnelle veut ce genre de réponses, où l'on dénigre les siens par modestie. On peut dire ce qu'on veut de Pascal, pas qu'il est bruyant. L'oncle continue : « Il est laid, pour l'instant, c'est l'âge ingrat... mais ces choses-là s'arrangent...

— Laid ? — protesta Blanche. — C'est-à-dire que s'il a un père qui lui ressemble, j'aime autant ne pas le connaître parce qu'il me plairait trop... »

M. de Sainteville tousse légèrement : « Il est tout de mon côté. Il ne ressemble pas du tout à son père... »

Mensonge ! Pascal ressemble à son père. Il le sait, et il suit cette conversation avec tant d'intérêt, que Suzanne qui a les Blancs lui prend le haricot et fait une dame. Ça bouleverse la partie. « Je serais toi, — souffle Yvonne, — j'avancerais ici... — Alors, — crie Suzanne, — si tu le conseilles ! »

M. de Sainteville poursuivit : « D'ailleurs vous pourrez en juger par vous-même... Ma nièce et son mari, qui
sont en ce moment à Paris, vont nous rejoindre, aussitôt qu'ils en auront assez des magasins, des théâtres et
de la poussière. Ils seront là dans huit jours... »

Il y a dix mille jeux différents. Tous ne demandent
pas, comme le croquet, qu'on plante les arceaux et les
piquets dans le sol dur de la terrasse, et qu'il faille les
déplanter pour qu'à la nuit les gens ne se prennent pas
les pieds tous les trois pas. Il y a les boules. L'oncle ne
dédaigne pas de venir y jouer avec son neveu et les
petites. Il y a les cartes tachées et vieillies avec quoi on
joue à la manille, au bézigue, au chien jaune, au rams,
que sais-je moi ? les dames, le jacquet, le tonneau avec
sa grenouille. Tout ça ne vaut pas les quatre coins, chat,
chat perché, enfin les jeux où on se démène. Trois jours
on a joué à chat perché avec l'espèce de passion d'une
mode, du matin au soir. A toute vitesse. On a même
inventé des variantes, des règles nouvelles. Les discussions portent sur ce qui est perchoir. Comment
défendre à Pascal de grimper dans les arbres. Et alors
c'est trop simple sur la terrasse.

Maintenant qu'on se connaît mieux, Suzanne ne fait
plus d'objections à ce qu'on joue à cache-cache. Les
premiers jours, elle avait refusé. Ici ça va être terriblement difficile, c'est si grand, si varié. Où est-ce qu'on
n'aura pas le droit de se cacher ? Ah, toujours, pas le
droit, pas le droit ! On aura partout le droit. Et Jeanne ?
« Eh bien, elle compte pour du beurre, je la prends avec
moi », dit Yvonne. On compte : « Une poule sur un mur
— Qui picote du pain dur... » C'est Suzanne qui s'y
colle. Elle fait la moue, mais après tout.

Ce que le cœur peut battre, le but est au perron,
caché derrière les arbres, quand on laisse passer tout
près celui qui s'y colle ! Les premières parties ont été
empoisonnées par Jeanne, qu'il fallait faire semblant de
ne pas voir, suivant tantôt Suzanne, tantôt Yvonne.
« Moi, je n'en veux pas, — dit Pascal, — c'est ma sœur,
mais je n'y suis pour rien. »

Yvonne a finalement proposé, puisqu'on est trois, que

deux se cachent ensemble et l'autre les cherche. Suzanne proteste. C'est vrai qu'on s'embête à attendre, seul dans son coin, les cachettes peuvent être très loin, maintenant qu'on a brûlé les plus proches. Pourquoi pas? Suzanne parle à l'oreille d'Yvonne, qui rit, qui rit. Cette fois, Pascal s'y colle.

Qu'est-ce qu'elles ont inventé toutes les deux? Elles ont préparé ce coup-là à l'avance. Où sont-elles fourrées? Dans la maison, ce ne serait pas de jeu. Mon Dieu, que c'est énervant de jouer avec des filles! C'est si honteux d'être roulé par elles. Il faut tout le temps leur être supérieur, courir plus vite, penser à tout... Yvonne ne court pas comme Suzanne, mais elle a des idées du diable, et quand elles sont ensemble... Dans l'écurie? Non personne... Ah oui! la cahute de la grand-tante! Mais si j'ouvre la porte, elles peuvent filer par la fenêtre... Je vous y prends! Mais non, personne. On court derrière Pascal. Il part à toute allure. Trop tard pour Suzanne, elle est au but, mais il attrape Yvonne. « Où étiez-vous? » Elles n'en diront rien. Ça servira une autre fois.

Par la fenêtre du premier, Mme Pailleron regarde les enfants et soupire. Elle a traîné tout le matin une sorte de migraine. Qu'est-ce qu'il lui manque? Il fait beau. Tout va bien.

Suzanne entraîne Pascal vers le parc, mais dès qu'on est hors de vue d'Yvonne, avec des airs de mystère, elle le ramène vers les communs. « Dis-moi où tu veux qu'on se cache... » Ces filles, il faut toujours faire à leur tête... Elle ne répond pas, elle court sur la pointe des pieds. Les longues jambes dans les bas noirs filent sous les branches vertes. « Suzanne! » Elle se retourne, le doigt sur la bouche, l'expression sérieuse et apeurée. On croirait qu'on ne joue plus. Qu'on n'a plus l'âge.

Dans la grange l'odeur du fourrage saisit, il en vole dans l'air et dans l'ombre. Il fait sombre, à peine un peu d'or qui vient par la porte entrebâillée. On bute dans des fourches de bois, on contourne la charrette dételée. « Par ici... » Suzanne pourrait parler haut, personne ne l'entendrait, mais non... Parler haut quand on se cache!

Par une échelle haute et droite, on grimpe dans le grenier, où le fourrage est entassé, un grenier qui coupe le bâtiment dans la hauteur, mais reste ouvert sur la grange et avant d'avoir été aperçu on peut se glisser par le fond, derrière le foin, se laisser glisser de l'autre côté dans les mangeoires des chevaux à l'écurie, au-dessus desquelles il y a un trou qui donne par le plafond sur le grenier.

Sur les planches râpeuses et grises, poudreuses, la poussière verte et légère des herbes s'amoncelle. Les grandes poutres qui soutiennent le bois forcent à baisser la tête, on se met des échardes aux mains à s'y accrocher. Une lumière vague et rare à laquelle on ne s'habitue pas tout de suite vient du dehors par les planches mal jointes... « Ici... », souffle Suzanne. Elle a choisi le coin le plus sombre, derrière le fourrage, une espèce de lit de déchets, contre le mur de pierres inégales. Ils se tapissent. Pascal veut parler. Elle fait chut. Elle se presse contre lui. Comme le cœur lui bat ! C'est fait comment un cœur de fille ? « Yvonne ne nous trouvera jamais ici..., murmure-t-elle. Et puis on peut sauter dans l'écurïe. » Pascal, gagné par le chuchotement, répond sur le même ton. Ou du moins il le croit. Car Suzanne lui met le doigt sur les lèvres. Un doigt petit et trembleur.

« Mais de quoi as-tu peur ? » demande-t-il. Elle met sa joue contre la sienne. « De tout, — dit-elle, — de tout... Est-ce que tu n'aimes pas avoir peur ? »

Pascal n'aime pas avoir peur. Il ne déteste pas faire peur, ça non. Elle a une joue très douce, Suzanne, et elle sent bizarrement. « Peur de quoi ? répète-t-il. D'être attrapé ? D'Yvonne ? On ne peut pas avoir peur d'Yvonne. Et si on est pris, eh bien, on est pris ! »

Suzanne secoue sa tête, ses cheveux légers passent sur le visage de Pascal. « Ne dis pas ça... On ne sera pas pris... Il ne faut pas qu'on soit pris... Yvonne ne viendra jamais ici...

— Tu y as bien pensé, toi...

— Oui, mais Yvonne... Écoute... C'est ici que j'étais cachée avec elle...

— Ah oui! je croyais que tu ne voulais pas me le dire...

— C'est justement. J'ai juré. Alors Yvonne... nous cherchera partout ailleurs, jamais ici... »

C'est ficelle, c'est traître, les filles. Elle a juré et rien de plus pressé. Il rit. « Ne ris pas! On pourrait t'entendre... Je sais ce que tu penses. C'est mal, quand on a juré... Mais je voulais être seule avec toi, vraiment seule... »

Alors, ça change tout! Mentir, manquer à sa parole, cessent d'être honteux. Ils sont accroupis l'un contre l'autre, elle passe sa main dans les cheveux de Pascal, ils ont envie de s'embrasser, ils n'osent, ils tremblent : « Tu comprends, maintenant, dit-elle, ce que c'est que d'avoir peur... — Je n'ai pas peur », essaie-t-il encore de dire, mais il craint maintenant qu'on vienne, un craquement le fait écouter l'ombre... Les deux jambes noires repliées tentent ses doigts; des bas avec des côtes, et la jupe un peu s'écarte, et on voit comment les bas sont attachés, et un morceau blanc au-dessus d'eux. « Laisse, — dit-elle, — tu vas déchirer mon pantalon... » Il retire sa main, cette fois. Il n'a pas douze ans.

Au-dehors la voix d'Yvonne. « Qu'elle nous trouve, tu seras jolie! » dit Pascal avec tout ce qui lui reste du sentiment de l'honneur. Suzanne répète les yeux fermés : « Elle ne nous cherchera pas ici... Jamais... Je connais Yvonne. » La voix s'éloigne.

Tout de même Pascal avait décidé de faire la cour à Suzanne. Mais il n'avait pas commencé. Comment a-t-elle deviné du reste? Bien sûr, sans ça... De faire la cour. Non pas d'être amoureux d'elle. Et voilà qu'il ne lui a pas fait la cour, et qu'il craint de devenir amoureux... « Embrasse-moi », dit-il. Car si après cela il n'est pas perdu, il n'aura plus rien à craindre. Une folie, mais il faut bien risquer. Elle a collé à sa joue une bouche chaude et humide. Pascal s'essuie la joue. Il ne peut pas dire. Il ne sait pas s'il est amoureux.

« Je vous vois! Je vous vois! » crie à tout hasard Yvonne sur la terrasse. « Elle ne voit rien du tout, — ricane Pascal. — Nous allons bien nous moquer d'elle. »

153

Suzanne frémit. Il a touché du premier coup à ses plus mauvais sentiments. Elle est heureuse. Il la comprend. « Oui, — dit-elle, — nous serons horribles avec Yvonne... »

XIX

Blanche Pailleron a changé deux fois de robe, et sa femme de chambre grogne. Elle l'entend bien, mais fait comme s'il n'en était rien. La lumière tamisée tombe sur les vieux meubles, la pièce est immense, et les tapis pour l'été ont été remplacés par des nattes usées qui furent vertes, sous lesquelles les parquets mal cirés font des dessins classiques. On descend trois marches pour entrer dans la pièce, et il y a au-dessus du lit un grand voile, sous lequel, dans des édredons, Blanche se sent chaque soir perdue.

Elle est un peu lasse, après quinze jours, non! déjà trois semaines, de cet anachronisme perpétuel. Quand on pense comme sa maison de Lyon est confortable! Et puis, ici, quelle solitude! N'étaient les enfants... Il y a bien le vieux gentilhomme. Un peu comique. Un peu mal soigné. Mais enfin ce pourrait être une compagnie. Il ne faudrait pas pourtant qu'il se mît à courtiser Blanche... Elle rit à cette idée.

« Écoutez, Rosine, si ça vous ennuie tant que ça de me préparer mes affaires... Je me demande ce que vous feriez ici! Moi je me distrais à essayer mes robes! Mais vous...

— Je ne me plains pas, Madame, et si Madame a besoin de moi... »

Alors tout va bien! N'empêche que Rosine fait une tête. Elle a dû laisser quelqu'un à Lyon.

Blanche ne s'est pas plus tôt installée sur la terrasse avec ce livre qu'Ernest lui a apporté dimanche, que M. de Sainteville apparaît. Elle pince un peu les lèvres. Il a dû la guetter à travers les rideaux de son perchoir.

154

« Qu'est-ce que vous lisez là, chère madame ? Paul Adam. Hum, hum, c'est un auteur difficile... Voï... Je prends une chaise : vous permettez ? »

Elle ne permettait pas... Elle ferme les yeux. Elle renverse la tête.

« Vous avez toujours vécu ici, monsieur de Sainteville ?... Non ? parce qu'il y a un tel charme dans ce pays... »

Il hoche la tête. Il la comprend, il la devine. Il est clair qu'elle s'ennuie à mourir. « Voï... à votre âge, je n'aurais pas non plus très bien supporté cette solitude...

— Mais je trouve Sainteville charmant ! »

Il a un geste dubitatif et conciliant de ses vieilles épaules. Il ne parlera pas de ses raisons de s'accommoder de ce charme-là. Il ne faut jamais parler d'argent devant les femmes. Il ne demandera point à celle-ci pourquoi elle s'enterre ici l'été. N'a-t-elle pas un mari ?

« Je pense, — dit-elle, — aux femmes qui ont vécu ici, madame votre mère, sans doute, et d'autres avant elle... Je pense aux femmes parce que ce que les hommes ont dans la tête m'est étranger... Je peux un peu mieux m'imaginer des femmes, leurs pensées... Ou je le crois... Si différente que soit une femme d'aujourd'hui, moi-même... »

M. de Sainteville a fait la grimace. Il n'aime pas qu'une Mme Pailleron se compare à sa mère, aux dames de Sainteville...

« Oh ! je sais, — continue-t-elle comme si elle avait senti ce petit mouvement de déplaisir chez son interlocuteur, — il peut paraître déplacé que je...

— Mais pourquoi donc, Madame ? »

Cette hâte à répondre tient de l'aveu. Les voilà qui rient tous les deux. « Jadis la vie des femmes, — dit Pascal de Sainteville, — avait d'autres règles et d'autres désirs...

— Croyez-vous ? Les mêmes sentiments appelaient d'autres choses, mais nous nous ressemblons toujours...

— Vous ne pourriez vous contenter de ce qui était alors le bonheur.

« — Que savez-vous de ce dont nous nous contentons ?

— Quelques petites choses... »

Il lisse sa moustache avec un air entendu. Blanche pense que décidément tous les hommes ne sont jamais que des collégiens vicieux.

« Ce qui remplissait jadis, — dit-il, — la vie des femmes vous serait insupportable et ennuyeux...

— Croyez-vous ? Je me demande ce que vous savez de ce qui peut remplir la mienne... Tenez, une journée, une de nos journées... »

M. de Sainteville doit en convenir. Pas la moindre idée. Et quand il y songe... Les voilà qui rient à nouveau.

« Ce n'est pourtant pas, — reprend-elle, — que ce que nous disions là soit rigolo, rigolo... »

Le mot sonne bizarrement devant les tours de Sainteville. N'étant pas du vocabulaire du vieux gentilhomme, il le rend aussitôt hypocrite : « Voï, nos mères avaient la religion pour peupler leur désert... » Effet inattendu d'un propos de mauvaise foi : Blanche a soupiré. Cette âme aurait-elle une crise de conscience en perspective ? A vrai dire, Blanche a soupiré parce que la religion lui est apparue comme on peut la voir d'ici, de cette terrasse où vient de passer au-dessus de vous une grande libellule bleue noire : comme quelque chose d'infiniment élégant, lointain, irremplaçable, pourtant ce soupir se prolonge d'une rêverie évidente, qui ne sera pas interrompue... brève, pourtant, d'où sort la phrase suivante de ce dialogue que le vieux gentilhomme croit naïvement mener : « Elles n'avaient pas tant la religion que les prêtres... Le prêtre... Le confesseur... Ah, cela devait avoir son charme ! Quel apaisement...

— Mon Dieu, Madame, la République ne les a pas encore massacrés, ces prêtres, et si le goût vous vient d'un confesseur, je puis appeler au village.

— Vraiment, comte... » Blanche appuie involontairement sur ce titre usurpé : « Vraiment, vous plaisantez trop vite de ce qu'il y a de plus sacré... Oui je suis incroyante, mais pas irrespectueuse des choses de la religion... C'est trop tard, ce genre de rapport entre un

156

homme de Dieu et moi ne peut plus s'établir : je le regrette... je regrette de ne pas croire, même au mensonge... Nous avons besoin de nous ouvrir à quelqu'un, c'est de notre nature... Et à un homme bien sûr, quelle confiance avoir dans une autre femme ? dans une autre faiblesse ?

— Il y a d'autres hommes que les prêtres.

— Les rapports des hommes et des femmes sont faussés. Dès qu'ils deviennent intimes, dès qu'ils touchent à l'essentiel, on trébuche...

— Il est des hommes qui ont passé l'âge de la tentation sans avoir tout oublié de la vie, et qui sauraient encore être un appui... »

Elle le regarda longuement, et soupira une fois de plus.

« Oui, — dit-elle, avec cette voix de quelqu'un qui donne un autre sens à des mots, plus précis, — il y a des hommes qui ont peut-être passé l'âge de la tentation... peut-être... parce qu'a-t-on jamais... »

M. de Sainteville passa son bras derrière le dossier de sa chaise et pencha sa tête avec un air de bonté protectrice. Au fond de lui-même, il n'était pas non plus sûr que l'homme dépassât jamais l'âge de la tentation. On se survit, pensa-t-il. Il se dit encore plusieurs choses en termes surannés qui le ravirent et l'étonnèrent : qu'il n'était jamais trop tard pour respirer une fleur... que l'âme restait jeune... Et tout ceci donna quelques mots qui semblaient tomber des nues : « Au fond, s'entendit-il dire, qu'est-ce vraiment qui remplit une de vos journées ? »

XX

Quand on est dans le pavillon rustique, on oublie le reste du monde...

Au cœur de la terrasse où les cèdres font une danse de troncs roses au soleil avec leurs sombres feuillages découpés comme des jouets de plomb, le sentier mal entretenu mène à cette grande cahute ronde faite de rondins rapprochés avec son toit de chaume. L'intérieur en forme une pièce haute, où est enracinée, au centre, une table faite d'un pied d'arbre et d'une grande planche clouée dessus. La lumière prend un faux air d'église parce que les fenêtres, il y en a quatre, sont étroites et vaguement ogivales, avec des vitres multicolores. Cela fait des taches bleues et rouges par terre. Il n'y a pas de plancher, et pour l'instant, avec un balai de feuilles, Yvonne nettoie le sol nu. Suzanne a été cueillir des fleurs. Pascal assis dans un fauteuil de rotin fait semblant de fumer une grande pipe représentée par une branche bizarre ramassée la veille.

Une mythologie est née dans cette cabane romantique, sortie de l'imagination d'une grand-tante aux jours de la Bibliothèque rose, quand les vraies héroïnes de Mme de Ségur, arrivant à l'adolescence, découvraient Chateaubriand et lisaient *René* en cachette. Les mythes éclos dans la tête d'Yvonne ne ressemblent en rien à ces nostalgies Second Empire. Pascal est un trappeur, Suzanne une princesse perdue dans la forêt... Yvonne... ah, Yvonne joue un rôle plus compliqué.

Il est entendu qu'elle est ici une servante, une simple d'esprit comme cela se voit au désordre qu'elle a mis dans ses grands cheveux blonds, et qu'elle ne parle aucun langage humain. A ce qu'on lui dit, elle répond par des ouah-ouah de folle, et elle fait des grimaces, laisse tomber son menton, roule des yeux blancs. En même temps, il est probable, qu'elle est ensorcelée, on ne sait d'où elle vient, Pascal l'a trouvée juchée sur un arbre parlant aux oiseaux... On découvrira un jour naturellement son origine royale, rien n'est encore décidé à ce sujet... Avec cela, elle obéit sans doute à des puissances maléfiques, et pourrait bien jouer des tours pendables aux autres.

Tout ceci est une espèce de concession faite à Pascal pour lui donner sans déchoir la possibilité de jouer à des jeux de fille : au ménage, à la dînette, à se raconter des histoires. Yvonne est très drôle, un peu effrayante. Il y a quelque chose de trop naturel dans son échevellement. Pascal n'est pas très sûr qu'elle ne soit pas vraiment folle. Elle lui répugne par là, et l'attire. Ferragus joue aussi avec eux. Il y a une niche près de la porte : on l'y amène, et il s'y allonge en grognant. C'est la sentinelle. Car le monde qui entoure la cahute, les cèdres, est plein de dangers inconnus, d'êtres fantastiques et malintentionnés, et ce n'est pas sans frémir qu'on parcourt le chemin qui mène au château, et demande au moins plusieurs semaines de voyage. D'ailleurs, les matinées réservées à ce jeu-là ne se divisent plus en heures, mais en mois. On dit par exemple : « Que fait Suzanne ? Voilà quinze jours qu'elle est partie chasser ! » ou encore : « Il y a bien trois mois que nous sommes ici... on va être en retard pour le déjeuner... »

Sur l'armoire-buffet, jadis peinte en faux marbre jaune, est étalée la collection des trophées de guerre : piqués avec des épingles sur le rebord, ce sont les têtes tranchées des guêpes, des sauterelles, des mouches, et en deuxième rang des papillons entiers. L'ennui est qu'on n'ait pas le droit d'ouvrir cette armoire, où il y a de la vaisselle et des verres.

Il est entendu qu'on ne joue à cache-cache que l'après-midi. Pas nécessairement tous les jours. Ces restrictions viennent de Suzanne et de Pascal. Ils ont un peu peur au fond de leur secret, de leur complicité. De rester seuls aussi, bien qu'ils ne songent qu'à cela. Yvonne jouerait bien tout le temps à cache-cache. Elle se fatigue de faire ouah-ouah, elle aime raconter des histoires... Des histoires folles comme ses cheveux.

Ce n'est pas à tous les coups non plus que Pascal et Suzanne vont se cacher dans les fourrages du grenier... A la longue, cela finirait par être suspect, si jamais on ne les trouvait nulle part. Pascal se fait prendre derrière le château, dans la réserve de bois. Plus honteux d'être pris : c'est par une sorte de sacrifice chevaleresque... Quand il se retrouve avec Suzanne dans l'ombre chaude du grenier, le cœur lui bat. Ils se caressent d'une façon maladroite. Suzanne ferme les yeux, et il lui échappe de drôles de mots. Elle l'appelle : *darling*... « Suzanne, dis-moi, où as-tu été en vacances l'année dernière ? »

159

Elle ne répond pas tout de suite, elle rougit. Il la sent contre lui mal à l'aise.

« En Angleterre, — dit-elle, — tu sais bien... »

Il n'en savait rien. Mais il comprend maintenant bien des choses. C'est là-bas, sans doute, qu'elle a appris à jouer ainsi. Avec qui ? Il se sent jaloux. Mieux vaut ne pas demander, ne pas savoir. On entend, par les trappes du fond, les bruits de l'écurie. Le petit cheval Jockey hennit doucement... Pascal n'aime pas souffrir. Il prend le premier prétexte qui s'offre de s'éviter une peine.

« Tonton, — dit-il, — a permis à ta maman de conduire Jockey avec la petite voiture... Je le sais, je l'ai entendu dire au fermier... Elle conduit bien, ta maman ?

— Je ne sais pas, — dit Suzanne, qui saisit la diversion, — je ne l'ai jamais vue... Mère ne m'a rien dit...

— Tu ne parles jamais avec ta maman, ce n'est pas étonnant.

— Qu'est-ce que je lui dirais ? Je n'aime pas ma mère. »

Pascal est plus choqué que surpris. Suzanne dit toujours ma mère, jamais maman, comme tout le monde. Évidemment c'est plus distingué, mais quand on voit M. Pailleron...

« Et ton papa, tu l'aimes ?

— Non. »

Ce qui atteint en ceci Pascal, c'est moins monstrueux que la franchise. Après tout, on n'est pas maître de ses affections. Si elle ne les aime pas, ses parents ? Mais qu'elle le dise ! Il la regarde, étendue, avec ses jambes repliées, ses bas noirs... « Suzanne ?

— Quoi ?

— Ce n'est pas pour rire que tu dis ça ? Tu n'aimes pas tes parents ?

— Et toi, — souffle-t-elle, — tu les aimes, les tiens ? »

Bien sûr, Pascal aime son père et sa mère. Il en aurait juré du moins. C'est-à-dire qu'il n'avait jamais pensé qu'il pût en être autrement. Il ne s'était pas posé la question. Tout d'un coup, il lui semble que pourtant il ne les aime pas d'une façon bien vive... Est-ce qu'il serait gêné d'avouer ses bons sentiments, devant Suzanne, se sent-il trop petit garçon soudain, de dire : oui, je les aime ? Il hésite, il a honte, puis avec une espèce de décision, il déclare exprès :

« Oui, j'aime bien mon papa et ma maman... »

Suzanne s'est soulevée, elle le regarde : « Extraordinaire... », dit-elle très lentement. Et lui, il sent un remords : car il sait bien au fond qu'il n'aime pas pour de vrai son père et sa mère. Il ne les déteste pas. Ils lui sont tout à fait indifférents : « Tu veux dire que tu te fiches de tes parents ? » Suzanne, ses yeux sont partis dans le vide. « Non, — répond-elle. — Je ne les aime pas. Je ne les aime pas. Je les déteste. Je voudrais qu'ils soient morts... »

Pour le coup, Pascal s'intéresse. Il la fixe comme une personne nouvelle. Puis il essaie de penser à son père, à sa mère. Sans doute, il n'a pas pour eux, des sentiments très vifs, mais s'ils venaient à mourir. Son père... S'il dépendait de lui qu'ils meurent ou qu'ils vivent, que ferait-il ? Il pense avec un vertige égoïste au monde où il se trouverait perdu, solitaire. Non, non, il ne souhaite pas la mort des siens ! Il est un petit garçon, il a peur de ces pensées pas naturelles, inavouables...

« Regarde donc, Suzanne, tu as troué ton bas !... Et puis bien. Le droit. Qu'est-ce qu'elle va dire, ta maman !

— Finis donc de me parler de ma mère, Pascal ! Je te dis que je la déteste, que je la hais ! »

Ma parole, elle pleure. Suzanne, ma petite Suzanne... Il se rapproche d'elle sur le fourrage, elle le repousse, elle lui flanque un coup de pied dans les jambes. Des larmes... de vraies larmes sur ses doigts... Suzanne ! Brusquement, elle s'est mise à rire, en reniflant un peu. Qu'est-ce que ça veut dire ? Une comédie ? Mais quand ? maintenant, tout à l'heure ? « Je plaisantais », dit-elle. Et elle arrange ses cheveux, elle se mouche. « C'est bientôt que ton père et ta mère arrivent à Sainteville ? Je plaisantais. »

Pascal ne sait que penser. Lui qui avait failli dire comme elle ! Il se souvient tout à coup de l'Angleterre... Nom d'un chien, il n'a jamais pu souffrir les Anglais !

« Ils arrivent demain de Paris. Mon oncle va les chercher au train. On a préparé leur chambre au deuxième.

— Avec Jockey?

— Tu es bête! Avec la voiture de l'hôtel des Alpes à Buloz... »

Elle pense déjà à autre chose, elle se presse contre lui, elle murmure : « Fais-moi mal. — Je veux bien, — dit-il, — mais où ça? »

XXI

Les deux malles étaient ouvertes, côte à côte, entre les fenêtres : la noire, un peu fatiguée, bombée au-dessus, qui était celle de Pierre, et la vert amande, celle de Paulette.

Des tas de choses en avaient été déjà sorties, un peu au hasard, et jetées par la pièce, sans qu'on ait pu atteindre d'indispensables objets de toilette que Paulette avait cachés dans le linge de Pierre, et qu'elle aurait juré avoir mis au-dessus de tout. Des robes étaient affalées sur le canapé capitonné à bouquets blancs, des chaussures posées sur la table d'acajou, et les pantalons de Pierre, les livres mêlés aux éponges... Au milieu de tout ça, les bras et les épaules nus, ses cheveux relevés n'importe comment avec des épingles, dégageant la nuque, en jupon à volants, couleur puce, le corset délacé montrant les seins à peine touchés par les années, Paulette s'affairait, insupportable, avec un froncement de l'œil droit et le sourcil gauche qui se relève tout à fait indépendant.

Pierre était assis au bord du vaste lit à la courtepointe rouge. Il était déchaussé, regardait ses souliers à boutons et ses chaussettes rayées. Il avait enlevé son col et sa cravate, se déshabillait lentement avec toute la fatigue du voyage. On mettait un temps infini vraiment, de Paris à Sainteville, et puis ces heures en voiture à cheval depuis la gare, sous un soleil de plomb... Tout le long du chemin, ils s'étaient chamaillés. Tout de même, Paulette exagérait avec les dépenses, et furieuse quand on la raisonnait... Elle lui jetait alors la Bourse et le Panama dans le nez, criarde, haineuse, méconnaissable.

Le dîner avait été sinistre. L'oncle se faisait vieux. Les enfants... Du moment qu'ils allaient bien, enfin. Deux bougies n'étaient pas de trop pour cette grande pièce, avec des coins d'ombre, et de grands papillons de nuit qui tournoyaient, affolant brusquement Paulette.

C'était toujours la même chambre qu'on leur donnait. Mais maintenant qu'ils s'étaient habitués à faire chambre à part, une gêne subite s'était mise entre eux, qu'ils ne s'avouaient pas. Bien différente de celle des amants qui craignent de se déplaire.

« Si je m'attendais, — disait Paulette qui rangeait trois boîtes d'épingles sur le côté de la coiffeuse, — à trouver une hôtellerie à Sainteville. Comme si Tonton avait besoin de ça !

— Mais tu sais bien qu'il n'a pas le sou.

— Allons, allons. C'est un vieux grigou... Et ces gens partout ! On ne peut pas se retourner sans se flanquer dedans. C'est drôle. Qu'est-ce que c'est que ces gens-là ?

— Des gens de Lyon.

— La femme n'est pas mal. Je l'ai aperçue. Bien habillée... »

Il songea que cela donnerait à Paulette une raison de sortir ses robes, mais n'en dit rien, crainte de réveiller la querelle du chemin de fer. Il regardait sa femme avec un certain étonnement. Du milieu de la fatigue, une espèce de désir se levait, indécis. Il trouvait de mauvais goût pourtant de profiter dès le premier soir d'une intimité artificiellement rétablie, puis il y avait encore entre eux des mots amers, une irritation de toute une journée.

« C'est drôle », pensa-t-il, « c'est quand je l'ai bien détestée, toujours, que je voudrais le plus... »

Dans la ridicule petite cuvette, qu'il fallait emplir avec un broc à fleurs pesant et ébréché, il se lava la barbe et le cou. Ce qu'on est sale après le chemin de fer.

Penché sur la toilette, s'ébrouant, il vit à côté Paulette qui, dans la lueur rose des bougies, changeait de chemise. Elle était debout, et retenait sa chemise de jour entre ses dents, tandis que celle de nuit flottait en l'air sur les bras levés. Cette pudeur de petite pensionnaire à trente-trois ans l'horripila. Impossible d'ailleurs de ne pas penser qu'on lui marquait par là l'importunité de sa présence. Il soupira, Paulette était très blanche, avec des reflets vivants sur le dos. La chemise de toile, laiteuse, à petits plis, descendit sur elle comme une châsse.

Quand il vint la rejoindre dans le lit, il constata qu'enfoncée dans la plume, accoudée à l'oreiller, pour lire un peu avant de dormir, elle avait comme par hasard, en s'entortillant dans les draps, cloisonné la couche. On eût dit qu'elle avait peur de tout contact. Il s'installa donc ostensiblement à une certaine distance d'elle, et comme il en avait l'habitude, croisa ses mains derrière sa tête en dessous de l'oreiller, sa barbe sur le linge...

Qu'avait-il à trouver ça extraordinaire ? N'y avait-il pas entre eux une espèce de règle tacite ? Mais ce soir-là était de ces soirs où les choses, on ne sait comment ni pourquoi, prennent un accent de solennité, où rien ne peut arriver qui ne porte sens, où l'on conclut toujours quelque chose de tout et de rien. Il pensait à leur jeunesse, à cette fougue des premières années... Elle n'avait fait que la subir, il le savait bien. Comme la vie avait passé ! Et laissant derrière soi une insatisfaction longue et tourmentante, un air toujours repris au même point, et dont on ne sait comment il s'achève. Il la sentait bouger, Paulette. Une envie de pleurer de sa langueur stupide et sans objet. Ce désir de collégien, cette moiteur à son front ? cette envie de la toucher, de la caresser ?

« Paulette... », murmura-t-il timidement. Elle s'agita un peu sans répondre. Il s'approcha d'elle. Elle dit : « Qu'est-ce que c'est ? » Il répéta : « Paulette... » comme une prière. Brusquement, elle se retourna, le visage épouvanté, et elle lui cria : « Brute, brute ! »

Il ne l'avait pas touchée. Il n'avait pas rêvé la toucher. Il la regarda avec effroi, assise maintenant, ses mains sur cette poitrine à peine plus forte que quand il l'avait connue. Il voulut dire : « Mais je ne t'ai pas touchée... » Déjà elle s'abattait en pleurant dans l'oreiller, secouée de paroles précipitées, surprenantes comme une pluie d'été. « Abominable, abominable... Parce qu'on a la même chambre, alors... Si je n'ai plus mon lit... Les hommes sont affreux... Fatiguée comme je suis... ce voyage atroce... le chemin de fer... »

Et tout d'un coup une idée lui vint, le comble de la haine. Elle se retourna et regarda bien en face Pierre, couché sur le côté, qui contemplait la scène avec stupeur. « Ah! oui — dit-elle sur un ton de mépris. — Le chemin de fer... Je m'explique. C'est le chemin de fer qui vous donne des idées... »

Il en aurait ri, n'étaient la rage et l'envie à crever qu'il avait d'elle. Et l'impossibilité de se lever, de la fuir pour aller où? Ils étaient couchés ensemble dans la haine. Il n'était pas homme à faire scandale : à Sainteville! « Est-ce que tu vas éteindre? » dit-il seulement. Elle tourna la tête vers la bougie sur laquelle grimpait un papillon de soie beige, puis se retourna d'un coup, apeurée vers cette menace, l'homme là dans le linge. « Éteindre..., — dit-elle. Vous voulez que j'éteigne? »

Le silence tomba sur eux deux, un vrai filet. Ils s'y débattirent un instant, lequel allait le premier rompre ce silence? Ce fut elle. « Si vous voulez, j'éteindrai...

— Eh bien, — dit-il, — éteins et dors. »

Elle eut alors un petit sourire furtif que Pierre surprit. Il y avait de la bassesse dans ce soulagement. Elle souffla la bougie pas très rassurée encore. Elle murmura : « Bonsoir... »

Après quoi commencèrent les ténèbres. Des ténèbres étouffantes qui entraient dans les yeux, la bouche, les oreilles. Des ténèbres où vous battaient les tempes. Des ténèbres de chiffons, des ténèbres humiliantes. Les deux êtres, aussi écartés que possible, qui les peuplaient, entendaient chacun la respiration retenue de l'autre. Très vite, celle de la femme prit un caractère absurdement régulier. Lui savait qu'elle feignait de dormir. Il n'osait bouger, dans la peur qu'elle se méprît, et mortellement blessé de cette seule pensée. Il l'aurait tuée, s'il avait pu l'atteindre avant que l'ombre d'une pensée naquît en elle. Il la haïssait, il se haïssait aussi. Il voulait changer de position. Il eut une crampe dans le pied, et sacra tout bas. La respiration dans l'ombre en fut altérée. Et, cherchant à prendre son pied doucement dans sa main pour rapprocher des autres le gros orteil qui lui semblait douloureusement écarté, il forma, avec des lèvres dures et muettes, un mot silencieux que personne n'y pût lire : « La vache !... »

La nuit se prolongea entre les deux respirations ennemies.

XXII

« Vous avez tout ce qu'il vous faut, mon neveu ?... Le linge, les serviettes... Voï ?

— Merci, l'oncle, tout ce qu'il me faut... »

Pierre Mercadier traînasse dans son bain. La petite salle de bains de la tour est pleine de vapeur. Le feu de bois sous le chauffe-bain crachote encore des étincelles. Comme toujours Pierre a commencé par se laver les pieds, les jambes. Il s'est mis un peu à rêver en se frottant les genoux. Il a mal et pesamment dormi. Il lui reste un sentiment d'humiliation, et de détachement à la fois, de sa rage d'hier soir. Il ne pense plus pourtant à Paulette. Il lui est merveilleusement étranger.

Quand il a compris qu'il ne dormirait plus, il a voulu se lever. Elle s'est retournée en gémissant. Elle devait être en plein songe. Le petit matin montrait sur son visage une expression animale qu'il avait aimée jadis, qui le repoussait aujourd'hui. Tout faisait un bruit du diable dans la chambre, le plancher, la cuvette. Il s'était juste un peu peigné, avait enfilé ses affaires... A la cuisine, la vieille Marthe, maigre et sèche, toute ridée sous un mouchoir noir pour se protéger les cheveux, lui avait fait du café bien chaud. Pas fameux, mais bien chaud. Elle lui riait de sa bouche sans dents.

Pascal avait pompé l'eau du bain, dès qu'on avait pu déranger l'oncle Sainteville. Il n'avait pas très bonne mine, l'oncle. Il se plaignait que cela lui sifflait dans les poumons. Il avait même demandé au docteur de venir, il l'attendait ce matin. A vrai dire, cela n'avait rien d'alarmant : l'oncle faisait périodiquement venir de Buloz le docteur Moreau, qu'il détestait, dont il disait pis que pendre, mais en lequel il avait confiance. Le docteur savait que le comte n'était pas très malade, il venait pourtant : il le surveillait. Il avait à cela ses raisons.

Dans le bain, Pierre songeait. La mousse de savon sur ses bras maintenant, il se disait que c'était étrange, ce cérémonial immanquable qu'il suivait pour se nettoyer. Dans l'eau son corps s'allongeait, velu. Il était assez fier de son pelage, bien qu'il eût remarqué avec chagrin récemment qu'il lui venait quelque poils sur les épaules. Quarante et un ans... Jusqu'à cette année, il se sentait encore un tout jeune homme, il ne prenait pas garde au temps qui passait. Mais, dans les derniers mois, il avait senti des changements en lui. Les transformations de la quarantaine, la peau moins jeune, le ventre qui commençait à se marquer.

Il se leva dans la baignoire pour mieux s'astiquer. La carrure de ses épaules contrastait avec ses bras peu développé d'intellectuel. Il bomba le torse, et rentra le ventre. Est-ce que je peux plaire encore ? Bien sûr que je peux plaire. Heureusement que les dents sont bonnes. Il pensait malgré lui à la bouche édentée de la vieille Marthe, il se frappa les cuisses, comme pour s'assurer de leur force. Il était bien solide sur ses pattes. Malgré, pourtant, ce petit dessin bleu qui apparaissait sous la peau des mollets, pas vraiment des varices. Ses fixe-chaussettes le serraient probablement. Probablement.

C'est drôle. Quarante et un ans déjà. Quelle vie gâchée... Il pensait à Paulette soudain, avec humeur.

Comme une existence s'émiette sans qu'on y ait pris garde... Il faisait beau, un ciel bleu dans la fenêtre, coupé par cette branche plongeante. On rêve d'une vie pleine, éclatante, qu'un sentiment profond emplit, une sorte de coquetterie perpétuelle entre un homme et une femme, publiquement liés sans doute, mais pour qui le plaisir est un grand secret à deux... On rêve...

Il faut que je me surveille, j'ai des plis maintenant là, sur les reins... Pierre tout en sachant qu'il n'aurait pas le courage quotidien de la gymnastique, en caressait régulièrement le projet à la vue de ces plis sur les reins. Oh, ne rien exagérer : en se redressant... La complaisance qu'on peut avoir de son corps. Il est comme il est, après tout. Incroyable que les autres sortent de leurs habits, et soient comme ça eux aussi. Les hommes... Les femmes, Pierre les voyait toujours nues, les imaginait. Mais les hommes, c'est répugnant. Tenez, l'oncle. Joli spectacle, pour sûr.

Un brave type, l'oncle. Fallait-il être vache pour l'appeler vieux grigou, comme Paulette. Le vrai est qu'il n'avait plus le rond. Une hypothèque sur le château. Bizarre que Paulette ne puisse pas pardonner aux gens d'être pauvres. Elle les traiterait pour ça de vicieux, avec facilité. L'argent... Évidemment, on ne savait pas ce qu'il pensait, Tonton Pascal. Il était toujours très aimable avec Pierre. Mais qui sait de quoi était faite cette amabilité ? Il tenait à la pension des enfants, et à ce qu'ils lui donnaient encore lorsqu'ils venaient à Sainteville, eux deux, Paulette. Ça lui arrangeait son été. Peut-être que sans ça... Enfin l'argent sépare, et l'argent unit.

Penser à l'argent le ramenait à Paris, chez son banquier. C'était tout à côté de la place de la Bourse, il y avait de beaux comptoirs d'acajou et des barres de cuivre bien astiquées, brillantes. Les prospectus, pleins d'affaires, traînaient sur la table dans le salon d'attente. M. de Castro recevait toujours lui-même son client. Un homme fort intelligent, ce banquier, certainement très honnête. Un petit brun avec des cheveux blancs aux tempes. Il avait beaucoup appris à Pierre : c'était de lui que Mercadier tenait certaines précisions techniques en matières financières, précieuses pour ce travail qu'il faisait sur le système de Law. Et Law lui-même, l'étrange personnage... Une vieille idée le reprit sortant du bain : si Paulette l'avait vraiment épousé pour son argent ? Cela lui mordit le cœur, et en même temps il se dit, avec ce qu'il croyait être du cynisme, que cela avait moins d'importance chaque jour, puisque chaque jour il avait un peu moins d'argent... Avec ça, dans ce patelin perdu, on n'avait les journaux de Paris que l'après-midi. Ceux de Lyon venaient avec le facteur vers les dix heures. On n'y donnait pas complètement la Bourse.

S'il gagnait pourtant cette fois encore, avec la nouvelle combinaison que lui avait indiquée ce diable de Castro. Comme toujours il bâtissait des châteaux en Espagne, sans y croire ! par simple jeu. Mais se prenant au jeu. Ce matin, dans ces châteaux-là, il n'y avait pas de Paulette, et pourtant il rôdait une présence féminine... Il était généreux avec cette inconnue, elle avait une lingerie de cocotte et un parfum... Très difficile d'imaginer les parfums... Quelqu'un qui inventerait un parfum par cœur... Comme on compose de la musique... Oh, bon Dieu, il y a des hommes que rien n'attache, à vivre ici ou là comme il leur chante. Ils changent de ville, s'en vont à Nice, en Italie. Ils habitent à l'hôtel, n'ont pas de domestiques. Ils se paient une saison de folies, sortent tous les soirs pendant des mois, puis en ont assez. Le train, le bateau les emporte. Pierre ferma les yeux, et s'imagina sur la mer.

La voix des enfants qui jouaient monta par la fenêtre avec des rires. Pierre murmura : « Le devoir... » et rit amèrement. Quand on y croit, c'est peut-être une raison d'agir. Mais quand on n'y croit pas, et qu'on a toute sa vie bâtie là-dessus. Aller au concert autrement qu'en cachette, parce que ça embête votre femme, et qu'elle ne comprend pas qu'on écoute la musique pendant des heures. Au nom de la musique que ne serait-il pas pardonné ? Quand il s'imaginait vivant seul, sans remords, la musique sanctifiait toute chose. Bien qu'il pensât aussi aux casinos, aux courses, aux femmes. Tout cela,

n'était qu'une longue modulation d'une mélodie lointaine. Il retourna dans sa chambre, se changer de vêtements. Madame assise dans son lit, avec un plateau sur
les genoux prenait son petit déjeuner. « Vous êtes bien
matinal, — dit-elle. — Vous vous êtes promené ?

— J'ai pris un bain.

— Ah ? » Une conversation cordiale. Il mettait une
culotte de chasse et des jambières. Elle le regarda sortir
avec soulagement. Elle s'était demandé avec angoisse
s'il n'allait pas encore avoir un revenez-y.

« Au fond » pensait-il en traversant le parc (il s'était
donné pour but d'aller voir si Buloz n'avait pas changé
depuis un an), « nos rapports sont des rapports
d'argent. Je paie ses robes, elle m'a fait des enfants. Il
faut que les enfants grandissent, qu'elle fasse envie à
ses amies, à cette Denise ; et moi, probablement, que
j'en tire une satisfaction sociale... Moindre à mon âge.
Moindre, certainement... » Sur la route, un bruit désagréable. S'il commençait à y avoir des automobiles
jusque dans la montagne ! Joli progrès. Celle-ci venait
vers lui, de Buloz : ouverte, perchée, peinte en brun, un
chauffeur à lunettes noires, casquette et cache-poussière gris. Il ralentit en voyant Pierre : « Bonjour, monsieur Mercadier ! » Le docteur Moreau. Mon Dieu, oui.
Il s'était acheté cette machine. Il faut être avec son époque. Ce n'était pas encore très, très pratique, mais quel
temps on gagnait ! Quand il voulut repartir, le moteur
avait calé. Le docteur remit en marche avec peine.
« Paraît, — dit Pierre, — que c'est dangereux, cette
manivelle...

— Oui, — dit le docteur en se dépêchant pour profiter de la bonne volonté du moteur, — ça vous casse un
bras comme rien... » Il s'en fut vers le château. Pierre
arrivait aux premières maisons du village. Il n'avait pas
demandé au docteur comment allait son projet de sanatorium. L'amabilité du docteur, de quoi était-ce fait ? Il
soignait l'oncle à l'œil.

XXIII

« Où est-elle cette Ouah-ouah ? » Suzanne avec un air fâché, comme si elle avait égaré une petite cuiller, est sortie en courant du pavillon rustique. Elle avait arrangé une histoire compliquée, et voilà qu'Yvonne avait disparu.

Pascal, assis, a la tête ailleurs. Il se taille un sabre. On appelle *sabre* des lattes de bois plates et courbées, qu'on taille et polit comme on peut, pour abattre les guêpes du tranchant. Puis on leur coupe la tête. Un drôle de sifflement, quelqu'un qui gratte... C'est Yvonne, les yeux brillants. Elle est revenue sur la pointe des pieds. Elle est attifée comme un clown, une mèche blonde rabattue sur le milieu du visage avec le nez pris dedans, elle fait des grimaces de toutes sortes, elle jappe : « Ouah-ouah ! »

Pascal la regarde d'un air désapprobateur : « Je ne comprends pas pourquoi ça te plaît de te rendre si laide, si laide... »

Elle s'est accroupie près de lui. Elle commence une histoire : « Dans le pays où l'on mange des chandelles, il y avait un village de beurre dont les habitants pleuraient la nuit au lieu de dormir... On avait toutes les peines du monde après ça, dans le jour, pour planter les carottes qui servaient là-bas de combustible en été... Oui, parce que l'été il faisait froid, mais alors ! au pays où l'on mange des chandelles... et un petit garçon habillé en vert sur le trottoir pour vendre des rubans... personne n'en voulait...

— Écoute, Ouah-ouah, ton histoire est trop bête.

— Et si j'aime les histoires bêtes ? Toi, pourvu qu'il y ait une reine qui a perdu son cabri, les histoires te plaisent...

— Ouah-ouah, tu m'embêtes. Relève tes cheveux. Tu es laide. »

Yvonne, au moment où Pascal ne l'attendait plus, a

brusquement rejeté ses cheveux en arrière, les tirant très fort. C'est soudain une autre fille et elle regarde le petit garçon avec un air qu'il ne lui connaissait pas.

« Suzanne te cherche, — murmure-t-il.

— Elle ne nous trouvera pas. Viens, on va se cacher. On va rire. On va trembler. On va jouer contre elle... »

Ce n'est pas chic, ça ne se fait pas. Pourtant, comment résister à Yvonne? Elle est si différente d'elle-même. Elle a cessé d'avoir l'air d'une folle, elle a les lèvres blêmes : « Viens », dit-elle, et elle lui souffle cela près de l'oreille, elle frôle son visage : comme elle a la peau douce.

On se cache parmi les cèdres. On avance avec des ruses de trappeur, par le sous-bois, vers la maison. Et là... On entend au loin la voix de Suzanne qui appelle : « Pascal! Yvonne! »

« Elle doit être furieuse », dit Yvonne, avec un regard tout de travers, comme si elle avait fait quelque chose de très vilain. C'est vrai, ce n'est pas bien. Quant à Pascal, un vrai traître. Il se blâme au fond du cœur. Il est un type très mal. « Jouer à cache-cache, c'est loyal, — dit-il. — Mais ça...

— Oui, oui, — dit Yvonne, — ce n'est pas de jeu... »

C'est drôle comme ils ont été tout de suite complices, sans s'être donné le mot. Où va-t-on se cacher pour de vrai maintenant? « Par ici! » dit Yvonne, et elle l'entraîne dans une direction qu'il reconnaît. D'abord il résiste, mais comme elle répète : « Par ici! » il sent bien que sa résistance est inexplicable, et qu'il va trahir par là le secret de Suzanne... Ça non. Il se laisse donc entraîner dans la grange. Yvonne va droit à l'ombre, les sentiments de Pascal sont bizarres et mêlés. Drôle d'être ici avec une autre... Yvonne parle à mi-voix :

« Jamais... Jamais elle ne viendra nous chercher ici... »

Ah, par exemple. Il se rappelle : elles se sont juré toutes les deux le secret de cette cachette, et voici que la seconde trahit son serment comme Suzanne. Lui, l'homme, son honneur le force à ne pas montrer qu'il le sait. Pourtant il aurait dû fuir, se refuser à ce sacrilège.

Ici, Suzanne et lui, c'est-à-dire que c'est... Il est tout ému, tout excité de la complication de ce jeu dont Yvonne ignore même qu'il le joue... Il se sent important, il comprend qu'il ne doit rien perdre des mille faces de cette situation extraordinaire... C'est du théâtre.

Ils sont renversés dans le foin, et Yvonne parle avec une voix grisée, une voix qu'il ne lui a jamais connue : « Oh, j'ai attendu si longtemps pour venir ici avec toi... Je n'osais pas, j'avais juré... Et puis dès que j'avais juré, j'avais senti que je te mènerais ici... parce que j'avais juré... c'est si bon de manquer à sa parole... le péché... tu n'aimes pas les péchés, toi, Pascal, mon Pascal ? » Qu'est-ce qu'elle bafouille ? Ses beaux cheveux blonds, presque mauves dans l'ombre, des cheveux faibles, faibles... Elle est blanche d'habitude, mais on dirait que ses couleurs la quittent. Comme elle ne ressemble pas à Suzanne, et comme cela lui fait plaisir... Il découvre confusément ce goût terrible du danger qui va dominer sa vie. Il sent que ça ne peut pas être autrement qu'avec Suzanne, avec Yvonne... Qu'avec toutes les filles plus tard... Il ne se presse pas. Il voit bien que c'est elle qui meurt d'envie de l'embrasser. Elle met autour de lui ses bras. Elle a une poitrine naissante... « Oh ! mon amour, — dit-elle, — comme je t'ai attendu longtemps, long-temps ! » Ils se roulent sans fin dans le foin, et Pascal pense à Suzanne, furieuse, là-bas dans le pavillon. Elles ne sauront jamais toutes les deux, ni l'une, ni l'autre, qu'elles se sont également trahies. Comme il va jouer entre elles, ce plaisir d'être plus fort, lui, le garçon. Yvonne lui plaît mieux, parce qu'elle est la dernière... Elle parle, elle parle sans arrêt :

« Mon petit Pascal... Qu'est-ce que ça me fait que tu aies un an de moins que moi ? C'est bon pour Suzanne, ces idées-là ! Écoute, personne ne m'aime, moi. C'est pour ça que je fais rire... » Elle fit une affreuse grimace, qui le glaça, et reprit : « Mais toi, tu n'aimes pas mes singeries... Tu n'as rien dit, mais je sais... tu préfères mon visage de jeune fille... J'ai vu ça dans tes yeux... Qu'est-ce que tu penses de Suzanne ? »

Moment délicat. Il faut mentir avec les filles. On ne

peut pas pourtant se conduire comme un mufle... et puis qu'est-ce qu'elle attendait de lui ?

« Je ne sais pas, moi, qu'est-ce que tu veux que j'en pense ! »

Hypocrite. Elle, tranquillisée, continuait : « Je n'aime pas Suzanne... C'est elle qui est folle, pas moi... Moi, je fais la folle, mais elle, elle est folle ! » Elle secoua la tête.

« Tu crois ? » dit Pascal. Et Yvonne, sérieuse :

« C'est une fille affreuse, affreuse... Et capable de tout... »

Il y eut un long silence, puis Pascal découvrit que c'était Yvonne et non Suzanne qui jouait du Chopin au salon, le matin. Cela le plongea dans la stupeur. Il cherchait à caresser Yvonne, à la façon que Suzanne lui avait apprise. Yvonne se mit soudain à pleurer. Il se leva, déconcerté. Et tout d'un coup, parfaitement calme, elle fut sur ses pieds, près de lui... « Viens, c'est assez... Elle se douterait de quelque chose. On jouera à cache-cache cet après-midi. » Arrivant dans la cour, ils tombèrent sur Mme Mercadier et l'oncle. Tandis que celui-ci leur parlait et que Pascal, un peu rouge, répondait, il y eut un bruit de cheval et de voiture. Le petit lion blanc, Ganymède, partit en flèche avec un aboi de perroquet, Paulette poussa un *Ah !* et les enfants se retournèrent. Jockey entrait dans la cour, avec le poitrail souillé de bave, traînant le dog-car, que conduisait Pierre Mercadier, les vêtements tout froissés, une manche déchirée et à côté de lui Mme Pailleron en robe blanche, plus blanche que sa robe, son petit chapeau de travers, qui faillit tomber quand Pierre la déposa à terre d'un saut. Elle s'accrocha à son bras, tandis que Paulette et M. de Sainteville s'approchaient dans l'étonnement. Et, toute secouée encore d'une terreur récente, elle dit à Paulette, qui ne lui avait jamais encore parlé : « Oh, Madame, votre mari... Sans lui... Il est si fort ! Vous devez être bien heureuse... » ferma les yeux, tourna sur elle-même et tomba par terre.

On s'empressa. Mercadier qui avait lâché le cheval, ramassa l'évanouie. « Vite, les sels anglais ! » dit le comte, et Paulette s'écria : « Madame ! Revenez à vous ! » Déjà Pierre l'avait chargée sur ses bras, et s'avançait victorieux vers le perron. Dans la demi-lumière du salon tout s'arrangea. Mme Pailleron revint à elle, et dit à Mme Mercadier : « Qu'allez-vous penser de moi, Madame ! Tourner de l'œil aussi sottement... » Enfin on s'expliqua. Pierre revenait à pied du village quand il avait été croisé par l'automobile du docteur Moreau, rentrant de Sainteville, et tout à coup il avait vu derrière Jockey, comme fou, peu habitué à ces bagnoles du diable, qui caracolait sur ses pieds de derrière et baladait dans tous les sens la petite voiture à deux roues, si instable, prête à se renverser, avec, dedans, une femme en blanc qui criait, les rênes lâchées, et qui n'osait pas sauter. Alors... « Si vous aviez pu le voir, Madame, quand il s'est jeté à la tête du cheval !... C'est pour lui que j'ai eu le plus peur, vous savez ! Quand je l'ai vu entraîné contre l'arbre : parce que c'était l'arbre le danger... Nous allions nous écraser contre l'arbre... C'est à l'arbre qu'il s'est déchiré la manche. » Pierre s'excusait. La moindre des choses, tout le monde en aurait fait autant. « Oui, — dit Blanche, — à condition d'avoir des muscles, et des épaules comme les vôtres... » Pascal regarda son père avec fierté. C'était vrai qu'il avait les épaules larges, Papa.

XXIV

« Une bonne nouvelle... Ta mère arrive... »

M. de Sainteville agitait une lettre. On était à table tous ensemble, sous les arbres de la terrasse, dans la petite allée de côté, par un temps caniculaire, et Rosine et Marthe s'affairaient de la cuisine aux convives. M. Pailleron, débarqué de Lyon pour le dimanche, avait tenu à ce que le comte et les Mercadier fussent ses hôtes, en remerciement du sauvetage de Blanche, à qui on ne permettait plus de prendre Jockey toute seule, puisqu'il y avait une auto dans le pays... Les enfants étaient groupés au bout et faisaient un bruit d'assiettes et de rires étouffés. Le comte présidait avec Mme Pailleron à sa droite, et sa nièce à sa gauche. Ces messieurs leur faisaient face. Ce n'était pas très, très selon les règles, mais les règles! toujours est-il que les quenelles de Marthe étaient une splendeur, et je suis difficile.

Pierre Mercadier se fit la réflexion que c'était une drôle d'habitude quand on annonce une nouvelle reçue par lettre, de brandir en l'air, comme ça, la pièce justificative, et incontrôlable puisque personne ne demandera à la lire, et que ça pouvait aussi bien être la note du boucher... Mme Pailleron se penchant par-dessus l'oncle, dit à Paulette :

« Ah? Madame votre mère arrive?... »

Comme elle eût dit : Mes compliments. Ou qu'elle eût considéré comme surprenant et flatteur que Mme Mercadier eût le bonheur d'avoir une mère, et une mère qui se déplace par-dessus le marché. Pas avant jeudi, vendredi d'ailleurs, Pierre respira. Encore quelques jours de bon. Il n'eût pour rien au monde extériorisé son mécontentement de l'arrivée de sa belle-mère. Il savait combien Tonton Pascal aimait sa sœur. Oh, ce n'était pas pour les sentiments de Paulette! Il la lui laisserait, Mme d'Ambérieux, à Paulette. Ce serait peut-être mieux qu'elle soit là. Blanche... Mme Pailleron avait une robe, une espèce de nuage d'un blanc empesé brodé de pois noirs, et là-dedans ce sourire, cette aisance... Quelle femme charmante! Elle lui avait dit : « Je veux que vous connaissiez mon mari... Que vous l'appréciiez... C'est un homme de beaucoup de mérite... Il s'est fait lui-même... Vous sympathiserez? Je me le demande... Oui? Vous sympathiserez, c'est promis? Entendu!... »

Ganymède et Ferragus, devenus amis, regardaient le repas à dix pas de là, tous les deux assis sur leur derrière, et rangés en ligne comme au théâtre. Jeanne était abominablement bruyante, agitée, nerveuse, et si elle ne se tenait pas tranquille on l'enverrait finir à la cuisine. Pascal, silencieux, jouait à échanger des regards avec Yvonne à la dérobée de Suzanne, et avec Suzanne à la dérobée d'Yvonne. La conversation roulait sur les châteaux du voisinage, les cousins Champdargent, les promenades qu'on ferait si on attelait le break...

« Vous aimez les pique-niques, vous, Madame ? dit Paulette.

— J'adore ça... Pas avec n'importe qui, bien entendu...

— Moi, — dit Pailleron, — pourvu qu'on soit nombreux, et qu'on ne casse pas de bouteilles en route... Tenez, l'autre année, du côté de Montluel... »

L'atmosphère était extrêmement cordiale. Et le comte de Sainteville n'aurait permis à personne au monde d'assaisonner la salade à sa place. Il racontait à sa voisine une histoire du pays. Un drame dans la montagne... Un paysan, imaginez-vous, grand chasseur et beau garçon à la façon d'ici, un peu sec... Et une dame de Lyon, tenez, précisément... Elle était venue à Buloz accompagner son mari, madame, à qui on avait recommandé l'air de la montagne... Le docteur Moreau le soignait, voï, celui qui a effrayé Jockey avec sa machine, son teuf-teuf... Oh, un excellent médecin... en tant que médecin, parce que...

« Vous dites toujours ça, mon oncle, et c'est injuste ! » protesta Mme Mercadier qui reprenait une feuille frisée où s'étaient accrochées des gouttes de vinaigre. Il y avait dans le cœur de Pierre des sentiments contradictoires, et une espèce de chant qui emplissait l'air dense de l'été.

« Mais le drame ?... demanda Blanche Pailleron. — Ernest fais attention, tu sais bien que le vin ne te vaut rien à midi.

— Le drame ?... Ah, voï... Où en étais-je ? Je parlais du docteur Moreau... Enfin, je ne parlais pas du tout du docteur Moreau, mais je disais...

— On dit qu'il fait bâtir un sanatorium, — interrompit encore M. Pailleron, qui ne vit pas le petit agacement sur le visage de l'oncle. Ça ne va pas vous amener trop de... trop de malades ? »

Il ne prononçait pas le mot *tuberculeux*, désagréable. Évidemment, il y en avait tous les ans davantage. Mais de toute façon, à Sainteville, si loin du village, avec un parc à soi on ne serait pas de sitôt envahi par les crachats. Alors, le drame...

« Ils se rencontraient à la chapelle miraculeuse... Vous savez, là-haut... dans cette forêt noire... Au col... Vous n'y avez pas encore été? Jamais on n'aurait pensé... Un lieu si austère... On va y boire l'eau de la fontaine... Il y a une vierge... tout ce qu'il faut... Lui, arrivait avec son fusil, son chien... Un setter roux... une belle bête! Naturellement le mari ne pouvait grimper jusque-là, avec ses poumons... »

Le petit lion blanc se rappela soudain à l'attention générale par un jappement furieux. On jeta des os aux deux chiens. Ferragus emporta le sien quelque part plus loin, à l'ombre, avec une lente démarche de fauve qui ramène un quartier de nègre à ses petits.

Quelle sorte d'homme était-ce au juste, cet Ernest Pailleron? Vulgaire, ça. Comme il tenait son couteau... Paulette le jugeait là-dessus, et à sa façon de s'essuyer les moustaches qu'il appelait *ses bacchantes*, je vous demande un peu... Pierre savait ne pas s'arrêter à ces petites choses... Il se demandait surtout ce qui liait deux êtres à ce point disparates. Une femme si fine... Leur fille, évidemment... Il y a treize, quatorze ans, elle, Blanche, devait être bien jeunette... comment ces choses-là se font, et lui évidemment il avait alors trente-trois, trente-quatre ans... Enfin, quelle disproportion!

« On ne peut pas s'empêcher de penser que le prêtre était dans la confidence... Comptait-il sur la sainteté du lieu pour tout arranger?... On ne sait pas ce qui se passe parfois dans la tête des ecclésiastiques... Tenez, nous avons un cousin évêque... n'est-ce pas, Paulette?... Oh, je l'estime beaucoup, mais il a des idées étranges, il faut bien le dire, étranges...

— C'est la chose qui leur remonte... », dit jovialement M. Pailleron, clignant de l'œil. Cela jeta un froid. Heureusement que le fromage de chèvre fit diversion. Le drame tirait en longueur : on l'interrompait tout le temps, ce pauvre comte. Blanche lui mit gentiment sa main sur le poignet et dit : « Continuez, moi, je vous écoute... » Quelle femme délicieuse, pleine de tact. Paulette pensa que si elle n'avait pas eu certains écarts de langage, probablement le mari qui déteignait, Mme Pailleron aurait pu passer pour une femme du monde. Telle quelle, elle lui plaisait beaucoup. Pas mal habillée pour une Lyonnaise.

Les enfants ne tenaient plus en place. Eh bien, si vous voulez, prenez un fruit et allez jouer. Vous reviendrez tout à l'heure, pour un canard... Ils ne se le firent pas répéter, sauf Jeanne, partagée entre un sommeil évident et le désir d'aller avec les grands... Marthe, emmenez la petite, vous voyez qu'elle ne tient pas debout...

M. Pailleron avait apporté des cigares qui ne déplurent point à M. de Sainteville. M. Mercadier n'en veut pas? Mon neveu ne fume pas le cigare, imaginez-vous.

« Vous avez vraiment de la chance, chère madame... » dit Blanche à Paulette.

« Oui, on ne connaît pas son bonheur.

— Moi, — dit Ernest Pailleron, quand le tuberculeux eut abattu comme des chiens les amoureux près de la fontaine miraculeuse, — ce que je ne m'explique pas, c'est que ces choses-là existent encore, maintenant qu'il y a le divorce... »

Le divorce! Paulette pinça les lèvres. Il y avait le divorce dans le monde des Pailleron, pas dans le sien. Elle ne le dit pas aussi directement, mais on sait ce que parler veut dire.

M. de Sainteville regarda sa nièce, et pensa d'elle une fois de plus qu'elle était une sotte. Il murmura même à Blanche, qui sourit : « Voilà bien la grossièreté de notre milieu... » Mais pour le fait, il est certain qu'il ne suffit pas de décréter le divorce, pour qu'il entre dans les mœurs. S'il doit y entrer.

« Il y a déjà des pays où c'est entré dans les mœurs, — dit Pailleron, — tenez, les États-Unis...

— Oui, dit Blanche. — Ça nous vaut Clara Ward... » Le sujet était à la mode, on reparlait dans tous les journaux de l'ex-princesse de Caraman-Chimay, qui s'était enfuie avec le tzigane Rigo, levé un soir en plein Café de Paris. « Je me demande, — dit Paulette, — ce qu'il peut bien avoir, ce saltimbanque, d'après les photos, noiraud et petit, grêlé de variole...

— Voyons, chère madame, — repartit Blanche, — il y a des hommes petits qui ont bien du charme... et puis les photos... Pour avoir ainsi tout laissé...

— Sauf la fortune, — rigola Pailleron.

— Bien sûr, mais j'ai lu que récemment à Vienne où la belle Américaine a suivi son tzigane, elle a montré à un journaliste un superbe tatouage sur son bras gauche qu'elle a fait faire pour prouver qu'avec lui c'était à la vie à la mort.

— Quelle horreur ! — s'écria Paulette.

— Je ne trouve pas, — dit Blanche. — Je n'aime guère les tatouages, et moins encore sur une femme... Mais si on aime... ne faut-il pas trouver le langage que comprend celui qu'on aime. Un tzigane...

— Vous êtes bien généreuse : c'est une folle, et rien de plus, — se récria Paulette. — Tatouée, pouah !

— Enfin, ce Rigo était marié de son côté, sa femme l'a pris à la bonne, et rejoint un autre tzigane, si bien que les deux divorces vont se faire en même temps... » On retournait au divorce. « Vous ne dites rien, monsieur Mercadier ? — interrogea Mme Pailleron. — Qu'est-ce que vous en pensez, du divorce ?

— Vous me prenez un peu au dépourvu. En général, rien. Les personnes qui ont des convictions religieuses, comme ma belle-mère...

— Laisse maman tranquille, — dit Paulette. — C'est extraordinaire, parce qu'elle doit venir nous rejoindre, ce qui est très gentil à elle, et puis elle aime beaucoup les enfants, mon mari doit absolument me taquiner avec ma mère...

— Moi ? Par exemple ! Qu'est-ce que j'ai dit ?

— Allons, convenez-en, — dit Blanche, — vous êtes un peu taquin avec Mme Mercadier... » Ses protestations furent vaines. La solidarité féminine jouait... Ces dames riaient. « De quoi parlait-on ? Ah ! oui, du divorce... » Pailleron n'en démordait pas. Avec lui, pas mèche de faire s'égarer la conversation. « Je ne sais pas, dit enfin Pierre, — le revolver je ne comprends pas ça... Si on en est là, évidemment le divorce vaut mieux...

— Euh, — grogna M. de Sainteville, — dans le temps il y avait le duel... Aujourd'hui on préfère l'assassinat...

— Moi, — trancha Paulette, — j'aimerais mieux mourir que de divorcer. » Les têtes se tournèrent vers elle, et naturellement ensuite sur Pierre. « Bien entendu, — dit Mme Pailleron, — quand on aime son mari... Vous voyez, monsieur Mercadier !

— Ce n'est pas ça, — reprit Paulette, c'est à cause des gens...

— On ne te le fait pas dire !

— Voilà M. Mercadier vexé ! Ces hommes, impayables de vanité ! »

XXV

Ces dames s'étaient retirées après le déjeuner, pour aller se montrer leurs fanfreluches. Après un brin de causette entre hommes, à son tour M. de Sainteville avait prétexté d'un travail à faire.

Pailleron et Mercadier restaient seuls.

« C'est une vieille habitude, — dit Pierre, — L'oncle fait sa sieste après le repas, mais il ne veut pas en convenir : ça le vieillirait. Alors, c'est fou toujours les occupations qui lui tombent du ciel sur les une heure et demie, deux heures... »

Ils rirent un bon coup aux dépens du comte : comme il avait sifflé son chien, on aurait dit qu'il allait faire un tour dans ses terres. M. Pailleron hocha la tête :

« Sans compter qu'il y aurait à faire si on voulait avec un domaine pareil...

— Oui, mais voilà, l'oncle ne veut pas. »

Pierre regardait le mari de Blanche avec curiosité. C'était drôle, au contraire des gens en général, cette moustache qui avait lâché la première, grise, tandis que les cheveux drus et bas, gardaient le pigment de la jeunesse. Pas plus grand que Mercadier mais moins carré. Râblé et mobile, Pailleron donnait l'impression de quelqu'un qui va mettre en train quelque chose d'important ou jouer une farce. Là-dedans un regard pas très droit, mais assez indiscret. Le visage déjà marqué. Il avait enlevé le veston, qui se prélassait sur une chaise de fer. En bras de chemise, avec ses bretelles bleues, son linge rayé, la haute ceinture de soie à plis avec la chaîne de montre, il suait légèrement. Il avait le nez épaté, plein de petits trous aux ailes des narines : « Vous permettez ? » et il enleva son col, le cou enfin libéré fit bouger la pomme d'Adam. « Maintenant que ces dames ne sont plus là... » Et avec un clin d'œil : « La mioche a douze ans... Ça m'en fait quatorze avec la bourgeoise... » Ils buvaient de la chartreuse avec des airs de connaisseurs. On pouvait difficilement être plus loin l'un de l'autre que ces deux hommes. Ils n'avaient rien à se dire. Il devait pourtant exister entre eux un lien dont tous les deux n'avaient pas conscience, car ils mettaient une certaine complaisance à une conversation banale qu'ils auraient pu ne pas poursuivre.

« Ce doit être fatigant, ce chemin de Lyon, rien que pour le dimanche.

« Ça, oui... Surtout rapport à la grimpette en voiture depuis le chemin de fer. Mais je voulais un coin tranquille pour Mme Pailleron. Ce château-là, c'est l'idéal... Ce qu'il lui faut... Vous savez, dans sa famille, on était habitué... Moi, je n'ai besoin de rien... mais une femme comme elle... »

Ils parlaient au hasard. Les mouches, la chaleur, la chartreuse, un bruit qui venait du château, tout faisait dérailler un dialogue non dirigé. Il y avait entre eux un désir inégal de se connaître, Pailleron plus ouvert et plus retors à la fois, et Mercadier plus curieux de l'autre. On bavarde comme cela dans la vie avec tant de gens, uniquement parce qu'ils sont là, qu'on n'a pas envie de se lever, et de faire les trois pas qui vous rendraient la solitude. On s'accroche à la présence physique d'un interlocuteur. On finit par considérer un visage comme une chose naturelle. On a l'envie d'y voir apparaître une approbation. De quoi? De tout et de rien. De soi. Quatorze ans avec cette moustache, et ce nez épaté, ces bretelles... Tout dans la conversation ramenait à Blanche. Parce que Pailleron imaginait le monde par rapport à elle. Non qu'il en fût amoureux, après quatorze ans de mariage! Elle était ce qui le flattait dans la vie, la preuve de son ascension, l'espèce de passeport qu'il aimait présenter... Pierre ne l'arrêtait pas sur cette voie. Ernest Pailleron glissait au ton de la confidence.

« Monsieur Mercadier, tout dans la vie est question de responsabilité... Vous commencez une affaire, c'est facile. Le hic, c'est de continuer... Vous vous êtes dit : pourquoi pas? Vous avez considéré le pour et le contre. Ça peut rouler. Ensuite il y a l'allure que ça prend tous les jours... Il faut apprendre un tas de trucs qu'on n'aurait pas rêvés. D'abord c'était un projet sur le papier. Puis, ça y est. Votre vie est changée. Quand on s'en aperçoit on s'effraie, on reviendrait bien sur ses pas, on laisserait tout choir. Pas mèche. On a signé. On a pris sa responsabilité. Pas qu'on regrette, mais enfin... on se demande. Et il ne faut pas trop se demander. C'est mauvais pour l'estomac. Surtout après déjeuner... »

Autour de quoi tournait-il, ce petit homme vulgaire qui mâchonnait un bout de bois qu'il s'était taillé en guise de cure-dent? Rien que de très banal à ces propos, qui pour Pierre avaient si bien trait au mariage, à son mariage, qu'il dit en jetant sa cigarette : « S'il n'y avait pas les enfants... »

L'autre le regarda. Ils en étaient aux confidences. Ce n'était pas exactement ce qu'avait voulu dire Pailleron. Ça s'appliquait aussi au mariage. Mais c'était d'abord une philosophie des affaires. Cela, Mercadier ne pouvait le sentir, il était professeur, et jouer à la Bourse de chez soi, ça ne comporte pas les doutes et les insomnies du chef d'industrie. Le Lyonnais fronça les yeux et vit flotter, dans la chaleur, la tache idéale d'une robe claire...

« Quand j'ai vu pour la première fois Mme Pailleron,

— dit-il, — du diable si je me serais imaginé qu'elle serait un jour ma femme!... J'étais ouvrier chez son père, dans la banlieue de Lyon... Je gagnais mes cent sous par jour, puis six francs. Des gens tout ce qu'il y a de bien, avec une propriété, des voitures... Le soir, je voyais les lumières chez eux... J'habitais dans un petit hôtel, sale et noir, une chambre vous auriez ri... J'avais pension dans la turne... Orphelin, à l'âge qu'a la petite aujourd'hui... J'avais été valet de ferme, vigneron... Puis de fil en aiguille... Quand je la regardais Mlle Blanche... Elle ne me paraissait même pas une femme, tellement j'étais loin de penser... Formidable ce qu'on peut être bête... Un ouvrier, c'est un homme comme un autre, pas vrai? »

Il faisait si chaud qu'il y avait une buée dans l'air. De grands papillons orangés volaient sur la bordure du bois. Pierre voyait dans la perspective la tour ronde du château, son toit d'ardoise. Ce patron d'usine, débraillé, contrastait avec l'aristocratie du lieu, mais non pas avec les pensées de Pierre, qui se disait qu'après tout les gens ça vous a l'air très différents, puis c'est fou ce que c'est la même chose.

« Son père, à Blanche, c'était un homme très bien, un peu faible... Il avait hérité de l'usine... L'usine lui venait de son beau-père qui l'avait fondée... Enfin il se débrouillait. Ce n'était pas un mauvais patron. Il n'y a rien à dire. Nous l'aimions bien. Mais il y avait du coulage. Remarquez que c'est forcé. Personne n'y peut rien. A moins que le patron y regarde lui-même... Le malheur était qu'il n'était guère secondé. Il avait compté sur son fils. Mais celui-là!... C'est comme ça que, petit à petit, j'ai pris de l'importance dans la maison... »

Le silence était plein d'insectes bourdonnants, et des livres de morale en action qu'on avait jadis donnés à lire à Pierre, enfant. Le banquier Laffitte, ses débuts, et autres histoires édifiantes. Monter dans la société ne lui paraissait pas un idéal. D'une façon d'ailleurs toute platonique, il pensa que sa sympathie allait à ceux qui descendaient, aux déclassés... Il dit quelque chose pour peupler l'air :

« C'est drôle comme on passe d'une condition à l'autre... Il y a des gens qui montent, d'autres qui descendent..., ce n'est pas comme dans l'escalier, ils ne se croisent pas...

— Plaît-il?

— Rien... je voulais dire.. que nous imaginons grossièrement la société comme formée de compartiments étanches bien séparés... et puis des échanges, des va-et-vient... il n'y a pas vraiment de classes...

— D'un côté, vous dites vrai; et d'un autre... Vous vous dites qu'il n'y a pas de classes, parce que vous avez toujours vécu dans la même... Notez que je n'ai jamais été socialiste. Mais j'ai été ouvrier. Alors je connais tous les mensonges. Ceux qu'on dit en bas, et ceux qu'on dit en haut. Forcément, je vois les choses différemment aujourd'hui. Ce qui manque aux patrons, d'habitude, c'est de les avoir d'abord vues autrement. Aux ouvriers aussi. Ils ne connaissent que le revers de la médaille. D'abord, j'étais comme eux. Seulement ensuite, j'ai comparé. J'ai compris. J'ai changé. Je le reconnais. C'est comme ça que j'ai fait fortune. N'est-ce pas, la montagne là-bas, vue d'ici, elle grimpe tout doucement avec les arbres, et puis j'ai été de l'autre côté, vers Virieu! de là-bas, elle tombe à pic, et c'est tout rocher... c'est ce que je vous disais... Maintenant je suis ici... »

C'était drôle : Pierre qui se moquait pas mal des ouvriers de M. Pailleron se sentait de leur côté contre lui. Ça devait être un forban, cet homme-là : sorti de rien, maintenant pourri d'argent. Il avait un préjugé favorable, Pierre, pour les gens qui se ruinent. Un bourgeois comme un autre, ce Pailleron. Pis, parce que de fraîche date. C'est une idée reçue qu'il n'est pire bourgeois que l'ouvrier enrichi. Pierre aurait même bien dit, malgré la contradiction apparente, toute apparente, qu'il n'y a pas de pire bourgeois que l'ouvrier. Ah, cette femme si fine, si jolie, n'avait pas mérité ce mari-là...

« C'est ce qui arrivait dans ma belle-famille, monsieur Mercadier. Des gens qui ne savent pas que la terre est ronde, et nous voilà bientôt au xxᵉ siècle. Alors, un sang nouveau où voulez-vous qu'ils le prennent? Un sang

185

nouveau. A l'usine qu'on le trouve. Des types comme moi. S'ils sont intelligents, eh bien, ils grimpent... Eux, ils connaissent la boîte de fond en comble, vous comprenez... Mon beau-frère, remarquez, loin d'être un bon à rien... Si on l'avait élevé autrement... Seulement qu'est-ce que vous voulez, pour un jeune homme, cette vie facile, l'argent, les femmes, une tentation... Oh, ce n'était pas particulièrement ce qu'on appelle un coureur... Mais le cœur pas à l'ouvrage... Il aurait bien tout planté là... Lyon il faut y avoir la cervelle solide... Vous me direz que ce n'est pas Paris... Enfin quand il s'est tué, il avait vingt-six ans, si ce n'est pas une pitié, ça a fait un scandale, rapport à la dame qui était mêlée, et sa mère ne s'en est jamais relevée. Les affaires ont commencé à mal marcher, le patron avait la tête ailleurs. Moi, devenu contremaître, je me rendais compte que, si on ne reprenait pas sérieusement l'affaire en main, tout allait tomber en morceaux... »

L'histoire était trop confuse pour Mercadier. Ernest Pailleron racontait sans raconter. Beaucoup de gens croient toujours que ceux à qui ils parlent sont déjà au courant de l'essentiel, alors les détails les passionnent... Pour Pierre, ce qui résonnait dans le récit désordonné de cette vie, était précisément le contraire de ce que Pailleron en croyait la leçon. Le professeur peu sensible à la poésie des contremaîtres qui épousent la fille du patron, ce qui le frappait, c'était de retrouver par-derrière son interlocuteur, ces visages pathétiques et inconnus qui avaient sombré fatalement, à cause du vertige de désagrégation qu'il y a dans le monde. Quand on tient un objet à la main, on a parfois l'envie de le lâcher, pour voir les morceaux qu'il ferait en se cassant, entendre le bruit de cette petite catastrophe. Plus répandue qu'on ne croit, cette perversité des, je ne dirai pas des riches, ce n'est pas la question, mais des élites. On trouve ça dans toutes les familles, cela n'avait pas manqué parmi les cousins Mercadier, et par exemple, Blaise, le frère de Paulette... Il sourit, pensant combien sa femme serait folle si elle pouvait savoir qu'il trouvait de la poésie à la fugue de Blaise...

« Eh bien, j'espère que vous avez bavardé », dit Blanche. Elles arrivaient, avec Paulette, se tenant par la taille.

XXVI

Yvonne est une drôle de fille. Elle raconte tout le temps des histoires. Suzanne n'est pas comme elle. Bien plus renfermée. Pas le même genre d'imagination. Autour d'Yvonne, il se forme un monde féerique. Elle s'en tire ainsi d'un tas de choses. Par exemple de ce qu'elle est invitée par Mme Pailleron, et que celle-ci le lui fait sentir. La famille d'Yvonne n'a pas le sou. Le père est mort, la mère travaille. Yvonne va en classe avec Suzanne. Elles sont évidemment très amies, mais comme on peut se détester entre amies ! Chez les garçons, ce n'est pas comme ça.

Yvonne fait sa Ouah-Ouah, et tout s'arrange : il y a des herbes magiques, des boutons de culotte-talismans, des petits oiseaux enchantés... On accepte la règle du jeu, on oublie le reste. On est prisonnier des ogres, et si on n'a pas compté tous les grains de sable du grand tas derrière le poulailler avant que le soleil se couche avec son bonnet de coton... « Depuis quand le soleil a-t-il un bonnet de coton ?

— Il n'en a pas, il en met un pour se coucher... » ... si donc on n'a pas compté les grains, et pas à la flan, compté ce qui s'appelle compté, eh bien, tout est fichu, les ogres préparent la sauce. Alors ça, comme recette la sauce à l'ogresse !

Vous mettez de tout dedans, de l'huile, du vinaigre bien entendu, mais un filet de pétrole, des grains de chapelet, du petit cochon coupé vivant, des larmes de boulangère... oui, parfaitement de boulangère... Et puis on fait revenir. Ça, c'est le principal : faire revenir.

Elle court plus vite que Suzanne, Yvonne. Alors on sème Suzanne. Papa et Mme Pailleron, dont on entend les voix par-derrière, arrivent sans se presser. Maintenant Yvonne est seule dans les champs avec son prince : « Pourquoi tu m'appelles ton prince, Yvonne ?

— Pour rien, parce que c'est toujours des princes qu'on aime dans les histoires... C'est pauvre chez nous : donne-moi un palais... »

La voilà lancée à décrire le palais. C'est un palais comique tout en glaces, où on peut se faire sans arrêt des pieds de nez et des grimaces. Impossible de distinguer les miroirs des espaces vides. On parle à quelqu'un à droite, pan, il est à gauche !

« Tu me joueras du piano, Yvonne ?

— Dans le palais ? On prendrait sa main gauche pour son pied droit, tu vois ça d'ici...

— Non, fais pas ta Ouah-Ouah avec moi... Je voudrais que tu me joues comme l'autre jour... »

Elle sourit. Elle aime sa musique, une supériorité sur Suzanne. « Oh, s'écrie-t-elle, regarde-moi la jolie fleur ! » Et la voilà qui salue la fleur en faisant la révérence. Une toute blanche dans le blé : « Vous êtes bien aimable, madame la Fleur, d'être si jolie. Je le dirai au fils du roi...

— C'est un liseron », dit Pascal. Elle se fâche tout rouge. Liseron Liseron ! « C'est un volubilis... Un volubilis ! » Elle se gargarise du mot. Pascal essaie de se justifier : c'est un liseron, voyons. Il vaut mieux qu'il s'arrête : ça tournerait mal entre eux. « Moi, je préfère que ce soit un volubilis ! » Alors, bon : si elle préfère... A voix basse, et pour lui-même, il se répète : *liseron, liseron, liseron*... et il s'arrange, par esprit de représailles, pour traîner et permettre à Suzanne de les rattraper. Elle est furieuse, Suzanne. Qu'est-ce que vous avez besoin de courir comme ça ? Maman et M. Mercadier n'arrivent pas à vous suivre.

Elle est hors d'elle à ce sujet, elle regarde en arrière, elle tire sur ses bas, elle se mord les lèvres.

« Qu'est-ce qu'il y a ? Ils ne se perdront pas ! »

Non, mais on sera en retard pour le déjeuner, et ce n'est pas poli pour ta mère. Ma mère ? Ma mère ? D'abord laisse-la tranquille, maman et puis elle n'avait qu'à venir se promener comme tout le monde. C'est son affaire, si elle a la flemme...

« Pascal, — dit Yvonne, — tu parles, comme si tu étais un bisque-basque...

— Et qu'est-ce que c'est, un bisque-basque ?

— C'est un Ouah-Ouah mâle, voilà... »

Et on sort de toute cette mauvaise humeur par le chemin ouah-ouah. Même qu'Yvonne pousse la gentillesse jusqu'à cueillir des fleurs pour Suzanne. Elle les lui tend en disant : « Tiens, voilà des liserons pour toi ! »

Suzanne s'étonne. Ce sont des marguerites : « Pourquoi dis-tu que ce sont des liserons ? » Yvonne hausse les épaules : « C'est pour faire plaisir au prince Bisquebasque, il appelle tout des liserons : attendez-moi que je renoue mes liserons. Je ne sais pas l'heure qu'il est, j'ai oublié mon liseron...

— Tu es stupide, Ouah-Ouah !

— Moi ? je ne prétends pas que ces marguerites sont des liserons, je dis que ce sont des coquelicots ! Chacun son genre ! »

Suzanne n'écoute plus. Elle se retourne, met la main sur ses yeux, elle cherche les parents, elle appelle : *Mother ! Mother darling !* Comme si *Maman* en français, ça ne s'entendait pas de plus loin !

Quand on rentre au château, Mme Pailleron gronde : « Qu'est-ce que vous aviez à courir comme ça, on ne pouvait pas vous rattraper !

— Tu vois, ce que je te disais », dit Suzanne à Yvonne, en tapant du pied. En même temps elle est soulagée d'une idée honteuse qui s'était formée en elle. Elle prend brusquement la main de sa mère et y pose un baiser. Étrange enfant ! Blanche regarde sa fille avec une certaine tendresse, et Pascal se demande quelle comédie elles jouent toutes les deux.

Papa, lui, n'entend plus quand on lui parle. Il n'a même pas regardé les cours de la Bourse dans le journal, au retour. Il se taille souvent la barbe, et même il se parfume un peu. Paulette l'a remarqué, et elle a dit : « Ma parole, vous vous soignez, mon ami ! On aura tout vu ! »

XXVII

Il y avait ce que Pailleron avait dit. Il y avait ce qu'il n'avait pas dit. Pour lui, l'essentiel était son ascension sociale, et Blanche n'était que la preuve de sa réussite. Mais pour Mercadier ce qui comptait d'abord c'était cette énigme : comment cela s'était-il fait entre eux ? Il essayait de se le représenter. Que Pailleron ait apparu comme le sauveur de l'usine, cela n'expliquait encore rien.

Il n'imaginait pas la chose la plus simple, la plus incroyable. Qu'alors la jeune fille avait été attirée par ce petit homme énergique et résolu, si différent des siens, de ce père désemparé, de ce frère emporté par la tempête. Il ne l'imaginait pas, et qui le lui eût dit. Toujours pas Blanche, surtout pas Blanche, trop désireuse de maintenir son mystère, pour lui plaire mieux, et prête par des mots insidieusement lâchés, à laisser s'accréditer autour de son passé n'importe quelle légende, n'importe quel roman.

C'est toujours ainsi que deux êtres se rencontrent, avec cette chance enivrante de ne rien savoir du passé l'un de l'autre. Quelle tentation alors, de retoucher une existence, qui s'est faite comme elle a pu, et non comme on a voulu. Blanche ne mentait pas, mais elle laissait Pierre se tromper. Elle insinuait, et lui, naturellement, ramassait ces feuillages épars, regroupait ces lumières trompeuses. Il s'était persuadé qu'il y avait eu un autre homme dans la vie de Blanche, un drame secret, et que Pailleron avait profité de cela, en avait été le masque social... enfin, tout sauf la vérité. Celle-ci, il ne l'eût pas comprise, Blanche le sentait confusément, parce que Pierre était à l'opposé d'Ernest, et que ce qui faisait la grandeur de l'un était fermé à l'autre. Pour le moins fermé.

Aujourd'hui, avec quelques années de plus, un foyer,

une fille, Blanche se mettait à aimer en Pierre ce qu'elle croyait voir en lui de destructeur, de négateur. Un peu par revanche sur son mari, sur cette déchéance sociale à laquelle elle avait été alors toute consentante. L'individualisme forcené. Jusqu'à ce refus de la politique, un principe chez Mercadier, un avantage sur Pailleron, comme de ne pas fumer le cigare. Ah, l'avait-il assez rasée, avec ses histoires de politique, Ernest! Elle n'y comprenait rien d'abord. Et n'en était pas à sa première vengeance. Seulement il y a des choses qui ne sont jamais vraiment vengées.

De petites plaies au fond de soi, qu'on gratte la nuit. Les jours passaient comme ils ne passent qu'en vacances. On approchait de l'Assomption. M. de Sainteville avait tenu à ce que l'on fît un grand pique-nique en forêt. De vagues ruines d'abbaye fournirent le prétexte de l'excursion. On prit le break comme projeté, avec deux chevaux qui appartenaient au fermier. Un garçon de ferme conduisit. Une excellente journée, très gaie, très cordiale, sauf que Pascal et Suzanne se disputèrent, et qu'il y eut quelques larmes.

« Quel dommage que nous ayons fait ce pique-nique en semaine! — dit Mme Pailleron. — Ernest aurait été dans la joie! » Paulette pinça les lèvres : « Je n'en doute pas », murmura-t-elle.

Là-dessus Mme d'Ambérieux débarqua à Sainteville. Elle n'avait pas bonne mine, trop rouge, et ses jambes enflées. Cela fit que Paulette, qui ne pouvait pas la laisser tout le temps seule, était obligée de lui tenir compagnie. « On ne voit plus Mme Mercadier, — se plaignait Blanche, — maintenant qu'elle a sa mère! Elle ne se promène plus... C'est triste, et puis moi... sans vous blesser, cher Monsieur, une femme ne se passe pas de la compagnie des femmes... — Croyez-vous? » dit effrontément Pascal qui ramassait des champignons.

Son père éclata de rire, lui donna une petite tape sur la tête et lui dit : « Tu ferais mieux de faire la paix avec Mlle Suzanne, que de te mêler de la conversation des grandes personnes! »

Ils s'étaient en effet encore disputés, Pascal n'avait

pas dit pourquoi à son père. Suzanne avait piqué une crise de nerfs parce que sa mère l'avait renvoyée de la tonnelle où elle s'attardait sans raison, gênant sa conversation avec Pierre Mercadier. Pascal avait soutenu Mme Pailleron et dit à Suzanne : « Et si elle veut rester seule avec mon papa, ta maman ? Tu ne l'invites pas avec nous au grenier, toi, peut-être ? » Ce qui provoqua chez Suzanne une fureur sans nom. Elle lui aurait arraché les yeux, à ce gosse mal élevé. *Mon papa, mon papa*... Petit imbécile ! Bien, Suzanne, je ne me cacherai plus avec toi. Et il affichait de disparaître avec Yvonne.

Le quinze août, quand Mme d'Ambérieux, que son frère avait menée en voiture à Buloz pour la messe, s'aperçut que personne des Pailleron, pas même les enfants, n'allait à l'église, elle fit une scène très violente à Tonton Pascal. Quand on loue une maison à des gens, que diable, on prend des renseignements !

« Mais voyons, Marie, j'en ai pris, des renseignements... Ils étaient excellents, je t'assure... des gens tout à fait solvables !

— Pascal tu es stupide ! Il s'agit bien de cela. Est-ce qu'on introduit sous son toit des gens sans moralité, sans religion ? Qu'on met en contact avec sa famille, sa nièce, les enfants... »

Le dog-car venait juste de dépasser Mme Mercadier et les deux petits sur la route du retour. Il faisait un soleil du diable et Jockey trottait vers l'ombre du parc.

« Je t'assure, — dit l'oncle, — que tu te fais des idées... Ce sont des gens très corrects... Pas sortis de la cuisse de Jupiter, mais... Mme Pailleron est d'une famille comme il faut...

— On ne s'en aperçoit guère. Elle ne me revient pas cette femme. Ne pas aller à la messe un quinze août !

— Voï, voï, je sais bien... mais enfin c'est affaire entre elle et Dieu... Si elle est incroyante...

— Ma parole, monsieur mon frère ! Tu es impayable ! Affaire entre elle et Dieu ! Elle n'a qu'à faire comme tout le monde : on va à la messe, on se tient correctement, s'assied, se lève quand il faut... Qui sait où vous avez la tête ?

192

— Bon, Marie, tu trouves cela plus joli ? Cela tient tout de même de la profanation !

— Je te conseille de parler, Pascal, parce que toi !

— Oh, moi, moi... D'abord je représente la famille, le château, de vieilles traditions respectables... alors...

— Alors, est-ce que les Pailleron n'habitent pas le château ? Ce qu'on doit penser parmi les paysans !

— Tu exagères...

— J'exagère ? Ah, j'exagère ! Et c'est peut-être parce que j'exagère que le mari de ma fille la laisse aller seule sur la route... qu'il n'était pas près d'elle à l'église...

— Tu sais bien que Pierre ne va pas à la messe.

— Il y a toujours été le quinze août ! C'est la première fois depuis son mariage. Ne dis pas non comme ça avec la tête, tu m'agaces, Pascal ! Je sais ce que je dis ! Un quinze août ! C'est contagieux naturellement, et puis il est tout le temps fourré avec cette femme... »

M. de Sainteville voulut ignorer les derniers mots. Il laissa légèrement flotter les rênes : la route montait vers le château sous les arbres, Jockey avait perdu son allure guillerette.

« Allons, Marie, — reprit-il, — ne songe plus à tout ça... Pense à ce soir... Au dîner...

— A ce soir ? Au dîner ? » dit la vieille femme, tout d'un coup radoucie, et avec un faux air d'ignorer de quoi on lui parlait. Le comte sourit légèrement. Il la connaissait bien, sa sœur. Il savait à ce ton détaché qu'il avait touché juste, et que la colère était tombée, pour faire place à une naïve joie qui voulait se dissimuler.

« Eh bien, voyons, c'est le quinze août... c'est ta fête !

— Ma fête ! Tiens, je n'y songeais plus. C'est gentil de n'avoir pas oublié. Vous avez préparé un dîner ? »

Lui la regarda avec malice. Dire qu'elle n'avait pas changé d'une miette depuis leur enfance sur ce sujet-là ! Il pouvait la revoir toute jeunette, à feindre comme ça d'être surprise par le quinze août. Ce qu'elle aimait sa fête ! Elle s'en réjouissait chaque année des mois d'avance. Un plaisir enfantin, mais si profond. C'était la continuité de toute sa vie, la douceur de sa vie... son père jadis... puis son mari... M. de Sainteville la comprenait, il en était tout attendri : ils se chamaillaient toujours tous les deux, mais il l'aimait bien, sa grande, sa Marie, l'aînée.

« Ma fête ! » répéta-t-elle. Elle était légèrement penchée de côté, l'en-cas de soie mordorée ouvert sur l'épaule. Elle plissait ses yeux. Elle dit encore : « Mais au moins, nous la passerons en famille... rien qu'en famille... sans ces étrangers...

— Voï, voï », grommela son frère.

Il pensait pourtant qu'après le dîner on aurait pu prendre le café sur la terrasse avec Mme Pailleron... avec les Pailleron enfin. Les enfants joueraient ensemble. Et quant à lui, il aurait voulu parler à Blanche, lui dire de faire attention, et il n'osait pas, mais avec le soir, le calme de la terrasse... « Tout de même, — s'exclama Mme d'Ambérieux fermant son en-cas, — tu diras ce que tu voudras, mais mon gendre pouvait aller à la messe un quinze août ! »

XXVIII

On avait dîné à l'asti avec une charlotte pour le dessert. Ce que cette Jeanne s'était montrée bruyante ! Pascal, il avait fallu quatre fois lui dire de ne pas mettre ses coudes sur la table. L'oncle avait chanté une chanson que Grand'mère aimait jeune fille. Maman portait une robe à manches courtes et un tas de petits volants de tulle, crème, des galons bis. Tout cela gai à la fois et solennel. Le repas de fête de Mme d'Ambérieux était toujours une cérémonie. Grand'mère y faisait des cadeaux à ses petits-enfants : le monde renversé. Cette année, elle avait donné à Jeanne une trousse pour apprendre à coudre, avec de vrais petits ciseaux qui coupaient, et à Pascal une *Imitation de N.-S. Jésus-Christ* en maroquin noir.

Tout se gâta après la charlotte, quand Papa se leva et dit : « Vous m'excuserez, j'ai promis aux Pailleron d'aller prendre le café avec eux... »

Le tonnerre serait tombé dans la salle à manger sans rendre les gens aussi blêmes. « Aïe ! » pensa Pascal, son père allait fort. M. de Sainteville s'en fichait pas mal, mais il connaissait sa sœur, ça ne rata pas : « Mon gendre, — dit Mme d'Ambérieux qui se dressait sur ses pauvres jambes malades, — mon gendre, avez-vous perdu tout respect de vous-même ? »

Pierre Mercadier tourna sur lui-même, dans son veston de coutil beige, un peu étroit, après les lavages. Il était presque à la porte, il faisait encore jour, et par la fenêtre venait une lumière vieux rose qui lui tachait le costume comme s'il avait mangé des framboises. La voix altérée de sa belle-mère l'avait surpris, mais il dit : « Pourquoi ça ? » avec une telle vivacité que cela donna l'impression parfaitement fausse qu'il attendait la scène, qu'il la souhaitait.

« Pierre, — s'exclama Paulette, — vous n'allez pas crier ! C'est la fête de Maman !

— Mais c'est ta mère, Paulette... »

C'en était trop, Mme d'Ambérieux s'appuya de la main sur l'épaule de son frère qui s'était tourné vers elle, il était assis à sa droite. Elle reprit avec une espèce de rage où se mêlaient toutes les déceptions de sa vie, son veuvage, la fuite de son fils, la mésalliance Mercadier, et son mépris d'une fille sans tempérament : « Monsieur Mercadier, il fallait que ce fût dans la demeure de ma famille... Sans honte, sans égard pour ma pauvre fille...

— Voyons, voyons, — dit l'oncle, — si je pouvais comprendre... »

Ici Mme d'Ambérieux retrouva des forces au comble de l'indignation : « Vous êtes un effronté, Monsieur, un effronté ! Vous savez très bien ce que je veux dire ! Allez, allez retrouver cette créature, puisque votre foyer ne vous est de rien, et que l'incompréhensible douceur de votre femme vous autorise à la berner !

— Maman ! Qu'est-ce que tu dis ? »

C'était au tour de Paulette maintenant. L'oncle leva au ciel des bras impuissants, les deux hommes se regardèrent très embêtés. Paulette, si lente à saisir qu'elle fût, n'avait pu s'y méprendre. Elle dit avec toute l'inquiétude héréditaire des femmes dans la gorge : « Pierre, ce n'est pas vrai ? dis, ce n'est pas vrai ? Maman se trompe ! »

Le grotesque de l'affaire saisit Pierre à un tel point qu'il se sentit incapable de prononcer la petite phrase qui eût tout arrangé. Il se contenta de hausser les épaules. De plus pour tout l'or du monde, il n'eût pas cédé : il voulait retrouver Blanche, il irait la retrouver. Alors Paulette éclata en larmes et cacha ses yeux dans ses deux mains. La petite Jeanne terrorisée courut à elle, et se jeta dans sa jupe en poussant des cris. Pascal, muet, regardait la scène.

« Devant les enfants ! Devant les enfants ! — hurlait Mme d'Ambérieux, avec cette inconséquence devant laquelle elle ne reculait jamais. — Et faut-il que tu sois idiote, ma pauvre Paulette, pour ne pas avoir vu ça plus tôt. Mais ça crève les yeux, ils s'étalent, des dégoûtants, et le mari probablement qui consent ! Ah, joli monde, joli monde ! »

Ici Pierre perdit patience.

« Excusez-moi, Belle-maman, — dit-il sur un ton qu'il voulait sarcastique, — mais il y a en effet les enfants... et la fenêtre ouverte... Vous allez donc me faire le plaisir de cesser ces cris et ces sottises, que je mettrai sur le compte de l'asti, parce que je suis bon prince...

— Un comble ! — cria plus fort que jamais Mme d'Ambérieux. — Tout ce qui importe, au monstre, c'est qu'il n'y ait pas d'éclats de voix, à cause de ces gens ! Ma fille pleure, et mon gendre ne pense qu'à sa coquine !

— En voilà assez ! (cette fois Pierre hurlait aussi) Paulette, envoyez coucher les enfants... »

A cet instant, la grand'mère atteignit au sublime.

« Coucher ? les enfants ? le soir de ma fête ? Jamais ! » Elle s'était dressée comme une mère poule.

« Laissez passer l'orage », conseillait à mi-voix M. de Sainteville à son neveu. Mme d'Ambérieux l'entendit, et retourna sa rage contre son frère : « L'orage ! L'orage ! tu prends parti pour ce monsieur et cette cocotte !

— Je vous défends d'injurier Mme Pailleron, prononça fermement Pierre à qui la moutarde montait au nez.

— C'est donc vrai ? — gémit Paulette. — C'est lui qui l'a nommée ! Mon Dieu que je suis malheureuse ! »

Cette logique féminine exaspéra Mercadier. Il dit simplement avec une colère contenue :

« Je ne sais pas laquelle d'entre vous est la plus idiote et la plus folle... Mais je ferai ce qui me fait plaisir ! »

La porte claqua sur ses talons. Alors Paulette se retourna vers sa mère : « Mais enfin, Maman, est-ce possible ? Qu'est-ce que tu sais ? »

Ce qui eut le don d'exaspérer la vieille dame qui se rassit, se tâta les jambes douloureuses, et respira d'une façon haletante, rouge qu'elle était, et incapable de parler.

« Voyons, voyons ! » disait l'oncle pour calmer son monde.

Dès qu'elle eut repris haleine, Mme d'Ambérieux éclata de nouveau. Cette fois, c'était à sa fille qu'elle en avait : « Imbécile ! Triple idiote ! Aveugle et bête ! Comment n'as-tu pas vu ? sous ton nez... Ah, lala, si j'avais été comme ça avec ton père ! Mais au moins c'était un bel homme, on ne riait pas à lui voir faire la cour à une femme ! Ton voyou de mari..., tiens, j'en ai honte pour toi ! Quand on n'est plus capable de retenir un pareil calicot ! Tu es une fille ou non ! »

Si Paulette était suffoquée de la révélation de son infortune, au point de ne pas prêter attention aux insultes qui ne la concernaient pas, du moins ressentit-elle vivement le mot calicot, qui était juste l'impardonnable. Il en résultait une discussion confuse entre elles, coupée par les larmes de Paulette, tandis que M. de Sainteville essayait d'entraîner les enfants qui ne voulaient pas aller se coucher. Mme d'Ambérieux s'en aperçut, et elle se mit à enguirlander son frère. « Toute la vie pareil, alors ? Ce scepticisme à côté de soi, c'est intolérable !

— Mais, Marie...

— Oui, oui, je te comprends sans que tu parles ! quant à ces enfants, ils resteront ici ! Vous n'irez pas vous coucher, mes chéris... C'est ma fête, ou ce n'est pas ma fête ? Et il y a encore de la charlotte, et un fond d'asti ! »

Le restant du jour mauve flotta quelque temps de plus. Comme un optimisme qui s'attarde, au-delà de la vraisemblance. Un refus du malheur. Un refus désespéré du malheur. Puis ce fut la nuit dans ces hommes et ces femmes.

XXIX

Paulette était si loin de semblable pensée, que la révélation l'avait bouleversée un peu comme une petite fille. Pour être jalouse, elle manquait d'imagination. Dans le premier saisissement, elle avait pris la nouvelle comme un affreux malheur. Aucunement préparée à cette situation, elle n'y opposait que des réflexes de convention, et les larmes vinrent, les terribles, les chaudes larmes du sentiment de l'injustice.

Alors, doucement, progressivement, elle éprouva dans ce désespoir un sentiment, qui y puisait sa force : un amollissement par la douleur, une sorte de satisfaction de la souffrance. Dire que Paulette se trouvait de l'importance du fait de son infortune, ne serait pas juste, pourtant c'est tout à fait ça, à l'accentuation morale près. Et pendant la fin tragique et absurde de ce repas, avec les enfants silencieux, le comte aux cent coups, cette mère tyrannique, méprisante, ses conseils, ses jérémiades, ses accès de fureur, Paulette se berça de tristesse et d'amertume, sans se poser la question qui lui vint plus tard.

Pourquoi était-ce si odieux ? Quoi, Pierre avait une maîtresse... Et puis après ? Drôle de chose. On a beau se dire et puis après ? cela reste, cela creuse, cela fait mal. Humiliée ? Oui. C'était peut-être cela le pire... Elle voulait croire que c'était de l'humiliation. Mais si c'était autre chose ? Toute sa vie était basée sur Pierre, sur une confiance sans raison. Elle ne songeait pas encore *est-ce que je le trompe, moi?* Cela, c'était une idée pour le lendemain. Le premier soir, l'affreux se plaçait ailleurs. Il y avait entre Paulette et la réalité un immense lot d'anecdotes, tous les romans, les adultères de l'histoire, le monde des idées reçues, les images de moquerie atrocement attachées à la tromperie maritale... elle ne pouvait pas savoir que Pierre lui était étranger, qu'elle ne souffrait pas : alors elle souffrait. Le diable, était de ne pouvoir rien s'imaginer. Pierre et cette Blanche... Comment joindre ces deux images, supposer leurs rapports. Elle était là devant comme si elle n'eût point eu trois enfants, et près de quinze ans de mariage. Ce genre d'absurde aveuglement des mères qui ne croient jamais leur fils arrivé à l'âge d'homme. Par la fenêtre, elle pouvait apercevoir sous les arbres de la terrasse les points d'or des cigarettes, et le rire de Mme Pailleron lui parvenait avec le bruit indistinct des voix lointaines. Il ne rentrait pas, ce Pierre. Il s'éternisait. C'était mieux ainsi, d'ailleurs. Elle redoutait son retour, ne pouvait se résigner à lui dire ceci plutôt que cela, tergiversait sur la conduite à tenir. Mon Dieu, que c'était donc embarrassant! Elle se tordait les doigts, marchait par la chambre, s'occupait à des riens stupides. Elle alla jusqu'à lui recoudre des boutons à une chemise. Puis furieuse contre elle-même, elle les arracha. Pierre! oh! devoir rester tout à l'heure avec lui enfermée dans une même chambre, dans un même lit.

C'était une nuit très chaude, très lourde, très semblable aux larmes de Paulette. Une nuit où les chauves-souris sous les arbres volaient bas, et peut-être que l'une d'elles venait de s'accrocher dans les cheveux de la voleuse, là-bas, car il y avait eu un petit cri effrayé. Une nuit amère et remâchée, où ne se taisaient pas les insectes. Paulette pensa à sa mère. Avec une rancœur féroce. Un reproche dans le cœur. Quel besoin a cette vieille femme, de venir troubler sa fille, l'empêcher de vivre, avec ses histoires? Puisque Paulette n'avait rien vu, si elle avait pu seulement ne rien voir... Qui sait, peut-être savait-elle déjà depuis longtemps, mais elle ne voulait pas souffrir.

Elle en était en plein à haïr sa mère, quand la porte s'ouvrit, et Mme d'Ambérieux en chemise de nuit, avec un peignoir mauve, et la tête couronnée de bigoudis, apparut sur le seuil, une bougie à la main. Elle venait voir ce qui se passait. Si elle pouvait aider sa fille... Non, elle ne pouvait pas l'aider. Paulette tapa du pied par terre : « Laisse-moi, je peux bien avoir mal toute seule, une fois, une pauvre fois...

— Paulette, mon enfant, ce n'est pas bien. Tu méconnais ta mère...

— Ma mère? Parlons-en! Tu viens encore me torturer, me forcer à penser à tout ça, me mettre le nez dessus? Tu ne pouvais pas te taire? Tu ne pouvais pas garder ça pour toi, cette ordure? Ah, c'est joli, une mère, ah, Maman, Maman! »

Avec l'illogique rapidité de son cœur, elle pleurait maintenant dans les bras de sa mère triomphante (là, là, ce n'est rien...) de toute sa supériorité protectrice, avec cette nuance de mépris, qui les avait toute la vie tenues à distance l'une de l'autre.

Mme d'Ambérieux, après avoir fait ses prières, un examen de conscience qui lui avait appris qu'elle avait bien agi au regard de Dieu, était venue prodiguer à sa fille les conseils et les consolations d'une mère chrétienne. Mais les paroles préparées, dignes et saintes se heurtèrent, à un tel désorientement, que la femme se révolta dans la mère.

« Qu'est-ce que c'est que cette chiffe? Je ne te comprends pas, Paulette. Mais alors pas du tout... Comment? Ton mari te trompe, et c'est tout ce que tu trouves à dire? Ton pauvre père... Ce n'est pas de lui qu'il s'agit... Enfin, un mari, ça se garde. On veille dessus. On fait des choses pour ça... Oh, tu me dépasses, tiens... Je vais me mettre à penser que tu n'as que ce que tu mérites... Je vais me mettre à le comprendre, cet homme... Saperlipopette, ma fille, on n'a pas idée... »

Paulette suivait très mal ce déluge. Elle avait simplement retenu cette chose ahurissante, sa mère se mettait à défendre Pierre! Ça alors! Et puis, qu'est-ce que c'était que ces questions que sa mère lui posait sur leur intimité?

« Ce sont les Dames Augustines qui t'ont donné ces curiosités-là ? »

Fille insolente ! Puisqu'elle ne savait pas retenir un homme, naturel que sa mère, qui avait été une autre femme qu'elle, Dieu merci ! voulût venir à son aide, lui donner des conseils. Encore fallait-il savoir... Mme d'Ambérieux avait pris la main de sa fille, elle parlait à voix basse... Paulette hors d'elle, se dégagea et s'en fut pleurer dans l'oreiller. « Laisse-moi, Maman ! Je te déteste ! Je ne te supporterai pas davantage ! Tu n'as pas honte ! A ton âge ! Laisse-moi... »

Mme d'Ambérieux avec ses papillotes et son bougeoir recula vers la porte : « Retiens ce que je te dis, ma petite, c'est pour ton bien... Si tu ne le crois pas, tant pis... Je vais prier pour toi ! » Et sur le point de sortir : « Si ce n'est pas pour toi, songe à tes enfants ! »

Elle disparaît majestueusement. La lumière diminuée autour de Paulette, comme au théâtre quand quelqu'un emporte la lampe, d'un coup rend l'aventure plus poignante, plus sale, plus lancinante. Paulette frotte avec folie son anneau de mariage, elle a peur du retour de Pierre.

XXX

Le petit jour paraissait à la fenêtre lorsque Pierre céda...

Toute la nuit, ils avaient combattu. Ils avaient arpenté la chambre comme des damnés, parlé, parlé sans fin, et lorsque la voix de l'un s'élevait, avec tout le grief du cœur, l'autre faisait : chut ! et montrait la nuit alentour, l'épaisseur de la maison pleine de respirations dormantes, d'êtres prêts à interpréter les cris, les exclamations, les soupirs mêlés à l'immobilité singulière des arbres au-dehors, à la chaleur que ne calmait pas l'ombre.

Les reproches, les injures, les larmes...

Il avait d'abord refusé de discuter. C'était au-dessous de lui. Puis il avait discuté. Discuté comme on se casse la tête contre les murs. A en perdre le souffle, à en crever. Discuté au-delà de toute dignité, toute raison, toute humiliation.

Où trouvait-elle la force, Paulette, de poursuivre, de forcer Pierre de dénis en reniements, de serments en protestations folles ? Rien ne la touchait, rien ne la satisfaisait, rien ne l'abattait. Elle se déchirait le cœur pour rendre toute chose pire, plus inacceptable, plus atroce, plus infernale.

Il avait beau se frapper la poitrine, jurer que tout était faux, demander des précisions, nier comme on se jette à l'eau, se débattre, revenir au seul argument valable pour lui, et qu'elle écartait comme une dérision : « Mais puisque je te dis que c'est faux, qu'elle n'est pas ma maîtresse ! » Il avait beau faire tout ce qu'elle voulait, menacer, prier, accepter le piège sournois : « Enfin, supposons même que cela soit... », en revenir à nier, et se fâcher, il faillit une fois la battre, et délirer comme un dément, et s'asseoir sur le lit, labourer les oreillers, se remettre en marche, rien n'y faisait.

Quand elle s'était mise à pleurer la première fois, il l'avait regardée avec haine. Il s'était dit que ça, alors, les larmes, ça ne prendrait pas avec lui. Qu'elle chiale ! Qu'elle se fasse mal si ça lui chante ! C'est trop facile, les yeux mouillés, le mouchoir qu'on déchire. Bon bon... Et puis c'était insupportable, et il ne l'avait pas supporté. Paulette ! La chose incompréhensible était Paulette, Paulette qui sanglotait. Il avait beau la détester, c'était Paulette qu'il avait tant aimée, sa petite fille, son bonheur... Non, je t'en prie, ne pleure plus, ne pleure plus. Il l'avait prise dans ses bras, la berçant. Elle l'avait repoussé, furieuse. Cette petite scène classique s'était reproduite une bonne dizaine de fois dans la nuit. Il y trébuchait régulièrement. Impossible d'y couper. C'est bête, un homme, sentimental, faible à crier.

Sur le fond du problème, il tenait bon. C'était une histoire insane. Mme Pailleron ne lui était absolument rien, mais même pas ça... On le croirait, ou on ne le croirait pas, ce n'est pas de le croire qui y changerait quelque chose... Enfin, est-ce que ta mère t'a donné une preuve ou même un détail précis? Non. Alors, cette vieille folle... Bien, bien, je retire le mot, je ne veux pas te fâcher, ta mère, tout bonnement, ta mère, tu comprendras qu'elle m'ait mis hors de moi avec...

Paulette avait inventé là-dessus un petit système dont c'était le chiendent pour la faire démordre. Puisque cette dame n'était rien à Pierre, eh bien, c'était tout simple : on n'avait qu'à ne plus la voir... On s'arrangerait... On la saluerait de loin puisqu'elle était locataire de l'oncle... tout juste, et ça suffit... Promets, promets, ou je ne te crois plus, ou je ne peux plus te croire! Mais enfin, Paulette! C'était absolument déraisonnable. Avec ça commode! En habitant la même maison. Des gens qu'on croiserait tout le temps, comment expliquer? Même par rapport à l'oncle... Puis du moment qu'il n'y avait rien...

Paulette tenait mordicus à son système. Vains efforts de la logique, des exemples de situations absurdes invoqués. Devant le refus, les larmes revenaient, les récriminations, les enfants, la vie, la jeunesse perdue... Tout repartait, on s'égarait dans des taillis de douleur, les années d'incompréhension mutuelle, les scènes qu'on avait eues... Un monde d'arrière-pensées sortait des pleurs comme une île surgissant de la mer. On mesurait cette haine froide et profonde, mûrie dans le silence quotidien. Les deux époux, épouvantés, découvraient en eux l'étendue d'un mal ignoré, l'échafaudage patient des rancunes, les mille faits inconsciemment mais minutieusement notés par chacun, la tristesse conjugale dissimulée par la politesse et l'habitude. Ils s'arrêtaient un instant, comme deux lutteurs au bruit du gong, et ils pantelaient sur les derniers coups qu'ils s'étaient portés, navrés, éperdus.

Mais elle, Paulette, qui avait eu si peur quand elle était seule à attendre ce mari détesté, maintenant elle n'avait même plus besoin de répit, plus besoin de rien que de dévaster plus complètement la vie, et cet homme, cet ennemi qu'atteignait la lassitude avec les heures glissantes, interminables, gluantes. Il lui fallait une victoire, fût-ce une victoire absurde.

Une victoire autant sur sa mère que sur son mari.

Elle l'avait inventée avec cette exigence qui rendrait peut-être abominable la fin de leur séjour à Sainteville, mais qui en marquerait chaque minute du moins au sceau de son triomphe. Je te dis, Paulette, que je ne marche pas...

Marche ou ne marche pas, si cette femme n'est pas ta maîtresse... Je te dis qu'elle n'est pas ma maîtresse... Et qu'est-ce qui me prouve qu'elle n'est pas ta maîtresse? Qu'est-ce qui te prouve qu'elle est ma maîtresse? Prouve qu'elle n'est pas ta maîtresse. Oh! la barbe. Je ne céderai pas, je ne céderai pas.

Il avait cédé avec l'aube.

XXXI

Pascal filait par-derrière le château quand la voix d'Yvonne l'atteignit : « Pascal! » Il balança un instant. Il avait promis. Il avait promis de ne plus parler aux Pailleron, oui, mais pas à Yvonne... Il se retourna donc vers elle, s'assura que Maman n'était pas à la fenêtre, et se laissa couler le long du balustre de pierre moussue.

« Pourquoi ne veux-tu plus jouer avec nous? » demanda tout de suite Yvonne. Il baissa la voix : « Viens, je t'expliquerai... Non, pas dans la grange... »

Il l'entraîna dans le parc, derrière la source, là où le premier jour de Sainteville, cette année, il avait écrit au couteau dans un arbre. Un coin de belle ombre, un peu humide, avec moins de fleurs maintenant, après un mois passé.

Il y a des choses, on croit facile de les expliquer. Mais quand il faut les traduire en mots... Surtout si on ne veut pas tout dire sur son papa... Pascal se représentait assez vaguement ce qui s'était passé. Il avait peur d'ailleurs de se faire une image trop nette. Sa curiosité avait la limite de sa pudeur. Il savait bien que Papa et Maman s'étaient disputés mais comment le dire à Yvonne ? Et sans ce détail essentiel, cette histoire était d'un embrouillé.

« Je ne te comprends pas, Pascal. Tu fais dans le genre ouah-ouah à ton tour... Enfin, quel est ce mystère ? »

Elle promit tout ce qu'il voulut. Bouche cousue. Même alors il en suait. Il résultait de ses propos que pour une raison inconnue les Mercadier étaient fâchés avec les Pailleron.

« Mme Pailleron dit qu'elle n'y comprend rien...

— Ah, laisse donc. Ne va pas faire de potins, au moins...

— Tu es bête ! Alors, on se verra en cachette... »

Elle était ravie : Pascal ne parlerait plus à Suzanne et elle le retrouverait dans le parc, ils iraient se cacher en montagne !

« Oui, mais le difficile est de faire avaler à Suzanne que je disparaisse pendant des heures ! »

Ils se mirent la tête à l'envers sur cette difficulté-là. « Que nous sommes bêtes ! Et les devoirs de vacances ! » Ça c'était une idée : Yvonne serait prise d'une frénésie de travail, elle voudrait faire ses devoirs de vacances, seule, à l'écart.

« Tu me joueras du Chopin pour me prévenir de descendre..., — dit Pascal. — Je t'écouterai de loin... Tu sauras que c'est pour moi que tu joues... »

Mon Dieu, que tout ça était romanesque ! Yvonne, au comble de l'excitation, en fit une de ses plus affreuses grimaces. Pascal se jeta sur elle pour l'en punir. Ils se roulèrent à terre dans l'herbe et les feuilles mouillées.

Vraiment, Mme Pailleron n'y comprenait rien. Pendant un jour ou deux, elle s'était expliqué les choses n'importe comment. Mais Ernest reparti, cette façon de se claustrer de Paulette Mercadier, et Pierre toujours sorti dès l'aurore pour d'interminables excursions solitaires, cela devenait bizarre et alarmant. Avec ça, les enfants qui avaient l'air fâchés ensemble...

« S'il boude », pensa-t-elle, « tant pis pour lui ! Mais

sa femme? Je ne vais tout de même pas leur courir après... » Suzanne pleurait et riait pour un rien, de ces fous rires de jeune fille, qui vous mettent si mal à l'aise, elle avait les yeux rouges. Puis elle s'était prise d'affection pour sa mère, symptôme au moins inquiétant.

Yvonne sous tous les prétextes filait faire ses devoirs. Suzanne ne la retenait pas d'ailleurs. Elle lisait des livres, et tournait autour de sa mère. On aurait dit que le château s'était endormi en plein été. Même la petite Jeanne qu'on ne voyait plus...

« Alors, il t'a convaincue? Tu coupes dans cette histoire? — demandait Mme d'Ambérieux à sa fille. — Parce qu'ils ne se parlent plus, tu crois qu'il ne t'a pas trompée? Où avais-je la tête pour mettre au monde une pareille sainte-nitouche? Ah, il a de la chance, ce monsieur! Si c'était moi... »

A vrai dire, Paulette n'était qu'à demi persuadée. Cela l'arrangeait de faire comme si elle avait cru Pierre : sa victoire en était plus complète et l'incrédulité de sa mère l'agaçait. « Laisse donc, maman, — disait-elle, — je n'ai plus quinze ans... »

On ne voyait plus Pierre Mercadier. Il avait accepté les conditions dictées par Paulette, il n'avait pas promis de faire la causette à la vieille, comme il appelait irrévérencieusement sa belle-mère. A table, il lisait son journal, malgré les commentaires de Mme d'Ambérieux. Il n'attendait pas le dessert, sortait en sifflant Ferragus, puis plus personne...

Le plus embêté de l'histoire, c'était M. de Sainteville. Lui, on n'exigeait pas qu'il ne parlât point à ses locataires : il recevait leur argent, alors... Mais de derrière les volets, sa sœur guettait l'allure que prenait la conversation. On trouvait qu'il s'attardait trop avec Mme Pailleron. Lui, trouvait cette histoire insane. Il n'était plus le maître chez lui. Cette atmosphère était intolérable. Il maugréait, ses douleurs l'avaient repris. Il fit venir le médecin. Mme d'Ambérieux lui dit qu'il était ridicule avec ses docteurs. Il se portait comme un charme. C'était elle qui aurait eu besoin de consulter.

« Veux-tu, — demanda-t-il, — que je prie le docteur Moreau de revenir? »

Pour le coup ce furent des cris. Le docteur Moreau! Le docteur Moreau! Est-ce que j'ai l'air tuberculeuse? Enfin une sarabande.

« Cette pauvre Marie se fâche pour rien, — dit l'oncle à Pierre. — Vous avez tort de lui en vouloir. C'est la circulation. Voyez-vous, parfois les vieilles femmes n'ont pas tout à fait vieilli... Elles n'en savent rien, la piété leur cache ces choses qui expliquent bien l'emportement de la piété... »

Il voyait Mme Pailleron, lui. Eh bien, qu'est-ce qu'elle disait de cette folie? Est-ce qu'elle s'expliquait les choses?

« Mon neveu, — dit M. de Sainteville, — je dois vous avouer que je l'ai d'abord un peu fuie... Je ne voulais pas casser le morceau, tout au moins pas avant qu'elle se fût rendu compte un peu par elle-même... On ne peut pas toujours se saluer de loin... Comme je passais près de l'écurie, elle m'a attrapé riant, et en m'appelant fuyard. J'étais mal à mon aise, vous imaginez. J'ai prétendu je ne sais quoi... Je l'ai emmenée... » M. de Sainteville, effrayé de son audace, regarda autour de lui comme s'il s'attendait à voir surgir Mme d'Ambérieux. « ... Je l'ai emmenée faire un tour avec Jockey. Elle était plus charmante que jamais... Je ne devrais pas vous le dire... »

Ils déambulaient dans l'allée qui descend vers Buloz. Soudain, le vieux gentilhomme s'arrêta, et donnant une bourrade à Pierre: « Mon neveu, entre nous, avouez, oh, je ne vous demande rien de contraire à la discrétion..., mais avouez que Paulette avait bien raison...

— Mais jamais de la vie, l'oncle, il n'y a pas d'indiscrétion. Je vous jure que Mme Pailleron et moi...

— Ne jurez pas, je vous crois. C'est pourtant extraordinaire... si vous entendiez comme elle parle de vous... après ça que croire? »

Cela fit comme un grand soleil dans le cœur de Pierre.

« Comment parle-t-elle de moi? » demanda-t-il avec une voix si émue, que M. de Sainteville le regarda bien en face. Il hésita: « Eh bien... je n'ai pas été chargé de la commission, et puis je ne peux pas faire ça à Paulette! »

Enfin, il avoua qu'il avait dit tout de même à Blanche, un peu de quoi il retournait. Dit sans le dire... En mettant la faute de tout sur cette pauvre Marie... Un mensonge pieux avec un grain de vérité. « Alors, Mme Pailleron ?

— Naturellement, elle était fâchée, elle voulait venir voir Paulette, parler à Marie... Je l'en ai dissuadée... Pas tout de suite, mieux vaut laisser passer le temps... Elle a pris le parti d'en rire, elle a dit que tout cela était ridicule et qu'elle s'en fichait, mais vous plaignait sincèrement... »

Pierre était si préoccupé de toute cette affaire, qu'il ne prit guère attention à la lettre que lui apporta le courrier de ce jour-là. C'était pourtant de son homme d'affaires. Castro lui envoyait son compte, et il conseillait à son client de vendre au plus vite, au mieux, les titres qu'il avait achetés, dans la fierté de l'opération précédente, avec ordre de revendre en fin de mois : ils tombaient à vue d'œil... on perdait... mais moins qu'à attendre... Cela nécessitait naturellement de couvrir la différence... : Oh, laissons courir — pensa Pierre, — qui ne risque rien, n'a rien... et puis vendre au mieux, ça veut dire vendre au pire ! »

Le reflet le plus surprenant de la brouille au château dansait dans la cuisine. Rosine et Marthe épousant les querelles dont elles ne connaissaient pas le fin mot, se gênant l'une l'autre autour des casseroles, se jetaient à la tête des phrases furieuses et méprisantes, et leurs disputes montaient en éclats de voix jusqu'à la terrasse. Elles se reprochaient leurs maîtres, plusieurs fois Pascal les entendant craignit qu'elles en vinssent à dire des choses qui ne pourraient se cantonner à l'office.

XXXII

Dans le grand lit à colonnes, les couvertures rejetées parce qu'il faisait chaud, un drap de fil usé sur leurs jambes, dans la lumière des volets croisés, ils étaient étendus l'un contre l'autre, nus et lassés, sans façon, sans désir, et ils parlaient comme dans ces rêves où l'on s'enfonce avec le monde à travers un nuage de coton.

Si ses seins n'étaient plus très jeunes, à trente-quatre ans, Blanche avait cette nacrure de la peau que Pierre aimait, parce qu'elle le changeait du teint mat de Paulette; et il s'appuyait contre elle, remontée sur l'oreiller de telle sorte qu'il nichait sa barbe contre l'aisselle soyeuse et sa tête à la naissance du bras relevé. Elle lui caressait doucement l'épaule comme à une bête familière; elle se laissait aller le long de lui, comme on fait dans la mer, confiant dans la loi d'Archimède pour vous remonter à la surface. Ses cheveux dénoués coulaient comme un fleuve de vieil ambre jusque sur les yeux de l'homme, il ne pouvait voir ses yeux à elle, verts et tournés vers le plafond tapissé.

Les vêtements sur les sièges, maladroits et figés, avaient l'air des témoins gênés d'une histoire d'un autre temps.

« Oh, — disait Blanche, — tu ne sais pas ce que je t'ai attendu, ce que j'ai grillé d'impatience à me demander si tu te déciderais jamais... Comment les hommes sont-ils à ce point aveugles... On attend, on attend... On le sent tourner, cet être, que manigance-t-il, quand il est derrière vous? Il ne fait plus un geste qui ne soit pour plaire; il a donc compris! Et puis... et puis... encore un jour se termine... Bonsoir, Monsieur! Bonsoir, Madame. Ces nuits chaudes de Sainteville... je dormais mal... je me retournais pensant à vous deux là-haut, dans votre chambre... J'avais bien vu que tu étais troublé, je ne me trompais pas... Ah l'imbécile, tout ce temps que tu as perdu! »

Elle lui passait la main sur sa nuque, Pierre remua la tête comme un chat, et gonfla cette nuque aux cheveux ras sous les doigts électriques. Extraordinaire sentiment de jeunesse, il avait vingt ans, ce soir, malgré la fatigue, malgré ce vieillissement de son corps, le poil touffu, ces secrètes déchéances qui ne lui échappaient point à lui, graisse aux reins, et une inquiétude, qu'il ne connaissait pas jadis devant une femme, des comparaisons possibles.

Ils parlaient à mi-voix, avec le frémissement du danger. N'étaient-ils pas des fous ici, dans le château, de s'abandonner derrière ces murs énormes, dans cette chambre dont il faudrait tout de même sortir? Elle avait beau prétendre une migraine terrible, la bonne n'était-elle pas venue tantôt lui parler à travers la porte? Et si elle avait surpris leur chuchotement indistinct dans l'épaisseur de l'après-midi? Tant de gens autour d'eux, le scandale...

« Tant pis, — dit-elle, — je n'en pouvais plus : qu'est-ce que c'est à notre âge que de faire l'amour dans les champs, sur les pierres? A Buloz, tu ne nous imagines pas débarquant à l'hôtel? Tu parles d'une sensation! on n'avait pas le choix... »

Ils aimaient le danger d'ailleurs, l'absurde imprudence de leur folie. Tout ce moyen âge autour d'eux en faisait une aventure de châtelaine et de trouvère, une romance rebattue, coco tant que vous voudrez, mais avec ce qu'il n'y a pas dans les dessus de pendules : ces deux corps nus, enlacés, curieux l'un de l'autre, mordus de cette même étrange passion qu'ils n'eussent jamais éprouvée ni l'un ni l'autre pour un homme trop beau, pour une femme trop jeune, le goût trouble de leurs imperfections, le hasard enivrant qui les lie, pourquoi eux et pas d'autres, on ne le saura jamais.

« Quand Ernest m'a parlé de Sainteville, je lui ai dit : "Je n'en veux pas de ton château à mâchicoulis..." C'est sûr, de toute façon j'aurais prix un amant cet été, je n'y tenais plus... Ne fais pas cette gueule, mon bébé, tu es bête : puisque c'est toi l'amant!... L'amant rêvé, tu sais, Monsieur, malgré tes quarante et un ans, ta barbe... tes bêtises...

— Pourquoi tu mens? Tes rêves, je les vois d'ici...

— Tu ne vois rien du tout... Il a fallu que ce soit toi, c'est vrai que je ne t'imaginais ni comme ça, ni autrement... Mais tu ne sais pas, tu es peut-être le dernier homme plus âgé que moi que je pourrai aimer... Non, ne m'interromps pas! Je sais bien que je ne suis pas si vieille, mais déjà j'ai cette grande fille qui me fait honte... Et puis vieillir, ça commence tôt... Chaque année, les hommes que j'aurais aimés, jeune fille, eux se rapprochent de l'âge où on ne les aime plus...

— Merci!

— Tais-toi, vous ne comprenez rien. Comme c'est d'abord dans les hommes qui vous désirent qu'on vieillit... Tiens-toi tranquille, crétin... J'ai bien regardé ces lignes qui se creusent déjà, à peine, près de ton nez, ces sillons naissants sur tes paupières... Je te dis de te taire. Je les ai vus comme tu ne les vois pas, je les aime, c'est moi qu'ils ravagent, c'est moi qui commence à mourir dans ton cœur moins jeune... dans... »

Il s'était jeté sur sa bouche pour ne plus l'entendre. Ils luttèrent un peu, les cheveux de la femme s'emmêlèrent aux doigts de l'homme, elle cria : « Tu me fais mal! » et il fit, penaud, des excuses.

« Veux-tu me dire, — commença-t-il après un silence, — pourquoi tu as dit à Paulette : *Vous pouvez le garder, votre barbichu?* C'est vexant. »

Elle rit, les yeux fermés. « J'étais fâchée contre toi. J'avais su par les enfants toute l'histoire...

— Par les enfants?

— Bien sûr, ton fils avait raconté aux gosses... Enfin, je savais votre dispute, cette jalousie idiote de ta femme...

— Pas si idiote.

— Idiote alors, ne m'interromps pas tout le temps, ou je te bats! Et le plus ridicule de tout, ce serment de ne plus me parler... Enfin j'étais fâchée.

— Ce n'est pas une raison pour m'appeler barbichu.

— Qu'est-ce que tu veux? Ça durait depuis près d'une semaine, les bonnes en rigolaient. C'est là-dessus que je rencontre Paulette sur la terrasse, je vais à elle, résolue d'en finir, si je lui dis de bonnes paroles elle se rendra peut-être compte...

— Bien, pour les bonnes paroles!

— D'abord j'ai été gentille, tu ne te fais pas idée, ta femme... C'est une garce, qu'est-ce que tu veux...

— Laisse-la où elle est, pour ce qu'elle nous gêne...

— Finis de la défendre, d'abord. Enfin il n'y avait rien de rien entre nous, tout de même. Elle répond, fallait voir ! Insolente. Elle parle tout d'un coup sur un ton tout monté, j'entends qu'il s'agit de mes intrigues... Alors je lui ai dit : « Vous pouvez le garder, votre barbichu, ça ne l'empêchera pas de vous tromper si ça lui chante ! »

— Ah ! oui ? Ça, elle ne l'avait pas répété. Elle s'en est tenue au barbichu.

— Mon barbichu ! »

Ils s'effrayèrent. Leurs voix s'étaient élevées, et il semblait que l'on marchât dans les murs. Sait-on jamais dans ce château plein de mystères ! « Dire, — reprit-il, — que c'est cette insolence de ta part, qui a fait que je me suis soudain résolu... quand elle me l'a dite. Je voulais en avoir le cœur net...

— Vaniteux...

— Et puis, tu comprends, j'avais juré... Il n'y a rien de tentant comme de manquer à sa parole... »

Elle se retourna, d'un coup sérieuse, et le regarda avec une intensité singulière, de tout près. De si près qu'elle devait le voir double.

« Monstre, — dit-elle, — voilà donc vraiment comment tu es ! »

XXXIII

« Sois gentil, ne fais pas ta mauvaise tête, — avait dit Yvonne, — c'est tout de même mon amie... Elle a l'air tout à fait folle ces jours-ci. Elle ne se remet pas de toute cette histoire. Jamais plus tu n'acceptes de la voir, et moi, je disparais sous prétexte de faire mes devoirs de vacances. Alors elle reste seule à ronger son frein. Elle se fait des idées. Elle est triste. Elle a des crises de nerfs... Ne dis pas que tu as promis à ta maman... Je sais bien que tu t'en fiches, moi. »

Au bout du compte Pascal avait promis « à condition

que tout se passe comme s'il n'y avait rien eu » de faire en cachette avec les deux filles une grande promenade dans la montagne : on se rencontrerait près de l'étang... Est-ce qu'on emmènerait Jeanne ? Non, elle est trop petite et puis c'est un poids... outre qu'elle raconterait à la famille.

Pascal avait mis un grand chapeau de paille à quatre sous comme en portent les paysans. Jambes nues, avec son costume de toile à raies bleues et blanches. Il s'était armé d'une belle canne taillée par lui-même, avec l'écorce découpée en hélice, et ses initiales sur le côté. Comme il avait prévu au château qu'il ne rentrerait pas déjeuner, on lui avait donné une bonne miche, du saucisson et une petite boîte de sardines. Et le verre pliant, celui en métal qui se télescope. Dès huit heures du matin, il attendait les filles, avec son petit paquet attaché à la ceinture, près de l'étang couvert d'herbes mordorées. La chaleur n'était pas encore bien forte, mais on entendait déjà dans la campagne ce fond de bruit des insectes comme un fond de teint.

Il y a tellement plus de fleurs qu'on ne croit quand on se le rappelle. On imagine toujours la campagne avec deux ou trois herbages différents. C'est fou, la diversité des herbes, des plantes... Pascal était dans un de ces jours où l'on est sensible aux petites choses, aux différences entre trois espèces de marguerites qu'on a rencontrées à dix minutes de distance. A ces grandes fleurs pédonculées défleuries, dont on cherche à se rappeler comment elles étaient il y a quinze jours, les mauves, les jaunes... Il aimait ces asters à cœur noir dont il ne saurait jamais le nom : car il avait un parti pris contre la botanique. « J'aime trop les fleurs pour les étudier », dit-il à Suzanne, survenue avec Yvonne.

Elle avait très mauvaise mine, Suzanne. C'était clair qu'elle avait pleuré et Pascal se sentit coupable. Était-ce vraiment à cause de lui ? Et si pas à cause de lui, à cause de qui ?

C'était naturellement Yvonne qui trimbalait leur déjeuner, comme toujours. Suzanne avait sa jupe à plis vert et noir, et la blouse à carreaux rouges et verts qu'elle portait le premier jour. Ils parlaient entre eux, comme si rien ne s'était produit. Une grande conversation sur le Thibet, le dalaï-lama que personne n'a jamais vu, et l'explorateur Savage Landor. Pascal avait lu un article dans les *Lectures pour tous*, et Suzanne avait vu des lamas au jardin d'acclimatation à Paris.

Ils arrivèrent aux derniers bocages avant les champs. De grandes feuilles vertes, grasses et poilues, rampaient sur le sol sous les derniers arbres. Yvonne qui se taisait soudain étendit le bras. Qu'est-ce qu'elle montrait? C'est tout simplement l'ombre d'un noyer sur le bord d'un champ de blé, une ombre qui se pliait sur les épis, une ombre gris fer, sur le blond pâle... Yvonne dit : « C'est plus curieux que le Thibet... »

Et ils se disputèrent à ce sujet.

Ils passèrent à travers les champs cultivés, respectant les petits sentiers entre les cultures. Ils voulaient atteindre la route là-haut, sur la montagne sans avoir à faire le grand détour par Buloz. Ils gravirent les premières pentes, épaulées et rayées de petits murs de soutènement en pierres sèches, rousses et poreuses. Des papillons volaient partout, des petits bleus et des grands fauves, des papillons de chou, des jaune paille : « J'aurais dû apporter mon filet, — dit Pascal, — je n'y ai pas pensé... »

Ils se mirent en grimpant à parler papillons. A Lyon, un ami des Pailleron en avait de si belles boîtes. Le terrible est que les plus beaux on les abîme en les tuant. Ils se démènent sur le bouchon, se cassent les ailes, toute la poudre en tombe. Pascal avait un camarade qui possédait pour tuer les papillons une boîte avec du cyanure... On les met dedans, ils meurent très vite, avant même d'avoir battu des ailes.

« Du cyanure, — dit Yvonne, — mais c'est du poison ! Vois-tu que tu te trompes et que tu mettes ton chocolat dedans...

— Elle est bête cette ouah-ouah », dit Suzanne.

Des papillons, on passa aux timbres. Ça, Pascal en avait deux albums, le petit Maury, et un grand, magnifique, rouge. Il avait un triangle du cap de Bonne-

Espérance, un timbre d'Héligoland dont il était très fier, qu'il décrivait... Ils arrivaient à la route. La grimpette en plein soleil leur avait donné chaud. Ils auraient bien bu. Mais pas une source, pas une fontaine, jusque la forêt. La route montait lentement, blanche, crayeuse, au-dessus de la vallée où Buloz s'enfouissait dans les arbres au pied de Sainteville. Elle obliquait vers le col par où l'on passe pour atteindre le val Romey. Sur le bord de la route, ils dépassèrent le chantier où des Piémontais travaillaient aux fondements d'une grande maison; le sanatorium du docteur Moreau. Pascal, important, donna des explications de toutes sortes sur la tuberculose.

Suzanne était redevenue muette et triste. Qu'est-ce qu'elle avait tout de même? On était ensemble, on se promenait.

« Maman, — dit-elle soudain, — a tout le temps la migraine ces temps-ci... »

Comme si elle voulait par là excuser son air préoccupé.

« Bon, — répondit Yvonne, — mais ce matin elle est sortie avec Jockey et la petite voiture...

— Pourvu qu'elle n'aille pas avoir un accident !... — dit Pascal. — Mon papa ne serait pas là cette fois... »

Il s'arrêta. Il venait de faire une gaffe. Deux gaffes même.

« Oh, elle est prudente maintenant ! » reprit précipitamment Yvonne, et elle embrassa Suzanne, comme pour la rassurer. « Laisse, — murmura l'autre en la repoussant. — Il fait trop chaud... »

Ce soleil et cette poussière ! Yvonne s'était mis un mouchoir sur la nuque sous son chapeau. « Oh, tiens, Pascal, tu peux bien porter notre déjeuner... après tout, tu es l'homme ! » Elle fit une petite grimace qui signifiait : après ce compliment-là si tu refuses...

« Bon, bon, — dit Pascal, — c'est toujours comme ça avec les filles... Donne-le, ton balluchon ! »

La route enfin tournait, et elle prenait alors l'ombre de la montagne. Cela formait comme une gorge, on s'enfonçait vers la forêt. Elle était là, devant, toute noire, avec ses arbres tordus d'où s'élançaient droits les sapins. Un petit ruisseau passa sous la route, si clair, si tordu sur lui-même, qu'il avait l'air de ces filets blancs qui spiralent dans les berlingots... « Qu'est-ce que tu fais, Pascal? »

Il avait franchi brusquement le parapet de la route et il s'accroupissait près de l'eau. Qu'elle était bonne, glacée, l'eau mêlée de cailloux, l'eau qui sentait la montagne!

« Vous en voulez, les filles? »

Elles burent deux grands verres, dans le gobelet télescope. Cela descendait en vous comme une chose défendue. C'était bon. On se sentait après comme si on avait fait une sottise.

Yvonne partit en courant. « J'arrive la première à la chapelle! » Suzanne et Pascal se regardèrent. Ils ne relevèrent pas le défi. Ils marchèrent un instant silencieux, puis Pascal murmura : « Suzanne! »

Elle ne répondit pas. Elle levait le nez en l'air.

« Suzanne?

— Quoi? dit-elle.

— Pourquoi me boudes-tu? »

Elle était forte, celle-là! C'était Suzanne qui boudait selon monsieur. Et puis après tout, pourquoi pas?

« Parce que tu as été dans la grange avec Yvonne...

— Par exemple!

— Ne mens pas : elle me l'a dit... »

Alors, on ne pouvait pas avoir plus confiance en Yvonne qu'en n'importe quelle autre fille! Au loin, déjà, elle se retournait vers eux, et criait quelque chose qu'on n'entendait pas.

« Courons! » dit Suzanne, et elle donna l'exemple. Quand ils eurent rattrapé Yvonne, elle les traita de tout son vocabulaire ouah-ouah, et il était étendu. On arrivait à la forêt et tout de suite cela formait une sorte de place, où devaient avoir piétiné des chevaux et stationné des voitures, le sol pelé et tassé, à travers quoi passait la route. Sur la droite, derrière deux grands chênes, une petite chapelle, avec sa cloche apparente, grise et pauvre, surgissait entre les branches, avec une fontaine sur un grand bassin moussu, comme un lavoir. Et un peu en arrière, une grange abandonnée à la porte barricadée, avec le toit à jour où manquait le chaume, montrant son squelette de lattes usées.

C'était la chapelle miraculeuse. Il y dormait une vierge qu'on visitait le 15 août et le 8 septembre, et du jour de l'Assomption demeuraient ici des débris divers, des papiers, les traces ménagères d'une piété qui avait porté ici l'autre semaine des estropiés, des aveugles, des phtisiques, des amoureux déçus, des mères inquiètes, des vieilles demoiselles épuisées par la route et l'attente d'une vie qui ne viendrait jamais.

Les enfants s'arrêtèrent. On leur avait assez parlé de la chapelle pour qu'ils eussent de quoi rêver. La fraîcheur brusque de la forêt les força au respect. Des oiseaux voletaient dans le feuillage. Le sous-bois était profond et noir.

« On s'arrête? — dit Pascal.

— Pour quoi faire? — répondit Suzanne.

— Pour rien... »

Yvonne s'était mise à chanter. Elle avait une jolie voix juste, et elle aimait les romances. Les paroles profanes semblèrent effaroucher les oiseaux de ce lieu sacré. Une grande pie s'envola lourdement, Pascal sentit la profanation.

« Yvonne! Tais-toi... Respecte l'église! »

Cela provoqua chez elle un fou rire et un accès nouveau du style ouah-ouah; elle se mit à sauter sur un pied derrière les arbres, poursuivie par Pascal, en agitant de côté ses grandes boucles blondes comme des oreilles d'âne.

« Allons, cessez! — cria Suzanne. — On va dans la montagne! »

Mais ils s'étaient mis à jouer, ces deux-là, elle l'esquivait, il manquait se fiche par terre. Les voilà près de la chapelle. Suzanne ne voulait pas rester devant ce pèlerinage, comme elle disait. Il y avait quelque chose qui l'incommodait. Le frais, peut-être.

Elle se mit à leur courir après. Elle passa devant la grange fermée. Eux, tournaient autour. Zut, elle a accroché sa robe à un vieux clou rouillé. Pendant qu'elle la dégage, qu'est-ce qui lui prend ? Est-ce son cœur qui s'arrête ? Elle s'écarte d'un coup de la grange, elle en regarde la porte avec des yeux immenses.

« Suzanne ! Suzanne ! »

Pascal a attrapé Yvonne. Maintenant on peut s'en aller. Mais Suzanne est là, immobile. Elle a perçu quelque chose dans l'ombre de la chapelle en arrière. « Faut-il que j'aille te chercher, Suzanne ! » Non, non. Elle vient, elle vient. Vite, partons, partons.

« Quelle drôle de fille, cette Suzanne ! » dit Pascal à Yvonne, maintenant qu'ils courent derrière elle.

Ils n'ont pas vu, derrière la chapelle, Jockey attaché à un anneau du mur, qui gratte le sol avec son sabot.

XXXIV

« Ils sont partis ?... Tu es sûr ?... Sens ce que le cœur me bat. J'ai eu une de ces peurs ! Pourvu que... Mais rien ne pouvait nous trahir. Oh ! si la voiture ! Le cheval !

— Tu es folle. Ils n'avaient aucune raison de contourner la chapelle. La voiture était bien garée...

— Oh ! tout de même ! Serre-moi dans tes bras, rassure-moi, les enfants, ce serait trop affreux ! Ils n'ont pas pu nous entendre, dis ? Ils n'ont pas pu ?

— Ce que tu es nerveuse ! Je ne te reconnais plus. Si tu n'avais pas parlé tout le temps ils n'auraient pas pu nous entendre...

— Tu crois, mon Dieu ?

— Mais non, mais non. Il aurait fallu qu'ils viennent coller leurs oreilles à la porte pour attraper ton chuchotement et je te demande un peu pourquoi ils l'auraient fait ! »

Dans l'ombre de la grange où la lumière entre par le délabrement du toit, le couple est tapi dans la paille. Il vole en l'air une poussière de luzerne. Le cœur de Blanche se calme peu à peu.

« Avec cette histoire de meurtre... je ne sais pas... mais tu comprends, l'idée de ce qui s'est passé ici jadis...

— Comme c'est toi qui as voulu y venir, et justement à cause de cette histoire...

— Oui, je suis folle évidemment. Ça me faisait marcher la tête. Une Lyonnaise comme moi... Je me demande comment il était le paysan...

— Blanche !

— Jaloux ? Idiot chéri ! Mais ça ne te fait rien à toi de penser que pendant qu'ils étaient là, dans cette ombre où nous sommes, la porte s'est ouverte, et le mari est entré... Les coups de feu...

— Tu as peur d'Ernest, peut-être ?

— Ne fais pas l'imbécile... Si on cherchait, on trouverait peut-être quelque part les taches de sang... »

Près d'une demi-heure passa avant qu'ils se décidassent à sortir. Quand ils se relevèrent, Blanche dit :

« Tu remarques en attendant que le ciel s'est couvert ? »

En effet la lumière tombait du toit, s'effaçait. Il faisait toujours aussi chaud, mais plus lourd.

Une fois dehors, quand elle vit comme Jockey était bien dissimulé dans les fourrés, derrière la chapelle, Blanche se rassura tout à fait.

« Hein, ces enfants ! — dit Pierre. — Les parents se croient craints et obéis. Et puis. Je devrais frotter les oreilles à Pascal...

— Seulement, monsieur ne peut pas le faire, et c'est très bien. Monstre, tu oserais gronder ton fils quant toi... D'ailleurs c'est une honte d'empêcher ces petits de jouer ensemble. Ta femme, je n'en dis rien... bien que j'en pense ce que j'en pense. Mais toi... c'est de la lâcheté de ta part de laisser faire.

— Tu me vois livrer bataille pour les gosses ? Et nous ?

— C'est ce que je te dis, tu es lâche : je t'aime comme ça... »

Jockey trottait sous le ciel gris.

« Il va y avoir de l'orage, je crains, et les enfants qui sont dans la montagne...

— Ils se gareront bien.

— Tu t'arranges toujours... Et s'ils sont pris par l'orage?

— Tu veux que nous allions les chercher, quoi? De toute façon il n'y a pas de place pour eux dans la voiture. Tu me déposeras un peu avant le parc, et puis tu iras faire le détour par Buloz...

— C'est ça, pour me faire tremper, tandis que Monsieur...

— Tu préfères que nous rentrions ensemble, ou que je m'appuie les trois kilomètres de Buloz à Sainteville? Naturellement, c'est toujours l'homme qui est bon pour se faire saucer : toutes les femmes pareilles! »

Les enfants avaient grimpé la pente nord du col : leur plan était d'atteindre le sommet à ce bout-là, avant le commencement des marais, et de suivre la crête, autant que faire se peut sur toute la largeur de la montagne, pour redescendre le chemin habituel de Pascal, par lequel il avait déjà mené les filles, la passe des marais.

Suzanne était très gaie, mais bizarre. Elle riait fort, elle embrassait Yvonne. Elle courait tout le temps, cueillait des fleurs, les jetait, tressa une couronne de marguerites à Pascal, et lui parla en anglais.

« Tu vois bien, — dit Yvonne à la dérobée, — elle n'est plus elle-même. Elle m'inquiète...

— Laisse donc, — souffla Pascal. — Vous êtes toutes un peu dingo, les filles. Elle s'amuse. Elle a raison. »

Ils n'avaient pas encore atteint le sommet quand le ciel se couvrit. Yvonne le fit observer : « Il ne va pas pleuvoir?

— Est-ce que je sais, moi? Je ne pense pas.

— Il vaudrait mieux retourner.

— Jamais de la vie! — cria Suzanne. — Moi, j'aime la pluie! Qu'il pleuve, qu'il pleuve! »

Et elle partit en courant, autant que la pente le permettait. On se trouvait à découvert dans une prairie mêlée de pierres, avec la forêt du vallon au-dessous, où la chapelle était invisible, et juste au-dessus, à pas cent mètres, la couronne de sapins de la montagne.

« J'aime autant qu'il ne pleuve pas, — dit Pascal. —

Mais même s'il pleuvait... de toute façon on a deux heures de chemin derrière nous...

— Même en courant pour descendre?

— Pour que vous vous fouliez un pied, merci! Qui vous portera sur son dos? »

Sur cette parole d'athlète, Pascal sortit de la poche de sa culotte, avec importance, la montre en acier oxydé qui était un cadeau de Joachim Levet-Duguesclin.

« Tandis que si on continue, on en a pour trois heures, — expliqua-t-il. — Sans compter le déjeuner peut-être... »

Il secoua sa montre.

« C'est bête ça, ma toquante s'est arrêtée. Il y a quelque chose dedans qui a l'air de se balader... C'est peut-être tout à l'heure quand on s'est roulé par terre... Il est peut-être midi moins le quart.. On ne peut pas savoir avec ce sacré soleil... »

Pascal cherchait en l'air l'astre du jour avec un air de vif mécontentement dans un style trappeur ou mohican qu'il affectait, et qui produisait toujours son effet de comique sur Yvonne. Des premiers arbres en haut, Suzanne criait. Ils se hâtèrent.

Le temps couvert inquiétait aussi Mme Mercadier. La lourdeur du temps agissait très fort sur les nerfs de sa mère, et la vieille dame devenait si insupportable que Paulette demanda à son oncle de mener Mme d'Ambérieux faire un tour sur la terrasse avant que la pluie tombât.

Elle respira de se retrouver seule, et se mit à ranger le linge : Marthe avait lavé la veille. Il y eut un éclair. Elle sursauta, des portes claquèrent. Mais la pluie ne tomba pas. Le roulement du tonnerre ne parvint que longtemps après la lueur, assourdi, lointain.

Mon Dieu, il fallait naturellement que Pascal et Pierre soient dehors par un temps pareil. Il y a de l'orage une fois dans l'été, mais justement... Étaient-ils ensemble au moins? Elle décida qu'ils étaient ensemble, et par conséquent se rassura. Ils seraient trempés, ce serait une bonne leçon. Quelle chaleur! La pluie ferait du bien. Mais elle ne se décidait pas.

Mme d'Ambérieux, s'appuyant sur une canne et tenant le bras de son frère, avait aussi tressailli quand l'éclair avait fouetté le ciel.

« L'orage s'éloigne, — dit M. de Sainteville pour la calmer.

— C'est très mauvais pour mon cœur, Pascal, ce temps étouffant, cette électricité dans l'air... Je respire mal, je sens tout mon corps... Mes jambes...

— Ma pauvre Marie... Tu n'as plus de plaie au moins ?

— Non, pour l'instant l'ulcère est fermé... Le médecin dit que c'est jusqu'à ce qu'il se rouvre. Mais les varices sont énormes.

— Tu veux t'asseoir ?

— Pas tout de suite. Tout de même faire quelques pas... Pour mon cœur, il faudrait de l'exercice... pour mes jambes du repos... Allons jusqu'au pavillon, veux-tu ? On s'arrêtera sur le banc... »

Par la petite allée en esse, sous les cèdres, ils gagnèrent la cabane ronde où ils avaient joué enfants, tous deux, et qu'avait fait construire leur tante, ils s'en souvenaient encore, près d'un demi-siècle après...

« Tu te rappelles ? Tante Eudoxie ? — dit le vieux gentilhomme.

— Quelle femme singulière, Pascal ! Elle était bien belle, moins belle que Maman, mais étrange... Je me suis souvent demandé quel a été le drame de sa vie dont on parlait à mots couverts...

— Nous ne le saurons jamais, Marie. Tous ceux qui ont connu son secret sont morts. Elle ne vit plus qu'entre nous deux... Monseigneur encore l'a connue... mais à peine...

— Il ne reste d'elle que cette cabane qu'elle aimait... Elle s'y enfermait des heures... Qu'y faisait-elle ?

— Elle y rêvait... Elle y priait peut-être...

— Non ! Pas une image divine, pas un crucifix là-dessous... malgré les vitraux des fenêtres... Peut-être est-elle damnée... Elle a beaucoup souffert en ce monde...

— Crois-tu, Marie, que quand on a beaucoup souffert en ce monde, on doive aussi souffrir dans l'autre ? Ça ne me paraît pas très juste.

— Tu es un mécréant, mon pauvre Pascal... Peut-être as-tu raison... Dieu sait ce qu'il fait, et nous sommes ses créatures... Peut-être priait-elle... peut-être n'est-elle pas damnée, tante Eudoxie... »

M. de Sainteville respecta le silence de sa sœur. Son incrédulité religieuse n'avait aucune agressivité. Il pensait que si Mme d'Ambérieux trouvait un apaisement dans la prière, les retraites, l'église, c'était tant mieux, et très respectable.

Avec sa canne la vieille dame, assise sur le banc au dossier rustique, chassait les petits cailloux de droite et de gauche pour dessiner un grand arc de cercle. Elle reprit doucement :

« ... Peut-être... Et qui sait qui sera sauvé, qui sait qui n'offense pas le Seigneur ?... »

XXXV

Au-dessus du val Romey, le long de cette corniche dont Pascal rêvait, en face de ce paysage de montagnes à l'infini auquel s'accrochaient les mythologies de son enfance, comme plusieurs éclairs lointains les avaient inquiétés, le garçon et les deux filles se hâtèrent. Ce n'était pas de chance : tout en feignant un détachement parfait, ils sentaient bien qu'il n'eût pas été raisonnable de s'attarder.

Ils cassèrent la croûte en vitesse sans attendre un endroit où l'on eût à boire. Cela fit que le repas ne prit guère de temps, et même que Pascal n'ouvrit pas sa boîte de sardines. Le pain et le saucisson, comme ça sans eau, le bourrèrent. Au fond, elle était bien ratée, cette petite expédition.

Jockey n'aimait pas les éclairs. Pierre devait le tenir ferme pour maîtriser ses écarts. Blanche avait envie d'arriver avant la pluie qui tardait. On allait bon train.

C'est le moment que choisit Pierre pour dire, sans doute à la suite de pensées qui le hantaient depuis la chapelle :

« Moi, c'est moins cette histoire de crime là-haut... je veux dire que je pensais à autre chose pendant que tu étais là t'imaginant ce couple qui nous a précédés... notre histoire à nous, vois-tu, elle nous ramène à une autre... à Tristan et Isolde...

— J'aurais tant aimé entendre cet opéra... mais il faut aller à Bayreuth...

— Ce n'est pas l'opéra... l'histoire... cet amour parfait... autour duquel tout disparaît, s'évanouit... Un amour comme on en voudrait un... A l'amour de Tristan et d'Isolde, on peut mesurer ce qui nous arrive... la pauvre chose qui nous arrive...

— Charmant ! Tu crois que vraiment ce que nous pouvons faire de mieux, c'est d'éprouver la faiblesse de notre aventure ?

— Blanchette, tu me comprends mal... Pas plus que moi du paysan, tu ne peux être jalouse d'Isolde...

— Non, mais peut-être de Tristan ! »

Comme ils arrivaient près du chantier du sanatorium, ils virent débusquer l'auto du docteur Moreau. Pierre ramassa les rênes, arrêta son cheval qui piétinait nerveusement et voulait se cabrer, il lui tourna la tête de côté. Le docteur les salua, et s'arrêta aussi : « Bonjour, monsieur Mercadier !... Mes hommages, Madame... Il a toujours peur de la mécanique, votre canasson ? Tout beau, tout beau, Jockey ! Heureusement que c'est M. Mercadier qui conduit aujourd'hui ! Encore toutes mes excuses pour l'autre jour, Madame... Je suis venu voir comment allait le travail... Nous aurons soixante chambres particulières... Une situation unique pour les poumons... »

Le tonnerre mêlé à l'aveuglante fougère de feu qui frappa la montagne éclata soudain avec une assourdissante violence, et Jockey se cabra cette fois pour de vrai. Pierre luttait contre la bête. Ils jetèrent au docteur qui se hâtait vers la construction, un au-revoir hâtif, et la voiture fila sur la route.

« C'est tombé près », dit Blanche sous la torrentielle averse qui dégringolait comme une sueur longtemps retenue. Elle se serra contre Mercadier. Et murmura : « Les enfants ! »

Paulette au château avait entendu le tonnerre avec épouvante. Le fracas qui semblait briser en deux le monde. Du côté où donnait sa fenêtre, elle n'avait pas vu l'éclair, rien qu'un reflet lointain. Elle se pencha au-dehors et cria : « Maman ! Mon oncle ! » Bien inutilement, car ils ne pouvaient l'entendre, mais elle reçut les premières gouttes de la pluie et se rejeta en arrière. Il fallait tout fermer, éviter les courants d'air, ils attirent la foudre. Il y avait un paratonnerre sur le château, mais Paulette ne croyait pas aux paratonnerres. Elle avait été élevée dans la peur de ces visites à itinéraires saugrenus que fait la foudre dans les maisons humaines, suivant des conduites d'eau, se jetant surtout sur les lustres, atteignant une table, et puis comme une personne prenant la porte pour sortir. Mon Dieu, Pascal et Pierre... ce souci !

Mme d'Ambérieux s'était levée, mais la pluie était telle qu'il ne fallait pas songer à retraverser la terrasse. Le comte et elle se garèrent dans le pavillon. L'orage à nouveau gronda.

Mme Mercadier préparait partout de grands feux avec Marthe, quand Pierre rentra trempé comme une soupe, son veston de coutil beige, marron foncé de pluie, la barbe dégoulinante.

« Où étais-tu ? Sèche-toi... Je vais te donner du linge. Où étais-tu ?

— Probablement dehors. J'ai été pris par l'orage un peu au-delà du parc... »

Soudain Paulette fut prise d'une idée :

« Et Pascal ? Où est Pascal ? Calino n'était pas avec toi ?

— Ma foi, non. Il n'est sans doute pas loin, j'espère...

— Qu'est-ce que tu en sais ? Oh, mon Dieu, je ne vis plus ! Où a-t-il pu passer, ce petit ? Je le croyais avec toi, il n'était donc pas avec toi ?

— Évidemment non. Il se sera mis à l'abri quelque part. Ne te mets pas la tête à l'envers. »

Un formidable coup de tonnerre avec un zigzag du Jugement dernier couvrit le balbutiement de Paulette.

« J'ai peur ! » cria-t-elle. Et elle se jeta dans les bras de son mari. Mais il était encore tout mouillé. Il pensait non à Pascal, mais à Blanche sur la route avec Jockey...

Quand le roulement répercuté dans la vallée se fut éteint, on entendit le trot d'un cheval sur les pavés de la terrasse. Par la fenêtre, Paulette vit arriver le dog-car, et Blanche : « Tiens, — dit-elle, — celle-ci a dû aussi se faire doucher... Ça lui aura fait du bien... Je croyais qu'on ne devait plus lui donner Jockey après... après...? »

Comme elle tournait ses yeux vers Pierre, elle vit les siens à lui, si vivement, si profondément intéressés de l'arrivée de Mme Pailleron, qu'elle en eut un coup, et une sorte de chaleur. « Ne regarde pas cette femme ! » dit-elle. Pierre haussa les épaules et s'en fut auprès du feu.

« Frérot, — disait dans le pavillon Mme d'Ambérieux, qui regardait ruisseler aux vitraux cette pluie passionnée de l'été, — Frérot, pourquoi donc sommes-nous sur la terre ? Tu peux vivre sans te le demander, toi ?

— Il faut bien, voï...

— Pas moi. Quand on est jeune, est-ce qu'on y pense ? Mais résume ta vie, la mienne, celle de maman... Tout ce vide... Cela avait l'air d'avoir une raison d'être... Crois-tu vraiment que je suis née pour mettre au monde cette idiote de Paulette et ce voyou de Blaise ? et puis ? Et puis les varices, le cœur hypertrophié... Quand on sent que cela va finir, il faut bien se trouver une excuse, une légitimation... Tu t'en passes ? Ce n'est pas probant. Tu t'en passes encore. Tu es plus jeune que moi. Il n'est pas certain que tu n'en sentiras pas un jour, bientôt ce besoin... C'est alors qu'on découvre Dieu... Dieu qui donne un sens aux choses... Dieu avec qui l'on peut parler, quand on ne parle plus à personne... Parce que les vieux, ça bavarde avec tout le monde, ça ne parle avec personne, et on finit par ne plus supporter cette solitude...

— Écoute, Marie...

— Non, laisse-moi dire... Il me semble qu'avec

l'orage je peux pourtant te parler, à toi... à cause de jadis ici... la tante Eudoxie... quand on jouait avec nos cousins Champdargent... » Il y eut encore des arborescences de lumière et de fracas.

Paulette se leva, sidérée, quand la porte de la salle à manger s'ouvrit, et qu'elle vit Mme Pailleron, trempée, qui osait pénétrer chez elle. « Madame... », commença-t-elle. Pierre se leva près du feu.

« Excusez-moi, madame, de cette intrusion, — dit Blanche, sans un regard à Mercadier, avec cette voix de tête que Paulette haïssait, — mais je dois vous prévenir que j'ai aperçu votre fils avec les fillettes, de loin, qui grimpaient dans la montagne, il y a de cela une bonne heure au moins... Alors je voulais savoir s'ils sont rentrés...

— Pascal? Avec...? ah! j'ignorais. Mais non, mais non... dans la montagne? »

Dix sentiments se heurtaient en Paulette. Pierre prononça avec cette voix cérémonieuse qu'il employait au lycée : « Ils se seront mis à l'abri quelque part...

— Bonjour, Monsieur, ne croyez-vous pas qu'on devrait faire quelque chose? »

Les tonnerres se succédaient que c'était un bonheur. « Mais quoi? — dit Pierre. — Il est plus sage d'attendre... »

Cela faisait dans l'ensemble une scène très embarrassante.

XXXVI

A vrai dire, la situation des enfants n'était pas si dramatique. A peine avaient-ils déjeuné qu'ils avaient été pris par l'orage. Dès la première minute, il se révéla une chose que Pascal n'aurait jamais imaginé : des deux filles, c'était Yvonne qui avait peur, et les éclairs la faisaient crier, en se cachant les yeux. Quant à Suzanne elle avait plus que jamais l'air d'un chat, il semblait que la foudre la soulageât en tombant. Ils furent rapidement trempés.

Il ne fallait pas songer à suivre la crête dénudée : ils se jetèrent à contre-pente sous les bois, où la progression vers le Nord n'était pas toujours facile, facile. Mais de temps en temps on trouvait un couvert plus touffu où l'on s'arrêtait pour reprendre haleine, plus ou moins à l'abri. Et puis, allez, allez, ça pleut moins, il ne faut pas s'attarder. Là-dessus, éclairs et tout le tremblement.

Le sol s'était mis presque tout de suite à ruisseler, de partout, des rigoles qui se retrouvaient pour se séparer, entraînant de la terre. Sans quoi on eût essayé de gagner en ligne droite, au jugé, Sainteville, en rejoignant la route probablement au niveau du sanatorium en construction.

« Ils sont vraiment dangereux, ces marais ? » demanda Suzanne.

Autant que la pluie dans les yeux et le tonnerre le permettaient, Pascal se lança dans les histoires. Toutes les histoires des gars de Buloz. Certaines, il les avait déjà racontées. Mais ça ne faisait rien. Les marais commencèrent à prendre dans leurs cervelles des proportions légendaires.

« Il y a pourtant une passe plus tôt... si j'essayais de la retrouver ? »

Qui n'a pas vu la pluie dans la montagne ne sait pas ce que c'est que la pluie. Ça tombait, ça tombait à vous traverser de part en part, on en avait des paquets dans la figure, ça ne tombait pas, ça coulait. Les pluies d'été ont une violence que ne connaît pas la mauvaise saison. Les filles avaient relevé leurs jupes sur leurs têtes ; leurs jupons blancs, bleus d'eau, étaient pitoyables à voir avec la broderie anglaise.

Ils gagnèrent le bord du marais. Pascal hésitait. N'avait-on pas dépassé l'endroit ? Oui... Difficile à se reconnaître ; les tourbières disparaissaient sous dix centimètres d'eau, au moins. C'était une espèce de lac herbeux, sur lequel les éclairs se reflétaient, doublant leur effet de terreur. Le tonnerre semblait si voisin qu'à chaque coup on devait porter les mains aux oreilles.

228

Enfin : « Ce doit être ici », dit Pascal, et il tâta le terrain avec son bâton. Ils s'avancèrent. Il y avait des pierres sous l'eau, mais au bout de quelques mètres, Pascal à nouveau hésita. Soudain, il y eut un cri d'Yvonne. Elle venait d'un coup d'enfoncer une jambe jusqu'au mollet dans le marais. A eux deux ils la tirèrent. Mais ils avaient senti l'épouvante : ils regagnèrent le bord ferme, et s'abritèrent à nouveau sous les arbres, parce que la pluie redoublait, et malgré la peur d'Yvonne qui disait que sous les arbres, c'est bien plus dangereux pour la foudre.

Cependant, à Sainteville, profitant d'une éclaircie, sinon tout à fait d'un arrêt de ce déluge, Mme d'Ambérieux et son frère avaient regagné le château aussi vite que le permettaient les varices de la vieille dame : il commençait à faire humide dans le pavillon. Quand ils avaient trouvé dans la salle à manger Mme Pailleron avec les Mercadier et les deux bonnes, cela avait fait un tableau. Paulette s'était précipitée à expliquer, craignant un éclat de sa mère, et elle mêlait la communauté d'inquiétude des deux familles, les questions à sa mère : « Tu dois être transpercée ? Non ? Tu comprends, Pascal et les petites... Il faudrait vous chauffer... J'ai dit à Mme Pailleron... Tu ne veux pas une brique ? »

Tout le monde parlait à la fois ; et le chien Ferragus était entré dans la pièce, et s'ébrouait avec son odeur mouillée. On le chassa.

« Asseyez-vous donc, Madame », dit enfin avec son air le plus aimable, Paulette, quand sa mère fut sortie pour aller se sécher dans sa chambre. Le comte avança un fauteuil près du feu où Mme Pailleron se laissa tomber. Elle était vraiment très inquiète. Paulette aussi, mais chez Paulette, cela se mêlait d'un sentiment plus particulier, très agitant : le besoin de se réconcilier, devant le danger des enfants. Cela lui faisait dire des choses inutiles, mondaines, s'empresser. Pierre la trouva grotesque. Au fond, il n'y tenait pas, à cette réconciliation, qui allait plutôt compliquer les choses.

Blanche n'avait pas d'autre sentiment que l'angoisse. Une angoisse qui n'était pas faite de la pluie, de l'orage, ni des marais dont la vieille Marthe parlait sous son fichu noir : « Quand ça pleut, là-haut, les bêtes s'y perdent, les gens bien sûr, je me souviens... C'était l'année que mon grand-père est mort... il doit y avoir dans les cinquante ans... un jeune marié de Buloz... sa femme était de près de Bourg... »

Une angoisse où dansait la figure sérieuse et fermée de Suzanne, sa silhouette de grande fille, ses bas noirs... Et le souvenir sourd de ces minutes, dans la grange à côté de la chapelle, quand les voix joueuses des enfants tournaient au-dehors...

Il y eut un apaisement de la pluie. Les trois enfants en profitèrent pour longer en courant le bord du marais sans chercher à se mettre à l'abri. Les pieds faisaient floc sur le sol détrempé. Cette malheureuse Yvonne avait une jambe toute noire de tourbe. Suzanne frissonnait de froid. Pascal cherchait à ne pas penser à sa chemise qui lui collait à la peau, il se tenait dans ses vêtements en cherchant à prétendre qu'ils ne le touchaient pas.

Tout d'un coup, ils entendirent marcher dans la fourré, marcher n'est pas le mot : les gens devaient courir. « Des paysans ! » dit Yvonne avec espoir. Pascal ne voyait pas l'intérêt qu'il y avait à rencontrer des gens. Suzanne tourna la tête : « Ils connaîtront peut-être le chemin... »

Elle ne pouvait mieux s'y prendre pour vexer le garçon. Mais Yvonne, elle, espérait surtout de la compagnie, parce qu'elle avait peur, des enfants seuls... « Vous êtes stupides, vous autres filles... »

A ce moment le bruit se répéta plus voisin, et il y eut un mouvement à la lisière du bois. Yvonne poussa un cri. C'étaient deux sangliers, un grand et un petit, qui sortaient du taillis. Ils avaient l'air hagard, peut-être pas très farouches, ils regardaient le groupe des enfants.

« Ne bougez pas, motus ! » souffla Pascal.

Les deux bêtes cherchaient leur route. Sans aucun intérêt pour ces petits d'hommes, la hure fouinant le sol, comme dégoûtés par la nappe d'eau miroitante des marais, ils s'enfoncèrent à nouveau dans le fourré. Il y eut un nouvel éclair, un nouveau coup de tonnerre, et une averse diluvienne.

« Tant pis, je serai mouillée, — dit Yvonne, — mais je ne rentre plus sous bois. »

Pascal haussa les épaules. Il avait les souliers qui prenaient eau que c'était un plaisir.

Mme d'Ambérieux, rentrée dans sa chambre, avait posé sa canne, enlevé son chapeau; bien qu'elle fût fatiguée de sa course du pavillon au château, et inquiète de Pascal, ce qui l'emportait en elle c'était un sentiment confus du manque de tenue de sa fille. « Elle fait des grâces à cette créature... », marmonna-t-elle. Les oreilles lui bourdonnaient. Les tempes lui battaient. Elle se sentait mal à son aise. Qu'est-ce que c'était? On aurait dit qu'elle allait vomir. Elle regarda l'image de la Vierge au-dessus du lit, avec un bénitier de faïence bretonne, et une vieille branche de buis flétri. Tout tourna. Elle eut juste le temps de se traîner jusqu'à son lit, où elle tomba sur le dessus de macramé, sans souci de le salir, avec ses chaussures et la pluie dans ses cheveux.

« Ça y est, — se dit-elle, — Dieu me rappelle à lui... »

Cela se perdit dans une marée confuse d'images, de flots d'ombres et de lumières dans ses yeux; elle respirait difficilement. Du temps passa. Puis les choses s'éclaircirent. Il y eut encore des éclairs au-dehors. L'orage ne se décourageait aucunement. La vieille femme, toute barbouillée, avec sa transpiration de travers, parvint à s'asseoir sur le lit.

« Allons, — dit-elle, — ce n'est pas encore pour cette fois... »

Elle était encore bien faible, mais elle se glissa pourtant à terre, et comme ses genoux fléchissaient, elle prit cela pour un ordre céleste, s'agenouilla, et se mit à prier la tête contre les couvertures.

C'est vers cinq heures du soir que les enfants apparurent sur la terrasse du château, crottés, boueux, trempés, minables. Le ciel s'éclaircissait, et depuis une dizaine de minutes il ne pleuvait plus. Le tonnerre s'éloignait.

XXXVII

« J'ai été très injuste avec Mme Pailleron... Je le reconnais. Elle aime sa fille, cette femme. C'est avant tout une mère. Elle s'intéresse à toi comme à des guignes. Ça te vexe maintenant ? Tu ne sais pas ce que tu veux. C'est Maman qui m'avait mis des idées dans la tête. Ça, je dois dire que je ne le pardonne pas à Maman ! Qu'est-ce qu'elle avait besoin de me faire des soucis, pourquoi te laisse-t-il toujours seule, quand ce n'est pas son travail, c'est son plaisir. Et s'il prend son plaisir à flâner, à traîner seul... Denise a bien raison : un ours, tu es un véritable ours !... Ah, ne m'interromps pas tout le temps ! Pour une fois que je te vois. On aurait pu penser que tu étais content de cette réconciliation générale : eh bien, non. Comprenez quelque chose aux hommes ! »

Sur ce discours, Paulette se coucha et éteignit la lumière. Pierre se mit à rêver sur l'inconséquence des femmes. Le piquant de toute l'histoire n'était valable que pour lui seul. Ce n'était pas pour lui déplaire. Mais sa perversité se serait fort bien passée de ce dîner qu'on devait avoir tous ensemble le lendemain, en l'honneur du retour de M. Pailleron. Encore un coup de barbe ! Est-ce qu'on porterait des toasts à la paix retrouvée ? A la vertu calomniée ? A l'amour conjugal ? Il rit doucement dans l'oreiller.

« Qu'est-ce que tu dis ? » soupira dans l'ombre la voix tout ensommeillée de Paulette. Il ne répondit pas et écouta longuement le silence.

Il n'y avait que l'oncle qui était vraiment heureux de pouvoir aller sans risquer de se faire secouer les puces, tailler une bavette avec la jolie Mme Pailleron. Il passa pas mal de temps à sa toilette ce matin-là. Il retrouva dans sa mémoire toutes sortes de vieux airs qu'il sifflota d'une façon admirablement fausse et joyeuse.

Et Jeanne aussi, à laquelle les deux grandes filles faisaient fête en l'honneur de la réconciliation.

Dès le matin on comprit qu'il y aurait du tirage avec Mme d'Ambérieux. Pour commencer Paulette lui avait fait une scène. Mme d'Ambérieux aurait sans doute admis en fait son erreur, elle ne voulait pas la reconnaître en principe. Elle ne voulait pas non plus faire les frais de la réconciliation. Sa fille lui préférait une étrangère! Oh, parfait! Oh, elle ne dirait rien, Seigneur! Elle s'en garderait bien. Elle n'était pas née d'hier. L'ingratitude, ce n'était pas une découverte. Cela n'alla pas plus loin dans la première conversation de la vieille dame et de sa fille, au petit déjeuner. Il faisait un temps splendide, un ciel clair, une température idéale. L'orage avait adouci l'été.

Mais dans le courant de la matinée, il y eut un premier heurt entre Mme d'Ambérieux et M. de Sainteville.

Cela se passait auprès du potager, où Mme d'Ambérieux était venue cueillir des mauves, pour se faire de la tisane, qu'on lui mettait près de son lit, sur une veilleuse. Ses jambes n'étaient pas brillantes. Avec ça, elle se sentait mal remise de cette chose curieuse qu'elle avait eue la veille au soir. Inquiète, aussi. Elle préférait ne pas en parler pour ne pas lui donner de l'importance, de la consistance... Seulement ce sentiment d'un vague danger donnait une résonance, une justification à chacune de ses paroles. Quand son frère la contredisait, elle pensait : « S'il savait! » et elle se berçait de cette supériorité amère.

« A la fin, — dit-elle, — en brandissant sa canne, vous me faites tous rire, ce qui s'appelle rire! »

Qu'avait-il dit, le comte? Rien, ou presque. Un mot sur le dîner projeté... « Bon, les enfants nous ont donné du souci, ils se sont égarés dans la montagne par vilain temps... Mais enfin, ils sont rentrés, ils sont là, on ne craint plus rien! C'est tout ce qu'il y a de sûr... En quoi est-ce que cela change quelque chose aux bonnes fortunes de monsieur mon gendre? Non, en quoi? — Voyons, Marie, reconnais, comme tout le monde, que tu t'es trompée... — Comme tout le monde? Qui, tout le monde? Une fille idiote et aveugle, et un vieux fat que les jeunes femmes font tourner en bourrique avec un sourire! — Marie, Marie! — Marie est de trop. Les faits sont les faits. Et ma fille est ridiculisée. Ridiculisée! »

Il ne fallait pas de cette ombre sur la fête.

Au cours de sa deuxième conversation avec sa mère, Paulette tâcha de mettre du sien. « Te rends-tu compte de l'effet que ça ferait si tu ne venais pas au dîner?

— Je m'en rends parfaitement compte, et ça m'enchante. Ah, ma fille, est-ce que tu t'imagines que je vais m'associer à cette parade grotesque et immorale? M'attabler avec la maîtresse de mon gendre? Quand on sait ce que je sais! »

Ici Paulette se fâcha très fort. A la fin, qu'elle reste dans sa chambre, cette vieille folle et qu'on n'en parle plus! Cela prit le tour de la dispute. Mme d'Ambérieux n'était pas habituée à ce que sa fille lui tînt tête. Elle en conçut une irritation mêlée d'inquiétude. Le souvenir de son malaise récent s'y joignait. Elle aurait eu un bel argument à faire valoir. Elle ne s'y résolvait pas : il lui faisait peur.

Elle dit pourtant : « Et puis, je préfère me coucher de bonne heure, je n'ai pas été bien hier soir... »

Paulette ne demanda pas d'explication, elle n'attachait à cette phrase que la valeur de la défaite. Elle dit avec insolence : « Eh bien, c'est ça, on dira que tu es souffrante... »

Mme d'Ambérieux baissa la tête.

Au début de l'après-midi, M. Pailleron arriva à Sainteville. Tout de suite Yvonne vint chercher Pascal et Jeanne. Sur la table de fer, sous les arbres, était déballé le cadeau que le Lyonnais avait apporté aux siens. Un gramophone! Vous parlez d'une joie. Pascal n'en avait jamais vu de près : c'est une boîte d'acajou rectangulaire sur laquelle est placé un cylindre, au-dessus du cylindre il y a un pavillon de métal, et devant, une mécanique qu'on remonte avec une grosse clef. Et toute une collection de cylindres dans des boîtes de fer rangées en rangs de cinq dans un grand écrin. On les fit jouer, vous pensez. *La Marseillaise* d'abord. Puis le pizzicati du *Ballet de Sylvia*, un solo de cythare exécuté par le professeur Wormser. *La marche des petits Pierrots...*

Le bruit attira tout le monde, sauf Grand'mère qui boudait. Les bonnes même, vinrent admirer. Mme Mercadier était au comble de la joie à cause d'un sujet de plaisanterie, il y avait un cylindre avec une romance : « *Quand les lilas refleuriront*, chantée par Mercadier » ! Tu m'avais caché, Pierre, que tu étais ténor ? M. Pailleron en avait les larmes aux yeux. Pierre ne trouvait pas ça drôle. Le comte s'intéressa au prix de l'appareil. Cent quarante-sept francs ! C'est pour rien ! Et encore avec des facilités de paiement.

Paulette faisait la causette avec Blanche, tandis que la machine jouait : *Il pleut bergère*, chanté par un bébé...

« C'est charmant, ce gramophone ! Voilà comment je comprends la musique : des morceaux pas trop longs, qu'on peut arrêter si on en a assez... Et puis on panache... Du sérieux, du léger, un monologue... Ah, ce n'est pas comme avec ce Meyer.

— Quel Meyer ?

— Un ami.

— Un ami de M. Mercadier. Un Juif... »

Blanche regarda du côté des hommes, et mit un doigt sur ses lèvres : « Chut, chère amie ! Ne parlez pas des Juifs ! M. Pailleron est dreyfusard, vous savez... et je ne pense pas qu'ici, avec M. de Sainteville, une discussion soit désirable... »

Ce qui était vraiment adorable, c'était comme le bébé se trompait au milieu de sa chanson : et il se reprenait, confus... c'était d'un naturel ! On remit plusieurs fois le cylindre à la demande générale. *Le muet mélomane*, monologue avec accompagnement de cornet à piston, eut un succès moindre.

Mme Pailleron s'amusait de l'excitation des enfants, et de l'agitation de Paulette et du comte. Ernest parlait avec Pierre de mille et une choses. Mais il n'échappait pourtant pas à Blanche que Suzanne n'avait pas l'air de prendre à tout cela le même plaisir qu'Yvonne ou Pascal. Elle restait là près de la table, debout, remontant de temps en temps la machine, mais perdue dans ses pensées, parlant rarement aux autres, bizarre. Qu'avait-elle, cette petite ? Blanche, même, interrogea Yvonne à la dérobée : « Oh, — dit Yvonne, — elle se sera encore disputée avec Pascal ! » Peut-être n'était-ce que cela.

Bien entendu il y avait *Carmen*, l'air du toréador.

Avant le dîner, Mme Pailleron se promena un instant dans le parc avec M. de Sainteville. M. Pailleron se rassit pendant ce temps-là.

« Enfin, cher monsieur, — dit Blanche, — maintenant que tout est fini... entre nous, me direz-vous d'où venait vraiment cette brouille ? » Elle se faisait un malin plaisir de voir le mensonge qu'il devrait inventer. Il ne mentit pas.

« Voï, voï, Madame... Vous n'allez pas vous fâcher ? Que voulez-vous, ma pauvre sœur n'est plus jeune... sa tête marche... Elle avait mis dans la tête de ma nièce que vous... enfin que son mari et vous... vous m'entendez ?

— Ma foi non... je ne vous entends pas...

— Mon Dieu, que c'est difficile à dire ! Que Mercadier et vous... que Mercadier...

— Ah, par exemple ! Je comprends. Quelle horreur ! Mais dites-moi : vous, vous ne l'aviez pas cru ? »

Elle s'était arrêtée, pathétique, elle lui avait pris les mains : le pauvre comte ne savait plus où se mettre, cette fois il mentit. Non, non, bien sûr...

« Ah ! je respire, — dit-elle. — Si vous aviez cru un seul moment, une pareille abomination, je crois que je ne vous aurais plus parlé de ma vie ! Et vous savez, je vous aime bien... »

M. de Sainteville était au martyre : heureux de cette déclaration, et gêné de ne la mériter qu'au prix d'un mensonge. Il balbutia. Blanche détourna la tête pour ne pas montrer son sourire : pour ce qui était d'elle, la scène l'enchantait. Rien n'est plus délicieux qu'un mensonge parfaitement inutile.

Mais pour le dîner, elle tenait à se mettre sur son trente et un : « Vous m'excusez ? — dit-elle. — Nous reprendrons cette conversation un autre jour... quand Ernest ne sera plus là... Maintenant que j'ai retrouvé ma confiance en vous... » Elle accentuait malignement le mot confiance. « ... Je vous parlerai de certaines choses... J'ai besoin d'un confident, vous savez, un homme qui comprenne la vie... Je suis si terriblement seule... » Il lui baisa les doigts avec un grand trouble, et furieux contre lui-même d'avoir pu suspecter cette femme délicieuse : Mercadier ! pourquoi pas le pape ? Est-ce qu'une femme comme ça aurait pu s'amouracher d'un Mercadier ?

Suzanne était dans le grand salon, aux fenêtres déjà closes, bien qu'il fît jour encore. La lumière n'était pas allumée, et toute la clarté venait de la porte du perron. Elle rêvait, Suzanne, assise dans un fauteuil crapaud, les mains jointes sur son genou, avec ses grandes jambes noires croisées.

« Suzanne, je t'ai dit cent fois de ne pas croiser les jambes ! »

La petite sursauta. Elle n'avait pas entendu venir sa mère, elle tourna vivement la tête. Elle avait les yeux pleins de larmes.

XXXVIII

« Voyons, mon enfant, qu'y a-t-il ? Tu es singulière ces jours-ci. Est-ce que tu caches quelque chose ?... A qui pourrais-tu mieux parler de ce qui te chagrine qu'à ta mère ? Suzanne, ma petite Suzanne... »

Suzanne détourne son visage de lumière, elle ne s'abandonne pas. Elle se tait.

« Voyons, Suzie, ce n'est pas possible que ce soient tes disputes avec ce petit garçon qui te fassent cet effet-là... Il est gentil, ce mioche, mais c'est un mioche et tu es une grande fille... Une jeune fille presque... Parle à ta maman... »

Suzanne contracte l'épaule qui est du côté de sa mère. Elle refait son visage d'un effort de volonté, et se retourne : « *Nothing, Mother, nothing serious...*

— Je n'aime pas quand tu me parles anglais : c'est toujours quand tu es nerveuse. Si ce n'est pas le petit

Pascal, qu'y a-t-il? Dis-le-moi, mon tout petit, ma Suzie, mon bébé... »

Plus elle se fait caressante et plus elle voit Suzanne s'éloigner, se durcir. Dans son cœur, Blanche sent se préciser cette angoisse qu'elle repousse depuis la veille, depuis la chapelle miraculeuse dans la forêt.

« Mon enfant, au moins tu n'as rien contre ta mère? Aucune pensée... »

Suzanne secoue la tête.

« Alors, embrasse-moi... »

La fillette pose brusquement sur la joue de Mme Pailleron une bouche froide et tremblante. On dirait que c'est là ce qui la fait se redresser. Elle s'enfuit de la pièce: « Habille-toi vite! » lui crie Blanche, pour se donner une contenance.

Elle-même, elle va s'habiller...

Quel dommage que Mme d'Ambérieux soit souffrante! C'est la seule ombre sur le dîner... Ernest Pailleron déclare que c'était un excellent gueuleton. Le temps s'est un peu rafraîchi, après l'orage on ne s'en rendait pas trop compte, pendant le jour, mais avec le soir... Aussi, quittant la table sous les arbres, on prendra le café au salon.

« Mademoiselle Yvonne nous fera un peu de musique... », demanda Mercadier, qui redoute un retour offensif du gramophone.

« Vous m'excusez, — dit M. de Sainteville à Blanche, — je vais voir un peu ce que devient ma sœur.

— Dites-lui bien comme elle nous a manqué... »

Mme d'Ambérieux bouillonne littéralement. Sa chambre n'est pas grande, elle s'y embête. Elle a prié, dit son chapelet, mais on ne peut pas prier toute la vie. Pour préparer sa retraite, elle a dû s'enfoncer là tout l'après-midi. Personne n'est venu la voir. Sauf Jeanne qui voulait des bonbons. Elle s'est embêtée. Royalement. Pas un visage humain. On me laisse comme une vieille bête, crever dans mon coin. Marie! Je dis ce qui est. M. de Sainteville proteste encore: n'est-il pas venu, laissant les gens achever le dîner?

« Bien entendu, toi tu sens un peu de remords à

m'abandonner... Tu n'es pas jeune... Tu te dis que c'est à ton tour bientôt... Mais toute la journée, tu ne t'es pas occupé de moi, et pourtant j'ai eu une petite... »

Elle n'a pas dit le mot, elle se répète tout bas pour elle-même : une petite attaque hier soir. S'il franchissait ses lèvres, ça deviendrait trop grave. Quant à son frère, comme toujours, elle lui avait coupé la parole un peu plus tôt, et il n'a pas remarqué la fin de la phrase laissée dans le bleu.

« Tant pis ! j'étouffe ici ! Je veux faire un tour de jardin ou je ne dormirais pas, ce serait encore une de ces horribles nuits... On se met la tête à l'envers... Donne-moi ton bras, sans toi je ne peux pas me promener, j'ai trop mal aux jambes...

— Tu n'y songes pas, Marie. Si les gens te voient... après qu'on a dit...

— Les gens ! Tu prends toujours le parti des gens ! Puisque tu dis qu'ils sont au salon... Tiens, écoute ! »

Un nocturne de Chopin arrivait par la fenêtre. Ils devaient être tous en bas, au grand salon, avec les candélabres ; et un air confit à écouter ça comme s'ils l'aimaient. Le comte donna donc le bras à sa sœur, et ils descendirent le petit escalier qui débouche à côté de la cuisine. De là, par le couvert, ils n'étaient guère visibles. Ils gagnèrent, comme l'autre jour, le pavillon de la tante Eudoxie, et s'assirent devant la porte, sur le banc rustique.

Ils parlaient de mille choses, comme de vieilles gens qui ont en commun tant de souvenirs, que l'allusion suffit à prolonger chaque phrase. La canne de la vieille dame tapotait le sol. On entendait par bouffées la musique du piano lointain. Il faisait nuit à cause des ombrages, un peu du jour flottait encore là-bas vers l'Ouest au-dessus de Buloz. Le vieux gentilhomme dit soudain : « Tu sais... j'ai eu des nouvelles de Blaise...

— Ah ? Ne m'en parle pas. Cet enfant maudit ! »

Un silence. Puis Mme d'Ambérieux sur le ton le plus naturel : « Comment va-t-il ? »

— Il se débrouille avec la vie... Je crois surtout qu'il n'a pas d'ambition... Il vit de rien, tu sais. Il est toujours avec cette femme.

— Cette créature! »

Toute la colère revint à la mère offensée. Cette créature! Ce mot, le même qui désignait pour elle Mme Pailleron, la ramena à l'ennemie oubliée. Son fils Blaise était à ce point sorti de sa vie qu'elle ne pouvait guère s'attarder à penser à lui. La canne menaça la direction du salon. Le danger principal.

« Ce sont les femmes, ces femmes-là d'où vient tout le malheur des familles! Nous mettons, avec quelle peine, Seigneur! des enfants au monde pour qu'elles nous les prennent, gâchent leur vie, leur enlèvent leurs maris! Ah, sans religion, sans honnêteté, sans cœur, ces êtres-là! Et ça me fait mal au ventre, quand je vous vois tous comme des benêts autour de cette Pailleron, à faire le beau, à vous empresser! Qu'est-ce que vous lui trouvez donc à cette grue?

— Marie, je te défends bien...

— Celle-là est bonne, par exemple! Tu me défends de me soulager le cœur?

— Mme Pailleron est une honnête femme, et je ne...

— Tiens, tu me fais rire! Tu entends, tu me fais rire. Ce n'est pas à moi qu'il faut raconter des histoires. Si ma fille est une cruche, je n'y peux rien. Mais ils couchent ensemble à votre barbe, voyons! Pierre, je ne l'ai jamais aimé, moi, cet homme-là. Ce n'est pas un homme d'ailleurs, un professeur! L'impudence de cette Blanche dépasse tout ce qu'on peut imaginer... Qu'est-ce qu'elle doit lui faire pour amener une pareille nouille à réagir à quoi que ce soit?

— Enfin, Marie, je te le répète: Mme Pailleron est une honnête femme, et je suis son hôte, et je ne permets pas...

— Son hôte! Pauvre Pascal, son hôtelier. Tu es pouffant! Elle t'a embobiné comme les autres. Quand tu lui parles, c'est un spectacle. Tu en es grotesque. A ton âge!

— Marie, écoute-moi... Tout ceci est une affreuse méprise. Moi-même, je te l'avoue, là, sincèrement, j'ai cru un moment...

— Ah, tu vois!

— Ne m'interromps pas. C'est certain que Mme Paille-

240

ron est charmante, jeune, attrayante... intelligente aussi...

— Et puis encore, quoi?

— Ne m'interromps pas, Marie... et qu'elle ne se déplaît pas dans la compagnie des hommes. C'est bien naturel. Et seule ici, toute la semaine... Enfin je le confesse, la voyant, la connaissant mal, quand Pierre et Paulette sont arrivés, je me suis mis à me demander... ils faisaient des promenades seuls... Ils se parlaient de près... Enfin, j'y ai cru. Je voulais même leur dire... Cela m'avait été pénible, chez moi, à cause de Paulette, de toi, des tas de choses... Là-dessus, tu as explosé, tout bousculé... L'excès même de l'affaire m'a fait réfléchir. Et aujourd'hui, avant le dîner, j'ai parlé avec Mme Pailleron... Eh bien!

— Elle t'a entortillé à nouveau!

— Tais-toi... cette femme-là est la pureté même... Si tu avais vu ce qu'elle était malheureuse à l'idée d'un soupçon! Ah, Marie, nous avons été injustes...

— Quel niais tu fais, Pascal! Elle t'a eu comme un enfant de quatre ans. Je te dis qu'elle est sa maîtresse! Comment cela s'arrange entre eux, je n'en sais rien, et ça ne m'intéresse pas. C'est une cocotte, et puis c'est tout.

— Marie!

— Il te faut des preuves? Tiens, en voilà. La vieille Marthe a été à Buloz, elle a rencontré le docteur Moreau qui lui a dit : « J'espère que M. Mercadier et la dame qui loge au château ont pu rentrer un peu avant l'orage, j'ai rencontré le dog-car près du sanatorium, votre petit cheval est si ombrageux... »

— Pas possible! »

Mme d'Ambérieux ricanait. Le piano s'était tu. La nuit était devenue tout à fait noire. Dans l'ombre derrière eux, ils entendirent comme un sanglot.

« Qu'est-ce que c'est? — demanda la vieille dame à voix basse.

— Je ne sais pas, cela vient de là-dedans, quelqu'un... »

Il s'était levé. Il ouvrit rapidement la porte du pavil-

241

lon. Une silhouette, mal visible. Il murmura : « Mademoiselle Suzanne, qu'est-ce que vous faites là ? »

La petite sortit. Elle salua Mme d'Ambérieux, et brusquement courut vers le château. Le vieux gentilhomme se retourna vers sa sœur :

« Tu crois qu'elle nous a entendus ? Nous parlions fort.

— Ça écoute aux portes, de la mauvaise graine... Je ne sais pas, moi. Je n'y peux rien. Elle doit être fixée. Avec une mère pareille. Elle a dû en voir d'autres. Question d'habitude. »

M. de Sainteville était très troublé. « Rentrons », dit-il. Il accompagna sa sœur jusqu'à sa chambre presque en silence. Il pensait à la petite, muette, derrière eux, écoutant les paroles atroces... Elle serait venue là, se cacher en jouant avec les autres... Quand il redescendit au salon, il demanda tout de suite : « Et les enfants ?

— Ils ont été jouer à cache-cache, — dit Paulette. — Je vais leur crier d'aller se coucher. Surtout que Jeanne est avec eux... Une débauche pour cette petite ! »

Le comte n'osa pas demander directement des nouvelles de Suzanne. Du moment qu'elle jouait avec les autres. Après tout, peut-être n'avait-elle pas compris, pas suivi... Avaient-ils prononcé des noms ?

En fait, Pascal et Yvonne avaient laissé tomber Jeanne qui était à la cuisine avec les bonnes. Et puisque Suzanne avait disparu depuis le dessert, ils étaient allés dans la grange en se disant, tant pis pour elle... elle nous boude.

« S'il n'est pas trop tard », dit Paulette de retour au salon, « on pourrait faire remarcher le gramophone... Monsieur Pailleron, remettez : *Il pleut bergère*... la voix du bébé est vraiment si attendrissante ! »

XXXIX

Quand on s'est aperçu, vers les huit heures, que Suzanne avait disparu, ça a été un branle-bas dans tout le château. Rosine était entrée chez la petite pour lui apporter son chocolat : le lit n'était pas défait. Yvonne, interrogée, ne savait que répondre. La veille au soir, elle s'était attardée à jouer avec Pascal, et quand elle était revenue, la porte de Suzanne était fermée. Elle l'avait crue endormie.

Mme Pailleron, hors d'elle, en déshabillé, était accourue chez les Mercadier. Ernest Pailleron, pendant ce temps-là, interrogeait les domestiques. Il n'était pas très inquiet, lui, de cette fugue : il ne comprenait pas ce qui bouleversait tant sa femme... Peut-être que la petite avait refait son lit...

« Mais enfin, êtes-vous bien sûre ? Sans un mot, comme ça ? Où peut-elle être partie, voyons ! — disait Paulette.

— Vous ne connaissez pas cette enfant, Madame : fantasque, ombrageuse, romanesque ! Hier soir je l'ai trouvée en larmes... Je n'ai pu lui tirer trois paroles... »

On interrogea les petits. Ils ne savaient rien de toute évidence. Les portes claquaient dans la maison. On entendait aboyer les chiens ! le fermier Lœuf et son fils Gustave, les valets de ferme, tout le monde fut convoqué, interrogé. Rien. Le matin s'avançait avec toute la chaleur d'avant l'orage.

Une des choses qui mettait Blanche aux cent coups, c'était de ne pouvoir parler avec Pierre. Elle se sentait épiée. Elle aurait voulu lui dire à lui, au moins à lui, ses doutes de deux jours, ses craintes, ses remords, la certitude brûlante qu'elle portait maintenant en elle. Mon Dieu ! mon Dieu ! qu'avait-elle pu faire cette pauvre petite ? Et personne pour rassurer cette malheureuse mère, personne. Tout ce qu'on lui disait tombait si à côté... Ernest était insupportable de faux calme, de sang-froid, un sang-froid dont elle n'aurait pas donné deux sous !

Tout cela se mêlait de gênes différentes qui se croisaient. Gêne de Pascal et d'Yvonne parce qu'ils ne voulaient pas dire qu'ils étaient restés deux heures dans la nuit de la grange. Gêne de Pierre et de Blanche, à cause du mobile qu'ils connaissaient à Suzanne pour s'enfuir. Gêne de M. de Sainteville et de sa sœur, à cause de la scène du pavillon. Dans tout cela, Paulette était la seule avec M. Pailleron à parler de l'événement comme d'une aventure sans importance. Et pourtant ni l'un ni l'autre ne croyaient à leur propre désinvolture.

Les domestiques jouaient là-dedans le rôle du chœur antique, et leurs propos pleins de mystère étaient fourrés d'allusions et de réticences où la vérité eût trouvé son compte, s'il y avait eu quelqu'un pour l'écouter.

Toute la matinée s'épuisa ainsi, et on courait aux fenêtres quand il y avait du bruit dehors. On croyait toujours voir surgir Suzanne. Le déjeuner fut sinistre dans les deux familles. Chez les Mercadier, Paulette parla seule au milieu de la confusion générale. Le repas fini, tout le monde se dispersa. Les gens ne pouvaient plus se supporter les uns les autres.

Pascal rencontra Yvonne : « A quoi on joue ? » Mais Yvonne se mit à pleurer. Elle avait peur. Elle connaissait Suzanne, elle : « Qu'est-ce que tu crois qu'elle a fait ? » Yvonne en frissonnant montra la montagne. Les marais ! Ça, Pascal n'y avait pas pensé. Les marais...

Enfin Blanche put parler avec Pierre dans un coin du parc. Elle était bouleversée, les traits tirés, les yeux rouges.

« Je ne comprends pas une chose, — remarqua Mercadier. — Tu es bien allée l'embrasser dans son lit, comme tous les soirs ?

— Non, hélas ! non. Je m'en veux. Non.

— Pourquoi ?

— Ernest... quand nous sommes montés, il était pressé... »

La cruelle image de ces relations conjugales pinça le cœur de Pierre. Ce qu'elles avaient de brutal dans cette petite phrase de Blanche, ne le toucha pas pour ses conséquences sur la vie de Suzanne... malgré l'horreur cynique de cette rivalité de la mère et de la femme : il en éprouva une jalousie bête et bornée, dont il s'ignorait capable.

« J'ai peur, j'ai peur, Pierre... Je ne peux rien dire à Ernest, je ne peux rien dire qu'à toi... Je suis sûre, je sais qu'elle nous a entendus là-haut, près de la chapelle...

— Tu es folle!

— C'est pour ça qu'elle est partie! Je ne veux pas. Non, elle n'a pas fait ça, dis-moi qu'elle n'a pas fait ça!

— Mais, voyons, n'oublie pas que c'est une enfant... »

Cependant M. de Sainteville était monté chez sa sœur.

Il était blême, tripotait son lorgnon, se tirait la barbiche. Il se sentait une terrible part de responsabilité dans tout ça. Il souffrait de devoir garder secrète la scène du pavillon. « Nous avons certainement été les derniers à la voir... Est-ce que nous ne devrions pas parler?

— Si le cœur t'en dit! Je ne vois aucune raison de cacher les termes de notre conversation.

— Tu rêves! Te rends-tu compte des suites pour les deux ménages, de ce que M. Pailleron...

— Les suites... C'est bien maintenant qu'il faut s'en préoccuper! Ils n'ont pas pensé aux suites, ces gens sans morale, qui n'ont pas d'autres guides que leurs plaisirs!

— Marie, cela suffit! Tes calomnies ont fait assez de mal!

— Mes calomnies? Mes calomnies? Au lieu de t'en prendre à moi, prends-t'en à cette femme sans mœurs... à son lamentable complice...

— Mais songe, Marie, à cette petite! Où court-elle à cette heure? Pourvu qu'il n'y ait rien à déplorer.

— Oui, très fort pour larmoyer! Maintenant le Seigneur seul peut dire... Votre complaisance à tous, votre ignoble complaisance!

— Je t'en prie!

— De quoi me pries-tu? Cette femme est une rouleuse, et sa fille une malheureuse! Est-ce que les filles dans nos familles comprendraient même à cet âge de quoi il s'agit? Elle récolte ce qu'elle a semé, la Pailleron! »

Les voix s'élevaient. Ici, les murs étaient épais. Mais M. de Sainteville avait toujours présente à la mémoire l'apparition de Suzanne dans l'ombre du pavillon. Il avait oublié cette révélation qui l'avait bouleversé. Il avait oublié la duplicité de Blanche. Il ne restait plus que cette silhouette tremblante, cette enfant aux bas noirs. Et une colère montant contre Mme d'Ambérieux, à laquelle venaient se surajouter toutes les impatiences, les amertumes d'une longue vie, les heurts de famille, des souvenirs qu'on croyait évanouis... Cela tourna à la dispute. Une dispute criarde, acharnée. Ils s'aimaient bien tous les deux pourtant, quand ils ne se détestaient pas. Mais les moments de haine entre un frère et une sœur sont pires que ceux entre des amants.

Que ne se dirent-ils pas, ceux-là! Quelle boue, quelles folies ne se jetèrent-ils pas à la tête! Le comte passait sur sa sœur toute la rancœur de la vieillesse, tout son désappointement de Blanche, la jalousie féroce qu'il avait de Pierre sans en rien savoir, et l'épouvante qu'il ressentait du sort de Suzanne. Mme d'Ambérieux, qui étouffait, rouge, gênée pour respirer, la poitrine sifflante, rejetait sur son frère toutes les injustices de la vie, toutes ses rancœurs à elle. Elle l'avait toujours trouvé du côté de ceux qui la faisaient souffrir, ce frère dénaturé. Il avait pris parti jadis pour son mari contre elle. Il avait soutenu Blaise, encore hier soir il avait eu le toupet de lui en parler!

Le comte accusa sa sœur de tout mêler pour masquer sa responsabilité dans la fuite de Suzanne.

Mme d'Ambérieux hurla que c'était inadmissible. Le mal s'envenimait. On en vint aux insultes. Qui avait commencé? La vierge de porcelaine au-dessus du bénitier en sait peut-être quelque chose, à moins que le buis bénit ne lui ait caché l'essentiel. M. de Sainteville, toujours est-il, cria Vieille taupe! en claquant la porte et disparut.

Vieille taupe! C'était un peu trop fort! Ah, on allait voir. Vieille taupe! Pas un instant de plus... pas un instant... Son frère, son propre frère! Sous le toit de leurs parents... La maison où elle était née... mais tant pis!... pas un instant...

Elle jetait pêle-mêle tout ce qui lui tombait sous la main dans sa malle, elle dégarnissait les porte-manteaux. Elle tournait sur elle-même, l'eau dentifrice à la main. Les robes. Les mouchoirs.

Pas un instant! Alors ça... pas un instant! Avec une difficulté pour respirer, les jambes gonflées à éclater, et cet affreux battement aux tempes, pan-pan-pan, la vue troublée... De bonnes conditions pour faire ses malles, mais tant pis! Vieille taupe, il avait dit vieille taupe! On verrait.

XL

Le mot de Pascal à son père : Les marais! dès qu'il fut prononcé déchira un voile. Pierre Mercadier le répéta à l'oncle : Les marais! Toute la maison fut sur les dents en un rien de temps. Les marais! Comment se faisait-il qu'on n'y avait pas pensé plus tôt.

Blanche Pailleron en fut épouvantée. Elle eut une crise de nerfs dans le grand salon. Elle se roula par terre en se tordant les bras. Puis ses yeux se révulsèrent, elle devint blême, blême, et perdit le sentiment. Yvonne qui se trouvait là avait appelé. Ernest et Pierre la portèrent sur le canapé où elle reprit ses sens. Une bonne pluie de larmes, alors, la secoua. Elle répétait : « Les marais, les marais... » On ne pouvait rien tirer d'autre de cette bouche étrange qu'elle avait, parce qu'elle ne s'était pas mis de rouge, et que les lèvres avaient repris un dessin naturel qui rappelait la bouche de Suzanne.

On décida donc vers deux heures et demie d'organiser des battues. Pierre, M. Pailleron se joignirent aux trois valets de ferme, à Lœuf, et à des gars de Buloz qu'on avait été chercher. Les mêmes qui avaient recherché jadis le frère à Michel, et d'ailleurs n'avaient jamais retrouvé le corps. Pascal les accompagnait. On avait pris des bâtons pour sonder le terrain, des cordes.

Là-dedans, Ernest Pailleron montra un esprit de décision singulier. Pas de sensiblerie. Il organisait toutes choses, comme s'il n'eût pas été question de sa fille. Sauf qu'il lui coulait une sueur terrible au front. On partit, il n'était pas trois heures. On allait se partager la montagne. Yvonne restait à tenir compagnie à Mme Pailleron. Paulette, désœuvrée, avait accompagné Pierre et Ernest pendant quelques pas.

Elle revenait sur la terrasse quand deux voitures arrivèrent par la route du parc, presque en même temps. L'une était la voiture de l'hôtel des Alpes à Buloz, avec son toit de toile grise, et elle était vide. L'autre était un petit break très élégant, attelé de deux chevaux fringants et conduit par Norbert de Champdargent, le cousin Norbert. Et plein avec ça de gens gais et bruyants, des femmes en blanc, des jeunes gens en canotier.

« Ils ne pouvaient pas plus mal tomber », pensa Paulette. Mais elle oublia les circonstances quand les chevaux s'arrêtèrent près d'elle et qu'au milieu des cris et des saluts, se leva de la voiture une adorable jeune femme en gris perle avec un chapeau rose. Denise, qui venait juste d'abandonner le deuil. Elle avait une ombrelle de dentelle, et faisait à Paulette des signes éperdus. Elles se jetèrent dans les bras l'une de l'autre.

Cela fit une grande confusion quand tous les arrivants présentés par Denise et par Norbert entourèrent Mme Mercadier. Ils étaient pleins de projets, on allait s'amuser... Ah! ouiche! Paulette les fait taire, leur explique ce qui se passe ici. Quelle consternation! Il valait mieux filer ailleurs. « Laissez-moi Denise! » supplia Paulette. Les jeunes gens protestèrent, mais Denise agréa : « Mes amis, quand mon pauvre mari est mort, Paulette est restée avec moi... alors! Je lui dois bien ça! »

Le break se rechargea vaille que vaille, fit demi-tour, tandis que les deux femmes agitaient la main. Puis elles se retournèrent vers le château. C'est alors qu'elles assistèrent à un spectacle ahurissant.

La voiture de l'hôtel des Alpes qui les avait dépassées, tandis qu'on bavardait avec Norbert et les hôtes de Champdargent, s'était rangée devant le perron. Là, on l'avait chargée avec une malle, des valises, des couvertures et maintenant elle repartait emportant Mme d'Ambérieux enveloppée dans un waterproof saumon, avec un chapeau orné de raisins noirs.

« Mais qu'est-ce que c'est, Maman ? » cria Paulette.

Les domestiques étaient devant le château. La vieille dame cria par-dessus ses valises :

« Je quitte cette maison où on m'insulte ! Je vais habiter à l'hôtel ! »

Denise et Paulette se regardèrent. Elles en auraient bien ri, si elles n'avaient été saisies. « Voyons, Maman ! » Le cocher hésitait, devait-il arrêter son cheval ? Mais de l'intérieur la vieille dame exaltée criait : « Fouette, cocher ! A Buloz ! » Si bien que la voiture prit la route du parc.

« Ah ! bien ça, je te le dis moi, Denise : tu arrives à point ! »

Au château elles trouvèrent M. de Sainteville aux cent coups : il avait essayé de retenir sa sœur, cela n'avait fait qu'une nouvelle dispute. La vieille dame, toute rouge, avait trouvé un vocabulaire insoupçonnable à la fois à l'égard de Blanche, de son frère, de son gendre. Comme Mme Pailleron risquait d'entendre les éclats de cette fureur, le vieux gentilhomme avait dû battre en retraite. Imaginez le mal que ça aurait fait à une femme persuadée que son enfant est morte !

Denise nageait là-dedans. Parce que Paulette l'avait mise au courant d'une façon sommaire. Qu'est-ce que Mme d'Ambérieux avait contre cette femme ? M. de Sainteville commença une phrase, s'arrêta pile, regarda sa nièce. « Ce que je ne comprends pas, — dit Paulette, — c'est comment l'hôtel des Alpes a envoyé sa voiture à Maman...

— C'est là que ta mère est perfide. Imagine-toi qu'elle a profité de ce qu'un des valets allait à Buloz chercher du renfort pour la battue pour envoyer un mot à l'hôtelier...

— Sans rien nous dire! C'est trop fort. »

Ils n'en revenaient pas de l'astuce de la vieille dame, et de cette façon qu'elle avait de les punir. Bon, on la laisserait se calmer à l'hôtel. Là-dessus, dans un désordre vraiment pathétique, Blanche apparut sur le perron, suivie d'Yvonne. Elle cria, sans prendre garde à cette femme inconnue :

« Pas de nouvelles? Mon enfant?

— Calmez-vous, Madame, on la retrouvera... »

Le comte s'avançait vers elle, mais elle disparut comme elle avait surgi, et il resta tout bête en chemin, avec Yvonne sur le perron qui levait les bras au ciel.

« Une maison d'aliénés, ma chère, — dit Denise. — Moi, je m'y perds... Comment trouves-tu mon chapeau? Ravissant, pas? Le premier chapeau rose, après tout ce blanc et noir! Pense donc! »

Elles montèrent dans la chambre de Paulette, où Denise d'abord se recoiffa. Quels beaux cheveux noirs elle avait! Tellement vivants... Ils avaient toujours fait l'admiration de Paulette, qui aurait voulu être ou brune ou blonde, et se lamentait d'être châtaine, c'est-à-dire ni chèvre ni chou. Mme de Lassy n'écouta que très distraitement les explications de Paulette. Elle ne connaissait pas ces gens-là. Cette petite fille... on la retrouvera. L'excitation de son amie de pension autour de tout cela lui paraissait ridicule.

Il est vrai que Mme Mercadier était aux cent coups. Aussi agitée qu'elle pouvait l'être. Intéressée aussi par tant d'événements au château. Énervée à cause de sa mère. Inquiète avec ça sourdement, d'être pour quelque chose dans l'histoire de Suzanne, avec la guerre qu'elle avait faite à Mme Pailleron, le scandale... Une envie terrible de digression pour éviter de penser des choses trop désagréables. Denise tombait à pic.

Elle avait débarqué la veille seulement à Champdargent. Depuis le couvent, où elles étaient toutes les trois. Denise, Louise de Champdargent et Paulette, il y avait une sorte de romance entre Norbert et Denise.

Norbert était le frère cadet de Louise, trop jeune pour faire un mari, mais un joli passe-temps pour une veuve, qui a sa réputation à garder, mais n'a pas besoin de s'enfermer sans compliments, sans attentions.

« Moi, ma chérie, il me faut des hommes autour de moi... Autrement je dépéris à vue d'œil... Tu comprends, Norbert ne tire pas à conséquence, un beau garçon, un peu lourd, c'est ce sang juif qu'ils ont... Enfin personne ne peut rêver que je sois assez folle pour devenir sa maîtresse... pas même moi... Tu as vu la tête qu'il a faite quand j'ai dit que je voulais rester avec toi ? Tu n'es pas observatrice... Alors, raconte-moi maintenant, cette petite fille, ta madame... Platrier...

— Pailleron.

— ...Pailleron... qu'est-ce que c'est que ces gens-là ? du monde artiste ? Pailleron ! Attends donc... Pailleron... Ça me dit quelque chose... La Comédie-Française...

— Non, tu n'y es pas...

— Si... Si..., parfaitement... *Le monde où l'on s'ennuie*... Ils ne sont pas parents ? Tant pis ! M. de Lassy avait connu jadis la famille... Il m'a raconté... Oh ! ça me rappelle ! Je lui ai parlé à M. de Lassy !

— Hein ? Qu'est-ce que tu dis ? au baron ?

— Oui. Édouard. Mon veuf. Je veux dire mon défunt... C'est drôle, pas ? je me trompe toujours dans les liens de parenté. L'autre jour, j'ai dit ma tante à ma petite nièce... la fille de Paul... un amour, un chou ! Oh, à propos... il a été écrasé, crois-tu...

— Qui ça ? Paul ?

— Mais non, Chou ! mon bouledogue ! Oui. Ah, j'ai bien pleuré. Une automobile. Paris devient intenable. Ça s'est passé à la porte Maillot. Tu ne reconnaîtrais plus la porte Maillot : des bicyclistes, des autos... Et tout ça fait coin-coin... pauvre Chou !

— Écoute, Denise, tu me fais tourner la tête... Tu disais que tu as parlé à ton mari... Qu'est-ce que c'est que cette blague sinistre ?

— Ce n'est pas une blague... et ce n'est pas sinistre... Ça m'a fait plaisir à moi. Qu'est-ce que tu veux, c'était tout de même mon mari! Et puis maintenant qu'il est mort, je l'aime beaucoup! Au fond je ne tenais pas du tout à M. de Montbard... un homme distingué, agréable... mais entre nous, comme amant! Enfin! Imagine-toi que j'ai rencontré M. Zola... Oui, Émile! C'est toute une histoire...

— Denise, je t'en prie! finis quelque chose... le baron...

— Le baron? Qu'est-ce que nous disions du baron? Ah, oui, je lui ai parlé... Tu ne crois pas au spiritisme? Moi, si, surtout depuis que je parle à Édouard. Parce que tu comprends Jules César ou Napoléon, ou la Dubarry, enfin les gens qu'on rencontre dans ces séances-là, ça n'est pas très démonstratif... Mais un homme qui a été votre mari... Il y a des moyens de se rendre compte que ce n'est pas une blague... des choses dont on peut se parler à demi mot... que personne ne sait.

— Explique-toi mieux... nez à nez?

— C'est une façon de parler... parce que les morts n'ont plus guère de nez... et puis une table non plus!

— Une table?

— Tu n'as jamais fait tourner les tables? Oh, mais Paulette! ce que tu es devenue provinciale! A Paris, c'est la folie, c'est la passion, la grande mode! Plus de soirées sans tables tournantes... les tricheurs, les farceurs... Chez certaines gens, c'est impossible, un vrai jeu de société! Mais, dans une maison sérieuse, tout le monde y croit.

— Qui croit donc à ces histoires-là?

— Tout le monde, je te dis... enfin les gens sérieux: des magistrats, des diplomates, des militaires. Tiens le jour où j'ai rencontré Édouard, nous avions là quelqu'un qui est un forcené des tables tournantes, du spiritisme... M. de Passy de Clain... : tu le connais... Ce témoin du duel qui est venu m'apporter l'affreuse nouvelle... Le lieutenant... Oui, alors, j'ai parlé avec Édouard... Il m'a dit de quitter le deuil. Il ne m'en veut pas pour le duel. Ça a toujours été un homme bien élevé!... L'amiral est fou des tables tournantes... Oui, mon oncle ! Alors tu te rends compte... C'est chez des amis que j'ai rencontré Édouard... Pas les Lambert de Boussac... d'autres... Le mari est au Conseil d'État : Mme Lambert est un peu forte, mais un joli sourire, et un guéridon ! un rêve de guéridon, sensible, tout de suite chauffé, tu n'y poses pas plus tôt les mains qu'il bondit, un amour ! Moi, c'est bien simple, ce guéridon, j'en raffole... Vous n'avez pas de guéridon ici ? »

XLI

Quand M. de Sainteville quitta Mme Pailleron, à laquelle il avait tenu compagnie pendant près de deux heures, il se sentit à la fois bouleversé et transporté. Quelle femme admirable ! Mère avant toute autre chose. Un cœur d'élite, un raffinement dans les sentiments ! Une colère indignée le soulevait à l'idée de Mme d'Ambérieux. Lui qui toute la vie avait si bien cru aimer sa sœur. Il ne l'avait jamais vue sous ce jour. Triste chose que de perdre comme ça, sur le tard, une affection de longue date. Seulement il faut être honnête avec soi-même, ne pas se mentir. « Que ne suis-je mort plus tôt, pensait-il. J'aurais gardé jusqu'au bout cette illusion de toute ma vie... » Tout cela était amer. Et puis il y avait ces gens-là qui ne revenaient pas. Où pouvait bien être cette petite fille ? Qu'avait-elle fait, Suzanne, toute une nuit et tout un jour ?

La stupeur dont étaient frappés les autres enfants agissait aussi sur le comte. Lui, toute cette affaire se mêlait pour lui d'une autre histoire. Il aimait sa sœur. Son aînée. Sa grande. Le chagrin fou qu'elle lui avait fait en partant comme ça, suis-je donc seul au monde ? donnait un ton de catastrophe à cette journée. La petite, on la retrouverait. Retrouverait-il jamais cette vieille amitié d'enfance, cette affection sans arrière-pensée ? Ce qui l'épouvantait dans la disparition de Suzanne, ce n'était pas la disparition en soi : mais l'idée des choses atroces qu'elle avait probablement entendues. Ah, Marie, Marie! il aurait voulu prendre quelque chose pour dormir longtemps. S'il avait pu prier!

Que pensait la petite Yvonne, tout le temps accroupie dans les coussins, près de Mme Pailleron? Il avait vu ses lèvres exsangues et tremblantes. Elle ne croyait pas qu'on retrouverait son amie. Elle disait que tout ça venait des disputes entre Suzanne et Pascal. Elle n'en croyait pas le premier mot.

Dans la pièce dallée, au rez-de-chaussée des communs, entre la grange et le château, où on rangeait les jeux, le croquet, le tonneau, et qui était arrangée en salle de lecture, M. de Sainteville aperçut sa nièce et Denise. Que faisaient donc ces dames? Elles étaient autour de la petite table, les mains crispées dessus, et on voyait se démancher soudain d'un côté leurs épaules, et la table manquait de dégringoler. Elles parlaient fort. Il ne les comprenait pas. Il s'approcha très intrigué.

Elles lui crièrent: chut, chut! et poursuivirent cet étrange exercice au milieu duquel il y avait des pauses incompréhensibles, qu'elles supportaient avec une patience qu'on ne leur connaissait pas. Elles avaient les yeux brillants, la voix frémissante. Elles faisaient tourner la table. Le comte haussa les épaules. Des bêtises. Elles se fâchèrent. « Asseyez-vous, Tonton, et regardez! »

C'était un esprit qui s'appelait Joseph qui parlait. Il n'avait pas voulu en dire davantage. Joseph tout court. Denise se rappela plus tard que c'était un vieux domestique de sa famille qui la faisait sauter sur ses genoux quand elle était petite. Le drôle avec les esprits, c'est qu'il faut tout le temps leur répéter la règle du jeu. Esprit, réponds! Un coup pour oui, deux coups pour non, un coup pour A, deux pour B. Quand il y a des Z, c'est épuisant. Surtout qu'on ne sait jamais avec les esprits, les uns considèrent qu'il y a vingt-six lettres, les autres vingt-cinq, suivant qu'ils envisagent l'alphabet avec ou sans W. Ce qui doit être ennuyeux c'est de tomber sur un esprit illettré : « Ça arrive », dit Denise.

M. de Sainteville était halluciné. Il avait commencé par rire, Joseph s'était mis à bouder. Une femme lui avait succédé, une femme morte en prison, pendant la Révolution. Elle parlait de Marie-Antoinette. Tout d'un coup la table était devenue folle : elle voulait dire quelque chose, on ne lui posait pas les questions qu'elle aurait voulu, elle épelait sans arrêt des mots, elle penchait, frappait, trébuchait... Des mots tragiques : *désespoir, faim, solitude*... Tout le drame de la prison... C'était si loin de ces deux jeunes femmes, coquettes et légères, assises devant le guéridon... si singulier... que l'idée de toute supercherie s'évanouissait, et que lorsque la table dit péniblement trois fois de suite *mon enfant*, le comte cessa de se moquer et se sentit le cœur pincé, il avait encore dans l'oreille comment Blanche prononçait ces mots-là.

Aussi vers six heures, quand le break revint chercher Denise, Norbert et ses amis trouvèrent-ils absorbés, transformés, passionnés, autour du guéridon qui bondissait de façon démentielle, non seulement Paulette et Mme de Lassy, mais M. de Sainteville, perdant tout le temps son lorgnon, et dont les vieilles mains avaient des crampes à se tenir écartées, les pouces se touchant, les petits doigts contre les petits doigts de ses voisines.

« Mon cher Norbert, — dit Denise, — je suis désolée... mais je ne peux pas partir et laisser mes amis dans l'affliction ! »

Elle ne s'était pas dérangée, et comptait à mi-voix les coups du guéridon : onze, douze, treize, quatorze... Quatorze, c'est N !

« Voyons Denise on vous attend à Champdargent...

— Norbert, vous ne me ferez pas oublier mon devoir... Je vous ai déjà dit ! Je reste coucher à Sainteville. Ramenez tout le monde et rapportez-moi mon petit sac. Dites à la femme de chambre d'y mettre une chemise de nuit, et de ne pas oublier les sels. Surtout de ne pas oublier les sels ! »

Il n'y avait qu'à s'incliner, et à s'appuyer la double trotte. C'est ce que fit le jeune Champdargent, le cœur gros.

Vers sept heures, les premiers rabatteurs rentrèrent. Le fermier Lœuf, deux gars de Buloz. Rien. Personne. Puis Pierre. Puis un des valets avec Pascal. Rien. Rien. On avait battu la montagne en tous sens. On ne se rend pas compte de ce que c'est grand la montagne. On criait là-haut, on appelait. Les voix se répondaient. Et puis personne. A huit heures, il fallut bien aller manger. Les enragés faisaient toujours tourner leur table. Pierre était hors de lui. Pascal assez saisi.

M. Pailleron revint. Il avait sa veste sur le bras. Il n'en pouvait plus de fatigue. Il avait fouillé les buissons, parcouru les marais. C'était clair qu'il y avait mille endroits où la petite avait pu disparaître. Et qui sait dans la nuit, au sommet, cela tombait à pic... Il faudrait explorer demain l'autre côté de la montagne.

Les forcenés n'avaient pas quitté leur table. Un nouvel esprit s'en était emparé qui ne voulait pas dire son nom. On l'en suppliait vainement. Il était réticent, ne répondait pas toujours par oui ou par non. Il avait annoncé qu'il voulait parler. Il avait alors épelé un mot : *Maman*. Quoi? quelle maman? Il y a beaucoup de mamans. Nous diras-tu enfin ton nom, esprit? Un coup. Oui. A la bonne heure!

Tout le monde est là à côté des spirites. On ne fait pas attention à eux, malgré leurs chuts! irrités de temps en temps. Les valets, le fermier, ces messieurs parlant de la battue, Mme Pailleron au milieu d'eux, épouvantée, qui se tient la gorge, pose cent fois les mêmes questions.

Le guéridon penche, frappe, épelle... 15, 16, 17, 18, 19 : S... 1, 2, 3, 4, 5... 18, 19, 20, 21 : U... 21, 22, 23, 24, 25, 26... Z... SUZ... Ah, mon Dieu! Paulette a crié... Tout le monde se retourne. La mère regarde ce tableau de folie avec un air de démence dans les yeux... la lettre suivante n'a été frappée que d'un seul coup... SUZA... Esprit, réponds par oui, ou par non. Un coup pour oui, deux pour non... Es-tu la petite Suzanne...?

Pierre proteste, c'est un scandale. Mme Pailleron s'est avancée... La table se soulève et retombe lourdement, inerte? Un seul coup. Oui. C'est Suzanne!

Blanche éclate en sanglots. On l'entoure. Pierre se précipite. M. de Sainteville s'est levé, horrifié. Il regarde la table, la mère... « En voilà assez ! — crie Pierre. — Allons dîner ! »

Pascal est devenu tout pâle. Il dit à Yvonne, qui est près de lui : « Alors, elle est morte ? »

M. Pailleron terriblement las, n'a rien compris à toute cette affaire. Il a mis son bras autour des épaules de Blanche, et répète avec la voix du bon sens, la parole de Pierre : « Allons dîner... »

XLII

Boniface est un jeune géant doux et malheureux. Depuis sa plus petite enfance, l'objet du mépris de Buloz, parce qu'il n'a point de père, et sa mère, tout le monde l'a eue. Elle est partie, il avait six ans. Il est vrai qu'il en paraissait dix. Son autre malheur, c'est d'avoir le nez plat. Sans quoi il serait beau garçon, même avec ses taches de rousseur, des cheveux en baguette de tambour, d'un blond sale, qui dégringolent dans ses yeux.

Depuis qu'il tient sur ses guibolles, il travaille pour les autres, et il est si fort, jamais fatigué, qu'il croit qu'il faut se le faire pardonner en bûchant double. Le soir quand il a abattu un boulot monstre, il demande timidement à ceux qu'il bénit de lui assurer son pain : « J'ai pas été trop fainéant aujourd'hui ? » Le plus malingre de Buloz peut l'appeler « Sans-père » et ce colosse courbe l'échine. Il se loue ici et là à faire dans le village tous les travaux dont personne ne veut. La quantité de fumier qu'il a pu brasser depuis qu'il est au monde ! A dix-huit ans, il fait le terrassier pour le docteur Moreau, à petit prix.

Quand il a su que la petite demoiselle avait disparu, il s'est proposé pour aller battre la montagne. Dame, il avait sa journée à finir. Aussi, en enfonçant sa bêche, en rejetant la terre, han ! il priait à part lui Notre-Seigneur

Jésus-Christ de faire qu'on ne la retrouvât point avant le soir, la demoiselle du château. Il se persuadait qu'il la sauverait, lui, si on lui en laissait courir la chance, et il était tout fébrile à cette idée. Boniface ne rêvait que de bonnes et belles actions, de travaux à émerveiller le monde, de dangers courus, de services rendus ; il avait tant et tant à se faire pardonner, sans compter le paradis à gagner.

Redescendant du chantier, il rencontra les hommes sortant de la montagne comme d'une meule de foin vainement retournée. Il en éprouva une grande joie, et sans même se reposer, laissant ses instruments à l'un de ceux qui rentraient à Buloz, se jeta sur la montagne encore tout couvert de la sueur de la journée, faisant craquer sa veste pourtant habituée à ses muscles.

Personne ne connaissait comme lui cette montagne et ses secrets. Tant qu'il resta une parcelle de jour, et làhaut, fin août, on y voyait encore à huit heures et demie, il courut comme un fou jusqu'à la crête et le long de la crête. Ce n'est qu'à la nuit venue qu'il songea qu'il avait oublié une torche. De quelle utilité serait-il donc dans la forêt, aveugle et perdu, toute cette nuit, capable de passer près de l'enfant terrorisée qui croirait au voisinage de quelque bête ? Il redescendit dans les ténèbres de la forêt, comme un homme qui plonge dans une eau profonde. Ses propres pas l'étonnaient. Il écoutait fuir dans les pentes des pierres qui auraient pu meurtrir la fillette. Il tâtait avec étonnement les feuillages, les troncs, la terre. Il aurait pleuré de sa sottise. Il n'y avait pas de lune, et entre les arbres on n'apercevait que de rares points d'or dans un immense drap noir. Il avait pourtant l'idée qu'à se montrer inlassable, il toucherait dans les ténèbres la petite joue froide d'une enfant, ou bien il buterait dans son jeune corps endormi. Et, tout en faisant vite, il posait avec douceur ses grands pieds à chaque pas.

Une petite fille de douze ans, une petite demoiselle... Il l'avait aperçue, ou du moins, il en avait vu deux, encore l'autre jour, avec le jeune M. Pascal, sur la route. Laquelle était-ce ? peu importe. Boniface avait une si haute idée des demoiselles. Il croyait à tout ce qui est bon, à tout ce qui est beau en ce monde. Et d'abord, à la jeunesse, à la pureté, à la vertu. L'idée que la vie pourrait s'arrêter dans ce jeune corps l'indignait. Ce n'était pas sentimentalité de sa part. C'était santé, c'était force. Il avait vu plusieurs fois des morts. Une fois, un jeune homme, le fils du chaudronnier, sur qui une charrette de pavés s'était déchargée à la renverse comme il passait. Le gars avait été écrasé, la tête fendue. Boniface avait aidé à le dégager. Une chose horrible. Le pis, c'étaient les jambes... selon lui, Boniface. Parce que les jambes n'avaient rien. De bonnes jambes solides d'homme vivant.

Il se laissait couler à travers l'épaisseur des bois; pour se reconnaître puisqu'il ne voyait guère que la masse des futaies prenant à la nuit des hauteurs fantastiques, il touchait les mousses, l'écorce des arbres, les infimes débris du sol, la pierre cassée, les pommes de pins séchées ou pourrissantes, les feuilles en train déjà de se décomposer, l'humus révélateur des essences végétales voisines. Il se disait : je suis près du petit ruisseau... Ou, c'est drôle, je ne retrouve pas la clairière des mélèzes... Ah, j'approche de la faille aux sangliers... La montagne avait mille noms pour lui, comme la robe d'une femme aimée couverte de souvenirs invisibles à d'autres yeux que les vôtres, à d'autres mains. Il atteignait la lisière des marais quand il vit au loin passer les torches hésitantes des chercheurs. Des voix appelaient, sondaient la nuit. Il se mit à genoux et pria. Oh, Seigneur, faites, faites que je la trouve, moi. Et non point eux autres.

Si elle a pris ici le marais elle est perdue. Personne ne peut en sortir. Personne à ce niveau n'en connaît les passes, s'il en est. Il longea cette orée du marécage vers le Sud. A trois ou quatre reprises, il tenta de s'avancer sur le sol qu'il sentait céder sous lui, avec cette mollesse de la vase mêlée à la mousse, l'eau lui entra dans les souliers... Il recula.

Là-bas, sous les bois, dansèrent encore les flammes courantes. Puis il y eut ce dos d'âne que font les bois, et dès qu'il fut au-delà, il n'aperçut plus ces lueurs lointaines. Jusqu'à l'écho des cris s'étouffait.

Une fois bien enfoncé dans cette nuit, Boniface se sentit soudain entré dans l'intimité d'une femme. Il y avait entre la nature et lui un rapport de complicité, qu'il éprouvait confusément. Elle lui aurait tout permis, et il ne se sentit point gêné avec elle.

Un moment, il se coucha sur le sol pour réfléchir. La terre, ici, était meuble, avec une sorte de sable pierreux, comme on en rencontrait peu au voisinage des marais. Il y enfonça ses doigts. Il se tourna sur le ventre et appuya sa joue contre des mousses humides qu'elle rencontra. Cela sentait un mélange de choses précieuses : les champignons couleur de corail, le passage ancien d'un troupeau de chèvres, le tombeau fraîchement remué, la montagne, le fraisier sauvage. Le garçon remua son nez plat dans la terre, et il lui en entra un peu entre les lèvres. Il serra ses lèvres sur ce baiser du sol, et pensa lourdement aux morts qui mangent la terre par la bouche, les oreilles, les yeux.

C'est ainsi qu'il reprit des forces, incroyables, car ses jambes lassées depuis le petit matin laborieux, mesurant le sol de leur lourd compas, y retrouvaient la certitude que la jeune fille vivait encore, et la propre palpitation de son cœur contre la terre lui parut un halètement d'enfant transmis par le sable et la mousse. Il se releva, la tête pleine des histoires des saints voyageurs qu'on voit peinturlurés sur les stèles de l'église. Saint Roch à la cuisse blessée, avec son chien et son bâton, saint Christophe, le barbu, qui sort à mi-jambes d'un fleuve avec le Divin Enfant sur l'épaule...

Ici, c'était le plus terrible des marais. C'était par ici qu'on croyait qu'avait dû disparaître le grand frère de Michel. Boniface avait pris part à la battue. Les hommes les plus courageux n'avaient point osé s'avancer sur cette tourbe, où peut-être entre les herbes, un peu de la tête du gars passait encore, si bien qu'on eût pu le tirer par les cheveux. Il s'écarta d'instinct vers la forêt. Est-il donc lâche ? De longs moments, et il ne devait pas être loin de minuit, de l'heure où l'on dit que de petits êtres sortent sous les fougères et se réunissent autour des lieux où la terre mangea des hommes imprudents, Boniface hésita, attiré par le marais et tenu par la peur. Qu'y avait-il à gagner à s'engager sur ce terrain de la mort? Si la petite avait pris ce chemin, Dieu ait son âme! Mais Boniface croyait au courage, surtout quand il avait peur. Il se dit tout bas: Capon, capon! et se frappa les flancs avec son poing dur. Il se sentait glisser vers le marais, sans que la raison y pût rien. Le sol perfide le happait à distance.

Et c'est ainsi qu'il s'avança sur le terrain de la mort. Une résolution farouche le poussait. Il allait cette fois racheter d'un coup ses fautes mystérieuses qui étaient en lui. Il se signa. Les herbes étaient épaisses. Cela faisait floc sous ses semelles. Le sol fléchissait. Sa force et son poids le trahissaient, se retournaient contre lui. Il sentit fuir des grenouilles. L'humidité pénétrait ses pieds faisant ventouses. La terre gluante le prit aux chevilles. Il avançait. Le paysage de désolation qu'il ne pouvait point voir, il eût donné je ne sais quoi pour qu'il s'illuminât. Sa jambe gauche s'enfonça d'un coup jusqu'en plein mollet. Il pensa brusquement et bizarrement à saint Christophe, et se dégagea, la marche devenait de plus en plus difficile, les herbes hautes et serrées lui grimpaient jusqu'à la taille l'enserraient. Elles lui parurent soudain plus dangereuses que la terre humide. L'odeur de vase et d'herbages décomposés s'exhalait d'elles avec une force croissante. Une odeur de mort. Boniface pouvait encore regagner la terre. Il avança. Cela lui tirait dans les reins à chaque pas de dégager ses pieds, ses jambes, de s'arracher à tout instant à l'emprise terrestre. Une fatigue pesante l'envahissait. Il avait travaillé comme un bœuf tout le jour. L'envie de ne pas se dégager, de se laisser aller à l'ombre, à l'humidité, à la terre. Le sommeil. Quand il comprit qu'il avait sommeil, il ressentit de l'épouvante. Car il se connaissait, quand le sommeil était là, c'était chez lui un invincible précipice qui s'ouvrait. Dormir... Il semblait que les marais se réjouissaient du bon repas qu'ils allaient faire. La bonne pièce de boucherie... Il écarquilla les yeux, se raidit, arqua ses épaules...

Il plongeait à chaque pas presque jusqu'aux genoux. La lutte silencieuse devenait à chaque instant plus dure, et l'adversaire, lui, accroissait ses forces, à chaque pas de Boniface. Il tirait vers la profondeur les pattes du géant qui s'était jeté dans le piège. Impossible de s'arrêter : le poids seul de l'homme l'eût fait enfoncer davantage. Une fraîcheur de tombe le prenait par en bas, mais l'effort violent qui ne le dégageait que pour le rendre à la terre faisait couler sur lui une sueur chaude et collante, qui lui poissait les vêtements. Il s'empoignait aux herbes. Parfois elles étaient coupantes, et sans s'en rendre compte il s'était blessé les doigts. Il suça ses coupures, et éprouva un sentiment bizarre au goût fade de son sang mêlé à de la terre. Eh! pour un moment le sol devint plus ferme. Il ne faut pas trop vite triompher : ici les herbes se firent si denses qu'il sortit de sa poche un couteau qu'il ouvrit. Et ainsi armé il avança plus loin dans la terre des périls.

Près d'une heure, il lutta au hasard. L'épuisement montait. La peur. Le vent s'était levé qui emplissait la montagne de sifflements et de clameurs. Les herbes bruissaient comme si des diables y avaient collé leur bouche. Le pis était ce noir, cette étouffante obscurité. Parfois les pieds n'enfonçaient plus que jusqu'aux chevilles, puis cette marche dans la vase profonde reprenait, et Boniface commençait à comprendre ce que c'est que l'enfer. Ah, comme il aurait aimé se battre avec un homme, à l'épuisement, sur le sol ferme! Ici, l'ennemi muet contre lequel il n'avait que la force de ses énormes paturons était un corps illimité d'ombre et de traîtrise, qui connaissait seul l'étendue de sa ruse, qui ne faiblissait que pour mieux surprendre, pour mieux désespérer.

Soudain, l'air fraîchit. Il vint sur le visage de Boniface une odeur dévastatrice qu'il connaissait bien, et il frémit. La pluie. La pluie arrivait d'une façon sûre. La pluie dans les marais, c'était la mort. Boniface avec désespoir songea au rivage, à la petite fille perdue, au grand jour, au bon soleil, à Buloz... La pluie tomba sur lui avec une rafale. Une pluie étroite et serrée, implacable, oblique, une pluie pour toute la nuit, sans trous, sans pardon. Comme un animal affolé il serra ses dents puissantes, s'arracha à la terre, et tenta de courber sa marche hors des marais.

A chaque pas, il lui semblait qu'il faisait éclater la caisse de son corps. Il était comme un homme qui court, hors d'haleine. Et il n'avançait pas plus vite qu'un tout petit enfant qui ne tient pas encore sur ses pieds. La pluie s'abattait sur le marécage, pesait sur les arbres, fouettait la nuit. Boniface, pris par la terreur, hurla une grande fois, mais sa voix lui fit une telle peur qu'il serra à nouveau ses dents claquantes.

Boniface va mourir. Il se sauve avec cette lenteur épouvantable parce que la terre tout entière pend à chacun de ses pieds. Il est tombé plusieurs fois. Son couteau lui a échappé. Perdu. Les herbes l'enserrent. Il voulait sauver une petite fille inconnue, l'insensé. Dieu de toute-puissance, Dieu, fils de Marie ! La piété, la colère, la terreur, la volonté de vivre, se mêlent à la fatigue, à la hantise du sommeil. S'il ne pleuvait pas, ses yeux se fermeraient. Il se sent cassé. Tant pis, il faut qu'il avance. La pluie tambourine sur les feuilles. La pluie coule dans son dos glacé. La pluie détrempe les tourbières. La pluie chante dans la montagne, Boniface va mourir.

Combien de temps est ainsi passé ? Une longue vie, une courte vie, une vie... Une idée traverse le noyé de la terre : Ils m'appelaient « *Sans-père* », maintenant c'est « *Sans-tombeau* ».

La pluie court avec mille et mille petits pieds rapides, elle fait le sol plus fort et l'homme plus faible, elle double tout d'un coup sa violence, comme pour montrer qu'elle est implacable, qu'elle est la reine de la nuit. La pluie. La pluie. La pluie.

Tête creuse, tête folle, corps hanté, force éperdue. On se sent parfois ainsi les mâchoires en rêve. Cela ressemble à la fièvre et à l'insomnie. Il succombe. Il se reprend. Il s'arrache. La pluie. La pluie. La pluie.

Tout d'un coup les herbes cèdent, s'écartant, la jambe heurte à quelque chose de dur, le genou plie... Emporté par l'effort, Boniface une fois de plus tombe. Le sol. Le sol dur. Comment, le sable humide... Ah, Ah! La rive. Il est sorti du marais. Il se dresse. Il frappe avec le pied cette terre qui ne cède pas, il voit devant lui la masse noire des arbres, il court, il tombe... La pluie est douce, et froide, et bonne. Il se traîne, il veut toucher les arbres...

Et au pied des arbres, sa main, pleine de terre, touche une chose singulière, un bout d'étoffe, une chose vivante, un être, là, qui soudain s'éveille et crie. Ses deux mains s'abattent et saisissent. Il la tient, il la tient, Boniface, la créature du bon Dieu, contre son corps brisé, la demoiselle perdue, qui tremble de froid, d'espoir et d'épouvante.

XLIII

M. Pailleron a pu partir pour Lyon par le train du matin à peu près tranquillisé. Il n'avait guère dormi de la nuit. Avec Blanche qui faisait les cent pas dans la chambre. Elle lui disait bien : « Couche-toi et dors... ça n'arrange rien... » Mais vous savez ce que c'est : d'abord on tombe de sommeil, puis on passe le moment, et c'est fini. Malgré la fatigue de cette journée à battre la montagne...

Au petit jour, ce brave garçon est arrivé portant Suzanne dans ses bras. Tant qu'il faisait nuit, ils n'avaient pu se risquer à descendre. Ils se seraient perdus dans les marais. Et puis Suzanne s'était foulé un pied. Elle ne pouvait pas du tout marcher. Toute la nuit il leur avait plu dessus. Le jour avait déchiré les nuages. Un vent froid avait séché la montagne. Ah, ils étaient pitoyables tous les deux ! Boueux, sales, épuisés. Boniface pourtant avait dormi. Sans lâcher le poignet de la demoiselle, de peur qu'elle s'envolât, malgré son pied. Il l'avait portée au réveil, tantôt sur ses épaules, tantôt dans ses bras. Il avait pris le chemin le plus long, mais le plus doux par le bout des marais et la chapelle. Il avait mis sa veste sur le dos de la petite fille. Elle s'était enfin endormie dans ses bras. Il l'avait portée au château, puis s'était excusé, son travail. On n'avait eu le temps de rien lui donner qu'il était parti.

Suzanne avait la fièvre. Une joue très rouge et l'autre pâle. Elle avait des frissons et ne tenait pas debout. Sans doute son pied. Blanche et Yvonne l'avaient mise au lit, et bien couverte. Une boule d'eau chaude. Un grog au cognac. Il faut qu'elle se repose. M. Pailleron l'avait embrassée et pris la voiture pour la gare.

Vers huit heures, l'aspect de Suzanne épouvanta Blanche. La petite respirait mal et gémissait. M. de Sainteville avait un thermomètre. 40 sous le bras! On dépêcha un des valets de la ferme à Buloz chercher le docteur Moreau.

Les Mercadier qui venaient de se réveiller apprirent tout d'un coup le retour de Suzanne, le départ de M. Pailleron, cette fièvre de cheval... Paulette se précipita chez Denise qui traînait dans son lit. Mon Dieu, qu'elle était mignonne au lit, cette Denise! Elle écoute le récit de Paulette et demande : « Parle-moi du jeune paysan! Un héros! Vous lui avez donné une prime? » Ma foi, non. Il est parti si vite. Il faudra réparer ça. Mais si cette petite allait mourir maintenant? Allons, allons, tout de suite mourir!

Yvonne avait rejoint Pascal sous les cèdres. Ils s'étaient assis sur une basse branche qui pliait sous eux, et se balançaient. Le beau temps était revenu avec toute la rigueur de l'été. « Tu crois que c'est dangereux? — dit Pascal. — Tu crois que c'est à cause de moi?

— Pourquoi fais-tu le niais? Tu sais bien de quoi il s'agit... »

Ils se turent accablés par leur secret. Par la chose dont on ne pouvait pas parler. Ils réfléchirent. Puis Pascal reprit tout bas : « Écoute, Yvonne... Il vaut mieux prétendre que c'est à cause de moi... Tant pis! C'est un mensonge, mais ça vaut mieux... Qu'est-ce que tu crois qu'elle a? Un gros rhume? Il devait faire froid là-haut... Et puis avec cette pluie...

— Tais-toi, j'en serais morte, déjà le jour...

— J'aurais voulu la retrouver... moi... pour la discrétion...

— Tu n'aurais pas pu la ramener, il fallait un homme!

— Je suis plus fort que tu ne crois! »

Il était vexé. Il songea avec haine à ce Boniface, celui qu'on appelait *Sans-père* au village. A son vilain nez plat. Les langues devaient aller bon train à Buloz!

Pierre Mercadier, après le petit déjeuner et une conversation comme il en avait toujours avec Denise, à bâtons rompus, pleine de coq-à-l'âne, vint prendre des nouvelles de l'enfant à l'appartement de Mme Pailleron. Elle le reçut avec une absence de coquetterie singulière, qui la changeait du tout au tout, et le troubla. Au point qu'il prit dans ses bras cette Blanche sans fard, avec des larmes sur les joues, et les cheveux mal ramassés. Elle se dégagea. Blanche! Non. Il avait oublié Suzanne, et le monde entier. Il n'y avait plus que le désir insensé qu'il avait de Blanche. Toute la violence d'un matin.

Mais Mme Pailleron s'écarta de lui, et lui montra la porte ouverte qui donnait sur la chambre où Suzanne sans connaissance délirait doucement.

« Mon ami, — dit-elle, — c'est impossible ici... maintenant... »

Il retrouva toute l'injustice brutale des hommes.

« Ah, persifla-t-il, — j'oubliais que son mari vient de quitter Madame... »

Elle ignora cette grossièreté, passa à côté voir comment était sa fille et revint. Il s'était calmé : « Je m'excuse... Blanche...

— Ne vous excusez pas. Mais il faudra attendre un peu pour que je vous dise ce que j'ai pensé depuis deux jours... »

Il tressaillit. Il craignait de comprendre. « Que veux-tu dire? Je me suis trompé, j'ai mal entendu... Blanche? »

Elle secoua la tête et s'approcha de la fenêtre. C'était bien l'auto du docteur qui arrivait poussive et triomphante. Le docteur en sortit avec son cache-poussière gris et ses lunettes. Il examina l'enfant, se fit raconter l'histoire. Diagnostic très simple. Jamais rien vu de plus typique. Pneumonie. Pas étonnant. Inutile de s'affoler. Six jours dangereux. Mais ensuite. Où se lave-t-on les mains?

« Vous m'excuserez, Madame, d'avoir attendu dix heures pour venir, mais j'avais un cas très pressé... une malade... au fait... voudriez-vous me laisser dire deux mots à M. Mercadier? C'est malheureusement plus grave que pour votre petite fille... »

Pierre qui était resté dans le salon, nerveux, ravagé, tout à ses appréhensions amoureuses, se dressa sur ses pieds d'un bond quand le docteur Moreau y revint seul.

« Rien de grave, docteur?

— Non, euh... Pneumonie... On en meurt ou on en guérit... Mais j'avais autre chose à vous dire...

— Dites, docteur... pourtant cette enfant...

— Eh, il ne s'agit pas d'elle. J'ai une nouvelle désagréable à vous annoncer. Votre belle-mère est morte ce matin à l'hôtel des Alpes. Embolie. On m'a appelé trop tard... »

XLIV

Quand la mort survient dans un monde sans grandeur, comme une figure d'épouvante en carnaval, le brusque désaccord des gestes quotidiens et de la peur, des mesquineries de la vie et du mystère de la tombe, saisit l'entourage du nouveau cadavre, y donne à chaque mot, à chaque souffle une allure de blasphème et de dérision, à chaque insignifiant épisode des longs et absurdes jours par quoi se prolonge une existence dans le marasme des survivants, ce faux caractère de solennité, dont approchent seuls les opéras à leurs minutes extrêmes de l'affectation. On ne sait pourquoi, l'été aggrave ce caractère de fausseté, cet atroce mensonge de la mort. Le divorce du beau temps, de la chaleur, avec le deuil peut-être, ou pire : les difficultés où sont les indifférents de maintenir leur aspect d'affliction, quand la sueur s'en mêle, et les mouches bourdonnantes, et l'odeur terrible qui monte du lit, emplit la pièce, dont on ne peut ouvrir les fenêtres à un soleil profanateur.

Cela avait commencé par les cris de Paulette. Des cris pitoyables et grotesques. De pauvres cris épouvantés. Ils sortaient, de là-haut, dans la tour, où était le cabinet de toilette. On choisit toujours mal le lieu où l'on annonce à une fille que sa mère est morte au matin. Elle était en train de se laver les dents, elle avait posé devant elle le petit pot rond de *Victoria Tooth Paste*, elle avait la brosse en main. Elle renversa la poudre de saisissement. Se jeta à terre pour ramasser la houppette. Comprit là, à genoux, qu'il n'y avait plus rien à ramasser, puisque sa mère était morte, et se mit à crier. A vous arracher le cœur.

Pierre, très ennuyé, regardait cela, et les épaules nues de Paulette. Il se fit des réflexions tout à fait déplacées, et eut honte, et faillit pleurer. Absurde, absurde. « Ma pauvre petite... », murmura-t-il, et sa voix sonna comme un jeton, à côté, menteuse, à lui rougir le front. Paulette dit : « Maman... » Cela ne signifiait rien. Aucun être humain. Pas l'ombre d'un fantôme. Le mot flottait en l'air et cherchait à habiller un souvenir, une absence. « Maman... » Toute la douceur de l'enfance et tout le mensonge de la vie. Un poignant égoïsme aussi, le chemin montré, il n'y a plus entre nous et le tombeau, ce candidat naturel, cet écran, cette mère qui doit mourir la première. Elle est morte. Ça y est. A nous...

Pierre parlait. Il faisait des phrases inutiles, mais nobles. Ah, pour être nobles, ça, elles étaient nobles. Quand quelqu'un meurt, on se croit obligé de cesser pour un instant d'être un chien, un porc, comme tous les jours. Pierre parlait. Il s'entendait parler, mentir, mentir. Sa tête était ailleurs. Paulette pleurait dans les oreillers. Elle dit : « Comme tu es bon... », elle ne le pensait pas, mais à une pareille minute, il fallait, il fallait que Pierre fût bon. Pierre parlait de Mme d'Ambérieux à l'imparfait de l'indicatif. Les cris de Paulette avaient atteint les enfants dans le pavillon de la tante Eudoxie, assis, graves, parlant pneumonie, et pleins à en déborder de la chose imprononçable. Pascal avait dit de sa grand'mère quelques petites choses définitives. Il jugeait très sévèrement le rôle joué par la vieille dame dans toute l'histoire. « C'est bien simple, — avait-il conclu, — c'est ma grand'maman, mais c'est une vache... » Yvonne en avait ri sottement. « Tu entends ces cris ? — dit-elle. — Qu'est-ce qui se passe ? » Ils coururent au château et on ne put les arrêter.

Quand on l'éconduisit, en lui disant tout bas : « Ta grand'maman, mon petit... tu ne la reverras plus... », son premier mouvement fut de se rappeler ce qu'il venait de dire, avec une honte terrible. Puis le second fut de défi. « Et après ? » Il ne pleura pas. Il essaya de dire : « Alors, elle est morte ? » plutôt parce que c'était la première fois qu'il disait ça pour quelqu'un des siens, pour voir l'effet que ça lui ferait à lui ; et le mot sonna comme un mot tout naturel, comme tous les autres... Surtout il n'imaginait pas ce qui suivrait... Il rejoignit Yvonne au-dehors et lui dit sur le ton le plus dégagé, mais avec un sentiment d'importance tout de même : « Voilà... Grand'maman est morte... » et ne commença qu'alors d'être gêné par rapport à ce qu'Yvonne attendait d'un petit garçon qui vient de *perdre* sa grand'mère.

Car tout de suite cela prit ce caractère-là. Pascal avait *perdu* sa grand'mère. Perdu ? C'est bizarre, ce qu'on peut dire. Comme une bille ou un porte-monnaie. Perdu...

Pour M. de Sainteville, l'événement avait une sorte d'écrasement qui l'emporta sur toute mimique. Il s'effondra sur une chaise quand Pierre lui eut parlé. Il fit un geste de la main qui renvoyait son neveu, un geste tremblant. Son lorgnon était tombé, pendu à sa chaînette. Il passa dans sa barbe des doigts fourrageurs. Il ne dit rien du tout. Il répéta son geste de congé. Pierre se retira. L'autre, seul dans la salle à manger où ceci lui avait été dit. Stupide. Incapable d'atteindre une pensée plutôt qu'une autre. Plein d'une espèce d'orchestre de souvenirs confus, de la jeunesse, de l'enfance, d'autres étés comme de cet été-ci. Il dit : Marie... mais ce nom tomba dans un puits de silence et d'égarement. Rien ne se leva en lui, aucune image n'y répondit, sauf les traits de sa mère, morte il y avait vingt-cinq ans, à qui Mme d'Ambérieux ne ressemblait pas le moins du monde. Il se dit : Marie est morte, je ne la reverrai plus vivante, on va la mettre dans un trou, c'est fini toute cette histoire de sa vie, une histoire malheureuse et longue, sans intérêt pour les autres, il n'y a plus que moi pour y comprendre encore quelque chose, pour me rappeler, une histoire sans queue ni tête, c'est fini. Marie est morte, là-bas à Buloz, seule dans un hôtel, on s'était fâché, on ne pourra plus se raccommoder, trop tard, Marie mon Dieu !... Les grosses larmes, chaudes et bien formées, lourdes, lentes, longues larmes, coulèrent sur les joues du comte, dans le poil des joues, s'écrasèrent près de la bouche. Jamais il n'avait si bien senti, le pauvre homme, que son visage était un vieux blair usé. Jamais il n'avait si bien su que l'âge avait fait ses bras faibles, ses jambes sans souplesse, son corps vidé, la peau roulant sur des côtes sans muscles, le ventre avachi et gonflé. L'asthme dans sa poitrine se mêlait à la douleur, aiguë, limitée d'abord, mais croissante, qui l'envahissait du cœur vers les épaules, les bras, les flancs, d'une lumière.

Le pire était qu'on se fût quittés fâchés, comme ça. Fâchés. Bêtement. J'ai peut-être dit un mot de trop. Un mot qu'on ne pourra plus jamais rattraper. Peut-être que la colère... Elle n'avait pas été bien l'autre soir. Une embolie... elle n'a pas eu le temps d'avoir un prêtre... aussi bien comme ça, mais si elle avait su, elle n'aurait pas été contente, elle. « Mon oncle, — disait Pascal, — d'une voix mal assurée, la voiture nous attend... »

XLV

La chaleur revenue accablait Buloz. Les maisons aux toits débordants, blanches dans le soleil, s'appuyaient les unes aux autres, toutes de traviole, comme si elles eussent voulu mettre en commun leur fraîcheur. Un village de quatre cents âmes, bâti comme tous les villages de par là, avec sur le côté l'escalier de bois extérieur qui grimpe sous le toit, incliné pour faire tomber la neige. Sous le toit en haut de l'escalier se forme une sorte de terrasse où pend le linge à sécher, les champignons sur une ficelle. Des balcons parfois prolongent la terrasse sur la façade. En bas, devant la porte, le tas de fumier.

L'hôtel des Alpes n'était pas très différent des maisons du village. Il était dans la grande rue, pas loin de l'église. Avec un porche donnant sur une cour où l'on rangeait le break et la victoria. Son toit qui faisait sur les fenêtres comme un chapeau rabattu sur les yeux et le balcon était vitré, avec des rideaux blancs, poussiéreux. On y recevait les malades qui venaient consulter le docteur Moreau. Aussi, dans les pièces sombres et bien cirées, trouvait-on des crachoirs de cuivre et des écriteaux : *Ne crachez pas par terre*. La propriétaire, Mme Ruffin, hésitait entre deux sentiments : la fureur contre Mme d'Ambérieux venue chez elle pour mourir, ce qui est désagréable dans un hôtel ! et l'honneur que lui faisaient les châtelains à cette occasion. C'était une dame aux cheveux tirés, rondouillette, habillée d'une jupe tête-de-nègre et d'un caraco marine ; elle tint à montrer elle-même le chemin de la chambre mortuaire, qu'elle appelait ainsi en toutes lettres, par ici la chambre mortuaire ! comme elle eût désigné la chambre bleue ou la chambre à trois lits.

Par le petit couloir, on atteignit la pièce où reposait Grand'mère. Pascal n'avait jamais vu de morts. Derrière les persiennes croisées, dans l'ombre où brûlaient deux cierges, il y avait auprès du lit la servante du curé, Mme Vialatte, agenouillée, qui disait son chapelet, avec un murmure scandé. Sur le lit, sous les couvertures tirées, la morte reposait avec un grand crucifix sur la poitrine, dont le haut venait lui toucher le menton. Elle avait l'air de dormir, mais avait incroyablement maigri. On eût dit qu'avec la vie tout ce qui soutenait les joues, le nez, le cou, s'était retiré. La peau blanche, cireuse, posait directement sur les os, qui avaient l'air de vouloir la percer. Il restait aux pommettes la résille d'une couperose noircie. La bouche n'avait pu être fermée tout à fait.

Ce qui frappa surtout Pascal, c'était cet air d'étonnement naïf sur ce visage aux yeux baissés. Comme si Mme d'Ambérieux n'eût pas attendu la mort qui ne lui avait pas laissé le temps de se déconcerter. L'odeur lourde et pénible qui flottait dans la pièce fit plus que tout le reste, et les sanglots de sa mère, pour lui porter des larmes aux yeux. L'oncle tremblait, disant tout bas : « Marie, Marie... » Instinctivement, Pascal prit la main de son père, mais celui-ci, comme Jeanne se mettait à pleurer et à crier, lui dit : « Emmène ta sœur, vous en avez assez vu... » et les chassa.

Les enfants descendirent dans la salle à manger de l'hôtel. Ils ne savaient que faire, ni comment se tenir. Ils n'osaient pas se parler : peut-être était-ce indécent ? L'hôtesse leur offrit un verre d'eau avec de la fleur d'oranger. Pascal détestait ça. Il dut boire. Qu'est-ce qu'ils pouvaient bien faire là-haut, tous ? Le temps passait et ils ne redescendaient pas. Une fois qu'on a bien regardé un mort... Évidemment, il y avait les prières. Mais papa ne priait pas... Les grandes personnes font comme ça des choses extraordinaires auxquelles elles se croient tenues. Il semble que pour elles tout soit une affaire de temps. Elles restent un certain temps ensemble sans avoir rien à se dire. A table, même si on a mangé, il faut encore se tenir tranquille, pour que ça ait duré le temps normal. Avec les morts, c'est la même chose.

Jeanne gigotait. Elle ne pleurait plus. Elle pinçait Pascal, pour le faire parler. « Finis donc... ça ne se fait pas ! » Enfin, elle se laissa emmener à la cuisine par Mme Ruffin : « Pauvre petite mignonne dont la grand-maman est partie bien loin... » Il ricana, Pascal. Il comprit tout d'un coup avec horreur qu'on n'avait pas su lui retirer ses dents fausses, à Grand'mère, et que c'était pour ça que la bouche était restée ouverte sur le râtelier décroché. Il eut envie de rendre et se mit à regarder les mouches se prendre aux longs papiers, pendus devant la fenêtre.

Pierre Mercadier et M. de Sainteville apparurent dans l'escalier. Ils avaient laissé Maman seule. On établirait un tour de veille. L'oncle avait l'air cassé, il ne savait pas trop ce qu'il faisait. Les deux hommes parlaient d'aller à la poste. Ils emmenèrent Pascal, qui entendit son père dire : « Tant pis, si elle n'est pas contente ! » Il resta avec l'oncle devant la petite maison de la poste. Par la fenêtre, ils apercevaient Mercadier au bureau des télégrammes. Le vieux gentilhomme caressa la tête de Pascal, et il lui dit : « Tu seras bien gentil avec ta maman, Pascal. C'est elle qui a le gros chagrin... » Pascal regarda son oncle, hagard, ravagé, vieilli. Et lui dit brusquement : « Non, Tonton, c'est toi qui as le gros chagrin ! » Et il l'embrassa très fort. Il pensait que c'était heureux que ce fût sa grand'mère qui fût morte, et non pas l'oncle qu'il aimait bien. Et puis l'oncle était plus jeune. Alors, la justice...

La voiture de Champdargent s'arrêta devant eux. Norbert avait voulu reprendre Denise au château : il avait appris la mort de M\u1d50\u1d49 d'Ambérieux, il devait venir saluer la morte. Il avait emmené Denise avec lui. Elle descendait légère, jolie à ravir, mais honteuse de sa robe claire, de son chapeau rose, si peu d'occasion. Norbert irait à Champdargent lui chercher de quoi se changer, elle avait des vêtements de deuil, n'est-ce pas ? Non, elle ne songeait pas à abandonner Paulette ! Norbert n'eut pas grand-peine à prendre l'air affligé.

Un peu après midi, on déjeuna tous ensemble, sauf Norbert qui avait regagné Champdargent. A l'hôtel où les pensionnaires occupaient la salle à manger, une douzaine de personnes respectables, toussant, et prenant des remèdes dans des petites bouteilles à côté de leurs serviettes, M\u1d50\u1d49 Ruffin eut la délicate attention de faire passer ces messieurs et ces dames dans une petite pièce dépendante, où on déjeuna. Denise faisait la conversation. « Pauvre chère femme ! Je ne l'avais qu'aperçue hier soir... Un peu rouge peut-être... Qui aurait dit ? Mange un morceau, Paulette, ça ne sert à rien de se laisser périr... »

Il y avait quelque chose évidemment que l'oncle et Pierre voulaient dire, et qui les gênait. L'oncle se décida : « J'ai télégraphié, — dit-il, — à Monseigneur et à Blaise... pour leur demander de venir. »

Subitement l'atmosphère changea. Paulette se redressa comme si elle avait reçu une décharge électrique, laissa tomber sa fourchette, son couteau, et le morceau de bœuf miroton qu'elle allait porter à sa bouche. « Blaise, — s'écria-t-elle. — Êtes-vous fou, mon oncle ? Blaise ! Je ne permettrai jamais... Comment avez-vous pu un seul moment penser !

— Voyons, mon enfant, tu n'y songes pas... C'est plus que naturel. Monseigneur dira la messe... et Blaise...

— Je n'ai rien contre Monseigneur ! Mais Blaise ! Enfin, Pierre, tu étais au courant ? Tu n'as pas protesté ? Sachant ce que je pense ? Ce que pensait ma pauvre Maman ? » Ici elle éclata en sanglots. Denise lui essuya les yeux. On entendit la voix de Jeanne : « Moi je veux de la sauce... on ne m'a pas donné de la sauce... » C'est à tue-tête que repartit la colère de Paulette. « J'aime mieux me jeter par la fenêtre, rejoindre Maman, que de supporter une pareille épreuve !

— Voyons Paulette !

— Ah ! toi, tais-toi. Tu me fais mal au cœur, tiens. Un être ignoble, qui nous a abandonnés, pour une gourgandine ! Est-ce qu'il s'occupait de savoir si nous étions vivantes ? Maintenant il viendrait se pavaner...

— Mais il n'a rien demandé, Paulette, c'est moi qui...

— Mon oncle ! me faire ça à moi ! Tandis que Maman est encore sur le lit... là-haut... » Elle sanglota un coup, et reprit : « Non, je n'aurais jamais, jamais cru... une pareille indignité...

— Enfin, Blaise était son fils, voï ou non ? Si quelqu'un peut se croire le droit d'interdire à un fils de suivre le cercueil de sa mère...

— Dans un moment pareil ! Dans un moment pareil !

— Je te fais observer, — dit calmement Pierre avec un petit agacement dans le coin de la bouche, — que la question se pose précisément dans un moment pareil...

— C'est ça, tourne en dérision mes paroles.

— Je ne tourne rien...

— Ce n'est pas assez de cet affreux malheur! Voilà comment on me traite dans ma propre famille... » Pierre haussa les épaules, M. de Sainteville ajouta : « D'ailleurs que ça te plaise ou que ça ne te plaise pas, il y a des questions d'héritage...

— D'héritage? Tu ne vas pas me dire que ce bon à rien va venir nous enlever les souvenirs de Maman?

— Enfin, il a les mêmes droits que toi, j'imagine! »

Paulette ne répondit rien, mais se leva et se dirigea vers la porte. Denise lui courut après : « Où vas-tu, chérie? — Je ne peux tout de même pas laisser si longtemps maman seule avec des étrangers... » Elles traversèrent la salle commune, le mouchoir sous le nez de Paulette, avec la sympathie générale des pensionnaires tuberculeux.

XLVI

On a transporté le corps au château. Mme Pailleron a prêté obligatoirement le grand salon sur le perron, qu'on a transformé en chapelle ardente. Mme d'Ambérieux, mise en bière, repose parmi les fleurs, et entourée de fougères.

Cependant au premier étage, Blanche quitte rarement le chevet de sa fille. Tout va normalement, mais on n'est qu'au troisième jour.

Monseigneur et Blaise d'Ambérieux sont arrivés à deux heures de distance, le premier venant d'Italie, le second de Paris. On les a installés côte à côte au second étage.

C'est un défilé incessant de gens qui viennent saluer la défunte. Tous les gens du voisinage. Les pauvres, les riches. Mme d'Ambérieux a tout de même été la demoiselle du vieux M. de Sainteville, le père de celui d'à présent, et il y a encore du monde qui se le rappelle. Les voitures apportent des cousins et encore des cousins.

Tous les châteaux de la région, les Champdargent, les Saint-Fiacre, les Mazières. Tous ceux qui portent dans leur nom un village, un château, une vallée. Ils débarquent en vêtements sombres, un peu démodés, des vêtements qui ont déjà servi à d'autres deuils, d'équipages solennels, d'attelages campagnards. Il y a des dames en soie noire, des vieux messieurs sanglés, des jeunes filles desséchées, des cavaliers en culotte à carreaux. Des mains osseuses, des barbes à l'allure militaire, de maigres échines, tout d'un coup d'énormes épaules et des nuques écarlates. La famille. Elle vient par tradition et par curiosité, mesurant ses séjours près de la morte, pas fâchée d'inspecter le château, que certains qui habitent à bien vingt kilomètres n'ont pas revu depuis le décès de Mme de Sainteville mère.

Sur la terrasse, les cochers bavardent avec les valets de ferme.

Pierre Mercadier est venu prendre des nouvelles de Suzanne. Yvonne s'esquive. Les amants sont seuls. Les amants ? c'est étrange à dire, tant la distance entre eux est grande sans qu'il se soit rien passé. Mais ne s'est-il rien passé ?

« Blanche, Blanche, que ces journées sont lentes et terribles... J'ai pris le besoin de toi, je suis là qui t'attends les mains vides, le cœur amer... Blanche...

— Tais-toi. La vie a tourné. C'est atroce. On n'y peut rien.

— Qu'est-ce que tu veux dire ? Je ne te crois pas. Rien n'est changé. Regarde-moi... tu détournes les yeux... Mais pourquoi ? Que t'es-tu mis dans la tête ? Folle, folle, oh, comment peux-tu...

— Pierre, inutile de se déchirer. Est-ce que tu ne sens pas que nous avons touché au crime ?

— Au crime ? Notre amour ! Tant pis, pour tes folies, pour tes rêves ! Je ne te laisserai pas faire. Il y a la vie, les baisers, les jours à venir... Blanche, à quoi penses-tu ?

— Je pense... Qu'as-tu besoin de connaître mes pensées ? Désires-tu tant que cela souffrir ? Ah, Pierre ne comprends-tu pas ? Elle savait, Pierre, elle savait, je l'ai entendu de ses lèvres, au milieu des songes de la fièvre, elle savait ! »

La conversation se poursuit comme un cache-cache, dans le boudoir Louis-Philippe où Mme de Sainteville jadis avait pleuré avec la tante Eudoxie sur des romans dont le souvenir est perdu. La conversation se poursuit à voix si basse qu'elle reprend presque les accents profonds de l'amour.

« Et quand ce serait le crime, ne sommes-nous pas liés par ce que nous avons trouvé dans les bras l'un de l'autre, Blanche, ce que nous avons trouvé, quand ni toi ni moi n'espérions plus, ne croyions plus possible cette renaissance de la jeunesse, de la passion, de l'égarement... Écoute-moi encore... Il faut que tu saches... Je n'en peux plus... Laisse-moi parler, non, ne mets pas ta petite main sur ma bouche... chère petite main... écoute... écoute... »

Que veut-il dire ? Elle a peur de cette insistance comme de l'irréparable, elle sent que tout va devenir trop grave, et pourra-t-elle résister ? Elle se force à sourire, elle le regarde en face, puis se sent gênée... Que va-t-il dire ? Il parle... elle chasse ses premiers mots, des guêpes, elle fait non, elle se débat.

« Nous nous sommes rencontrés comme ça, par hasard. C'était un bel été, et rien de plus. Nous étions tous les deux au bout de notre histoire. Nous nous sommes rencontrés... De quoi avons-nous parlé ? De rien. Il y avait ton corps et ma force. Non, ne t'en va pas : écoute encore... Il y avait notre folie, et le monde contre nous. De quoi aurions-nous parlé ? Nous n'en avions pas encore le temps. Un bel été. C'est tout. Le ciel et nos caresses. Nous ne savons pas encore l'un de l'autre ce que se disent aux premiers jours les jeunes amants... A cause de cette peur de ce qui précède, à cause de cette vie que nous quittions... oui, que nous quittions ! Comprends bien, tu n'y peux rien, Blanche, tu n'y peux rien nous l'avons quittée... sans retour... et il ne reste que le vide si nous cessons, tu ne peux non plus lui revenir, à lui, tu ne peux plus, pas plus que moi à elle... C'est fini !

— Tais-toi, — dit-elle, — Je n'ai pas le cœur de te faire tant de mal. »

Ils parlaient en chuchotant, il faisait chaud et lourd, les branches des arbres étaient immobiles devant la fenêtre. L'acajou sombre autour d'eux était plein de mystère.

« Le crime ? — reprit-il. — Et quand nous aurions touché au crime, veux-tu me dire ce qui arrêterait une femme comme toi...

— Rien, — dit-elle. — C'est vrai. J'aurais pu tout quitter tout briser. Abandonner... et même... Ah, j'aurais pu laisser mourir le monde entier ! Seulement...

— Seulement ? Quel mensonge cherches-tu, hésitante ? »

Elle s'était approchée de lui, elle lui avait pris la main. Elle le regardait avec une fièvre de démence. Ses yeux se mouillèrent. On entendit, du fond de la chambre, venir une petite voix affaiblie : « Maman ! » Elle se reprit : « Tu l'entends ? Je viens, mon petit ! Elle m'appelle...

— Je ne te crois pas... tu mens... Qu'allais-tu dire ?

— Il faut vraiment prononcer les mots, mon pauvre Pierre ? Tu y tiens ? Eh bien... »

Brusquement elle mit ses lèvres sur les lèvres de l'homme avec une violence inouïe, demandait pardon Puis elle s'écarta, tandis qu'il tendait les bras vers elle, et elle dit : « Seulement... voilà... je ne t'aime pas. »

La petite grelottait de froid malgré la température, les châles, la couverture de voyage par-dessus la courte-pointe. Blanche lui donna la potion qui devait la faire cracher. Mon Dieu ! qu'elle était redevenue enfant et pitoyable ! Comme Blanche elle-même qui cherchait vainement son cœur...

« Vois-tu mon oncle, — avoua Mme Mercadier à M. de Sainteville, — je n'aurais jamais cru que Pierre au fond aimât tant ma pauvre maman. Tu remarques comme il est triste... Et tu me croiras ou tu ne me croiras pas, mais je suis sûre que ce matin encore il a pleuré ! »

Il faut penser à tant de choses avec les obsèques. Dire qu'il faudra faire un dîner, comme c'est la coutume en

278

province! L'hôtel des Alpes est plein des parents descendus à Buloz pour l'enterrement. On aurait pu pourtant y laisser M. Blaise...

« Paulette, n'y revenons pas, on s'est entendu peut-être? Et puis tu ne me vois pas envoyant mon propre neveu à l'hôtel, quand j'ai toutes ces chambres? Est-ce qu'il n'est pas très réservé, ton frère?... On ne peut pas dire qu'il te gêne. Ah, voici Monseigneur! Tu lui as bien fait porter deux serviettes? Non? Quel ennui! Comment recevons-nous les gens? » Sur la terrasse il est arrivé un nouveau visiteur. Un petit écureuil effronté qui s'est assis juste hors de portée des gens et qui ronge quelque chose. Pascal semble l'avoir vu : ils se regardent comme deux gamins que leurs familles ne laissent pas jouer ensemble.

XLVII

C'est par le détour de la peinture qu'ils arrivèrent à faire connaissance. Blaise était beaucoup plus grand que son beau-frère, il ne portait que la moustache, qu'il avait longue et tombante, cachant la lèvre supérieure, il était blond, de ce blond fatigué qui résiste mal à la quarantaine, et ses cheveux pour n'être pas aussi touffus que jadis, faisaient tignasse. Il avait le nez court de son préfet de père. Plutôt osseux, le teint rouge. Rien de Paulette.

Ses vêtements de ville, sous les arbres du parc, faisaient assez déplacés. A la lavallière on reconnaissait l'artiste, et aussi un certain négligé. Il fumait une pipe qui semblait le centre de sa sollicitude. Pierre s'étonna de lui retrouver presque la voix de l'oncle Sainteville. Plus profonde. En général, un mélange de paysan et d'aristocrate. Les épaules un peu trop hautes et des mains maigres. C'était donc là, le mauvais sujet, l'égoïste, l'anarchiste, dont le nom suffisait à mettre Paulette en fureur. Un homme calme, assez posé, facilement ironique. Tandis que les gens défilaient au château, Pierre, désœuvré, et qui avait le besoin d'un compagnon pour ne pas trop souffrir, se promenait avec Blaise, et d'abord la peinture fit les frais de la conversation.

« Eh bien, beau-frère, du diable si je m'attendais à trouver ici quelqu'un pour qui le nom de Monet signifiât quelque chose d'autre qu'un intense sujet de rigolade ! La famille n'est pas portée sur l'art... Ça me fait drôle de m'y retrouver : les arbres ont grandi... et puis je me dis que depuis vingt-deux, vingt-trois ans, pas une paire d'yeux n'a regardé ces sous-bois comme des sous-bois... Ma brave femme de mère, je ne voudrais pas en dire du mal, trouvait que ça faisait fouillis tout ça... » Il montrait de la main ouverte des buissons pleins de lumière. Ils marchèrent en silence.

« Vous m'excuserez. Monsieur... » mais l'autre l'interrompit. *Monsieur* était ridicule : « Eh bien... Blaise... le fait est que je connais mal ce que vous faites... J'ai vu jadis une petite toile de genre... Il me semble que vous êtes très loin des impressionnistes... »

Blaise haussa les épaules : « Je n'aime pas les épigones... Parce qu'à une époque donnée, un bougre a inventé de peindre avec des petites taches de toutes les couleurs, tout le monde s'y met. Et je te cligne de l'œil, et je te papillote la lumière, et du paysage en veux-tu en voilà. C'est drôle, et c'est la nouvelle route du succès. Attendez un peu, et vous verrez les badernes de l'école s'y mettre. Moi, je suis mon bonhomme de chemin... »

Après un silence, il reprit : « C'est drôle... Nous bourlinguons dans un siècle où la technique, enfin les trucs, quoi ! passe pour l'essentiel. Nous sommes les gens qui ont haï M. Ingres. Une rude canaille, c'est vrai ! Fallait lui tourner le dos carrément comme à tout Louis-Philippe. N'empêche que quand il ne faisait pas le mariole dans le genre Jupiter caressé par des poules sous l'œil de sa ménagerie en courroux, triomphe d'Homère et tout le bataclan, il savait ce que c'était qu'un visage... Je parie que vous n'avez pas lu Lacordaire ? Oh, vous savez, moi, les Révérends Pères ! J'ai un jour ouvert un petit bouquin du nommé Lacordaire, et je n'en ai lu qu'une phrase, mais je ne l'ai pas oubliée... Une phrase pas très catholique. *Encore qu'il n'y eût au monde ni Christ ni Église, ni vie surnaturelle, le cœur de l'homme serait le seul lieu dont il faudra attendre la semence et la culture de l'avenir...* Pas vilain pour un ignorantin ? Qu'est-ce que vous voulez, je trouve, moi, qu'on triomphe un peu trop à son aise avec la nature... Un torchon sale et un rayon de soleil... ou des fleurs... sans parler des pommes. Ça y est, vous voilà le ventre retourné... C'est beau... On en bave ! Moi je veux bien... »

Pierre voulut défendre Sisley, Renoir...

« Ah ça, mais vous croyez que je les attaque, ces grands bonshommes ? Ce sont les Encyclopédistes de la peinture ! Un jour on verra... Et comment ils vivent... Ça n'est pas une raison pour ne pas se faire sa vérité. *Le cœur de l'homme...* voyez-vous, Lacordaire aussi a raison. Ce qui peu à peu disparaît de la peinture, c'est l'homme... Oh, je sais, Renoir fait des baigneuses, et puis après ? Nos grands peintres, et c'est là leur grandeur, peignent indistinctement toute chose. La chair est une autre sorte de pomme, ou de pierre. Ou plutôt, voyez-vous, ils peignent la chair, des vêtements, pas des gens. J'aurais voulu peindre des gens. Vous ne fumez pas ? »

Il allumait sa pipe.

« Peu à peu, les peintres abandonnent une part de leur sacré boulot. Sans s'en rendre compte, à mesure qu'ils plongent dans la matière ! Eh bien, ils deviennent des artistes à leur manière, ils n'aiment plus que les reflets d'une soie très précieuse, c'est vrai, mais qui n'est qu'une soie... Comme les pontifes peignent l'entrée des Gaulois à Rome et Chocarne-Moreau des petits pâtissiers et des enfants de chœur, on n'a plus droit à la scène dans un tableau... Ou on est un pompier. Personne ne fixera donc ce qui se passe d'extraordinaire entre deux êtres qui se croisent dans une porte ? J'en ai peur... Vous savez, des gens bien élevés. Après vous, cher Monsieur, je n'en ferai rien, et tout de même le désir physique de vous écraser les orteils... Paraît que ça n'a rien à faire avec la peinture ! »

Pierre s'intéressait à la gueule de son beau-frère. Cette cassure du nez tout en haut, qui le faisait partir pour être long, et puis cela tournait tout court. Il en résultait quelque chose d'un peu animal, et de jeune dans le visage. La mâchoire était forte, et démentait cet air de faiblesse qu'il y avait du côté des yeux, peut-être à cause de ces longs cils de femme.

« Nous vivons dans un drôle de temps, — reprit Blaise, — fin de siècle, faut croire que ça signifie quelque chose. C'est pas que je regrette ce joli monde d'avant-hier, quand l'autre peignait son *Bonjour Monsieur Courbet*. Un beau tableau d'ailleurs. Non, mais si je marronne à propos de la peinture, c'est parce qu'au fond... La peinture, c'est tout de même un reflet de la vie. Or, croyez-vous, beau-frère, qu'on puisse être content de la vie à l'heure qu'il est ? Vous êtes content de la vôtre ? Bon. Alors comment se satisferait-on de la peinture ? »

Ils parlèrent longuement du bonheur. C'était pour Pierre comme de mâcher des cendres. Il aimait que ses paroles fussent amères. Blaise le regardait et plissait une narine. Il y avait des points communs entre eux. Hors de la peinture. Car ils détestaient une même chose.

« Oui, je sais, — dit encore Blaise, — ce qu'ils me reprochent les miens, c'est de les avoir abandonnés. Et puis après ? Était-ce moi qui les avais faits si stupides, si attachés à tout ce qu'il y a de plus inhumain, à des traditions mortes, à une lugubre farce sociale ? Je ne me sentais pas lié à eux, parce qu'ils m'auraient bien vu crever pour la même raison qui aurait pu faire joli dans le tableau... aux colonies, médecin victime du devoir... enfin les choses qui permettent de hocher la tête, et font une mère fière à la fois et consolée ! Tandis que vivant quelque part, sans rentes, à barbouiller de la toile et couchant avec une femme qui ne sort ni des Oiseaux, ni au moins de Saint-Denis, une fille d'officier !... Bon, qu'on me trouve bohème, je le suis... Je ne demande rien à personne... Je ne vis pas des dernières suées de mon grand-père. Seulement dans ces conditions-là, ça la prend toute, la vie. Plus de place pour les expansions familiales si désirées de la génération précédente. C'est un malheur, mais qu'y faire ? On se détache de ce monde grégaire, de ce troupeau organisé. On vit au jour le jour. Faire le café le matin prend de l'importance. On se paye le dimanche à Meudon. C'est déjà beaucoup. Et quand on regarde les autres, on ne regrette rien. Ils sont laids, puants et plats. Ils ont tous les pieds pris dans de petites saletés dont l'amalgame fait la grande saleté qui nous écœure. Merci. Je dégage ma responsabilité. Que ce monde absurde roule sans moi ! Je m'en lave les mains... »

Blaise regardait Mercadier par en dessous. Il se disait : Toi, mon lascar, dans ta province, à quel café vas-tu ? A celui des militaires ou à celui des francs-maçons ? Le soleil descendait dans les arbres avec un mauvais goût japonais. Ils s'en retournèrent vers le château.

« Vous ne regrettez jamais, — dit Pierre, — cette rupture avec votre famille, ce fossé entre vous et la vie que vous étiez parti pour avoir ? »

Le sifflet ironique de Blaise lui montra qu'il n'avait point été deviné. Il ajouta pourtant : « Vous ne semblez pas heureux...

— Ah, il ne faut pas être trop difficile. Je mange, je dors, j'ai une femme, je fais des barbouillages qu'on accepte parfois de pendre au mur... qu'est-ce que vous voulez demander de plus ? Et puis, je me paye le spleen, là-dessus... le spleen, c'est le luxe des artistes... Faut pas se plaindre de ne pas avoir des chevaux et des piqueurs, et de ne pas chasser le cerf dans ses propriétés... Après tout, pendant des siècles, c'est ce qu'elle a considéré comme le bonheur, ma famille. Qui avait raison ? Eux, les ancêtres ? Permettez que je m'en torboyotte avec quelque solennité... »

La tignasse s'agita, mais sous elle pas le moindre soupçon de rire. L'arc voûté des épaules retomba un peu.

« Nous sommes ceux, dit Blaise, qui n'ont pas fait la guerre. De justesse. Nous avons eu cette chance, et cette infériorité. Les autres, ceux de Reichshoffen ou de l'armée de la Loire, ceux de Chanzy ou de Bazaine, rien ne peut plus se passer dans le monde sans qu'ils aient leur mot à dire. Qu'ils croient, enfin. Ils ont une hypothèque sur l'État, les jeunes, les femmes, l'argent qu'on disperse pour le musée du Luxembourg, les aventures africaines, les débats du tsar avec le mikado, bref, rien ne leur échappe. Les malheureux! Nous, on peut filer à l'anglaise. On est peinards. On n'a pas voix au chapitre. On est des salingues qui n'ont pas donné leurs os, on peut se les croiser, se les rouler, se les mettre quelque part... Tout ça est très joli. Une situation privilégiée. On arrive à se faire oublier. Motus. Mais supposez que demain il y ait la guerre? Les Français sont tout prêts à couper les Anglais en petits morceaux à cause de leurs favoris, de leurs costumes à carreaux et de leurs grandes dents d'or. Nous voilà frits. Nous avons, vous et moi, encore l'âge. Une deux, une deux. Et si nous en réchappons malgré les progrès de l'artillerie depuis 71, et l'utilisation de la bicyclette dans l'armée, nous serons à notre tour des vétérans, et nous croirons à nos droits, à nos devoirs, à ce qui se passe... Votre propre ennemi, Mercadier, c'est vous-même. La famille, évidemment la famille. On arrive à s'en débarrasser. Mais ce qui est le chien, c'est cette ombre qui vous suit partout, cette espèce de conscience sociale qui vous mord le cœur quand on massacre des Arméniens, que la troupe tire sur les mineurs, ou que dans une petite ville de province on vous passe à tabac les Juifs sans trop savoir pourquoi...

— Oh! moi, — dit Pierre, — ce n'est pas cela qui me gêne! »

Cela avait jailli du cœur, et Blaise s'arrêta. Décidément, ce ne devait pas être grand'chose de propre, le beau-frère Mercadier. D'ailleurs, pour supporter la môme Paulette, je ne sais pas, quelque chose comme quinze ans!

XLVIII

Le soir même du jour que Suzanne avait été retrouvée dans la montagne, comme Mme Pailleron descendait à la cuisine demander de la tisane pour la malade, elle y avait aperçu un grand flandrin gauche, avec des cheveux dans les yeux, roulant sa casquette. C'était Boniface, aux nouvelles. Blanche n'eut pas de doute qu'il venait chercher sa récompense, elle le trouva sympathique et lui fit donner cinquante francs.

« A-t-il été content ? » demanda-t-elle à Rosine. Cette fille répondit qu'elle ne savait pas, que le jeune homme avait eu l'air gêné, et qu'il avait remercié dix fois.

« Cinquante francs », s'écria Paulette quand Marthe le lui dit. « Mais c'est une fortune pour ce garçon ! » Elle considérait, à part soi, que c'était un mauvais exemple pour les domestiques que de telles libéralités. L'oncle estimait, lui, que deux louis auraient suffi.

Yvonne dit à Pascal : « Tu trouves ça beaucoup, toi, cinquante francs ? »

Pascal réfléchit. Combien Boniface gagnait-il par jour ? Peut-être cinq francs. Peut-être moins. Enfin, ça faisait bien dix de ses journées.

« Alors, — reprit Yvonne, — la vie de Suzanne vaut dix journées de terrassier... J'aurais cru davantage !

— Tu es bête, — repartit Pascal, — la vie ça n'a pas de prix. Mais il fallait bien lui donner quelque chose... cent francs... mille francs... ça aurait toujours l'air ridicule, calculé comme ça...

— Oui, mais cinquante... Qu'est-ce qu'on peut s'acheter avec cinquante francs ?

— Un costume. Je ne sais pas, moi, des tas de choses. Évidemment pas un graphophone comme celui de M. Pailleron... à cent quarante-sept francs ! Mais Boniface n'a pas besoin de graphophone.

— Et s'il en avait envie ?

— Oh, tiens, tu es trop discuteuse ! Si les paysans se

mettaient à vouloir des graphophones! Et puis quoi, c'est plus d'un tiers du prix...

— Si bien que pour avoir un graphophone, faudrait que Boniface nous sauve au moins tous les deux... Mais pour toi, sale môme, ta mère ne donnerait pas cinquante francs! »

Ils se battirent et se tirèrent les cheveux jusqu'à ce qu'Yvonne se mît à l'embrasser, à l'embrasser comme une folle... « Lâche-moi, Yvonne, lâche-moi, voilà Rosine! »

Et bien qu'il n'eût plus rien à espérer comme récompense tous les soirs, après son travail, Boniface revenait au château, à la cuisine, aux nouvelles. Et il restait là une heure, deux heures, jusqu'à ce qu'on le mît dehors. Il ne soufflait pas mot, mais il regardait du côté où devait se trouver la petite demoiselle. Il apportait des fleurs pour elle, et pas n'importe quelles fleurs : des fleurs comme il n'en poussait qu'en haut, dans la montagne, des œillets sauvages, des petites bleues que personne n'aimait, sauf lui, et qu'il avait bien fallu qu'il allât les cueillir vers l'aurore avant son boulot, puisqu'il devait être à six heures et demie au chantier. Cela touchait Blanche, qui descendait lui dire merci à la cuisine. Il en était tout bouleversé. La mère de la demoiselle, une dame, une vraie.

La fièvre de Suzanne se maintenait en plateau. Le quatrième jour, le cinquième...

C'était celui de l'enterrement de Mme d'Ambérieux. La maison était pleine de gens. Tous ceux qui étaient venus saluer le corps, et bien d'autres, le village et les environs, des gens des villes, de Paris, de Nice, de Lyon, de Buloz... Des dames oubliaient tout d'un coup de ne pas rire... Enfin un va-et-vient silencieux qui faisait un boucan infernal.

Dans la chapelle mortuaire du salon, ça chantait, et ça marmonnait des prières. Les enfants de chœur, des prêtres. On brûlait de l'encens et on psalmodiait.

Il y avait dans le parc le plus jeune des Champdargent, un garçon joufflu, avec des mollets... du maous, qui prenait des instantanés dans tous les coins du parc, et de la terrasse, et empoisonnait le monde pour qu'on se prêtât pour lui à des poses rêveuses en premier plan. Norbert, lui, tandis que Denise restait chez Paulette, jouait aux boules, derrière le château avec Pascal. Attention, si on fait trop de raffut, tu parles de scandale! Clac, si c'est enlevé, je ne te dis que ça!

Dans le courrier du matin, Pierre avait reçu une lettre de Castro. L'agent de change lui envoyait son règlement de fin de mois. Comme il en avait prévenu M. Mercadier, l'opération de celui-ci avait été désastreuse. Castro avait bien dit à son client, quitte à perdre un peu, de réaliser au cours du mois. M. Mercadier n'avait rien voulu entendre, il avait maintenu ses ordres, et la chute avait été vertigineuse. Encore vingt mille francs de fichus.

Qu'est-ce que cela pouvait faire à Pierre, un jour pareil? Non pas à cause de l'enterrement de sa belle-mère. A cette idée Pierre ricana tout seul. Mais quand il était plongé dans une espèce de désespoir morne, comme si de tous côtés on eût à jamais fermé des volets sur le soleil. Simplement il n'imaginait pas l'avenir, aucun avenir. Sa vie lui était apparue dans ces dernières semaines telle qu'elle était, absurde, monstrueuse. Dans le moment qu'il croyait lui échapper, qu'il se mettait à penser pour la première fois au monde, qu'il pouvait y avoir une raison de lui échapper, et puis...

Vingt mille francs de plus ou de moins. Pourtant de l'argent de plus, c'est peut-être la liberté. Qu'y avait-il d'autre de sûr au monde? Est-ce que ce refrain de l'argent ne scandait pas les années? Est-ce que l'argent n'était pas la seule chose qui ne déçût point? Il fallait de l'argent pour transformer la vie, se débarrasser de tout ce qui encombre une vie, pour être son maître, finir, disparaître, ah, ailleurs!

Puis l'idée le prit, comme une prison, qu'ailleurs serait comme ici, qu'une vie serait toujours comme celle-ci, qu'il n'y avait rien pour peupler le monde, puisque Blanche ne l'aimait pas. Et si elle avait menti? Elle n'avait pas menti.

Vingt mille francs, ce n'est pas la mer à boire. Ça se rattrape. Jouer... il avait perdu de vue le jeu à Sainteville. Il fallait s'y remettre, rapprendre la patience et l'espoir. Le goût de tricher l'aidait, de tromper Paulette... Ce qu'elle avait été odieuse les derniers jours, avec sa douleur! Elle se croyait obligée de dire des choses, de raconter des anecdotes, de s'attendrir aux larmes sur le passé. Le mot *maman* dans sa bouche était révoltant comme une fausse note. Pierre l'aurait battue. Mais en même temps, il entrait dans la comédie, il se faisait plus affligé que nature, sombre, digne, rêveur, il détournait la tête comme pour dérober sa faiblesse. Il était l'idéal du gendre en deuil. Tout cela parfaitement inutile, mais amèrement combiné. Il voulait pousser l'hypocrisie au système, histoire de mieux préserver ses secrètes pensées, sa colère, sa haine, son dégoût. Il faisait des calculs d'argent dans sa tête, et ses lèvres prononçaient des phrases d'un désintéressement sordide. Plus il mentait, et plus Paulette l'approuvait. Cela atteignit pendant la cérémonie funèbre à une manière de grandeur.

En général, Pierre voulait s'épargner de souffrir. Et toute cette comédie écartait l'image de Blanche. Le terrible malheur de n'être pas aimé. Avoir stupidement cru, à quarante ans passés, à cette invention romanesque, à cette folie de l'amour. Il ne se le pardonnait pas. Ni aucune de ces pensées burlesques et délirantes auxquelles il s'était laissé aller. Tout d'un coup. Comme un nageur qui perd pied dans les rêves. Tout ce qu'il savait de la vie, toute l'expérience coûteuse des années, toute la science atroce des choses quotidiennes, il l'avait brusquement oublié, plus qu'oublié, mieux que désappris, plus profondément ignoré à nouveau que s'il ne l'avait jamais su. Négligeant les données pesantes de l'existence, comme des chaînes tombées, il avait imaginé une aventure enfantine, un monde fantastique, où Blanche et lui se rejoignaient comme dans les chansons, comme si les gens n'avaient pas été stupides, laids, menteurs, l'amour une chiennerie, la société un traquenard, un piège immense d'où l'on ne sort pas.

Car, bien entendu, les petits mots meurtriers de Blanche : *parce que je ne t'aime pas* n'expliquaient rien, rien... Ils traduisaient, ils trahissaient la dégoûtation universelle. Sans doute ne l'aimait-elle pas, elle ne pouvait pas l'aimer, aime-t-on à proprement parler dans cette vie, dans la vie? Dire qu'il y a des imbéciles qui se tuent pour ça...

Il se remit à penser à l'ouvrage entrepris, et toujours abandonné, qu'il consacrait depuis des années à l'Écossais Law. On ne savait rien de sa vie sentimentale, à celui-là. Et pourtant... Il aurait fallu rechercher les drames individuels de cet homme, qui avait engendré la monnaie moderne et rendu possible le jeu complexe de la grande machine moderne dans les rouages de laquelle on ne peut plus aimer. Plus? Avait-on jamais pu? Illusions! Quand était-elle née cette illusion qui emplissait les livres, et secouait le cœur des jeunes gens d'une ivresse sans réalité? Les drogues au moins sont plus honnêtes...

Pierre, entraîné dans les gestes obligatoires de l'enterrement, se sentait pareil aux figurants de l'Opéra, qui, dans les costumes baroques des chœurs, les jambes nues en décembre, s'avancent dans le carton-pâte d'un scénario médiéval, avec les attitudes du désespoir national ou des terreurs religieuses, tandis que leurs corps de pouilleux sont dévorés par la gale et leur tête hantée par le compteur à gaz, les gosses affamés ou des vices inavoués. La vie avait l'absurdité d'un orchestre parodique. Et l'hypocrisie des violons vous donnait envie de vomir.

« Je prends bien sincèrement part à votre douleur... »

Le docteur Moreau s'inclina avec une expression retenue et bouleversée à la fois. On était dans le cimetière devant la tombe ouverte, où déjà dormaient la tante Eudoxie, Cécile de Sainteville, mère de Pascal et Marie, le préfet d'Ambérieux... Il y avait la terre remuée, et les cordes autour du cercueil, et les fleurs rangées contre les dalles voisines, et les deux croquemorts, et le fossoyeur, qu'aidait Boniface, en bras de chemise, les manches relevées, la foule, la famille, Paulette tremblante et mouillée de sueur et de larmes dans le grand voile de crêpe, les enfants dans les jambes, la silhouette haute et voûtée de Blaise... La chaleur écrasante, les mouches, le soleil... Pierre se sentit tout d'un coup réveillé d'un enchantement dans cette réalité du cimetière, avec les tombes gravées de menteries et de noms oubliés. Il regarda le docteur Moreau, et prononça sur le ton pénétré d'usage :

« Je vous remercie d'être venu... »

Il y avait un repas au château, pour quarante-six couverts, la famille. On ne se dérobe pas aux coutumes, même quand elles font horreur. Est-ce que c'est agréable de jeter sa mère dans un trou ? Eh bien, de déjeuner comme ça, non plus. Il faut ce qu'il faut.

XLIX

« M. l'abbé Petiot ira le chercher pour moi... ne vous dérangez pas, ma nièce... » Même à un repas d'enterrement, il faut bien prendre sa médecine, et la bouteille des gouttes était restée dans la chambre. Le secrétaire de Monseigneur se leva. C'était un long jeune homme que la soutane faisait paraître encore plus maigre, avec son visage sans menton et ses lunettes et cette façon de se courber en se frottant les mains.

Les quarante-six couverts sous les arbres de la terrasse faisaient une longue table de tréteaux, et un tintouin du diable pour les cuisines. Bien entendu, le personnel de l'hôtel des Alpes était monté au château pour aider. On ne s'en serait jamais sorti autrement.

Monseigneur faisait face à Pierre Mercadier. Il avait à sa droite Mlle Agnès de Champdargent qui avait quarante-huit ans, et qui était la tante de Norbert, et à sa gauche une cousine des Ambérieux qui avait un peu plus. Les dames parlaient tout le temps de la défunte par-dessus le prélat. Elle eût cette chère Marie, tant aimé savoir que Monseigneur avait dit pour elle la messe des Morts. Elle le savait sûrement d'ailleurs...

« Oh, — dit monseigneur, — cela ne lui eût pas fait un tel plaisir. J'ai enterré son mari, baptisé ses enfants, enterré sa mère, marié Paulette... Je finis par n'être plus guère une attraction dans la famille... »

C'était un homme épais, assez grand, avec un visage éteint, mais large, et presque le même nez que Blaise d'Ambérieux. Malgré quelques plis, encore un assez beau visage par en haut, avec le front un peu dégarni. Mais par en bas tout fichait le camp, une déroute de bajoues et de traits brouillés. Ses mains grasses, aux doigts courts, avaient l'air tout heureuses d'être débarrassées de l'améthyste épiscopale. Il les opposait dans le geste classique des prêtres, mais cela faisait moins prière que pudeur. Pendant tout le repas, qui devint rapidement assez bruyant, il s'adressa d'une façon presque constante à son vis-à-vis, et Pierre qui avait toujours une petite gêne à fréquenter les gens d'Église, parce qu'il n'aimait pas afficher son incrédulité et la sentait tout d'un coup avec eux ostentatoire, Pierre en éprouvait un sentiment de malaise, qui se joignait à son impuissance d'oublier le lien absurde entre ce banquet et la morte.

Cela se passa dans le brouhaha que les vins aggravèrent. La chaleur aussi jouait son rôle orageux. Quelles sottises pouvaient dire tous ces gens! Ils n'osèrent pas rire avant le rôti, mais dès les hors-d'œuvre cette restreinte se traduisit par la montée brusque des voix, par le ton haussé des conversations. Paulette n'assistait pas au repas, et on le lui pardonnait, mais M. de Sainteville se tenait au bout de la table, assez égaré, digne pourtant. Il était possédé par une idée burlesque, qu'il se reprochait, mais qu'y faire? Il avait envie de demander qu'on chantât. Irrésistiblement. Il n'en dit rien, bien sûr. Ça aurait été un joli scandale. Et lui seul avait du chagrin.

Monseigneur reprenait d'autres gouttes au dessert. Pas de café. Il y avait dans son visage quelque chose de très bon, et de légèrement traqué. Puis ses yeux s'ouvraient. De gros yeux de poisson. On s'étonnait alors que cet homme craintif eût un tel regard. Il observait Pierre, et Pierre le sentait. Qu'est-ce qu'il pouvait penser, l'évêque? Probablement qu'il était touché comme tout le monde du chagrin de Pierre, que tout le monde attribuait au décès de Mme d'Ambérieux. Pierre non plus ne prenait pas de café. Ni de liqueurs.

« Venez donc, mon cher Pierre, — dit Monseigneur. — Un petit tour nous dégourdira les jambes. Tout cela est un peu funèbre.

— Vous trouvez? Ce repas au contraire...

— C'est bien cela que j'appelle funèbre! Ça ne vous dit rien?

— Volontiers... »

Ils s'éloignèrent sur la terrasse, contournèrent le pavillon de tante Eudoxie, dépassèrent les cèdres, et s'en furent s'asseoir près du vieux balustre vermoulu, à l'autre bout du jardin, d'où l'on surplombait la vallée au-delà de Buloz. Il pouvait bien être trois heures, et il y avait quelques nuages sur la montagne.

« Quelles gens! — dit monseigneur. — Ils sortent de leur trou, dès que l'un d'entre nous meurt. On ne les reverra pas, du moins pas réunis jusqu'à l'enterrement prochain... C'est une étrange chose qu'une famille... tout au moins telle que nous l'entendons... Il faut que je vous dise, Pierre, que votre tristesse fait mal à voir...

— Ma tristesse? Je ne voudrais pas vous abuser...

— Vous ne m'abuserez pas, vraiment, cousin. Et j'aimerais autant que vous sachiez en abuser d'autres... »

Où voulait-il en venir? Il sentit probablement Mercadier se cabrer. Il biaisa. C'était sa manière. Il procédait toujours ainsi par des sortes de brusques attaques, puis un repli, une diversion, qui permettait à l'adversaire, je veux dire à son interlocuteur, de s'habituer à l'idée lancée, à laquelle on pouvait ensuite tranquillement revenir.

Monseigneur aimait la psychologie.

Il parla de Mme d'Ambérieux avec beaucoup de sentiment, et juste ce grain de désapprobation qui achète toujours un gendre. Même devant une tombe à peine fermée. C'était un homme extrêmement bavard que

Monseigneur. Il renversait la tête en parlant, pour mieux s'entendre. Sa prolixité convenait à l'humeur sombre de Pierre. Il parlait de l'Italie d'où il venait. Ah, Sorrente! Sa Sainteté avait été assez bonne pour lui donner une fort longue audience. Un homme remarquable. Les Français ne se doutaient pas de ce qu'ils perdraient le jour où Léon XIII viendrait à disparaître.

Monseigneur se fût rapidement répandu en propos divers sur les cardinaux, l'entourage pontifical. Mais il savait Pierre sans religion. Il n'eût pas voulu apporter de l'eau à ce moulin-là. Il tournait autour de quelque chose. Sa Sainteté s'inquiétait beaucoup de la France. De ce qu'on y pensait. Des dissensions qui y régnaient...

« Bah, — dit Pierre, histoire de dire quelque chose, — il n'y a pas de dissensions en France! Du moins pas plus que toujours...

— Parlez-vous sérieusement, mon enfant? Le pays est pourtant ravagé, et profondément... »

Pierre haussa les épaules. Ravagé? Pourquoi? Des discussions politiques... Et puis après? Nous avons eu le boulangisme, le Panama. Est-ce que nous nous en portons plus mal?

« Il y a l'Affaire », dit pourtant Monseigneur.

L'Affaire? Bon, elle était enterrée. En France, est-ce que nous pouvons nous attacher longtemps à une histoire comme ça? « Évidemment, je me suis bien fait comme tout le monde ma petite opinion... Mais je me perds dans les détails, c'est si compliqué. Voyez-vous, Monseigneur, je préfère l'histoire quand elle est achevée, qu'elle est prête pour l'étude scientifique... » Et il expliqua son ouvrage sur la vie de Law.

Monseigneur revint doucement à la charge.

« Pour moi, j'ai voulu m'informer sur cette affaire qui bouleverse l'opinion... Le cas de cet officier juif condamné pour espionnage et trahison me tarabuste... Remarquez que la chose jugée est la chose jugée et qu'il n'est pas de mon ministère de suivre les voies du scandale. Mais j'avais trouvé de nobles créatures, une dame dont l'élévation d'esprit, la charité chrétienne ne font point de doute, qui m'avaient confié leur trouble. La curiosité m'en a pris. C'est péché véniel. J'avoue que j'ai été à mon tour très inquiet. Les faits sont singuliers, la procédure pleine d'irrégularités, les personnes liées à tout cela singulièrement liguées contre tout éclaircissement...

— Peuh, — dit Pierre Mercadier, — moi, à vous dire vrai, je suis persuadé de son innocence, et il m'est arrivé plus d'une fois de m'en disputer avec ma belle-mère. Mais au fond... Je ne suis pas Juif, cela ne me concerne pas. L'esprit de contradiction qu'on a en famille, on ne le pousserait pas jusqu'au martyre. Et si l'armée, le gouvernement, la sûreté de la France sont intéressés à ce que M. Dreyfus vive à l'ombre, je n'aurais pas l'insolence d'y opposer ma mince jugeote et les renseignements de quatre-vingt-dixième main qui sont les miens...

— Bien sûr, bien sûr, vous avez raison, mon fils. C'est ce que je répète aussi. Mais cela influe sur mon sommeil... Je dois vous dire que pourtant je n'ai en rien liaison avec ceux qui condamnèrent le capitaine... Peut-être est-ce cette inimitié contre les Juifs qu'a fait naître et soulève encore cette affaire, qui m'incommode en elle... Je dois dire que ces sentiments de haine contre un peuple, qui a, il est vrai, mis à mort le fils de Dieu, mais il y a si longtemps! me surprennent chez ceux qui les manifestent. Dans un monde pourtant éclairé. Et j'ai beau leur dire qu'après tout Marie et Joseph, et Jésus lui-même étaient israélites... On ne m'écoute pas, on me rit au nez... Il n'est tout de même pas possible que le cas d'un officier félon soit seul à l'origine d'une passion pareille... Avez-vous remarqué autour de vous? Cela me choque... »

Non, Pierre Mercadier n'avait pas spécialement été frappé par l'antisémitisme nouveau. Évidemment, les gens n'aimaient pas beaucoup les Juifs, mais de là...

« J'ai un ami juif, c'est un excellent musicien. Paulette me le reproche. Elle me reprocherait autre chose si ce n'était pas cela. Je n'aimerais pas non plus que ma fille épousât un Juif, à vrai dire... Au-delà de ça...

— C'est naturel, — dit monseigneur. — Le mariage...

Mais enfin, entre nous soit dit, il y a des juives qui sont jolies femmes... Éprouvez-vous vraiment de l'horreur à l'idée que vous pourriez avoir une maîtresse juive? Excusez cette question de ma part. Je ne mets point ici en ligne l'adultère qui est une chose effroyable, ni le péché de la chair hors des sacrements, qui est une abomination. Non. Seulement, je sais que, par malheur, le commun des hommes, et sans doute vous-même, mon enfant, est habitué à considérer ces choses sans grande répulsion... Alors ma petite question, qui demeure toute philosophique, s'éclaire de ce que je pense : si le péché n'est pas moins grand qui comporte avec la fornication, l'unité de race et de confession des pécheurs, pourquoi ne voudriez-vous pas, plus difficile que Dieu dans sa justice, interdire à votre fille le mariage avec un Juif, que l'on pourrait baptiser...

— Mais le baptême, Monseigneur, n'y change rien...

— Ne blasphémez pas, mon enfant! Le baptême change tout à toute chose. C'est la loi de l'Église, et hors la loi de l'Église, pour vous autres, incroyants, comment recréez-vous donc la conception du péché? Sans la religion, moi, je ne vois pas différence bien grande entre un Israélite et vous. Et avec la religion, Dieu n'en voit aucune... »

Mercadier ne voulut pas le contrarier. Il était clair que Monseigneur tournait autour de quelque chose qu'il ne savait comment aborder.

Les Juifs, ce n'était pas un sujet de conversation. Et puis qu'est-ce qu'ils avaient tous? Blaise, hier. Celui-ci aujourd'hui. Ils voulaient tous faire prendre position à Pierre, et Pierre pensait : « Qu'ils me fichent la paix! Je suis un individu. Tout cela ne me concerne pas. Moi d'abord. Que chacun s'aide! »

Paulette et Louise de Champdargent les découvrirent.

« Ah, Monseigneur! — s'écria Paulette. — Mon mari se confessait? Dommage. Il en aurait besoin! »

L

Le dimanche 12 septembre 1897, Blaise quitta Sainteville. Son amie l'attendait quelque part aux environs de Paris, il n'y avait pas de raison de s'éterniser au château après l'enterrement. M. Pailleron y était arrivé la veille au soir comme à l'habitude. Il avait débarqué au milieu des restants du festin funèbre : la terrasse avait un air de fête ratée, et il traînait partout des gens en noir, rouges d'avoir trop mangé. Cela constituait, pour quelqu'un qui s'amenait de la ville, quelque chose de gênant et d'indécent.

Mais l'industriel avait d'autres soucis. La petite Suzanne faisait encore de la fièvre en plateau. Toute la nuit, il voulut la veiller pour que Blanche se reposât. Elle avait maigri, Blanche, ce n'était plus que l'ombre d'elle-même. Impossible de la renvoyer se coucher. Ils passèrent donc la nuit ensemble, près de la malade, dans la chambre voisine. Suzanne appelait toutes les demi-heures environ, et puis il y avait des soins à prendre.

Une nuit singulière pour eux. Dans l'inquiétude, ils se retrouvaient. Ils se regardaient comme jadis. Ils mesuraient combien la vie les avait entre-temps rendus étrangers l'un à l'autre. Ils s'attendrissaient. Ils se parlèrent. Ce fut une nuit très douce; chacun des époux Pailleron avait dans son cœur à se reprocher quelque chose envers l'autre. Ils souhaitaient tous deux que l'autre n'en sût jamais rien. Ils éprouvèrent qu'on peut replâtrer une vie avec un bon mensonge. Le jour les prit qui se parlaient à mi-voix... Blanche consentit à s'étendre vers cinq heures du matin. Ernest se réveilla en se flanquant sous la pompe. Le temps de prendre un verre de cognac, et il regrimpa auprès de la gosse.

Il n'y en avait plus, c'est bien simple. Elle dormait, on aurait dit une morte. La fièvre restitue aux enfants le charme des animaux, et leur caractère traqué. Le père restait là, au-dessus de Suzanne, il se passait les doigts dans la moustache, et par la tête lui défilait des idées comme jamais.

Vers neuf heures, les frissons commencèrent. Une tempête. Blanche, déjà debout, s'épouvanta. On couvrit la petite tant qu'on put avec toutes les choses chaudes qu'on trouva. Au-dehors, le temps s'était couvert, et la température avait fraîchi. Puis vinrent les sueurs. Suzanne se tournait en gémissant. Elle voulait rejeter les couvertures. Le père et la mère autour d'elle les maintenaient. Brusquement, Blanche comprit ce qui se passait : l'enfant urinait tant qu'elle pouvait. C'était la détente ! Vite, la température ! Le sixième jour ! Plus que trente-sept cinq ! Sauvée, mon Dieu... !

C'était en effet la crise salvatrice. Le château fut sens dessus dessous. Yvonne courut le dire à la cuisine, à Pascal. Et Pascal le répéta à sa mère, les yeux brillants, avec ce détail : « Elle pisse tant qu'elle peut ! » pour lequel il reçut une gifle. Maman ne comprenait rien à la médecine.

Pierre Mercadier descendit chez les Pailleron. L'enfant sauvée lui donnait le droit de parler à Blanche, peut-être. Ce fut le mari qui le reçut. Elle prétextait qu'elle ne pouvait quitter la petite. Leur conversation qui dura trois minutes sembla prendre des heures à l'amant éconduit. Ernest lui était odieux. Jamais il n'en avait aussi bien senti la vulgarité. Jamais Pierre n'avait éprouvé plus vivement qu'il appartenait à un monde, et que son interlocuteur n'en faisait pas partie. Le son de la voix, l'articulation des mots, leur choix, les manières, les gestes, tout les séparait. A cet instant, Pierre comprit profondément comment et pourquoi on en arrive à haïr le peuple.

Le peuple, c'est-à-dire cet usinier fatigué par une nuit de veille, ne recevait M. Mercadier que par politesse. Il aurait bien été se coucher sur son lit. Pierre le comprit et s'en fut se promener. Il y avait juste trois semaines qu'il avait eu avec cet homme-là une conversation le soir, tandis que sa belle-mère faisait une scène dans le château. Ils avaient parlé entre eux des femmes : rien ne les gênait alors; il n'y avait pas de raison. Et Ernest Pailleron avait dit des gaillardises qui avaient écœuré le professeur.

On n'était que le 12 septembre, et cela s'était passé le 15 août. Tout avait eu lieu entre ces deux dates. Ce n'était presque pas croyable. Mercadier revoyait ces jours de la rupture; sa rencontre avec Blanche dans le parc, et le roman qui commence... le lit à baldaquin, la montagne, la chapelle dans la forêt, ce rêve à peine ouvert que soudain les orages l'emportent... le rôle singulier de la morte dans tout cela...

L'abbé Petiot vint se jeter en travers de ses pensées. Ce long prêtre regardait M. Mercadier un peu comme un fauve en liberté. Mais on ne fait pas la conversation aux fauves. A moins d'une certaine ingénuité. L'abbé Petiot sentait obscurément dans le cousin de Monseigneur la présence de ces pensées maudites dont l'idée seule l'effrayait, mais dont il éprouvait l'attirance. Si Pierre avait été aussi grand que lui, il n'eût pas osé lui parler. La différence de taille le rassurait. La futilité de la conversation cachait mal les préoccupations de l'abbé. Avec un sens singulier des choses, il découvrait en Mercadier le centre, le cœur du péché dans ce château, le tenant du diable. Il eût aimé l'exorciser. Il le laissa à contrecœur aux mains de l'évêque de Trébizonde qui revenait à pied de Buloz, où il avait dit la messe le matin, et où il était resté assez longuement ensuite à la cure, parce que le curé de Buloz avait voulu profiter de son passage pour ouvrir son cœur sur des doutes qui lui étaient venus touchant l'Immaculée Conception, et dont il était déchiré. Monseigneur avait su ramener la paix dans ce cœur honnête. Il était assez content de lui, mais il avait faim.

« Il est bien tard pour prendre quelque chose avant le déjeuner... Ça va me couper l'appétit... et puis ça a l'air d'une gourmandise...

— Laissez donc, monseigneur, — dit Pierre, — je vais vous faire donner du chocolat et des beurrées... »

Pendant qu'il mangeait son petit déjeuner, Pierre voulut s'éloigner. L'autre le retint : « Mon cousin, j'aimerais vous parler... » Bon, il la sentait venir depuis vingt-quatre heures cette conversation-là. D'ailleurs inutile de l'éviter...

« Mon cousin, — dit l'évêque de Trébizonde en trempant ses beurrées dans sa tasse, — je déteste me mêler de ce qui ne me regarde pas. Vous menez, les uns et les autres, votre vie comme bon vous semble. Mais nous nous rencontrons ici dans des jours de trouble... Ne m'interrompez pas... Je ne suis ni assez aveugle, ni assez bête pour ne pas comprendre certaines choses... Je ne parle pas de la fin de ma cousine Marie, Dieu ait son âme! Bien que la mort, et les pensées qu'elle soulève, ne soient point faites pour amener l'apaisement dans des cœurs comme ceux qui sont ici profondément troublés. Je vous dis de ne pas m'interrompre... Quel besoin avez-vous de me mentir? Je sais grossièrement ce qui s'est passé depuis un mois... Cette petite Paulette m'a dit... »

Ah, ah, on y était. Voilà d'où sortait la harangue. Paulette s'était confessée à Monseigneur, et celui-ci intervenait en médiateur. Eh bien, non, par exemple...

« Je suis désolé, Monseigneur, de couper là cette histoire, mais bien que je ne doute pas de vos bonnes intentions, vous perdrez votre temps...

— Pour ce qu'il vaut, je peux bien le perdre. Vous vous méprenez d'ailleurs...

— Je ne me méprends pas. Mais il n'y a besoin d'aucun émissaire entre Paulette et moi, plus généralement vous ne vous froisserez pas si je vous dis, vous savez que je suis un incroyant, que je n'aime pas l'immixtion d'un prêtre dans les affaires d'un ménage...

— Là, là, Cousin : ne vous emballez pas. Vous vous méprenez parce que Paulette ne m'a rien demandé de vous dire. La chère enfant! Elle est dans une erreur dont je n'ai pas essayé de la tirer. La vérité... Non, je pense qu'il vaut mieux ne pas lui ouvrir les yeux, surtout à cette heure où, confondue par le coup qui la prive de sa mère, elle est prête à donner à toute chose une importance démesurée...

— Où voulez-vous en venir?

— A ceci, mon enfant : que précisément parce que je n'ai pas voulu détromper Paulette, et que je ne suis pas aveugle, j'ai devant Dieu, ou si vous préférez devant moi-même, l'obligation de vous parler à vous...

— Je vous en prie. Mais je ne vous comprends pas.

— Enfin, il ne faut pas être grand clerc, pour saisir, au milieu des événements qui se sont déroulés, et qui seraient sans cela incompréhensibles, que les liens sacrés qui vous unissent à votre femme ne sont plus aujourd'hui ce qu'ils étaient naguère encore... Ne vous froissez pas, voyons! La cuisinière le sait, et tout le village. Passez-moi ma franchise. Elle nous évite des mots inutiles. Mon Dieu, mon fils, je vous trouve au milieu d'un désordre qui ne me concerne point, mais ne songerais même pas à vous en entretenir si je ne voyais avec peine que vous en souffrez. Ne dites pas non. Votre visage, votre comportement, votre voix... Vous croyez savoir mentir, mon enfant, et c'est peut-être vrai par rapport à ceux qui vous entourent ordinairement : mais pour quelqu'un qui arrive du dehors! Allons, ce n'est pas à moi que vous ferez croire, comme Paulette se l'imagine, que vous pleurez cette pauvre Mme d'Ambérieux! Voyons, cela crève les yeux que vous êtes amoureux fou, et malheureux. Chut, chut... Quel besoin de démentir? Naturellement, en galant homme, vous voulez garder le secret à celle... Vous le gardez si mal. Et elle aussi. D'ailleurs, je ne vous demande pas de me dire que j'ai raison, et mes paroles sont pour nous deux uniquement... Je vois dans votre cœur... Quel ravage en quelques jours! Vous viviez tranquille à peu près... Il ne faut pas espérer garder toute la vie, dans un ménage, cette flamme des premières années : les choses humaines se flétrissent... Mais enfin, vous aviez une sorte d'équilibre... Puis vous arrivez ici... Vous la voyez... Je n'ai pas grand'peine à imaginer l'entraînement, l'occasion, les excuses... Oh, mon fils, je ne vous parlerai pas du péché! Paulette n'est pas sans reproche... Et puis, ces choses ne me sont pas si étrangères, que je ne puisse reconnaître dans cet espoir insensé qu'un homme met un beau jour dans une créature de Dieu, la soif d'infini qui est en nous, une des formes de la foi chrétienne...

— Monseigneur, je vous en prie... Je ne sais ce que...

— Ne mentez pas, Cousin. A quoi bon? Puisque je sais... Je vous répète que le secret auquel je suis tenu en confession, vous n'avez même pas à me le demander.. Et enfin, ce qui est coupable aux yeux du monde, à ceux d'un vieil homme qui a fait sacrifice de tout cela, prend un sens que vous ne savez pas: je ne juge, ni ne condamne... Les hommes veulent sans cesse croire une fois de plus au bonheur, et c'est ainsi qu'ils se rendent épouvantablement malheureux. C'est leur nature, vous n'y échappez pas. Je vous trouve au milieu d'une crise. Je pourrais me taire. Je le peux encore. Cela me paraît simplement inhumain...

— Monseigneur, il ne faut pas réveiller les somnambules.

— Mais vous êtes déjà terriblement réveillé, mon enfant. Ne craignez pas que je vous fasse la morale. Le médecin qui regarde une plaie ne gronde pas celui qui se l'est faite, il cherche de son mieux à la panser. Vous avez fait un rêve insensé. Je vous dis que je peux comprendre ce qu'un tel rêve comporte de sentiments élevés, de noblesse... alors que ce qu'on appelle communément le devoir... Je peux le comprendre... Tout recommencer... Quel courage! Seulement étiez-vous prêt à affronter les ruines? Toutes les ruines?

— Paulette...

— Il s'agit bien de Paulette! Vous continuez à me croire l'avocat de votre femme, c'est stupide et presque blessant! »

Le prélat s'était un peu emporté dans cette dernière phrase. Il y eut un silence sur lequel Pierre rêva. Il reprit machinalement:

« Toutes les ruines... oui... je crois qu'aucune ruine ne m'aurait arrêté.

— Votre foyer détruit... Une femme laissée seule... vos enfants... rien? Je ne sais, au fond, si je dois trouver ça horrible, ou merveilleux. Drôle de langage pour un prêtre! C'est ce que je pense, que voulez-vous... Et vous

l'auriez enlevée, à un mari, à son monde, à sa fille?
Naturellement. Seulement qu'auriez-vous fait d'elle?
Vous la voyez vivant dans votre petite ville de province
avec vous, professeur?

— J'aurais lâché le professorat...

— Pour aller où? Pour passer à quoi vos journées?
Avec qui? Étiez-vous à ce point sûr de remplir sa vie, à
elle? et qu'elle emplirait la vôtre? Vous aviez compté
sans sa faiblesse. Et la force d'enchaînement de la
maternité...

— Elle vous a dit?

— Oui. Nous avons parlé. Voyez-vous comme on se
trompe... Vous croyiez que Paulette m'envoyait : c'est
Mme Pailleron. Surprenant, n'est-ce pas? Parce qu'elle
ne va pas à la messe? Qu'est-ce que ça prouve? Un
moment vient où une femme veut se confier et nous
portons la robe, nous avons encore sur les incrédules ce
prestige... »

Mgr d'Ambérieux soupira, et ferma presque les yeux.
Il aimait passionnément la psychologie. Il adorait jouer
un rôle entre des êtres. Les voir réagir. Cela tenait du
péché chez lui. Cet esprit d'expérience pouvait faire du
mal, et il le savait. Il s'en retenait à regret.

« Il faut savoir renoncer, Pierre, il faut savoir renoncer. Je ne dirais pas que là est le secret du bonheur...
mais le secret de la quiétude. Qu'alliez-vous faire?
Quelle vie damnée vous ouvriez-vous? Cette femme
vous aurait perpétuellement reproché les sacrifices que
vous lui auriez faits, et qu'elle aurait prétendu vous
avoir consentis... Une vie infernale... Roméo et Juliette?
N'oubliez pas qu'ils sont morts tout de suite... Voyez,
voyez comme le premier obstacle l'a séparée de vous.
N'y pensez plus. Oh, je sais : c'est facile à dire. Vous
étiez sérieusement pincé! Hein? Mon pauvre enfant! »

Pierre brisait de petites branches. Il écoutait, il subissait cet écho inattendu de ses douleurs. Déjà, il trouvait
naturel cette intrusion de l'évêque dans ses pensées.
Déjà, il ne s'étonnait plus.

Mais M. l'abbé Petiot voulait dire quelque chose à
Monseigneur...

Toutes les ruines, pensait Mercadier. Qu'est-ce qui était ruiné pour lui, sinon de continuer sa vie telle qu'elle était? Il y a ruine si on regarde derrière soi. Toujours, quoi qu'on fasse. Il y a ruine dans la substance des choses, dans ce qu'on n'a pas osé détruire. Il y a ruine dans le décor de carton-pâte derrière lequel rien ne se cache, rien. Et auquel il aurait fallu foutre le feu. Ah, que ça flambe!

Il eut tout d'un coup conscience de lui-même dans l'avenir, menant une vie médiocre, une vie dérisoire. Mais seul. Si admirablement seul. Il pensa encore que l'évêque perdait sa peine avec lui, non qu'il ne trouvât pas les mots nécessaires, ou qu'il entremêlât trop souvent des idées religieuses à son discours. Non. Mgr d'Ambérieux s'en gardait miraculeusement pour un prêtre. Mais malgré lui, il y avait Dieu à la cantonade, même des plus osés de ses propos... Alors, ça! Les prêtres ne peuvent sans doute pas s'en empêcher, comme nous avons tous nos manies, nos idées fixes. Lui-même, Pierre, quelles étaient donc ses idées fixes? Ce devaient être elles qui l'avaient amené à l'échec avec Blanche. Si nous connaissions nos idées fixes, nous saurions les éviter, et notre pouvoir sur les femmes... Mercadier se mit à pleurer comme un enfant. « Qu'est-ce que j'ai? — murmura-t-il. — Qu'est-ce que j'ai? »

LI

« Tu m'emmènes, dis, Papa, tu m'emmènes?

— Mais puisque je te dis que non.

— Oh! Papa, emmène-moi!

— Tu m'agaces. Je préfère chasser seul. Tu fais sauver le gibier... »

Pascal n'est pas content. Est-ce qu'il n'a pas préparé lui-même les cartouches pour son père? A vrai dire, c'est plus un amusement qu'un sacrifice, que de fabri-

303

quer des cartouches. Avec la machine qu'on visse au bord d'une table, et on met la poudre, une première bourre, les plombs, de la bourre, et une pastille de carton pour fermer, puis on tourne la manivelle qui ourle le bord de la cartouche. Alors on écrit le numéro du plomb...

« Je ne fais pas sauver le gibier. Avec Yvonne, on portera ta gibecière...

— Avec Yvonne, par-dessus le marché? Reste jouer avec elle ici... d'ailleurs, elle ne peut pas tout à fait abandonner sa petite amie... Elle va bien, Suzanne?

— Mieux. Mais elle ne veut pas me voir parce que je n'ai pas le nez plat...

— Le nez plat?

— Oui. Comme Boniface. Elle trouve ça joli. »

Pierre eut envie de rire parce que Pascal avait l'air tout déconfit de cette concurrence déloyale. Il retira la baguette du canon de son fusil, et cligna pour voir le jour à travers. L'arme était propre comme un sou neuf. Mercadier siffla Ferragus, et s'en fut laissant le mioche tout désappointé.

C'est drôle, comme cela vient vite l'approche de l'automne, quand la terre garde des flaques des pluies nocturnes, et que le vent incertain des feuillages annonce déjà leurs défaillances dorées. Par le chemin creux, les ronces étaient toutes chargées de mûres noires et rouges, avec le désordre des brins de paille arrachés aux charrettes passantes. Douces mûres sucrées, fondantes, où brusquement un grain d'aigreur surprend. Ferragus gambadait, il s'élança soudain : des pies! Tout beau, chien, tout beau : on ne tire pas la pie, voyons! Sauf, après une longue journée, sans rien tirer, quand on revient furieux et dépité.

L'évêque de Trébizonde est reparti. Avec l'abbé Petiot sur les talons. M. Pailleron est à Lyon. La vie a repris son cours normal au château. Normal? enfin, il y a une morte, et une incompréhensible et véritable mort, leur amour... C'est presque intolérable de la savoir là. Blanche, auprès de sa fille, qu'on sort maintenant un peu vers midi, au soleil, quand il y a du soleil... Mais le pire, c'est bien Paulette. Ah, nom de Dieu, Avec son deuil. Exaspérante. Elle se croit obligée, ma parole! Ou bien je ne sais pas ce que c'est. Devoir la fuir pour rien, pour ne retrouver personne... Là-dessus le bruit des enfants qui jouent, l'oncle qui est tout le temps fourré avec Blanche, et les fermiers qui continuent leur va-et-vient, leur incompréhensible travail en marge de la vie.

Par une brèche de la haie, Ferragus a bondi. Autant le suivre. Pierre se hisse et passe. Un grand champ beige et brun, mal retourné, avec des pierres, et des mauvaises herbes par-ci, par-là. Un noyer. Ah, c'est par ici que j'avais vu des lapins l'autre jour! Dans la terre meuble, les pieds s'enfoncent; on se sent maître du monde. Il en faut peu. J'ai l'orgueil facile. Ce petit vent doux n'est pas favorable à la chasse.

Il n'y aura probablement pas une bête là-dedans, quelque chose a couru, un mulot! Mais puisqu'on y est, le fusil à la main, il faut continuer sa route. C'est comme la vie. Même si toute cette terre qui vous colle aux bottes, et qui s'étend encore pendant deux cents mètres est fastidieuse au point qu'on la sait d'avance par cœur. Ferragus ne s'ennuyait pas. Il gambadait.

Tout à coup, il s'arrête. Les pattes d'arrière fléchies, le nez pointé en l'air. Qu'est-ce? Un oiseau de proie qui plane. Une buse, probable. Pas très haut, faisant des ronds. Ce n'est pas du gibier, mais ça peut s'empailler. Pierre vise. Il tire par deux fois, la bête a plongé. Touchée, déjà Ferragus court. Puis il saute en aboyant, furieux. L'oiseau a filé, neigeant quelques plumes. Comment? Ah, imbécile j'ai oublié de changer mes cartouches. C'était du trop petit plomb.

Tout fait symbole à qui a dans la tête une idée rongeante et mal réprimée. Tout ramène à cette image d'une défaite, qui a des gestes de femme, qui a les gestes d'une femme. Pour l'effacer, cette femme, c'est la vie sans elle qu'on invoque, c'est le paysage monotone de cette vie dont elle est désormais absente, et la série infinie des entraves de cette vie, de chaque lien entre les êtres et soi, ce vêtement de liens, cette toile d'araignée... Monstrueux avenir à l'image du passé.

A mi-côte, vers Champdargent, il y a des vignes. Ici le soleil chauffe un vin pâle.

Pierre tua une grive. Il est apaisant de tuer. Pauvre petite bête. Enfin il ne rentrerait pas la gibecière vide. Il avait pris son fusil, plus pour avoir une raison de marcher seul par la campagne que par désir de chasser. Mais ça ne fait rien, les réflexions au retour, c'est agaçant.

Tout d'un coup ce qui lui tournait dans la tête depuis trois jours prit forme, devint lumineux. C'était parfaitement évident : toute la vie s'expliquait. Nous sommes liés par des sentiments et des craintes. Du moins, nous le croyons. On ne brise pas, avec sa vie, à cause des êtres, des rapports qui se sont établis longuement entre nous, entre eux. Un tissu compliqué de rapports, avec un mélange de fils très fins et très subtils, de nuances, un tissu léger, mais solide... Puis voilà qu'on ne saisit que les nuances. Les subtilités ne font que déguiser la nature profonde, la nature commune de ces liens, de ces chaînes.

L'argent... Il n'y a pas de sentiments, il n'y a que l'argent.

Ce qui unit Pierre à Paulette c'est l'argent. S'il ne peut pas la quitter, c'est à cause du problème complexe que cela pose, mais non pas dans le domaine du cœur. Et qu'est-il à ses enfants d'indispensable, sinon dans le rapport qu'entre eux l'argent a créé ? Cela se présente avec tous les dehors idéaux du devoir, de la responsabilité, de l'affection, des liens du sang, de l'amour... Est-ce que vous n'avez jamais vu tout ça, vous ? Mais, ce qui est réel, c'est l'argent par lequel le père, le mari subvient à la vie des siens... Il n'y a rien d'autres non plus, pour lier Blanche et son Ernest. Rien d'autre.

Tout d'un coup une rage froide le prend pour le mensonge qu'il reconnaît dans tout ce qui fait le fond de la vie des hommes. Voilà ce qu'il fallait masquer avec la morale, voilà le pourquoi de la morale ! Les sentiments, ce sont les billets de banque des rapports humains. On en tire, on en tire tant que la presse marche. Ils finissent par ne plus représenter qu'un métal fictif. Et on continue à vivre contre ces assignats. Ah, tonnerre! Quand je pense à Paulette! On reste ensemble en souvenir d'une erreur lointaine. On a cru aimer. Seul. La femme pas. Mais elle a appris à en faire les mines. Elle garde la bonne place. Elle présente ses traites. D'un sentiment qui n'a jamais existé. D'un abandon qu'elle n'a pas connu. Le chantage s'appuie sur les enfants. Tu as donné la vie, tu es prisonnier de ceux que tu as engendrés, c'est-à-dire de leur mère. La société s'est ainsi créée. Elle te juge. Elle te condamne. Prison à vie. Tu es fait, mon pauvre vieux, fait comme dans un bois.

Il se souvint avec une bonne envie de rire des beaux sentiments filiaux de Paulette, outragée par l'existence de Blaise, qui ne voulait pas que son frère vînt à l'enterrement de leur mère; elle ne voulait pas en fait partager l'héritage de Mme d'Ambérieux. L'héritage! C'est à ça qu'elle avait pensé tout de suite, avec encore le cadavre devant les yeux, dans les sanglots et le désespoir. Pourtant, de quoi s'agissait-il? On savait de reste qu'elle avait quatre sous, la défunte, et encore placés en viager! Mais il y avait des objets chinois, les tasses de porcelaine et le piano en vernis Martin. Et là-dessus cette fille montrait les dents comme une chienne qui tient un os. D'ailleurs, ce bohème de Blaise, ce grand seigneur, eh bien! il avait dit négligemment tenir à ça parce que c'étaient pour lui des souvenirs d'enfance. Tiens, et par hasard, ce qui avait le plus de valeur. Un artiste, n'est-ce pas? Il s'y connaissait, c'était plus fort que lui.

Il sacra. Un lapin lui était parti dans les pieds. Ferragus! Tiens, où est-il passé ce cabot? Ah, là-bas, il avait trouvé un autre chien, une bête jeune. Ils se frottaient, se tournaient autour. Ferragus! Il y a un homme derrière le chien. L'homme lève sa casquette, agite son fusil. Qui est-ce? Ah, bon, le cousin Gaëtan, l'aîné des Champdargent.

Celui-là ce n'était pas un démenti aux idées de Pierre! Fils d'une Mannheimer de Cologne, il avait épousé une Américaine... enfin, on dit Américaine, par politesse. Au moins cela avait le bénéfice de la franchise. Il était comme les petits copains, après tout. Un peu moins dissimulé. Au fait, on devait se trouver sur ses terres, à ce coco-là. Champdargent devait être là-bas derrière ces feuillages pâles. Ah, non, pas encore. Il y avait d'abord cet éperon de colline, et puis la descente douce à travers des champs de colza. On n'y couperait pas. Cela ferait encore une conversation. Extraordinaire ce que les gens aiment parler. Un type qu'on ne revoit jamais, on le rencontre par hasard, on n'a rien à lui dire, semble-t-il. Va te faire...

« Ohé, mon cousin, ohé, mon cousin ! »

Quelle façon prétentieuse d'appeler les gens ! Pas mèche de se tirer de là : dix bonnes minutes de causette. Encore s'il y avait à boire. Gaëtan s'approchait, devancé par les chiens.

« Bonjour, Cousin. Bonne chasse, eh ? Une grive... Faute de merle ! Ah, ah ! Tout va bien à Sainteville ? Allons, bon... Enfin naturellement votre deuil... Paulette se remet ? Elle se remet, parfait... Je veux dire... Une excellente femme, la tante... Un peu vieux genre... Qu'est-ce que vous faites de l'appartement de Paris ? Pas pensé ? Je crois que Norbert aurait besoin d'un pied-à-terre... Oui, ça ne fait pas très garçonnière, mais c'est justement... C'est mieux pour les femmes du monde !... Un gaillard, ce gosse ! Cette fois, je crois qu'il est tombé sur une bonne liaison... Qui ? Ne me demandez pas ça, Cousin ! D'ailleurs vous devez bien vous douter... je n'ai rien dit, je n'ai rien dit ! Et puis il ne me fait pas ses confidences ! »

Gaëtan était plus grand et plus fort que Norbert, brun comme lui. Il n'y avait que Louise, l'amie de Paulette, qui fût rousse dans la famille. Assez gras, les épaules arquées, le visage assez pâteux, avec un nez en bec de corbin, et de très longs cils. Il portait la moustache bouclée assez longue et relevée. Il avait les yeux inégaux et sombres. Dans son costume à carreaux bruns, avec la cravate de chasse blanche, et les culottes bouffantes, cet air de dominateur où se mêlaient la vieille aristocratie bressane et les marchands d'Asie. Même en plein champ, il était tiré à quatre épingles à en donner mal à la tête. Il se surveillait. Il savait que pour un rien, brun comme il l'était il aurait eu l'air négligé. Il s'était mis à parler des enfants. Cette année on n'avait pas encore pris Jeanne à Champdargent. Peut-être les Mercadier voudraient-ils la donner, pour sortir cette petite de l'atmosphère de chagrin...

« Guy va bien ? » dit Pierre pour dire quelque chose. Guy, c'était le fils de Gaëtan. Un peu plus jeune que Pascal. Aïe, il avait dû mettre dans le mille !

« Guy ? Oui, oui... c'était de Guy, que je voulais parler... »

Par exemple ! De Guy ? Pourquoi pas du pape ? Il ne m'intéresse pas, moi, son Guy ! Nom de Dieu, la famille !

« C'est au professeur que je m'adresse, mon cousin. Voilà. Vous savez que Guy était à Stanislas... Je me demande si ce serait lui faire tort... Comment sont-ils, ces lycées du gouvernement ? Vous devez savoir ça, vous... Mais justement Pascal... Il ne va pas au lycée... alors ? »

Pierre expliqua que c'était sa mère qui ne voulait pas. On est aussi bien au lycée qu'ailleurs. D'ailleurs maintenant qu'il passait en cinquième, à la rentrée... c'était une affaire décidée, Pascal irait au lycée.

« Vous comprenez, ce n'est plus un mioche en robe qu'on confie à des... Ça devenait de plus en plus gênant pour moi. Le proviseur m'a encore fait des remarques... Paulette a un peu crié pour la forme... Au fond, elle s'en fiche. Comme moi. Je le laisserais bien chez les prêtres. Qu'est-ce que ça peut faire ? Seulement du moment qu'on m'embête...

— Je vous comprends. C'est extraordinaire, les gens se mêlent toujours de ce qu'on fait. C'est justement... Moi si je mets Guy au lycée, ça fera crier dans mon milieu...

— Alors ne l'y mettez pas !

— Vous croyez ? Mais je ne vous ai pas dit... Peut-être que c'est différent dans votre province. A Paris... Vous n'avez pas remarqué... C'est vrai que pour Pascal, la question ne se pose pas... mais enfin ses petits camarades, lui-même...

— Quoi?

— Je trouve ça horrible, quand les enfants pâtissent pour nous autres. Pas vous?

— Bien entendu, mais...

— Ah, oui, c'est vrai. Vous ne me comprenez pas! Enfin dans son collège, Pascal... ça ne m'intéresse pas... mais vous, dans votre lycée, est-ce que vous n'avez pas remarqué... la question juive? On en parle? C'est affreux, n'est-ce pas, parmi les enfants! Mais qu'y faire? Et puis, il faut l'avouer, il y a des Juifs si antipathiques! »

Il soupira profondément.

« Imaginez-vous que Guy... eh bien, ses petits camarades l'appellent le youpin! Un Champdargent! Le nom ne leur en impose pas. Jamais je n'aurais cru... Dans votre lycée, est-ce que ce serait possible? On me dit que non?

— Je ne crois pas, je n'ai jamais entendu dire...

— Ah, vous m'ôtez un poids! Pensez donc, un enfant! Il est baptisé, il ne sait pas. C'est très ennuyeux, cette affaire Dreyfus... »

Celui-là aussi! Et les jérémiades ne faisaient que de commencer. Il était prêt à n'importe quoi, Gaëtan de Champdargent, pour n'entendre plus parler des Juifs, pour ne plus avoir à penser à ce sang dans ses veines, qui le gênait au Jockey-Club, et pour lequel son fils commençait à avoir des malheurs. Il ne se sentait pas solidaire de ces gens, ah, mais là, pas du tout! Pierre sur ce point le comprenait. Peut-être était-il un peu choqué d'entendre le cousin Champdargent débiner à tel point des congénères du côté maternel. Question de tact. Mais enfin, la paix d'abord! Un homme a droit à la paix! Et on comprenait merveilleusement qu'il en voulait à tous ces gens de ce qu'on chuchotât sur son passage dans les salons de la Pomme-de-Terre, ou que l'on criât : Coupé! à son fils. Ce qui n'était pas vrai d'abord.

Décidément, le problème juif était à l'ordre du jour : Pierre n'en revenait pas. Oh, puis, après tout! ça ne le touchait pas, lui. Gaëtan n'avait qu'à mettre son fils au lycée. Le monde ne tourne pas autour de ces histoires.

« Je vous assure, — dit Gaëtan — ce n'est pas pour dire, mais au fond, je comprends l'antisémitisme... Les Juifs sont affreux. Arrogants avec ça. Ils ont envahi la banque, l'université. On les rencontre partout. Aucun sens de la discrétion. On dirait qu'ils veulent faire partout triompher le Talmud. La forme de Juif que je déteste la plus, c'est l'intellectuel. Ces prophètes! L'affaire Dreyfus en a fait sortir de tous les coins. Ils font la leçon à tout le monde. Ils ont oublié les siècles de servitude, ce sont des nouveaux riches de la liberté. Ils sont là, moralisant, oubliant qu'ils sont des étrangers... Quand on est chez les gens, on ne leur dit pas que leur mère a un bouton sur le nez! Aucun tact. Au lieu de prendre les choses comme elles sont, la tradition... le passé... Non. Ils veulent tout régenter, tout réformer. Les maladroits! »

Ici, Ferragus se précipita.

« Vous permettez? »

Pierre épaulait. Le coup partit. Dans un champ, un lapin fit la culbute. On vit son lamentable petit ventre blanc.

LII

Elles étaient dans la salle de jeux, Blanche, Paulette et l'oncle, à faire tourner le guéridon. Pierre se mit en rogne. Il avait faim, il était fatigué, et personne ne lui demandait ce qu'il avait tué. Il annonça en passant : « Deux lapins, trois grives et des mauviettes... »

Alors, cette manie de faire tourner les tables! Jolie invention burlesque. Pour ça, Blanche pouvait s'asseoir avec Paulette. Blanche qui ne voulait plus lui parler. Et l'autre benêt de tonton de Pascal! Paulette eut le droit à une scène en règle. Elle n'en revenait pas. Qu'est-ce qu'il avait mangé? On le lui avait changé, son professeur. « Bon, dit-elle, ça fait passer le temps et ça ne fait de mal à personne!

« — Ah oui ? Je serais curieux de savoir ce qu'en pense ton confesseur...

— Tu es bête. D'abord je n'ai pas de confesseur... je prends le prêtre que je trouve...

— La superstition la plus grossière ! Tu ne vas pas me dire que tu y crois ?

— Évidemment non. Les esprits qui reviennent, un coup pour ci, deux coups pour ça... non. Mais la table tourne, je t'assure...

— Ça va, ça va...

— Mais si... C'est un phénomène physique... Ce fluide... Comme l'électricité avant qu'on la connaisse... la meilleure preuve, c'est qu'il faut que la table soit mauvais conducteur...

— Ah, tiens, tu me fais mal ! Des explications physiques maintenant ! Et Mme Pailleron, elle y croit ? »

Cette intimité des deux femmes l'irritait bien plus que la valse du guéridon. C'était pour lui comme une gifle. Comme tout ce qui lui venait d'elles. Leurs propos. Leurs silences. Et l'oncle ? Ridicule à faire le beau dans tout ça.

Un dîner morne. Avant le dessert, il n'y tint plus. Il se leva. Paulette eut une petite crispation du visage.

« Tu nous laisses ? Il y a un entremets...

— De la crème au chocolat, — dit sentencieusement Pascal.

— J'ai envie d'être seul.

— Ah ! bon, — soupira Paulette, — si tu n'as pas assez de ta journée de chasse ! »

Il haussa les épaules, et vit en gagnant la porte que l'oncle s'était retourné pour le regarder sortir. Celui-là ! Avec la famille, l'essentiel, c'est la patience à table. On peut se détester, se vomir, mais pas se lever avant le dessert. Pierre retrouvait à quarante et un ans les agacements de son adolescence. Il avait eu avec sa mère de ces démangeaisons de fuir, quand il découvrait les femmes et la philo. Mais maintenant il ne fuyait plus pour quelque chose. C'était déjà assez que d'être délivré d'une présence et de retrouver la nuit et le parc.

Il faisait beau. Il n'y avait pas de lune. L'intimité des

arbres, qui ne respirent librement que la nuit, avait quelque chose d'épais comme une fourrure. On entendait le cri tremblé d'une hulotte. Pas du tout effrayant. Presque tendre. Un sanglot clair. La route tournait dans le parc, et soudain il y eut un point rouge dans l'air, une cigarette. Il sut que c'était elle. Il s'arrêta, le cœur battant, les poings serrés.

« C'est vous, Pierre? — dit la voix. — Vous n'avez pas peur... Cette nuit est bizarre, n'est-ce pas? Je ne m'étais pas promenée de la journée... »

Il murmura : « Blanche... »

Ils étaient immobiles à trois pas, il voulut étendre le bras, qui se retint. Un peu de temps coula entre eux.

« C'est singulier, — reprit-elle, — je ne vous vois pas et je sens votre présence. Dans le jour quand nous nous croisons, je n'ai pas besoin de me raisonner pour vous fuir. Je n'ai pas peur de vous. Je suis sûre de mon indifférence. Je suis forte... Non, n'avancez pas. Si vous me touchiez le charme serait rompu... Je le sais. Pierre, je vous ai fait du mal... Ne dites rien! Je vous ai fait du mal... mais écoutez... Ce qu'il y a eu entre nous, j'en garderai un souvenir dont je ne puis rien dire... Il est possible à deux êtres d'avoir, en quelques jours, échangé plus que d'autres ne font dans toute la vie... puis ils redeviennent des étrangers l'un pour l'autre...

— Tu mens!

— Taisez-vous, Pierre. Ne gâchons pas le meilleur de nous-mêmes. Pourquoi faut-il se déchirer? Pourquoi...

— Ne crains rien, Blanche, c'est fini. Tu as bien tué mon cœur... Je t'ai vue, maintenant, comme une autre... Je ne crois plus à ce rêve insensé... ce n'est pas qu'il soit brisé... Il était insensé d'y croire...

— Pierre, pourquoi cette amertume? Je voudrais que nous gardions de ces jours-là comme un beau secret à nous deux...

— Oui, surtout un secret! Tu n'as rien à craindre. Je ne suis pas de ceux qui parlent. Dors sur tes deux oreilles.

— Voyons, Pierre!

— Quoi? Je devrais maintenant me prêter à cette

légende doucereuse que tu voudrais reconstruire... te fabriquer un péché-souvenir, comme il y a des porte-plume en coquillage... »

Il sentit soudain un mouvement de l'ombre. Fuyait-elle ? Le point d'or de la cigarette fit une esse dans l'air. Non. Elle était là tout contre. Elle lui avait pris la main.

« Pourquoi nous tourmenter ? — disait sa voix haute et chantante. — Est-ce qu'on ne peut pas garder intacte la mémoire de trois semaines...

— Trois semaines ! Tu comptes très exactement.

— Donne-moi ton bras », dit-elle. Et il ne s'aperçut qu'un peu plus tard qu'elle l'avait tutoyé.

Ils marchaient dans l'ombre, d'abord silencieux. Comme un vieux ménage, qui n'a plus rien de charnel. Pourtant... Elle renouait cette conversation des ténèbres, avec des mots simples et gênés. Elle parlait de sa tristesse. De Suzanne aussi, furtivement.

« Elle est tout à fait hors d'affaire ? »

Cette phrase de Pierre avait un accent de froideur abominable. Il mettait entre eux la politesse. Une politesse insultante. Peut-être était-ce qu'il sentait la rechute possible, et qu'il en avait peur. Il avait décidé de ne plus souffrir. Il avait été assez bête pour croire qu'une femme le sauverait de la sienne. Maintenant qu'il touchait à la liberté, maintenant que les mensonges de la vie lui étaient clairs, il n'avait plus besoin de Blanche, n'est-ce pas ? Plus besoin d'échanger des chaînes contre des chaînes, de recréer une nouvelle menterie...

« Écoute, Pierre, tout est ma faute, j'en conviens... Je n'aurais jamais dû... Vous autres hommes, c'est naturel... Mais moi... Dès la première minute, il fallait tout arrêter... Je n'ai pas su... Je m'ennuyais tant... Si tu savais le vide de la vie d'une femme ! On a brusquement un besoin de romance... un besoin de quelque chose en soi qui chante... de quelque chose pour ne plus penser... de quelque chose à quoi penser... »

Il l'entendait avec haine. Il avait été pour elle ce jouet.

Longtemps, elle lui parla ainsi. Par un effet étrange, sans rien changer de ses sentiments, il se sentait pourtant enveloppé, dans sa voix, porté par elle, calmé... Ils remontèrent jusqu'à la terrasse, et d'un accord tacite ils se dirigèrent vers le banc au-dessus de la vallée, où Pierre s'était assis avec l'évêque. Ils s'assirent, et Pierre dit :

« Vraiment, à nous voir, on croirait des amants... Je n'ai pourtant plus rien à te dire. Je ne comprends même pas qu'on puisse avoir à te parler, comme l'oncle, qui te tient la jambe des après-midi entières....

— M. de Sainteville est très bon pour moi. C'est un repos que de parler avec lui, je t'assure.

— Merci. Passe-moi le repos. Et de quoi bavardez-vous ?

— De tout. De la vie. C'est un homme qui en sait plus long qu'on ne croirait...

— Sur quoi ? On se le demande !

— Tu es injuste. Sur la vie...

— Ah, laisse-moi rire ! La vie !

— Les femmes, si tu préfères... Tu es injuste envers ton oncle. Pas seulement comme ça, d'ailleurs...

— Qu'est-ce que ça veut dire ?

— Rien, enfin...

— Enfin quoi ?

— Tu vas te fâcher. Non ? Eh bien, nous avons beaucoup parlé, lui et moi. Oh, pas de nous...

— Je me disais...

— Tu es stupide ! Non, de lui. De sa vie. Tout cela. Le château, l'hiver ! L'âge. Enfin, de son isolement... Tu me permets que je te dise quelque chose ?

— Je t'en prie.

— Alors, voilà. D'abord, ne t'imagine pas qu'il m'ait chargé d'une commission. Je t'assure que s'il savait... C'est mon idée à moi de t'en parler... Tu sais qu'il a des difficultés d'argent, ton oncle. Et, au fond, le château... c'est toute sa vie... Qu'est-ce qui se passera quand les gens qui ont des hypothèques exigeront la vente ? Qu'est-ce qu'il deviendra ? Il s'endette un peu plus chaque année. C'est le docteur Moreau qui le guette. Il ne le lâchera pas. Il attend le jour où le château sera libre pour y installer des tuberculeux... Ce serait la fin de Sainteville... et où irait-il finir sa vie, le pauvre vieux?

— Oui, et alors?

— Pierre, ne prends pas ton genre dur! Tu es riche, tu as de l'argent... tu pourrais racheter les hypothèques... »

Elle entendit dans l'ombre un bruit comme d'une goutte d'eau qui tombe à un robinet... C'était un rire contenu de Pierre. Voilà donc à quoi pensait l'oncle, et pourquoi il faisait la cour à Blanche! Trop drôle, trop évidemment drôle. Et elle qui s'entremettait! Dire qu'il s'était demandé pour quelle raison mystérieuse, quel revenez-y, elle acceptait ce soir de rester près de lui dans l'ombre, de lui parler doucement, avec cette voix de tête tendre... Dire qu'il avait failli marcher comme un collégien! Il s'agissait d'hypothèques!

Il répondit avec le plus grand sérieux : « L'oncle exagère la situation. Il n'en est pas là. Le docteur Moreau n'est pas un monstre. Et puis nous l'aidons... Il ne vous l'a pas dit? Discrétion de sa part, chère Madame, pure discrétion! Pour l'hypothèque, mille regrets : j'ai une horreur congénitale des hypothèques. Je ne sais pas pourquoi. C'est un peu maladif. Le mot me rebrousse le poil. Parlons d'autre chose...

— Pierre, — souffla-t-elle, — je ne vous reconnais plus...

— Oh, c'est l'ombre! Je n'ai pas changé d'une ligne. Mais vous savez, qu'on vende Sainteville ou qu'on le brûle! Moi ça ne me fait ni chaud ni froid... Ni l'oncle, cher digne homme... Oh, ce n'est pas tant question d'argent! Mais je ne donnerais pas un sou de cette petite propriété champêtre! »

LIII

Une journée morne et désespérante. Le temps s'était encore détraqué. Une pluie persistante, sans violence, sans passion. Dans le château, cela faisait qu'on se trouvait les uns sur les autres. Cela frisait la crise de nerfs. Moralement aussi, on se marchait sur les pieds.

Avec ça que Jeanne avait fait grimper le petit Gustave qu'elle avait oublié tout l'été, et dont l'adoration lui était devenue soudain indispensable. Ils étaient sous une table avec un chemin de fer. Paulette faisait des réussites : « Celle-là, c'est celle qu'aimait ma pauvre maman... » Pascal lisait. Il aurait dévalisé la bibliothèque : il découvrait Dumas père, et dévorait *Joseph Balsamo*. L'oncle errait. Il ramena Blanche, proposa un whist, sans succès...

Était-ce le désœuvrement qui avait ramené Pierre à cet ouvrage d'histoire qu'il avait récemment délaissé ? Toujours est-il qu'il alla chercher ses cahiers dans sa malle d'où il ne les avait pas sortis à Sainteville cet été. Il avait beau faire, le thème de Law, malgré l'anachronisme des préoccupations qu'il soulevait, le ramenait sans cesse à lui-même, par des chemins détournés. C'était une chose étrange comme il ne pouvait rien imaginer qui ne tournât autour de lui-même... Bien sûr, c'était fort bien ainsi, et que des liens mystérieux existassent entre son héros et lui-même était sans doute satisfaisant à penser. Mais cela ne devait pas transparaître dans l'écriture. Il y avait tout un passage où il se retrouvait trop lui-même, où il se trahissait.

Il tourna autour de vingt idées, puis se mit à écrire comme si Paulette n'existait pas, ni Blanche, ni tout ce chahut autour de lui. Ce qui le troublait, c'était de ne pouvoir se représenter son héros, comme un être humain qu'on eût pu rencontrer dans l'escalier. Toujours, quand il se remettait à l'œuvre, pour atteindre ce personnage fascinant, il lui fallait d'abord se jeter dans les généralités. Il évitait ainsi ce qui était son but, le portrait de cet homme, la psychologie, la vie personnelle de cet individu de génie, sur lequel les matériaux historiques font terriblement défaut, si bien qu'on aurait le droit de le recréer, et à son image à soi.

Mercadier contemplait les dégâts qu'il venait de faire dans son manuscrit, en abattait toute cette page, comme un grand mur qui barrait une perspective. Il se mit à la récrire, sur ce ton impersonnel et général auquel il entendait s'astreindre. Il ne s'agissait bien ici que de généralités. Écrire, c'est parfois s'abstraire, mais cela peut vous ramener au pire de vos rêves. Au milieu des mots indifférents, Pierre craignait de retrouver le monstre qui le mordait. Il écrivait encore :

« Pendant des siècles et des siècles, les hommes ont vécu sans monnaie. L'échange de produits se faisait de façon directe. Au fur et à mesure de la complication progressive des échanges, par le fait même des exigences nouvelles des hommes, de la nécessité d'acquérir les produits des régions lointaines, l'utilité de la monnaie apparut, c'est-à-dire d'un signe de la richesse, qui se substituât bientôt à la richesse même. Les États et les princes assurèrent leur propre pouvoir en frappant de leur sceau cette mesure du pouvoir humain, l'argent. Le signe monétaire éclipse bientôt ce qui en était la profonde origine : les liens de consommation, le pouvoir des bras de l'homme ou de son cerveau, cessèrent d'être les vraies richesses. Le trésor, désormais, c'était l'argent lui-même. Le principe "possession vaut titre" devint possible, et la propriété de l'argent l'emporta sur les moyens de son acquisition. De là naquit le commerce dès l'antiquité, qui trouva dans la monnaie la justification que lui refusaient les morales.

« Toute l'histoire du monde est celle de l'argent. Il y eut la grande lutte de ceux qui opposaient à l'argent la terre et le combat des marchands et des seigneurs. Les princes qui voyaient en leurs vassaux terriens des rivaux possibles leur retirèrent le droit de battre monnaie, et s'appuyèrent sur les marchands contre les seigneurs. L'unité des États se basa sur l'unité de la monnaie dans leurs limites. Ainsi, progressivement, le monde se modelait sur l'argent : nous l'avons trouvé, dans les temps modernes, en proie à ce débat qui oppose les nations et les hommes.

« Le génie de Law fut de recommencer l'opération magistrale qui mit fin aux temps pastoraux. Comme alors on avait inventé la monnaie, aisément transportable, qui évitait l'envoi d'un troupeau de bœufs pour payer les étoffes d'un pays distant, Law imagina de laisser dormir dans les banques l'or et l'argent garants de la richesse et de leur substituer la signature des princes ou des républiques sur un petit papier sans valeur autre que cette signature.

« Dans le monde entièrement conquis, ou qui allait l'être, c'était là un progrès indéniable dans l'art des échanges, outre qu'il augmentait la puissance des princes identifiés à leurs banques, par l'abus qu'il rendait possible, et la multiplication tentante des nouveaux billets. Nous vivons depuis un siècle et demi, ou guère plus, dans ce système, que déjà en apparaissent et les bienfaits et les conséquences imprévues.

« Il s'est encore compliqué depuis Law, dans la mesure où le papier-monnaie se double d'une sorte nouvelle de monnaie, que n'émettent point les États, mais les affaires privées. Les actions qui dominent notre siècle s'opposent aux billets de banque parce qu'elles en ont perdu le caractère de propriété nationale, et qu'en même temps que l'unité des grands pays se constitue, la propriété des affaires et des biens y devient insensiblement internationale, grâce à ces titres qui consacrent le triomphe des marchands sur les princes, des Bourses sur les États.

« Vers quelles transformations du monde nous entraîne ainsi d'étape en étape cette évolution des signes de la richesse ? Il est difficile de le dire, mais qui ne verrait que l'astucieux Écossais Law porte la grande responsabilité de ce mouvement introduit dans l'histoire à l'aube du XVIIIᵉ siècle, et qui a pu, en un siècle et demi, bouleverser autrement l'histoire et les hommes que ne l'avaient fait les âges pesants de l'or, de l'argent et de l'airain.

« Les hommes, effrayés eux-mêmes de ce qui se passe là, hésitent à considérer Law comme un bienfaiteur ou comme un criminel. C'est pourquoi l'on ne lui élève point de statue, et le premier militaire venu, pour un boulet de canon bien placé, a déjà sa rue, sa légende et la reconnaissance des petits enfants, que l'Écossais à peine figure à un chapitre des manuels d'histoire, plus pour sa banqueroute que pour ses inventions. Pourtant... »

Mercadier s'interrompit. L'Écossais n'occupait son esprit qu'à la façon d'un prétexte fuyant. Derrière lui, pour l'instant, se débattait sournoisement une idée qui se montrait à peine que Pierre obliquait. Il redoutait ses conséquences, leurs suites glissantes, vers des choses mal cernées que Pierre apercevait derrière elles, et qu'il avait peur à la fois d'appréhender trop vite, ou de perdre... On devrait prendre des notes. Mercadier y répugnait. Une idée qui touchait gravement à la fois à ce patriotisme financier auquel il s'était assez malheureusement confiné dans ses spéculations boursières, et qui atteignait aussi les idées généralement reçues de la famille, de la paternité. Il aurait fallu la porter à ses conséquences. Mais cela rendait impossible d'écrire plus longuement sur Law et le papier-monnaie. Bien qu'ils n'y fussent pas étrangers...

Un entrecroisement de désirs, de méditations et de fureurs. Cela pouvait donner encore quelques pages d'écriture ou bien une scène de ménage. C'était, aux confins de la mesquinerie et de la pensée, une espèce de violence qui cherchait son chemin.

Le soir, l'électricité se déchargea entre les Mercadier. Pierre s'était mis à raconter sa rencontre avec Gaëtan.

« Qu'il le mette au lycée ou non, son fils, qu'est-ce qu'il veut que ça me fasse ? Il croyait flatter en moi le professeur du gouvernement. Les gens sont bêtes. Ils ne voient jamais en vous un être humain, et rien de plus. Non. Vous êtes professeur. Français, et ci, et ça, c'est comme si on portait trois ou quatre vestons l'un sur l'autre...

— Trois vestons ? Pourquoi ? — dit Paulette. — Si ça t'est égal pour Gaëtan, que son fils aille au lycée ou ailleurs, ça devrait t'être égal aussi pour ton fils...

— Ne recommence pas. On s'est assez disputé là-dessus...

— C'est justement ce que je ne trouve pas logique. Et alors si ça t'est égal pour le fils de Gaëtan...

— Tu l'as déjà dit. Ça devrait m'être égal pour mon fils. Mais qu'il aille se faire pendre, mon fils ! Bien sûr que ça m'est égal *pour* lui. Chez les curés ou ailleurs. Seulement ça me fait des histoires, et je ne veux pas d'histoires, là ! Ça ne m'est pas égal *pour* moi.

— Alors tu persistes à vouloir...

— A la fin, la barbe ! Nous en avons parlé, que dis-je ? crié, de Paris à Tenay ! Suffit. J'ai acheté son pesant de salive le droit d'avoir Pascal au lycée sans que tu remettes ça...

— Vous êtes tellement grossier, mon ami. »

Il haussa les épaules. Quand elle passait du *tu* au *vous* pour marquer les nuances de sentiment, elle lui portait sur le système, alors ! Il répéta avec une telle fureur que Pascal irait au lycée, un point c'est tout, et que les criailleries des femmes il n'en avait pas pour longtemps à les supporter, et qu'il n'avait pas plus besoin de la politique de sa femme que de celle du gouvernement et des députés, qu'enfin Paulette prit peur. Elle sentit vaguement qu'un danger la menaçait. L'inquiétude lui donna de la sagesse. Elle se tut. Puis l'inquiétude croissant la rendit sotte, et elle se crut fine : elle imagina un moyen très vieux, très usé.

Peut-être aussi n'était-ce pas simplement un moyen, et après toutes les émotions de ces derniers jours et l'ennui de cette journée, éprouvait-elle vraiment le désir d'une diversion physique. Il y a des choses qui se produisent toujours à contretemps, quand on ne les attend plus, elles provoquent des effets inverses de ceux qu'on croyait probables.

Pierre ne prêta pas attention, d'abord, à cette douceur de sa femme. A cette docilité, qui valait surtout pour lui par le silence. Une infinité de petites attentions, de frôlements, de sourires ne firent que l'agacer d'abord. Quand enfin elle fut près de lui dans ce lit commun où ils avaient si bien l'habitude d'être étrangers l'un à l'autre, il remarqua seulement l'inaccoutumé de son comportement : Paulette avait les yeux brillants, et elle remuait contre lui, et elle prit ses jambes dans les siennes... il faillit s'y méprendre comme jadis. Puis il sentit une sorte de rage envers elle. Qui n'excluait pas tout à fait le désir.

Mais un désir maîtrisé. Un désir d'homme de passage. Pour la première fois de sa vie il regarda Paulette avec une méchanceté d'autant plus cruelle que sa femme s'offrait davantage. Il la regarda comme une putain. Et qu'est-ce qui la différenciait d'une fille? Rien. Même chiqué. Même technique. Un peu plus maladroite, voilà tout. Il la laissa s'énerver, prier de toute la prière muette de la femme qui ne peut pas dire certains mots, ouvrir sa chemise de nuit pour qu'il vît ses seins, languir. Au fond, elle en avait sans doute envie.

« Ah! — dit-elle, — tu ne vois donc pas? »

Jamais il ne l'avait traitée ainsi, jamais il n'avait, comme habituellement pas mal d'hommes, mêlé ainsi le mépris à l'amour. Il se vengeait. Paulette était un objet contre lui, non plus un être. Le plaisir ne lui en rendit pas l'estime. Il découvrait dans le sien, de plaisir, une sorte de servilité, de complaisance. Le vague sourire de la femme lassée lui semblait attendre le pourboire sur la cheminée. Il éprouvait une certaine joie à saccager tout ce qui les avait liés jadis de pensées basses et vulgaires. Il était bien guéri d'elle maintenant puisqu'il pouvait lui faire ça sans perdre la tête. Naguère encore, même quand il la trouvait sotte, il suffisait des bras de sa femme autour de lui, pour que l'étrange pouvoir physique de Paulette s'emparât de lui. Il s'endormit pesamment près d'elle, le nez dans l'oreiller, la repoussant de côté, avec cette dernière idée perdue dans des halos de formes et de lumière : « Si je lui ai fait un gosse, je m'en fous. »

Le lendemain, il se réveilla le premier, et la regarda dormir. Il constata, non sans fierté, qu'il avait pu traverser la nuit avec sa haine, et que l'aube ne la faisait point faiblir. Pendant ces quatorze années de mariage les traits de Paulette avaient épaissi. Non pas au point qu'on le vît lorsqu'elle était éveillée et que la vie les animait... mais ainsi dans l'abandon. Sa bouche légèrement ouverte, ne lui parut plus touchante. La richesse de ses bras elle-même, leur grâce, avaient perdu leur charme. Presque rien n'avait changé, bougé. A peine le coin de la bouche s'était-il peut-être légèrement marqué. Et encore. Pourtant une sorte de puissance lourde s'était appesantie sur tout l'ensemble. A cette minute, injustement, Pierre eut la sensation de rechercher un secret perdu...

La hantise du pourboire sur la cheminée lui revint. De quoi était donc faite cette idée burlesque ? Paulette avait dû obscurément sentir ce qui se passait en lui. Il n'en était pas dupe. Pas un instant, il était trop tard, elle n'eût pu lui faire avaler, même si c'était vrai, qu'elle avait eu l'envie de lui, ou même plus généralement d'un homme. Non. C'était la frousse sordide de le perdre, le sentiment traqué de la femme qu'on lâche. Ce qu'elle avait raison de trembler ! Mais cette crainte panique et soudaine, cette peur animale, l'avaient brusquement, dégradée, rabaissée, avilie. Elle avait tué la dernière chose qui enchaînât son mari auprès d'elle : la pureté du souvenir. Il l'avait vue une bonne fois dans son métier d'épouse, dans son boulot de maîtresse légitime, avec sa peur que les sacrements de l'Église et les bonnes paroles du maire fussent insuffisants à lui garantir le couvert, la nourriture, les robes et la respectabilité. Il n'oublierait plus cette horreur. Cette dérision de l'amour. Cette salissure de tout le passé. Et se leva, résolu, libre.

Il lui annonça le matin même qu'il bouclait sa malle, se rendait à Paris pour affaires, et la retrouverait avec les enfants directement chez eux, la veille de la rentrée des classes. Épouvantée, saisie, Paulette n'osa protester, et de peur de le perdre tout à fait le laissa partir sans discussion. « Dix jours après la mort de Maman ! » Elle n'en revenait pas. Il n'avait même pas été dire adieu à Mme Pailleron.

LIV

Rien à vrai dire n'appelait Pierre Mercadier dans la capitale. Il prit une chambre dans un vieux petit hôtel de second ordre du quartier de l'Opéra. Là-dessus, il perdit littéralement deux grands jours à ne rien faire que s'enivrer de sa liberté. Le temps passait comme au temps de son enfance. Il flânait par les rues, feuilletait des bouquins chez les libraires, s'asseyait au café, reprenait la rue. Septembre était doux et luisant. Il n'y avait strictement personne à Paris que Mercadier pût souhaiter voir, et même une ou deux fois qu'il crut reconnaître sur le boulevard des silhouettes de vagues relations parisiennes, il en frissonna, et eut le réflexe de se cacher : à vrai dire sans raison, car c'étaient là de simples méprises. Il s'en fut traîner au musée du Louvre, au Luxembourg. Il passa une soirée dans un café-concert assez bas, mais reposant. Le lendemain, il ne songea même pas à se chercher des distractions. Il avait tant été et venu tout le jour, que le spectacle des boulevards le soir lui suffit amplement.

Pierre s'était dit avec une espèce d'insistance que la liberté n'était, ne serait pas pour lui ce qu'elle était pour d'autres. Les hommes mariés s'en font généralement une idée vulgaire, et ne se croient pas libres tant qu'ils n'ont pas quelque aventure. Il s'agissait bien de ça vraiment ! Mais dès le troisième jour, sans qu'il sût bien comment, Pierre se trouva parlant avec une personne avec des yeux de Chinoise et une démarche hanchée toute professionnelle. Il allait se reprendre, quand l'idée qu'il subissait un préjugé l'en retint. La jeune dame lui revint près de cent francs, et le quitta vers les midi du jour suivant. A mon âge, pensait-il, et il s'en voulait un peu. Surtout pour les cent francs.

Inutile de se jouer la comédie : que voulez-vous que fasse un homme laissé à lui-même ? On peut bien aller entendre de la musique, mais pas tout le temps. Les journées sont longues et pareilles. Pour s'occuper la tête, il n'y a que les femmes. Naturellement, à quarante ans sonnés, ce n'est pas tant coucher qui vous attire... Non, mais la diversité des femmes, leurs approches, l'espèce de jeu équivoque des rencontres, le glissement singulier des mots échangés, d'une banalité amère, à la conversation, à la découverte d'un être vivant. Après... Ma foi, on couche surtout parce qu'on ne trouve pas toujours des portes de sortie. Et puis même alors : c'est la particularité d'un corps, son abandon, des similitudes subites avec d'autres femmes, l'inattendu d'une existence surprise, les parfums, des manières d'être... enfin cent mille choses indiscernables qui font le prix de ces passades, plus que le plaisir qu'on y prend.

Ce qui le grisait dans cette vie nouvelle, Pierre, c'était d'y avoir brusquement versé. Comme si cela ne se discutait pas. Et aussi ce détachement absolu des créatures d'un soir. Cette certitude de ne pas les revoir. Elles faisaient parfois des projets, et il pensait : Cause toujours ! Il aimait payer, bien que plusieurs fois ce ne fût pas indispensable. Cela lui tenait lieu d'élégance morale, cela lui permettait de se conduire en mufle, ce qui est la sensation la plus vive qu'un homme puisse se donner, à part de s'écraser les doigts dans une porte.

Il lui revenait en mémoire ce que disait jadis un compagnon de sa jeunesse, au Quartier : ce terrible cynique se vantait de ne payer les femmes, même et surtout celles qu'il visitait en maison, que si elles n'avaient pas pris de plaisir avec lui, mais si cela leur avait vraiment plu il se refusait au moindre pourboire, car, disait-il, elles avaient triché. Autrefois, ces propos avaient paru ignobles à Mercadier. Il y repensait avec beaucoup moins d'horreur : simplement, il trouvait la question ainsi mal posée. Car l'argent n'a rien à faire avec le plaisir, il dispense seulement dans ces rapports des politesses et des sentiments dont on se paye entre gens d'un même monde. Payer, directement au moins, c'était empêcher de naître un de ces mensonges qui vous lient progressivement à une femme. Pierre prenait de mieux en mieux conscience de ce rôle protecteur de l'argent.

Défense de l'individu libre. Rempart de la solitude. Il souriait, pensant qu'il faudrait, au contraire de ce camarade d'autrefois, payer double, triple, une femme qui a pris plaisir avec vous, pour salir, effacer, ce redoutable plaisir, par quoi la femme pourrait imaginer qu'elle a pris des droits sur vous.

Ce genre de pensées est commun chez les garçons de vingt ans : il est odieux peut-être, mais naturel à l'inexpérience, il ne résiste pas à une rencontre, au premier attachement. Mais chez un homme de quarante ans, il a quelque chose de repoussant, et de plus grave. Pierre le sentait vaguement d'ailleurs. Ce n'était pas pour l'en détourner. Il se vengeait en général sur les femmes de ses mécomptes avec l'univers. Tout au moins, c'est ainsi qu'il se racontait sa propre histoire. Que lui avait fait l'univers ? Et pour les femmes, cette espèce de brusque folie d'étudiant sur le retour, qu'est-ce que cela avait à faire avec les femmes ? On croirait que je raconte ici toute une vie, et il n'y a que deux semaines. Mais deux semaines de désordre, comme celles d'un gamin qui vient de découvrir la coucherie.

Il emmena un soir au bois, en fiacre, une femme vieillissante qui lui parlait de la mort, pour le plaisir de lui donner une tape sur les fesses à l'instant le plus déconcertant de ses confidences. Il rêva dix minutes qu'il était tombé amoureux d'une chanteuse et donna de l'ombrage au protecteur d'une dame de Montmartre rencontrée au café. Ce monsieur le menaça de la police à laquelle il appartenait sans doute. Cela dura dix jours en tout, y compris une balade à Saint-Cloud avec une bonne de l'hôtel. Après quoi il dut changer de crémerie et se logea sur la rive gauche.

Ah, il se sentait son maître ! Pas une fois il ne pensa à quelqu'un d'autre. Soi d'abord. Soi ensuite. Il échouait dans des chambres, de jour ou de nuit, avec des personnes dont il fallait détruire l'échafaudage pour retrouver la créature nue, et gênée souvent, la femme prête aux humiliations, et toujours plus dupe de lui qu'il n'était d'elle, car il n'était pas de mensonges dont il se privât, surtout avec les femmes du trottoir, leur promettant une vie à laquelle elles avaient fini de rêver, un bonheur soudain comme le gros lot... Il mentait si sereinement, que quand il sortait son petit peigne pour se recoiffer, et qu'il faisait les gestes classiques de la séparation, ses partenaires même les plus exercées, en restaient tuées quelques minutes. Rarement elles l'injurièrent. Elles en eurent toujours l'envie.

Rien ne vaut comme de détacher une femme de l'homme qu'elle accompagne. Dans les cafés, c'est un petit jeu habituel. Pierre s'y rassurait sur lui-même. Il pouvait encore plaire, ce n'était donc pas fini. Peu importait que cette illusion ne durât que le temps qu'on était sur les banquettes de moleskine, derrière le marbre fêlé des tables, et qu'au bout du compte la femme s'en fût avec son homme : ce qui comptait, c'était un instant où les yeux consentaient, cette trahison dans les glaces, une ruse à distance...

Remarquez que tout cela tint dans un rien de temps. On arriva très vite à la fin de septembre. Mercadier se sentait assez las, car enfin il n'avait plus vingt ans. Avec la fatigue, les rêveries revinrent. Elles ne l'avaient jamais quitté : elles étaient plus discrètes, voilà tout. Mais dans chaque journée peut-être avaient-elles occupé la plus grande part de son temps. Le jeu qu'il avait jadis inventé contre Paulette, et qui semblait tenir son plus grand charme de ce qu'il comportait de tromperie envers elle, avait jeté le masque ici, puisque la spéculation boursière, maintenant qu'il était seul, ne supposait aucune dissimulation, et que sa revanche sur Paulette s'exerçait autrement. Pourtant, Pierre le poursuivait, ce jeu, avec une âpreté nouvelle. Tout se passait comme si, le contrepoids de Paulette manquant, il avait basculé de l'autre côté du monde. Tiens! C'est penser comme le petit Pascal avec la montagne : mais, bien sûr, Mercadier n'en savait rien.

Plus que jamais les journaux étaient illisibles, avec cette stupide passion de l'Affaire. Mercadier se confinait très exactement à la lecture des pages financières. Mais un principe nouveau s'était emparé de lui. Un principe assez enivrant parce qu'il était la négation d'un autre auquel il avait tenu. Tous les gens qui se passionnent pour un jeu le comprendront : il n'y a rien de si enivrant que de changer brusquement de règle. Supposez que tout d'un coup aux échecs on invente une nouvelle marche pour le fou... ou bien qu'au whist on donne soudain une signification nouvelle au mort... qu'à la roulette on imagine un genre inédit de pontage... C'était ce qui venait d'arriver à Pierre : il avait changé une règle essentielle de son jeu. Jusqu'ici il avait tenu pour irréfutable qu'on ne pouvait distinguer sa partie de celle de son pays. Puis, tout à coup, sans doute parce qu'il s'était mis à couper autour de lui les liens qui l'attachaient aux siens, il lui était apparu que c'était là un non-sens, un préjugé d'une autre époque, d'ailleurs effectivement nuisible au succès de ses spéculations, il l'avait assez ressenti, il était persuadé qu'il était de l'essence du jeu même de se débarrasser de cette règle ancienne, et déjà dépassée par l'histoire : en un mot il s'était mis à jouer contre la France. Cette espèce de Paulette...

Car il ne pensait pas à Blanche. Il ne pensait jamais à Blanche. Avait-il à se venger de Blanche ? Dire qu'il avait cru l'aimer ! Ridicule. Une illusion de collégien. Toute l'affaire tenait dans ce qu'il avait éprouvé la surprise physique du changement. Il savait maintenant pouvoir trouver cela avec presque n'importe quelle femme. Et pour le reste... Tristan et Isolde ! Faut-il être bête ! Enfin, à la campagne... la solitude.

Mais dire qu'elle aurait pu marcher, accepter la vie commune, et qu'il aurait alors quitté des chaînes usées pour des chaînes neuves ! Brrr. Il en frissonnait. Au fond de l'histoire, sans doute, il y avait bien un regret, une amertume plutôt : mais non point celle qu'on eût pu attendre. L'amertume laissée par le refus, non que Pierre regrettât que Blanche ne se fût pas enfuie avec lui, mais parce qu'il ne pouvait lui pardonner de n'avoir pas quitté son mari, cet homme vulgaire... Et si elle l'avait quitté ? Eh bien, Pierre eût trouvé là cette preuve que tout homme cherche de sa puissance... Le reste importait peu, une fois le geste fait, la preuve adminis-

trée. Il se disait même avec ce cynisme, qui était sa nouvelle manière : « Après ? Je l'aurai laissée choir, voilà
tout... » Mais elle n'avait pas quitté Ernest Pailleron.
Est-ce qu'il y avait jamais cru, lui, à cette passion ?
Honnêtement, il n'en était plus sûr. Cela s'effaçait derrière lui comme une ombre ramassée par le diable dans
un conte de fée. Il ne restait sur la vie que le poids, toujours Paulette. Avec ses mioches. Et tout le train-train
de l'existence, le métier jamais aimé, accepté on ne sait
pourquoi, le lycée aux heures fixes, la ville de province,
le café, les collègues qui jouent aux échecs et pour tout
dessert un timide professeur de mathématiques au
piano.

LV

« Bonsoir, Beau-frère ! »
Pierre se retourna, comme pris en faute. Il ne faisait
pourtant rien que flâner sur le boulevard des Italiens,
mais il avait été surpris de l'aspect de Blaise, grand
dans son pardessus beige à collet, avec un large feutre,
la lavallière mal nouée, et sa longue moustache blonde,
le teint rouge. Avec un carton à dessin sous le bras, on
ne fait pas plus artiste. Et un brassard de deuil.
Il sortait du *Gil Blas*, rue Glück. Il travaillait pour
eux. De nos jours l'illustration marche, surtout pour les
hebdomadaires. Ils me prennent des dessins, assez irré-
gulièrement, ce n'est pas mal payé... Steinlen fait toutes
les couvertures... « On prend un bock, Beau-frère ? » Ils
prirent un bock.
Un miracle de discrétion, ce Blaise. Il ne demanda
même pas des nouvelles de sa sœur. Pour ce qu'il tenait
à elle, d'ailleurs... Ils parlèrent de Steinlen. Mercadier,
tout en reconnaissant à ce dessinateur un certain
savoir-faire, un coup de crayon, n'en était pas emballé.
Blaise le défendait avec beaucoup de chaleur. Ce qui
était bien de sa part : un concurrent.

« Dites-moi, mon cher... J'aimerais vous poser une question... » Pierre s'arrêta pour essuyer la mousse au revers de ses moustaches : « ... une question peut-être indiscrète...

— Allez-y, Beau-frère, allez-y.

— Cela vous paraîtra peut-être singulier, pour moi, vous étiez devenu un peu un symbole... Oui, oui : plus sans doute à cause de ce que la famille disait de vous, que pour ce que vous êtes... du moins, je le suppose. Mais un symbole : votre départ, l'évasion de votre monde, cette rupture...

— C'est un cas banal et répandu...

— Croyez-vous ? Pour moi, toujours est-il, vous faisiez partie d'une de ces légendes qu'on se crée, qu'on se raconte... Naturellement, quand on ne connaît pas quelqu'un, c'est bien commode : on n'est gêné par rien, on imagine, on situe à sa guise. Je vous prêtais certaines de mes pensées, vous incarniez des conceptions qui sont plus les miennes que les vôtres...

— Et puis vous m'avez rencontré, et patatras !

— Oui et non, oui et non... Comprenez-moi bien : l'important en vous, en votre personnage, c'était cette décision de rupture, jadis... avec les conséquences que j'imaginais que cela comportait... une liberté... enfin un individualisme forcené... auquel, je puis le dire, ma secrète estime... Et puis je vous ai trouvé assez... différent, beaucoup moins détaché, moins libre. Je me suis demandé, ne m'interrompez pas ! je me suis demandé si c'était avec les années, le fait d'une évolution, d'un retour... ou si je ne m'étais pas mépris sur le caractère de votre rupture même...

— Je ne vous suis pas très bien...

— C'est ma faute... Tout cela est si bien mêlé avec des idées que j'ai tant de fois roulées et déroulées dans ma tête... Voilà : je me demande au fond si la brisure entre vous et les vôtres, n'est pas l'effet d'une simple illusion... ne m'interrompez pas ! Je veux dire, si vous avez rompu avec des personnes, c'est-à-dire avec... C'est difficile à exprimer... sans vous froisser...

— Allez-y, je vous dis !

— Bref! Est-ce qu'il y a une telle différence entre la vie à laquelle vous avez renoncé, et celle que vous menez? entre le ménage que vous faites vivre avec vos tableaux, vos dessins, et celui que vous auriez fondé selon les traditions des vôtres? Je ne voudrais pas vous vexer, mais...

— Vous ne me vexez pas. Je crois seulement qu'en effet, vous vous êtes fait des idées sur mon compte. J'ai quitté les miens, parce qu'ils étaient des sots, qui voulaient m'embringuer dans leur sottise, un point c'est tout. Ma vie est ce qu'elle est. Je turbine comme tout le monde, je nourris ma femme, je m'embête quand il pleut. Qu'est-ce qui ne va pas là-dedans?

— Rien... On est loin du compte. Je vous imaginais différent. Je croyais que vous étiez parti pour... autre chose... pas pour recréer les mêmes liens un peu de côté... le même assujettissement... parti enfin pour... partir...

— Ça fait Baudelaire ce que vous me racontez là: *Mais les vrais voyageurs sont ceux-là seuls qui partent*... Je ne suis pas voyageur, je suis un type qui ne veut pas faire semblant de penser blanc quand il a la tête au noir... c'est tout. Partir pour partir, entre nous, c'est parler pour ne rien dire... Il y a aussi un autre poète qui a dit : ... *Fuir là-bas, fuir! — Je sais que des oiseaux sont ivres — D'être parmi l'écume inconnue et les cieux*... Seulement celui-ci, il est professeur d'anglais, et il continue à faire sa classe... Est-ce qu'on part? On se déplace, voilà tout. Tenez, j'ai un ami... enfin une relation... un peintre... Il faisait des tableaux bretons, et puis il a eu des désillusions... Ça ne marchait pas très bien matériellement... Il est parti pour Tahiti. Loin de la civilisation, de l'époque et de ses laideurs! Bon. Il m'a écrit. Il ne parle que du gendarme. Il ne fait plus de tableaux bretons, mais il fait des tableaux tahitiens... C'est comme les ministères : on les renverse, puis on reprend les mêmes et on recommence...

— Alors, vous ne croyez à rien, vous non plus?

— *Vous non plus* en dit long, cher Beau-frère! » — Blaise rigolait — un autre bock? non? Ce qu'il fait soif. Garçon! Un bock.

— Deux.

— Ah, c'est bien, vous vous laissez faire... deux bocks. Qu'est-ce que je disais ? Mais si, je crois à un tas de choses, à un tas de petites choses, je ne suis pas un héros, je fais de mon mieux... Je vous navre ? Tant pis ! Tenez, je crois à l'art, si bête que ça sonne, à la beauté, à toutes sortes de fantaisies... pour lesquelles je me ferais crever la peau tout aussi bien que ceux qui croient à l'Alsace-Lorraine... Je crois que les hommes un jour seront meilleurs... Je ne le verrai pas... j'y travaille à ma façon... avec de la conscience dans mon métier... en tâchant de dessiner *vrai*, de ne pas mettre n'importe quelle couleur sur ma toile pour boucher un coin où je n'ai rien à dire, de faire mon boulot de mon mieux, sans chiqué, pour pouvoir le regarder et me dire : c'est peut-être pas génial, mais c'est bien fait, je ne crains pas qu'un blanc-bec en fasse autant par hasard... Ah, non, par exemple ! C'est moi qui vous ai invité... Au moins une tournée ! j'y tiens... » Ils se séparèrent.

Les dieux tombent.

LVI

« Tu n'as même pas demandé ce qu'elle a pu penser, Mme Pailleron, de ton brusque départ à l'anglaise ? Non ? De quoi avais-je l'air ! Comme cela, laissée derrière, avec les enfants... Tu t'en fiches ? Évidemment tu t'en fiches. J'aurais dû m'en douter. Mais c'est plus fort que moi ! En quatorze ans de mariage je n'ai pas pu m'habituer, ça m'étonne encore... Qu'est-ce que tu dis ? Mais bien sûr que tu as été comme ça dès le premier jour... D'abord, je ne comprenais pas... Ton égoïsme, ton monstrueux égoïsme ! Ah ! j'en ai versé des larmes en cachette... »

Tout cela, dans la salle à manger en vérifiant le couvert. On avait le proviseur à déjeuner. Et Madame. Et le sous-préfet en garçon : sa femme était chez sa mère en

Bretagne. Paulette, en matinée bleue, releva une mèche de cheveux qui lui tombait dans les yeux, et la fixa avec une épingle.

Non, il ne s'était pas demandé ce qu'avait pu penser Mme Pailleron, puisqu'il n'avait pas pensé une seule fois à elle. Et d'ailleurs, elle avait pensé ce qu'elle avait voulu. La vie avait repris comme s'il n'y avait jamais eu de Blanche Pailleron, de grand lit à colonnes, de grange auprès de la chapelle dans la montagne, jamais de rêves, de soupirs, de baisers. La vie divisée en jours égaux, débitée en tranches, avec le réveil qui sonne, la douche, le gant de crin, les mouvements de gymnastique, le petit déjeuner, le coup d'œil à la fenêtre pour voir s'il pleut, la rue, le lycée, le préau, la classe, les gosses, les horribles gosses... « Messieurs, je désire attirer tout particulièrement votre attention sur ce qui se passa dans la nuit historique qu'on appela la nuit du 4 août... Dans toute l'histoire du monde, vous ne trouverez pas un seul moment comparable... par quelle aberration, par quelle perte du sentiment de leurs intérêts, les prêtres et les nobles, cette nuit-là, abandonnèrent-ils leurs privilèges ? C'est là ce que l'histoire restera longtemps encore incapable d'expliquer. Cette incompréhensible générosité... »

Au fait, Pascal était au lycée. Douze ans. On voyait à ses vêtements qu'il avait brusquement grandi, et c'était un sujet de conversation pour sa mère. Pour lui, le lycée, c'était, à la fois, comme si on avait fini de jouer, et qu'on était entré dans un jeu très compliqué, très sérieux, dont on ne connaît pas bien la marche. Il se sentait bousculé, entraîné, dépassé, et en même temps il avait peur d'être au-dessous de la situation, d'avoir l'air tarte aux yeux de ses nouveaux camarades. Une foule... On était vingt-trois dans sa classe, et à la récréation tous les autres... Un tournoiement de visages, de personnages au milieu desquels il se débrouillait mal : presque des hommes, certains, avec des pantalons longs. Extrêmement grossiers. Leur langage, les premiers jours, le bouleversa, jusqu'à ce qu'il se mît à le copier avec une sorte de fièvre, et l'impression brûlante du péché !

Il y avait, dans la classe, Tourmèche, le fils du sous-préfet, et l'un des fils du grand fabricant de gaufrettes, des gens pleins d'argent; et en même temps des types assez pauvres, et qui s'en rattrapaient avec leurs poings, comme Rœdelsperger, dont les parents tenaient une petite quincaillerie, et qui avait le visage déjà tout couvert de poils roux; les deux frères Terrasse, dont l'aîné ayant redoublé à cause d'une maladie, avait près de quatorze ans. Le souffre-douleur était le fils du grand boucher de la rue Neuve. Un garçon laid, avec des végétations, le bec ouvert, les yeux ronds, les cheveux noirs, qui partaient presque du nez, se dandinant d'un air bête. Pour une déveine, il avait une déveine: le seul Juif de la ville, et s'appeler Dreyfus. Ce qu'on l'embêtait avec ça! Évidemment, on lui disait Charlot, parce qu'il vous en suppliait. Il avait honte de son nom. Ses parents d'ailleurs étaient antidreyfusards. Seulement, pour les professeurs, rien à faire; Dreyfus il était, Dreyfus il restait. Élève Dreyfus, levez-vous! Pascal le détesta. Cette voix affreuse, ces plaisanteries pas drôles, pour se faire bien voir. Enfin dans les jeux, tout le monde se liguait contre lui, très naturellement, et c'était bien fait.

Le langage du lycée, c'est pas si simple de s'y faire. Un langage à la fois canaille, et obscène. Comme les dessins qu'on se passe sous les pupitres, dont la précision est plus gênante encore à cause de leur maladresse. Pascal pensait avec honte à ses conversations avec Levet-Duguesclin. Il ne le revoyait pas, celui-là. Son meilleur ami. Mais il était resté à l'école, et ma foi... Il y avait un monde entre eux maintenant. Pascal commençait à sentir les premières approches de la puberté. Toutes sortes de choses le troublaient, et il avait envie de rompre avec tout ce qu'il avait autorisé jusque-là. Il prenait conscience de son inconscience de la veille. Il resongeait aux granges de Sainteville, à Suzanne, à Yvonne, à l'innocence de ce qui leur avait alors paru si coupable. Finis, ces enfantillages. Il n'imaginait rien encore, il couvrait de sa grossièreté et de sa désinvolture son trouble et son ignorance. Ce n'était qu'un enfant de douze ans. Tout d'un coup il était devenu sauvage avec les grandes personnes. Il n'aurait plus parlé à une dame comme quelques semaines auparavant avec Blanche. Il se rejetait vers ses compagnons de classe avec une brutalité effrayée. Il prenait du goût à se battre. Il voulait être le plus fort.

Et puis être du banquet de la Saint-Charlemagne. Une obsession, parce que le grand Poterat, toujours premier en mathématiques, lui avait dit que jamais on n'avait vu un nouveau à la Saint-Charles : il fallait être premier en quelque chose pour qu'on vous invite, et d'ici janvier Mercadier ne s'imaginait pas qu'il allait être premier en quelque chose?

Le mépris des autres, le mépris fondamental, *a priori*, essentiel : c'était, avec l'obscénité du ton, l'autre découverte de Pascal arrivant au lycée. Il s'en accommodait mal. Il y rêvait la nuit. Il sentait qu'il n'était rien, il voulait devenir quelque chose. Ce sentiment qui fait les hommes d'État et les escrocs se traduisait alors pour lui par le désir passionné d'être premier en composition française.

Il rencontrait parfois son père dans la cour. Gênant pour tous les deux. Ils prirent l'habitude de se serrer la main. Comme des connaissances. En fait, ils s'évitaient. Pierre pour la première fois, et d'une façon désagréable, s'apercevait de l'existence individuelle de ce gosse, tout d'un coup devenu un élève, un des élèves, avec tout ce que ça comporte d'irritant. Quant à Pascal, il lui semblait surprendre son père dans cette part de sa vie, qui était bien à lui, et où ses enfants, leur mère, jusqu'alors n'avaient point accès. Il se sentait d'une indiscrétion folle, rien que de se trouver là. Tacitement, ils convinrent d'une certaine politesse. Mais le fossé entre eux s'approfondissait.

Au reste, Pierre avait bien la tête à son fils! Le harnais avait été plus dur encore à reprendre qu'il ne l'avait cru. La maison odieuse, le professorat impossible. Dès son retour, il s'était jeté à relire ses notes, son ouvrage sur Law. Dix fois repris, dix fois abandonné. Curieux comme il ne pouvait se décider à rien, avec ce bouquin. Pas un bouquin d'ailleurs, un amas de feuillets. Certaines parties traitées systématiquement d'abord, puis des réflexions au hasard, des choses qui ne tenaient en rien d'un livre d'histoire toutes mêlées à sa propre vie, à des reflets de ses problèmes à lui, et non pas à ceux de la Régence, de la Banque des Indes. Pierre jugeait très nettement cet ouvrage en plein désordre qu'il aurait fallu reprendre de bout en bout, rebâtir, couper et développer. Jamais il n'en ferait un travail scientifique sérieux, et pour un essai littéraire, la partie historique était trop sèche, trop dépouillée. C'était énorme avec tout ça, comme une ville abandonnée, un Pompéi, où l'on retrouve des instruments inconnus, des graffiti, et des maisons qui n'ont plus l'air que de plans d'architectes. Il aurait fallu jeter tout ça au feu, et penser à autre chose. Et puis, de temps en temps, quand ça allait mal, Pierre y rajoutait une page, des annotations en marge d'un passage de Saint-Simon, qui éclairait un point infime de la vie d'alors, ou des rêveries pas rédigées, en style télégraphique dans ce genre-là : *Savoir si Law pensait beaucoup femmes et croyait vénalité amour... Modifications profondes prostitution par naissance billets de banque : moins injurieux, plus féminin que louis...* Il est certain que de telles considérations n'avaient rien à faire dans l'ouvrage de ce professeur d'histoire, dont de graves revues avaient quelques années plus tôt publié des passages, encore qu'il fût inachevé. Il aurait fallu abandonner ce monstre embrouillé de scories. Mais c'était l'image de la vie de Pierre. Il s'y perdait.

Sa vie... Plus que ce livre raté, il aurait fallu la refondre. Dans le moment où son fils commençait à mal dormir à cause de ce printemps dans ses veines, Pierre Mercadier sentait s'échapper sa jeunesse, et son corps déjà marqué l'avertissait de cent petits signes nouveaux qu'il allait être trop tard. Trop tard pour quoi ? A quarante-deux ans ? De brusques colères le prenaient. Il grinçait des dents, des gens le remarquaient. Il surprit des regards étonnés de ses élèves : « Alors, monsieur Quicherat, c'est tout ce que vous savez de la nuit du 4 août ? Au lieu de me dévisager avec cet air intelligent, vous feriez mieux de m'expliquer cette générosité soudaine du clergé et de la noblesse, dont vous n'avez pas l'air de saisir tout à fait l'importance historique, monsieur Quicherat... »

LVII

Les insomnies se mirent de la partie. Comme toujours, il semblait qu'elles précédassent ce qui était vraiment leur raison d'être, et que celle-ci naquît d'elles, dans ce vide atroce de l'esprit dans l'ombre où lentement l'obsession pointe. Pierre s'endormait tout à fait normalement, comme un homme sans inquiétude, sans idée fixe.

Puis vers les trois heures du matin, il lui fallait reconnaître que ce n'était pas un vague entracte du sommeil qui se prolongeait. Il se débattait pourtant contre la certitude qu'il ne se rendormirait pas. La certitude de cette présence écartée, mais implacable, contre cette peur qui se forme dans les ténèbres. Non, je ne penserai pas à l'argent. Et puis cela s'installait avec ce souverain mépris de leur victime qu'ont les rêves éveillés. Cela lui séchait la gorge, lui fouaillait le ventre. Il cherchait à se perdre dans des images suscitées, des préoccupations rappelées avec panique. Quelle série noire à la Bourse ! Il faut absolument penser à autre chose. Le diorama nocturne de la petite ville, du lycée, des fantoches de la vie de province, fournissait de faibles diversions, de pâles silhouettes à cette angoisse où finalement Mercadier retombait.

D'abord, qu'est-ce qu'elle avait voulu dire Paulette, à propos de la Pailleron ? Le plus clair était qu'en quittant Sainteville, Blanche avait remmené à Lyon le sauveteur de sa fille, ce grand dadais de paysan au nez écrasé. Peut-être qu'il ferait un bon domestique après tout... une fois décrassé... Le mot *décrassé* le ramena au lycée parce que le surveillant général portait le nom fatal et burlesque de M. Décrassement. C'était un être grand et maigre et funèbre sous le haut-de-forme et dans un long pardessus à l'intérieur duquel il avait encore maigri. Sa couleur de cadavre tirait peu à peu sur une teinte paille révélatrice du cancer qui le rongeait. Il avait constamment froid et relevait les épaules, les mains enfoncées dans les poches du pardessus, un cache-nez à carreaux autour de son cou misérable. C'était déjà un mort dont le cheminement au milieu de la jeunesse bruyante dans la brume d'octobre emplissant les cours du lycée avait quelque chose d'absurdement eschylien... Les derniers cours des valeurs turques étaient tout à fait catastrophiques. Dieu sait ce qui se passe là-bas... J'aime mieux ne pas le savoir.

Quand les choses ne vont pas, on devient très sensible à ce qu'on ne remarque même pas d'habitude. Par exemple, dans les rues, le disparate extraordinaire des gens. Il y a là de quoi sourire, mais de quoi souffrir aussi. On voudrait supprimer le pittoresque, l'insupportable pittoresque de la vie. Au lycée, quelle ménagerie! Les collègues. Comme contraste avec Décrassement, le proviseur, ce pot-à-tabac grasseyant, avec sa petite moustache décoiffée, jaunie, ses mains grasses, cette onction laïque... Joffret, le professeur de grec, un fil de fer habillé dans un sac, sans sourcils, souffrant d'un zona périodique, avec une voix de crécelle... Le type des sciences naturelles, en philo, Robinel, un de ces hommes dont il semble que les principales difficultés dans la vie se partagent entre un plastron sale qui fiche le camp de traviole et un col rebelle dont le bouton saute et qui décolle de la chemise malgré la ficelle noire qu'il appelle sa cravate... bas sur pattes, puissant à craquer, rouge et coléreux... Et Bazens et Regnault et Mathieu... Des petits, des grands, des gros, des maigres, des lavallières en désordre, des nœuds papillons tout faits, les redingotes usées, les pantalons tachés, avec leurs raies traditionnelles, une garde-robe pauvre et délirante sur des portemanteaux hybrides... Ce que ce dépareillement des gens parmi lesquels on vit peut vous porter sur les nerfs... Sans parler de Meyer. On le chahute maintenant dans sa classe. Je ne sais pas ce qu'ils ont. Lui, courbe l'échine, effrayé, rase les murs. Il prétend que dans la rue quelqu'un lui a jeté un vieux soulier.

On a beau penser à Meyer, essayer de revoir sa mine épouvantée, un peu comique, comme il s'assied au piano, repousse le tabouret avant de jouer, étend ses doigts... la chose que l'on écartait revient. On ne pourra pas toute la vie mordre sur le capital. D'abord grâce à ça les pertes à la Bourse restaient insensibles dans l'existence parce qu'on prenait sur le capital la différence des revenus qu'on avait en moins... Mais chaque année, chaque mois, cela s'aggrave. Avec les trous qui se creusent, on reprend davantage... On les approfondit soi-même pour les combler. Ça a l'air bizarre, dit comme ça. Il faudrait gagner une bonne fois, et au contraire... Ah, penser à une autre chose! J'y suis : ce qu'elle voulait dire, Paulette, à propos de Blanche... Mais somme toute, elle l'a dit : qu'elle couchait évidemment avec ce jeune domestique... Est-ce vrai? Pourquoi pas? Impossible de se rappeler de quoi il avait l'air, ce... Bonaventure... non, ce n'est pas ça... oui, Boniface. Et puis, pourquoi n'aurait-elle pas couché avec lui, si ça lui chantait à Blanche? En quoi est-ce que ça me concerne?... Combien est-ce que j'ai perdu ce mois-ci? Voyons, dix mille... et puis cette affaire belge...

Dans le lit, en se retournant, on éprouve des sentiments disproportionnés de son propre corps. Comme si on était fait de morceaux mal assemblés, discordants, disparates. Puis l'attention se fixe sur les dents. Elles deviennent d'une importance anormale, presque douloureuses, et pourtant le singulier en elles est justement qu'elles soient étrangères, un râtelier de bois, toutes d'une pièce, et la langue remue derrière, inquiète.

Cette affaire belge... Je n'aurais jamais dû : il faut dire qu'il y avait quelque chose de tentant... D'abord, il est intolérable que Paulette prétende me dicter de ne pas voir celui-ci ou celui-là : si Meyer me fait de la musique, et que ça me plaît. Je vois bien ses ridicules! Les parents qui viennent chercher leur progéniture à la porte du lycée... La mère du petit Berlin, par exemple. On ne fait pas plus chlorotique que cette blonde qui sauve la face, une pauvre femme émaciée, qui se retire les morceaux de la bouche pour ce gosse médiocre dont on ne fera jamais un chef de bureau, mais qui une fois a été second en thème latin, alors... Ou, ce couple de retraités qui ne rateraient pas une sortie de classes de peur que leur minuscule puce aille fumer des cigarettes avec les autres... Ou le domestique du fabricant de gaufrettes qui vient chercher le jeune monsieur, et qui fait du plat à la femme du concierge... Quelle fatigue, ce petit univers de roudoudou et de bâton de réglisse ! On passe là-dedans avec les paquets de copies sous le bras, et une fois rentré chez soi, il faut s'échiner à éplucher ça, les conneries de ces messieurs les enfants de salauds... Les élèves ! l'ennui des copies à corriger. L'irritation des fautes, toujours les mêmes. Qu'est-ce que j'ai été prendre un pareil métier ?

Si les gens racontent des histoires, ce n'est pas mon affaire. Et Paulette n'a qu'à ne pas les écouter. Ou qu'elle les écoute, la garce ! Ses relations mondaines me font suer. Je verrai Meyer, même si on jase. Bien que Meyer... Je ne vais tout de même pas avoir des ennuis à cause de Meyer. Il joue bien Brahms. Quelle heure peut-il être ? Le calme effroyable de cette province, la nuit ! A Paris, j'entendais dans la rue les voitures de choux et de carottes qui passaient sous mes fenêtres, allant aux Halles. On pouvait se rendre compte comme ça du temps qui passait. Oh, alors, je dormais bien. C'était plutôt quand on bavardait avec des amis, une femme... Pas d'ennuis d'argent, la jeunesse. Qu'est-ce que j'ai été prendre un métier pareil ? Maman. Pauvre Maman. Enfin elle n'est plus à plaindre. C'est moi qui le suis. Elle m'a tellement farci la tête avec cette idée qu'il fallait penser à l'avenir. Eh bien, le voilà l'avenir. Du joli.

Tout de même, Blanche n'aurait pas dû coucher avec ce Boniface. Je me souviens maintenant. Le nez plat. Elle aura tout sali, tout détruit. Elle n'avait qu'à disparaître, qu'à s'arranger pour faire ce qu'elle voulait sans que ça se sache. Tout est toujours un peu pire qu'on l'attend. On devrait tuer les femmes après s'en être servi. Ce qu'elles deviennent ensuite... Je m'en fiche, mais... Il y a une chose tracassante des femmes : elles comparent, elles comparent sans arrêt...

Est-ce que je vais pouvoir me rendormir ? Un moment j'ai cru, et puis non. Cela tourne dans la tête, on croit que le lit va céder, et le monde avec lui, les murs invincibles, les nuages... Ne pas penser à l'argent : cela réveille... Les nuages d'argent... Le capital mordu... les rentes envolées. Castro, il faudra que j'aille à Paris, voir Castro, consulter Castro... Je n'ai voulu qu'en faire à ma tête ces derniers temps... C'est comme Maman disait, pauvre Maman : tu n'en veux faire qu'à ta tête... Le diable la garde, Maman ! naturellement n'en faire qu'à ma tête !... Je l'ai tout de même écoutée et me voilà professeur. Professeur d'histoire et de géographie. Les canaux qui sillonnent la France... Et si je leur parlais un peu du canal de Panama ? Au fond, tout ça, c'est la faute à Maman. Elle l'a voulu. Professeur. Est-ce que j'avais besoin d'être professeur ? Nous étions riches, mais sordides. Se réserver une retraite, une sécurité. Le respect d'autrui. On ne peut pas vivre de ses rentes, seulement. Professeur. Tu seras content si tu perds ta fortune, d'avoir cette bouchée de pain... Je l'entends encore. Pauvre sainte niaise ! Professeur. Le lycée. Les collègues. Les élèves. Les copies. Maintenant me voici près de n'avoir plus à compter que sur cette bouchée de pain. Et alors...

Une idée se forme, s'étire, fuit, se déforme... Le dormeur éveillé la reprend avec toutes les branches de son étoile, et la lâche et s'y heurte et la reprend. Il voit s'ouvrir une clarté de gouffre. Il se retourne sur l'autre côté de l'ombre, et la clarté s'évanouit.

Law a-t-il jamais songé, quand la rue Quincampoix était pleine des cris de panique, à brusquement tout quitter, n'importe comment, les poches bourrées de cette monnaie légère qu'il avait inventée ? A lâcher les entreprises complexes où il avait embringué son destin... à fuir... à rechercher on ne sait où une existence

animale, heureuse... Pierre Mercadier ne peut longtemps scruter la nuit, dans cette direction, parce
qu'avec le souvenir de son livre avorté, il retrouve un
autre échec, une autre désillusion. Il n'aime pas avoir
mal, il appuie le dos de sa main sur chacun de ses yeux,
pour faire naître des lumières, des arcs-en-ciel de diversion. Il suit ces halos sombres et le léger de ces dégra-
dations des couleurs, ces souvenirs déjà dilués de noir
des clartés du jour.

Comme il passait la veille dans le préau du lycée,
Pierre a vu les élèves qui chuchotaient. Ils s'étaient ras-
semblés devant la porte de la classe où était Meyer, et
ils tapaient du pied, sifflaient, gueulant : « Alboche !
Juif ! Mort aux Juifs ! » Parmi eux, il y avait Pascal qui
s'en donnait à cœur joie. Bizarre. Ah bah, il ne faut pas
mêler le professorat et la paternité. Est-ce que Castro
est juif ? Non, je ne crois pas. Argentin, je pense. Je vais
aller le voir. Je ne sais même plus ce qui me reste. Le
nez de Paulette, quand elle saura.

Les premières pâleurs du jour commencent à devenir
sensibles derrière les rideaux. Quelle nuit, Seigneur ! Il
y en a encore pour des heures. Si je me levais ? Non. A
quoi cela servirait-il ? Je pourrais tailler des crayons.
Est-ce que j'ai vraiment besoin de tailler des crayons ?
Des crayons taillés ? Ça peut toujours servir. Qu'est-ce
que j'ai fait de mon crayon encre ? J'ai encore dû le laisser au lycée... Pour les copies, rien ne vaut le crayon
encre.

Je le revois très bien, maintenant, ce Boniface. Son
nez écrasé, ses taches de rousseur. Une espèce de jeune
géant. Elle n'a pas dû s'embêter. Bien que ça ne doive
rien savoir faire ces rustauds-là. Ah, la chiennerie ! Dire
que j'ai marché, marché. Peut-être pas tant que ça ! On
se raconte des histoires, on veut être amoureux, on l'est.
La rigolade ! Tout est bon pour se rendormir. Sauf
l'argent. L'argent ne fait pas le bonheur. C'est drôle je
vois des arbres dans la campagne, gris sans feuilles, des
crayons... avec une couleur rose sombre qui flotte... de
grands crayons d'argent...

LVIII

Comme il avait cours le matin, Mercadier ne put prendre que le train de l'après-midi, et il ne débarqua qu'aux lumières à la gare de l'Est. Il faisait autrement bon à Paris que là-bas, cette fin d'octobre prolongeait les beaux jours. L'omnibus l'emporta sur son impériale à travers les mille papillotements du boulevard de Strasbourg. C'est drôle, cette ville, après la province, tout y fait fête, jusqu'aux plus sordides boutiques de coiffeur ou les pharmacies. Dans le boucan des chevaux, avec les grincements des roues sur les pierres, le panorama des maisons tatouées de commerce déroulait pour Pierre sa kermesse. Les cafés éclairés regorgeaient déjà de monde. De l'impériale, tout avait l'air d'une sorte de chamarrure, tout faisait décor impressionniste, on était en plein Monet.

Place de la Bourse, le voyageur eut l'envie de flâner, et de ne pas se rendre tout droit, comme il était en train de le faire, chez son agent de change. Puis tout de même, une sorte de sentiment du devoir lui fit mécaniquement poursuivre sa route, et il se trouva dans l'escalier de Castro où le gaz sautait, avec des niches ornées de statues en bronze noir. Une de ces maisons Directoire où l'escalier fait lanterne. Au troisième étage, il poussa la porte, et l'employé vêtu de bleu, un nouveau, ne le reconnut pas. Il se sentait mal d'humeur à attendre, quand le bureau du boursier s'ouvrit, et Castro, son chapeau sur la tête, et une serviette sous le bras, parut. M. de Castro n'était pas plus grand que Mercadier. Admirablement habillé, toujours, comme si ses vêtements sortaient de chez le teinturier, avec des chaussures trop bien cirées, de façon inquiétante. Il portait la moustache, et était aussi brun que dans les opérettes : « Cher monsieur, — s'écria-t-il en apercevant Mercadier, — je suis désolé, je m'en allais... Il est très tard, et j'en ai vraiment par-dessus la tête de tout ça...

les chiffres... » Son geste embrassait le local, les cartons verts, les registres noirs. « Mais vous arrivez à Paris ? Exprès pour me voir ? Je ne peux pas vous laisser tomber. Dites-moi... cher Monsieur... ce que vous avez à me raconter... après tout... pourquoi ne me le diriez-vous pas au café ? Venez prendre quelque chose... vous me ferez plaisir... Je désire seulement plaquer la boîte, et nous nous connaissons depuis assez longtemps pour aller au café ensemble... nous ne sommes pas des gens conventionnels ! »

Il riait avec les plus blanches dents brésiliennes qu'on puisse imaginer. Mercadier accepta. Ils redescendirent. Où aller ? Ces cafés de la Bourse donnaient mal à la tête rien que d'y penser. Les boulevards ne sont pas loin. Par la cohue de la rue Vivienne, si étrange à cette heure entre chien et loup, ils gagnèrent la terrasse de chez Pousset où ils s'installèrent. Qu'est-ce qu'il y avait comme va-et-vient, comme badauds, comme gens pressés ! Devant des apéritifs troubles, ils laissèrent un instant passer le fleuve sans presque parler. Ils se trouvaient tous deux désorientés dans leurs rapports, simplement du fait qu'ils avaient devant eux des verres sur un guéridon de marbre. On criait les journaux du soir. Des femmes s'attendaient à ce qu'on leur fît signe. Elles portaient des petites capes courtes avec des cols montants et des jupes dont les bords froufroutants balayaient le trottoir. Aux tables voisines, il y avait des hommes blafards et des filles rieuses. Quelque chose pesait sur le tableau avec une inexplicable lourdeur. Les garçons noirs et blancs, sans figure, semblaient là pour tout remettre en ordre. Il faisait presque chaud.

« Ah ! monsieur Mercadier, — soupira Castro, — je me sens parfois la tête à un tel point enflée que je suis prêt à tout laisser, à faire n'importe quoi plutôt que de continuer ce métier. Je me dis : demain, c'est fini, mais bien fini... Puis la nuit porte conseil. Le lendemain me retrouve au bureau sur le coup de neuf heures. Je regarde machinalement si le nettoyage a été bien fait... Enfin, il y en a pour toute une nouvelle journée. Quel métier !

— Tous les métiers sont comme ça, — dit Pierre, — ou ce ne seraient pas des métiers... Je voudrais vous y voir avec une classe, et vingt moutards turbulents, bêtes, ânonnants... Vous m'en diriez des nouvelles...

— Vous avez tout de même une certaine liberté... Ici je suis prisonnier de cette machine implacable, les cours, les derniers cours... et ils ne sont, hélas, jamais vraiment les derniers ! »

Cette impression qu'avait Pierre de faire quelque chose de défendu, assis, là, avec Castro. Toute la vie, on garde de l'enfance ce goût de la rupture de ban. Il n'était pas venu à Paris pour cela, mais pour quelque chose qui était du ressort professionnel de ce petit homme brun et si soigné. Il parla donc de ses affaires.

« Oui, — dit Castro, — vous avez encore perdu. Vous ne suivez pas mes conseils. Qu'est-ce qui vous a pris de jouer à la baisse des valeurs françaises ? Vous pouvez m'en croire, je ne vous fais pas de morale, mais enfin le fait est là...

— J'ai assez perdu à la hausse.

— Sans doute, sans doute... voulez-vous mon avis, monsieur Mercadier ?

— Je vous en prie.

— Écoutez, je ne devrais pas vous le dire, c'est contre mes propres intérêts... Ne jouez plus à la Bourse. Sincèrement, ne jouez plus à la Bourse. Vous perdez tout ce que vous pouvez. Je vous ai vu rogner votre bien, saper votre sécurité. Ne jouez plus à la Bourse. Honnêtement, vous êtes sur une pente fatale. Il vous reste une petite aisance, avec vos appointements. Votre femme, vos enfants... Ne jouez plus à la Bourse ! »

Mercadier éclata de rire. D'un rire long, faux, perlé. Il répondit, avec une désinvolture amère : « Cher monsieur de Castro, ne vous défendez pas de moraliser... La France, ma femme, mes enfants et mes appointements... Tout cela c'est très juste, et remarquez que je sais très bien quels excellents conseils vous m'avez parfois donnés... Si, si : car je gagne aussi parfois à la Bourse... Mais vous ne pouvez pas trouver un lot de valeurs morales plus démonétisées à mes yeux, pour y faire appel... Le métier que je fais, je l'ai accepté jadis en réalité comme le paravent de ma fortune... Croyez-vous que je le tolérerais, s'il était mon gagne-pain? Et il faudrait parler de la famille; un homme vers vingt-cinq, trente ans, s'il croit de bonne foi fonder un foyer engage-t-il l'homme qu'il sera quinze ans plus tard, quand il aura fait le tour des conceptions morales de piètre qualité, dont on l'avait nourri enfant? Pas tout que d'avoir des principes : il faut encore en supporter les conséquences... Où l'on voit d'ailleurs l'étrange contagion de ces idées courantes, c'est quand vous invoquez devant moi la France... Non, mon cher, je ne suis plus un enfant.

— Et pourquoi n'invoquerais-je pas la France?

— Mais parce que vous êtes Américain, Brésilien, que sais-je? Alors, il y a là, permettez-moi de vous le dire, dans votre façon de défendre la France contre les Français quelque chose qui prête à sourire. Je ne vous froisse pas?

— Pas le moins du monde. Je trouve cela aussi étrange que vous. Mais ce n'est pas ma faute si les Français sont ainsi, car cela ne vous est malheureusement pas personnel. Toujours à dénigrer leur pays, à douter de lui, et parfois à jouer contre lui. Nous autres, étrangers, cela nous étonne, et ça nous afflige...

— Vraiment? Mais qu'est-ce que cela peut vous faire?

— Oh, rien, n'est-ce pas? rien, croyez-vous... Cela ne nous concerne pas, cela ne nous touche pas; du moins à ce que pensent les Français pour qui la France est peu de chose... Mais nous... mais nous, qui dans notre pays, très loin, rêvions parfois au vôtre, peut-être pour nous le fabriquer à notre image, peut-être bien infidèlement, imaginez-vous que la France pour nous signifiait quelque chose... quelque chose de très haut, de très pur, un parfum... »

Castro eut ici des doigts de la main rapprochés en bouquet sous le nez un geste de fleur respirée. Il poursuivit : « Cela vous étonne? Dans le monde entier, il y a des gens comme moi. Pour qui les rêves de leur jeu-

nesse sont tournés vers votre pays, monsieur Mercadier... ce qu'il y a entre eux de généreux... de vague
peut-être, mais de généreux. La liberté, la justice, ces
mots usés, mais les drapeaux les plus précieux sont des
haillons, n'est-ce pas ? Je vous dis cela, notez bien, cela
vient, suivant votre drôle de locution, comme des cheveux sur le potage ! Ah, ah ! C'est seulement pour vous
dire que les étrangers ont le droit d'employer le mot
France qui leur appartient tout aussi bien qu'à certains
Français...

— Oh ! pour cela, — dit Pierre, — je vous le laisse. En
quarante années, j'ai trop vu abuser de ce terme pour
n'avoir pas spécialement l'envie d'en faire le trust.
D'abord c'était l'Empire, et on se battait au Mexique ou
en Italie, c'était indispensable au bonheur des Français.
Je vous demande ce qu'il en est resté, sauf la défaite de
70. Et là encore : n'a-t-il pas tout fallu mettre de côté
pour conserver à la France l'Alsace et la Lorraine ? Au
bout du compte nous les avons perdues, et est-ce qu'on
s'en porte beaucoup plus mal ? Croyez-vous qu'un Français respirerait mieux si le rose des cartes repassait sur
les départements annexés ? Tenez quand j'entends les
gens s'enorgueillir de nos conquêtes coloniales, cela me
fait mal au cœur. Des gens qu'on tue, la malaria : voilà
leurs colonies. Je ne peux tout de même pas me mettre
la tête à l'envers pour la France... C'est mon pays, voilà
tout. Je ne l'ai pas plus choisi que la couleur de mes
yeux. Est-ce qu'on ferait une religion des yeux bleus et
des bruns ?

— Cela pourrait se trouver. Mais est-ce que vous ne
sentez pas que la France, c'est une patrie pas comme les
autres ? Drôle que ça me soit sensible, et pas à vous...

— Oui, pour ça, c'est drôle. Vous êtes un lyrique.

— Je ne crois pas. Pourtant, quand je sens que telle
ou telle chose que font les Français va nuire à la France
dans le monde, si vous saviez ce que j'enrage ! Ainsi
l'Affaire... »

Cette phrase s'expliquait par les gueulements des
camelots qui criaient sur le boulevard : « La vérité sur
l'Affaire ! La preuve de la trahison ! » Mercadier haussa

les épaules : « Alors ça, je ne marche pas. Il y a toujours des affaires. En quoi cela nuit-il à la France ?

— En quoi ? Mais voyons, ces obscurités... cette espèce de somnolence devant l'injustice... ces gouvernements qui laissent faire... des Chambres qui ne soufflent pas mot... l'État-Major complice... Enfin, il y a là quelque chose d'infamant, quelque chose qui ternit... On va perdre partout confiance dans le pays de Voltaire, dans le pays de... Vous ne le sentez pas ? Il faudrait qu'on sache, qu'on dissipe ces ténèbres..

— Quel romantisme ! Mais qu'est-ce qu'ils crient ? La preuve de la trahison... Voilà votre affaire ! Une de ces feuilles suffit à les chasser, vos ténèbres... Psst ! Camelot ! »

Il appelait, ironique, un crieur haletant, qui s'arrêta, se faufila à travers les tables, et lui vendit la feuille antidreyfusarde par-dessus les verres troubles. Il y avait le portrait du traître, des articles à grands titres, et en plein milieu, un fac-similé. C'était le célèbre bordereau, avec son écriture noire, empâtée, que Mercadier avait déjà vu reproduit un an plus tôt dans *Le Matin*. Un mot annonçant des pièces jointes, une note sur un frein hydraulique, une note sur Madagascar, une autre sur un manuel de tir, etc. C'était cette pièce identifiée par Bertillon en 1894 comme de la main de Dreyfus qui l'avait fait envoyer à l'île du Diable. Il n'y avait là rien de nouveau. Des gens prétendaient que ce n'était pas Dreyfus qui avait écrit cela. Allez vous débrouiller ! Pierre tendit la feuille à Castro : « Tenez, mon cher, voilà ce qu'il vous faut... Pour moi, cela m'a coûté deux sous, et je ne sais qui j'ai enrichi ainsi, qui fait courir ce pauvre diable pour délester les gogos de pièces de bronze.. Je n'ai aucune passion à ce sujet, bien qu'hier à cause de ça on ait cassé les carreaux de mon collègue Meyer, qui est un excellent pianiste... »

Il ne semblait pas qu'il en fût de même de Castro. Il n'avait pas plus tôt jeté les yeux sur la feuille qu'il s'était mis à l'examiner avec une sorte de voracité. Il marmonnait quelque chose en portugais et se mordait la moustache. Il recula sa chaise pour étaler mieux la feuille aux lumières, s'éloigna, la rapprocha, fit claquer sa langue.

« Eh bien, — dit Mercadier, — je ne croyais pas tant vous intéresser ! »

Castro releva la tête, et regarda son interlocuteur. Apparemment bouleversé, la bouche ouverte, il semblait sortir d'un rêve.

« C'est prodigieux ! » murmura-t-il comme pour lui-même. Il se rappela soudain qu'il n'était pas seul, il s'excusa : « Ce qui m'arrive est extraordinaire...

— Mais quoi donc ? dit Mercadier.

— Cette écriture... Vous voyez ? Ah, cela ne vous dit rien, vous ne la connaissez pas, vous... cette écriture... Mon cher Mercadier, c'est une écriture qui m'est si familière que je ne puis, non ! je ne puis m'y méprendre... Je la connais de longue date. Je connais l'homme... Est-ce possible ? Alors, ce serait lui... Cela signifie... Cela signifie évidemment que l'autre...

— Expliquez-vous, s'il n'est pas indiscret.

— Il faudra donc que je compare. Rien de plus facile, j'ai cinquante, cent lettres de lui... Excusez-moi, je dois vous paraître fou, mais mettez-vous à ma place : vous me passez cette feuille, là, avec la reproduction du bordereau, l'écriture du traître Dreyfus... Et puis je reconnais l'écriture. Je reconnais l'écriture. C'est celle d'un client à moi, quelqu'un avec qui j'ai eu des affaires pendant des années... il reste me devoir... C'est extrêmement troublant. Mais plus je regarde, plus je me convaincs. Comprenez donc, mon cher, que cette écriture-là, je la reconnais si bien, que quand mon courrier le matin était très abondant, avant de l'avoir dépouillé, je mettais de côté les lettres de cette écriture, je savais que c'était une lettre du commandant...

— Du commandant ? Quel commandant ?

— Le commandant Walsin-Esterhazy.

— Et alors ?

— Mais voyons ! Cela signifie l'innocence de Dreyfus ! Vous ne saisissez pas ? C'est Esterhazy qui a forgé tout... il faut prévenir la justice... Esterhazy ! »

Pierre regarda l'agent de change avec étonnement.

Quelle agitation soudaine, et dont il ne l'eût pas cru capable! Les gens sont bien différents de ce que l'on croit d'eux. Qu'est-ce pourtant que cela pouvait lui faire à celui-ci que le coupable s'appelât Dreyfus ou Esterhazy? Le nom du commandant rappelait quelque chose à Mercadier. Dans une tout autre direction.

« Mais c'est capital! — s'exclamait Castro. — Il faut crever l'abcès! Sauver le pays...

— Ah! oui, toujours la France? Étonnant, cher ami, étonnant votre patriotisme! Mais je dois vous dire, que je serais vous, je me tiendrais tranquille. Avec toute la folie qu'il y a déjà dans l'Affaire, vous allez vous mettre des tas d'embêtements sur le dos si vous vous jetez dans la bagarre à cause de ces écritures. Les experts se sont prononcés. Ils ne se déjugeront pas. Et puis, vous l'avez dit vous-même, il y a l'État-Major, le gouvernement...

— Mais c'est éclatant. Je donnerai des lettres. On comparera.

— Oui. Eh bien, ou vous vous trompez, et alors mieux vaut rester tranquille. Ou vous avez raison, et alors c'est une histoire pas claire, et un mauvais coup est vite donné... Je me méfierais à votre place. Dans tout ça, nous n'avons guère parlé de mes affaires...

— Pardonnez-moi, — dit Castro en jetant les pièces de monnaie sur la table avec cet air du consommateur qui cherche le garçon pour payer, — pardonnez-moi, mais cette histoire m'a mis sens dessus dessous, et j'ai hâte de comparer.... Voulez-vous venir demain à mon bureau? »

Il serra la main de Mercadier et s'éloigna, le melon posé en arrière, la feuille à la main, absorbé par la contemplation de l'écriture. Pierre le rappela : il avait oublié sa serviette. Drôle de corps.

Il passait de jolies filles sur le boulevard. Pierre ricana. Bizarrerie du monde. Il s'y sentait supérieur, et se foutait pas mal de la justice, des bordereaux et de l'île du Diable. Dire qu'on cassait les carreaux de Meyer à cause de tout ça! Ce Castro qui me fait des remontrances! Si on écoutait les gens! Une brune, très piquante, s'était assise à la table voisine : elle commandait de la bière d'une façon bien encourageante pour Mercadier...

LIX

Paulette ne pouvait se consoler de n'avoir plus sa chambre d'Alençon. Elle avait bien transporté ici les meubles, les étoffes, mais le charme était rompu : la forme peut-être de la pièce, le papier mural qu'on n'avait pu retrouver tout à fait semblable, et surtout l'absence d'alcôve, avec le lit qui enlevait l'air du boudoir... Il aurait fallu tout sacrifier, tout refaire, de façon à ce qu'aucun souvenir d'Alençon ne s'y mêlât plus, à ce que cela ne fît plus au cœur de Mme Mercadier l'immanquable effet d'une chose saccagée. Ce qui signifiait de l'argent, de l'imagination, du courage. De l'imagination, Paulette n'en avait jamais eu : sa chambre d'Alençon n'était qu'un reflet de celle de Denise à Paris. Pour l'argent, Pierre devenait absolument impossible. Pour la première fois, il avait crié à propos des robes qu'elle s'était fait faire à Paris, entre deux trains, revenant de Sainteville. Et le courage...

Une espèce de langueur s'était emparée de Paulette... Un voile tombé. Elle n'avait ni désir ni souci particulier. Le goût des choses lui manquait. Elle attribuait cela à la mort de sa mère, à son chagrin filial. Comme aussi cette vague peur flottant au fond de la mollesse, peur de l'inconnu du tombeau, de la fin de toute chose, peur animale qui l'éveillait la nuit, et lui avait fait parfois regretter de faire chambre à part. Elle n'aimait pas Pierre, mais c'était son mari après tout, le père de ses enfants. Il aurait pu la rassurer de sa présence, s'il n'avait pas été un si terrible égoïste.

Au fond, rien n'allait précisément de travers, rien n'expliquait ce sentiment de catastrophe qu'elle portait en elle. Les choses n'avaient jamais été très différentes entre elle et Pierre. Cela durait comme cela depuis près de quinze ans. Cela n'avait pas raison de finir, et Paulette n'était pas de ces femmes qui ont un besoin romanesque de péripéties. Tout ce qu'elle voulait, c'était que rien ne changeât. Que son ménage ne pût être un sujet de conversation pour les gens. Qu'on ne se mît à parler ni de leurs moyens matériels, ni de leurs rapports. Elle se fichait bien de ce que pouvait faire Mercadier, pourvu que les gens n'en apprissent rien. Ne pas déchoir : depuis la pension, elle n'avait pas d'autre idée fixe. Elle s'était mariée pour ne pas déchoir; il est pire encore de rester vieille fille que de n'avoir pas de nom. Ne pas déchoir. Les toilettes, sont le moyen de prouver qu'on ne déchoit pas. Jusqu'à présent, cette vie sans exaltation avait été somme toute très supportable, puisqu'elle avait été sans déchéance.

Cependant avec la disparition de Mme d'Ambérieux, quelque chose s'était produit, une rupture. La conscience du passé irrémédiablement passé s'était formée pour la première fois dans le cœur de cette charmante autruche de sous-préfecture. Paulette naissait à l'inquiétude. Était-ce l'âge? Elle se regardait longuement dans les miroirs. Un cheveu blanc aperçu déchaînait une crise de larmes. Mon Dieu, elle allait se gâcher les yeux! Elle se les tamponnait avec des eaux spéciales venues d'une pharmacie anglaise. Pierre avait autrement vieilli qu'elle. Cette idée était très douce.

Parce que Pierre était au centre de la nouvelle inquiétude. Sans raison bien valable, sans motif précis. N'est-ce pas, la mort de Mme d'Ambérieux avait laissé sa fille à découvert, à la merci de cet homme. Tout maintenant dépendait de lui. Il était à la fois la sécurité et le danger, la position sociale de Paulette. Sa protection. Son point faible. Elle rêvait parfois que Pierre s'était livré dans la rue à des actes incongrus, se promener sans pantalon par exemple, ou pire. Alors il y avait un scandale épouvantable, c'était elle, Paulette qu'on traînait en justice. Elle avait beau dire que cela ne la concernait pas, qu'elle ne connaissait pas cet homme, on lui riait au nez, une vieille dame très respectable agitait son ombrelle noire et criait : « Je les ai vus ensemble dans le jardin! » Elle s'éveillait en sueur.

C'était un homme bizarre que Mercadier. Ce livre qu'il écrivait depuis des années, qu'il ne finissait jamais, qu'il ne publiait pas. Il s'enfermait pour travailler. Ou pour dormir. Est-ce qu'on sait ? Était-il normal qu'il ne parlât jamais à Paulette de son ouvrage ? Elle n'y tenait pas, mais enfin ! Il n'aimait pas ses enfants. S'il les avait aimés, il s'en serait occupé d'une façon ou d'une autre. Un professeur surtout. Un homme qui est supposé s'intéresser à l'éducation des enfants des autres. Oui, mais pas à celle des siens. A quoi est-ce qu'il pensait tout le jour ? Cela, c'était une nouvelle préoccupation pour Paulette. Auparavant elle ne se demandait jamais ce qui se passait derrière le front de Pierre. Elle se disait après tout que si on lui posait la même question à son sujet à elle — qu'est-ce qu'elle pensait tout le jour ? — elle-même n'aurait su y répondre. Cette impuissance la consolait un peu. Au fond, Pierre n'était pas mystérieux. Il était comme tout le monde. Il ne pensait à rien. Sa vie était comme toutes les vies. Un désert qu'on peuple au hasard, avec les obligations qu'on s'y est créées. Il était professeur, il y avait le café, sa manie de musique avec ce Juif... Tout comme elle, les réceptions, son jour, la maison, les enfants, les domestiques, voir si le linge est bien tenu, ce qu'on mangera ce soir... Tout a toujours été ainsi, et le demeurera.

A quoi pensait-elle tout le jour ? Est-ce qu'on a le temps de penser avec une maison à tenir ? Elle n'était jamais seule, et on ne pense pas devant les gens. Les domestiques, les fournisseurs, les enfants, les visiteurs. On a tort de croire qu'un mari tient une grande place dans la vie d'une femme. Aux repas, il est là, c'est vrai. Il lit le journal. On arrive à ne pas se gêner du tout. Les domestiques ont une autre importance. Au fond, le mariage, c'est surtout les domestiques... Avec qui Paulette parlait-elle vraiment ? La cuisinière qui mêlait au prix de la viande les potins du quartier; la femme de chambre pleine d'histoires de la campagne d'où elle venait; même le jardinier, qui fait le gros ouvrage dans la maison et qui lave l'escalier. Deux fois par semaine, la lingère, qui fait aussi un peu de couture, qui vient le matin et reste jusqu'à cinq heures. Elle fait le même travail dans plusieurs familles, entre lesquelles cela crée un lien de médisances et d'histoires, une complicité aussi. La lingère est un des grands liens de la société dans cette petite ville où il pleut près de six mois sans arrêt. Par la lingère, on peut se faire une idée de ce que les gens pensent de Pierre. On a, dans ce miroir oblique, un reflet de soi-même, une sorte de contrôle objectif de sa propre vie. Paulette attend toujours avec un mélange d'horreur et de passion, le jour de la lingère.

Car, qu'est-ce que les gens pensent de Pierre ? Est-ce qu'ils le jugent comme il est ? Est-ce qu'ils se rendent compte que Pierre aurait voulu écrire, et qu'il ne le peut pas ? Parce que c'est cela qu'il y a avec Pierre. C'est un raté. Comme il a de l'argent, on ne se rend pas compte. Il y a quelques années, quand il avait eu de petits succès scientifiques, il s'était fait des idées. Il n'en parlait pas. Mais on le voyait bien. Ensuite il s'était lancé dans ce gros bouquin. D'abord ce n'était pas si important. Puis, peu à peu cela avait augmenté de volume, cela s'était mis à nécessiter des recherches. Enfin, le vrai était que Mercadier craignait de ne pas réussir, d'être au-dessous de lui-même. Lui aussi il avait la peur de déchoir. Probable qu'il aurait dû reconnaître que tout ce qu'il avait fait déjà ne valait rien, et se mettre sur un autre sujet. Il redoutait d'en convenir, et en étendant le travail, il reculait le moment où il le jugerait sur ce qui était fait, et mal fait, tout ce dont il était capable. Paulette se disait tout ça avec une petite satisfaction atroce et tranquille. Elle aurait détesté penser que Pierre était un homme supérieur. Malgré ce que cela lui aurait rapporté dans le monde, à elle, de considération. D'abord il n'était pas un homme supérieur. Alors mieux valait s'en réjouir. Mme Mercadier dans le fond partageait les sentiments que sa mère, une femme de sens, avait toujours éprouvés envers son gendre : son idéal masculin n'était pas encore nettement formé après trois accouchements et quinze ans de mariage, mais enfin le préfet son père, était tout autre chose, socialement parlant, que Pierre

Mercadier. Quand elle lisait des romans, Paulette prêtait aux héros les traits des amants de Denise, par exemple et non point ceux de son mari. Non pas qu'elle eût voulu une vie différente. La vie, c'était sa vie. Pour les rêves, il y avait le monde de Denise, où elle se retrempait de temps en temps à Paris, et cela lui suffisait. Un monde de valses, de réceptions, les courses, la chasse, les officiers, des diplomates... Elle n'avait guère d'autre besoin que de ne s'en tenir pas entièrement bannie. On la savait riche, un peu provinciale : cela n'est pas mal vu. Mais il y avait Pierre...

L'absurde importance qu'il était en train de prendre ! Parfois elle s'en rendait compte, et n'en revenait pas. C'était tout récent. Autrefois, ses pensées ne tournaient pas comme ça autour de cet homme. Elle ne se mettait pas à l'aimer, peut-être ? Pour ça, non, elle était tranquille. Mais elle flairait un danger de son côté. Une menace indéterminée. Une sorte d'orage couvant. Quoi, personne n'aurait pu le dire. C'était bien là ce qui la tourmentait.

Il y avait eu à Sainteville, cette histoire avec Mme Pailleron. Est-ce que Paulette était jalouse ? Non. D'ailleurs, il n'y avait pas de quoi fouetter un chat dans cette affaire. Évidemment, Mme d'Ambérieux, déjà malade, et ne comprenant pas bien ce qui la troublait, avait imaginé tout un roman, comme dans la fièvre. C'était on ne peut plus clair. Pourtant la mort donne après coup, à ce qu'ont dit nos disparus, une force prophétique, une vérité redoutable, et Paulette se demandait, parfois, si vraiment sa mère avait pu se tromper à un pareil point. Dans le doute, il faut de la prudence. Bercée entre les sentiments contraires, trouvant argument dans les deux sens aux mêmes faits, hantée par le souvenir de la chambre mortuaire, mêlant le deuil, la peur de la mort, les inquiétudes conjugales, la crainte du qu'en-dira-t-on, Mme Mercadier avait tenté d'interroger son mari. Quel intérêt limité il montrait pourtant de tout ce qui touchait Sainteville, cette femme... A peine s'il l'avait écoutée, parlant de ce qui avait suivi son départ. Avec cette inspiration féminine de la faiblesse, elle avait insinué, pas très directement, mais de façon compréhensible, que Blanche devait coucher avec le jeune paysan qui avait sauvé Suzanne... Ça lui était venu naturellement, sans réfléchir : et maintenant qu'elle y repensait, il lui apparaissait qu'elle n'avait pas menti. C'était même criant, elle avait dû s'en apercevoir sans se le formuler, tant.. D'ailleurs Pierre n'avait pas relevé la chose : il s'était remis à son livre, il semblait que ce fût tout ce qui l'intéressait.

Et ce Meyer, dont la présence chez eux faisait parler. Tous les soirs, ce piano. Encore s'il avait joué quelque chose d'agréable, quelque chose qu'on pût fredonner. Il vous cassait les oreilles.

LX

« Non, messieurs, je ne comprends pas ce que vous voulez. » Pierre Mercadier leva sur ses interlocuteurs des yeux polis et vides. Il y avait là Robinel, un fruit talé, plus apoplectique que jamais sur ses pattes courtes, sa cravate de travers, son col sauté, sa carrure puissante, et un autre professeur du lycée, Joffret, dans sa houppelande flottante, avec ses yeux sans poil, et son interminable corps maigre. Derrière eux, timide, et gêné d'être le sujet du débat, Meyer.

On parlait depuis une demi-heure. Sur la table il y avait une grosse lampe à pétrole qui charbonnait de temps en temps, et dont Mercadier trifouillait alors la mèche. Le salon baignait alentour dans l'ombre, avec le piano oisif, auquel Meyer jetait des regards à la dérobée. Les ombres de ces messieurs montaient jusqu'au plafond.

« Voyons, Mercadier, — dit Robinel et son plastron eut l'air d'en éclater, — puisqu'on vous dit, bon sang, que nous sommes déjà quatre d'accord...

— Eh bien, c'est très beau quatre, vous n'avez pas besoin de moi ! »

M. Joffret fit un pas en avant dans la lumière et leva un index méditatif : « Laissez-moi parler, mon cher Robinel, vous êtes toujours comme une chaudière qui explose... Convaincre, il faut savoir convaincre ! Mercadier, cher ami, je ne puis pas croire que vous soyez un antisémite...

— Moi ? ah, elle est bien bonne celle-là... Dites donc, Meyer : ils disent que je suis antisémite. Mais répondez-leur... Expliquez-leur, vous... Dans cette ville, qui avez-vous pour ami ? Qui vous reçoit chez lui ? Quelqu'un de ces Messieurs ? Non. Mais moi, ici, dans cette maison, tous les jours... Alors ! Est-ce que je mens ? Vous le voyez, Messieurs, Meyer le reconnaît. Je passerai pour antisémite quand vous m'aurez prouvé ce que vous faites pour les Israélites dans la vie courante... pas avant. Moi, antisémite ! Un comble.

— Monsieur Joffret, votre diplomatie ne réussit guère c'est donc moi, — dit Robinel, — qui expliquerait les choses...

— Ne vous disputez pas ! Je vous ai, je crois, saisi... saisi !... (*petit rire de Mercadier*). Je vous résumerai donc : en huit jours de temps, on a trois fois cassé les carreaux de Meyer. On l'a insulté dans la rue, au lycée, menacé de mort et... On. Qui, on, c'est à voir, mais enfin. Et là-dessus, pour mettre fin à ces tourments, ce qui part d'un bon cœur, vous avez décidé, vous êtes quatre à avoir décidé, sans compter Meyer, de faire de cela une affaire professionnelle, de signer une déclaration, soumise au proviseur, envoyée au ministère, publiée dans la presse... Est-ce bien cela ?

— Oui mais...

— Ce que vous direz dans cette déclaration ne m'est pas bien clair, enfin ce n'est pas là ce qui me gênerait. Mais le principe... Le principe ! Si nous commençons ce genre de déclaration, c'est un dangereux précédent... il faudra en faire à tout bout de champ... On fait un abus singulier ce temps-ci des signatures, du prestige individuel... Après tout, un peu de modestie. Nous ne sommes que des professeurs de l'enseignement secondaire. De quel poids sont nos noms ? D'aucun.

357

Chacun séparément peut encore, sur ses maigres titres, baser une certaine autorité pour... je ne sais pas, moi, pour le commissaire de police de son quartier, peut-être! Mais qu'est-ce que c'est que ce cartel, ce syndicat que vous voulez former? Je vois bien du danger à ces coalitions qui puisent, non dans la valeur de l'individu, mais dans la seule loi du nombre leur discutable autorité... Nous sommes des fonctionnaires... »

Ceci fit éclater encore Robinel : « Nous y voilà! Fonctionnaires! Voilà votre raison profonde, Mercadier! La crainte! Votre place! Votre carrière! » cela était vraiment injuste : Pierre leva les yeux au plafond, puis les ramena sur son rouge collègue, avec cette expression de la conscience tranquille qui lui était naturelle : « Si je le voulais, Robinel, je vous ferais terriblement honte de ce que vous venez de dire... Précisément en cette minute, précisément aujourd'hui... Mais je dédaigne ces arguments qui me seraient trop faciles... Vous devriez avoir honte de me prêter des sentiments bas... »

Meyer, très ému, ici, s'interposa : « Non, non, Mercadier, personne ne pense, moi qui vous connais bien, le bon cœur de Robinel l'emporte toujours... ses paroles dépassent sa pensée... »

Robinel ronchonna quelque chose, et Joffret agita son absence de sourcils. Mercadier indiqua d'un geste de la main qu'il était au-dessus des injures, et reprit : « Mon cher Meyer... Messieurs... est-ce que vous ne voyez pas que votre démarche tend à transformer un cas particulier... infiniment regrettable... en une affaire d'État... en exemple... en machine de guerre contre l'antisémitisme... et que cela est terriblement maladroit, voire dangereux?... pour Meyer, en tout cas : dès qu'il est pris par vous comme un drapeau, ses ennemis vont s'entêter, il y aura un cas Meyer... En général, on donne vie à l'antisémitisme en l'attaquant, en le reconnaissant... Il vaut mieux l'ignorer, ne pas lui donner aliment... Ah, mes amis, je vous trouve bien imprudents! »

Meyer regarda avec inquiétude successivement Mercadier et ses deux collègues. Joffret, ébranlé, hochait la tête. Robinel murmura quelque chose de confus. Meyer porta la main à son cœur qui battait très fort. C'était la sagesse qui parlait par la bouche de Mercadier : quel impair on avait failli commettre ! Pierre développa sa pensée :

« Cette façon de se jeter, pour des hommes comme nous, dont la fonction est limitée, spéciale, brusquement dans la politique, dans ses passions, je conviens qu'elle est tentante... que des facteurs sentimentaux, humanitaires, nous y poussent... Mais c'est la voie de la facilité : notre profession même nous engage à plus de retenue, à une réserve critique... Le monde politique est extrêmement complexe : notre place n'y est point... Et souffrez qu'ici je vous parle comme historien, Messieurs, comme historien ! Est-ce que l'étude de l'histoire ne nous montre pas combien les réactions contemporaines sont sujettes à l'erreur ? Est-ce qu'elle ne nous enseigne pas la prudence ? En tant qu'historien, je me sens tenu dans les actes à une rigueur scientifique qu'ici trop de choses, mon amitié personnelle pour Meyer, par exemple, voudraient troubler... Non, vraiment, non ! Nous avons une hiérarchie professionnelle à laquelle il est juste de se plier... un ministre... un gouvernement... Enfin, avons-nous un gouvernement, oui ou non ? On voudrait vous entraîner aujourd'hui, cela est clair, à faire pression sur ce gouvernement dans ce qu'on appelle si stupidement l'*Affaire* en y rattachant, nous, ici, d'autres ailleurs, des incidents fâcheux, mais locaux, locaux ! sans lien entre eux... C'est-à-dire qu'on obscurcit tout au lieu de simplifier, comme on devrait... que le cas du capitaine Dreyfus, de l'ancien capitaine Dreyfus, est abusivement adjoint à celui de personnes que nul ne songerait à accuser d'espionnage ou de trahison... comme notre brave Meyer... On présente comme connexes des faits séparés, essentiellement séparés, on contribue à cette folie collective que nul plus que moi, plus que nous, Messieurs, ne déplore... ah, non, mille fois non !

— Il est vrai, — dit Joffret...

— Vous voyez, — triompha Pierre, — Joffret se range à mon avis ! Pas de politique ! Pas de politique !

J'étais à Paris l'autre jour; j'ai vu des gens que je connais depuis des années, à qui ces insanités font absolument perdre la raison. Ils lisent dans les écritures... c'est tout juste, si on n'en vient pas à chercher l'innocence du condamné dans le marc de café! Certes, des manifestations déplorables comme celles dont notre ville a été le théâtre nous ramènent en plein Moyen Age, mais de grâce, mes chers collègues, n'y souscrivons pas! Ne retournons pas à des pratiques indignes d'esprits modernes, nourris du scepticisme supérieur de la science... munis d'un esprit critique, d'un esprit critique... Meyer sait bien qu'il a ici, le cas échéant, dans cette maison, un refuge : je ne vais pas le lui retirer en jetant mon nom dans la bagarre... Pour que la foule vienne poursuivre jusqu'ici ce pauvre Meyer, non, vraiment non! »

Les arguments de Robinel étaient bien endommagés par le ton de chaudière du professeur de sciences naturelles. La conversation prit un tour confus, un tour de déroute, et on se sépara sans rien conclure. Pierre Mercadier, seul quand la porte fut refermée, soupira. Il sentait une sorte d'ivresse supérieure à l'idée du secret qu'il avait porté en lui pendant toute cette entrevue, sans en rien trahir, et qui rendait tout cela petit, petit et méprisable. Il retourna vers son bureau, relut la lettre écrite à Castro, la plia, la mit sous enveloppe. La colle avait un goût amer, un goût de destin.

LXI

Cette lettre parvint à M. de Castro comme M. Mathieu Dreyfus sortait de chez lui. Le frère du capitaine condamné avait appris par des amis communs que l'agent avait en main des lettres susceptibles d'éclairer le débat. Il était venu de lui-même comparer les écritures. Castro avait voulu lui confier les lettres du commandant Esterhazy, mais M. Mathieu Dreyfus les avait refusées, conseillant de les remettre à M. Scheurer-Kestner qui était la personnalité politique la plus sûre pour porter le fait nouveau à la connaissance du gouvernement.

La lettre de Pierre Mercadier donnait ordre à son homme d'affaires de réaliser immédiatement au mieux tous ses titres, toutes ses actions. « Bon, — pensa Castro, — voilà bien qui me ressemble ! Je l'ai si parfaitement persuadé de ne plus jouer à la Bourse qu'il va se constituer un bas de laine ! Et moi, dans tout ça, chocolat... » Il haussa les épaules et regarda encore une fois l'écriture du bordereau, et une lettre d'Esterhazy. C'était frappant. Pourquoi tarder ? Il écrivit donc à M. Scheurer-Kestner.

Jamais Pierre Mercadier n'avait éprouvé ce sentiment de force et de plénitude qu'il avait en lui. Tous les petits incidents de la vie prenaient sens, et contribuaient à enivrer le professeur d'histoire. Il lui vint même à l'esprit de se désigner ainsi, le professeur d'histoire, et il en ressentit une satisfaction et une gaieté singulières. Ainsi tout était fini, tout allait se détacher, se libérer, le monde allait partir à la dérive. Il neigeait au-dehors, et par les fenêtres Pierre regardait tourbillonner les flocons qui avaient un air de luxe et de fête. Paulette entra et l'entretint d'une affaire ménagère quelconque à laquelle il ne put s'intéresser du premier coup. Elle se répéta, et il suivit ses paroles avec une politesse ironique et minutieuse cette fois, qui avait la vigueur d'un alcool.

La rue, les gens croisés, le lycée. Le lycée encore... Ah, quel étrange sentiment que de se retrouver parmi ces ombres familières, ces fantômes burlesques de professeurs et d'enfants... Le cours qui se poursuit... La clarté sautante du gaz...

Le surveillant général s'approcha de Pierre à la sortie. Impossible de savoir lequel l'emportait sur son visage mortel, du jaune ou du vert, du cancer ou du froid. Ses joues étaient si creuses, ses yeux boursouflés.

« Comment allez-vous, monsieur Décrassement ? Je ne vous trouve pas bonne mine... »

Le surveillant général s'inquiéta. Il savait bien qu'il avait la mort en lui, mais il arrivait à l'oublier. Alors pour qu'on lui en parlât si ouvertement...

« Vous trouvez? — dit-il. — C'est cette neige, ce froid d'enfer... Je ne me sens pas plus mal que d'habitude pourtant...

— Pas plus mal? Ah! j'aurais cru... »

Qu'est-ce qu'il avait Pierre, à jouer de la cruauté? Un sentiment de jeunesse, de supériorité. Décrassement l'avait abordé avec une idée précise :

« Je voulais vous dire, monsieur Mercadier... » Il regarda autour de lui, frissonna, releva ses épaules : « Je voulais vous dire... Bravo! Vous avez refusé... »

Pierre n'y était plus. Refusé? Quoi?

« Refusé de signer pour Meyer... Bravo! Oui, Joffret m'a dit... Ils m'avaient demandé à moi aussi. A moi! » Il ricana : « Qu'ils crèvent tous, ces sales youpins! qu'ils crèvent tous! » Il regarda encore autour de lui, l'air effrayé. « Ceci entre nous, n'est-ce pas? Strictement entre nous... Le proviseur est franc-maçon... s'il savait... »

Sa main osseuse écrasa celle de Mercadier avec toute la chaleur de l'étreinte, et le froid du tombeau. Pierre le regarda, qui emportait son cancer sous la neige. Étrange.

Cette nuit-là, Pierre Mercadier rêva de l'Afrique. Une terre si chaude, et si nue que les chaussures mêmes se fendillaient à son contact. Pierre était habillé de blanc, dans les rues mauresques où toutes sortes de difficultés l'empêchaient d'avancer, particulièrement des marchands de fruits, avec des pastèques saignantes, des ânes comme ceux qu'il avait vus jadis avec Paulette à l'exposition de 89. Paulette, d'ailleurs, dans son costume de mariée courait derrière Pierre, et des moukhères voilées riaient tout autour. Les difficultés augmentaient à chaque pas. La forêt devenait inextricable, les bûcherons n'arrivaient plus à abattre les arbres exotiques, les lianes noueuses. Pierre étendit la main et rencontra un visage sous les feuilles, un visage de femme, que ses doigts reconnurent. Ce n'était pas Paulette. C'était... mon Dieu, il avait perdu le nom de cette femme! Perdu, perdu. Il la connaissait, il la reconnaissait! Elle lui sourit. Elle lui dit de ses dents éclatantes : « Je ne vous aime pas! » et ces mots ramenèrent dans sa mémoire le nom de Blanche, il voulut la supplier, mais quand il avança vers elle, il aperçut un jeune homme, un paysan au nez écrasé, qui le repoussa violemment, et Pierre tomba, tomba...

Réveillé dans la nuit, il éprouva une humiliation profonde. Elle habitait encore ses rêves, la garce. Et ce paysan... Non, non, non. Il n'y pensait plus, c'était le jeu du sommeil. Elle flottait pourtant dans la nuit. Elle le détournait de ses pensées. Pierre cherchait à les renouer à ce plan d'avenir qu'il construisait comme une maison brillante. Oh, ces bateaux frémissants, dans les ports bleus, prêts à partir... Il a la tête pleine de soleil. Il voit des palais blancs et des terres libres. Ici aujourd'hui, là demain...

Blanche... Qu'a dit Blanche dans la nuit? Le son de sa propre voix lui a fait peur. C'est donc lui qui a dit *Blanche* tout à coup, à voix haute, sans y penser? Il ne se croyait pas si faible. Dormir, dormir... ne plus penser... quels sont ces mots, qui dansent dans sa tête? *Non veder, non sentir m'è gran ventura; — Pero non mi destar, deh! parla basso.* Ce sont des vers de Michel-Ange qu'il a lus il y a vingt ans. « Ne pas voir, ne pas sentir, m'est grande aventure... » D'où renaissent ces paroles italiennes? Le mirage de l'Italie l'emporte dans la nuit.

Au matin, il lut dans le journal que M. Mathieu Dreyfus avait déposé une plainte contre le commandant Esterhazy, l'accusant de faux et usage de faux. Cela le fit penser à Castro. L'argent. Cela durera ce que cela durera. L'argent. La liberté.

« Tu ne dis pas au revoir à Jeanne? Elle part pour l'école... »

Paulette poussait la petite vers son père. Habillée dans son costume, jupe à plis, petite veste noire et toque à couteau, son cartable sous le bras, elle avait l'air d'un singe savant. C'était sa première année en

classe. Pierre songea qu'il fallait dire quelque chose :
« Et tu seras bien sage, Jeannette... »

La mioche, hypocrite, tortilla son pied : « Oui,
Papa... »

Le papa éclata d'un long rire qui n'en finissait pas,
« Qu'est-ce que tu as ? Tu n'es pas normal, ce matin... »,
dit Paulette. Elle ne savait pas si bien dire.

Le boucan était formidable. Cela avait éclaté soudain,
juste comme ces messieurs s'étaient assis à leurs
chaires, une minute avant l'entrée en classe. Le préau
tout entier était plein de clameurs. Une masse de manifestants s'était placée devant la porte de la classe de
Meyer, et d'autres groupes bouchaient celles des quatre
professeurs dont les noms avaient paru le matin même
dans le journal local de gauche au bas de la protestation que Mercadier n'avait point signée. Les noms des
professeurs étaient scandés avec des hou-hou ! et des
cris d'horreur commandés à tue-tête. Les pions, le surveillant général, le censeur s'étaient précipités. Ils disparaissaient au milieu de monômes dansants, et tout
d'un coup du premier étage, les dictionnaires commencèrent à tomber.

Une idée infernale : on avait en cachette entassé les
dicos de grec, d'anglais, d'allemand, de latin sur le balcon périphérique, et un groupe sorti des classes supé-
rieures se mit à les faire dégringoler. Sur le tas échevelé
qu'ils formaient en tombant, ceux du bas arrivaient
jetant leurs bouquins à leur tour. Des cris fusèrent. Et
soudain le diabolique du plan apparut : le feu ! Les
gosses commençaient à brûler les dictionnaires, une
fumée s'éleva, des étincelles. Le proviseur surgit. On le
hua : « Hou-hou les Loges ! Hou-hou les Loges ! » Toute
sorte de projectiles volèrent vers la classe de Meyer. « A
la porte, le Juif ! Aux chiottes, Meyer, aux chiottes ! »

Pierre Mercadier, de sa classe, regardait par les vitres
de la porte le chahut organisé. « Quand je leur disais,
pensa-t-il, que leur petit manifeste était dangereux pour
Meyer ! » Tout d'un coup quelqu'un frappa à la porte
derrière laquelle on courait, se heurtant parfois. En se
hissant sur la pointe des pieds, Mercadier aperçut un

élève appuyé contre le battant. Fallait-il ouvrir? Il ouvrit.

Un garçon de douze ans, les vêtements déchirés, le visage en sang. Le petit Dreyfus. Il avait été battu. Il pleurait, mouchait ses larmes, se tamponnait le nez d'un mouchoir sale. Il avait échappé à un groupe trop occupé d'autre chose pour le poursuivre. Il se jeta à un pupitre et la tête sur le bois se mit à sangloter. Un spectacle insupportable vraiment. « Qu'est-ce qu'il y a, mon petit, — questionna Pierre, — ils vous ont fait du mal? Les brutes! »

Une tempête de désespoir empêchait l'enfant de répondre. « Allons, allons! Vous êtes à l'abri maintenant... »

Le visage sombre et niais du petit se leva vers le professeur, avec des yeux horrifiés, stupides. Quelque chose l'étranglait, il ne trouvait pas les mots. Enfin il cria : « Est-ce que c'est de ma faute? Est-ce que c'est de ma faute? »

Horrible, Pierre eût donné cher pour ne pas entendre cela. Un enfant. Tout cela à cause de ces imbéciles avec leur manifeste! Au-dehors la tempête continuait, on dansait autour du bûcher, les pions se battaient avec les élèves. Est-ce qu'il y aurait classe? On sonnait la cloche : peine perdue.

Pierre regarda le petit. Qu'il était laid et pitoyable! Il eut un haut-le-cœur de tout cela. Il pensa que son fils avait dû être de ceux qui avaient battu Charlot. Pour un dernier jour, c'était réussi. On se flanquait des torgnoles dans le préau. Le proviseur faisait vainement un discours au milieu des cris, des courses, des farandoles. Mercadier ouvrit la porte. Derrière lui le petit Juif hurla : « Oh, non, monsieur, oh, non! » Il avait peur d'être découvert. Pierre referma la porte sur lui. A travers la débandade et les batailles, il parvint à gagner l'entrée du lycée. Le chahut avait décidé de sa dernière classe. Tant pis : ce n'était pas la peine. Il quittait le bahut pour toujours. Les cris : Mort aux Juifs! Mort aux Juifs! le talonnèrent. Il haussa les épaules.

Et tout cela parce que Castro ayant cru reconnaître

une écriture, la famille du condamné avait cité Ester-hazy en justice... alors dans le pays, la colère montait... Castro... Pierre avait reçu l'avis : « ... nous avons l'honneur de vous faire savoir que les fonds sont à votre disposition... »

Comme il passait devant la loge du concierge, il s'entendit appeler. « Quelqu'un pour vous, monsieur Mercadier. Une dame... » La femme du concierge, aux cent coups, lui montrait une personne qu'il ne reconnut pas dans l'ombre : « Vous permettez ? Je vais voir s'ils n'ont pas fait de mal à mon mari, ces garnements... » Elle les laissa seuls.

La femme alors s'avança, et il vit que c'était Blanche. Il se sentit tout froid. Blanche, très pareille à son rêve, dans une robe noire, avec un collet d'astrakan, et un bonnet de rubans bleus. « Pierre, dit-elle, Pierre... » Elle lui tendait une petite main de chamois, elle souriait avec un sourire triste. Il dit : « Vous voilà ! » Elle lui serra les doigts : « Je sais... je sais... ne parlez pas... il faut que je vous dise... »

Il se dégagea : « Vous me relancez à mon lycée, madame...

— Pierre, taisez-vous, ne perdons pas ce moment... Écoutez... Je n'en puis plus, il fallait... Je ne pouvais pas aller chez vous... votre femme... excusez-moi, si la visite ici d'une femme vous compromet... »

Il rit de ce même rire supérieur qu'il avait eu pour ses collègues qui croyaient qu'il voulait ménager son avenir, sa situation... « Vous arrivez un peu tard, Blanche, un peu tard... » Les cris au fond faisaient une étrange orchestration à cette scène : « Que se passe-t-il ? » murmura Mme Pailleron, et sans attendre la réponse, elle poursuivit : « J'ai lutté, j'ai refusé de croire à cette obsession... Je ne voulais pas être heureuse... Je ne demandais rien que l'oubli... C'était trop encore... Pierre ! »

Que disait-elle ? Il comprenait bien. Mais non. Il l'entendait encore dire *Je ne vous aime pas*, les mots impardonnables. Trop tard. Il avait disposé de sa vie défaite. Il était libre, libre. Pas pour retomber d'une femme à une autre. Il regarda celle-ci avec méchanceté. Il venait de sentir que d'elle aussi, il était libre. Malgré les rêves. Libre, en vérité. « Et votre petit paysan, madame, ce... Boniface, dans tout cela ?

— Qu'est-ce que vous dites ? — cria-t-elle.

— On dit pourtant que vous couchez avec... »

Elle se redressa, et regarda avec horreur cet homme qu'elle était venue rejoindre. Elle comprit d'un coup sa folie. « Mufle ! » dit-elle.

Il salua légèrement. Il était heureux de déchirer ce dont il avait souffert. Et en même temps vaguement confus. Elle le dévisageait :

« C'est ta femme, — siffla-t-elle, — c'est ta femme qui t'a raconté ça, n'est-ce pas ? Oui. Je le vois dans tes yeux. C'est elle. Et toi, tu l'as crue ? Vous êtes un joli couple. Il n'y aura pas une bassesse dont vous vous soyez dispensés...

— Bassesse ? Vous êtes libre de coucher avec qui vous plaît... »

Elle lui cria : « Ordure ! » Rabattit sa voilette et s'en fut dehors sous la neige. Il eut un instant l'envie de lui courir après... Puis il dit : Bah ! entre ses dents, la regarda s'éloigner sur le sol blanc de décembre, releva le col de son pardessus, enfonça ses mains dans sa poche et dit encore : « Trop tard » et s'achemina lentement vers la gare.

Il avait plus d'une heure à attendre le train de Paris. Il la passa au café en face de la gare, à boire lentement un grog américain. Il ne pensait déjà plus à Blanche.

Il était libre.

La disparition du professeur Mercadier mit un certain temps à être un fait établi, parce que Paulette, dans ses voiles de deuil filiaux, amoncelait une masse de petits mensonges et de dénégations aux questions posées, que le proviseur espérait qu'il ne s'agissait que d'une petite fugue, évidemment peu excusable, mais de courte durée, et il y avait assez de scandales comme ça au lycée...

La délaissée se débattit huit jours parmi les visiteurs hypocrites, les relations qui rappliquaient, les airs apitoyés des gens, leurs consultations pièges, les domestiques, les femmes des collègues. Elle ne savait que penser. Pascal prétendait avoir vu Mme Pailleron dans la ville. Qu'est-ce qu'elle serait venue faire là, la Pailleron ? L'enfant avait rêvé. Le terrible, c'était l'humiliation. Elle condamna sa porte. Elle prit des choses pour dormir. Pourquoi être parti sans un mot ? Un détail absolument horrible la saisit : il ne lui avait pas donné le mois de la cuisinière... Est-ce qu'on l'avait tué ? Il n'avait rien emporté, pas même son manuscrit. Elle reçut le proviseur. Toujours pas le moindre signe ? Il fallait avertir la police... Ah, non, pas ça, pas ça !

Pas une ligne d'écriture, rien... Incroyable ! Elle se perdait en conjectures. Même s'il était parti... pourquoi ce martyre, cette ignorance inutile ? A la fin, elle écrivit à Blaise.

Il fallait pour cela qu'elle eût touché le fond de l'affolement. Blaise ! Mais c'était son frère. Le seul homme à qui s'adresser. L'oncle Sainteville était trop loin, trop vieux.

Il arriva le surlendemain. Il avait fait à Paris sa petite enquête sur les renseignements donnés par Paulette. Il avait été chez Castro. Là, après quelques résistances, il avait appris pourtant que son beau-frère était venu chercher de l'argent, tout ce qui lui restait ; l'argent réalisé des titres et des actions que Castro avait entre les mains. Trois cent cinquante mille francs. On ne savait pas ce qu'il était devenu. Avec cela, tout devenait clair. Fichu le camp. Avec le fric. Le salaud ! C'était tout ce qui restait de sa fortune. On retrouva quelque part une dizaine de milliers de francs. Pour les ravoir, ce fut un joli chiendent. Il fallut bien saisir la justice. Le scandale vint alors dans les journaux de Paris.

*

C'est à Venise que Pierre Mercadier les lut : il venait d'y savourer les détails de l'acquittement du commandant Esterhazy. Il nota avec un plaisir marqué la présence de son beau-frère dans tout ça. Que Blaise d'Ambérieux, l'anarchiste, qui avait plaqué sa famille, et sa petite sœur entre autres, vers les 1875, fût, à l'orée de 1898, devenu le moralisateur de l'histoire, le représentant des traditions et le tuteur de Jeanne et de Pascal le fit longuement rire. Il apprécia cette ironie comme un raffinement du sort et s'imagina avec un luxe de détails comiques les dialogues du frère et de la sœur. L'argent là-dedans devait jouer son rôle, son rôle souverain, merveilleux...

Il ne leur avait pas laissé un radis. Paulette allait devoir tout vendre. Y compris les souvenirs de sa mère. Chine, Inde et piano au vernis Martin. M. Blaise, l'artiste, avait deux enfants sur les bras. A moins qu'on ne les mît au château de Sainteville... Il y aurait conseil de famille : Monseigneur y prendrait part... Ce serait l'enterrement social du fugitif, après tout...

Malgré la pluie, Venise était si terriblement nouvelle et prenante pour lui que Pierre ne pouvait se décider à la quitter. Il s'y perdait dans ces rues semblables et sans perspective dont le labyrinthe étroit, et plein de surprises, le menait de découverte en découverte. Il se grisait d'une poésie de souvenirs, facile comme une ivresse d'apéritifs. Il commençait sa nouvelle vie dans le cercueil flottant de tant de morts célèbres, qu'il n'arrivait pas à prendre conscience encore de cette chose perpétrée, de ce crime véritable commis contre toute morale reçue, et dont soudain, un matin sur la place Saint-Marc, où la pluie s'était arrêtée, au milieu des pigeons, il eut la révélation subite. Un crime.

Il avait véritablement assassiné sa vie ancienne. Il avait commis un crime. Il était un homme. Il rejoignait les Mercadier de la génération précédente, les cousins aventuriers, ceux de la marine et ceux des galères.

Il avait tué le professeur Mercadier.

DEUX MESURES POUR RIEN

I. VENISE

I

Lorsque les pluies ont commencé à Venise, la nostal-gie y est si forte pour le voyageur qu'il doit quitter la ville dans les vingt-quatre heures ou qu'il y reste comme un animal pris au piège, dans une stupeur qu'on hésite a considérer comme un charme. L'eau du ciel se confondant avec celle des canaux, le monde est une éponge de pierre dont les alvéoles étroits et ruisselants sont à peine des rues quand le vent se met de la partie. Mais alors tout l'artificiel de Venise disparaît, tout ce qui y fait carte postale, sa poésie pour étrangers. Il n'y reste que la ville en proie aux éléments, et son peuple qui ne sait pas l'anglais, la bête du Moyen Age retour-née à ses cauchemars et demi-morte; et les boutiques pleines de corail et de perles de verre sont désertes dans la Merceria ou la calle dei Fabbri; plus personne n'essaie ces colliers, ces châles, n'ouvre les coffrets de lapis ou d'agate qui attendront le soleil des touristes, tandis qu'aux comptoirs s'ennuient mortellement les vendeurs bruns, la tête pleine des acheteuses frôlées qui se sont enfuies...

Dans l'hôtel vide où il avait une chambre immense et basse, Pierre Mercadier au milieu des domestiques chu-chotants fait l'épreuve d'une chose étrange et forte comme l'hiver vénitien : sa lune de miel avec sa soli-tude. Dans le hall traînent bien deux vieilles Améri-caines, un Anglais un peu trop poudré, et une sorte de diplomate allemand, mais le plus souvent il n'y a là que les valets obséquieux, et l'alcool indispensable avec ce vent qui souffle. Au-dehors, c'est tout de suite une sorte de petit havre pour les gondoles, et le Grand Canal à quelques brassées, tandis que de l'autre côté le petit quai de l'hôtel tourne dans la rue aux glaciers fermés en cette saison, près d'une église sortie d'un Longhi. En face, les maisons de ce gothique mauresque, étroit comme la jalousie d'Othello, tombent directement dans le canal, et Mercadier invinciblement songe aux poules dont on maintient ainsi les pieds dans l'eau pour leur donner des angines. Il faut remonter, au-delà du Rialto, vers la Pescheria, ou plus loin que les maisons dignes et mystérieuses de la noblesse et le quartier des hôtels, vers la gare et San Simeone Grande, pour retrouver, courant d'une tente à l'autre, d'un marchand de fruits à une trattoria, le peuple sombre et les enfants guenilleux qui ne quittent pas ce radeau des lagunes quand vient le temps des tempêtes.

L'épreuve de la solitude. Toute sa vie, Pierre a cru être seul, et il l'était vraiment. Seul comme personne au milieu du monde. Sans amis, sans but. A la façon d'un explorateur tombé chez des sauvages dont il ne parle pas le langage. Il n'avait jamais été de la tribu, bien qu'il en copiât fidèlement les rites observés. Avec autour de lui l'agitation incompréhensible d'une société, la foule du lycée, et des professeurs, la foule de la famille. Cet immense désœuvrement de son esprit et de son temps pourtant accaparé par une apparente activité d'études, d'obligations, de rapports mondains, de simulacres intimes. C'était avec tout cela qu'il venait de rompre, avec tout ce faux-semblant d'habitudes. Pour que la rupture fût totale, il a laissé derrière lui le manuscrit de *John Law*, qu'il avait un moment songé à emporter. Mais c'eût été un lien avec le passé, un élément de continuité...

Maintenant, n'ayant pas à gagner sa vie, n'ayant âme qui vive à qui s'adresser à part le valet qu'on sonne, la caissière qu'on salue, il lui semblait que tout ce carton-pâte abandonné avait été une réalité. Ce n'était pas ce qu'il était venu chercher à Venise choisie sur une légende de romance, sans s'attendre à ce que la saison lui offrirait. Après une journée de déception, une éclaircie l'avait engagé à rester, et la pluie l'avait surpris près du pont de Fer et rejeté à l'Accademia où il s'était pris au piège de la peinture monstrueuse du Titien, Véronèse et Tintoret, à la déconcertante maîtrise de courtisans des peintres de cette ville... il avait découvert les Vivarini qu'il ne connaissait pas, et quand il se retrouva au grand air, tout d'un coup il ressentit une sorte d'ivresse de ces rafales de pluie, de ces frissons d'eau qu'un grand coup de vent soulève sur le Grand Canal, où comme des damnés les gondoliers fuient sous l'averse, avec leurs passagers tapis dans la felza. Le décor noyé, avec, au loin de la ville, des couvents formant îlots, dont on apercevait les églises dorées et les murs sans fenêtres, et la tristesse des lagunes, l'arrière-pays fiévreux par-delà Fusine, tout hérissé de joncs, où la terre se décide difficilement à la cohérence... ce décor si lointain des images que Pierre s'en était faites convenait de façon merveilleuse à la période de mue qu'il traversait, à l'apprentissage qu'il allait faire de la vraie solitude.

La langue italienne, le peu de sens que prennent des journaux à un œil étranger, tout concourait à accroître ce sentiment désertique où Pierre se complaisait. Il n'avait plus de raison de se lever le matin, si ce n'est de n'en avoir jamais eu. Rien pour se peupler la tête qu'un passé qu'on ne pouvait ressasser sans fin. Ainsi un homme qui va chaque jour au café finit par y considérer sa partie de jacquet comme une activité réelle, mais si un beau jour quelqu'un enlève la boîte à jacquet, notre homme s'aperçoit du vide absolu de la vie.

Pierre n'avait plus rien à penser, et Venise, cette ville incomparable, meublait son cœur, ses yeux, ses rêves, de chacune de ses pierres, de ses palais, de ses venelles, de ses ponts, de ses folies contenues et de ses mystères. Il vivait comme les hommes d'une époque de catastrophes, quand c'est une chose exaltante que d'encore entendre la pulsation de son sang après ce que l'on a traversé, et que cela suffit à remplir la vie jusqu'à la sui-

vante invasion des barbares ou l'éruption volcanique
attendue. Il se disait, regardant sa montre ou comptant
les sonneries : « A cette heure-ci, je serais ici ou là...
devant moi, il y aurait le visage de Décrassement ou
celui de Meyer... Paulette me crierait que les enfants
ont faim, ou que la bonne sort ce soir... Je m'inquiéte-
rais d'une lettre de Castro, j'irais la lire dans ma
chambre... » Le bruit diluvien de la pluie sur les vitres,
la couleur de soufre du temps, le vide prodigieux des
ruelles... Cela durerait des années ou même des
semaines ? C'était à cela, exactement à cela que, dans
le demi-sommeil d'une des dernières nuits de sa vie
ancienne, l'avait mené la songerie... Maintenant il
comprenait pourquoi il avait pris à la gare de Lyon son
billet pour l'Italie... le vers de Michel-Ange :

Non veder, non sentir m'è gran ventura..

Et Venise lui était une grande aventure négative,
comme le non-sentir, le non-voir...

II

Tout d'un coup le vent est tombé : il ne pleut plus.
Pierre sort des arcades du Palais Ducal, il s'avance sur
le Môle jusqu'au parapet. D'ici quel contraste avec tout
le reste de la ville, c'est un immense paysage qui
s'adosse aux architectures singulières qui entourent la
place et s'étend là-bas jusqu'aux Jardins Publics par le
quai degli Schiavoni, sur la droite dans l'estuaire du
Grand Canal, et qu'occupe l'immense nappe d'eau
comme une lame de plomb. Tout est de plomb d'ailleurs dans ce monde soudain tranquille, le ciel, la
pierre, et cette mer fausse comme le faux amour des
gondoles. Au loin, en face, l'île de San Giorgio Maggiore, dont l'église blanche à colonnes répond pour un
dialogue de dômes d'or à Santa Maria della Salute, à la

pointe extrême du Grand Canal. Les peintres de cette ville de coupe-gorge ont mille fois reproduit, comme l'inexprimable rêve de grandeur des hommes enlisés dans les lagunes et les palais, ce lieu de vertige, cette ouverture sur le ciel. C'est à ce point insupportable que Pierre a peur étrangement de ce trop grand découvert, un désir soudain des rues étroites, qui sont à la taille d'un coup de poignard ou d'un homme aux épaules larges. Il contourne le Palais, il suit cette prison terrible d'où ne sortent plus les sanglots, franchit au hasard le dos d'âne d'un pont, tourne, s'enfonce, se perd.

Rien n'égale Venise pour la facilité qu'on a de s'y perdre, de croire s'y reconnaître et de se déconcerter en dix pas. C'était un après-midi hautain, et plus que jamais les murs étaient insensibles et sévères comme des œillères, pour le promeneur. Soudain la rue débouchait sur un canal sans trottoir, il fallait revenir sur ses pas, tourner encore. Tout dans cette ville se ressemble assez pour qu'on s'égare sur des souvenirs trompeurs. Tout a ce caractère de déjà vu des rêves, et qui met mal à l'aise, et qui fait qu'on s'entête dans une voie prise, dans une direction supposée. Puis soudain tout va comme lorsqu'on se réveille dans une chambre dont on n'a pas l'habitude, et que le lit est dans un sens oublié, avec un mur où l'on n'en attendait pas... L'accalmie avait entrouvert les maisons, des passants croisaient l'étranger avec des regards de soupçons : des femmes lourdes avec des fichus noirs, des hommes souples, des filles furtives. Tous marchaient très vite comme s'ils eussent voulu gagner la pluie de vitesse. On entendait le cri des gondoliers dans une rue d'eau qui filaient en se défiant. Soudain Pierre atteignit une place : où est-il ? L'hôpital. Il avait atteint le vieil hôpital civil, la Scuola de San Marco, alors qu'il croyait lui tourner le dos, et, dans le jour d'hiver, en face de lui sur son piédestal de marbre, le condottiere à cheval, sur le seul cheval de Venise, regardait venir vers lui ce Français désorienté tombé dans la Renaissance pour les derniers jours de sa force, et gêné de rencontrer ce colosse comme une moquerie à ce peu de pouvoir humain qui était encore le sien.

Cette place déserte ainsi qu'elle l'est toute la vie, entre San Zanipolo, le cloître de la Scuola et, dans le fond, le Rio dei Mendicanti que franchit un petit pont comme des mains jointes, a l'air d'un décor après que la pièce est jouée. Peut-être y trouverait-on la toque que le ténor a jetée pour atteindre au paroxysme de la mélodie, peut-être y traîne-t-il encore un peu du manteau de la prima donna. Le Coleone, c'était là le compagnon que cherchait Mercadier. Il le regarda longuement, lui prêtant toutes ses pensées. Ce qu'il avait dû, celui-là, mépriser les autres, et ne rien sentir, et ne rien voir ! Pierre s'estimait du même bronze : l'ex-professeur d'histoire dans un lycée de France éprouvait entre lui et ces conquérants qui foulèrent l'Italie du Nord une bizarre parenté qui se nourrissait des récits sanglants par lesquels ce temps de mosaïque et de meurtre est parvenu vivant jusqu'à nous. Mercadier approuve à cet instant toutes les cruautés du passé, il est prêt à en perpétuer l'épouvante, il est hanté par le goût de la domination.

Il n'a pas vu que sa présence sur la place a fait sourdre des ruelles une marmaille pouilleuse aux yeux immenses qui s'approche de lui par-derrière, avec les grimaces du silence, et une marche de conspiration. C'est quelque chose de tout petit, dans les quatre ans, qui s'est enhardi jusqu'à sa main et dont les cheveux de soie noire frôlent les doigts du voyageur, qui, tiré de son dialogue avec le Coleone, baisse les yeux : charme confiant des enfants, celui-ci a fait rire du premier coup le conquérant cruel qui déjà parcourait des villes dans le désastre et le sang. La mendicité impudente du tout petit attendrit cet homme qui a laissé si volontiers ses propres enfants. Car, dans l'enfance, ce qui le touche encore, c'est le jeune animal, quelque chose d'absolument physique. Il n'a pas plus tôt mis la main à la poche, que le voilà entouré par la bande hurlante, qui se bouscule, l'enserre, le touche, l'écrase, se cramponne. Ils sont bien vingt, et l'aîné n'a pas dix ans. Il jette des sous, le cyclone se détourne, s'abat sur lui-même, se bat, se roule à terre mais revient avec des larmes, des cris, des sourires canailles, quarante menottes tendues... Il a été fou de donner, on lui avait dit de ne jamais rien en faire, les voilà insatiables, et deux, trois volées de sous, il n'en a plus maintenant, ne les ont pas calmés. Ah, cela commence à devenir irritant, ces clameurs, cette petite foule qui le tient prisonnier, se traîne après lui, se met dans ses jambes. Petits imbéciles. Il menace de la main. Eux lèvent leurs bras devant leurs figures, les plus proches, et n'en glapissent que davantage. Assez, assez !

C'est à ce moment qu'une voix, fraîche et basse, singulièrement timbrée, s'élève et fait pleuvoir sur les assaillants une incroyable quantité de mots comme des éclats de verre, des injures vénitiennes qui battent les petites têtes mieux que les claques dont elles sont accompagnées. Cette aide inattendue vient d'une jeune fille qui est peut-être encore un enfant, mais déjà ronde, étonnamment potelée, habillée de noir comme toutes les femmes du peuple, la robe trop longue. Son fichu lui est tombé de la tête sur les épaules, et on voit ses cheveux noirs bouclés, serrés, serrés, tant il y en a, et relevés sur la nuque. Une fille pauvre, seize ans peut-être. Elle se bat pour de vrai avec les gosses. Elle est tout empourprée de la bataille ; et Pierre voit comme elle a le teint pur et jeune, émouvant comme celui des plus petits... Ils sentent tous les deux sans se le dire qu'il faut se joindre pour disperser la marmaille, et tout d'un coup elle se baisse et s'arrache un soulier. Les petits mendiants hurlent et s'enfuient sous les coups de talon. Voici Pierre et l'inconnue seuls et voisins. Ils se regardent et rient. Elle pense à son fichu tombé et le rajuste avec une rapidité qui implique qu'on ne doit pas montrer ses cheveux à un monsieur qu'on ne connaît pas, mais comme elle clopine avec son pied déchaussé, le plus naturellement du monde elle s'appuie au bras de l'inconnu en murmurant : « Per favor... » et se rechausse en oscillant. Pierre la retient, il la sent très proche, c'est à peine une femme, et elle n'a pas l'ombre d'un apprêt, mais quels grands yeux ! Et ces traits tout petits, ce menton obstiné, cette bouche un peu bou-

379

deuse... Elle relève vers lui ce regard qui est comme l'été, et très vite, très vite, s'excuse, et parle des galopins enfuis, et secoue ses boucles désapprobatrices, et fait une petite révérence. Elle se serait probablement éloignée s'il n'avait fait une si grosse faute d'italien en répondant, qu'elle éclate de rire et le regarde, bien droit, puis baisse le nez, puis sourit et demande : « Francese ? » Et puisqu'il est Français, alors elle ne s'en va plus : elle dit avec cet accent légèrement zézayant des Vénitiens : « Il faut nous pardonner, monsieur, ces enfants sont mal élevés, mais c'est pauvreté... Les étrangers ne sauraient pas imaginer ce que nous avons de la peine à les dissuader de mendier... » D'où parle-t-elle ainsi le français ? Avec cette correction minutieuse ? Il la regarde mieux : elle est heureuse de son effet, c'est clair. Ses sourcils font une ligne absolument droite qui se relève soudain vers les tempes. Elle s'explique : « Nous sommes des Français... mon arrière-grand-père était un soldat de l'Empereur... Il s'appelait Blanc... On en a fait Bianchi... »

Cette confidence rend très difficile qu'on se sépare comme ça, là-dessus, et tout de même comment traiter cette petite fille ? Aussi bien le démon vient-il d'inventer la tentation la plus simple pour l'étranger perdu depuis huit jours dans Venise pluvieuse, le son de sa propre langue, avec la poésie d'un accent. Pierre qui a un peu honte de son mauvais italien se sent libéré et prêt à converser. Il remercie de l'aide contre les gamins, avec une phrase enjouée sur cette façon leste de quitter sa chaussure... Il a vu, quand elle a remis son soulier, le jupon blanc et le bas très fin de la jambe... Est-ce qu'il en a passé quelque chose dans ses yeux ? La petite a eu un léger recul et elle salue tout d'un coup, muette pour partir... Tant pis.

Mais voilà rappliquée la vermine. Les gosses ont été chercher du renfort. C'est une petite armée hurlante qui crie à la fois pour des sous, et qui menace, qui tend la main, et se frotte la tête, et il y a là une gamine qui montre son genou écorché... Ils sont bien quarante maintenant. Pierre saisit le bras de la jeune fille et l'entraîne avant que les voyous soient sur eux. Ils entourent le couple, ils coupent la retraite de tout côté. Pierre et sa compagne sont acculés au parapet du canal. Et pas de sous à jeter pour les écarter...

Mais alors, de derrière le parapet, se dresse un personnage de comédie. Un personnage magnifique, bleu marine, dans sa veste courte, et son tricot de laine, splendide, herculéen, avec toutes les dents de la terre, les yeux rieurs et doux, un géant qui s'incline. C'est un gondolier qui se lève d'une gondole de luxe, d'une gondole de parade, tout ornée de cuivres, avec du velours grenat, une gondole d'apparat. Son geste appelle, et il dit : « Signor, signor... » sachant que l'étranger ne peut rien comprendre d'autre, avec toutes les promesses de la terre dans ce seul mot.

Il n'y a pas à choisir : c'est le seul moyen d'échapper aux enfants que le gondolier menace de sa rame. Pierre tend la main à la jeune fille. Elle hésite, elle a rougi terriblement, la gondole est si belle ! Elle murmure quelque chose, puis accepte le bras du monsieur et saute dans la gondole, tandis que les enfants hurlent des horreurs à leur adresse, et des conseils d'une perversité de sauvage et d'une saleté sans égale.

Cela a été si prompt que ni lui ni elle n'ont bien compris ce qu'ils viennent de faire, et l'étranger est là dans la felza fermée de tentures tout près de la jeune Vénitienne dont il sent battre le cœur. L'athlète, qui les a du coup arrachés à la rive, se penche pour demander à la signorina où il faut aller. Elle regarde son compagnon : « Où vous voudrez », dit-il. Elle est tout émue. Une si belle gondole. Elle aimerait se promener longtemps, longtemps... « Comme vous voudrez », dit-il, et il lui a pris la main qu'elle retire, apeurée. Le gondolier sourit, il ne comprend pas le français... Elle engage avec lui en dialecte vénitien une conversation animée que Pierre ne peut suivre, elle se fâche, elle gronde, crie un peu, puis se calme... L'autre s'est relevé et godille, ils ne le voient plus, ils sentent l'ampleur de son effort, la sûreté de sa course, ils sont seuls. Pierre sait seulement qu'ils avancent vers le cœur de Vénise.

III

De cette promenade chaste qui se termine à son point de départ, au campo Zanipolo, Pierre Mercadier sort en proie à des sentiments divers. Francesca Bianchi s'était sauvée dans la direction des Fundemente Nuove, où habitaient les siens, laissant à son compagnon un rendez-vous, assez aisément arraché, pour le lendemain au même lieu. Ayant préalablement réglé le gondolier, sous le contrôle sourcilleux de la jeune fille, Pierre se disposait à retourner à pied vers son hôtel. Il regarda le Coleone dans la lumière tombante, et le prit à témoin. Qu'est-ce que tout cela signifiait? Reviendrai-je à tes pieds, Condottiere, retrouver cette petite, et pourquoi? Quel sens à suivre cette histoire? Je ne vais pas jouer les suborneurs. Une enfant... Ce n'est plus de mon âge.

Le Coleone continuait à fouler le faible et l'orphelin de tout le bronze de son cheval et de sa méchanceté. Pierre l'abandonna, et la tête peuplée d'amorces d'idées, de phrases inachevées, de rêveries, gagna Santa Maria Formosa. Non, non, il n'irait pas à ce rendez-vous machinalement demandé. S'enfoncer dans une intrigue... Pas de complications... Coucher avec cette gosse... Car enfin si ce n'était pas pour ça... Se balader en gondole la main dans la main... Elle est ravissante... Cette bouche un peu épaisse... Une famille, des tas d'ennuis... Quoi, une liaison? Ou bien la plaquer tout de suite? Dans ce pays-ci, il y a des lois que je connais mal... Ça peut se continuer par un chantage... Engager sa liberté dans ce hasard... Non, non.

Mercadier pensa avec un certain plaisir à Paulette qui le protégeait contre le mariage. Mais il ne l'avait pas quittée pour se réinstaller un ménage quelque part. Avec cela qu'il en était déjà à discuter avec lui-même sur un semblable sujet, parce qu'une fille du peuple lui avait montré sa cheville... Il revit le jupon, le geste pour remettre la chaussure. Avec une certaine inquiétude, il songea que c'était la première fois de sa vie qu'il était sensible à l'extrême jeunesse d'une femme. Une femme... si l'on peut dire.

Il tombait, s'étant un peu trompé de chemin, dans la Merceria. Il se surprit à regarder les colliers. Il n'était pas malade? Celui-ci irait bien au cou frêle de Francesca. Ça va, ça va. La pluie le chassa très vite vers l'hôtel.

Dans sa chambre, il fut repris de ses songes à bâtons rompus. Il s'imaginait le lendemain, et ce qu'il s'ensuivrait sur le mode cynique. Après tout, qu'est-ce que c'était que tous ces scrupules? Elle aimait aller en gondole, Francesca, elle était à l'âge de l'amour, elle voudrait ou elle ne voudrait pas. Il ne promettait rien. Bien sûr que s'il la voyait, c'était pour une fin parfaitement définie. Alors? Cela durerait, suivant le plaisir qu'il en aurait... Son indépendance, seul un idiot pourrait compromettre là-dedans son indépendance...

Et puis tout à coup, il se représentait la petite en larmes, abandonnée par lui, qui sait, enceinte... Il s'attendrissait comme une midinette. Quel salaud je suis! Pourquoi est-ce que je ne prendrais pas un appartement quelque part à Venise? Un morceau de palais? Du côté de Santa Margherita, par exemple, où il y a des coins si charmants... Elle viendrait me voir... Je pourrais louer une gondole au mois... Vieux fou! Elle s'est reculée quand tu as voulu l'embrasser... C'était la première fois... Est-ce que je peux encore aimer?

Ce n'est pas de cela qu'il s'agit... Aimer: il n'est plus temps d'aimer, il n'y a plus à craindre de vertige... Ce qu'il faut savoir, c'est si je peux encore être aimé. Il alluma un flambeau et se regarda dans la glace de l'armoire. On ne peut pas savoir. Les bougies font des ombres fantastiques, accusent les rides, dérobent pourtant l'essentiel... Il se regardait avec désespoir, avec l'envie de se voir différent... Trop tard, trop tard. Ah, que n'avait-il fui dix ans plus tôt? Mais comme il se regardait mieux, il sentit en lui une volonté profonde de se mentir, de croire encore qu'il pouvait plaire, il se rapprocha du miroir, et son image fixée se brouilla, rajeunit...

Il dîna près du Campo San Angelo dans un restaurant que son guide lui indiquait. Il mangea de ces immondes bêtes des vases qu'on ne considère comme un aliment humain qu'à Venise, et dont la saveur est aussi infâme que les choses dont elles se nourrissent. A cette minute, ce goût cadrait avec les pensées de Mercadier, avec l'absolue abjection à laquelle il se complaisait, et sur laquelle le vin blanc de Soave lui parut une merveille, à lui qui n'avait d'ordinaire aucune estime des vins italiens. Mais c'est en vain qu'il chercha à distraire ses pensées de Francesca Bianchi. Elle occupa toute sa nuit jusqu'au fond de ses rêves ; elle était tantôt l'innocence même, et tantôt une rouée, tantôt il la voyait près de lui, nue, et avec un luxe effréné des détails, tantôt ses traits mêmes s'effaçaient, il ne savait de quoi elle pouvait avoir l'air. Ses yeux, un peu humides, ses petites mains non soignées. Elle pouvait lui donner l'inappréciable, la preuve à quoi tout homme attache une importance qui n'a rien à faire avec le plaisir, ce don de soi qui... Oui, si elle faisait cela, c'est qu'il pouvait plaire encore, c'est que sa vie n'était pas terminée. Nous cherchons dans les déserts de l'existence, de nuage en nuage, un nouveau signe céleste de cette existence même, nous cherchons en autrui l'aveu de notre force pour cesser d'être un déchet emporté par l'ouragan, pour devenir le centre de ce monde qui s'effacera quand nous ne serons plus... moi, moi, rien que moi... Je ne peux pas m'imaginer que tout ceci me survive ; peut-être subsistera-t-il après moi, comme aux temps anciens, une sorte de lande ravagée, de chaos, de règne déchaîné des éléments confondus... Je vois les jours d'après moi, comme une barbarie, je ne peux pas supporter que ces maisons demeurent, et entre elles circulent des gens jeunes, courent des enfants... Contre la mort, Pierre rappelait l'ombre conjuratoire de Francesca... Allait-il l'aimer ? Qui sait ? Les ténèbres enfin eurent raison de toute chose.

Il faisait un vent très froid le lendemain, quand, vers

les deux heures, au pied du Coleone il vit arriver Francesca. Il n'avait pas été très sûr que ce fût elle : plus petite et moins fine... Elle avait évidemment fait toilette, et ça se traduisait par un mouchoir de couleur à son cou, et la grande propreté de ses pauvres frusques. Elle était un peu essoufflée. Elle avait couru. « Je vous ai fait attendre... Mon père ne voulait pas me laisser sortir... à cause des petits... il y en a un qui est malade... Je me suis échappée par la maison à côté... Vous savez, nous habitons une maison pas comme les autres... vous verrez ! » Elle riait. Elle lui toucha la barbe, et dit : « Je croyais qu'une barbe c'était toujours très dur... » Il lui prit le bras.

Ils marchèrent par les rues au hasard. Il la faisait parler, elle disait la vie de tous les jours, comme elle enfilait des perles de verre pour les colliers de la Merceria. (Moi qui voulais lui en acheter un ! pensa Pierre.) Le père faisait de la vannerie, et il y avait les enfants à nettoyer, à soigner. La mère en attendait encore un nouveau. « C'est comme ça, — dit Francesca, — à peine un venu, c'est un autre... »

Elle avait peur des passants. Peur sans doute d'être vue avec un étranger, reconnue par quelque connaissance des siens. Elle rabattait son fichu sur son visage quand un Vénitien approchait. « Qu'est-ce que vous aimeriez faire ? » demanda-t-il. Il avait bien un plan. Elle hésita un peu, rejeta la tête en arrière, ferma les yeux et dit d'une voix qui venait du tréfonds des désirs : « Un tour en gondole... »

Encore ? Elle secoua ses boucles, soupira. Oui, c'était à cela qu'elle rêvait, c'était cela qu'elle aimait. Alors ! Ils s'en revinrent presque à Saint-Marc sans en voir une assez belle, car elle voulait une belle gondole. Mais, enfin, ils aperçurent le gondolier de la veille qui les reconnut et les salua. Francesca eut un regard de prière, ils reprirent donc *leur* gondole. Francesca voulut aller à Murano. Elle demandait ça avec une grande confusion. On prit un second rameur en raison de la longueur de la course, et ceci donna lieu à un nouveau marchandage en vénitien avec le gondolier, au cours duquel la petite se fâcha, et leva un petit poing fermé; elle gagna et regarda son nouvel ami avec fierté.

La traversée de la lagune en hiver est peu plaisante, et on fut assez secoué. Pour Murano, c'est un lieu sinistre. Cette île des verriers d'où sortent ces choses soufflées et dorées, ces perles folles, ces fleurs délirantes, ces lustres et ces glaces, ces bougeoirs de sucre candi et ces berlingots de rêve, est à peine une ville autour des fabriques, bien qu'à l'église de San Pietro Martire on conserve depuis la fin du XVe siècle une Madone de Bellini qui est la Vénus chrétienne de cette écume de verre. Rien de plus délabré, de plus misérable, de plus lépreux que Murano. A la pitié des murs s'ajoute la misère humaine, la dégradation du travail, la phtisie universelle, la déchéance des enfants, l'exsangue d'une race épuisée par le soufflage. Francesca n'avait pas l'air de remarquer cette pauvreté. Elle ne s'attristait pas. Elle ne pensait qu'à ce qui se faisait ici, au travail. Même la dureté de ce travail ne l'étonnait pas. Il fallait qu'elle y fût accoutumée ou tout au moins à quelque chose qui s'en rapprochât. Quelle idée de venir ainsi se promener dans ce bagne industriel! Il y a des choses dans la vie qu'on laisse de côté, on sait qu'il faut qu'elles existent, on s'évite de les contempler. Ainsi en France, Pierre n'avait jamais été s'égarer dans ces tristes villes où rien ne l'appelait; amateur d'art, de monuments, à Paris, comme dans toutes les grandes cités, ne lui suffisait-il pas des quartiers où l'esprit trouve satisfaction sans affliger le cœur? Il fallut visiter le musée civique et s'intéresser aux verreries; Francesca battait des mains, s'illuminait, était aux anges. Pierre commençait à se moquer sérieusement de lui-même.

Au retour, dans la felza, pris d'impatience comme elle se serrait contre lui, avec cette demi-inconscience qui faisait son emprise sur lui, il lui renversa la tête et baisa ses lèvres avec avidité. Elle avait fermé les yeux, elle était devenue froide, elle n'avait pas répondu, elle devint si menue qu'elle lui échappa. Elle ne dit pas un mot, ne se fâcha pas, demeura seulement longtemps sans parler, puis passa ses doigts sur ses lèvres et dit : « Je ne pourrai pas venir demain... »

Il s'affola, crut l'avoir offensée. Vraiment, il était comme un collégien. Mais non, tout simplement le lendemain on faisait la lessive en famille. Le surlendemain, ils reprirent la gondole et s'en furent à San Giorgio Maggiore, puis dans l'île de la Giudecca. Là, elle insista pour entrer à l'église du Redentore où les introduisit un moine franciscain. Il y eut la révélation de la piété de sa compagne. A genoux sur le marbre, elle priait avec une ferveur étrange, elle se prosternait. Pierre, assez gêné, attendait que cela finît ; pour lui, ces sanctuaires théâtraux que sont les églises de Palladio, avec dôme, colonnades et de la lumière partout, lui paraissaient très peu propices au sentiment religieux. Il est vrai qu'il n'était point expert en dévotion.

Quand ils sortirent de là, Francesca était toute changée et pressée. Elle se jeta dans des explications avec le gondolier, lui fit regagner la ville, prendre le rio de San Trovaso, remonter le Grand Canal, jusqu'au-delà du Rialto. Et elle se retournait vers Pierre, elle lui serrait les mains, elle semblait ne pas oser le regarder vraiment. Elle criait au rameur : « Santi Apostoli ! Santi Apostoli ! » Ils prirent à droite par le canal de ce nom.

A vrai dire Pierre en avait tout à fait assez de ces enfantillages, de cette innocence et de cette excitation. Où le mènerait cette aventure ? N'allait-il pas quitter Venise, tout simplement ? Il avait du dépit pourtant de la tournure de l'histoire. Sur un rio étroit, devant une église, qu'il ne connaissait pas, Francesca arrêta la gondole. Elle insista pour que Pierre la renvoyât. « Où allons-nous, où me mènes-tu ? » demanda-t-il, car il s'était mis à la tutoyer. Elle lui serra la main comme à la dérobée. Son cœur battait dans le jour décroissant.

Inutile d'essayer de comprendre, on verrait bien.

Au bout de quelques pas, on se trouva soudain sur un quai en face de la lagune, et Pierre reconnut les Fundamente Nuove. C'était par ici qu'habitaient les Bianchi. Elle ne le conduisait pas à son père, par hasard ? Il ricana, et répéta : « Où allons-nous ? »

IV

Elle eut un regard plein de lueurs. Le ciel s'assombrissait, le vent devenait presque intolérable, la lagune s'était vidée, et les Fundamente semblaient absolument déserts.

« Nous avons été bénis, maintenant », dit-elle et elle prit la main de Pierre et la serra contre son cœur.

« Que veux-tu dire ? »

Elle ne répondit pas et l'entraîna vers une des grandes demeures vides qui bordaient le quai. C'étaient des bâtiments plats et nobles, des palais, où, par-ci, par-là, pendaient aux fenêtres des linges piteux, des vêtements qui séchaient, mais dont les étages supérieurs étaient percés à jour, les toitures écaillées, avec de grands espaces inhabités aux étages inférieurs. La majestueuse porte à laquelle Francesca menait Mercadier ne s'ouvrait plus depuis des décades, mais barricadée de planches elle avait un battant de modeste taille qui céda sous la main de la jeune fille.

Ils se trouvèrent sous une voûte où étaient empilés des matériaux de démolition au pied d'un escalier à rampe de fer forgé. Dans la semi-obscurité, Pierre fut saisi par le sentiment général de poussière recouvrant tout. Les marches de bois étaient ébréchées. Ils montèrent.

« Que disais-tu ? »

Elle se retourna : « Chut, chut... Je dis que nous avons été bénis... tout à l'heure, au Redentore... » Elle était deux marches au-dessus de lui. Elle se pencha et, avec une hâte troublante et furtive, elle posa ses lèvres sur celles de Pierre, entrouvertes. Des lèvres fuyantes et molles. Des lèvres d'enfant fantôme. Il voulut la saisir. Elle s'échappait. Elle l'entraîna ainsi jusqu'au troisième. De lui-même, il étouffait le bruit de ses pas, sans savoir pourquoi. Francesca ouvrit une porte, et ils se trouvèrent dans un appartement abandonné, aux murs jadis peints, aux planchers blancs, où le vent soufflait par les fenêtres arrachées ; le plancher d'une des premières pièces traversées était effondré et béait sur l'étage d'en dessous. Ils durent pour passer se coller au mur, il n'y avait qu'une planche incertaine le long de l'orifice.

Ce qui rendait ce lieu étrange et solennel, c'était à la fois son caractère de luxe défunt, de grandeur morte, ses hautes cheminées comme des lettres de noblesse, et la poussière blanche sur toute chose. C'était aussi l'allure qu'y prenait le couple, comme des criminels étouffant leurs pas. Le plâtre tombé des plafonds, des lambeaux d'étoffes, les toiles de doublure sur des lattes de bois brisées : tout y avait le calme d'une longue ruine.

« Écoute ! » dit Francesca.

On entendait à travers les murs gratter une guitare, une ritournelle des faubourgs de Naples, qui tombait dans les démolitions comme des gouttes de plomb chaud. Le vent redoublait. Les nuages au-dehors étaient tout à fait noirs. Il faisait à la fois froid et pesant.

« Me diras-tu enfin...

— Écoute ! » répéta-t-elle. Elle suivait la guitare avec une émotion profonde. Elle se rapprocha de Mercadier à le toucher : « Écoute..., dit-elle. Cette musique... Elle est jolie, dis, cette chanson ? Quand j'étais triste le soir, je l'entendais à travers les cloisons comme ça... dans la maison à côté... les miens habitent ici à côté, un étage plus bas... Pas en haut, les maisons communiquent maintenant que les murs s'effritent... C'est comme ça, l'autre jour, que je suis venue te rejoindre, malgré Padre... »

Elle parlait à mi-voix, sûrement on ne pouvait les entendre dans la maison voisine, mais ils avaient tous deux une appréhension de ce voisinage de la famille Bianchi qui les réunissait dans cette prudence absurde, faite peut-être de toutes leurs autres pensées. Il y eut une rafale, et le bruit brutal de la pluie qui gifle la terre. Ils se trouvèrent alors dans les bras l'un de l'autre. Il sentit sa jeune gorge gonflée, ses mains coururent le long d'elle, il craignait encore qu'elle lui échappât, qu'elle se rebellât, et il en était maladroit. Mais, tandis que montait le chant de la guitare dans l'accompagnement de la pluie, elle disait : « Nous sommes bénis... bénis maintenant... Je l'ai demandé à la Madone... et elle a dit oui... il pleut... »

Le petit corps frémissait, s'offrait, et le corsage s'ouvrit, la main de l'homme y saisit un de ces jeunes fruits, sa barbe frôla la poitrine défaite. Francesca lui caressa le visage et doucement elle lui appuya ses doigts sur les yeux. Il la laissait faire, tandis que des feux de couleur lui venaient sous les paupières. Soudain ce fut elle qui lui prit la bouche, et il sentit à la fois un grand plaisir et un grand dépit. Quoi, c'était là cette petite innocente ? Il la repoussa, et avec une voix rauque :

« Tu es venue souvent ici ? Avec d'autres ? »

Elle ne nia pas, elle souffla tout bas : « Qu'est-ce que ça peut faire ? » Il protesta. Lui qui se montait la tête ! Elle répéta avec une obstination haletante : « Qu'est-ce que ça peut faire ? Tu vois bien que je t'attends... »

Elle palpitait dans les mains de l'homme. Jamais il n'avait tenu ainsi un être aussi animal, aussi incroyablement pareil à un petit animal.

« Souvent ? Dis ? Avec plusieurs ? Qui ? »

Elle secoua la tête, triste et défaillante. La guitare s'était tue, mais non pas la pluie. Il faisait presque nuit.

« Qu'est-ce que ça fait ? tu ne les connais pas... Ils ne comptent pas... C'étaient des gamins... des amis d'Angelo... Pas des hommes... Je ne savais pas que tu viendrais... Je les ai oubliés... Écoute... Nous sommes bénis... Embrasse, embrasse-moi... »

Elle ne savait pas ce qu'elle avait, elle croyait que c'étaient les larmes...

Que pouvait-on faire dans ces démolitions ? Folie que tout cela. Ce qu'elle avait la peau douce et fraîche et comme elle frémissait !

« Allons ailleurs », dit-il. Mais elle le serra très fort. Non, non... Peut-être la préférait-il ainsi toute déflorée par les jeunes ouvriers du voisinage, déjà avertie, déjà pervertie. Elle disait : « Tout... tout ce que tu voudras... » il répéta : « Allons ailleurs... » Des bouffées de pluie les atteignirent. Elle lui mordit légèrement les doigts : « Viens... je veux te montrer... »

Ils reprirent leur chemin à travers les dévastations. Dans la nuit tombée, le décor était fantastique. On voyait au-dehors des lumières sur la lagune, là-bas le cimetière sur une île...

Elle lui fit enjamber un mur détruit, ils passèrent dans une pièce en contrebas. Ici le plafond n'était pas percé, mais par les raies du plancher disjoint, dans l'ombre, il venait de la lumière. Il allait dire quelque chose à ce sujet, quand elle s'agenouilla et, silencieuse, le tira par la jambe pour qu'il l'imitât. Que voulait-elle ? Elle lui mit le doigt sur la bouche, et souffla : « Regarde... » Elle avait collé son œil au plancher, il fit de même...

Il vit d'abord mal, puis s'habitua. La pièce d'en dessous était éclairée d'une pauvre chandelle. C'était une grande pièce avec de profonds coins d'ombre. Autour de la chandelle, il y avait une femme et un homme. L'homme, les bras nus, avec des muscles usés, pliait des brins d'osier. Il avait un maillot de marin rayé, et la tête chauve. « Padre... », souffla Francesca. La femme, la mère, lourde, enflée, les cheveux défaits, devait coudre ou faire quelque ouvrage semblable, qu'on comprenait mal. Toute la pièce était encombrée de linges de couleur, lamentables, sur des ficelles tendues, qui la cloisonnaient aux yeux de Pierre. Il aperçut tout de même un lit de fer, un seul dans un coin, et à terre des paillasses, et sur les paillasses des enfants demi-nus, sales, qui se chamaillaient. La mère leur cria quelque chose. Les enfants se turent et se poussèrent en silence. Il y avait aussi une espèce de caisse, que la femme allait regarder de temps en temps. Des pleurs y dénoncèrent un bébé.

L'extrême pauvreté de tout ceci, le sentiment d'oppression qui en montait, affecta Mercadier. Quoi, c'était donc là qu'elle avait vécu, qu'elle avait grandi,

Francesca, c'était là qu'elle rentrait encore chaque soir! Une odeur aigre mêlée d'un relent de cuisine pauvre et d'urine. Allait-il l'y laisser? Allait-il l'abandonner à cette atroce misère! Il la sentit contre lui, la caressa. Puis il pensa à sa liberté, à lui. Pas de bêtise. Elle était habituée à cela, elle ne le voyait pas plus que le délabrement du lieu où elle menait ses amis pour les embrasser, pas plus que la tristesse épouvantable de Murano...

Mais ce spectacle était insupportable: pourquoi se l'infliger? Il tira Francesca en arrière. Dans l'obscurité, un reflet venu du plancher lui éclaira le visage, il aperçut la bouche charnue, le menton rond... Il se coucha sur elle, mais elle murmura: « Pas ici! pas ici! »

Ils regagnèrent à tâtons la maison voisine où le vent entrait en sifflant, et agitait au mur un lambeau de papier qui faisait un bruit de forêt en haut de ce palais dévasté. Pierre reprit l'enfant contre lui, mais elle était absente, changée... peut-être d'avoir vu son père... Il sentit dans l'ombre, sur son visage, quelque chose d'humide, elle pleurait.

« Francesca, qu'y a-t-il? »

Silence. Une main s'appuie au cœur de Pierre. Silence.

« Qu'y a-t-il? Tu pleures? Veux-tu que je t'emmène? Loin? Pour toujours? »

Il se mord les lèvres, il s'était juré de ne rien promettre. D'ailleurs ce n'est qu'une question... Il se rassure. Elle hésite à répondre. Il redoute sa réponse. Il parle le premier: « Non, je ne veux pas te séparer des tiens, Francesca... »

Il a parlé sans retenir sa voix. Et dans l'ombre une voix lui répond. Une voix d'homme, jeune et forte.

« Bien obligé, monsieur, mais qu'est-ce que vous faites ici? »

V

De la scène assez confuse qui suivit, Mercadier gardera un sentiment de honte et de grief à l'égard de Francesca. Le saisissement passé (et on comprendra qu'il était naturel, dans cette maison en ruine, parmi les gravats, dans les ténèbres, sans rien savoir au juste de l'état actuel des lieux, partagé qu'était Pierre entre la peur que des gens surgissent de quelque part et du scandale monté, et celle que personne ne répondît à ses appels s'il en était besoin), le saisissement passé, il se fit jour dans l'esprit de Pierre, à cause d'une exclamation de Francesca : Angelo ! que c'était le frère de la petite qui les avait surpris.

Le fait qu'on ne pouvait se voir avait son bon côté, il permettait de réparer un certain désordre, mais il ajoutait au désarroi de l'affaire. Il n'était pas question de fuir. Francesca pleurait à petits sanglots. Encore heureux que tout le monde parlât français dans la famille. Mais un rapide dialogue en vénitien entre le frère et la sœur donna soudain à penser à Mercadier : et s'ils étaient de mèche ? Évidemment. C'était un traquenard. Il allait y avoir chantage, et quant à la petite il en était de sa bonne foi comme de sa chasteté ! La garce ! Une fureur contenue, ironique, tournée contre lui-même et sa naïveté, l'emplit, assez pour qu'il n'entendît guère qu'elle, au milieu des gestes nécessaires pour descendre les trois étages et sortir sous la pluie :

« Je n'ai pas d'allumettes », avait dit le nommé Angelo dans l'ombre avec un ton de politesse glacée.

Qu'est-ce qu'ils voulaient donc faire ? Pierre ne discutait pas : autant laisser le libretto se dérouler comme prévu par les maîtres chanteurs. Mais les Fundamente Nuevo balayés par le vent et les rafales des averses étaient intenables, et il sembla vaguement à Pierre que les deux complices n'avaient pas décidé d'avance de façon bien ferme où se passerait la scène suivante, celle du marché sans doute. Ou peut-être avaient-ils compté sans la pluie. Il semblait en tout cas qu'ils n'eussent aucun désir de mêler le reste de la famille Bianchi à cette affaire, si d'ailleurs les gens montrés par la fente du plancher avaient quelque chose à faire avec Angelo et Francesca. Pouvait-on savoir même si c'était frère et sœur qu'ils étaient ? Venise est la ville des ruffians.

Angelo, à vrai dire, ne pouvait passer pour extrêmement redoutable. Plus grand que Mercadier qui le voyait mal dans l'ombre, il était de stature élancée, il avait peut-être dix-huit ans. On tourna par des ruelles, dans un silence secoué par les pleurnicheries de Francesca, et, après un chemin qui parut interminable à Pierre, ils parvinrent devant une trattoria, en contrebas sur un petit campo sombre, où se profilait la masse d'une église baroque. Dans la lumière de la porte, Angelo se détacha montrant le chemin. Pierre vit alors que le jeune homme était mince, et assez joli, ressemblant à Francesca, avec la même bouche, mais des cheveux blond cendré : héritage du grand-père Blanc ou blondeur vénitienne ? Il était pauvrement, mais décemment vêtu, comme un petit artisan, avec un feutre noir et une grosse cravate rouge, et le gilet très ouvert, un pantalon d'été tout détrempé par la pluie, et un veston au col relevé. Il serrait les dents de colère, et quand Mercadier entra, brusquement il lui prit le bras et l'arrêta, disant toujours avec ce ton de politesse qui sifflait : « La dame d'abord... » Car Mercadier emporté dans son mépris de Francesca allait passer devant elle. Une salle basse, presque déserte, où traînaient deux consommateurs, des ouvriers peut-être, et une servante, avec la lampe au plafond qui se balança quand la porte s'ouvrit, faisant basculer les ombres ; Angelo la traversa d'un air d'autorité en criant quelque chose à la serveuse et ouvrit une petite porte au fond. Il y avait une pièce sombre.

La serveuse se précipita pour y allumer une lampe posée sur une table, où elle rangea hâtivement, avec des excuses, des pois écossés et un ouvrage de tricot qui traînait.

Toujours du même air d'autorité, le jeune homme commanda une fiasque de vin, et ils restèrent tous les trois seuls, assis à une table peinte couleur brique, avec une vierge au mur, et dans un coin un chat noir qui les regardait. Francesca, la joue sur la table, pleurait tout ce qu'elle savait. Bonne comédienne...

Mercadier toussa : « Fort bien, jeune homme (il fallait prendre l'avantage de l'âge), mais faites vite, et dites ce que vous voulez. Je n'ai pas discuté, je suis venu ici avec vous, et... Mademoiselle (petit salut à l'égard des cheveux bruns répandus sur les larmes)... alors épargnez-moi les mots inutiles... »

Angelo sacra si fortement que des sanglots s'éleva la main minuscule de Francesca. Le jeune homme se leva, arpenta la pièce, se rassit.

« J'ai été assez stupide, — dit Mercadier, — pour me faire prendre à votre ingénieuse machination... tant pis... »

L'autre frappa du poing sur la table.

« Machination ? Qu'est-ce que cela veut dire, monsieur ?

— Mon Dieu, — persifla Pierre, — les finesses du français vous sont mieux connues qu'à moi celles du vénitien... »

A ce moment, le vin apporté calma un peu les choses puis, quand la servante fut sortie, Pierre reprit :

« Votre sœur, c'est bien votre sœur ? a plus de talent que vous pour le théâtre... »

Francesca s'était dressée : « Tu crois ça ? Tu crois ça ? »

Cela se déroulait selon les règles classiques. Pierre prit l'expression d'ennui qui convenait à son personnage. Le jeune homme, avec un mélange de brutalité et de tendresse, avait forcé la petite à se rasseoir. Il se tourna vers le Français et dit avec une lenteur haletante :

« Vous êtes plus bas que je ne croyais... plus lâche... Ah, oui, pour faire du mal à une petite fille, on est fort... mais ensuite quand on se trouve devant un homme...

— Un homme ? — ricana Pierre. — N'exagérons rien. »

Le geste immédiat d'Angelo sortit et ouvrit un couteau de bonne taille. Vraiment on se met dans des situations! Mais cette preuve de virilité avait dû lui suffire, il posa le couteau sur la table près de lui. Mercadier respira. Francesca, une main sur la bouche, faisait non de la tête, et tendait la main, et murmurait des mots italiens, caressants et épouvantés; plus elle avait l'air effrayé, et plus Pierre se rassurait. La terreur faisait partie de la farce... Il haussa les épaules. Angelo éclata.

« Vous l'avez entendue? Elle dit qu'elle vous aime! La mia sorellita! Vous... cette saleté! Jusqu'à quel point l'avez-vous...

— Ah! non, mon petit, vous l'interrogerez après... quand vous partagerez l'argent! »

Il y eut deux cris ensemble. Enfin, le drame était au point! Francesca se releva, regarda Pierre avec une expression d'horreur, se cacha la figure dans ses mains et se jeta vers son frère. Il lui parla doucement en italien, Pierre se décida de laisser l'initiative des mouvements ultérieurs à l'adversaire. Il n'avait de toute façon pas beaucoup d'argent sur lui... cinq cents francs peut-être... c'est déjà une somme. Il offrirait deux cents.

Le dialogue à mi-voix, coupé des larmes de la fille, allait-il s'éterniser? Lui voulait la persuader de sortir... de les laisser seuls. Elle devait craindre d'être roulée, et feignait d'avoir peur, jetait des yeux vers le couteau. Pierre ne perdait pas l'arme de vue. Mais il ne voulait pas qu'on le crût effrayé. Il se versa un verre et commença à boire à petits coups. C'était comme si le vin comptait les secondes : la gorge s'était faite sablier. Le temps avait le goût de ce vin d'Italie... un goût de sang âpre, épais. Un goût de silence noir.

Tout à coup Francesca partit en courant, la porte battit derrière elle, on la vit s'enfoncer dans la grande pièce...

Puis un silence. Les deux hommes étaient seuls. Pierre releva la tête, et dit avec le détachement nécessaire : « Alors... combien? »

L'autre se rassit, posa sa main à plat sur le manche du couteau, et dit : « Combien as-tu d'oreilles? »

Dire que Pierre Mercadier se sentait tranquille serait exagéré, mais la certitude où il était que tout cela était question de somme à fixer lui donnait de l'aplomb, outre qu'il devait bien être aussi fort que le blanc-bec. L'autre était pâle, les lèvres tremblantes : sans doute plus épouvanté de son propre couteau que son interlocuteur. Il reprit sans attendre le renseignement demandé : « Vous êtes un beau monsieur... Rien... rien ne peut vous venir à l'idée que de demander combien... Vous vous moqueriez sans doute si on vous disait qu'il y a des choses qui ne sont pas à vendre... par exemple l'honneur... L'honneur, c'est bon pour vos femmes... pas pour nos sœurs... Vous êtes un beau monsieur... » Il tremblait vraiment. Il se versa coup sur coup deux verres de vin qu'il vida d'une rasade, s'essuya les lèvres, ferma sa main sur le couteau, sembla le découvrir et le ramener devant lui pour le regarder. « Qu'est-ce que je vais faire de vous, maintenant ? Vous tuer ? Et Francesca ? Moi, ça m'est égal... mais Francesca ! Ah, vous vous sentez le plus fort ! Si le père savait ça, je ne donnerais pas cher de votre peau ! Moi... mais est-ce que je vais vous laisser partir sauf... »

Tout d'un coup, il s'était mis à pleurer comme un petit garçon. Puis but un verre de vin. Cette scène ridicule allait-elle durer longtemps ? Le frère parlait toujours : « Un touriste ! Il vient de son pays... tombe chez les gens... en janvier... les belles madames ne sont pas à Venezia ; il s'ennuie... alors, alors qui ? une petite fille... qui joue encore à la poupée avec ses frères et sœurs... une petite fille... Francesca ! Qui l'a soignée, quand elle a failli mourir... qu'elle avait la fièvre... Francesca mia... et pourquoi, pour qui ? Pour monsieur ! Sa barbe, ses rides, ses cinquante ans ! »

La jeunesse est impitoyable. Pierre cilla sur cette exagération.

« Elle pourrait être votre fille... et vous, avec votre vieille tête, vos vices... et tout ce que vous savez dire, c'est *combien* ? Ah ! ah ! Combien le sourire de ma sœur quand je rentre le soir et que j'ai l'envie de me jeter dans la lagune ? combien la vie ? combien les souvenirs gâchés ? l'avenir troublé ? Combien ? »

Il eut un rire bizarre et Pierre sentit qu'on lui touchait la jambe. Il baissa les yeux : c'était le chat noir qui se frottait à lui, ronronnant.

Quand il releva les yeux, il vit qu'Angelo avait encore vidé un verre. La main du jeune homme agitait toujours machinalement le couteau sur la table. Il parlait sur un ton d'absence avec des hochements de tête, un regard qui se perdait, des phrases moins liées :

« Un touriste ! Qu'est-ce que je sais de vous ? Qu'est-ce qu'elle en savait ? Qu'est-ce qui vous touche, vous, qu'est-ce que vous respectez donc ?... Vous ne savez pas pourquoi on vit quand même... Les nuits qui seront encore si douces... les chansons dans les gondoles... les enfants qui courent la rue... les nôtres, qui ont si longtemps lutté... »

Ici, il jeta sur l'étranger le regard d'un homme qui a trop parlé et sur un ton changé : « Il n'y a plus rien à boire... Margherita, Margherita ! Ecco fiasco !... Vous boirez bien avec moi, monsieur, vous êtes un peu de la famille !... Comment avez-vous passé votre vie, vous ? Toujours pas sur les Fundamente Nuove, dans cette baraque percée, entre des moutards qui crient et qui pissent partout ! Un radeau dans un naufrage... Et l'atelier... De l'or, travailler toujours l'or quand on est si pauvre... C'est une tentation, monsieur, une tentation et une moquerie... Vous n'avez jamais vu comment nous travaillons... avec une visière sur les yeux... et nos petits instruments si fins, si fins... Parfois on nous confie des diamants... Est-ce que vous aimez les diamants ? A votre santé ! » On avait apporté le vin. Ils trinquèrent. « Moi pas... je déteste les diamants... ce sont des étrangers froids et vicieux... des touristes... ils font tourner la tête de nos sœurs... et puis... Qu'est-ce que je disais ? Vous ne buvez pas ! Il faut boire ! Il me faut du courage pour vous tuer... Peut-être n'êtes-vous pas plus méchant qu'un autre... Écoutez... » Il s'arrêtait, un doigt en l'air. Pierre tendit l'oreille et n'entendit rien. L'autre riait. « Je vous surprends avec ma sœur, puis je me soûle avec vous... Je supporte mal le vin... Je vais être abominablement ivre... J'ai déjà de la peine à trouver vos satanés mots français... » Il n'avait plus l'air de jouer la

comédie. Il était vraiment ivre. Était-il donc sincère?
Pierre surveillait le couteau. Angelo soudain vit son
regard et serra fortement le manche : « Vous tuer...
Peut-être que vous avez quelque part une mère qui
enfile des perles et fait des enfants toutes les années
dans une maison perdue au bord de la lagune... Vous
tuer... et si vous avez une sœur qui joue à la poupée? »
Il but un coup après une courte hésitation. Puis dit :
« Je vous donne une chance, monsieur... une chance à
cause de votre sœur... » Il fouillait dans ses poches :
« Où les ai-je mises?... Ah! les voilà... elles y sont
toutes... une, deux... trois... » Il comptait sur le bord de
la table un paquet de cartes crasseuses. Il s'arrêta pour
caresser son couteau, puis reprit : « Quinze... non, je l'ai
dit déjà... seize, dix-sept... » Cinquante-deux cartes avec
celles qu'il retrouva dans l'autre poche. Pierre avait fait
mine de se lever : « Ne bouge pas, ou je te saigne, touriste... Je te donne une chance... Assieds-toi là... en
face... tiens, regarde comme on joue... Je vais t'expliquer...

— Vous feriez mieux de rentrer vous coucher...

— Tu crois t'en tirer comme ça? Je te donne une
chance... C'est une chose merveilleuse, le jeu! Le jeu!
Qu'est-ce qu'il y a d'autre dans la vie? Le jeu! Tout peut
changer sur une carte : le ciel, le cœur, l'amour,
l'argent... Travailler, toujours travailler... Mais le jeu...
les cartes... Écoute, je te joue ta peau... Elle est à moi...
Si tu perds, je te tue... Si tu gagnes... Eh bien, si tu
gagnes, nous jouerons autre chose... Allons bois!... »

Et c'est ainsi que commença cette étrange partie de
cartes, tandis que le chat faisait le gros dos et passait
entre les jambes des joueurs comme un skieur dans une
course de slalom.

VI

Le jeu était simple à comprendre. Un de ces jeux qui
ne cherchent pas leur excuse dans l'intelligence des

joueurs. Plus on est près du hasard nu, et plus le jeu ressemble à l'alcool. Un chat, la vierge, des ombres fantastiques, les pois poussés de côté, des verres, le vin, la pièce exiguë, et au-dehors le bruit de la pluie... Le décor allait à la partie de cartes. Primitif comme l'ennui. Sans doute le partenaire n'était pas bien terrible, mais si votre vie est mise en jeu sur une carte, même si l'assassin n'est qu'un gamin ivre, cette carte après tout vous importe, et votre cœur bat. Cela se jouait en trois manches. Angelo gagna la première, perdit la seconde... Il parlait de lui-même, de mille choses et de mille gens, comme un kaléidoscope d'éléments inconnus, tandis qu'il tournait les cartes, les ramassait, battait, donnait...

Pierre regardait le couteau. C'était drôle comme le danger avait changé de caractère, plus émouvant à la fois et plus tentant, une flamme, depuis qu'il était lié à la chance des cartes. L'absurdité de la chose n'échappait pas à Mercadier, ni qu'il restât ici, quand il pouvait après tout se lever et sortir. Il acceptait les données de l'aventure. Sans débat. Une perversité en lui. Tué à Venise... Un frisson bon marché. Mais surtout l'hypnose des cartes. Vieilles, certes, salies, écornées. Que là soudain un roi abattu pût signifier... Sous la double pluie du dehors et des paroles brouillées du frère de Francesca, à quoi ceci le faisait-il penser, Pierre? Il se revoyait chez lui, le matin au petit déjeuner, avec le bavardage inécouté de Paulette, les enfants qui vont partir pour l'école, et lui qui ne s'est pas encore chaussé, une manie, un chausse-pied à la main, le journal sur la table... Angelo ramassait une levée... Dans le journal il y a des chiffres... des colonnes de chiffres... qui sont autant de cartes d'un jeu autrement compliqué... Toute sa vie, il a joué... Attention ces deux cartes-ci, l'une devant lui, l'autre devant Angelo, décident de la partie... Angelo tourne une dame de trèfle qui ressemble à Blanche... La main de Pierre se pose sur la carte mortelle... lentement. Il en soulève un coin : est-ce Blanche qui va décider de sa mort? Il regarde par en dessous, à frise-lumière : Dieu! que cette carte est blanche! Ce n'est pas une figure... Il la retourne d'un coup... l'as de cœur... La main d'Angelo a repoussé le couteau : « Tu ne mourras donc pas... », dit-il.

Quel démon possède Mercadier ! Allons, lève-toi, sors imbécile... puisqu'on ne te retient plus. Eh bien, pas du tout. Il s'est redressé contre la table, il a pris les cartes, il les mêle et les remêle, et avec une voix ironique, mais enfiévrée, il dit à son vis-à-vis : « Maintenant, je te joue ton couteau contre un louis... » Ce qui est folie à tous les points de vue. Une pièce de vingt francs est tombée sur la table, et la lueur de l'or a semblé ranimer Angelo.

« Tu m'as volé ma sœur... tu as gagné ta vie... maintenant tu veux me tenter avec de l'or... »

Mercadier donne déjà. Il serait l'heure de dîner, mais c'est comme quand on traîne pour ne pas rentrer chez soi. Pierre se persuade qu'il n'y a rien au monde qu'il veuille autant posséder que ce couteau qui aurait pu s'enfoncer dans son cœur. A vrai dire, au moment où l'as de cœur est tombé, le jeu a changé de sens, il s'est confondu avec ce goût de dominer que ressent parfois Mercadier, comme une survivance d'autres hommes en lui. Les pensées qu'il avait l'autre jour devant le Coleone lui reviennent on ne sait pourquoi. Il regarde ce partenaire lamentable, cet enfant faible et soûl, avec tous ces sentiments de revanche qui tourbillonnent dans la solitude. Et puis il y a la solitude. Il faut la retrouver comme la plus chère des maîtresses. Le jeu, c'est cela... le jeu, c'est la disqualification de l'attention, du désœuvrement, de la vie... toutes les notions faussées... Les proportions changées... Le théâtre de l'homme seul. Car le joueur est toujours seul : ceux contre qui il se mesure, c'est la mer pour le nageur, l'équation à visage d'homme qu'il va résoudre, mais non pas un semblable ; et pourtant, avec eux, il trompe la solitude, comme la faim, comme la peur...

N'importe qui regarderait l'ancien professeur d'histoire dans cette arrière-boutique vénitienne, passionné à dépouiller d'un couteau ce triste enfant misérable et demi-conscient, à voir son expression de plaisir farouche, croirait avoir affaire à un fou, à un faible d'esprit au moins. C'est que nul ne saisirait comment cette minute de sa vie est l'aboutissement de toutes les autres, et l'importance, mal encore conçue, qu'elle revêt pour Pierre, bien au-delà du décor et de l'enjeu, bien au-delà de ce qui se passe, et des gestes et des mots.

Le jeu vient de faire irruption dans cette vie avec son désordre et son vertige, à l'occasion d'un épisode burlesque et sans valeur, mais aussi avec tout le prestige logique d'une morale, d'une justification. Le couteau gagné, ils jouent maintenant la paie d'Angelo. Quarante lires, une semaine d'atelier, qui s'en vont par morceau... Gagner, prendre à ce jeune fou son pain, oui, sans doute, il y a bien un peu de cruauté mêlée de honte qui traverse le joueur... mais l'essentiel, l'essentiel n'est pas là... Qu'est-ce pour lui que ces quelques lires, de plus que ces pois jetés au bout de la table, avec lesquels il aurait aussi bien joué? L'essentiel, c'est d'avoir compris quel principe de fuite de soi-même et d'autrui il y a dans le jeu... dans le jeu... Ce mot tourne comme un verre aux lumières... Ce mot le hante et l'emporte... Il n'a pas le vertige de cette partie ridicule, mais de toutes les autres, de tout le jeu de l'avenir...

Ici, Angelo racle la table, d'un revers de main, balaie les cartes : « Vous croyez, — crie-t-il, — m'avoir tout pris? Ma sœur, ma paie? » La servante apparaît sur le seuil. D'une main Angelo montre la bouteille, de l'autre il ramasse les cartes.

« Vous vous trompez... Je peux encore jouer contre vous... Tout regagner... ma sœur, ma paie, mon couteau... votre vie... Regardez! »

Il s'est fouillé. Il jette sur la table du métal, des déchets d'or, et deux petits diamants.

« Cela, — souffle-t-il, — m'entends-tu, je l'ai volé... je l'ai volé... Il n'y a pas que toi qui voles... qui voles les sœurs... Est-ce que tu crois qu'on peut vivre misérable et manier tous les jours l'or, l'or, l'or? J'ai volé... Ce n'est rien... Mais je volerai encore... comme les pies... je me fais un trésor... là-haut dans les chambres vides... Et je vous ai surpris... » Il se mit à pleurer, renifla, mêla les cartes.

« Tiens, reprit-il, je te joue le diamant pour cent lires ! Tu y gagnes, tu es un usurier... Cent lires... » Il poussa devant lui le petit brillant sans monture. Mercadier hésita, puis sortit de son portefeuille un billet de cent lires. Les yeux d'Angelo brillèrent. La partie reprit. Angelo disait :

« Tu ne pourrais pas me dénoncer... Je dirais que c'est toi qui m'as poussé à voler... que je venais t'apporter ici l'or et le diamant comme convenu... Comment pourrais-tu expliquer nos rapports ? Un touriste avec un petit artisan à cette heure-ci, à Venise... C'est louche... c'est le moins qu'on puisse dire... on me croirait... »

Ces mots valaient exactement ceux de Paulette sur le café qui refroidit, mais le vol, si pauvre qu'il fût, le vol donnait au jeu cette perspective de la déroute morale dont Pierre avait besoin, comme d'autres de l'air pur. Est-ce qu'il n'avait pas volé, lui aussi ? Paulette et les gosses ? Tout son argent était une rapine. L'argent d'ailleurs est toujours de la rapine. Ici, enfin, les mensonges s'évanouissaient dans la loi du jeu, qui transforme tout, comme le feu qui rend pur... Ce diamant volé, il allait, par exemple, l'acquérir suivant une loi, une convention que tous les hommes reconnaissent : dettes de jeu, dette d'honneur, n'est-ce pas ? Les cartes s'abattent et les dés roulent, la propriété s'évanouit, la malédiction du travail est mise en déroute, l'argent naît du hasard ou s'y absorbe : rien n'est plus stable, monde fuyant... Ah, le jeu, toutes les morales battues par le jeu ! Elles n'ont jamais su que le condamner, d'ailleurs, malgré cette force en lui qui l'attache au ventre de l'homme.

Allez, allez, vous aurez beau faire, on jouera toujours.

Les cent lires passèrent aux mains tremblantes d'Angelo. Mais déjà il ne s'agissait plus ni d'Angelo, ni de l'argent, ni du couteau sur la table, ni de Francesca dont le nom revenait parfois en un sanglot fraternel, il ne s'agissait plus pour Pierre Mercadier que de la grande justification de soi-même... Que de se prouver que l'argent qui avait dominé sa vie était moins fort que lui-même, qu'il pouvait bafouer l'argent, bafouer tout au monde, jeter sur la table sa vie comme les hommes de jadis dans la bataille, miser sur une carte à la fois la catastrophe et sa rédemption, la preuve de sa liberté... Trembler pour l'argent et le nier, se sentir à la fois plus haut que la perte et prêt à s'y engloutir.

Il éprouvait une ivresse qui ne venait pas du vin. Tout d'un coup il vit que son partenaire dormait pesamment le nez sur les cartes. Il se mit à rire. Il posa sans bruit sur la table le diamant, l'or volé, et joignit au billet perdu un autre billet de cent lires, puis il se leva, gagna la grande salle et paya les consommations. Une fois dans la rue, où la pluie avait cessé mais non pas le vent, il ne pensa plus guère qu'à l'avilissement de ce frère quand il se réveillerait, dégrisé, et qu'il retrouverait l'argent sur la table et son vol non lavé, et qu'il repenserait à sa sœur... Deux cents lires exactement, ce que j'avais prévu...

Parfait. Cette soirée stupide lui donnait envie de viande ; on la cuit bien mal à Venise, mais tant pis. Il eut de la peine à retrouver la place Saint-Marc, d'où il gagna la Citta di Firenze dans la calle Ridotto. Dans sa poche, il tâtait le couteau fermé : tout ce qu'il avait gardé de l'aventure.

Dormir. Dormir seul. Seul jusque dans ses rêves. Des rêves merveilleusement déserts. Des forêts sans oiseaux stupides, sans eaux murmurantes. Seul comme jamais, seul comment dire ? Propre. Oui, c'est cela : propre d'autrui. Propre comme des draps où personne plus ne bouge. Des draps sans petits soupirs, sans haleine, sans sursauts. Une plaine, à la fin. Une interminable plaine intérieure.

Le lendemain, Mercadier quittait Venise sans avoir revu Francesca.

VII

Plus il y réfléchissait, et plus Pierre se persuadait que le frère et la sœur étaient de connivence. Naturellement, c'était un couple assez faiblard de maîtres chanteurs, et le lamentable Angelo manquait de cette bonne audace qui fait les bandits dignes de respect. Puis peut-être un quelque chose de la mise en scène avait-il été oublié. Ou simplement n'était-ce pas ce soir-là que Francesca voulait se faire surprendre, dans ce lieu utilisé d'autres fois pour les mêmes fins... Enfin, responsabilité atténuée. Mais responsabilité.

Il n'y avait qu'à voir la belle horreur d'Angelo et de la donzelle à l'idée de l'argent : et puis là-dessus le frère offre de faire une partie... avec des cartes tirées de sa poche, pleines de marques... et s'il n'avait pas été si soûl...

A Padoue, le temps n'était pas plus clément qu'à Venise, et Pierre ne fit que passer. Il vit dans un journal français que le gouvernement assignait en justice Émile Zola, pour une lettre de celui-ci au Président de la République. C'était toujours l'affaire Dreyfus qu'on essayait de remettre sur le tapis. Une pitié. Mais Vicence le retint dix jours, et il y commença février, une sorte de printemps prématuré, et les jardins sur les hauteurs, avec leurs villas de Monte Berico, et cette Rotonda qui le raccommoda avec Palladio, mieux à l'aise ici pour rêver qu'à Venise où cet architecte n'avait fait qu'inscrire sa grandeur en marge de celle des doges. Pierre à sa suite rêvait, sans porter d'intérêt aux nouvelles, à celles, par exemple, d'Alger, où, fin janvier, avaient éclaté des troubles, toujours à cause de la maladresse des partisans de Dreyfus, et où l'on avait saccagé les boutiques juives. A peine s'il regretta une fois Paris, à cause du grand succès que remportait la nouvelle pièce de M. Rostand, *Cyrano de Bergerac*, où Coquelin était, disait-on, merveilleux...

Vicence est la ville de Palladio. Il y règne partout, et il s'y est même donné le luxe d'un théâtre. Ici, presque pas de rues où l'on ne retrouve ces songeries de grandeur dont il a parsemé le nord de l'Italie. Il a enchaîné à son nom fait pour les palais les noms évocateurs des grandes familles de la cité : Chiericati, Thiene, Valmerana, Guilio-Porto, Porto-Barbaran, qui furent ses bienfaitrices, et ne sont plus que les satellites de sa gloire. Et comme à Venise le Coleone avait signifié pour Mercadier l'image de la destinée humaine, à Vicence, il se demanda, sous le coup de l'émerveillement palladien, si l'homme n'était pas fait pour créer dans la pierre de magnifiques tombeaux jalonnant ses pas.

Mais que lui importent les grands hommes du passé? Lui, Pierre Mercadier, n'a guère à se préoccuper que de se justifier, lui et personne d'autre; et il n'est pas, il n'aura été ni le conquérant qui détruit, ni le bâtisseur qui échafaude. Lui comme individu. Sa force est pleinement dans son refus de ce qui n'est pas lui-même; il traverse le monde sans s'y mêler. Ni Palladio, ni le Coleone ne font pâlir l'égoïsme, l'égoïsme parfait, cette vertu véritable, cette seule intelligence pleine qui nous est donnée de l'univers. Avec quel humour amer, Mercadier dans les cafés du Corso regardait la jeunesse dorée de la ville qui flâne sous les arcades, et peut demeurer des heures et des heures devant la terrasse de l'un d'eux, dans le vague et vain espoir qu'un ami fortuné vous offrira de s'asseoir et de prendre un verre! Ce troupeau sociable à l'âge de la folie, ces descendants énervés des artistes et des soldats de la Renaissance, il n'y avait parmi eux ni un Palladio, ni un Coleone, ni un Mercadier... leurs yeux flambaient de l'ennui mortel dont ils se consumaient jusqu'à en avoir des rhumatismes. Ils étaient prêts à croire à n'importe quelle illusion pour passer un après-midi...

Le spectacle de la jeunesse est la vengeance de l'homme mûr. Pierre contemplait avec curiosité ce jardin zoologique, ces singes de la rue parmi lesquels se faufilaient les étranges silhouettes des religieux dont les robes de bure le faisaient penser à certaines vigognes de l'Asie centrale... Dix jours passèrent ainsi sans adresser la parole à âme qui vive. Puis Mercadier ressentit de Vicence un tel dégoût qu'il s'enfuit véritablement pour Vérone, rien qu'à l'idée de Roméo et Juliette, comme si ce couple avait joué dans sa mythologie un rôle personnel de premier plan.

Ce dont près de trois heures d'un train omnibus parvinrent aisément à le dissuader.

Vérone est d'abord hostile au voyageur, parce que c'est une ville longue, ou que la boucle de l'Adige boueux et rapide fait paraître interminable à qui en suit les quais. Pierre était descendu dans un hôtel sur la place des Arènes. Il commençait à trouver absurde ce défilé de cités, si belles qu'elles fussent. Il avait beau se monter la tête avec ces décors successifs et les fantômes du passé, les histoires sanglantes de la grandeur italienne ou des aventuriers qui l'asservirent, il avait beau se soûler avec la peinture, de musée en église, et se passionner pour les grands murs magnifiques et des fresques délabrées, il avait beau voir en ce monde étrange et luxueux d'une beauté défunte le jardin de sa propre sensibilité, Mercadier commençait à ressentir sa solitude comme un alcool trop fort et plein d'analogie avec cette grappa brutale qu'on boit en Italie, et qui est sans nuance pour un Français, fait au cognac. Pourtant à Vérone, il se joua encore la comédie quand il découvrit le Castel Vecchio, cette forteresse des Scaliger chef-d'œuvre de l'architecture militaire avec ses chemins de ronde, ses murs rouges, et ses créneaux au-dessus de l'Adige, tout au bout de la ville. Il lui semblait que cet art de la forteresse était lié à des souvenirs profonds de son enfance. Chez son beau-père, avant 70, il y avait un album avec des vues de Russie : et le château de Vérone faisait renaître l'image des murs du Kremlin que bâtirent d'ailleurs des architectes venus d'Italie. Était-ce bien là le secret du charme éprouvé par Pierre devant le Castel Vecchio? Il se persuada fort vite qu'il n'en était rien...

Quelle chose extraordinaire chez cet homme que le goût qu'il avait de la puissance, de la force, même de la brutalité militaire quand elle se perdait dans le passé, quand elle n'était plus l'appareil de cette société où il se faufilait, jaloux de son indépendance, mais comme un vêtement abandonné par de grands capitaines défunts, et qui lui semblait taillé pour lui, pour ses rêves! C'était qu'alors la violence armée était l'expression d'individus, pensait-il, dont les désirs levaient et menaient des armées, faisaient litière de la pensée moutonnière des hommes, de la routine de la vie. Alors Pierre eût été l'un d'eux, le héros dont on fait l'histoire et les statues. Mais de nos jours! Dans le décor du Castel Vecchio, il ne retrouve que de quoi mieux mesurer son mépris des batailles contemporaines. Ce n'est pas lui qui trouverait un idéal ni dans la défense de Dreyfus, ni dans celle de l'État-Major! Il ne reste plus que ces traces magnifiques des temps anciens, de l'énergie ancestrale, comme des trompettes au lointain. L'homme moderne, pense Mercadier, n'a le choix qu'entre l'esclavage et le mépris.

Aussi ne s'est-il pas satisfait de la vie qui lui était offerte. Mais il ne peut être, dans ce monde dégénéré, le conquérant dont il croit sentir en lui l'étoffe. Il a démissionné des emplois dérisoires qui lui échéaient. Il est trop tard pour le siècle et pour lui de reconstruire un univers où soit possible l'enthousiasme. Il ne sera ni un soldat, ni un explorateur, ni un artiste. Il ne se mesurera pas avec la machine compliquée à laquelle les hommes sont attachés de nos jours. Il comprend que dans la solitude comme dans la vie de famille, un seul dérivatif lui est encore permis, tricher... Comme il trichait sur ses pensées, professeur, éducateur de la jeunesse, comme il trichait, chef de famille, sur le commun avoir des siens. Tricher : la véritable morale de l'individu.

Accoudé au mur crénelé de Vérone, il pense que si le héros véritable des temps de l'ancienne liberté était le condottiere, le héros d'aujourd'hui, dans le monde de l'industrie, du crédit et du papier-monnaie, c'est après tout l'homme à l'identité fuyante, qui glisse entre les mailles de la loi, ne s'embarrasse d'aucune des sottises de convention, sans place assignée ici ou là, maître de son destin, défiant les limites fixées à une existence, et dont l'histoire est faite de cent romans, de cent désastres... Oh, il y aurait à écrire pour un Plutarque des temps modernes!

Quel chemin parcouru depuis les jours du Panama, quand il se laissait plumer par les vrais meneurs du jeu! Les journaux venaient de lui apporter l'écho du procès des sept parlementaires accusés par Arton d'avoir reçu de lui de l'argent. C'est à peine si Pierre y avait prêté attention, et à leur acquittement qui enterrait définitivement le scandale. Pas plus qu'il ne fit la condamnation d'Émile Zola.

Mercadier songeait avec une certaine pitié à l'attendrissement imbécile qu'il avait montré après le krach, devant Paulette. Alors certainement, il se rangeait dans ce troupeau stupide pour qui du jour au lendemain le nom de Lesseps d'un élément de mirage devint le bouc émissaire de sa propre sottise. Aujourd'hui songeant, derrière les Lesseps, à la figure mystérieuse d'un Cornélius Hertz par exemple, il était prêt de donner raison à l'aventurier contre ses dupes. Cornélius Hertz dans l'occurrence était une transformation de John Law, et les longues rêveries du professeur Mercadier aboutissaient à un idéal de paradoxe, l'escroc.

L'escroc parfait, sans tache. Celui qui ne se fait jamais prendre, et qui ne tourne pas mal un beau jour, c'est-à-dire qui ne sera point adopté à la faveur d'une de ses faiblesses par la morale des hommes associés. Celui qui n'ira pas en prison et auquel on n'élèvera pas de statue...

On naît dans un univers entrelacé de difficultés matérielles et de conceptions fausses. On grandit comme un misérable produit de son milieu. Il faut un concours de circonstances extraordinaires pour briser autour de soi cette résille de mensonges moraux et sociaux. Il est certain que Blanche Pailleron avait joué pour Mercadier un rôle décisif et que son *Je ne vous aime pas* avait eu plus d'effet sur le professeur d'histoire que l'étude de la vie de Law. Mais l'œuvre de Blanche, Francesca l'avait parfaite. Avec elle encore, bien qu'il se fût tenu intérieurement toujours sur le pied du cynisme, il avait un instant perdu le sens au point de lui offrir de l'enlever aux siens, de la faire vivre. C'était ce qui lui restait de bons sentiments qui lui avait joué ce tour. On n'imagine pas comme chez le plus endurci, des réflexes soudains risquent d'entraîner leur homme à faire le saint Vincent de Paul.

A ce point de ses pensées, Pierre Mercadier regarde

avec étonnement les murs rouges de Vérone, et se demande comment elles ont pu partir d'eux... Il n'en sait plus rien. Mais il comprend de quoi était fait l'attrait qu'il avait à regarder jouer le jeune et maladroit Angelo, cette ébauche manquée de l'escroc. Il revoit la scène de la partie de cartes, et ressent cette confusion morale qui en faisait le fond. Il comprend qu'à cet instant de sa vie il s'est débarrassé de beaucoup de préjugés d'habitude, peut-être à la faveur du danger. L'homme prend conscience de choses essentielles grâce à des circonstances fortuites. S'il découvre les lois mécaniques du monde grâce à une pomme, il peut bien en saisir les lois morales grâce à un gosse ivre dans une trattoria de Venise.

Mais c'est à Vérone devant l'Adige que Mercadier comprit soudain que la loi morale du monde, c'est le jeu. Là-dessus il prit le train pour Milan, où il s'enivra tout un mois de musique, puis se décida enfin; et un peu avant Pâques, il débarquait à Monte-Carlo avec la grippe, allait s'inscrire au casino, puis rentrait se coucher à l'hôtel dont il ne sortit pas pendant trois jours.

II. MONTE-CARLO

I

Il y eut un brouhaha autour des tables. Déjà onze heures ? Qu'est-ce qui vous fait dire ça ? La vieille dame vient d'arriver. Celle qu'on désignait ainsi pouvait à peine marcher. Soutenue par les deux secrétaires obséquieux qui l'accompagnaient partout, elle s'approchait d'une table où l'on jouait petit jeu, et où tout aussitôt quelqu'un se levait cédant sa chaise. C'était une grosse femme au visage tout ridé, de si petites rides que d'abord on ne les remarquait pas sous les cheveux teints en noir et haut coiffés. Elle était habillée de noir avec un grand châle de dentelle blanche qu'elle remontait de temps en temps contre d'insensibles courants d'air, que n'eussent pas découragés les dentelles. Elle avait le visage long, et le nez en bec de corbin, les yeux sombres. Elle était Irlandaise, et déformée par la souffrance.

Onze heures exactement. Elle faisait son entrée, la vieille dame, avec une régularité de train. On la réveillait, paraît-il, vers dix heures et demie pour venir au casino. Elle dormait toujours jusque-là. Elle n'avait qu'à traverser de l'hôtel aux salles de jeu. C'était la propriétaire des plus grandes aciéries de Sheffield. Elle gagnait sur les ciseaux à ongles, les aiguilles à tricoter, les couteaux à dessert, et les mitrailleuses, dans le monde entier. Une des fortunes les plus colossales de la terre. Une famille pleine d'histoires tragiques. Des rivalités. Des jeunes filles mortes dans des accidents affreux. Un fils noyé dans la Tamise. Mais la machine à faire l'argent tournait, énorme, et comme échappée aux hommes. La fortune croissait, portant l'arche de Noé dramatique où se déchiraient ses maîtres sur des monts Ararat de solitude. Tandis que tout périssait autour d'elle, la vieille femme qui s'était ridée à chaque malheur se trouvait au bout de son âge, avec, entre ses mains résumée, la toute-puissance de la maison, la monstrueuse richesse dont elle ne savait que faire, une fois atteint le paroxysme de confort sans lequel elle serait tout simplement morte, une fois assurés les soins dispendieux qui nécessitaient autour d'elle, où les siens n'étaient plus, une ruche de médecins, d'infirmières, de masseurs, de spécialistes qu'elle haïssait comme une enfant traquée au pouvoir de génies subalternes qui lui tirent les cheveux, lui pincent les jambes, lui font passer sur les joues les étincelles bizarres de tubes magiques. Et à onze heures exactement, chaque soir, soutenue par les deux secrétaires en habit qui avaient l'air d'attendre son héritage à chaque pas, elle apparaissait à Monte-Carlo, à Biarritz, ou à Dieppe, suivant la saison, dans un bruit d'électricité parmi les robes de soie, les messieurs qui se reculaient ; comme si on avait froissé à travers la salle aux oreilles de tout le monde des billets de banque invisibles.

La vieille dame s'était, comme tous les jours, assise à une petite banque. Et elle faisait signe au croupier de la main, banco sur banco, grossissant la banque jusqu'à la faire sauter. Les petits pontes essayaient de glisser derrière elle l'habituelle aumône, les cent sous fiévreusement quémandés. Le banquier balançait de passer la main ou de tenir un coup encore. Banco. Perdu. Le sabot passe à la vieille dame qui a jeté sur la table une liasse de billets serrés avec une petite ficelle noire. Changeur ! Le changeur se précipite. Les plaques tombent, l'argent disparaît. Des autres tables, de nouveaux pontes viennent. La partie va commencer.

Est-ce qu'elle est encore sensible au décor des grandes salles de Monte-Carlo, la vieille dame aux cheveux noirs ? Est-ce qu'elle sent encore venir par les fenêtres l'odeur chaude de la mer, des palmes et des orangers? Est-ce qu'elle pense à la tentation de mourir qu'ont tous les soirs sur ces terrasses là-bas, au-dehors, des hommes qui ont jeté fébrilement devant elle sur le tapis des plaques comme celles qu'elle pousse, et qui ne signifient plus rien pour elle, pas même des services à découper ou des canons, qu'elle pousse comme si elle voulait s'en débarrasser? Est-ce que la servilité autour d'elle, et les yeux envieux d'êtres hagards, ne lui donnent pas de temps en temps l'envie de quitter le baccara où elle passe ses nuits machinales? Elle relève sur ses épaules le châle de dentelle blanche.

Son mari est tombé d'un train, il y a vingt ans. Dans un tunnel. Il avait mal lu la cote de la Bourse. Il s'était cru ruiné et il avait doublé sa fortune. Depuis ce temps-là, les doigts boudinés de rhumatismes de la veuve qui n'a pas pleuré font tous les soirs ces mêmes gestes limités avec les cartes qu'ils retournent de la plus exaspérante des façons, avec les plaques qui font trembler de cupidité les gens d'alentour. Elle perd. Elle gagne. Mais comme elle double quand elle perd, que sa mise n'est pas limitée, qu'elle a plus d'argent que tout le monde, qu'elle pourrait acheter le casino, elle gagne toujours au bout du compte, au bout de la nuit. Et quand elle perd, qu'est-ce que c'est? Sheffield payera. Sheffield paye. Elle rit, d'un rire glaçant quand elle gagne. Quand elle perd, elle escompte le coup suivant. Rien ne la presse : elle a devant elle la nuit et sa fortune.

Ses sens sont tous à ce point émoussés qu'à part les chiffres du jeu que son secrétaire lui répète à l'oreille dans une espèce d'appareil qui a un pavillon noir et un serpent qui s'en va à une boîte sur ses genoux, il semble que rien ne l'atteigne du monde extérieur. Elle voit à peine les gens comme des ombres pâles et glissantes. Elle ne doit pas sentir le contact des objets, elle porte des mitaines de fil. Ses gestes sont ceux d'un être insensible. De toute la nuit, elle ne parlera pas, sauf pour demander qu'on lui apporte des boissons glacées, qu'elle avale à petites gorgées, comme pour chasser une espèce d'angoisse qui soulève de temps en temps son énorme poitrine. Quand elle avale, ses yeux se révulsent un peu, et c'est horrible si on se souvient que son fils est mort noyé à vingt-deux ans. A chaque gorgée elle a l'air de s'en souvenir. Mais le seul sentiment encore qui l'habite, après tout ce par quoi elle a dû passer, c'est le jeu seulement, le vertige installé, habituel du jeu, de la carte retournée avec cette lenteur exaspérante, qui fait basculer de son poids sa charge de milliers de francs, sa cargaison de désespoirs sans valeur, du côté de l'indifférence ou du côté du ponte blême, qui mesure les conséquences déchirantes de la perte, sous ce regard semi-aveugle que rien n'illuminera avant l'aube, avant qu'il s'endorme sur les dernières parties...

Depuis qu'il s'est fait raconter son histoire, Mercadier ne peut plus se détacher de la vieille dame, et chaque nuit, de table en table, il la suit, il s'attache à ce spectre obèse et blafard. L'idée que, vieille, et si lasse qu'elle soit, elle ne quittera pas le jeu jusqu'à ce qu'on ouvre les rideaux, qu'elle ne parlera à personne, sauf pour dire *Banco* de cette voix faible et blanche, qu'elle n'aura pas un instant de relâchement, un sourire pour un être humain, une distraction de la mécanique immuable des cartes données et abattues, fait sur Pierre un effet hypnotique, et ouvre pour lui des abîmes de pensées. Il est attiré par ce monstre. Il éprouve en elle un achèvement extraordinaire de la destinée humaine. Il voit en elle l'image dernière de ce que l'argent fait d'un être de chair et de sang. Elle a atteint ce sommet épouvantable de la solitude, auquel il songe avec des frémissements, sur la pente qui y monte. Elle lui est amère et exaltante à contempler. Il poursuit avec elle un dialogue muet où se mêlent toutes ses rancœurs, toutes ses déceptions, toutes ses illusions dévastées. Est-ce qu'elle aime vraiment le jeu, elle qui s'y rend chaque soir comme à un travail, avec son cœur malade, ses jambes gonflées, ses yeux voilés, ses reins rompus ? Elle l'aime et elle ne l'aime pas : elle n'a pas le choix de jouer ou de ne pas jouer, c'est tout ce qu'elle peut faire. Physiquement, moralement aussi sans doute. C'est tout ce qui disqualifie encore le temps pour elle. C'est tout ce qui le peuple, et c'est tout ce qui le tue.

Par elle, par son visage froid et pâle, par ses yeux vides, ses mains molles, son souffle court, Pierre Mercadier comprend pour la première fois des secrets essentiels de l'univers. Il saisit grâce à elle ce qui unit autour de lui ces hommes et ces femmes disparates qui se pressent aux tables. Il découvre en elle ce qui est leur plus petit commun multiple. Il cesse, la voyant, d'être sensible à leur diversité. Il découvre ce qui fait qu'ils constituent une humanité à part, qui n'est basée ni sur la race, ni sur l'âge, ni presque sur la fortune.

Il sent qu'il appartient à cette humanité, qu'il vient d'y entrer comme dans une confrérie enchantée. Il sent ce qui est le lien de ces êtres sans lien, de ces gens qui ne se parlent pas, qui se voient à peine, et que l'heure ramène chaque soir à la même fièvre, à la même amertume, à la même passion. Il sait que c'est la solitude. Il sait enfin qu'il a pénétré dans le monde étrange de la vraie solitude, et qu'il n'en sortira plus.

Banco. Carte. La dame de trèfle lentement retournée. Les cartes du sabot. Un sept... Un cheval...

Pierre avait la veine ce soir-là. Gagner avec un. Il y avait cinq mille francs en banque.

II

Ni Vidal Bey, ni le colonel, ni Mme de Pontarlier le rencontrant hors du casino n'eussent rêvé d'adresser la parole à Pierre. Ni lui à eux. On se saluait de loin, très discrètement, d'un sourire complice. Les connaissances de jeu restent limitées aux tables, il y aurait quelque chose d'incorrect à s'en autoriser au-dehors.

Cela rendait plus facile de lier conversation avec ses voisins au cours de ces longues nuits : on savait que cela ne pouvait tirer à conséquence, et d'instinct ainsi s'agglomérait un monde en marge du baccara, un monde effrayé du grand jour, qui trouvait la diversion des paroles à la faveur des bancos et faisait ainsi pour

la vie véritable une provision de silence. La clef mystérieuse de cet univers résidait en un certain ton
d'humour, ou dans l'occasion d'un fétiche posé sur la
table, des superstitions étalées. On s'était parlé une fois
de rage à cause d'un imbécile qui avait tiré à cinq. On
s'était parlé, voilà tout. Même, à tout prendre, la sympathie, l'attrait extérieur n'entraient pas en ligne de
compte. Ces gens se regardaient les uns les autres avec
une certaine tolérance critique, et il y avait de quoi : ils
semblaient porter chacun une blessure, et c'était peut-
être là ce qui les rapprochait. Les relations de casino
ont des ressemblances avec les relations de sanatorium.
Le tic que le colonel avait dans le visage, était-ce sa
noblesse ou sa tare ? Aux yeux des autres, cela constituait en tout cas son passeport.

Il faut dire que chaque jour l'attente de l'heure à
laquelle on pouvait jouer avait très rapidement pris
pour Pierre Mercadier le caractère d'une souffrance. Au
vrai, toute habitude chez lui avait ce caractère, et il lui
était arrivé d'attendre le facteur avec une inquiétude
presque intolérable, à la campagne, à Sainteville par
exemple, alors qu'il savait qu'il n'y aurait pas de lettre
pour lui dans le courrier, uniquement à cause de la
répétition quotidienne du phénomène facteur. Une
crainte du regard des croupiers devinant cette hâte du
joueur le retenait de se précipiter à l'heure d'ouverture.
Et puis attendre que les parties se forment est encore
plus intolérable dans les salles, que de laisser passer au-
dehors un temps raisonnable. Les joueurs de l'après-
midi sont recrutés tout autrement que ceux du soir. Il y
a là beaucoup de petites gens qui viennent perdre leurs
cent sous et s'en mordre les doigts. Cela crée entre les
vrais joueurs, ceux qui se retrouvent, habillés, la nuit
autour des tables à gros bancos, une sorte de solidarité
tacite quand ils se croisent, comme cela en plein jour,
s'amusant à des vétilles, ou misant à la roulette. Un peu
comme des joueurs de tennis qui se surprendraient les
uns les autres à faire du ping-pong.

C'était ce sentiment-là qui avait passé dans les yeux
des deux hommes, lorsque Mercadier prenant la

banque, la voix de l'autre, une voix travaillée qui parlait trop bien le français pour n'être pas anglaise, avait dit près de lui : « De moitié avec moi, voulez-vous ? » Un garçon d'aspect très jeune, bien gras pourtant pour son air de jeunesse, rasé, le visage pâle, peut-être de poudre, assez mou de traits, des cils d'albinos, plutôt grand, les cheveux portés longs, avec affectation, bouffant sur le côté, une raie courte. Dans un complet moutarde, exceptionnellement frais. C'était certainement un joueur du soir, Pierre avait soudain l'impression de l'avoir vu ailleurs, d'avoir été gêné ailleurs à sa vue.

Ils avaient donc couru leur chance ensemble. La banque avait gagné cinq fois. Trente-deux louis. Pierre consulta son partenaire du regard. « Comme vous voudrez », dit l'Anglais. Mercadier donna. En cartes sur les deux tableaux. C'était un principe inflexible qu'il s'était fixé, il avait déjà des principes, sur un en-cartes on passe la main. Il le fit donc. Il y eut autour de la table le murmure de désappointement habituel. Quand ils eurent partagé, l'Anglais observa : « A votre place, j'aurais tenu encore un coup... » A ce moment même, les pontes abattaient huit et neuf. Le jeune homme s'inclina : « Vous aviez raison... »

C'était le lendemain à l'heure énervante qui précède l'ouverture des salles, que Mercadier le croisa devant la porte de l'hôtel de Paris. Il faisait la petite inclinaison d'usage quand l'Anglais lui parla soudainement : « Vous m'excuserez, monsieur, je ne voudrais pas devenir trop personnel, mais est-ce que vous n'étiez pas à Venise en janvier ? » Mercadier en convint. « Je vous avais remarqué... il y a si peu de monde à Venise en janvier... avec ce temps qu'il faisait... Il faut être un original comme vous et moi... »

Il avait tout de même près de trente ans, et déjà un double menton. Une drôle de bague à la main gauche, avec des opales encastrées dans de l'or... « Vous prendrez bien quelque chose... Si... C'est une heure insupportable, n'est-ce pas ? Vous jouez l'après-midi... moi aussi : tous les jours. » Il eut un petit rire étranglé. Ils entrèrent dans le hall de l'hôtel.

« Vous m'excuserez de vous avoir parlé ainsi... cela devient irritant de retrouver certaines personnes à Venise, à Monte-Carlo, de ne pas pouvoir mettre un nom...

— Mercadier... Pierre Mercadier...

— Travelyan... Hugh Walter Travelyan... Buvons du champagne, voulez-vous ? Oui, je sais, à cette heure-ci, c'est absurde... j'adore les choses absurdes... et le champagne à trois heures de l'après-midi... Garçon ! Une bouteille de Mumm. Bien froid... Ne faites pas de manières. Je ne crois pas vous avoir rencontré à Venise chez les Franchetti... Vous n'étiez pas à la réception des Robilan...

— Je ne connais personne à Venise.

— Vraiment ? C'est sympathique. Alors vous étiez vraiment dans ce désert de pluie comme un solitaire ? Au fond, Venise est gâchée par le monde, je vous envie... Un véritable original... »

Le champagne n'était pas tout à fait assez froid. On le fit attendre.

« Vous connaissez aussi Mme de Pontarlier, je crois ? Je vous ai vu lui parler.

— A peine, dit Pierre. Nous nous sommes rencontrés aux tables.

— Vous êtes l'homme du mystère. Cela me plaît ainsi. Comme le champagne à trois heures. Geneviève... Mme de Pontarlier est une grande amie à moi... »

Là-dessus, Hugh Walter Travelyan rougit fortement, jusqu'au brique, et se reprit : « Oh ! je ne veux pas dire... Vous autres, Français, vous sautez toujours à des conclusions... Nous nous connaissons depuis... depuis... elle n'aimerait pas que je dise combien... et je l'estime beaucoup... »

Pierre n'avait pas un instant songé à suspecter les rapports de cette dame et de son interlocuteur. Mme de Pontarlier, bien que portant beau, était déjà assez mûre. Travelyan marmonna quelque chose en repoussant les coupes. « Je voudrais des verres », dit-il au garçon qui tenait la bouteille dans une serviette. Il reprit :

« Je ne supporte pas qu'on me serve le champagne

comme une chose exceptionnelle, je l'aime dans des gobelets... Enfin passe pour ces verres à pied! C'est très vulgaire, mais trinquons, voulez-vous? Comme des cochers! »

Pierre sourit. Ils trinquèrent. Il est vrai que le champagne avait le goût de l'impatience...

« Monsieur... Mercadier? c'est correct? je me demande très souvent, les joueurs au casino, comment celle-ci ou celle-là a commencé à jouer... De braves bourgeois français qui doivent avoir une famille, une suspension, le buffet Henri II... des hommes avec les moustaches qu'il faut... cette drôle de décoration violette... et les ongles coupés tout à fait ras... Je m'explique plus facilement les femmes... Elles sont si nerveuses, et puis, il y a ces choses dans leur ventre... si je ne vous choque pas... Vous ne vous demandez pas, parfois?

— Si. J'ai même pas mal joué à ce jeu-là. J'imagine leur vie, leur monde... Il y a ceux qui se sont échappés pour cinq minutes, et qui retourneront à leur salle à manger, à l'abat-jour vert du bureau..., puis il y a les autres, ceux qui sont complètement prisonniers des cartes, ceux qui ont basculé sur l'autre versant du monde...

— Oh! Je savais, je savais que vous compreniez cela! Est-ce que vous n'êtes pas un peu... écrivain. Romancier? »

Pierre allait se récrier, il pensa à Law, et sourit encore: romancier... enfin pas tout à fait... pas exactement: « J'ai *un peu* écrit, oui, comme vous dites... »

L'Anglais eut l'air de dire que cela changeait tout. Il se trouvait, dans ces conditions, tout à fait à son aise. « Parce que vous comprenez, dans le jeu, il y a le jeu et il y a l'argent... Il y a ceux qui jouent pour l'argent. L'argent brouille tout, absolument tout... L'argent est une chose bestiale. Je peux bien dire, moi... pour qui la question ne se pose pas... Je n'ai pas besoin de me vanter, on sait que les Travelyan... parce que je suis de ces Travelyan... un des Travelyan... en fait *le* Travelyan... vous voyez... alors tout le monde sait que je suis affreusement riche... alors, moi, on comprend pourquoi je joue ou tout au moins on croit comprendre. »

Pierre Mercadier n'avait pas la moindre idée de qui étaient les Travelyan. Il n'allait pas le montrer. Ce devait être des gens à leur aise.

« Même quand on ne joue pas pour l'argent, on joue à cause de l'argent. N'est-ce pas, c'est une chose si incompréhensible, si effrayante, si puissante... J'ai toujours pensé, si j'étais né dans la cage à tigres... et pour les gens qui n'ont pas d'argent mon incompréhensible familiarité avec les tigres me rend tout à fait odieux et intolérable... Je ne sais pas si vous... Bien sûr, vous êtes un romancier !

— Je vous assure....

— *Don't be silly!* Je ne dirai pas aux gens que vous êtes un romancier. Nous avons pourtant tous quelque chose de commun, les joueurs. Je ne sais pas, les joueurs français m'intriguent davantage... les Anglais, je sais mieux... Peut-être parce qu'il y a chez vous plus de gens du *middle-class* qui sont... comment dites-vous ? piqués de la tarentule... J'aime cette expression... »

Son français avait quelque chose de légèrement horripilant. C'était un français blanc, si on peut dire, auquel manquait l'accent qu'il aurait dû avoir. Mercadier fut pris du désir de marquer une certaine humilité insolente : « Moi, — coupa-t-il à peine, — je me représente infiniment mieux ce qui se passe pour les petites gens... la classe tout à fait moyenne... et ce sont les joueurs des cercles supérieurs qui m'échappent un peu...

— Oh, vraiment ?... Mais je bavarde... je bavarde... et certainement les parties sont en train... Dépêchons-nous, nous allons être en retard, monsieur Mercadier ! »

Comme ils y arrivaient, ils virent s'arrêter devant le casino l'attelage de mules blanches de Vidal Bey, et celui-ci descendre de sa voiture. « Vous savez ce qu'on dit, — chuchota l'Anglais, — il a fait murer sa femme chez lui, dans sa villa de Menton, et on lui passe à manger par un petit orifice grand comme ça... »

A en juger par le geste, le petit orifice n'était pas grand.

III

« Mais, ne comprenez-vous pas que nous sommes à deux doigts de la guerre ? »

Exaspéré, le colonel marchait de long en large. Avec sa découpe d'homme de cheval, il portait mal l'habit mis à contrecœur, et sa moustache blanche relevée tranchait sur le teint foncé de la congestion que lui donnait toujours le dîner. Quand il avait ce tic bizarre qui lui secouait le visage, sa lippe inférieure se marquait plus laidement encore. Ce monsieur Mercadier l'horripilait : on peut, si on veut, ne pas lire les journaux, mais tout a une mesure ! Ignorer jusqu'au nom de Fachoda, quand là-bas Kitchener et Marchand sont face à face et qu'on attend pour savoir si oui ou non le gouvernement tiendra le coup, si demain on pourra se regarder encore dans la glace sans avoir envie de se fiche sa cravate par la figure... Vous avez confiance dans Delcassé, vous ? C'est l'homme des Anglais, voyons... Ah ! bon sang de bon sort !

Tout cela, c'était du chinois pour Pierre. La guerre... Il n'y avait guère que ce mot-là qui sonnât. Pour le reste, Fachoda, Marchand... A la passion qu'y avait apportée cependant Mme de Pontarlier, il fallait bien avouer que cette rengaine avait écho pour les gens. Pour Mercadier, la romance ne chantait pas. Les Anglais... qui ? Cette bête à bon Dieu de Travelyan... ou la vieille dame. Il y avait dans la famille un vieux snobisme anglais : là-bas les objets sont de bonne qualité, et puis les bains, le tub, les chevaux... le faible du vieil oncle Sainteville pour tout ce qui venait de l'autre côté de la Manche. Et Keats et Shelley... La guerre... Cela ne me concerne pas. S'ils sont assez fous pour faire la guerre...

L'idée de Hugh Travelyan de donner une soirée dans ce restaurant n'était pas un succès. Il avait invité un tas de gens, et Mme de Pontarlier avait une robe rouge décolletée avec des choux de tulle noir aux épaules; et Vidal Bey gardait son fez sur la tête, et c'est très singulier le fez avec l'habit; et il y avait un grand d'Espagne qui buvait de l'eau de Vittel et caressait la nuque d'une petite femme blonde en bleu, qui était la femme du directeur du Casino, et des jeunes gens très singuliers, un écrivain de Paris, qui pour l'instant habitait Marseille, un certain Jean Lorrain, bien mauvais genre; la peur de la guerre avait assailli tout ce monde-là, et cette actrice qui avait dit sans trop se faire prier un poème de Baudelaire au dessert (*J'ai longtemps habité sous de vastes portiques*), devant la fenêtre ouverte et le soleil couchant dans les mimosas sur la mer. C'était une femme forte et canaille, avec des cheveux lourds, noirs, dans une espèce de péplum d'argent à la Sarah, et des bras épais et riches. Les alexandrins faisaient monter ses seins, comme des bêtes marines. Elle portait des iris gris dans ses cheveux.

Mais déjà les gens se regardaient avec cette perspective soudaine entre eux de la guerre. Demain, celui-ci, celui-ci, celui-ci seraient des ennemis... On parlait déjà de la flotte anglaise devant Cherbourg, ou Calais... Heureusement, que nous avons les Russes avec nous! Il était moins cinq...

« Vous y croyez, vous, à leur guerre? » demanda Pierre à son hôte. Travelyan était beaucoup trop intéressé par Jean Lorrain, qui racontait des histoires de Montmartre, des voyous extraordinaires, qui dansaient merveilleusement le chahut... Mme de Pontarlier n'était guère retenue que par son amitié pour Hugh, sans quoi elle eût déchiré de l'Anglais à pleines dents. Bien qu'elle eût débuté au caf' conc', elle n'était pas pour rien la veuve du général de Pontarlier qui avait commandé en Tunisie et qui disait toujours que la honte de la République c'était d'avoir abandonné l'Égypte aux Anglais « et cela avant même la fin du siècle de Napoléon ». C'était étrange pour Pierre, cette renaissance des mythes, l'Égypte, Napoléon, Trafalgar... On aurait dit à les entendre qu'ils avaient tous vécu sous pression avec la haine de la Grande-Bretagne toute prête, toute chaude...

La nuit venait doucement avec les verres vidés, et l'orchestre tzigane qui fit danser. Mercadier valsait très passablement et il invita la femme en bleu. D'autres couples tournaient. Sa cavalière lui demanda, avec un air pâmé, et en se pressant contre lui sans beaucoup de signification : « Je vais vous paraître assez sotte... — Dites. — Où est-ce, Fachoda ? » Il dut avouer son ignorance. Au Soudan... Il faudrait tout le temps apprendre la géographie avec les événements. On sort d'une guerre en Chine, avec toutes sortes de noms bizarres... Maintenant il faut se faire l'oreille à ces mots africains... « Je croyais, — dit la femme en bleu, — qu'on ne savait pas où il prenait sa source, le Nil... — Justement », répliqua Mercadier, et il la conduisit vider une coupe.

Le colonel les rejoignit. Il remettait ça sur Marchand. « On ne va tout de même pas se battre pour le Soudan, mon colonel, — dit Pierre. — Jamais les Français, qui savent encore ce que c'est que la guerre, quel drame affreux...

— Non, monsieur Mercadier, non : les Français ne se battront pas pour le Soudan... Mais peut-être pour leur drapeau... pour ne pas retirer leur drapeau d'un lieu où il a flotté, honteusement, devant les Angliches, comme des péteux... Ça ne vous a pas effleuré cette idée-là ? Non ?

— Cela s'abîme dans un désert, un drapeau. »

Le tic du colonel devenait désastreux. Il enleva à son tour la femme en bleu.

La guerre... Cela ne me concerne aucunement. Je n'ai jamais été soldat. Je suis libre. J'ai de l'argent. Je pourrais aller n'importe où... en Grèce... en Espagne... Oh, et puis, on leur laissera leur bout de sable, aux Anglais. Il y avait là une femme qu'il avait vue au baccara, une ou deux fois, pas plus. Une figure extrêmement attachante. Un visage très pur, très régulier, un dos splendide, petite, mais avec un port extraordinaire, les cheveux cendrés absolument tirés, une grande mèche rabattue sur le front, et reprise dans un chignon assez maigre mais haut perché, si bien que devant cela lui venait jusqu'aux yeux, qu'elle avait gris. Elle était habillée en noir, et elle croisait les jambes avec assez de désinvolture pour soulever des jupons verts sur des bas très fins. Elle était très silencieuse, malgré la cour que lui faisait un jeune homme de Nice, on ne sait comment tombé dans cette société cosmopolite. Pierre ne pouvait détacher ses yeux d'elle.

Travelyan vint la faire danser. Puis il se retourna vers Jean Lorrain.

Qu'avaient-ils entre eux ? Pierre avait bien vu qu'ils s'étaient tournés vers lui, et elle avait souri. Oh, et puis qu'importe. C'est bizarre comme on est fait : il suffit d'une femme inconnue pour que la tête marche. Il faisait tout à fait nuit. Mercadier sortit sur la terrasse, le temps était doux, trop doux. On pouvait craindre un orage. Les lumières de Nice brillaient comme si des mimosas avaient ourlé la nuit de la côte, la profondeur silencieuse de la mer respirait à peine au cœur du paysage d'ombre.

Quelle idée absurde il avait eue de ces gens-là, Pierre ! Qu'est-ce donc qui lui avait fait penser pendant quelques jours qu'il y avait entre eux et lui on ne sait quelles profondes résonances, comme celles des cristaux à une même musique, à la musique de la vie ?

Il lui avait semblé vraiment qu'il existait une espèce de mystérieuse confrérie tacite, où il trouvait sa place, une famille humaine encore où il n'était pas étranger. Était-ce le besoin attardé de ce qu'il avait quitté qui avait nourri cette illusion en lui ? Lâcheté ? En tout cas, ce qui pouvait encore se croire à la lumière du jeu, dans le décor du casino, ces gens sortis de leur cadre et jetés les uns avec les autres dans la banalité d'une soirée ne permettaient plus de s'y arrêter un instant. L'extrême vulgarité mondaine de ces personnages tarés, leurs façons de singer ce qu'ils n'étaient pas, leur désir inavoué qui se faisait ainsi jour d'être comme leurs congénères de la société, de celle qui choisit et rejette les hommes dépareillés, les femmes douteuses...

Mercadier se moquait de lui-même. Il avait suffi des Tziganes et d'un dîner pour tout remettre en place. La solitude, la vraie solitude, la sienne, ne pouvait être souillée de tous ces fantoches. Il se rappelait le dernier bal de la sous-préfecture, et sa femme, Paulette, avec une robe qui avait coûté les yeux de la tête chez Worth. Paulette imitait Denise de Lassy, comme ces gens-ci d'autres modèles inconnus. Il se rappela l'une des premières phrases de Travelyan : « Je ne vous ai pas vu à Venise chez les Franchetti », etc. Qui sait s'il y allait lui-même, cet efféminé prétentieux, avec toute sa fortune, et ses camaraderies ?

« Monsieur Mercadier. » Une voix profonde et prenante, une voix qui atteignit en lui l'homme. Il se retourna, frémissant. L'inconnue, dans sa robe noire, était là près de lui sur la terrasse. Il s'était trompé sur la couleur de ses cheveux, ou était-ce l'éclairage différent ? Un châtain roux, un châtain à reflets roux, changeants... Elle dit : « Vous me permettez de violer votre solitude ? Nous ne nous connaissons pas... mais nous méprisons la même chose : ça ! » Elle montrait d'un éventail fermé la pièce éclairée où les hommes avaient l'air ridicule avec leurs queues-de-pie, les plastrons cassés, le poil bariolé des moustaches, des barbes, des cheveux, et des femmes gloussaient dans un silence de l'orchestre. L'inconnue reprit :

« Vous me permettez de partager avec vous cette nuit... avant que la pluie vienne... ? Non, je ne vous demande pas de me faire la cour... Nous sommes tous les deux au-delà de cela, voulez-vous ? Nous avons mérité l'un et l'autre de cesser toute comédie... Il fait si singulier, ce soir, si chaud déjà et si sombre... Je ne sais pas s'il y aura la guerre, comme ils disent... nous n'allons pas en discuter... Y a-t-il quelque chose au-delà de cette nuit ? Si nous parlions comme de vieux amis, sans pudeur, et parce qu'on a besoin parfois de dire à voix haute à quelqu'un de silencieux des choses enfouies et perdues, amères d'être gardées... Vous ne voulez pas ? » Il balbutiait. Elle dit encore : « Allez-vous me donner votre bras ? Nous pourrions nous promener un peu... comme cela... sans prendre nos affaires. La route de la corniche est merveilleuse à cette heure-ci... Nous trouverons facilement un fiacre derrière le restaurant... si cela ne vous déplaît pas... pas trop... c'est toujours le jeu qui continue, n'est-ce pas ? je tire toujours à cinq, rien que parce que, paraît-il, cela ne se fait pas... »

Il était confondu de cette fantaisie. Mais la pression sur son bras du bras de l'inconnue, et le décolleté lumineux très voisin faisaient de tout cela une espèce de miracle qui ne se discute pas. Le ton de cette femme excluait absolument le badinage. Peut-être ne s'agissait-il vraiment que d'une promenade. Mais quelle importance une semblable promenade peut soudain revêtir pour un homme aussi parfaitement seul, aussi totalement livré à la rêverie ! Les phrases rauques et confuses qui accrochèrent leur dialogue, il les entendit à peine sortir de ses lèvres à lui comme un cérémonial rapide. Il se demanda à ce moment : « Va-t-il vraiment y avoir la guerre ? » et cela lui parut mesurer son trouble et l'incohérence où une femme le jetait. Il regrettait déjà cette convention entre eux, il craignait à la fois de rompre un charme, de gâter cette ivresse contenue, cette soirée surprenante au moindre mouvement interdit.

Une victoria semblait les attendre. Elle s'en fut vers Nice avec ses pompons blancs, tandis que le cocher sifflotait d'un air excédé, encore des amoureux, ah là ! là ! Ils se payèrent un long silence. Il n'y avait pas de lune. Les ténèbres avaient cette belle épaisseur qui appelle un couteau. Cahotés sur la route, ils entendaient chacun le cœur de l'autre avec une espèce de sourire intérieur. « Alors, — dit-elle soudain, — vous êtes romancier à ce qu'il paraît ? »

C'était donc ça !

« Excusez-moi... j'ai dit une sottise... ne dites pas non ; je sens toujours ces choses... Non, ce n'est pas pour cela, mais cette stupide insinuation de Hugh vous concernant valait autre chose comme prétexte... Romancier ou pas... Vous pouviez bien accepter cela, faire à la sotte pudeur cette concession... Le vrai est

qu'au casino je vous avais regardé jouer longuement...
qu'il y a en vous quelque chose de pas comme tout le
monde dans les petites choses... Ne prenez pas ça pour
des flatteries, ou le désir de vous troubler surtout... Je
n'ai que trop peur du trouble... Il est dans l'air, le
trouble, on n'en voudrait pas, il se mêle aux conversations, aux regards... Il faut faire très attention, un rien
le rappelle... Je voudrais enfin une vie sans trouble...
Est-ce que vous n'avez pas parfois, mais alors jusqu'à
en crever, l'envie de parler à quelqu'un... Oh, non, non,
pas d'amour... ne pas mêler l'amour à cela... de parler
de vous-même, du passé, des gens qui ont disparu, qui
demeurent avec seulement leur visage éternel, à
quelqu'un qui ne vous connaît pas, qui ne les a pas
connus... pour qui tout est neuf, absolument neuf... et
sans les scories horribles de la réalité... à quelqu'un qui
ne sait de vous que ce que vous dites... qui fait
confiance à cette image épurée... à cette image vraie,
plus vraie que ce qui est, que vous lui présentez... Parler, parler sans fin... jusqu'à ce que la nuit faiblisse... et
la force de parler... A quelqu'un à qui vous faites une
confiance insensée, merveilleuse, absurde, pour rien,
pour rien, que simplement le geste de ses mains touchant les cartes, si différentes des mains des autres...
Qu'est-ce qu'elles ont, ces mains ? qu'est-ce qu'elles ont
de particulier ? rien... l'indéfinissable... de vous confier
comme on se jette dans un lit au bout de la plus terrible
fatigue... de se confier comme on se laisse aller au rêve
avec la peur du réveil...

— Allez-y, — dit Pierre.

— C'est pourquoi j'ai besoin de cette fiction que vous
êtes un romancier... ne vous fâchez pas... mais on se
confie à un romancier... une femme... c'est tout naturel... Alors ne me dites pas que vous n'êtes pas un
romancier... Je m'étais imaginée à vous voir que vous
étiez un véritable solitaire... peut-être que je me trompais... Quand on est bien seul, on connaît ce dont je
parle, ce vertige, cette folie... on la comprend... on la
pardonne... Est-ce que je me suis trompée ? Vous n'êtes
pas un solitaire ?

427

— Si, — dit-il, et il s'étonna de sa voix basse et pleine. — Je suis un homme seul...

— Les gens ignorent la solitude... ils peuplent leur vie... Ils ne font que cela... ils gâchent le silence... ils s'inventent des obligations, des passe-temps, des raisons d'être en foule... de se parler... de rire... Enfin les autres gens... Parce qu'il y a dans le monde un petit nombre de gens qui... les vrais... ceux qui rentrent dans une chambre quelque part et ferment leur porte sur l'univers... ceux qui chaque soir ou vers le matin restent si parfaitement seuls qu'ils pourraient ne jamais ressortir de leurs quatre murs... qu'ils pourraient ne plus ouvrir la bouche... ne plus sourire... ne plus faire semblant... mourir... Ne dites rien... laissez-moi croire que vous êtes de ceux-là... des miens... de ceux qui sont comme le pas d'un cheval sur les pavés... vous savez... les sabots qui s'éloignent... tant pis, je ne peux pas expliquer... Ceux qui sont comme dans les chansons tristes... comme dans les paroles d'adieu des femmes quittées... un jour tu te souviendras... un jour tu regretteras... et la maison sera vide... et les voisins auront oublié... personne... Ceux qui sont comme un chapeau perdu sur une plage... un gant dépareillé. Un long gant noir en plein jour sur le trottoir d'une ville passante... Ceux qui ont perdu le secret de la romance et qui portent en eux l'air sans paroles... Les miens... les miens. Ma race... »

Un attelage les croisa qui se hâtait vers Monte-Carlo. Deux chevaux qui parurent gris dans les lanternes, et un peu de la faible lumière ranima le temps d'un éclair les cendres de la chevelure. Puis la nuit se refit très noire, et le silence plus parfait des cahots de la voiture. Alors Pierre, avec une sorte d'oppression, sentit qu'il ne pouvait pas ne pas parler et dit avec l'angoisse du ton faux, de la comédie jouée :

« Je crois que je suis des vôtres... »

Il se surprit de sa propre angoisse. Il voulait vraiment que l'inconnue le pensât. Il n'avait pourtant dit cette phrase que par une espèce de ruse primitive, pour entrer dans son jeu à elle, pour passer outre, atteindre à ce qui allait venir, et au fond parce qu'il lui devait bien cela pour ce qu'elle avait fait les premiers pas, et jeté brusquement en lui une espèce d'allégresse sourde et sans objet. Et puis soudain... Elle parlait depuis un moment, il n'entendait que la mélodie sans comprendre le sens des mots. Il voulait se rassurer sur lui-même, se faire tout bas quelques remarques bien cyniques, bien crues, d'homme à qui on ne la fait pas, qui ne croit qu'au solide, et voilà qu'il s'en trouvait incapable, avec un sentiment du sacrilège, enfin pas tout à fait du sacrilège, mais un peu dans ce genre, et il avait peur de réentendre ce qu'elle disait, cette femme, là, près de lui, dans la victoria trébuchante qui s'en allait dans le noir. Soudain, les mots l'atteignirent.

« Ma mère avait été si belle qu'on en parle encore avec fureur... Au Metropolitan, à Covent Garden, à l'Opéra, on s'était écrasé pour entendre cette voix fantastique qui chante à travers toute mon enfance... »

Pierre écoutait. L'histoire de l'inconnue emplissait la nuit. Un monde évanoui, un monde pareil au bruit des violons avant l'ouverture... Mais Pierre surtout, plus que de paroles, tremblait de cette présence dans l'ombre.

Le cocher cria du siège qu'il se faisait tard et que le canasson ne tenait plus debout. Ils donnèrent l'ordre de retourner. Aussitôt le cheval prit un petit trot détaché. On avait en même temps tourné les pages du livre, et on lisait au hasard, au feuillet qui s'était ouvert dans la vie de l'inconnue. Du récit de son enfance, Pierre avait retenu qu'elle s'appelait Reine. Il se demandait si elle chantait, elle aussi.

Il aurait au moins voulu poursuivre l'équivoque jusqu'à l'aube. Au moins voir pâlir la nuit sur la nuque de la femme. Au moins croire un moment qu'elle allait soudain le retenir. Au moins lui prendre la main pour sentir vaguement le regret de la main qui se retire, et aurait si bien pu ne pas se retirer...

Pierre n'avait pas pu dormir. Quelle bizarre aventure! Elle partie, il cherchait à se rappeler précisément le visage, l'allure de Reine. Il n'y parvenait pas. Elle fuyait. Comme elle avait fui de la soirée où il l'avait ramenée pour chercher son manteau... Il n'avait qu'à ne pas accepter de repasser au vestiaire... Il fallait insister... Et puis quoi? Absurde orgueil d'homme : si une femme vous parle soudain, se promène avec vous, vous enragez parce que le soir même elle ne couche pas avec vous. Pourtant c'est ainsi. Pas un homme qui soit fait autrement, et qui ne s'accuse d'avoir agi comme un niais, et qui ne tienne la femme pour une garce. Elle n'avait rien promis, manqué à aucun engagement. Mais enfin qu'est-ce qu'elle voulait qu'il pensât? Qu'est-ce qu'une femme cherche auprès d'un homme? Qu'est-ce qu'il y a de possible entre un homme et une femme excepté ça? Rien, rien, rien.

Il pensait à elle sans le moindre attendrissement, avec cet esprit antagoniste du mâle pour la proie qui se dérobe et joue. Il lui en voulait aussi du flou de l'image qu'elle lui avait laissée d'elle-même. Encore une ruse...

Pourquoi diable lui avait-elle raconté toutes ces histoires? Qu'est-ce qu'elle voulait que ça lui fiche, sa mère et tout le reste? Il se surprenait à tenter de rejoindre comme les morceaux décousus d'une lettre les confidences échappées en désordre... Il y avait eu encore cet homme dans sa vie, et ce voyage, et un mari... Comme elle ne respectait ni le temps, ni les lieux, qu'elle se jetait soudain à parler d'une minute de sa vie comme si Pierre en eût connu tout le reste, et que les personnages ignorés soudain tirés dans la lumière avaient entre eux des ressemblances troublantes qui empêchaient qu'on les distinguât bien, Mercadier flottait dans cent incertitudes qui le tenaient éveillé.

Après tout, quel besoin de savoir? L'essentiel d'une

femme ne sont-ce pas ses yeux, son corps, ses gestes, l'accent de sa voix, ses cheveux? D'où elle vient, quels bras l'ont tenue, c'est parfaitement indifférent. Il y avait chez Reine quelque chose d'irritant et d'attirant: le bavardage peut-être qui avait toujours l'air d'ouvrir une porte sur le vertige, de révéler enfin bientôt le mystère de cette femme, celui qui est tout mêlé à ses vertiges, à ses caresses, à ses larmes, à ses désirs. Et puis rien.

Le curieux pourtant était que Pierre, malgré ce qui précède, n'éprouvait pas un désappointement véritable. S'il avait été son amant, Reine eût immédiatement perdu ce charme qui le poursuivait dans l'absence. Avait-il besoin d'elle pour le plaisir ou n'était-ce pas plutôt ce qui lui manquait véritablement, ce lien entre les jours, cet intérêt pour quelqu'un, qui rend un sens à la vie, qu'elle était venue lui apporter quand il ne le cherchait même plus? Il se prit à rêver d'une amitié un peu trouble... Il se fit la réflexion que le mot *trouble* lui revenait tout le temps au sujet de Reine, bien qu'elle parût si anxieuse d'écarter le trouble autour d'elle. Il n'avait de sa vie songé qu'un homme peut être lié d'amitié à une femme. Est-ce qu'il vieillissait? Il écarta cette idée. Non: un domaine qui lui avait été interdit s'étendait devant lui. Il se dit de Reine qu'elle était intelligente. S'il n'avait pas été lié à une sotte...

Brusquement, il eut un pincement au cœur. Il venait d'être traversé du souvenir de Blanche. Cela ne dura pas.

Là-dessus, il se remit à penser avec une lumière brutale à cette Reine inconnue. Les corsets sont si menteurs: peut-être a-t-elle déjà les seins qui tombent... Il sonna pour le petit déjeuner. De quoi avait-il l'air? Ça ne vaut rien, passé quarante ans, les nuits blanches. « Faites-moi préparer un bain... » Il faisait un temps superbe.

Il n'arriva qu'assez tard dans les salles, cet après-midi-là, vers six heures. Au bout du compte il s'était endormi tout habillé sur son lit, du fait de la digestion. C'est odieux, ce genre de sommeil. On en sort barbouillé, vacillant. Pas sûr de soi. Il avait manqué tout ce beau jour.

Comme il jouait à la roulette, sans grande conviction, une voix dit derrière lui : « Noir, pair et passe », tandis que trois louis tombaient près du râteau du croupier. Il ne broncha pas. « Faites vos jeux... les jeux sont faits... rien ne va plus... » La bille tourna, tourna, se bloqua comme une souris prise. « Le sept! » Rouge, impair et manque. Pierre dit : « Perdu... » et se retourna. Elle avait une robe jaune et noir montante avec des manches longues, et des tas de petits boutons, et sur la tête un drôle de canotier pas plus grand qu'une assiette. Il lui baisa la main : « Vous avez bien dormi ? — dit-elle. — Pas du tout, et vous ? — Moi ? comme un ange ! » Son visage était si pur, si parfait qu'on ne pouvait penser d'elle rien d'autre. Elle avait l'air reposé des petits enfants. Il ne retrouvait rien de son trouble. Comment avait-il pu oublier ce visage si net et si clair ? Elle lui plaisait évidemment... Ils s'en furent au baccara, et jouèrent de moitié. Ils prenaient la main à tour de rôle. Ils gagnèrent. Ce qui est mauvais pour la superstition. Ils décidèrent de dîner ensemble : elle avait un rendez-vous qu'elle décommanda par un mot donné à un commissionnaire. On dînerait aussi de moitié : sur les gains.

Il vint la chercher à son hôtel. Elle avait remis la robe de la veille pour le soir. Il l'emmena à Beausoleil, dans un petit restaurant tranquille où on ne risquait pas d'apercevoir Travelyan et consorts. Il voulait lui montrer qu'il savait manger, qu'il connaissait les vins. Ils s'amusèrent de tout cela. Et aussi de comment le garçon les traita, leur proposant une table isolée dans le jardin... Il serra la main de Reine, elle ne la retira pas. Mais elle dit : « C'est drôle, il me semble que je vous ai toujours connu... », et cela sans apprêt, si simplement que toute idée équivoque en était suspendue. Ils convinrent qu'ils se sentaient pareils à de très anciens amis, qui ont peut-être été un peu amants il y a long-temps, très longtemps, et qui s'étaient perdus de vue.

Ils étaient seuls, Pierre se pencha vers Reine : « Pourquoi... pourquoi ne redeviendrions-nous pas *comme avant* ? » Ses mains remontaient les bras, de la table...

Elle eut un léger recul : « Soyez sage, — dit-elle, — nous allons gâcher nos beaux souvenirs... » Sous le prétexte de lui demander ce qu'il était devenu entre-temps, elle le poussait à parler de lui-même, et avec quelque étonnement il se dit qu'il se prêtait à ce jeu, qu'il était tenté à son tour de se confier, comme elle. Il ne s'en était pas aperçu que déjà il s'engageait dans le récit de sa vie. Reine fumait, l'écoutant, de toutes petites cigarettes sorties d'un étui d'or. Il s'arrêta : « Savez-vous que je n'ai jamais, jamais fait ce que je fais en ce moment-ci ?

— Quoi donc ?

— Me raconter... raconter ma vie à quelqu'un. Jamais. Hier encore, si on m'avait dit... J'ai un certain mépris pour cette impudeur... de la part d'un homme. Est-ce vraiment que je n'ai jamais eu cette faiblesse ? Attendez... peut-être une fois... j'ai fait des confidences... mais j'étais ivre, je crois...

— C'était une jolie femme ?

— Qui ça ? Ah ! non... c'était Meyer...

— Qu'est-ce que c'est que Meyer ? »

Il revoyait Meyer dans le café, l'absinthe dans les verres, ce n'étaient pas exactement des confidences... Non, il n'avait jamais raconté sa vie à personne. Pourquoi fallait-il que, de tous les gens du monde, cette femme...

« Si je comprends bien, — dit-elle, — vous me faites un grand honneur... Ainsi vous trompiez votre femme avec la cote de la Bourse... » Il n'était pas prévenu, l'ironie le blessa, ou ce qu'il prit pour de l'ironie. Il n'avait pas encore le pli des amitiés, particulièrement des amitiés féminines. Elle eut quelque peine à le calmer, à le ramener à son récit. « C'est drôle, — reprit-elle, — j'ai du mal à vous imaginer faisant la classe à des moutards... et pendant tant d'années, cette patience ! Parlez-moi de votre Law, cela m'intéresse... »

Il parla de ce Law dont il n'avait rien montré à personne, la préface exceptée qu'il avait lue à Meyer, justement à Meyer. Il y mettait un feu dont il ne se croyait pas capable : il y avait, à l'en croire, dans ce Law une série de thèmes entrecroisés sur la destinée de l'homme, une tentative d'expliquer les problèmes complexes de la volonté et du sort, l'opposition du génie, de l'individu et de la société. Et cela pas directement, par la bande. Sur cet exemple bien particulier d'un financier mal connu, mais où chaque homme, en le lisant, aurait pu croire, aurait pu reconnaître une image travestie de lui-même. Le XVIIIe siècle, on y expliquait le Panama, les jours derniers de ce siècle-ci, ses mensonges... Ma vie, après tout, ma vie. Imaginez-vous que, lorsque Law doit fuir Paris, c'est à Venise qu'il se réfugie, j'ai trouvé une lettre de lui au Régent, chez un bouquiniste.

« Et vous avez abandonné votre manuscrit ?

— Oui.

— Quel dommage ! »

Elle semblait dire cela très sincèrement : « Vous voyez, — ajouta-t-elle, — Hugh avait raison... vous êtes un romancier, et si vous aviez votre manuscrit, vous me le liriez...

— Je vous en donne sans doute une idée fausse : ce n'est qu'un essai historique où je m'étais un peu laissé aller...

— Non, non, c'est cela qu'on appelle un roman. Pas Bourget naturellement. Mais, n'est-ce pas ? vous l'écriviez d'abord, quand vous avez commencé, dans un but professoral, en accord avec ce que vous étiez... ce que vous croyiez être... Et puis peu à peu, c'est bien cela ? le livre se modifiait parallèlement à votre propre vie, il s'écartait de la ligne initiale, votre vie le pénétrait, il devenait un peu votre confesseur, un moyen de vous mieux comprendre. C'était déjà de la psychologie... Si vous l'aviez emporté avec vous, il aurait peuplé votre nouvelle vie, et il aurait reçu d'elle des reflets différents... Ce serait devenu pour de vrai un roman... Law sur la Riviera... Qu'aurait pensé Law de la roulette ? La roulette existait-elle déjà de son temps ? Et peut-être qu'en débarquant à Monte-Carlo, il serait arrivé à John Law de s'empêtrer dans une histoire d'amour avec une jeune femme qui ne veut pas en entendre parler.

— Reine !

— Laissez-moi rêver ainsi, Pierre... Vous me l'auriez lu chapitre par chapitre, et nous aurions progressivement permis à l'Écossais ce que nous nous refusons... Vous auriez décrit pour me plaire ce que vous n'auriez qu'imaginé... Mais puisque vous l'avez abandonnée, reparlez-moi de cette Blanche... vous ne m'en avez pas dit assez... »

Il eut quelque gêne d'abord, puis il se mit à parler. Il se mit longuement à parler de Blanche. Il se mit à parler de Blanche à Reine. Pour lui parler de Reine.

V

Pierre avait cessé de jouer l'après-midi. Il voyait Reine tous les jours, ils se promenaient ensemble, allaient dans les boutiques, à Monaco ; ou bien ils prenaient une voiture et grimpaient par les corniches dans le beau soleil du printemps. Il y eut la bataille de fleurs à Menton. Il y avait Nice où ils passèrent des journées entières : ils y allèrent même au casino. Ou bien tout simplement, Mercadier venait à l'hôtel de Reine, dans sa chambre, et ils parlaient pendant des heures.

Le soir les retrouvait au baccara, le plus souvent séparés mais complices. C'était entre eux une convention que de ne pas s'afficher dans les salles. Comme s'ils avaient eu quelque chose à cacher. Au reste, ils avaient quelque chose à cacher, quelque chose de bien plus fragile, de bien moins fait pour les regards d'autrui qu'une liaison amoureuse : leur amitié. C'était là leur secret.

Reine connaissait pas mal de gens sur la côte et à Monte-Carlo. Elle n'était pas toujours libre, elle continuait à voir des amis. Pierre parfois murmurait : « Ah, disait-elle, — pas de tyrannie entre nous ! » Et quels droits avait-il ? Ces mêmes gens au casino, elle bavardait avec eux, ils la suivaient aux tables, elle partageait leurs mains. Il voyait cela de loin avec un certain sentiment de jalousie. De temps en temps, il avait l'aumône d'un mot au passage. Certaines nuits, elle exagérait, elle se complaisait vraiment dans la conversation d'êtres falots, auxquels Mercadier ne comprenait pas qu'on pût adresser la parole.

Elle riait, quand il le lui disait. Il ne le faisait que rarement. « Je ne déteste pas, — disait-elle, — votre jalousie... pourvu qu'elle ne devienne pas agressive. Ceux qui n'ont pas de jalousie ne sentent rien. Et même entre nous, c'est un piment, et qui me flatte... Mais ne soyez pas absurde, Johnny! »

Elle avait inventé de l'appeler John ou Johnny, à cause de John Law. « Et puis, je ne veux pas vous donner le nom que vous avez galvaudé avec toutes vos femmes... Il faut un nom pour l'amitié! »

A vrai dire, lui-même, il aimait assez ce sentiment de jalousie qui donnait quelque continuité à ses pensées, un sens aux soirées, une complexité aux éléments du jeu ; qui entrait enfin dans le bagage des superstitions du joueur, et orientait sur des règles qu'il s'inventait ses mises, ses départs d'une table, son passage à la roulette. Mais ces petits pincements de cœur qu'il avait quand il apercevait près de Reine un homme encore jamais vu, et pas tout à fait caduc, pas nécessairement affreux, l'inquiétaient pourtant : était-il amoureux ? Il savait bien que déjà se le demander constitue un danger. On est amoureux du jour où on cède à ses pensées, où on accepte de considérer que oui, on est amoureux. S'il avait consenti à cela, comment aurait-il pu ne pas changer sa ligne de conduite à l'égard de Reine ? Et tout alors pouvait s'écrouler. Car, dans une certaine mesure, il se sentait heureux pour l'instant. D'un bonheur endormi, mais réel. Il avait le besoin de la présence de cette femme, non pour ce qu'il eût pu faire d'elle, mais comme d'un apaisement. L'équilibre entre cette présence, et son absence, voilà ce qui n'était pas toujours bien dosé. Mais quand l'inquiétude de l'absence n'allait pas jusqu'à la souffrance, elle était encore un plaisir. Mercadier se partageait entre Reine et la solitude. Peut-être n'eût-il pas mieux supporté Reine envahissant toute sa vie, qu'il ne supportait d'être, réduit entièrement à la solitude. Peut-être... parfois, il lui semblait qu'il en allait autrement.

Le meilleur temps était celui que Pierre passait dans la chambre de Reine. Avec quel battement de cœur, il demandait au portier de l'hôtel : « Mme Brécy est chez elle ? » Il savait qu'elle y était, mais ça ne faisait rien. Elle avait une grande chambre dont les deux fenêtres donnaient en plein dans les arbres. Comme on était sur la pente qui descend au casino, on voyait sous les feuilles un morceau de mer azur sombre, et pas de ciel. Les feuillages étaient tendres encore, mais faits de grandes feuilles comme des paumes caressantes, des paumes équatoriales pleines de sollicitude pour ceux qui redoutent le soleil. Il y avait aux fenêtres de hauts stores blancs, vieux et roussis qu'il fallait déjà laisser baissés jusque vers trois heures. La chaleur arrivait doucement. Elle s'installait pour le long été lointain encore. La chambre était une simple chambre d'hôtel avec des meubles récemment laqués blanc, un paravent chinois pour cacher la toilette et du velours jaune râpé sur la cheminée inutile, et les sièges ; et des pompons un peu partout.

Mais la présence de Reine avait tout transformé. D'une façon mystérieuse, car il n'y avait presque rien qui la marquât. Elle avait tourné le lit dans un autre sens, groupé la table, les sièges dans un coin, fait un grand espace vide. Il régnait dans la pièce le parfum que Pierre avait pour la première fois senti sans savoir de qui il émanait, lorsqu'elle était venue derrière lui sur la terrasse du restaurant pour la *party* de Hugh Travelyan. Un parfum qui sentait plus fort au bout d'un certain temps, comme un doute qui se confirme.

Pour donner une âme à cette chambre banale, il suffisait de ce parfum et de ce qui traînait de Reine sur les chaises. Une écharpe, un collet, et sur le lit une robe qu'on n'avait pas rentrée, sur la table des gants jetés avec un programme et un bouquet de fleurs enlevé au corsage. Et la lampe à alcool cachée dans l'armoire, dont l'odeur parfois luttait contre le parfum. Ici l'intimité de Reine soûlait légèrement son visiteur : « Je fais comme si vous n'étiez pas là », et elle lavait des mouchoirs dans la cuvette, brossait des vêtements, détachait une robe. Elle sonnait la bonne, faisait une scène parce que ses chemises avaient été mal repassées, donnait à réparer le bas d'un jupon dans lequel elle avait marché...

« On n'en finirait plus... Tenir ses affaires prend un tel temps ! Je me demande comment font les femmes qui ont toute une famille, un mari, ou qui travaillent...

— Elles ont des domestiques ou elles se négligent. »

Le charme de Reine venait de ce caractère inaccessible à la fois et prochain qu'elle avait terriblement. En tout cas pour Pierre qui attendait et redoutait à la fois de chaque mot, de chaque geste qu'il rompît l'enchantement et fît verser l'amitié dans une fièvre physique. Le scabreux était qu'il ne l'eût même pas embrassée. Elle avait beau dire qu'elle en avait assez du trouble, elle le cultivait. Leurs conversations avaient par là toujours l'air de paroles au théâtre, qui cachent les rapports véritables des acteurs. Tout leur donnait prolongement, et ce dont on ne parlait pas teintait les mots les plus innocents, faisait échec de temps à autre à leur détachement d'apparence. Presque toutes les fois, Pierre croyait que tout allait chavirer. Mais Reine avait une ruse surprenante, et un grand flair du moment dangereux. La conversation trop bien engagée fuyait soudain par des allées innocentes, déroutait le désir montant. Il était presque impossible de manquer de respect à cette femme.

Outre qu'elle avait pris le pied avec lui d'un laisser-aller qu'on ne peut avoir qu'avec un amant, ou quelqu'un qui ne compte pas, et qu'elle se faisait le visage devant lui, et même se promenait dans la chambre pendant deux heures avec une couche de graisse sur la figure. C'était là une défense sans apprêt, innocente, naturelle, et certains jours Pierre en avait ressenti du dépit.

Là-dessus, Travelyan se faisait annoncer : « Vous n'allez pas laisser monter ce pantin ?

— Mais si. Pourquoi non ?

— Parce que lui présent, on ne peut plus parler de rien...

438

— Vous êtes injuste pour Hugh. Et puis, qu'est-ce que j'y peux faire ? Si je fais répondre que je ne suis pas là, que va penser le portier, qui sait que vous êtes chez moi ?

— Il pensera ce qu'il voudra, et le grand mal s'il avait raison...

— Chut, chut ! Vous sortez de la règle du jeu. Je ne tiens pas à ce que le portier croie que nous couchons ensemble... J'ai beau être séparée de lui, je porte le nom de mon mari...

— Elle est bien bonne !

— Bonne ou mauvaise, je recevrai Hugh. C'est à lui que nous devons de nous connaître, après tout !

— Je me demande quel plaisir vous pouvez prendre à fréquenter ce... ce... Enfin c'est comme si vous parliez avec les fleurs du papier !

— Ça n'est pas si désagréable, Johnny, vous êtes extraordinaire : pour une fois qu'un homme ne peut aucunement vous rendre jaloux...

— Je ne comprendrai jamais le goût qu'ont les femmes pour ce genre d'olibrius...

— Peut-être un certain sentiment de repos... C'est un fait qu'ils sont très gentils avec les femmes, sans doute parce que c'est tout ce qu'ils peuvent pour elles... » Elle sonnait, et à la bonne : « Faites monter le monsieur qui attend en bas... Mon cher, maintenant arrangez-vous pour n'avoir pas la tête du soupirant qu'on dérange... »

VI

Quelle foule partout ! C'était à se demander d'où tous ces gens sortaient. Le trafic était interrompu, détourné. De grandes banderoles de calicot avec des inscriptions se balançaient en l'air en travers des rues et des routes. On s'interpellait. Des gosses jouaient de la trompette. Des hommes désœuvrés tournaient autour des filles dont le rire avait une fraîcheur de pluie. Des chaises s'installaient au bord des trottoirs. Par les chaussées vides, on voyait de temps en temps passer un jeune homme avec un brassard bleu, qui courait les poings au corps. Des mauvais plaisants criaient soudain : « Les voilà ! » et tout le monde se précipitait les yeux tournés vers Nice. Mais il était trop tôt. Impossible. On n'attendait les coureurs cyclistes que dans vingt minutes, une demi-heure. « Rentrons », dit Reine.

Dans sa chambre, elle jeta son chapeau, ses gants, son sac, son manteau avec l'air d'une petite fille qui va pleurer, et sans se gêner devant Pierre, d'un geste brusque elle libéra ses cheveux. Qu'elle était jolie ainsi, avec cette masse croulante qui paraissait plus blonde que quand elle était coiffée ! Cette chute de cendres claires sur ses épaules faisait mieux valoir un teint merveilleux, si pur qu'on le croyait apprêté tant que la coiffure gardait son caractère élaboré. « Je déteste la foule, — dit-elle. — Et vous ? » Elle avait été sonner.

Pierre n'aimait pas qu'on lui posât des questions auxquelles il n'y a pas deux réponses. Imaginez le monsieur qui viendrait déclarer qu'il adore la foule... Tout le monde déteste la foule. « Tout le monde déteste la foule », répondit-il, et Reine : « Vous êtes bien sûr ? Tout le monde déteste la foule ?... Ah, ne croyez pas ça par exemple. Il y a des gens, ils ne respirent pas ailleurs, c'est bien simple. Sans ça il n'y aurait pas de foules, il n'y aurait positivement jamais de foule nulle part. Écoutez-les ! »

Une rumeur montait par la fenêtre. La bonne frappait à la porte. « De l'eau chaude ! » demanda Reine.

« Je n'aime pas ça non plus, — murmura Pierre. — Bien souvent je me suis demandé ce qu'il faudrait... enfin idéalement ce qu'il y aurait à faire pour tenir les gens à leur place..

— Ils pourraient en dire autant de nous.

— Non, ce n'est pas la même chose. Nous ne prenons pas notre plaisir à leur façon. Nous n'avons pas besoin d'être cent mille pour nous trouver à notre aise. Et ce qui est notre plaisir ne relève pas de ces passions rudimentaires qu'on peut mettre à cent mille en commun, mais de ce que l'esprit humain a de plus élevé... l'art, le jeu... l'amour...

— Merci pour ce dernier. Ils le font aussi, vous savez...

— C'est tout ce qui pourrait me le gâcher, et vous dites juste, Reine : ils le *font*, rien de plus... Ne comparons pas. Je veux seulement dire tout ce qui touche aux sentiments les plus hauts de l'homme suppose qu'il se retire de la foule... qu'il la fuit... Le plaisir de l'œuvre d'art, est-il rien de plus replié sur soi-même, de moins compréhensible à une foule ? J'aime beaucoup la peinture... Les musées, je dois le dire, me la gâchent. Le tableau est fait pour qu'un amateur le possède, l'ait chez lui, caché, dérobé à tous, et montré rarement à des amateurs de choix, comme un orgueil... Ce qui me raccommode un peu avec les musées pourtant, c'est qu'ils sont à peu près vides : les gens croiraient s'y fourvoyer. Il n'y a plus là pour me gêner qu'une foule, celle des tableaux, et reconnaissez que leur ombre leur nuit... Non, Reine, ne relevez pas vos cheveux, j'ai trop de plaisir à les voir ainsi... et moi seul... Voyez-vous, ce secret des femmes, leur chevelure, qu'on voit sans la voir, coiffée, et qui les transforme pour celui ou ceux qui l'aiment, c'est la chose la plus enivrante qui soit... Je crois qu'une femme qui connaîtrait ce penchant en moi m'enchaînerait par là, par l'usage qu'elle ferait de ce symbole, mieux que par n'importe quoi au monde... »

La bonne rentrait avec un broc de nickel. Elle s'en fut en silence le déposer derrière le paravent et sortit.

Reine qui était devant la glace se regarda, fit bouffer ses cheveux, en joua avec ses doigts, puis se tourna vers Pierre. « Si c'est ainsi, — dit-elle, — je les relève... »

Elle fit mine de se recoiffer, mais passa derrière le paravent.

« Pourtant, — reprit-elle, — il y a de beaux spectacles qui nécessitent l'affluence... l'opéra, les concerts. Longchamp... les architectures grandioses faites par des milliers d'hommes et contemplées par des millions...

— Nous ne sommes plus au temps des Pyramides ou

des cathédrales quand un rêve hautain s'imposait aux esclaves... Aujourd'hui on cherche à les flatter, on devance la bassesse de leurs goûts, on les devine... Tenez, je n'ai jamais rien vu de si laid que l'Exposition en 89...

— Espérez un peu, Johnny, vous allez voir celle de 1900. Vous savez que Paris est déjà en chantiers...

— Cela promet, mais on n'ira jamais plus loin dans la hideur qu'avec la tour Eiffel, peut-être! Voilà où on en arrive quand on veut soulever l'admiration des foules. A cette gigantesque excroissance à pieds d'éléphant et à tête d'épingle, à cette girafe de fer, dont, pour une fois, on peut être assuré que jamais, jamais quelqu'un ne trouvera ça beau, fût-ce dans cent ans!

— Ça, je vous l'accorde.

— Merci. Si vous voulez savoir, Reine, je hais la foule qui traîne sur le monde comme une limace, laissant sa bave aux lambris de tout ce qui est majestueux, ses boîtes de sardines dans le paysage, ses papiers gras sur toute poésie, et qui fait aux cris les plus profonds de la nature humaine l'écho balbutié des écoles qui épellent péniblement l'alphabet...

— Le mistral vous rend véhément, mon ami. Le malheur veut que nous ne soyons, ni vous ni moi, faits pour le désert, et que cette foule détestable soit indispensable à notre confort. Et ce n'est ni vous ni moi qui la maintiendrons le jour qu'elle voudra envahir les espaces réservés...

— Il y a d'autres gens pour cela, d'autres dont c'est la passion, la griserie et le métier. Ils ont charge du monde, et le pouvoir entre leurs mains demeure à ce prix. Ils jouent une partie, où c'est non plus au roi, non plus à la reine, mais à la multitude qu'on fait échec. Ils s'appellent *hommes politiques*, pour se distinguer de nous qui sommes simplement les hommes. Je leur passe volontiers la main... »

La voix de Reine s'éleva de derrière le paravent, assez moqueuse, mais : « Les hommes politiques! Vous les connaissez bien? Dire que nous leur confions notre destin! Vous savez, Brécy, mon mari... eh bien, il était député d'une petite ville dans les montagnes... où ça ne coûtait pas trop cher d'acheter une majorité. Alors je connais assez bien le monde parlementaire... Il n'y a pas dix personnes fréquentables dans toute la Chambre... et ces neuf-là sont des escrocs...

— L'honnêteté des gens n'est pas ce qui les rend nécessairement fréquentables... »

On entendait un bruit d'eau de derrière le paravent. Reine cria :

« Johnny, venez me verser un pot d'eau sur la tête ! J'ai plein de savon et c'est toute une histoire pour rincer ces fichus cheveux ! »

Il ne se fit pas prier. Elle était adorable avec de la mousse blanche comme une perruque, tout entourée de serviettes, et faisant des mines pour se préserver les yeux. L'aider à se laver la tête, c'était un pas en avant dans son intimité. Pierre en oublia ce qu'il allait dire des ouvriers, de la menace croissante des ouvriers contre la véritable liberté, avec leurs syndicats, leurs grèves, leurs prétentions toujours nouvelles. Reine riait : « Une serviette, vite, une serviette ! J'ai du savon dans les yeux ! » L'odeur du savon le grisait.

VII

« Johnny, — dit-elle, — demain... »

Au sortir du casino, ils avaient comme à la dérobée pris une voiture et erré au pas du cheval et parlé sans fin. Il ne lui avait rien demandé d'extraordinaire, comme à l'habitude simplement à quelle heure ils se verraient le lendemain.

« Demain... »

Elle s'était troublée. Elle se taisait. C'était inexplicable. Sa voix s'était altérée : « Johnny, ni demain, ni après-demain...

— Mais comment, Reine ? Pourquoi donc ?

— Des amis... Il vaut mieux ne pas nous voir pendant qu'ils seront là...

— Qu'est-ce que c'est que cette folie? Même si vous avez des amis, il y aura bien un moment quelconque...

— Non, non. Ils seront là seulement pour deux ou trois jours...

— Trois maintenant? Mais qu'est-ce que vous voulez que je devienne? Je me fiche de vos amis...

— Chut! Chut! Ce sont de très, très grands amis... et ils viennent de loin... seulement pour me voir... Je ne puis pas...

— C'est un conte à dormir debout, Reine? Quelle sorte d'amis...

— Des amis...

— Allons, ça ne prend pas! Des amis! Un ami, un ami, n'est-ce pas? Ah, je vois bien...

— Et quand ce serait? — dit-elle. Quel droit avez-vous à me faire une scène?

— Je ne vous fais pas de scène, mais pourquoi mentiez-vous?

— J'avais peur de vous peiner, c'est tout: on peut être sotte.

— Vous aviez peur? Mais alors, Reine? Pourquoi rester ces trois jours sans me voir? Ce n'est pas possible. Tant pis pour cet ami! Qu'est-ce qu'il vous est donc, cet homme? Il ne vous est rien. N'est-ce pas, rien! Si? Ah! » Il se tut amèrement dans le fond de la nuit et de la victoria.

« Voyez-vous, Johnny, murmura-t-elle, je savais que cela vous ferait de la peine, bien que ce soit idiot, qu'il n'y ait pas de raison, rien de changé, notre amitié...

— Il ne s'agit pas de notre amitié. Cet homme... Vous m'aviez caché...

— Je ne vous ai rien caché, mon ami. Je ne vous en ai pas parlé, voilà tout.

— Qui est-ce? Ah, puis, je deviens fou! Je ne veux pas le savoir! Mais vous, Reine, vous... »

Il l'avait prise dans ses bras, il cherchait sa bouche. « Johnny... », protesta-t-elle, et elle le repoussait. Cela fit entre eux une brèche dans l'ombre. Il balbutiait confusément et lui serrait les mains, avec un désir d'exprimer mille choses sans paroles.

« Tous les mêmes, — dit-elle, comme à soi-même, — il suffit que vous sachiez qu'une femme a un amant pour que vous vous croyiez tout permis... Oh, ne vous excusez pas... c'est pire... Voilà, on peut vivre comme cela des semaines aux côtés d'un homme... il devient votre ami... vous vous déshabillez devant lui sans qu'il en conclue rien... vos rapports sont bien délimités... on s'est entendu à demi-mot... et puis il suffit qu'il apprenne qu'un autre... alors, bonsoir le respect! l'amitié! Il vous traite comme la première fille venue...

— Reine... pardonnez-moi, je suis aussi un homme...

— Pourquoi faut-il que vous vous en souveniez si mal à propos? quand je vous dis justement ceci, et pas à un autre moment? C'est fâcheux, parce que c'est vulgaire, presque immanquable... Un réflexe... la jalousie rend les hommes si semblables entre eux que c'en est vexant...

— Reine, pardonnez-moi. Mais est-ce bien vrai, un homme dans votre vie? un amant?

— Qu'y a-t-il de monstrueux? Je suis une femme jeune, comment croyez-vous que je vis?

— Vous disiez que vous ne vouliez plus du trouble...

— Et qui vous parle de trouble? Entre lui et moi, les choses sont différentes.

— Vous ne l'aimez pas alors?

— Qu'est-ce que cela veut dire? Si, je l'aime. Différemment de ce que vous imaginez. Mais je l'aime. Certainement je l'aime. Il est très bon pour moi, très... Il a des délicatesses que je n'ai trouvées chez personne... Bon, vous n'allez pas en être trop triste, Johnny? Je n'ai rien fait de contraire à nos conversations, rien de contraire à ce qui était entendu sans en rien dire, voyons... Vous tombez dans ma vie, sans crier gare... Parce que vous me trouvez seule, vous vous mettez à penser... Et remarquez qu'il faut que je vous dise que mon ami arrive pour que vous fassiez soudain comme si... Est-ce que c'est votre manière, à vous, de sauter comme ça sur les femmes, quand elles vous disent qu'elles sont à un autre?

— Je vous aime, Reine...

— Taisez-vous, Johnny! Ne dites pas ça... Ça pourrait arriver après... vous vous mettriez à souffrir... je ne veux pas...

— Je vous aime, Reine...

— C'est stupide, c'est faux... Quel besoin? Nous sommes de si bons amis! Enfin qu'est-ce que vous voulez de moi?

— Je vous aime...

— Je ne vous crois pas. Essayez de penser à autre chose. Comme si je n'avais rien dit... Laissez-moi, laissez-moi... Voyons... Johnny, je vous aime bien, mais que... Qu'est-ce qu'il faut pour vous faire tenir tranquille? Allons, vous ne vous mettrez pas à pleurer à votre âge? Non, je ne veux pas. Ce ne sont pas des larmes! Laissez-moi essuyer ça! Johnny! Qu'est-ce que vous voulez de moi? Calmez-vous... Là... »

Brusquement elle avait mis ses lèvres sur les lèvres de Pierre. Étrangeté d'une bouche inconnue, vertige... Elle se recula soudain et se remit à parler. « C'était cela que vous vouliez, Johnny, je vous l'ai donné... Vous voyez, je suis une vraie amie... Maintenant soyez raisonnable... Non, je ne serai pas votre maîtresse... Je vous aime bien, mais je ne serai pas votre maîtresse! Ce serait mal d'abord, et puis quel besoin? Je ne serai pas votre maîtresse.

— A cause de cet homme?

— A cause de cet homme oui. Il m'aime, Johnny, il m'aime lui, vraiment.

— Qu'est-ce que vous en savez?

— Je le sais. Cela suffit.

— Vous ne l'aimez pas.

— Je vous dis que si... Enfin...

— Vous ne l'aimez pas.

— Peut-être pas comme vous l'entendez... Je ne l'aime pas comme... comme j'ai aimé une fois et comme jamais plus... Non, Johnny, ce n'est plus le trouble, mais c'est encore un amour...

— Qui est-il?

— Qu'est-ce que cela vous fait? Il restera ici trois jours... Vous tâcherez d'être ailleurs... vous jouerez... et puis il s'en ira... Nous resterons ensemble. Moins vous saurez de lui et mieux...

— Qui est-il?

— Vous y tenez? Un homme bien élevé. Un diplomate. Un homme très riche...

— Ah, je comprends!

— Johnny, la jalousie vous rendrait facilement goujat. Mais ne vous êtes-vous jamais demandé de quoi, comment je vis? Mon Dieu! que c'est facile de tomber ainsi de la lune! Et quel mal y a-t-il à ça, je vous prie? Il m'aime, et moi je ne vais pas traîner dans des petits hôtels, avec des robes mal faites, des dettes et des difficultés? Oui, il m'entretient. Vous croyiez que c'était Brécy qui me faisait vivre?

— Je préférais ça...

— Drôle de morale! On quitte un homme, on ne lui est plus rien, mais sous le prétexte qu'on a été mariés, on peut lui prendre son argent... tandis que d'un autre qui est votre amant, accepter quelque chose de lui, ça fait grue? N'est-ce pas? Avouez-le que c'est ce que vous pensez!

— Je ne pense rien, Reine, je déteste cet homme, tout ce qui vous lie à lui, son argent...

— Vous le détestez parce qu'il m'aime, et pour le bien qu'il me fait... Qu'est-ce qui vous en donne le droit?

— Quel homme est-ce?

— Je vous dis: un diplomate, un diplomate allemand. C'est son nom qu'il vous faut? Ce n'est pas un secret: Baron von Goetz... Vous l'avez rencontré peut-être? Non. Maintenant vous savez son nom, vous pouvez aller vous coucher. Nous verrons quand il sera parti.

— S'il vous aime, pourquoi ne vous épouse-t-il pas?

— Parce que je n'y tiens pas, d'abord, et puis parce que ce n'est pas comme ça entre nous. Ensuite, si vous tenez à savoir, parce que je ne suis plus de celles qu'on épouse...

— Reine!

— Quoi? Ça vous choque? Si vous croyez que ça me

447

trouble! Mais c'est ainsi. Je croyais que tout le monde au monde connaissait le scandale... Pas vous? Les journaux en ont assez parlé pourtant... Quand ça s'est su, et que j'ai quitté Brécy! Non? Vous voyez comme on se fait des illusions... C'est une vieille histoire mais qui a fait un bruit du diable... Enfin heureusement pour Brécy, pour sa carrière, l'opinion publique m'a tout mis sur le dos... Quand j'ai connu Heinrich, plus tard, tout cela était comme une vieille plaie cicatrisée, qui ne fait plus mal mais qu'on porte encore en plein visage... Il a été très bon, mais pourquoi irais-je bouleverser sa vie? D'abord je suis française, et ce serait très mal vu en Allemagne avec son métier... Puis j'aime vivre à ma guise, un peu en dehors, libre... Il poursuit sa vie à lui, et de temps en temps il s'échappe. Un télégramme... Puis, trois, quatre jours... une semaine... après quoi ses affaires, son service le reprennent. Comme cela, entre nous, cela demeure un roman... cela ne s'installe pas dans l'habitude... Allons, dormez bien, Johnny, je suis morte de fatigue... Je vous verrai jeudi... Déjeunons ensemble, voulez-vous?

— Mais Reine!

— Jeudi... Johnny... Soyez sage... Jeudi... »

Elle sautait à terre et sonna. Dans l'hôtel on entendit racler les pieds du veilleur. Pierre toucha ses propres lèvres comme s'il y eût eu mal. Il songeait à l'argent que cet homme donnait à Reine. Allons donc, elle ne l'aimait pas ce baron? Heinrich qu'elle l'appelait...

VIII

A son réveil, Mercadier eut l'impression qu'une chose s'était produite, qu'il avait oubliée. Il se sentait mal à l'aise, et comme obsédé d'un vague remords. Il faisait beau pourtant, il n'avait pas trop bu. Soudain tout lui revint d'un coup : il avait dit à Reine qu'il l'aimait. N'était-il pas fou? Il ne l'aimait pas. C'était l'idée de cet homme qui l'avait précipité à parler ainsi. Mais il ne l'aimait pas. Il n'y avait guère plus de six mois qu'il avait cru déjà aimer Blanche. C'est bon pour les collégiens...

Pierre souffrait pourtant de savoir qu'elle était à un autre, et pas à lui. Est-ce là aimer? Il avait eu ce même pincement au cœur, quand il avait pensé de Francesca qu'elle le roulait avec son frère. Les femmes, ce n'était plus pour lui que la pierre de touche de sa jeunesse enfuie.

Mais il avait dit à Reine qu'il l'aimait. Il allait bien falloir faire comme s'il n'avait pas menti. C'est stupide. On se jette dans des aventures. Qu'est-ce qu'il espérait à mentir ainsi? A supposer qu'elle le crût et qu'elle fût disposée à lui sacrifier son baron, comment s'arrangerait leur vie? Enfin, ils n'allaient pas se mettre ensemble? Et même si... Pouvait-il lui offrir ce que l'autre lui donnait? Évidemment non. La vie médiocre à deux.

Cet Allemand entretenait Reine. Il n'était là que rarement. Trois jours, une semaine. Après tout, quel besoin de bousculer les choses? Lui demandait-elle à lui d'où il tenait son argent? Était-ce plus honorable? On n'a qu'à ignorer. Tout ce qui était changé, mais cela de façon certaine par la présence du baron von Goetz, c'était, c'était seulement qu'il devenait impossible de s'en tenir à cette fausse amitié. Intolérable. Il fallait se prouver qu'on était préféré à cet homme. Son ombre n'était plus gênante au moment qu'elle devenait celle d'un amant trompé. Sinon... Sinon, toujours sentir à la cantonade ce personnage de chair et d'os, cette promiscuité, le droit de cet inconnu de tomber à l'improviste et de vous dire de lui laisser la place, sa place. Non.

Après tout, peut-être que je l'aime, cette femme? Est-ce qu'on acquiert en cela une expérience? Est-ce qu'on apprend à discerner le vrai du faux amour? Où prend-on qu'aimer ne soit pas cette inquiétude, cette vue claire et furieuse d'une femme, cette irritation contre elle qui dominait Pierre ce jour-là? Aimer... Trois jours sans la voir...

Dès le soir même, il la vit. Elle entra vers dix heures

dans les salles du casino avec un homme qui pouvait avoir quarante-cinq ans, très grand, assez osseux, les cheveux très courts, rasé. Il portait monocle et c'était certainement le baron en question. Avec eux, il y avait un jeune homme qui ressemblait à l'autre, et qui n'avait pas vingt ans. Un fils ou un frère. Très blond, avec une expression singulière d'étonnement dans les traits, toute la vie aux pommettes, déjà très militaire. Pierre les vit tous les deux dans un halo; ils marchaient un peu en arrière de Reine qui arrivait avec cette démarche que lui donnaient les robes longues, dont l'élan semblait toujours partir des seins pointés. Elle avait une robe qu'il ne lui connaissait pas. Une robe en fleurs de velours, comme on disait cette année-là, abri-cot pâle : la jupe large et longue d'où sortaient la taille, fine à ne pas croire, le corsage décolleté avec des épaules de chiffon crème, comme deux départs d'aile. Et le corsage portait un décor qui se continuait sur deux longues lignes de la jupe, un décor de coquilles et de fleurs brodées, très Louis XV, fait d'incrustations de velours amarante et de perles d'acier. Jamais Reine n'avait paru plus blanche et ses cheveux dégageant la nuque formaient mille boucles juchées au haut de la tête. « Elle n'a pas un bijou ! » dit une femme à côté de Pierre, et son voisin, une sorte de poussah à besicles, répliqua : « Elle n'en a pas besoin... »

Il fallait suivre la consigne. En cas de rencontre s'éclipser, ne pas reconnaître. Mercadier passa ainsi de table en table, chassé par cette apparition de velours. Quels bras elle avait, cette Reine, et le corselet brodé faisait terriblement valoir les seins au-dessus de cette taille de défi. Impossible de penser à autre chose qu'à cette femme, impossible de ne pas rester, de ne pas la regarder. Le jeu ne comptait plus. Pierre perdait sans presque comprendre. Tout ce qu'il avait roulé dans sa tête semblait s'être évanoui. Quoi ? La présence derrière Reine de cet Allemand osseux, au nez trop mince, avec ses épaules géantes, en quoi changeait-elle quelque chose ? On peut accepter toutes les conditions de la vie si seulement on aime. Le partage... C'est une histoire d'enfant. Ce monsieur qui paye... Eh bien, il paie. Le beau malheur. Pas de différence avec l'adultère. Qui s'est jamais gêné dans les histoires d'amour de ce qui fait le fond de l'adultère, de la facilité de l'argent? L'argent, toujours l'argent... Mercadier allait-il se laisser arrêter par cette barrière morale? Comment la vie tournera-t-elle? On verra bien.

A l'heure habituelle, la vieille dame en noir avait fait son entrée, saluée par les croupiers, avec ses deux secrétaires. Le colonel qui prenait la banque à une table où le jeu était languissant cria : « De moitié? » à Mercadier en face de lui. Pierre accepta. Il était pris par le spectacle que faisaient dans l'attention générale la vieille dame et sa suite vers qui s'était précipité le baron. Il présentait Reine et le jeune homme. Ils allèrent tous s'installer autour de la vieille dame qui prenait une main. Des joueurs gagnèrent cette table qui comme chaque soir devenait le centre du jeu.

La banque sauta. Le colonel qui n'était pas très grand s'était levé de sa place exactement comme s'il avait désenfourché son cheval. « Pas de chance, partenaire! — dit-il à Pierre, — nous n'avons pas fait long feu! »

Mercadier s'en moquait bien, il regardait Reine dans cette robe qu'il ne lui connaissait pas. Travelyan était près d'elle; de lui, elle ne se cachait pas, car l'Anglais parlait au jeune homme. Travelyan, c'est vrai, connaissait la vieille dame : il avait même dit à Pierre que c'était une brave, avec un certain sens de l'humour, et assez drôle quand elle ne dormait pas. Le colonel qui avait suivi le regard de Mercadier s'était mis à parler de la vieille. Mercadier d'abord ne l'écoutait pas, puis il l'entendit qui arrivait sur le chapitre de Mme Brécy. Alors il tendit l'oreille. Le colonel devait être de mauvaise humeur d'avoir perdu. Il râlait : « ... Je l'aurais parié. Tout ce joli monde devait se retrouver... Non, mais regardez-les, regardez-les... »

Mercadier, un peu agacé, eut l'envie de répondre : « Eh bien quoi, mon colonel? Qu'y a-t-il de curieux à ce que Mme Brécy...? »

L'autre leva les épaules : « Vous ne savez donc pas?

C'était tout de même tout cuit. Il fallait bien que von Goetz et la Brécy s'accrochassent à la mère Hutchinson... Je vous choque? N'agitez pas les sourcils, mon cher Mercadier, vous ne connaissez pas ces gens, ça se voit... Vous savez qui est lady Hutchinson? Ça oui, tout le monde le sait : la mère aux mitrailleuses... De bonnes petites machines, les Hutchinson. Commodes, solides, tirant juste. Ça intéresserait l'armée allemande, vous savez...

— Mon colonel, je vous passe vos mitrailleuses et ce baron allemand et la vieille dame... Mais qu'est-ce que vous avez besoin de mêler Mme Brécy à cela?

— Quel naïf, Mercadier, Reine Brécy vit avec von Goetz, c'est public, et von Goetz est un des chefs du service de renseignements du Kaiser, c'est moins public, mais c'est sûr.

— Qu'est-ce que vous dites? Est-ce que ces choses-là se savent, voyons!

— Pas toujours. Mais dans les cas comme ça... Oh, on le surveille, naturellement. On ne peut rien prouver avec ces gens-là, ils ne font jamais rien eux-mêmes. Et puis ici à Monte-Carlo...

— Mais Mme Brécy là-dedans... Elle ne sait rien probablement.

— Vous ne savez donc pas? Ah, oui, j'oubliais, vous ne lisez pas les journaux... ça vous a passé sous le nez... Vous ne vous rappelez pas le scandale Brécy?

— Non... J'ai entendu dire... Qu'est-ce que c'était que ce Brécy? Un député, je crois...

— Magnifique! Magnifique! Je vous envie, tenez, de vivre ainsi dans la lune! Brécy était membre de la Commission de l'Armée. Certains renseignements dont il avait eu communication ont été donnés à l'Allemagne... On a trouvé une lettre... Une lettre bien vague, mais qui parlait d'un député... Enfin, c'était une affaire qui arrivait par-dessus l'affaire Dreyfus... ça a fait un barouf du diable. Seulement Brécy avait des amis... et on savait qu'il disait tout à sa femme...

— Et alors?... Tout ça manque de logique.

— Vous la défendez? C'est une jolie bougresse. Mais il y avait déjà von Goetz dans l'ombre...

— Elle m'a dit qu'elle ne l'a connu que plus tard.

— Ah oui ? Elle a pris les devants. Mon cher, une fri-mousse de ce genre fait tout avaler à un galant homme ! Elle trompait Brécy avec von Goetz... ou si elle ne le trompait pas, c'est pire... enfin, elle le voyait très souvent... Bien sûr, on n'a rien prouvé... Mais ses amis ont persuadé Brécy de se séparer de sa femme. En fait, elle a très bien compris. Tacitement, elle a tout pris sur elle, elle est partie. Brécy était désespéré : il ne lui res-tait pas le choix... Elle partie, on a étouffé l'histoire... Brécy est un peu brûlé, mais vous savez le monde poli-tique ! Ce qu'elle fait ici, Reine Brécy, c'est difficile à dire, mais regardez un peu comme elle s'est mise bien avec Travelyan, un des rares à lui parler, à la vieille Hutchinson. Voyez-les tous autour d'elle ! Je connais quelqu'un qui aimerait entendre la conversation... Ce type là-bas ! Un petit capitaine qui fera son chemin... Il surveille von Goetz, je le parierais ! Je le connais de vieille date... Vous prenez un verre, Mercadier ? »

Une espèce de douche glacée était tombée sur les épaules de Pierre. Qu'y avait-il de vrai dans ce bavar-dage ? Il aurait volontiers giflé le colonel. Et puis... S'il avait raison, pourtant. Ce n'était pas que Reine apparût soudain à Mercadier dans un jour moral épouvantable. Il se moquait bien de la morale là-dedans... Mais Reine était prisonnière d'un passé, d'un avenir redoutables. Elle était embringuée dans une existence compliquée où il n'y avait pas de place pour Pierre, pas de place pour l'amour. Il pensait d'abord à lui-même : dans quel piège avait-il failli se fourrer !

Il quitta le colonel sous le prétexte de jouer. Le trouble l'emplissait. Les cartes tombaient, le râteau du croupier raflait les mises, le sabot tournait... Mercadier oubliait de ponter. Il était là serré par des joueurs avides, des femmes maigres et vieilles qui jouaient de l'épaule pour atteindre le tapis devant lui... Soudain il étouffa. Sortir... Les terrasses au-dehors s'offraient à son désarroi. Il penserait mieux dans la nuit tranquille.

Il faisait très doux, presque frais. On entendait à peine la mer. Les terrasses de Monte-Carlo ont un charme inexplicable, une griserie faite de tout ce qu'elles ont charrié de désespoir. Pierre descendit dans les jardins. Un homme passa près de lui, un fantôme. Ils s'écartèrent tous deux comme si chacun eût craint le contact électrique de l'autre. Les lumières du casino dansaient. Pierre descendit des marches, s'enfonça dans l'ombre, s'appuya contre un mur et se mit à rêver.

L'atroce encore une fois n'était pas ce mot qu'il formait comme une chimère romantique dans sa tête : l'espionne... L'atroce était de s'être fait une Reine si différente, une femme tout autre, et maintenant de la sentir s'enfuir en fumée. Comme si ce baiser consenti avait précipité cette évaporation magique... Tout ce qu'il y avait eu de mensonge, de dissimulation dans cette femme au moment du plus sûr abandon... Elle jouait une pièce, où Pierre était sans doute le comparse nécessaire d'une apparence... Mensonge, mensonge.

Un murmure de voix au-dessus de lui au parapet de la terrasse le fit tressaillir. Il avait reconnu Reine. La voix de l'homme était très jeune, elle avait un accent très fort... le garçon blond sans doute... Les paroles s'élevèrent et Pierre entendit. « Je vous en supplie, Reine, — disait le jeune homme. — Je vous en supplie... »

Il y eut un silence redoutable. Le cœur de Pierre battait et s'arrêtait, et rebattait la chamade. Les voix avaient repris, d'abord très basses, puis il entendit Reine qui disait : « Et quand je serais votre maîtresse ! comment la vie tournerait-elle ? Qu'est-ce que vous pouvez pour moi ? Qu'est-ce que vous feriez ? Et votre père, tout de même, vous savez que je l'aime... Mais si je l'aime, oh, Karl, cesse, cesse donc, petit... cesse... Tu n'as rien entendu ?

— Non...

— J'ai cru que quelqu'un marchait, là, en bas... »

Un homme s'était enfui vers la mer. Un homme qui ne pensait plus rien tant il avait l'envie de crier. Un homme dominé par une souffrance où se mêlaient la tragédie de l'âge et le naufrage d'un rêve. Un homme en proie à la fureur sans objet de ceux qui ont cru près de

454

deux mois à l'intangibilité d'une femme pour la découvrir soudain au bras du premier jouvenceau. Un homme à qui toute sa vie remontait à la gorge, et dont les escarpins vernis étaient un peu trop étroits pour marcher longtemps comme ça dans les ténèbres. Un homme grinçant et sombre, plein de ronces et de moqueries amères, avec des phrases qui partaient pour n'aboutir nulle part, des lambeaux de pensée qui se déchiraient encore à des souvenirs, des sanglots dans la tête, et des rages dans les poings, un homme pitoyable comme la tempête...

Mais la nuit était très douce, décidément.

C'est ainsi qu'à l'heure où Reine Brécy, à son hôtel, attendait Pierre Mercadier, celui-ci arrivait à Brindisi d'où le vapeur *Savoïa* allait partir pour l'Égypte.

Deuxième partie

VINGTIÈME SIÈCLE

I

L'aube du XXe siècle se leva sur le rêve de Georges Meyer. Les hommes ont toujours, depuis qu'ils comptent les années par centaines, attaché une superstition singulière à ce seuil où change le chiffre du temps. On dirait que tout recommence et c'est même ainsi que dans les années qui précèdent ce bouleversement de calendrier, il semble que le monde soit vieux, et malade : et l'on impute à sa sénilité les écarts et les passions et les crimes, l'on n'a presque plus l'envie de rien entreprendre, crainte que tout soit entaché de quelque inexplicable tare, on attend le retour de la force et de la santé...

Cette étrange croyance s'était emparée des gens à la fin de ce siècle incrédule que fut le XIXe. Tout ce qui surprenait ou dépassait les hommes était baptisé *fin de siècle* ; c'est ainsi que les ignorants se rassurent. Et puis, dans ce concept, il y avait un grand espoir caché, l'espoir que bientôt, sur un coup de baguette, tout changerait, chacun verrait ses maux finir, et la nouvelle vie monterait, merveilleuse, sous l'invocation de ce 1900 attendu, au contraire de l'an mille, comme le commencement du monde.

La France sortait d'un cauchemar prolongé. Les hommes nés pendant la guerre allaient avoir trente ans. Ainsi l'on atteignait graduellement à l'oubli de l'invasion. Le souvenir des luttes intestines demeurait plus vivace parce qu'à la Commune avaient succédé les bannissements, les ostracismes, parce que de la Commune était née une grande peur qui ne faiblissait pas au cœur de ceux qui l'avaient tuée. Peut-être qu'à la veille de 1900, rien ne fut plus étrange en raison de cela même, que ce ministère qui réunit le socialiste Alexandre Millerand et le bourreau des Fédérés, le général de Gallifet. Dans ces trente dernières années, le sang avait coulé plus d'une fois des corons du Nord aux arsenaux méditerranéens. On avait frôlé plus d'une fois l'émeute, et la République avait risqué gros dans des conjurations troubles aux drapeaux disparates, cachant mal des intérêts privés. Tout cela s'était retrouvé au fond de l'Affaire, où le fantoche d'un capitaine juif n'avait été que le prétexte des rancœurs et des déceptions. Il semblait que tout ne tînt ensemble que parce que c'était la mode, et la mode pouvait changer. Là-dessus, la guerre qui soufflait toujours quelque part dans le monde parut prochaine et menaçante... L'épreuve de Fachoda fit frissonner la France. L'Angleterre réapparaissait, comme sous Louis XV ou Napoléon, l'ennemi national contre lequel le commerce français se heurtait en Afrique et dans le monde entier. Une partie des Français ne voyait guère dans ces dangers que l'occasion de prouver aux autres la carence de la République à défendre le pays. Une littérature de violence qui joignit des hommes peu faits pour s'entendre trouva encore son aliment dans la guerre du Transvaal où nos voisins n'avaient pas le beau rôle. Des augures fameux déclaraient que le nouveau siècle serait celui de la guerre franco-anglaise. On avait pour soi les Russes, mais que ferait Guillaume II ?

Cependant, le pays, depuis les jours où les Prussiens campaient aux Champs-Élysées, avait développé sa force comme un jeune chien qui ne sait qu'il peut mordre et calcule mal ses élans. La cupidité de ses maîtres avait ouvert à ce peuple téméraire des champs impériaux disproportionnés au nombre de ses enfants. Le territoire d'outre-mer avait grandi avec une rapidité surprenante. Le Français était à l'âge ingrat. Les produits de ses possessions nouvelles apportaient à la métropole des illusions et des facilités. C'était un moment propice, avec l'essor de l'industrie nationale, pour faire naître dans les esprits des mythes nouveaux, des fantômes puissants, qui permissent aux exploitants de la marque France d'entraîner tous les citoyens à travailler pour eux. Cela nécessitait la légende d'une réconciliation nationale, dont le ministère Waldeck-Rousseau fut l'image d'Épinal, qui montrait le fusilleur de la Commune bras dessus bras dessous avec un socialiste bon teint. On liquidait le vieux siècle et ses luttes périmées, on ouvrait le nouveau sur une grande parade publicitaire, l'Exposition Universelle qui nécessitait la confiance, on relançait la République avec ses filiales à chicote, comme une affaire où l'assassin et la victime se pardonnaient mutuellement dans l'idylle des temps nouveaux, où ne comptait plus, enfin, que le profit, la grande loi de l'histoire. Un instant on avait pu craindre que, mêlant ses sourdes colères et ses exigences, le peuple se souvînt de son passé de l'autre fin de siècle, quand les va-nu-pieds gagnèrent des batailles et les têtes poudrées roulaient dans des paniers au son du tambour. Un instant, on avait cru que les terribles scandales des dernières années, loin de servir les desseins des hommes de la tradition et de la poigne, avaient réconcilié les forces profondes de la France contre ceux qui avaient pensé la mener toujours. De grands songes avaient flotté dans les rues de Paris même, où par centaines de milliers les gens sans nom avaient chanté ensemble autour de la place de la Nation. Cela avait certes convenu à une fraction politique qui avait besoin de cet appui populaire, après le discrédit qu'elle avait connu dans le krach du Panama. Mais il ne fallait pas aller trop loin. La République, bon : mais pas la Sociale. Il y a des choses qui unissent ceux qu'on croit désunis. Les radicaux d'alors voulurent faire entendre aux maîtres de forges, aux banquiers, aux hommes d'argent, que rien de grave en fait ne les séparait d'eux. Ils cherchaient un symbole : ils trouvèrent Gallifet. On se comprend à mi-mot.

Restait pourtant la désagréable Affaire Dreyfus. Que Dreyfus fût innocent, bon, mais comment se dédire ?

Cela eût aggravé les discordes entre les Français, conso-
lidé l'alliance d'esprits généreux, certes, mais peu politiques, avec le bas peuple. Puisqu'on gouverne toujours
contre quelqu'un, mieux valait pratiquement la division
dans les rangs des braillards et des imprudents qui
maniaient avec lourdeur les principes de 89 et toutes
sortes de thèses historiques respectables, mais mal
faites pour consolider le crédit. Les socialistes, d'ailleurs, étaient séparés par mille détails doctrinaires, ils
n'arrivaient pas à s'entendre, ils formaient une poussière de partis. La participation de Millerand au pouvoir avait encore accru la discorde. Sur l'Affaire même,
la bisbille se mit : les uns voulaient ne voir en Dreyfus
qu'un cas entre autres de l'injustice sociale et l'utiliser
aux fins générales du socialisme, les autres qui suivaient Jaurès disaient qu'on allait tout gâcher et qu'il
fallait s'en tenir à l'Affaire même, à la procédure irrégulière, à l'arbitraire des tribunaux militaires, à l'innocence du capitaine. Ainsi l'Affaire servait à la fois et
desservait le gouvernement. Comment faire pour donner apaisement à la gauche sans perdre la droite ? On
s'en tira du mieux qu'on put. Impossible d'éviter, après
le suicide du colonel Henry qui était un aveu compro-
mettant pour les juges militaires, la révision du procès
de 1893. Il s'agissait de faire traîner les choses. Dreyfus
fut recondamné, puis on le gracia. Après quoi, ce fut
comme un mot d'ordre, ne parlons plus de tout ça, ça
ferait encore des histoires de famille. C'était bon du
temps que les Français ne s'aimaient pas... D'ailleurs
que réclamaient donc les Dreyfusards attardés ? Ils
avaient des ministères de gauche, l'antisémitisme s'était
calmé, et comme il faut bien occuper les esprits on
mangeait du curé. Pour que son peuple lui fiche la paix,
un gouvernement a toujours besoin d'une bête noire.
Georges Meyer, comme la plupart des Français, avait
traversé tout cela sans rien y comprendre.

Un personnage, à le voir du dehors, effacé, banal.
Facilement remplacé. Mais si nous avions vu le Meyer
intérieur... C'était un homme de rêves. Les hommes de
cette espèce ne sont pas des sujets interchangeables. Il

y en a plus qu'on ne croit dans la rue et les maisons. Leur histoire est cette part de l'histoire qui ne sera jamais écrite. Par définition. Et, d'une certaine façon, je ne sais qui est le héros de ce roman : Mercadier ou Meyer, il faut dire Pierre ou Georges... Pour ma part, et à cet instant au moins, je pencherais pour Georges.

II

Quand vous êtes sur un navire et que vos regards n'embrassent que l'immense uniformité de l'Océan, vous ne savez rien de la tourmente qui là-bas, à des milliers de lieues marines, creuse le ciel et la mer : et cependant, les contrecoups de la tempête par des voies profondes et cachées atteignent la quille qui vous porte et la secoue, et les chaises roulent sur le pont, et vous vous accrochez soudain au bastingage. Dans la société des hommes, leur regard n'atteint pas des horizons aussi larges que celui du navigateur. Ils sont attachés à leur poste quotidien par de petits soucis lourds, leurs difficultés se prêtent mal à la généralisation. Comment avoir un petit peu plus d'argent pour boucler le mois ? Les aléas du travail, les rapports complexes d'une dizaine de personnes, les maladies, la fatigue, les naissances, les morts... tout cela surcharge, accapare l'esprit d'un homme : il lui est difficile de suivre à travers le seul témoignage douteux des journaux ce qui se passe hors de son orbe, ce qui met en danger le navire ou détourne sa route. Il n'est pas de ceux qui font le point, qui interrogent les nuages, il sait seulement s'il fait du soleil ou s'il pleut.

Georges Meyer ne se distinguait en rien des autres passagers de la France. Il avait ressenti soudainement la pression de cette vague mystérieuse de l'antisémitisme, parce qu'il se trouvait qu'il était Juif. Il en avait été surpris, épouvanté. Cela contredisait tout ce qu'il pensait de la justice et du bien. Et de son pays. Comment cela se combinait-il avec le reste du monde, et les mouvements obscurs dont les effets lui apparaissaient parfois sans qu'il sût les relier entre eux, il ne se le demandait même pas. Il était né de petits commerçants d'Alsace qui avaient tout abandonné pendant la guerre, emportant leur fils de trois ans et une pendule de la Forêt-Noire, pour fuir devant l'envahisseur. On s'était fixé à Paris, près de la Bastille, et M. Meyer père était entré chez un cousin fourreur, dont il tenait la boutique. Mme Meyer, qui savait coudre et un peu couper, faisait des petites robes pour les dames du quartier et des réparations. Le couple ne vivait que pour l'enfant, pour lui donner de l'instruction, en faire un monsieur. Leur vie à eux, les parents, était manquée : ils le savaient et ne protestaient pas, pour peu que Georges fût heureux et pareil aux autres, avec une situation. Comme ils étaient les pauvres de la famille, avec des parents demeurés en Alsace qui avaient à Strasbourg un grand magasin, et d'autres à Paris et à Lille, dans le commerce et la banque, tous fort bien établis et assez méprisants, les Meyer rêvaient pour leur fils quelque chose de différent, et de respecté. Ils souffraient autour d'eux de cette réserve qu'apportaient les Français à l'égard des Juifs. N'avaient-ils pas préféré la France à toute chose ? Ce qu'on reprochait aux Juifs en général, c'était leur argent : mais eux, n'étaient-ils pas pauvres ? Ne travaillaient-ils pas durement ? Ils se heurtaient à une société fermée : il ne fallait pas qu'il en fût de même pour Georges. Georges, élevé au lycée, comme tous les petits Français, n'aurait pas cet accent qui les retranchait malgré tout, eux, de cette patrie où ils étaient nés, mais qui ne les reconnaissait guère pour les siens, malgré qu'on ne pût penser sans pleurer au traité de Francfort. Georges ne chercherait pas à arriver par l'argent. Il jouerait la difficulté. Il serait un savant, un homme de l'esprit, il conquerrait le monde, non pas comme les cousins Lévy, de la rue du Sentier, ou les Kahn qui trafiquaient des terrains dans la plaine Monceau, mais par ses seules facultés, sans rien mêler d'impur à sa montée sociale. Il se rachèterait d'être Juif.

On oublierait qu'il l'était. S'il devenait riche un jour, ce ne serait que sur le tard, quand cela est permis aux hommes, car la science est une marâtre qui ne s'assagit que dans sa vieillesse. D'ailleurs Georges était un sujet remarquable, et ses succès au lycée soutenaient Mme Meyer tandis qu'elle ourlait des robes, montait des manches, repassait des coutures. La folie qu'il prit des mathématiques remplit ses père et mère d'ivresse. Parce que rien n'est plus abstrait, plus loin du profit immédiat. Avec cela, ce goût de la musique qu'on avait dans la famille, un oncle de Mme Meyer avait chanté à l'Opéra de Vienne, donna chez Georges la passion du piano. Les leçons coûtaient cher, mais comment refuser à ce petit cet asile extraordinaire contre la méchanceté du monde? M. Meyer père avait d'ailleurs finalement été associé pour une part aux affaires du cousin fourreur, quand celui-ci avait pris une nouvelle boutique sur le boulevard Haussmann.

Le malheur fit qu'il fut renversé par un camion et mourut d'une fracture du crâne. Sa part dans l'affaire des fourrures revenait au survivant. Celui-ci n'était pas sans bonté et il aida Mme Meyer, bien qu'elle ne l'aimât guère, à achever l'éducation de son fils.

Georges avait hérité des siens ce désir de s'élever par des moyens purs d'où l'argent fût banni. Il portait avec lui la malédiction d'Israël, et la crainte de la mériter. Il avait pourtant tout fait au monde pour ne pas ressembler à cette atroce caricature des siens qu'on trouvait dans les journaux amusants et les livres. Il voulait être Français avant toute autre chose. Il était reconnaissant à son pays de n'avoir aucune loi contre les Juifs, il était pénétré de sa générosité, de sa grandeur. La France était le pays des lumières. Georges travaillait moins pour se nourrir que pour remercier la France en se rendant utile. Il enseignerait aux petits Français la chose la plus belle, la plus pure, la plus élevée que l'esprit ait imaginée : les mathématiques, source de tout progrès. Il aimait profondément la grande épopée des nombres, dont la musique n'était au fond que l'expression céleste, la mathématique du cœur.

Il était ainsi arrivé à la trentaine avec une vie sans histoire, des pensées élevées, et la demi-misère du professeur qui prélève chaque mois sur son salaire de quoi nourrir une mère qui tient à ses deux pièces de Paris, et continue avec des yeux usés à coudre, à coudre pour pas cher les falbalas des belles dames. De lycée de province en lycée de province, doux et myope, avec sa barbiche noire et son dos voûté, maigre et peu musclé, le jeune professeur de mathématiques traînait un grand idéal dans une vie médiocre. Il n'avait jamais une pensée basse, jamais il n'avait hésité à se sacrifier à autrui. Pour rien au monde, il n'aurait passé le premier dans une porte ; pour rien au monde, il n'aurait laissé quelqu'un aller chercher un objet oublié au rez-de-chaussée quand on est au premier étage, homme ou femme. Il était serviable jusqu'au martyre. Mais personne ne lui demandait de se jeter en pâture aux bêtes sauvages, c'était la seule raison pour laquelle il ne le faisait pas.

Quand on commença de l'injurier dans sa classe, il fut déconcerté, et mit un bon bout de temps à comprendre. Quand cela se reproduisit dans la rue et qu'on lui lança des pierres, une d'elles une fois l'atteignit au front et il se mit à saigner, il s'affola et crut que le monde perdait la tête. Comment était-ce possible ? Des gens pour qui il eût fait n'importe quoi... Des Français comme lui... Tout ce qu'il pensait de la vie vacillait... Ce fut le grand drame, la grande épreuve de cette conscience. Il lui sembla d'abord que le malheur en était, plus que le sien, celui de ces hommes égarés, dont il alla jusqu'à avoir pitié.

Ballotté entre ceux de ses collègues qui se réclamaient du progrès et qui s'affichaient dreyfusards, et l'obscur instinct de conservation qui lui disait tout bas que le mieux était de se faire tout petit, de laisser passer l'orage, Georges Meyer frottait nerveusement ses mains, essuyait la buée de ses lorgnons, et se demandait sans fin d'où était venu ce bouleversement du monde. Pourquoi, tout d'un coup... Il avait beau se dire que c'était l'Affaire Dreyfus, ce n'était pas une explication valable... Oh, s'il avait cru du moins en Dieu ! Il aurait pu penser que c'était là une nouvelle épreuve infligée au peuple élu. Mais sa religion à lui, c'étaient les mathématiques et la musique. Ni l'une ni les autres ne lui donnaient d'explication satisfaisante de l'anti-sémitisme.

Quand la tempête fut passée, quand, dans la grande réconciliation prônée, il fut tacitement entendu qu'on ne soulèverait plus la question juive, parce qu'elle était enterrée avec l'Affaire, Meyer se sentit envahi par une espèce de bonheur comparable à celui des convales-cents. L'idylle reprenait. Rien ne pouvait plus troubler l'esprit de dévouement du professeur de mathéma-tiques. Ses concitoyens lui permettraient désormais de se sacrifier pour eux, d'user pour eux sa force, sa vie, sa science. Tout cela coïncidait avec le dissipement des nuages du XIXe siècle. L'aube du XXe siècle se levait sur le rêve de Georges Meyer, et c'est à l'Exposition Univer-selle de Paris qu'il rencontra Sarah Rosenheim, qui fut sa femme et le bonheur de sa vie.

Sarah était la fille de la tante Frieda, qui avait été mariée en premières noces avec le frère de Mme Meyer. C'est-à-dire qu'elle n'avait aucun lien de parenté réelle avec Georges, bien qu'il l'appelât ma cousine. M. Rosen-heim, le mari de tante Frieda, avait commencé assez humblement dans la bonneterie, puis avait étendu ses affaires par l'acquisition d'un bazar. Avec l'appui des Lévy de Paris, ceux de la rue du Sentier, il était arrivé à créer sa société. La maison de Strasbourg eut une suc-cursale à Mulhouse, puis à Thann. Évidemment, les Lévy qui avaient prêté l'argent s'étaient réservé la part du roi, mais les Rosenheim étaient fort à leur aise. Ils avaient un fils, l'héritier, et deux filles, que leur père qui était un homme religieux appela Rachel et Sarah.

Celle-ci, de beaucoup la plus jeune, n'aimait pas son frère qui lui cassait ses poupées, et qui jouait au jeu de la prendre en flagrant délit de mensonge. A l'école, par ses amies, elle s'était, assez enfant, détachée des siens, et le mariage de Rachel avec un jeune rabbin dont les yeux noirs aux longs cils la terrifiaient, l'écarta encore de cette famille qui suivait les rites ancestraux. Sarah aimait la poésie et la musique. Elle apprenait le violon, et savait par cœur tant de poèmes allemands où il était parlé de l'amour, que rien ne comptait en ce monde si ce n'est l'espoir de l'amour, et le grand homme rencontré un jour d'été dans les montagnes, qui cueillerait pour elle des fleurs gardées dans ses livres, jusqu'à ce qu'il revienne la chercher à la ville avec son cheval noir et des paroles comme des miroirs.

C'était une petite blonde ayant tendance à grossir, avec des yeux rêveurs et le nez petit, des cheveux très fins qui faisaient toujours des mèches. Elle avait une dot, pas très élevée, à cause de son frère qui avait besoin de chaque sou de la famille pour faire monter les affaires, mais suffisante pour qu'on lui fît la cour. Aucun des jeunes gens de Strasbourg qui venaient chez ses parents ou qu'elle rencontrait chez ses amies d'école ne ressemblait au grand héros de la montagne, avec ses yeux rieurs et ses cheveux bouclés. Et certes le cousin Georges, qu'elle vit pour la première fois à Paris quand sa mère la mena voir l'Exposition Universelle, y ressemblait encore moins si possible. Cet intellectuel à la mauvaise vue, faible et voûté, avec sa barbiche noire, son air timide de chien battu, n'avait rien de commun avec le rêve de Sarah. Et pourtant quand ils firent de la musique ensemble, et qu'ils parlèrent, et qu'ils sortirent seuls dans ce Paris si fou, si beau, si plein de monde, le cœur de Sarah battait très fort, et Georges apprenait qu'il avait un cœur.

Elle se mit à détester les hommes grands et forts, elle détruisait ses idoles, elle se demandait quel goût on peut avoir des gens qui montent à cheval, elle comprenait enfin que toute son âme allait vers la France, lisait Musset sans oublier les vers de Heine, et Georges lui fit connaître la musique de Debussy, qui est étrange et inusuelle, mais qui convient aux rêves des jeunes gens. Et quand il lui demanda en tremblant d'être sa femme, elle sut qu'elle l'était déjà depuis longtemps dans son cœur, qu'elle aurait de lui des enfants et que sa vie serait de protéger cet homme faible et sensible, cet homme perdu dans le monde atroce, lequel jouait Mozart comme personne, ne savait pas tenir son linge et donnait de l'argent à sa mère, avec ça professeur de mathématiques, chose singulière, et Français. Il venait d'être nommé à Paris.

M. Rosenheim fit toutes les difficultés désirables à ce mariage. Enfin, le père consentit à cette mésalliance, et en 1902, 1904 et 1906, avec une régularité remarquable, Sarah donna deux fils, puis une fille à Georges. Le jeune couple avait pris avec lui Mme Meyer qui ne fit plus de robes pour les autres, mais habilla ses petits-enfants et sa belle-fille. Le ménage était à son aise, et des fenêtres de l'appartement qu'il occupait rue Lhomond, car Georges professait à Louis-le-Grand, le duo du violon et du piano montait comme un hymne de reconnaissance à l'Être tout-puissant, abstrait et philosophique, qui n'était ni le Dieu de leur famille ni celui des autres, mais qui se confondait avec l'harmonie, l'amour, la beauté, la bonté, et qu'ils s'étaient formé tous les deux pour expliquer leur bonheur, et réduire et ordonner le monde à ce bonheur plein de vagissements d'enfants, de mélodies et d'inquiétudes douces.

Leur fils aîné s'appela Pierre.

Dans les premiers temps de leur mariage, au milieu des longues conversations coupées de musique qui étaient leur vie, ils avaient fait connaissance l'un de l'autre à la fois dans leur corps et dans leur âme. Mais l'âme a plus de détours et plus de départs inattendus. L'univers poétique et sentimental de Sarah était un monde d'émerveillements pour Georges, comme celui des songes, où chaque chose tandis que l'on dort possède un accent qui la rend unique et frémissante, quitte à perdre au réveil tout sens, encore qu'on s'en souvienne comme d'une rime, d'un chant égaré. Georges apportait à sa jeune femme la spéculation intellectuelle comme un cadeau doré. Elle était toute revêtue de l'étrange apparat du langage mathématique, qui nécessita pour Sarah un apprentissage tout mêlé à son admiration de Georges. Il n'y a pas besoin du royaume de Prusse pour faire naître une philosophie idéaliste : le simple foyer d'un professeur de seconde, près du Panthéon, engendre une mystique, un système où s'organisent les étoiles du ciel et les nuages du cœur. Dans ce système dominé par la bonté morale, les forces mauvaises étaient celles qui pouvaient tendre à rompre l'équilibre existant : ce système supposait une confiance aveugle dans l'enseignement, le progrès pacifique des hommes, leur apaisement par la musique. Des profondeurs du monde, il venait parfois des grondements, des menaces. Pour se rassurer, il suffisait de tout faire rentrer dans le système par la porte de la bonté raisonnable, et les troubles lointains du ciel se dissolvaient, se résolvaient dans l'accord thématique du monde, dans cette douceur qui l'emporte enfin sur la violence, car on n'a jamais vu d'orage qui ne se soit apaisé, d'hiver qui n'ait finalement cédé au printemps, au calme apaisant de la vie.

Les groupes humains, patries ou familles, ne vivent pas que d'une philosophie harmonieuse. Ils apportent du passé des craintes, des souvenirs, et si une jeune fille n'a guère eu de vie avant le mariage, il n'en est pas de même d'un homme. Le passé se résume dans une mythologie dont les figures prennent un accent de convention. L'homme donne à sa femme une version *ne varietur* de ce qu'il a été et de ce qui entourait son enfance, sa jeunesse, sa vie dissipée, ses souffrances. Ils ne s'entendront jamais si elle n'accepte pas ce livre d'images coloriées au goût de l'homme. Ainsi naissent des légendes, des divinités, des héros. Sarah connut dans l'habit de fantaisie que leur mettait Georges ceux qui avaient été les amis ou les ennemis de son mari. Ils s'ordonnaient autour de la figure centrale de sa vie.

Ainsi, de toute son âme, elle s'était mise à aimer ce Pierre Mercadier, ce personnage romanesque et protecteur qui avait été si bon pour Georges, à l'époque des grandes persécutions. Le salon jaune où tous les soirs le piano accueillait Georges dans la maison du professeur d'histoire était devenu pour Sarah la scène familière d'un drame ancien qu'elle se représentait avec de grands élans du cœur. Et elle imaginait cet être supérieur, ce M. Mercadier avec toute la nostalgie de son histoire, sa femme méchante et stupide, ses grands rêves, le livre merveilleux qu'il n'avait jamais achevé, et enfin le mystère : ce départ soudain, et le silence, le chapeau resté à la patère de l'entrée... Oh, ceux qui partent ainsi quel secret emportent-ils donc qui toujours nous échappe ? Ce devait être un génie, car d'abord il était bon, d'une bonté infinie pour Georges, qu'il avait empêché de s'engager dans de dangereuses aventures politiques, bon et sage, et il était parti... En souvenir de lui, ils avaient appelé Pierre leur premier-né, le préféré. Un enfant si joli qu'on n'en avait jamais vu de comme ça dans le monde.

III

La légende de Pierre Mercadier s'étendit au-delà du foyer des Meyer. Ils fréquentaient un monde universitaire qui fit tache d'huile parmi les artistes. Cela se fit par le truchement de la musique et des musiciens, parce que Georges et Sarah le dimanche donnaient de petites réunions musicales chez eux, où ils n'étaient pas les seuls exécutants. Une vingtaine de personnes s'entassaient pour écouter de la musique moderne. De là le cercle de Meyer gagna le milieu de la *Revue Blanche*, un élève de Georges, au lycée, qui s'était émerveillé de trouver des goûts littéraires à un professeur de mathématiques, l'ayant emmené avec lui un jour chez les Natanson, qui étaient vaguement ses cousins. Sarah avait abandonné Musset, elle aimait Francis Jammes, et Claudel si difficile à suivre...

C'est elle qui fit la réputation de Pierre Mercadier, parce que parler de Pierre c'était indirectement parler de Georges, il appartenait au cycle mythologique dont Georges demeurait, à ses yeux, le centre. Elle n'avait pas connu ce personnage de fable, Georges, lui... On interrogeait M. Meyer. Ce monde était en quête de grands hommes mystérieux. Tant pour les opposer aux idoles du jour, Bourget, Loti, Anatole France, que parce que ces personnages légendaires convenaient à des gens tous candidats à la gloire, et qui ne tenaient guère à la voir naître chez le voisin. Périodiquement naissaient ainsi des monstres et des héros dont la vogue atteignait les jeunes gens en quête de modèles et de sujets d'exaltation. Tous ne se satisfaisaient pas de ceux que leur donnait un Maurice Barrès. La religion de l'individu exigeait de nouvelles icônes. Elle dévorait chaque saison sa botte de foin d'aventuriers et de génies. Des poètes qui n'avaient écrit qu'un poème, mais un poème clef de la vie et du monde, des savants qui n'avaient touché qu'à une hypothèse, des philosophes d'une seule proposition... puis plus rien, le silence. Rien n'était à la mode comme le silence chez les bavards, la pauvreté chez les riches, le mystère chez les marchands. Le terrain avait été préparé par les *Vies Imaginaires* de Marcel Schwob, par Walter Pater, par Jarry, par Remy de Gourmont. Oscar Wilde était en prison. Gauguin à Tahiti, Verlaine mort à l'hôpital. Pierre Mercadier surgissait à point.

D'abord pour le servir, il y avait le prétexte littéraire : cette *Vie de John Law* que personne n'avait lue, mais qui était la référence suffisante du rêve. Un texte inachevé par-dessus le marché. Le génie de Pierre Mercadier ne fut contesté par personne. Même qu'on pouvait croire que les manuscrits précieux du disparu avaient été détruits, ou dérobés au moins, par une famille stupide et bornée. Des bourgeois, c'est tout dire. Il y avait la trace de l'aventure dans quelques brefs extraits des journaux de 1898. Des gens les recherchèrent et s'enivrèrent de leur vide, de leur brièveté. « *On est toujours sans nouvelles de M. Pierre Mercadier, le professeur d'histoire dont nous avons relaté la bizarre disparition...* » On avait aussi, grâce à Georges Meyer, une lettre que celui-ci avait reçue d'Égypte à l'époque de l'Exposition. Pierre Mercadier, à un moment de dépression sans doute, avait écrit à cet ami de son autre vie. Une lettre merveilleusement banale, courte, sèche. Pas une allusion aux grandes idées qu'incarnait Mercadier aujourd'hui pour tous ceux qui connaissaient son nom. Pas un mot de *John Law*. Pas l'ombre de littérature, disaient avec satisfaction les littérateurs. Pierre parlait de la température, une allusion aux maisons de jeu du Caire, et une phrase qu'on répéta bientôt avec un certain air de complicité : « Les gens, mon cher Mey, sont les mêmes partout, une perpétuelle raison de fuir... »

Le succès de cette phrase fut tel que Georges Meyer devint pour tout le monde le *cher Mey* de la lettre célèbre, et qu'on l'appela ainsi, comme si cette abréviation commune fût avec son correspondant un lien de familiarité, lequel rehaussait chacun à ses propres yeux. Meyer, inconsciemment, sentait son importance croître du fait qu'il était la seule source d'information sur le disparu. Il en parlait assez volontiers, et prenait l'habitude de s'interrompre au milieu d'une phrase, de rêver sur des points de suspension qui devenaient l'essentiel du discours. Quand, à la *Closerie des Lilas* où Meyer allait voir Moréas ou dans l'un de ces salons où se réunissaient les gens de l'esprit, un jeune homme étranger à ce monde survenait, craintif et émerveillé, il y avait une bonne chance qu'on lui dît de parler avec Meyer, un singulier bonhomme, qui avait si bien connu Mercadier, vous savez : Pierre Mercadier.

Meyer racontait merveilleusement l'entrevue qu'il avait eue avec la femme de Pierre. De toutes les conventions des gens non conventionnels, il n'y en a pas de plus satisfaisante, de plus rassurante, et de plus délicieusement amère, que celle qui veut que les grands hommes aient toujours des femmes stupides, traîtresses, indignes d'eux. La femme de Socrate, celle de Verlaine... A cet égard, Mme Mercadier cadrait avec la tradition. Meyer avait tout de même cru de son devoir, moins pour la femme que pour les enfants, et aussi à cause d'une certaine curiosité, d'aller donner des nouvelles de Pierre Mercadier aux siens, lorsqu'il avait reçu la fameuse lettre d'Égypte. « Vous voulez dire la lettre *mon cher Mey* ? » Parfaitement. Celle-là même. Il s'attendait à des larmes, à une scène désagréable... Ah, ouitche! Mme Mercadier avait pris la lettre, l'avait lue de bout en bout en un clin d'œil, puis elle avait dit : « Pas un mot pour nous... Il ne songe pas à nous envoyer de l'argent ! » C'était là tout ce qu'elle avait compris à la grande aventure de son mari. L'argent ! Ces gens-là n'ont pas d'autre mot à la bouche. Des bourgeois, je vous dis. Meyer décrivait d'une façon extrêmement piquante l'appartement mesquin de Mme Mercadier, l'accumulation de chinoiseries et d'objets hideux dans la pièce d'apparat qui dissimulait mal le lit du jeune Pascal, quelque part dans le treizième arrondissement... Meyer n'avait jamais pu sentir cette affreuse femme, et son récit revenait aux temps de l'affaire Dreyfus, quand Mme Mercadier essayait d'empêcher Pierre de recevoir chez lui son ami parce qu'il était Juif...

La légende de Mercadier avait été l'occasion d'une rencontre et de relations nouvelles entre Georges et le jeune écrivain André Bellemine, dont le véritable nom était André Lévy et qui était le propre cousin de Georges, le fils des Lévy du Sentier, ceux-là précisément qui avaient commandité les bazars des Rosenheim en Alsace. André Bellemine, indépendant qu'il fût des siens, et peu attiré par le cousinage, s'était autorisé de ces liens de famille pour se rapprocher, à un des jours des Natanson, de ce professeur de mathématiques qui avait si bien connu le nouveau héros de la saison. Il l'interrogea, trouva l'histoire intéressante, et en fit même une petite nouvelle où Mercadier s'appelait Mirador, et qui fut généralement assez bien accueillie. Bellemine en conçut de l'amitié pour Georges, et devint un habitué des dimanches musicaux de Sarah. C'est ainsi que les Lévy du Sentier entrèrent en contact avec le ménage, qui parut méritant au vieux Lévy, à cause des trois enfants, et même il leur proposa plusieurs fois de l'argent s'ils en voulaient pour monter une affaire, un jour. « Je vous assure, *mon cher Mey*, que vous devriez accepter, — disait André Bellemine, — Papa vous offre ça de bon cœur, il adore mettre de l'argent dans sa propre famille... »

Bellemine était de bonne humeur, parce qu'il avait

474

donné une suite à son Mirador, et que ça arrivait à faire une plaquette qu'on avait acceptée chez Fasquelle. La petite fille de Meyer avait un an et emplissait la rue Lhomond de ses cris. Pour ne pas toucher à la dot de Sarah et assurer l'avenir des petits, Georges prenait des élèves en dehors du lycée, et se tuait à donner des leçons particulières. Il faut songer à l'avenir. C'est très joli la perspective d'une retraite. Mais avec trois enfants. Et Mme Meyer mère avait beau s'en occuper, comment se passer d'une cuisinière et d'une femme de ménage, l'appartement était devenu bien étroit, et on aurait aimé avoir le téléphone.

Devinez un peu qui on avait retrouvé... Robinel. Parfaitement, Robinel, nommé à Paris, qui enseignait les sciences naturelles à Janson-de-Sailly. Toujours apoplectique, toujours furax, avec son col qui sautait, son air d'avoir été giflé par un géant, ses pattes courtes, son genre taureau, sa moustache de chat. Pour lui l'affaire Dreyfus n'avait jamais fini, et il ne fallait pas lui parler de Mercadier, ah, non, ce type qui n'avait pas voulu signer... Parlons d'autre chose. M. Mercadier a été très bon pour Georges... Vous trouvez, madame? Je me demande en quoi. En attendant, Janson! vous parlez d'un panier de punaises, ces gosses, des enfants de luxe, tous les vices, cabochards, antisémites, rien de laid comme la jeunesse réac, des chahuts à tout bout de champ. Pas la peine d'être en république.

Quand Georges lui raconta les propositions du vieux Lévy, Robinel exulta. Sautez là-dessus, mon vieux, vous êtes trop bête! L'idée de Robinel était de créer une école libre, mais pas au sens habituel du mot, parce que qui disait école libre disait boîte à curés, non : une école, un peu boîte à bachot, rien que pour les grandes classes, où on prendrait les sujets difficiles (pas que...!), et qui serait administrée par un collectif de professeurs. De bons professeurs, qui en ont assez des hypocrisies des écoles gouvernementales. Le lycée c'est la plaie. On vous tient avec l'idée de la retraite, sans ça. Remarquez qu'on n'est pas obligé de démissionner, on se fait mettre en disponibilité, quelques-uns, histoire d'essayer. Et puis, si on n'est pas content, on est toujours libre de revenir au harnais de l'État. Un collectif de professeurs. L'emphase sur le mot collectif.

Georges n'était pas persuadé. Il avait trouvé à être fonctionnaire une noblesse, une réhabilitation. Le projet Robinel le ramenait au commerce. Ses parents avaient tant voulu l'en écarter. Il demanda l'avis de sa mère. La pauvre ne savait que dire. Mais le cousin Lévy consulté se montra tout à fait enthousiaste. « Mon cher Georges, ce respect du fonctionnariat est une idée... je ne dirai pas une idée stupide... presque. Joli de s'en remettre pieds et poings liés à la collectivité... mais un peu niais. Les temps marchent. Il faut faire comme eux. L'initiative privée, il n'y a que ça. Je le disais à André qui m'a raconté une conversation avec le jeune Blum, vous ne le connaissez pas, Léon ? Comme André, tout farci de littérature, mais lui verse dans le socialisme... Enfin, ça n'a rien à faire... Seul dans la vie, qu'on soit fonctionnaire, bon ! Si on a des appétits trop gros, on s'assure une vieillesse... ça passe... Mais on a beau travailler et travailler, on ne peut jamais acquérir assez pour une famille... une famille comme la vôtre... Voyez-vous, la morale des fonctionnaires, mon cher petit c'est celle d'un pays où les ménages n'ont pas d'enfants... La vie, c'est de se multiplier ! La population doit grandir. Et les affaires avec elles. Pour cela il faut s'unir, les hommes doivent s'aider, un homme seul est tout juste capable de subsister. Pour produire il faut un avoir, un capital. Avec un capital on organise son travail, on en fournit à d'autres, on économise, on crée... Aucun travail qui n'associe d'autres hommes à qui le conçoit ne saurait être vraiment productif... Voyez les Rosenheim... Je leur ai donné un coup de main... Ils ont maintenant combien d'employés ? Des centaines ! Je suis partisan de votre collectif, comme vous dites... Bien sûr en l'organisant sur des bases saines... Je m'en chargerai... Si je vous donne l'argent, c'est naturel que je regarde un peu ce que vous en faites... »

L'idée ne mûrit pas du jour au lendemain. Il fallait trouver les collègues, l'enthousiasme de Robinel ne suffisait pas. On réunit six professeurs qui tous donnaient beaucoup de leçons particulières, cela faisait des clientèles à mettre en commun. Il y avait toute une question d'administration, de local. En plus de l'argent de M. Lévy, Georges apportait la dot de Sarah. Alors pour les rétributions, on n'était plus à égalité, cela n'aurait pas été très juste. Ces messieurs le comprirent. En fait de collectif, on aboutissait à une école privée, qui aurait appartenu aux Meyer, mais qui portait le nom de Robinel, parce que cela faisait mieux, et que l'idée venait de lui. L'école Robinel s'ouvrit à l'automne 1908 dans la plaine Monceau, dans un petit hôtel appartenant en partie aux Lévy et en partie aux Kahn, ceux qui avaient spéculé sur les terrains de ce quartier il y avait de cela deux générations. L'affaire se présentait bien et l'on eut dès la première saison une soixantaine d'élèves. Les Meyer, la rue Lhomond quittée, gardèrent un étage de l'école pour eux, et les deux surveillants habitaient sous le toit. Cependant, à cause des intérêts de l'argent, les bénéfices n'étaient pas énormes. Cela viendrait.

Il y avait un an et demi que l'affaire marchait quand, au printemps 1910, Meyer rentrant chez lui dit à sa femme au comble de l'agitation : « Tu ne me croiras jamais... Je l'ai rencontré !

— Qui ? — demanda Sarah, qui croyait qu'il s'agissait de M. Fallières.

— Mercadier ! »

Pas possible ! Oui. Il était à Paris. Au parc Monceau. Assis sur un banc, misérable. Qui jetait de la mie de pain aux oiseaux. Aux oiseaux. Mercadier. Pierre Mercadier. Misérable, mais misérable. Je me demande même s'il a du pain pour lui. Puisqu'il en donne aux oiseaux. Aux oiseaux ? Aux oiseaux. Le pain, c'est symbolique. Les oiseaux aussi. Je ne l'ai pas reconnu d'abord. Il s'est coupé la barbe. C'est lui qui a dit : « Tiens, Meyer ! » Alors je l'ai reconnu. Je lui ai dit : « Mercadier ! ce n'est pas possible ! » Il a ri. Mais si, c'est possible. Dans quel temps extraordinaire nous vivons ! Songe donc : Mercadier, au parc Monceau, misérable.

« Tu l'as invité à dîner ? » dit Sarah. Georges sourit, et

tapa ses mains, les doigts pliés, l'une contre l'autre, dans ce geste nerveux qui lui était habituel, mais cette fois avec le contentement d'un homme sûr de son effet.

« Pierre Mercadier, — dit-il, — viendra habiter ici, et il professera à l'école. Avec tout ce que nous lui devons, c'est bien naturel. Je n'allais pas le laisser mourir de faim ! »

Sarah embrassa tendrement son mari : « Tu es le meilleur des hommes... »

IV

On était en plein au milieu des grèves. L'une n'était pas calmée que l'autre éclatait. Tous les jours de nouveaux mouvements. On ne savait plus où donner de la tête. Qu'est-ce qui prenait aux ouvriers ? On leur avait voté les huit heures. Imaginez un peu, les huit heures ! Et puis de tous les côtés voilà que la machine se détraquait. André Bellemine était extrêmement soucieux : son père avait de gros ennuis avec ces histoires-là et ce n'était pas la littérature qui le ferait de sitôt vivre. Il avait fait un joli mariage, certes, mais du point de vue mondain seulement..

Il allait rencontrer Mirador. Son héros. Et mieux : Pierre Mercadier... Si l'*Histoire de John Law*, même non finie, pouvait être publiée, ce ne serait pas mal que, lui Bellemine en écrivît la préface. Ce serait même mieux si elle n'était pas achevée : *Fragments pour une histoire de John Law*, ou *Esquisses pour un John Law* : il en dirait que c'était comme d'une victoire antique, plus belle d'être mutilée...

C'est une très grande question que la question du héros. Il ne faut pas se tromper. Regardez, par exemple, Aristide Briand... On le voyait d'après les journaux, socialiste, tout ce qu'il y a de rouge... « le voyou », comme disait *L'Action française*... Puis avec cette histoire de cheminots, quelle énergie il venait de révéler !

478

S'il faut entrer dans l'illégalité, avait-il dit, j'y entrerai...
ou quelque chose dans ce genre... Il fallait du courage
avec son passé... Un cas psychologique extrêmement
intéressant. A creuser. Le fils Blum l'a bien connu : il
faudra que je l'interroge. En me méfiant de son esprit
de partisan. Je voudrais bien l'y voir, aux prises avec les
problèmes de gouvernement. La critique négative est
facile : s'il avait à faire appliquer les huit heures...

Après *Mirador*, c'est-à-dire le refus de l'action pour le
rêve, naturel qu'un homme aussi hanté par les
contrastes qu'André Bellemine, lui-même poète et fils
de commerçant, aux prises avec les dilemmes de la vie
pratique et de l'imagination soit porté à buriner une
figure d'homme d'État... Mieux vaudrait la prendre
dans l'histoire avec un certain recul... Talleyrand ou
Disraeli peut-être... Disraeli faisait image avec lui-
même... Mais aujourd'hui il n'en a pas encore fini avec
son Mirador. De cette confrontation de la réalité
humaine et du personnage idéal qu'il s'est formé, André
Bellemine attend, il ne saurait trop dire quoi, mais
beaucoup. Une confirmation de lui-même, ou un enri-
chissement d'expérience, ou encore la matière à un
Mirador revenu ou *Retour de Mirador*...

Le cadre d'une telle rencontre ne pouvait être indifférent. L'écrivain s'était demandé où, comment il fixe-
rait la chose... Quand Georges Meyer lui avait appris la
réapparition de Mercadier, Bellemine s'était d'abord
refusé à le voir, trop de précipitation aurait pu tout
gâcher. Il avait tourné et retourné dans sa tête l'idée de
l'entrevue. Elle aurait pu se produire en présence de
Meyer et d'autres, comme si Bellemine n'y avait pas
tenu, au cours d'une réception chez n'importe qui,
l'écrivain aurait à la dérobée examiné son homme...
Mais outre que Bellemine préférait parler directement
à Mercadier, et à un Mercadier qui aurait lu *Mirador*,
celui-ci, à en croire Meyer, ne serait jamais venu à une
réunion de ce genre.

On ne se parle bien que le ventre à table. La difficulté
résidait dans le choix du restaurant, on ne pouvait pas
aller au Bouillon Duval, et d'un autre côté un trop bon

restaurant, Larue, Marguery ou le Café Anglais, aurait pu fausser les données du problème. Ne pas avoir l'air chiche, ne pas outrepasser ce que l'autre attendait de l'auteur de *Mirador*... Foyot fit l'affaire, c'est bon, un peu sombre, avec pas trop de monde... « Qu'est-ce que vous préférez ? Blanc, rouge ? Gustave, vous avez toujours ce petit Vosne-Romanée... Alors une bouteille pour commencer... » Bellemine reprenait son assurance dans le rôle de l'homme qui paie, et cette mécanique de l'inviteur qui offre toujours du foie gras ou du caviar et commande des radis lui servait à se remettre du choc physique qu'il venait de subir : « Vous demanderez la table de M. Bellemine... », avait dit Meyer à Mercadier. Le garçon avait donc amené le professeur à son hôte. Moralement, je ne sais pas, mais ce n'était pas ainsi qu'il s'était figuré Mirador ! Ah, non. Plutôt petit, et gros, le visage alourdi de bajoues, les yeux rusés, la moustache grise tachée de blond, mal taillée... Puis dans cette redingote démodée, bonne pour un préau de collège, avec le haut-de-forme si bizarre ici, pas neuf... Miteux. Aucun reste en cet homme de ce charme dont parlait Meyer. Dire qu'il avait plu aux femmes... car il avait plu aux femmes, à ce qu'on racontait. Il portait bien plus que son âge, parce que enfin qu'est-ce qu'il avait, cinquante-cinq, cinquante-six ans ? La peau du visage était marquée de tout un réseau de plis, avec de petites taches. Quelle fatigue sous les yeux ! C'est extraordinaire l'application de l'âge à détruire un homme, ça n'oublie rien, ça ne laisse pas un petit brin de jeunesse dans le front, près de l'oreille... Il avait l'oreille toute velue, Mercadier.

On ne parla pas de *Mirador* avant le tournedos. Le professeur mit lui-même la conversation sur ce terrain. Il était invité par l'auteur, que diable, il avait à payer son déjeuner : « J'ai lu votre petit machin, — dit-il. — C'est intéressant, allègrement écrit... Vous avez de la fantaisie, du bagou... »

Bellemine se sentit terriblement mal à l'aise, mais tout pouvait encore s'arranger. Il posa une question : « Vous n'avez pas trouvé ça trop stupide ? »

C'était la question qui l'était. Il voulut remettre les choses au point : « Je veux dire... ça ne vous a pas offensé ?

— Offensé ? Pourquoi offensé ? Ça ne m'a pas offensé... »

Quel sujet de conversation délicat ! « Sommelier ! » Gustave, rouge dans son tablier noir, apportait la carte avec un sourire professionnel.

« Je ne me suis pas senti autrement visé », dit encore Mercadier. Autrement ? Que voulait-il dire ? Comment est le Corton, Gustave ? Si Monsieur me permet, je lui indiquerais plutôt... Le doigt sur la carte souligne discrètement le prix. Non... Ou bien... C'est ça, plutôt, c'est ça... « Oui, — continuait Pierre en jouant avec son couteau, — je vois bien que vous vous êtes inspiré de certains faits... mais avec discrétion... ce ne sont pas tant les faits qui comptent, que le personnage bâti... les idées... l'imagination... votre apport personnel... Intéressant, intéressant...

— J'avais beaucoup craint que vous ne prissiez mal ?

— Prissiez ?... Euh, enfin... je n'ai rien à prendre... Un écrivain est bien libre... Ça me ressemble si peu que... enfin, vous pouvez vous rassurer...

— Vraiment ? Vous ne m'en voulez pas ?

— Vous en vouloir ! Cher monsieur ! »

Patatras ! Plus pour lui-même que pour son interlocuteur Bellemine demanda sur un ton assez amer : « Mais pourtant... pouvez-vous me dire ce qui est si différent... ?

— Oui... c'est-à-dire... par quel bout prendre ? Si vous me demandiez ce qui est ressemblant, ce serait plus simple...

— Je vous en prie...

— Eh bien, rien, à franchement parler. Rien. Les faits peut-être, un homme de quarante ans qui s'en va un beau jour... Mais la psychologie ! Cette psychologie profonde... et légère à la fois... Je me suis bien diverti. Vous êtes très subtil. Si, si... Sans le montrer, je vous le concède, mais... subtil. Il est vrai que votre héros, lui, est un écrivain... alors.

— Mais... vous aussi.

— Moi ?

— Sans doute : *John Law*...

— Ah ? Qui vous a parlé ? Meyer ? Meyer exagère. De vieux cahiers dont je n'ai rien fait, je ne sais plus où ils sont... »

Cela valait probablement mieux ainsi. Évidemment, Bellemine qui était toujours très rapide pour s'adapter aux circonstances sentait déjà comment on pouvait tirer parti de sa déception, expliquer cet homme, s'en tirer... mais tout de même les gens sont si méchants, si prêts à utiliser n'importe quoi contre un écrivain... la mauvaise foi des gens... Heureusement que personne n'irait chercher Mercadier : Mirador resterait Mirador. Cependant on n'est pas un romancier pour rien : si Mirador n'était pas l'explication de Mercadier, comment Mercadier s'expliquait-il lui-même ?

« Je ne voudrais pas vous importuner... mais il y a tout de même dans votre vie, votre aventure, quelque chose d'étrange... ce départ subit... un problème... Vous ne me ferez pas croire que là derrière...

— Bien entendu... Mais qu'entendez-vous par un problème ?

— Enfin, s'il n'y a pas de problème Mirador, il y a un problème Mercadier... Cela suppose une crise, je ne sais pas, moi : un débat idéologique... des hésitations... une sorte de bras-le-corps entre le rêve et la réalité... Voyez-vous, je m'étais imaginé un homme dont la vie était conforme à tout ce que la société attendait de lui... pendant des années... Du dehors, cela avait l'air solide... cela offrait une surface absolument lisse... pas une fissure... Mais le fruit était mangé du dedans... grignoté... minute par minute... Alors tout d'un coup, vers quarante ans, sur un fait insignifiant, une fêlure, la coque éclate, il n'y avait plus rien à l'intérieur... Excusez-moi, je sais bien ce qu'il y a d'indélicat à vous parler ainsi, vous devez le comprendre, votre cas a troublé bien des gens, qui se sont demandé... et alors...

— C'est très curieux... Je n'ai guère fréquenté d'écrivains, cher monsieur... Alors pour moi, le cas, le problème, comme vous dites... se déplace... et je vous écoute, je vous regarde... je vois s'enchaîner vos pensées... la logique de tout ça... voilà donc comment se font les romans... *Madame Bovary* a dû pousser comme ça... Amusant.

— Flaubert... C'est un grand honneur... Mais je n'aime pas la psychologie de Flaubert, elle manque de... il lui manque... je ne sais pas...

— Je vous l'abandonne : c'est *votre* psychologie qui m'intéresse. »

La situation était renversée : c'était Mercadier qui interrogeait, qui scrutait Bellemine, qui se passionnait pour le problème Bellemine, pour le personnage Bellemine, sa psychologie. Et Bellemine s'écoutait parler avec étonnement : il s'entendit raconter sa vie, sa propre vie qui n'avait rien de bien surprenant à première vue, mais naturellement rien en dessous... Il y a de ces vies où rien n'arrive mais qui contiennent tous les vertiges, toutes les grandeurs. Tout s'y inscrit de façon mesurée, avec la finesse des rides... non, ce serait mieux de dire... On en revint à *Mirador*. L'énigme maintenant, c'était de savoir comment Bellemine avait été amené à écrire *Mirador*, comment Mirador était né, non pas tant de l'anecdote, après tout banale, de la vie de Mercadier, mais de tout le jeu complexe de miroirs, d'échos, de pensées, de fumées et de rêves qui s'était formé en Bellemine, à travers les années, dans le cadre d'une famille bourgeoise, dans un monde sans catastrophe : là était le vrai mystère... Car la contradiction entre la vie de Bellemine et la vie de Mirador, cela, personne ne semblait songer à s'en étonner, et pourtant !

« C'est-à-dire, — dit doucement Mercadier, — que l'étrange n'est pas que Mirador soit parti... mais que vous soyez resté. »

Cela frappa Bellemine. Comment n'y avait-il pas pensé plus tôt ? Ce Mercadier, c'était quelqu'un. Aussi on ne pouvait s'être totalement mépris à son sujet... Seulement il était de ces valeurs confidentielles qui ne gardent leur prix qu'autant qu'elles le demeurent... Par exemple ce Paul Valéry dont Bellemine avait beaucoup aimé les premiers textes, moins les poèmes que cette *Soirée avec M. Teste* écrite il y avait dans les douze ans, et après quoi cet écrivain singulier n'avait plus donné signe de vie... Il était certain que le prestige tiré du silence, ce M. Valéry le perdrait s'il se mettait un jour à l'exploiter pour de nouvelles moutures de M. Teste... Mirador devait quelque chose à vrai dire à M. Teste aussi bien qu'à Mercadier...

« Le silence, — dit-il, — c'est le problème de l'homme moderne, et c'est en même temps la grande énigme de toujours... Les esprits les plus éloignés s'y retrouvent... Les mystiques s'y rejoignent... Eugénie de Guérin... Arthur Rimbaud... La religion n'est pas loin... Christ et Bouddha... L'idéalisme absolu et la contemplation... Jacob Boehme, Nietzsche et les philosophes de l'Inde... Le père de Foucauld... »

Pierre Mercadier connaissait Nietzsche, mais pas cet Arthur, comment dites-vous? Rimbaud. Le problème de l'homme moderne quant à lui, il l'aurait plus volontiers placé dans le bavardage que dans le silence. Mais enfin, cela dépend du point de vue. Pour la religion...

Bellemine sentit qu'avec la religion il se perdrait aux yeux de son hôte. Il se rattrapa : la religion, il ne voulait pas vraiment dire la religion, mais les religions, leur essence, ce mécanisme très général qui les fait naître faute de mieux dans les peuples les plus divers...

Il y avait bien douze espèces de fromages à choisir.

« En somme, — dit Mercadier, — ce sont les gens qui sont bizarres... Comme leur vie se poursuit... Comme ils demeurent attachés les uns aux autres... Vous ne vous frottez jamais les yeux pour vous demander si ce rêve va continuer longtemps sans le moindre tremblement de terre? Non? »

Si, parfois. Bellemine se demandait parfois. Mais d'ailleurs tout était assez précaire. De temps en temps la menace d'une guerre risquait de faire de vous du jour au lendemain un soldat... Vous vous voyez à cheval, dans une espèce de camp de Châlons, avec un soleil de chien, portant un message à l'État-Major, et l'ennemi, de derrière les arbres, qui vous tire dessus comme un lapin? Sans parler de ces coups sourds dans l'édifice social... ces grèves en ce moment...

« Ah? — dit Mercadier. — Je ne savais pas qu'il y avait des grèves... » C'était vrai, il ne lisait pas les journaux! Meyer le lui avait dit : sauf les cours de la Bourse. Ce trait avait été remarqué dans *Mirador*, M. Paul Souday dans *Le Temps* l'avait qualifié d'invraisemblable.

« Mais enfin, vous êtes revenu... »

Mercadier soupira : « Parti, revenu... Tout cela est très relatif. Vous voulez dire que je me trouve en France, à Paris, et non pas au Labrador... J'ai eu dix ans de vie à moi tout seul. C'est beaucoup. Dix ans de liberté. C'est-à-dire dix ans d'argent... un peu moins... Le problème est là, voyez-vous. L'argent. Votre homme moderne s'il a des crises de neurasthénie, ça ne tient pas à autre chose. Le porte-monnaie. Regardez dans le porte-monnaie d'un homme, vous y trouverez l'histoire de ses migraines. Vos histoires de grèves... Le mal de l'Europe, je l'ai retrouvé un peu partout en voyageant. C'est qu'on déifie le travail. L'homme amoureux de sa malédiction! Tout le monde : ceux qui vivent du travail des autres, et qui représentent le travail comme une chose sainte et obligatoire, ceux qui se crèvent de travail pour les autres, et qui prétendent fonder leurs droits sur leur travail...

— Vous voilà pourtant, — dit Bellemine, — obligé de travailler...

— Oui, mais sans enthousiasme spécial. L'histoire d'un homme est celle de ses tricheries avec la loi sociale, de ses façons de se soustraire au travail. La plupart des gens se contentent du dimanche. J'ai eu dix ans, je ne les regrette pas. Puis j'ai crevé la faim... fait des petits métiers médiocres... mauvais expédients!

— Difficile évidemment quand on n'a plus vingt ans... Mais, dites-moi, il y avait dans votre lettre d'Égypte cette phrase sur les maisons de jeu...

— Je ne sais pas de quoi il s'agit...

— Vous aviez écrit d'Égypte à Meyer...

— Ah? c'est possible. Oui, j'ai passablement aimé le jeu. A cause du discrédit qu'il jette sur l'argent, c'est-à-dire sur la manière de l'acquérir, sur le travail. A parler le langage courant, je l'ai aimé pour son immoralité.

— C'est sans doute ainsi que vous vous êtes trouvé sans le sou...

— Le jeu? Non. J'ai perdu à la Bourse jadis. Au jeu, je ne peux pas dire que j'aie perdu. J'ai dépensé, voilà tout. Vous saisissez la nuance? » S'il saisissait, Bellemine! Il aurait voulu pouvoir noter cela sur son carnet. « Non... simplement l'argent parti peu à peu... les voyages... la vie... Et puis je n'en avais pas tellement que tout ça... J'ai eu des moments difficiles... Une certaine chance... Quand j'ai rencontré Meyer, j'étais à bout... »

Logé, nourri et deux cents francs par mois. Ce n'était pas le Pérou évidemment. Mais qui lui aurait donné cela? Les deux convives échangèrent quelques bonnes paroles sur le sujet de Meyer. Il y avait encore un point qui turlupinait Bellemine! « Vous n'avez jamais songé à revoir votre... votre... enfin vos enfants, votre famille je voulais dire? » Il y eut un long silence qui pouvait s'interpréter de bien des manières. « Vous prendrez du café? » Non. Si. Oui, pourquoi pas? « Deux cafés... Et quelque chose avec?... Je vous recommande le marc... »

Bellemine s'en voulait d'avoir parlé de la famille. Il aurait dû laisser cela dans l'ombre. Il avait manqué de tact.

« Non, — dit soudain Mercadier. — Je n'ai jamais eu envie de les revoir. Des étrangers. Mes enfants... qu'est-ce que j'ai de commun avec cet homme, mon fils, cette femme, ma fille? Quant à Paulette... ma femme... quinze ans m'ont suffi! Merci bien. Par la place des Ternes et la rue des Acacias, j'en aurais pour vingt minutes si le cœur m'en disait. Mais non, par exemple. Chacun pour soi. Ils doivent d'ailleurs me détester. Quelqu'un qui les a fait vivre pendant des années et puis qui n'a pas continué, vous comprenez... D'après ce que m'a dit Meyer, ils ont une sorte d'hôtel... Je n'ai pas besoin de tomber là-dedans... Je n'ai rien à leur donner... Et c'est comme l'idée de remettre une chemise sale... Après toutes ces années! »

Ici Bellemine retrouvait Mirador. Une pudeur très

violente n'est-ce pas, qui cache ses sentiments derrière un cynisme de langage... Il avait gardé pour le café une carte psychologique : « Vous n'avez jamais vu votre petit-fils ? L'enfant de votre fils ? »

Il avait beaucoup compté sur ce réactif. Comment Mercadier changerait-il de couleur ? Il ne changea pas de couleur : « Non, je n'ai pas vu le marmot. Ni connu sa mère. Tous ces gens-là vivent très bien sans moi. Et meurent. Et se reproduisent. Je n'ai pas l'âme d'un grand-père. Je ne suis pas un type dans le genre de Victor Hugo... »

Quelle sécheresse ! Bellemine songea que Mirador ne pouvait soutenir la vue d'une belle nuit étoilée sans sentir monter des larmes... Qui sait les deux choses vont de pair et il faut bien de l'inhumanité pour éprouver de grands sentiments...

V

La légende, le génie, la reconnaissance humaine sont de belles et grandes choses, mais qui doivent se plier à la disposition des lieux. L'école Robinel, bâtie sur un terrain qui n'était pas de mesure entre deux immeubles de six étages, rue Ampère, avait l'air coincée avec son bout de jardin, sa véranda, sa décoration de céramique hollandaise. Y loger les Meyer, les deux surveillants et Robinel, célibataire. Et les classes : Mercadier dut se contenter sous les combles d'une chambre de bonne qu'on arrangea du mieux qu'on put, et Sarah y mit tout son cœur.

Mais enfin il fallait descendre deux étages pour les cabinets et l'eau était dans le couloir. Les surveillants prirent très vite en grippe ce nouveau commensal, qui était un professeur, lui, bien qu'on lui fît faire toutes sortes de choses, depuis le métier de répétiteur jusqu'à son cours d'histoire. Il avait dès le premier jour arrangé ses heures pour avoir libres ses fins d'après-midi, tandis qu'eux séchaient à l'étude. Il les remplaçait pourtant le jeudi pour les élèves spécialement bouchés, que leur famille voulait à tout prix voir bacheliers. Sur le coup de quatre heures, les autres jours, le « nouveau », comme ils l'appelèrent, prenait ses cliques et ses claques ; on ne le revoyait qu'au dîner.

L'espèce de vaste repas de famille qui réunissait tout le monde, les Meyer avec leurs gosses, Robinel, les surveillants et le « nouveau », avait à la fois cette solennité patriarcale et souriante que Sarah aimait mettre partout, et une espèce d'hypocrisie doucereuse née de toute la force des haines inexprimées. Robinel haïssait Mercadier toujours en raison de l'affaire Dreyfus, et de plus il se sentait floué parce que son nom était écrit sur une maison qui ne lui appartenait pas. Il avait une liaison de vieille date et se savait trompé. Les enfants Meyer l'agaçaient. Les enfants Meyer, il faut en convenir, étaient agaçants, surtout l'aîné, Pierre, qui avait alors dans les huit ans et appelait Mercadier *Parrain*. A cause des petits, on ne pouvait rien dire à table ; Sarah rougissait, souriait, les montrait du doigt. Les surveillants, un jeune homme boutonneux et un gros homme lymphatique, haïssaient tout le monde, et particulièrement Mercadier. Les enfants détestaient les surveillants et Parrain, et M. Robinel, et se chamaillaient entre eux. Meyer avait continuellement peur d'avoir englouti la dot de Sarah dans une affaire déficitaire ; et il se promenait comme une machine à calculer, l'air égaré, sachant à peine ce qu'il mangeait. Sarah seule maintenait l'atmosphère de bonté sans laquelle elle ne pouvait pas vivre. Il fallait qu'elle crût le monde entier heureux. Il fallait qu'elle fît le bien à chaque geste. Mais il y avait à côté d'elle Mme Meyer mère qui, ayant eu faim toute sa vie, regardait avec horreur les dépenses du ménage, et ceux qu'elle appelait les parasites : de Robinel aux surveillants, elle regrettait leurs aliments avec une telle force que cela se voyait sur son visage. Il se ratatinait tellement au dessert (il y avait, une fois par semaine, une charlotte aux pommes), qu'on en souffrait avec elle.

Quand on est jeune, il y a des choses qu'on supporte facilement, mais à cinquante ans et plus, allez descendre et monter deux étages de votre chambre aux cabinets. Et les haricots secs plus souvent qu'à leur tour, et les petites mesquineries si sensibles quand les morceaux de sucre sont comptés, et qu'on aime le café un peu plus sucré. L'horreur en général de la fréquentation quotidienne de gens qu'on n'a pas choisis, dont tous les tics, les manières deviennent un sujet d'amertume pour quelqu'un qui avait l'habitude d'être seul à son gré. La conversation de Sarah si insupportablement bonne, qui s'émouvait de tout ce qu'on apprenait dans les journaux que n'avait pas lus Pierre Mercadier. Toutes les choses raisonnables et sensibles qu'elle disait, et qu'il fallait supporter jusqu'au bout, jusqu'à ce que le pesant attendu des réflexions éveillées fût longuement épuisé dans la conversation générale. Être aimable avec les enfants. L'hostilité de la vieille Mme Meyer. Au début de 1911, le moment vint où Mercadier sentit qu'il n'allait plus pouvoir supporter tout cela. Cela montait en lui, cela montait comme une rage. N'étaient ses heures de liberté en fin d'après-midi, cela aurait sans doute éclaté plus tôt. Il devait songer, n'est-ce pas, qu'il avait encore bien de la chance d'avoir trouvé ce refuge et ce travail... Mais un soir comme il regagnait sa chambre, dans l'escalier très raide qui y menait, il eut une chaleur brusque et tout tourna. Les surveillants le trouvèrent affalé sur les marches, la langue pâteuse, et incapable de se mouvoir. Ce ne fut qu'une alerte, mais il en garda quelque chose de furtif, et quand il passait devant les miroirs, il regardait avec attention son visage pour s'assurer qu'aucune trace de cette petite attaque n'y subsistait.

C'est alors qu'il décida de se gagner la bonne volonté de la vieille dame Meyer en lui prodiguant des attentions diverses. Une chose étrange que de voir Pierre Mercadier, ce même homme qui avait quitté les siens sans remords, vécu avec un tel dédain des autres, cru comme personne à l'indépendance de l'homme, à son droit de rejeter toute responsabilité, de rompre tout lien... aux petits soins auprès de cette vieille femme bougonne et avare, méfiante et puérile, qui vit d'abord en lui un escroc nourrissant de mauvais desseins. Il allait lui chercher une brique à la cuisine pour qu'elle se la mît sous les pieds, il l'enveloppait de papier journal. Elle aimait les marrons, il lui en apportait. Meyer et sa femme se réjouissaient de cette gentillesse qui répondait à leur goût des choses sentimentales et familières. Ils ne voyaient pas dans l'œil volontairement éteint de leur commensal le mélange abominable de dégoût et de peur qui accompagnait ces petites manifestations concertées. Pierre avait senti passer la mort. Contre la mort, on ne fait pas le dégoûté dans le choix de ses alliés. Mercadier savait qu'il ne trouverait plus ailleurs ce qu'il avait ici, si méprisable et mesquine que fût pour lui l'atmosphère de l'école. Il commença même, une fois par semaine, à sortir la vieille femme qui aimait le cinéma. Ils allaient ensemble rue Demours, où il y avait une salle qui l'été marchait à ciel ouvert, une innovation pour l'époque. Mercadier s'arrangeait même pour payer le cinéma à la vieille : cela lui faisait seize francs par mois, à deux francs la place. Mais c'était de l'argent placé, une assurance contre la maladie. Dans le fond de son cœur, lui non plus n'aimait pas les Meyer. Est-ce qu'on peut aimer les gens qui ont de l'argent et de qui l'on dépend, quand on est vieux et pauvre ? Seulement il faut en avoir l'air. Il avait le ventre détraqué de temps en temps, il fallait faire attention à ce qu'il mangeait, la vieille Mme Meyer sympathisait là-dessus : bien que Mercadier fût plus jeune qu'elle, et puis un homme. Cela ne l'empêchait pas d'avoir la grippe comme n'importe qui, et alors rester dans sa mansarde à se retourner dans ce mauvais lit qui avait un ressort cassé n'était pas précisément drôle. Encore ce n'aurait pas été ces cabinets...

Il était refoulé ici dans sa fatalité, la classe, les copies à corriger. Ce qui, dans les premiers temps, avait été le pire. Quand il s'était retrouvé avec son paquet de devoirs à lire, pour la première fois, il avait eu une crise de découragement. D'une certaine façon, il lui semblait avoir fui jadis plus cela que Paulette même. La sottise des élèves... Mais leur intelligence n'est pas moins redoutable. Quand il faut relire vingt fois la même chose... Vingt fois forcer son attention... Et puis, il détestait les adolescents, leur sournoiserie, leur légèreté. Il n'était pourtant pas de ces professeurs qu'on chahute, mais on ne l'aimait pas non plus. Il le préférait d'ailleurs. Aucune conscience dans son travail. Faire les choses aussi vite que possible, et de façon à ce qu'on ne puisse rien dire, puis être seul. Jamais il ne prit intérêt dans l'un de ces problèmes humains que pose un visage d'élève. Il trichait avec sa classe comme un contribuable avec le fisc. L'essentiel est de n'être pas pris.

Pierre, en général, et de façon demi-consciente, éprouvait un grand changement dans ses rapports avec les gens. Autrefois, les êtres humains, si peu qu'ils le concernassent, l'intéressaient en quelque chose, et il les imaginait dans leur vie ou leurs réactions, il en supportait les effets. Maintenant il n'était plus entouré que de personnages peints, de mannequins, qui se retiraient eux-mêmes précipitamment de son champ optique, pour ne laisser que le vide, ou la place à d'autres mannequins. S'était-il jamais demandé ce qui se passait dans la tête de M. Souverain, par exemple, le gros répétiteur blafard qu'il voyait tous les jours à table devant lui comme un tas de mie de pain pétrie? Était-ce l'âge qui faisait ça? Tout s'était passé comme si les gens fussent redevenus ce qu'ils étaient pour lui quand il était tout enfant, et qu'il distinguait encore très mal entre les grandes personnes. Il se rappelait cela avec une drôle d'acuité. Puis peu à peu, les personnages s'étaient différenciés : des grands, des petits, des hommes, des femmes... des laids qui faisaient peur... des doux à regarder... Les différences s'étaient compliquées et c'était cela la vie. Maintenant la vie se retirait peu à peu de lui...

Au fond, il n'avait jamais prêté une bien grande attention à Sarah. La femme à Meyer comme il pensait très suffisamment. Il ne la remarqua que lorsqu'elle porta en elle un signe distinctif remarquable et devint assez répulsive. Cette année, elle fut à nouveau enceinte, et l'attention de Pierre fut tout de suite attirée sur ce fait par les confidences de Meyer qui, dans son bonheur inquiet, se retournait vers lui.

Les choses entre Meyer et Mercadier avaient pris un tour assez gêné. Ni l'un ni l'autre n'avait exactement attendu que ses relations avec l'autre revêtissent ce caractère-là. Mercadier se croyait très à l'aise avec cet homme un peu naïf, très timide, et qu'il considérait comme son inférieur. Les conditions matérielles de la vie avaient changé tout cela sans pourtant que Meyer y fût pour grand-chose. Simplement, ils ne se voyaient plus de la même façon. Pour Meyer, avant le retour de Pierre, il s'en était fait un héros, et un héros auquel il devait un tribut de reconnaissance. C'était bien pourquoi il l'avait pris chez lui. Mais il n'avait pas les moyens de le prendre comme ça, à ne rien faire. Il avait fallu combiner la gratitude et l'utilité. Cela faisait une situation fausse. Meyer se rendait bien compte de ce qu'il y avait de mesquin dans leur vie, dans la vie faite à ce grand homme échoué chez lui. Par une réaction bien naturelle, il s'était assez vite persuadé qu'au fond il s'était monté le bourrichon par rapport à Mercadier qui avait décru à ses yeux, était devenu une sorte de désillusion permanente. Ce n'était que ça ? André Bellemine avait joué son rôle dans cette déception : après le déjeuner chez Foyot, l'écrivain s'était montré fort sarcastique à l'égard de son cousin touchant Pierre, *John Law*, et les gens qui partent, et ceux qui reviennent. La vie est mal faite pour maintenir les gens qu'on voit chaque jour sur le plan héroïque. Le personnage romanesque que s'était formé Meyer correspondait mal à cet homme âgé et d'humeur assez sombre, qui faisait la grimace devant la nourriture monotone, se plaignait des cabinets et parlait de s'acheter un nouveau bandage herniaire, car il avait une hernie depuis quelques années, suite d'efforts paraît-il, en Égypte, une histoire que Meyer avait mal suivie.

A la fin, c'était horripilant de penser que Mercadier

devait croire que Meyer lui était redevable de quelque chose. De quoi au juste ? Et Mercadier rendait bien des services, mais n'importe quel jeune professeur qu'on n'aurait pas logé... Le renversement de la situation, que Mercadier fût pauvre et Meyer eût l'air d'être riche, donnait à toute l'affaire une sorte de tour déplaisant. Car enfin Mercadier était pauvre, mais Meyer n'était par riche. Il avait en fait, avec l'école à entretenir, les intérêts de l'oncle Lévy à payer, et le loyer aux Kahn, moins d'argent qu'il n'en avait jamais eu. La vie était devenue affreusement chère. Il y avait les enfants, la mère, Sarah, leur avenir... Tout de même, quand il était professeur de lycée, Georges avait son mois... et puis la dot de Sarah n'était pas engagée. La famille Rosenheim n'avait d'ailleurs pas été si généreuse, parce qu'on avait favorisé le fils aîné, pour maintenir le commerce, les magasins d'Alsace. Aussi les tensions périodiques entre la France et l'Allemagne avaient été de bonnes raisons pour eux pour restreindre leurs libéralités des premiers temps, quand ils envoyaient par-ci par-là mille marks, cent marks, qui arrangeraient les vacances ou l'année. Ils n'en voulaient pas à leur fille d'avoir épousé un Français, ils aimaient bien ce gendre sérieux qui faisait des enfants, pourtant il fallait les comprendre, se mettre à leur place : on a de la famille, mais il y a d'abord le pays, on ne peut pas envoyer comme cela de l'argent par-dessus les frontières quand qui sait ce qui se passera demain ? Sarah disait qu'il ne se passerait rien, et elle pleurait parce qu'elle trouvait les siens égoïstes, pensait à ses petits et voyait Georges se tuer de travail, tandis que là-bas, à Strasbourg, son frère menait une vie de coq en pâte.

Il s'en faisait, Georges, il s'en faisait. Tout cela d'ailleurs fut encore plus sensible quand Sarah attendit son quatrième bébé. D'autant que c'était mêlé de la joie de la paternité. Dans l'ensemble, Mercadier trouva cela répugnant : après toutes ces années, une femme qui est encore grosse... Est-ce qu'ils n'avaient pas appris ces gens-là à éviter les inconvénients de leurs rapports ? Obscène à voir vraiment. Mais Meyer s'était remis à cette occasion à parler à Mercadier, mêlant tout, les projets d'avenir, les détails physiques, les comptes de ménage, leurs dettes, leurs espoirs. Mercadier découvrait Sarah, dans l'habitus de la grossesse, il voyait pour la première fois en elle l'animal, sa blondeur de poil, son fonctionnement physique, les seins soulevés par la respiration, son goût physique de l'immobilité. Il lui semblait qu'il comprenait par là enfin cette bonté qu'elle suait comme une graisse sur toute chose, ce caractère tout sucre qu'elle avait en temps ordinaire, cette peur atroce que quelque chose dans le monde vînt troubler sa tranquillité, qui faisait d'elle une bête à journaux, et aussi la rendait si désireuse de tout arranger en paroles, de toujours croire au bien, aux excellentes intentions de chacun.

Mercadier surveillait à table la femme enceinte. Quand elle avait des nausées, il se disait : Ah, voilà ! Quand elle demandait brusquement quelque chose, il se disait : Une envie... Il la détestait et il s'intéressait à la fois à cette sujétion physique de la créature. Il suivait aussi les ravages de cette affaire chez la grand-mère. A l'entracte au cinéma Demours, le plafond ouvert avec ce bruit de rails qui couvrait un instant ses pensées, il avait des conversations avec la vieille dame, il lui offrait même des chocolats. Elle ne parlait plus guère que de l'enfant à venir, avec une âpreté, une peur de mourir avant la naissance, qui étaient désagréables et singulières. Jamais Pierre ne s'était senti ainsi dans l'existence en plein jardin zoologique. Tout cela avait pour lui une horreur et un attrait à la fois. Il détestait les Meyer, il commençait même à les détester comme Juifs. Un sentiment bizarre, mais fort. Cela prit vers le milieu de l'été une couleur d'orage. Il pesait sur l'école Robinel une sorte de contrainte prémonitoire de ce qui allait se passer. Il faut dire que, quand arrivait le temps des vacances, on y éprouvait le sentiment d'être au bagne, à un bagne à vie, parce que l'école ne fermait pas comme les lycées. Pas de vacances. Une partie seulement des élèves s'en allaient, les autres restaient pour être chauffés à bloc en vue du bachot, et à eux venaient se joindre des recalés de juillet, des sujets arriérés, des élèves des lycées, très spécialement de Carnot. L'équipe Robinel, quand les autres professeurs s'en allaient, avait double travail. Paris avec l'accablement de l'été et les classes, le soleil ou le ciel sombre de la pluie qui ne se décide pas. Meyer, tous les jours plus nerveux, la vieille qui avait l'air de faire le nid pour sa belle-fille, énorme, ballonnée, stupide, les yeux retournés vers l'intérieur, l'enfant, ah, le joli mois d'août de la rue Ampère! Georges disait que les Rosenheim auraient bien pu venir les voir, et leur apporter des petites choses pour l'enfant. Les gosses rôdaient autour de leur mère, les yeux écarquillés, dans cette crainte de la nature mystérieuse qui fait marcher leur tête avec des curiosités sales et déviées.

C'est alors que le croiseur *Panther* vint s'embosser à Agadir, et que la terreur de la guerre saisit le monde à la gorge, et que les ministères pris de panique ruisselèrent d'hommes affolés, tandis que là-bas, en Allemagne, les gens nettoyaient leurs fusils, les tailleurs passaient les nuits à coudre des uniformes, et s'élevait sur le monde l'ombre manchote au grand manteau gris de l'empereur empanaché de blanc avec ses moustaches cirées. Le Maroc. On n'avait jamais tant parlé du Maroc. Est-ce qu'on allait mourir pour le Maroc? Sarah folle de peur parlait la nuit, on l'entendait pleurer. Les siens partagés entre l'Allemagne et la France. Était-ce possible? Il faisait chaud, et les trains bondés ramenaient sur Paris les hommes d'affaires et les familles aisées. C'était le temps de l'épouvante.

VI

« Je ne vous comprends pas, dit Mercadier. On dirait que c'est la première alerte. Il n'y aura pas de guerre. On s'arrangera avec les Allemands comme avec les Anglais. Souvenez-vous de Fachoda...

— Comment pouvez-vous dire? — protesta Meyer.
Ce n'est pas comparable. Je connais les Allemands.
Cédez-leur le doigt, ils vous mangeront le bras... et puis
est-ce que vous ne voyez pas qu'ils cherchent la querelle? Personne ne leur demandait rien, tout allait très
bien, et tout d'un coup... Avec les Anglais, c'étaient nous
qui nous approchions de leur zone d'influence... on ne
peut pas comparer.

— Zone d'influence ou pas zone d'influence! Il y a la
guerre ou il n'y a pas la guerre, et c'est tout.

— On a pu s'entendre avec les Anglais, parce qu'au
fond nous considérons les choses de la même
manière...

— Vous n'allez pas me dire que Français et Anglais
ont un même idéal, tandis que ces vilains Allemands...
Les uns comme les autres ne songent qu'à se partager le
monde, en massacrant nègres ou jaunes, et c'est toujours le plus fort qui a raison...

— Je sais bien... mais il y a tout de même des règles
du jeu... quelque chose qu'on respecte... Je connais les
Allemands, je vous dis.

— Bien sûr, mon cher Meyer, votre femme est Allemande vous-même plus Allemand que Français...

— Mercadier! je ne vous permets pas!

— Je n'ai pas voulu vous blesser, mon ami, vous
savez bien que pour moi Allemand ou Français...

— Pas pour moi, Mercadier. Je suis Français, Sarah
est Française, nos enfants sont Français, et demain
l'histoire nous départagera...

— Vous voulez dire que vous vous battrez dans les
rangs de l'armée française? Vous êtes encore mobili-
sable? Oui, c'est vrai. Tout juste. Je vous souhaite que
la guerre ne soit pas encore pour ce coup, et qu'elle ait
lieu avant que vos fils aient grandi... Moi je suis hors
d'affaire : j'aurai juste traversé ce monde entre deux
massacres. Serviteur. Bien heureux de ne pas m'en être
mêlé.

— En attendant, quelle époque! On se souviendra de
ce mois de septembre... Quand on dira septembre on
voudra dire 1911... Agadir...

— Croyez-vous? la grande majorité des hommes se foutent de l'histoire comme de leur première culotte. La frousse passée, on joue à la manille, et tout est comme toujours, à la va-comme-je-te-pousse...

— Tout de même, Mercadier, si c'était la guerre?

— Eh bien, quoi! Si vous partez, avec Robinel, Souverain et les autres, nous aurons à faire marcher la boutique et je comprends votre anxiété avec l'état de Mme Meyer... Mais s'il y a la guerre, ce seront les gens comme vous qui l'auront voulue...

— Comment?

— Bien sûr. Toujours à dire qu'on ne peut pas céder à l'Allemagne. Ah, si ce n'était que de moi! Le Kaiser me demanderait Paris... Qu'est-ce que ça changerait?

— Vous n'êtes pas sérieux, Mercadier...

— Parfaitement sérieux. Voyez-vous, moi, tant qu'il y a de la place quelque part pour un homme seul... Votre soupente là-haut, ce n'est pas Guillaume qui me la retirerait... Je ne m'apercevrais pas de la différence...

— Enfin, Mercadier, vous êtes Français...

— Paraît. Ce n'est pas le moins comique. C'est toujours vous qui venez me le rappeler. Au fond, vous autres, Israélites, vous êtes des nouveaux riches. Maintenant que vous avez une patrie flambant neuve, alors vous marchez, vous marchez... Il n'y a pas plus nationaliste!

— Parfaitement. Pourquoi en serait-il autrement? J'aime ce pays, je lui suis reconnaissant de toute chose, de la liberté, de l'air qu'on y respire...

— Et les impôts que vous lui payez, contre lesquels je vous ai tant de fois entendu râler. Non, Meyer, ne prenez pas l'affaire trop personnellement, mais enfin s'il y a la guerre, ce sera en particulier, en Allemagne et en France, la faute des Juifs, qui sont toujours des patriotes enragés dans votre genre et veulent démontrer à tout bout de champ leur attachement au pays... ils seraient les seuls à gagner à une guerre : une sorte de lettre de crédit que cela leur donnerait pour l'avenir, je me suis fait tuer pour vous, alors vous n'allez pas me chasser! Les néophytes sont des gens dangereux. Nous autres, nous savons manger le pain de l'humiliation. La France en a l'habitude. Et puis tout s'arrange. Vous verrez. On cédera. Ceci ou cela... »

Était-ce la grossesse, mais pour la première fois Sarah n'était pas d'accord avec Georges. Elle voulait qu'on évitât la guerre à tout prix, elle pleurait, elle ne voulait rien entendre. Elle ne pouvait accepter l'idée que son frère et Georges se trouveraient dans deux armées ennemies. L'énervement de ces journées avait rapidement eu raison de Meyer. Malgré sa tendresse pour sa femme, ses soucis, l'enfant à naître, il se sentait de plus en plus résolu à la résistance, de plus en plus prêt à être soldat, à se battre, à quitter sa vie, son foyer, seulement qu'il ne soit pas dit que la France avait été humiliée. L'alarme passée, il en resta un certain temps désorienté, ahuri, la tête vide, peu apte à poursuivre son travail quotidien. Il se le reprochait : avait-il véritablement désiré la guerre? Non... et pourtant... Sarah retrouvait l'hébétude de la parturition.

Pendant tout ce temps-là, rue Ampère, Mercadier ne s'était guère trouvé à l'aise qu'avec la vieille Mme Meyer. Il s'habituait à elle, à ses manies puériles, à cette surdité mentale due à l'âge qui faisait qu'elle ne s'était pas émue spécialement en septembre. Elle disait : « Voilà quarante ans qu'on nous promet la guerre au printemps et puis il n'y a jamais la guerre! » En fait, la guerre avait éclaté entre les Turcs et les Bulgares, mais la guerre dans ces peuples-là, ça n'a pas tant d'importance. Les soirées étaient si belles pour aller au cinéma, soit par le bout de l'avenue de Wagram et la rue Demours, ce qui était le plus court, ou par la place Pereire et le long du chemin de fer sur le boulevard Pereire. Paris sur le pas de sa porte respirait de façon si paisible, le monde semblait une profondeur épaisse et perdue, un taillis inextricable où il n'y avait de réalité qu'animale, les gens, las de leur journée, bavardant, traînant les trottoirs, les fenêtres ouvertes sur les appartements d'ombre où l'on économise l'électricité, les enfants qui jouent, le reste de l'été qui se survit dans l'automne.

« A quoi donc passez-vous vos fins d'après-midi? »

demanda Mme Meyer à Pierre. « Vous pourriez m'accompagner au Bois, monsieur Mercadier, avant de dîner... Il faut profiter des derniers beaux jours et j'ai peur de me faire écraser avec cette circulation à la porte Maillot. Autrefois, les vieilles gens étaient plus heureux, il n'y avait pas toutes ces autos. J'aurais bien été un jour à Juvisy : je n'ai encore jamais vu leurs aéroplanes. Pensez un peu ! Ils ne sont heureux que quand ils ont trouvé un nouveau moyen de se casser la figure... »

L'agréable avec la vieille dame, malgré son accent allemand, était qu'on n'eût jamais besoin de répondre à ses questions, indiscrètes sans inconvénient. Ce soir-là, une drôle de rumeur traversait les Ternes. Ils entendirent au loin des clameurs, virent des gens qui couraient, une foule dans l'avenue devant Saint-Ferdinand. Ça n'avait pas l'air d'être des sportifs, cela avait un ton de colère. Ils surent le lendemain que c'étaient les manifestants revenant de l'ambassade d'Espagne où ils avaient été jeter de l'encre sur le mur. Une drôle d'histoire. A propos d'un anarchiste du nom de Ferrer qu'on avait exécuté, là-bas chez Alphonse XIII. Les idées des gens vraiment ! Qu'est-ce que cela pouvait leur faire ? Robinel dit avec agressivité qu'il s'agissait d'une sorte d'affaire Dreyfus. On ne le suivit pas sur ce terrain-là.

« Je vous l'avais bien dit qu'on céderait, que tout s'arrangerait... » Mercadier ne pouvait s'empêcher de triompher, mais la foudre fût tombée sur la maison que l'effet n'eût pas été plus grand que celui du journal annonçant le compromis passé par le gouvernement Caillaux. Du coup, Sarah rejoignait Georges, elle était aussi enragée que lui. Donner un morceau du Congo à Guillaume ! Ils étaient hors d'eux, et aussi Robinel, et les répétiteurs. Mercadier les considérait comme des fous. Qu'est-ce que ce bout de Congo pouvait leur faire ? Ils parlaient de trahison, ils demandaient jusqu'où on irait dans la voie des concessions. La maison était pleine de journaux, et ce n'était pas le moins extraordinaire de les voir d'accord avec L'Action française contre Caillaux, avec Clemenceau aussi d'ailleurs.

Georges disait qu'aux élections suivantes il voterait pour n'importe quel parti qui promettrait de rendre impossible une telle honte, le retour d'une telle honte. Lui, un radical fidèle, il était dérouté que son propre parti eût accepté ceci... pas tout entier, c'est vrai... Quant à Sarah, maintenant elle disait que mieux eût valu la guerre, elle avait renversé entièrement ses idées, elle détestait Guillaume avec une telle violence que peu lui importait que sa famille fût partagée entre les deux camps : son cœur ne battait plus que pour la France. La politique s'était emparée de l'école Robinel. Mercadier haussait les épaules. Tous ces braves gens se perdaient entre les journaux, les opinions, les hommes d'État. Unanimes à applaudir la chute du ministère, ils se partagèrent au sujet de Poincaré. 1912 commençait dans un tourbillon de problèmes. Aux repas de la rue Ampère on ne parlait que de la loi de trois ans et des bandits tragiques. Si on doit avoir la guerre, il faut être prêt. Les socialistes étaient seuls contre les trois ans. Il n'y avait pas de socialistes rue Ampère. Comment voulez-vous être socialiste quand on voit où toutes ces histoires de meneurs poussent les ouvriers ! La bande à Bonnot devint l'obsession majeure à l'école. Elle fit oublier la guerre. On ne peut pas avoir peur de deux choses à la fois.

VII

Était-ce l'état de Sarah qui faisait que la table était négligée, mais pour être négligée elle était négligée. Le café : de la vase, la viande... on aurait cru vraiment que c'était du caviar, on la donnait avec respect, et les légumes, toujours les mêmes, des haricots secs, des pommes de terre, des épinards... Les épinards n'étaient pas mangeables, sans beurre, et pleins d'eau. On vous pleurait le vin, et quel vin ! Comment s'arrangeait-on avec ces repas squelettiques pour avoir des restes ?

Incompréhensible. Mais il y avait des restes dont on faisait des ragoûts, pour changer un peu. Pierre Mercadier ne pouvait plus les voir, ces ragoûts, ils lui rappelaient ses repas de la veille et il n'y avait pas de quoi se réjouir.

Il était certain qu'on faisait aussi des économies sur le chauffage, et qu'il y avait plusieurs réparations dans la maison qui s'imposaient. La bonne se plaignait avec tous ces étages, mes jambes... on devrait être deux. Ces gens-là, notez, ne sont jamais contents. N'empêche que le chauffage faisait maronner tout le monde dans la maison. De toute façon, la chambre de Mercadier n'était pas chauffée, et l'hiver il ne pouvait y vivre que dans le lit, se calfeutrant, son pardessus sur les couvertures. L'ennuyeux, c'était pour y lire : la lampe au milieu de la pièce, et une ampoule à filament de charbon encore. Mme Meyer disait que les ampoules à filament métallique, c'était une invention de la compagnie pour faire dépenser davantage.

Le pire demeurait ces deux étages à descendre pour les cabinets. Je ne comprends pas les architectes... Quand on vieillit, l'intestin devient paresseux, et on souffre de ces choses-là. Si encore la nourriture y avait remédié ! Il aurait fallu manger des fruits, autre chose que des figues sèches... Les affaires de l'école ne marchaient pas fort, ça, Pierre pouvait s'en rendre compte : la rentrée avait été mauvaise, dix élèves de moins que la saison précédente. Pour Robinel tous ces sports faisaient du tort aux écoles : les parents ne poussaient plus aux études, préférant avoir des fils stupides mais avec des biceps. Le temps des humanités est fini : voici venir celui des chauffeurs d'autos. Sans compter que tout ce patriotisme braillard qu'on étalait maintenant dans la rue, ces retraites militaires, ces parades, donnaient aux enfants le goût plutôt de la gymnastique que du latin. Sur le malheur des temps, Mercadier avait l'habitude : il avait toujours entendu regretter le passé, probable que les jeunes gens n'étaient pas plus bêtes qu'autrefois ; les élèves restaient des élèves, seulement il y en avait moins. L'époque n'est pas pire, mais c'est cette fichue paresse de l'intestin.

Pour la nourriture, ça devenait exagéré. Cela créa même des rapports humains entre les répétiteurs et Pierre. Ils avaient enfin quelque chose en commun, un sujet de conversation. Est-ce que les Meyer se rendaient compte? Enfin, ils en mangeaient aussi de cette saloperie. Il est vrai que sous prétexte qu'elle était enceinte, on faisait des petits plats à Sarah, elle avait des œufs en plus, des laitages...

Elle avait pris une marotte, et elle en entretenait de temps en temps Mercadier : elle lui en faisait parler par sa belle-mère et même par Meyer. N'avait-il pas fait un retour sur lui-même, en septembre, quand on avait craint la guerre? Pensé aux siens? Son fils serait parti s'il l'avait fallu, et l'enfant de son fils, un garçon dans les quatre ans maintenant... Sarah avait eu des renseignements indirects et elle s'attendrissait, l'enfant qui était en elle l'inclinait à tourmenter Mercadier sur le sujet de sa famille abandonnée. Tout cela de l'histoire ancienne... Mercadier n'avait pas envie de voir le petit?

Pierre détestait ces conversations-là. Mais cela devenait une idée fixe chez cette femme, énorme maintenant, pour sûr ça ferait des jumeaux. Meyer devait avoir des ennuis, parce qu'il était de plus en plus absent, à table, quand on lui parlait. Une plaisanterie de Pierre sur les jumeaux n'eut pas l'air de lui faire plaisir. Il devenait rat, c'était clair. Il fuyait les explications avec son ancien ami qui se mettait à parler de son intestin, du chauffage détraqué. « Voyons, mon cher Mercadier, pourquoi ne voulez-vous pas revoir les vôtres? Non, ne m'interrompez-pas, tout le monde vous aime ici, et nous serions heureux de vous garder toujours... mais les années passent, le confort vous manque... vous ne pourrez pas toujours travailler... » Ces petites phrases glissaient dans le cœur de Mercadier la frousse de l'avenir : non pas le désir de retomber parmi les siens, idée intolérable, mais elles contenaient une sorte de menace sourde, déguisée, peut-être inconsciente. Aussi, une parade à ce qu'il allait dire sur la nourriture.

Quand le corps ne fonctionne plus très régulièrement, on se réveille comme si on n'avait pas dormi. On retrouve des nausées de la veille, des pesanteurs. Tout devient difficile, les plus petites choses. Certains jours, lever les bras pour prendre quelque chose un peu haut dans l'armoire constituait pour Pierre une fatigue intolérable. Il avait les jambes lourdes, et après trois pas, devait s'asseoir. Las d'essayer des laxatifs, tous avaient leurs inconvénients, et les meilleurs coûtaient cher. Dans la journée, le malaise s'atténuait, de telle sorte qu'avant le dîner c'étaient les meilleurs moments. Les matinées demeuraient horribles.

Un jour qu'il avait longuement parlé de tout ça, et de la façon dont on les traitait à table, avec M. Souverain, le plus intelligent des répétiteurs, Pierre que Sarah avait agacé à lui parler de son petit-fils, trouva le courage de dire à Meyer ce qu'il pensait. Il fallait que le ventre n'allât pas du tout pour qu'il s'y décidât : parce que autrement on ne cherchait qu'une raison de se débarrasser de lui pour faire des économies. Quoiqu'ils devraient courir longtemps pour trouver quelqu'un qui acceptât tous les boulots qu'on lui flanquait sur les épaules ! A sa grande surprise, Meyer prit la chose assez doucement : « Mercadier, mon vieux, nous sommes à la fois des amis et des collaborateurs... si, vous le savez bien ! Est-ce que vous croyez que j'ai oublié ce que vous avez été pour moi jadis ? Des amis d'abord. Cette école, nous l'avons fondée... avec Robinel... parce que enfin c'était l'idée de Robinel... avec les plus belles illusions... de trop belles illusions peut-être... mais dans un certain esprit... C'est la maison commune de ceux qui y travaillent... je veux dire les professeurs... personne n'est le patron ici ! Que ce soit moi qui y aie mis de l'argent, l'argent de Sarah, est un hasard. Cela aurait pu aussi bien être vous, ou Robinel, ou Souverain ou n'importe... Il fallait de l'argent, on a pris celui qu'on a trouvé. Je ne le regrette pas. C'est pourtant la sécurité de mes enfants, et maintenant en voici un de plus qui va naître... Je sais que vous ne regardez pas comme moi certaines choses. La responsabilité d'un père... enfin on n'est pas maître de ses sentiments. Mais les difficultés ici sont très grandes, vous le savez bien... Cette mauvaise rentrée... le prix de la vie monte, un vertige... Vous ne vous rendez pas compte, vous n'avez pas à faire votre marché : c'est effrayant... on se demande où nous allons... Je sais bien qu'avec tous ces sacrifices pour la défense nationale... mais, parfois j'ai des doutes...

— Meyer, vous me la faites à l'oseille avec votre défense nationale : la soupe est la soupe...

— Je voudrais que vous me compreniez bien : dans ces temps si durs on a besoin de tous ses amis. Le vrai patron, ici, ce n'est pas moi : j'ai dû emprunter à mon cousin, le père d'André Bellemine... C'est pour lui en fait, que nous travaillons, moi comme vous. L'affaire est délicate parce que enfin l'argent de Sarah que j'ai employé pour faire marcher la boîte... nous le devons aussi au cousin Lévy n'est-ce pas ? Vous savez que c'est grâce à lui, à son aide que les parents de ma femme ont fait leur fortune. Or, il s'est créé une situation : le frère de Sarah, en Allemagne, il est naturellement pour son pays... avec les difficultés internationales je ne sais pas, moi, il a dû se mettre en tête que c'était du patriotisme que de ne pas payer ce qu'ils doivent aux Lévy, qui sont Français. Alors, eux, multiplient les difficultés... c'est leur affaire et moi, là-dedans, je suis du côté Lévy, n'est-ce pas ? du côté français, mais le cousin Lévy est très gêné, et c'est le frère de Sarah... alors moralement... Quand nous avons repassé un accord cette année avec lui, le cousin Lévy s'est montré assez dur pour les paiements. Il se méfie, cet homme, c'est compréhensible ! Là-dessus le loyer a augmenté. Je le lui ai dit, remarquez... M'augmenter à la fois le loyer de la maison et le loyer de l'argent... Mais le loyer ce n'est pas lui, ce sont les Kahn et ça les Kahn... Mercadier, je n'en dors pas : comment joindre les deux bouts ? Le prix de la vie... un quatrième enfant...

— Dans ces conditions, Meyer, je ne vous comprends pas : vous n'êtes plus un gamin, vous savez ce que vous faites...

— Vous avez raison... mais c'est si gentil, les tout-petits... Je me demande certains jours... Que je doive un jour fermer l'école qu'est-ce que nous deviendrions tous ? Et l'argent des enfants que j'ai mis là-dedans ? »

Une fille naquit au mois de mars. « Ça ne vous dit rien, quand vous voyez ça », dit la grand-mère à Pierre en lui montrant cet horrible petit tas misérable devant lequel toute la famille s'extasiait. Il fallait bien être poli. « Excusez-moi, — murmura-t-il, — je suis attendu... » Quand il eut quitté la pièce, la vieille dame rêva un peu. « Je me demande, — dit-elle à sa fille, — quelle sorte de gens M. Mercadier fréquente... Tous les soirs, il a l'air d'aller rejoindre quelqu'un... Il n'est pourtant jamais en retard pour le dîner... Il ne dîne jamais dehors... Qu'est-ce que tu penses, toi, Sarah ? Il a quelqu'un ? »

Sarah ne s'en faisait aucune idée : elle était possédée par l'enfant, cette étrange chose d'avoir encore donné la vie. Elle dit : « Il va peut-être au café faire une manille... J'ai souvenir d'un professeur quand Georges était encore à Louis-le-Grand, on se demandait, célibataire... et toujours pris : eh bien, c'était le piquet, lui. Tout le monde ne peut pas jouer au whist. Tu crois que ce sera un garçon ? Si nous n'avons pas la guerre maintenant, ce sera pour lui, le pauvre petit ! Je crois que je préférerais... bien qu'alors Georges... mais Georges est un homme raisonnable, il saurait ne pas se mettre dans un mauvais cas ! Tandis que le petit... S'il y avait la guerre, on l'appellerait Victor... comme pour montrer que ça ne peut être pour nous que la victoire ! Une fille, Victoire, ce n'est pas à la mode ce nom-là, ça pourrait le devenir... »

VIII

Tous les jours, dimanches et jeudis exceptés, quand la porte s'ouvrait et que paraissait l'homme à la redingote, on savait qu'il était quatre heures et demie, réglé comme des petits pâtés. Il y avait des années que cela durait. L'homme à la redingote entrait, enlevait son haut-de-forme, hésitait toujours un peu où le mettre, puis, de façon invariable, l'accrochait au portemanteau de droite, relevait les pans noirs de son vêtement et soufflait légèrement. Il s'asseyait à la table de coin, plissait sa vieille peau brune autour des yeux, passait dans ses moustaches roussies de tabac la pulpe caillée de ses doigts courts et boudinés, puis commandait un bock d'une voix très discrète; il s'inclinait, cérémonieux, vers la patronne, qui quittait le comptoir et venait lui faire un bout de causette. Ils étaient gens de même âge, tous deux sous les armes longtemps portées de métiers différents : sa redingote à lui, le col dur et la cravate blanche, les souliers à élastique, c'étaient les répliques des frisettes qu'elle arborait, de ce fard maintenant en équilibre sur les joues toutes ridées et des dentelles noires du corsage sous lesquelles on apercevait un dessous de couleur et le bord d'une chemise blanche.

A quatre heures et demie, aux *Hirondelles*, il y avait rarement des clients, et ces dames bâillaient, regardaient des illustrés ou faisaient de petits travaux de couture. Mais c'était la coutume de ne pas se précipiter sur l'homme à la redingote. Il avait d'abord sa conversation avec Madame. Cela durait sept ou huit minutes. Puis il leur souriait, et elles se groupaient toutes autour de lui. Elles étaient six : Suzanne, Lulu, Mado, Hermine, Andrée et Paule. Toutes plutôt grasses, sauf cette grande bringue d'Hermine. Elles portaient des chemises de couleur et des bas noirs. Les seins chahutaient là-dedans... sauf toujours chez Hermine, avec son soutien-gorge rose pour se distinguer. L'estaminet, tout en glaces à biseaux, une au fond fêlée, un client brindezingue, décorée avec des glycines qui utilisaient la cassure, s'ouvrait à gauche sur le salon rouge, par une porte à tenture de velours passé vert et or. Le salon rouge, c'était le lieu de triage des clients, sur le chemin des chambres. Il entendait parfois des chansons et des rires, mais plus tard, aux lumières. Été comme hiver, on n'allumait que vers cinq heures et demie, six heures.

A l'heure où arrivait l'homme à la redingote, c'était tout le bout du monde s'il y avait là, quelque part, un consommateur, généralement un type en casquette. Un livreur d'eaux minérales, un facteur. Les *Hirondelles* n'étaient pas un café plus cher qu'un autre, ou à peine, alors. Il y régnait une espèce de calme provincial, quand la boîte à musique ne jouait pas *Petite brunette aux yeux doux*; on ne se serait jamais cru à deux pas de la République.

Pourtant l'homme à la redingote sortait du métro. Quelqu'un, une fois, l'avait vu. Il avait traversé la place précipitamment, évité l'omnibus de justesse et gagné la petite rue parallèle au boulevard en moins de rien. Sur le seuil, il se retournait, comme s'il avait craint d'être suivi.

Cela, depuis des années, et pourtant le cœur lui battait toujours. Pour ce qu'il faisait de mal! Il montait trois, quatre fois par an au premier. Il ne devait pas être riche. Et puis...

Mme Tavernier, la patronne, estimait beaucoup ce client-là, rapport à la causette. Il avait des façons à lui, de l'éducation, bien qu'il fût difficile à situer, son métier, son milieu. Il était trop attentif pour être un homme du monde, peut-être un avoué, il parlait parfois en latin. Il devait habiter du côté des Batignolles, à ce qu'il avait laissé échapper une fois. Mais on n'allait pas avoir l'air de lui tirer les vers du nez.

Quand il regardait les femmes, on se rendait compte qu'il n'avait pas l'âge qu'il portait. On lui aurait donné soixante ans bien passés. Il n'était pas grand, à poliment parler. Bouffi au visage, avec de la peau qui pendait au cou. Le teint pas net. Les sourcils épais. La moustache en chat. Il ramenait des cheveux encore noirs sur une calvitie presque totale. Ce n'était pas qu'il fût vraiment très gras, mais il faisait engoncé, et on le sentait mal à l'aise pour se tourner sur ses jambes courtes. Comme il avait encore de la prestesse, on ne se rendait peut-être pas compte qu'il était mal fait. Et d'ailleurs il n'était peut-être pas mal fait, alors. L'important, chez lui, ce n'était pas ça. Mais une espèce de grande tristesse qui ne le quittait pas quand il riait. Quand il pelotait les serveuses, c'était toujours à la dérobée et on eût dit qu'il s'en excusait, bien qu'il n'y eût pas de quoi. Sa voix était assez profonde et grasseyante. Il aurait pu être Tourangeau. Il lui pendait au gousset une chaîne de montre en argent avec une toquante du genre oignon au bout, qu'il tirait immanquablement vers les six heures. A six heures un quart, il se levait. C'était recta. Son bock vide, avec un peu de mousse au bord, traînait encore quelques instants sur le marbre. Puis un client entrait, le repoussait, et avec lui le souvenir de l'homme à la redingote. Les lumières se mettaient de la partie au biseau des glaces. La boîte à musique, au bout d'un rouleau, faisait son bruit de papier qui se rembobine, puis rejouait une romance.

Mado l'avait appelé M. Pierre, à cause d'un oncle à elle, et ça lui était resté. Comment lui demander son petit nom, on se serait sentie indiscrète, pas? Alors M. Pierre.

M. Pierre avait une conversation du genre mélancolique, c'est ce qui plaisait à Mme Tavernier. Elle aussi n'avait pas eu l'existence qu'elle aurait pu avoir. Bien qu'enfin mieux vaut finir comme ça, que sur les banquettes ou à l'hôpital. Il lui parlait de sa jeunesse, et remarquez qu'il ne semblait pas s'être passé grandchose dans sa jeunesse, ni par la suite en général. Mais au-delà de la trentaine, il devenait réservé. Comme sur tout ce qui se passait en dehors de cette heure trois quarts chaque jour aux *Hirondelles*.

Mme Tavernier, elle, lui racontait sa vie. Enfin à peu près. Elle brodait, il faut savoir présenter les choses. M. Pierre la connaissait, sa vie, d'ailleurs, avec toutes ces années qu'elle la lui racontait tous les jours. Lui, il se cantonnait plutôt dans les généralités. Mais le bizarre, ces généralités-là, ce n'était pas comme avec tout le monde. Par exemple quand quelqu'un dit : « Moi, j'aime les brunes », ou « le chiendent, c'est les enfants : ça vous bouleverse une existence », c'est toujours plus ou moins histoire de dire, au hasard du bavardage, un peu comme une formule de politesse. Le bizarre, avec l'homme à la redingote, c'est que chaque mot qu'il prononçait semblait toujours s'arracher du fond de lui-même, comme l'écho d'une grande expérience ou d'un fait précis. Aussi, ce n'aurait pas été qu'on n'interroge pas les clients, lui, on n'aurait pas pu l'interroger, on aurait craint de toucher à quelque chose d'intime et d'endolori. Fallait attendre que cela vînt tout seul. Il partait sur un propos quelconque de son interlocutrice, et alors... Oh, ce n'était jamais très long. Mais, par la suite, Mme Tavernier se rappelait ce qu'il avait dit. Quand elle se le rappelait, cela avait perdu cet accent qu'il y mettait, et c'étaient des choses toutes simples, comme les rêves, vous savez. Au fond, Mme Tavernier, elle, aurait voulu mieux le connaître, M. Pierre. Elle lui aurait bien offert un petit cognac. Elle n'osait jamais.

Des habitués, il y en avait d'autres aux *Hirondelles*. Et des messieurs aussi. D'un certain âge. Mais ce n'était pas la même chose. Leur habitude s'expliquait. Ils venaient là pour... Avec Pierre, il ne s'agissait pas de ça. Et puis il y avait cette tristesse comme il faut. Une question la turlupina longtemps, Mme Tavernier. Elle tournait autour. Elle se la formulait tous les jours vers trois heures quarante-cinq, quatre heures. Ce n'était pourtant pas bien malin à dire, elle ne s'y résolvait pas. Voyons, monsieur Pierre, comment est-ce que ça a commencé ? Ou bien : comment avez-vous pris l'habitude de venir ici ? Ou encore : avant de venir ici, monsieur Pierre... enfin est-ce que vous alliez dans un autre bobinard ? Elle savait bien que non, il le lui avait dit, mais ça aurait ouvert le robinet, ça l'aurait fait parler sur ce qui gênait Mme Tavernier avec lui. Dans les commencements, est-ce qu'elle n'avait pas pensé qu'il venait pour elle ? Au bout de trois, quatre ans, ça n'avait plus deux sous de vraisemblance.

Avec M. Pierre, il n'y avait qu'à avoir de la patience. Un jour, il se mit tout seul sur ce sujet. De quoi parlait-on ?

« Voyez-vous, madame Tavernier, — dit-il, — je m'étonne parfois moi-même de cette habitude que j'ai prise chez vous. Je m'étonne, littéralement. Oh, ne prenez pas cela pour de l'hypocrisie. Le lieu serait mal choisi !... Mais je m'étonne, que voulez-vous, je m'étonne parce que moi, je me suis connu auparavant.

Remarquez que venir ici, tous les jours, comme ça, ça ne demande pas beaucoup d'explication. Mais pourtant, si. Il y a là de la bizarrerie. Pas pour vous naturellement. »

Mme Tavernier aurait voulu dire que si, elle trouvait ça bizarre, elle aussi. Elle n'osa pas, et ce fut tout pour ce jour-là. Mais à quelque temps de là, comme il faisait souvent, il reprit cette conversation où il l'avait laissée. « Je me demande ce que le jeune homme que j'ai été penserait de moi s'il me rencontrait ici... Question idiote, madame Tavernier, mais qui me travaille. Oui. Les jeunes gens ne peuvent pas comprendre certaines choses. Voyez-vous, tant qu'on n'a pas senti que l'élan qui vous porte n'ira pas plus loin... sans même qu'on se représente quelque chose de bien défini... » Il rêva, puis il leva son médius gauche, dont l'ongle portait une dépression longue et profonde, et prononça avec une certaine emphase : « *Grande mortalis aevi spatium!* » Ce ne fut que des mois plus tard qu'il dit enfin là-dessus quelque chose d'explicite.

Comme s'il y avait besoin d'expliquer qu'on aime à venir traîner dans une maison comme ça! On a pris l'habitude de la promiscuité des femmes, ça n'est pas si facile de s'en passer. Traîner parmi les filles en peignoir, avec ce sentiment que ça ne tiendrait qu'à vous de monter... c'est un peu comme si, je ne dis pas la jeunesse, mais la vie se prolongeait. Il aimait les hasards de ces vêtements légers qui glissent facilement, le morceau de cuisse au-dessus des bas, une façon de montrer sa gorge sans la montrer, etc. L'important n'est pas ici de *consommer*. Étrange verbe! Pas de consommer, mais d'être là, à égalité avec les autres clients, je pourrais prendre n'importe laquelle, n'importe quand, il n'y a qu'un signe à faire. Ce n'est pas le plaisir qui compte, mais le potentiel du plaisir. Vous me suivez?

IX

Jules Tavernier installa son veston sur la petite chaise Louis XV et défit les boutons de son gilet. Il pleuvait très fort contre les volets de bois. La cheminée à gaz fonctionnait mal, elle toussait comme une poitrinaire. « Il y a de l'eau dans les tuyaux », remarqua Mᵐᵉ Tavernier qui, retirés sa jupe et son dessous pêche, assise sur le pouf jaune, le corset délacé, défaisait ses hautes bottines.

La chambre des patrons, avec son papier à couronnes de petites roses, ne différait guère des autres pièces des *Hirondelles* que par l'accumulation des bibelots, et un certain disparate des meubles. Le fond était fait d'un salon dépareillé, doré, mêlé à une chambre de bois noir, avec des sièges capitonnés souci que Mᵐᵉ Tavernier avait chez elle quand elle s'appelait Dora d'Annecy, il y avait vingt-cinq ans : et sur la cheminée l'horloge était surmontée d'une liseuse en bronze très chastement décolletée, et flanquée de deux flambeaux tenus par des pages d'airain avec un faucon sur l'épaule.

Jules Tavernier aplatit avec trois doigts son épaisse moustache noire, qui contrastait avec ses cheveux gris. C'était un homme solide encore, et qui ne serait pas resté avec cette vieille maquerelle, si elle n'avait pas eu la licence de la boîte, personnellement. Elle le savait, la garce, et elle le regardait, rentrant ses lèvres minces, comme quelque chose qui lui appartenait. Il soupira, et ôta du lit conjugal le dessus de peluche mousse.

Elle n'était plus très ragoûtante, Dora, avec sa poitrine toute desséchée près du corps, mais les seins encore gros et aplatis, et ce ventre bizarre, sans rien dire des fesses. Une vieille peau, quoi. Remarquez que Tavernier ne se privait pas de courir. Hors du boxon, bien entendu, on doit se tenir. Et puis il n'était pas forcé d'être poli avec la patronne, parce que sans ça... Mais il avait cette obligation, toutes les nuits, sur le coup de deux heures du matin, de rentrer se pieuter avec cette bique mal défardée, presque chauve, les frisettes posées sur la liseuse, et ses dents dans un verre à bord rouge dégradé. Quoi, on gagne sa vie comme on peut. Il n'était plus d'âge à faire travailler des jeunesses. Assez fort encore pour flanquer une tripotée aux clients de mauvais poil.

Dora tirait ses vieilles jambes flapies de leurs bas noirs. Elle releva la tête et apprécia les muscles de son compagnon. Elle voyait bien ce qu'il avait déjà de décati, Jules, mais il lui suffisait comme ça, elle en avait trop vu d'autres, des tenancières, qui s'étaient mises avec de jeunes gaillards et puis ça tournait mal, ils foutaient le camp avec la caisse, quand ce n'était pas des histoires avec les pensionnaires.

« Éteins ce gaz, Jules, — dit-elle, — il m'énerve avec sa toux. On n'a toujours pas livré les caisses de champagne, faudra-t-il encore que je te dise de les réclamer ?

— On les réclamera, geins pas toujours. Tu ferais mieux de surveiller Hermine. Mademoiselle te triche sur ses comptes ou j'ai la berlue.

— Hermine ? possible. Elle est menteuse, cette grande-là, c'est un plaisir... Mais pourquoi tu dis ça, tu as remarqué quelque chose ?

— Elle a fait trois clients, et qu'est-ce qu'elle t'a donné ?

— Bon. Je lui majorerai le peignoir qu'elle guigne, tu sais, le mauve avec des chichis... Éteins ce gaz, je te dis, c'est une vraie coqueluche à cette heure... »

Il y avait une petite odeur de rance dans l'air, comme toujours, et Jules regarda la fenêtre. Mais avec cette pluie, ça aurait fait humide pour ses douleurs. Il avait une patte qui l'asticotait de temps en temps. Il éteignit le gaz. Les deux lampes électriques du lustre à orchidées verdâtres parurent tout d'un coup plus tristes et plus sombres. La troisième, celle qui ne marchait pas, eut l'air de méditer.

« Je me demande, — dit Mme Tavernier, — ce que c'est au fond que ce M. Pierre... »

Elle avait parlé pour elle-même, en déposant ses bottines près du lit. Elle restait courbée, et sa chemise blanche à demi sortie du pantalon qui lui tombait aux genoux faisait un bec en l'air, que Jules contemplait machinalement. Elle répéta : « Je me demande... » et Jules enleva son gilet, ouvrit sa chemise à raies bleues et blanches, sous laquelle apparut un sous-vêtement de jersey beige, et soudain il éclata :

« Encore ton M. Pierre : il commence à me courir, ce coco-là ! Qu'est-ce que tu as, à ne parler que de ce particulier ? »

Dora, demi-nue, hideuse à souhait, elle ressemblait à ces sacs si commodes dans lesquels on met tout ce qu'on veut et qui se déplissent au fur et à mesure qu'on les emplit, frissonna et attrapa sous l'oreiller une chemise de toile chiffonnée : « J'aime ça, — dit-elle, — quand tu es jaloux. Ça te va au teint. »

Pendant qu'elle se glissait sous les draps, Jules maronnait. Jaloux. Évidemment pas jaloux de ce vieux jeton en redingote. Ça ne fait rien, ça l'agaçait, la régularité de la bourgeoise à lui ressortir, comme ça tous les soirs, en posant ses bottines, ce client de l'estaminet, et ses manières, sa conversation. D'abord il ne lui voyait rien de curieux. Un miteux qui aurait bien voulu s'envoyer de belles petites, mais devait se restreindre, question monnaie. C'est pas avec des michés de ce genre-là que le commerce irait très fort, des fois. Non, alors. Alors qu'on ne nous bassine plus avec... « Qu'on ne nous bassine plus avec ce père La Colique ! » proféra-t-il à voix haute.

Père La Colique ! Dora était suffoquée. Bien qu'à vrai dire c'était un peu ressemblant. Père La Colique ! Tout de même, un client si poli !

« Ça t'étouffe, parce qu'il est correct avec moi, M. Pierre... Tu aimes des fois mieux quand c'est comme le type de l'autre jour... qu'il a fallu que j'aille te chercher...

— Ça va, ça va, — conclut Jules, — tu sais où je me le mets, ton amoureux. »

Pour qu'il n'y ait pas d'équivoque, il s'expliquait du geste. Il rejeta ses bretelles et tomba son pantalon. Mme

Tavernier, s'installant dans les oreillers, réfléchit un instant pour dire : « Ça ne fait rien, mon salaud, tu es vraiment grossier. »

Jules était déjà presque endormi quand Dora se retourna contre lui sous la courtepointe. Elle continuait ses pensées sans doute comme si Jules avait donné la réplique.

« Tout de même, tu diras ce que tu voudras, — murmura-t-elle, — mais il a quelque chose de pas comme tout le monde... Je vois bien qu'il n'est pas heureux... Il ne dit pas le contraire d'ailleurs... Alors, ce soir, je lui ai dit... On avait parlé comme tous les jours... Je lui ai dit, monsieur Pierre...

— Ah! bon, c'est encore celui-là qui nage sur la soupe », grogna Jules en s'enfonçant dans la plume. Mais Dora l'ignora. Elle poursuivit : « Je lui ai dit, monsieur Pierre..., est-ce que vous n'avez jamais pensé à vous marier ? Vous seriez peut-être plus heureux... Qu'est-ce que tu as à te marrer ? Ce n'est pas parce qu'on tient un claque qu'on n'a pas de sentiments, peut-être !... Vous seriez peut-être plus heureux, monsieur Pierre, avec une petite femme chez vous, votre maison...

— Alors qu'est-ce qu'il a répondu ?

— Tiens, ça t'intéresse ? Eh bien, justement. En fait de réponse, M. Pierre, il s'est tordu comme une baleine. Quand tu auras fini de rire, tu le diras...

— J'ai bien le droit, moi aussi...

— Tu es grotesque. Toi, tu ne sais pas ce qui te fait rire. Lui, il sait. Il n'en finissait pas de rigoler. Il en avait les larmes aux yeux. Il ne pouvait que dire : "Elle est bien bonne, madame Tavernier, elle est bien bonne." Moi, je trouve ça plutôt... Pas toi ? Un homme si réservé ! Quelquefois, quand j'ai un mot un peu libre avec lui, je me reprends, ça me gêne... Et il se boyautait, il se boyautait... Tu dors, Jules ? Parce que si tu dors, tu pourrais le dire... Je ne m'échinerais pas à te distraire... »

Le lendemain, Dora proposa un apéritif à M. Pierre. Il refusait. « Voyons, — dit-elle, — c'est ma tournée... »

Elle s'était méprise. « Que voulez-vous, madame Tavernier, — soupira M. Pierre, — d'autres avec l'âge deviennent alcooliques. Je les comprends, mais mon foie me le défend... On se permet ce que la carcasse permet. C'est comme un château qui s'effondre par morceaux...

— Plaît-il?

— Par exemple, tenez, je connais des hommes de mon âge qui font de la bicyclette. Le dimanche. La semaine, ils y rêvent. J'aurais pu faire de la bicyclette. Mais voilà : j'ai des varices. Oui, madame Tavernier, désolé de vous désappointer... Je ne vous montre pas mes mollets, n'est-ce pas? Des varices. Peut-être est-ce que dans mon métier, j'ai beaucoup stationné debout... »

Mme Tavernier se demanda si les avoués ne devaient pas rester sur leurs pieds des heures, dans leur profession. On ne sait pas trop comment ça fonctionne, un avoué. Et puis M. Pierre n'était peut-être pas du tout un avoué, après tout. Il parlait : « Avec ça, j'ai une hernie. Oui. Une hernie inguinale gauche qui me force à porter un bandage. Ce n'est pas que ce soit très gênant. On s'habitue. Mais enfin il y a toujours le risque, si on se néglige, que cela s'étrangle. J'ai un copain qui est mort comme ça... Je n'oublierai jamais l'odeur de sa chambre... »

Par la porte du fond, Jules Tavernier parut. Il avait son chapeau melon et son costume de sortie. Dora, penchée sur le marbre de la table, les bras allongés, les mains jointes, inconsciemment s'écarta un peu de M. Pierre.

Jules ignora le client et s'avança vers la patronne. Ces dames regardèrent avec surprise : c'était là une scène inhabituelle. Jules dit avec un air d'importance : « Je sors. Je serai au *Bar-Y-Ton*. Avec M. Morero. » Ce n'était pas le genre de Jules de prévenir de ses sorties ni de ses rendez-vous. Mais Morero était le patron des *Glycines* et de la rue Papillon. Un personnage. Et pour un petit tôlier, une relation. « Tu rentres dîner, — demanda Mme Tavernier. — Je te fais des salsifis... » Il répondit d'une façon évasive. De l'autre côté de la pièce, Andrée et Mado, assises de part et d'autre d'un marin, comparaient leurs nichons, Pierre suivait négligemment la scène. Il y eut un silence après le départ de Jules. Lulu, Hermine et Suzanne étaient accoudées au bar, parlant entre elles. Les autres travaillaient. Mme Tavernier reprit doucement, comme si personne ne les avait interrompus : « Il doit y en avoir à tous les prix, mais pour avoir un bon bandage, là qui vous tienne bien, faut certainement mettre gros... J'en ai vu boulevard Sébastopol... C'est des statues dorées qui portent ça chez eux... Un magasin avec toutes sortes de médailles... Des prix qu'ils ont eus dans les expositions... A New York, je ne sais pas, moi... justement pour des hernies... »

Le rire chatouillé de Mado ponctua les réflexions de Mme Tavernier. M. Pierre se fit le plaisir d'une petite gorgée de bière. Du revers de la main chassa la mousse de ses moustaches. Elle pensa : *un chat qui boit de la bière*... et se trouva incongrue. Lui se renversa d'un rien et, clignant des paupières : « Ce n'est pas tant le prix, chère madame », reprit-il et il ne poursuivit pas cette pensée, saisi soudain de quelque chose qui ne l'avait pas frappé tout d'abord dans les propos de Dora. « C'est très gentil à vous de considérer cela de ce point de vue, je m'en rends compte, et de me mettre ainsi à mon aise. Voilà, comprenez-moi bien, au fond ce qui fait malgré tout qu'un homme de mon âge est chez soi aux *Hirondelles*. Ici, mes petites infirmités sont bien prises. Elles ne sont pas des questions. Tenez, Mado... quand je suis monté avec elle... Elle ne m'a pas demandé qu'est-ce que tu as là ? D'abord parce qu'elles s'en fichent, toutes. Elles en ont tant vu ! Et de plus répugnants, sans vraiment me vanter... Elle m'a dit, Mado : "Fais voir si ça saute quand tu tousses..." Tout de suite elle m'a expliqué, avec beaucoup de tact, qu'elle avait eu un client, un étudiant en médecine, tout jeune et joli garçon, qui avait une hernie qui lui descendait dans les bourses... Du coup, je me sentais rajeuni, et même ma hernie, eh bien, ça devenait un petit jeu de société : où est-ce que je trouverais du cœur comme chez ces filles-là, madame Tavernier, où diable? »

Dora ne répondit rien. Elle regrettait, sur cet exemple, de n'avoir pas dit que les statues du boulevard Sébastopol, c'étaient des types superbes, des athlètes. En même temps elle regardait Mado avec un drôle de mélange de sentiments. Il y avait bien deux mois que Pierre était monté avec elle, et il en parlait encore.

Dans tous les jours qui suivirent, elle chercha dans les journaux les réclames pour bandages herniaires. C'est comme quand brusquement un pays auquel on n'a jamais pensé, un pays lointain, Honolulu par exemple, on apprend qu'un neveu d'une dame qu'on connaît y habite depuis trois mois. Tout de suite, c'est un peu soi-même, et on regarde Honolulu sur les atlas. Un matin, Mme Tavernier poussa jusqu'au boulevard Sébastopol, et contempla avec intérêt l'Apollon du Belvédère et le Discobole avec leurs ceintures de cuir. Le Discobole lui rappela un amant qu'elle avait eu vers 1890, et qu'elle avait été voir à Fresnes après une histoire de rixe, Alfred, Alfred Renard, même... Seulement, Alfred, lui, il n'avait pas de hernie. Ni de varices.

N'empêche une hernie, tout le monde n'a pas une hernie. Dora aurait facilement trouvé qu'une hernie, cela faisait distingué. Particulier en tout cas. Et elle saurait se conduire, elle trouverait des attentions aussi que Mado, des petits mots tendres, elle lui dirait : *ta petite hernie chérie*... Parce qu'elle le tutoierait. Drôle, drôle. C'était bien la première fois de sa vie que cela lui faisait comme bizarre, l'idée de tutoyer un homme.

X

On passait sous une voûte basse et noire de laquelle ne s'en allaient jamais les poubelles, repoussées dans un coin le jour, et légèrement avancées la nuit, comme pour faire trébucher. Il n'était pas rare que les rats en sortissent vers la rue où ils disparaissaient dans l'égout. Il régnait là une odeur de vieille lessive mêlée aux graillons des cuisines. La cour biscornue était le fond d'un puits sombre aux parois disparates où le soleil ne dépassait pas le troisième étage en été. Il s'y avançait une cabane vitrée avec des rideaux à sujets au-dessus du robinet à eau éternellement desserré et d'où l'humidité fuyait entre les pavés disjoints. C'était la loge de la concierge du 9. Les *Hirondelles*, bien que dépendant de la même entrée, portaient le numéro 11. On en voyait bomber le croupion dans la cour, l'étranglant face à la loge : la cuisine donnait là, avec ses carreaux noircis, ses relents de graisse, et la fumée. En s'avançant entre la loge et cette rotonde, on apercevait l'arrière-cour qui faisait trois mètres de long sur trois de large et où donnaient deux portes et une fenêtre. Une porte était celle de l'escalier numéro 2 (le numéro 1 débouchait sous la voûte), l'autre le logement de la famille Méré. La fenêtre aérait aussi les Méré. Si on peut dire. Le logement faisait une pièce et une entrée. Celle-ci était juste assez grande pour que ses portes, l'extérieure, l'intérieure, se cognassent si on les maniait à la fois. Aussi laissait-on celle de la cour ouverte en permanence. Dans la pièce habitaient Eugène Méré, ouvrier en chaussures, un colosse châtain sur de petites jambes, avec des yeux comme des trous d'épingle, sa femme, Émilie, qui avait été si jolie, et cinq enfants, le dernier au sein : cela avait l'air d'un problème de patience, comment placer tout ce monde à la fois dans la pièce, étant donné qu'aucun des habitants ne pouvait marcher au plafond ?

Aussi le mobilier comprenait-il le strict nécessaire : un lit où couchaient les parents et le tout-petit, une sorte de canapé qui avait été vert, tout découpé en l'air, à la façon des accolades de calligraphie, un pied manquant remplacé par une barre de fer, ramassée dans la rue, et que Méré avait fichée dans le plancher où les trous ne manquaient pas. Les garçons y dormaient, un à chaque bout, se flanquant des coups de pied mutuellement aux fesses. Les deux filles avaient été aménagées dans une espèce de caisse rembourrée avec un matelas fait d'une toile sur des vieux journaux, œuvre d'Eugène. On la retournait le jour pour faire table, pas d'autres sièges hors le lit et les épinards passés sous l'effet de la pisse des gosses. Déjà, comme ça, on avait de la peine à se retourner. Aussi, dès qu'il faisait jour, Émilie et les plus petits vivaient-ils tout de suite dans l'entrée où on possédait une chaise noire, en paille, presque intacte, et dans l'arrière-cour, immédiatement encombrée dès qu'un passant cherchait à atteindre l'escalier. Les deux aînés, une fillette et un garçon, s'éclipsaient dès le matin pour trouver dans les rues de quoi jouer des coudes. Le père partait au travail, ou pour chercher du travail. La suie tombait des toits quand la fumée rabattue par le vent ne vous prenait pas à la gorge. Sur les murs suintants et noirs, les enfants avaient tracé avec un clou toutes sortes de dessins mystérieux, et des traits onduleux et longs. Sur le côté, entre la cuisine des *Hirondelles* et la fenêtre, il y avait un mur d'un étage et demi, surmonté d'une grille qui faisait prison. Cela séparait la cour du 9-11, de la cour du 13. Sur ce mur-là, une fantaisie : un peu plus qu'à hauteur d'homme une tête de bronze, un faune aux yeux exorbités, avec des raisins dans les cheveux, tenant un anneau verdâtre dans les dents. Cela servait jadis, paraît-il, à attacher les chevaux : mais où diable les fourrait-on, ces chevaux attachés, dans ce boyau trop petit pour jouer à saute-mouton ? Émilie ne se le demandait plus.

Quatre enfants sur cinq étaient nés entre ces murs. L'aînée avait huit ans. Le service militaire avait mis quelque distance entre le second, Gaston, qui en avait sept, et le reste de la nichée. C'est ce qui avait fait du reste qu'alors, bien qu'on eût pu, on n'avait pas déménagé de ce trou de souris, où d'abord, à moins de vingt ans les deux amoureux s'étaient terrés avec le petit, sans trop rien voir qu'eux-mêmes, et rigolant de ce bordel, là tout près, d'où s'échappaient l'odeur des frites et parfois des chansons.

On aurait pu le soir s'éclairer au gaz. Mais c'était seulement dans les bons jours qu'on pouvait se payer le bec papillon dont les pointes fichaient le camp brusquement dans des directions inattendues, et qui vous faisait tousser, et qui chauffait trop pour l'été, mais l'hiver ce n'était pas du luxe. D'habitude, avec la rareté du travail, on avait une lampe à pétrole, ou une bougie qu'on coupait en morceaux, pour ne pas être tenté de la brûler d'un coup, quand ça manquait de pétrole. Une lampe à réservoir vert spiralé, dont la mèche faisait tout le temps des ennuis. Alors on retirait le verre, et avec une épingle à cheveux... Sur le bord de la fenêtre, il y avait un petit réchaud noir. Là-dessus on faisait toute la cuisine qui empestait la pièce. Le grand chic, c'était de manger des conserves, de la charcuterie. On ne pouvait pas toujours. C'est cher de dîner froid! Il y avait trois édredons pour les trois lits. Rien d'autre. Le linge depuis longtemps avait servi à toutes sortes d'usages. Les parents avaient encore une couverture de coton rose, qu'on lavait de temps en temps dans la cour au robinet près de la loge, malgré les cris de la concierge. A condition d'avoir du savon. Tout le temps de l'opération, les petits se traînaient dans la lavasse, qui faisait des ruisseaux bleus, Émilie s'engueulait avec la vieille qui, sa fenêtre ouverte, dans la loge, piquait sa crise, et devenait noire de colère de ne pouvoir bouger, à cause de ses rhumatismes. Elle avait ses rhumatismes les neuf dixièmes de l'année. Partout ailleurs on te vous l'aurait mise à la porte, une vieille chipie impotente, et sale, et feignante. Mais ici qui aurait accepté le voisinage des *Hirondelles*? Elle était là depuis trente-cinq ans sans démarrer, alors. Émilie, quand elles ne s'engueulaient pas, lui faisait tout son travail, ses escaliers. Même quand elle était enceinte. Ça ne se discute pas, il faut bien s'aider.

Un vrai marron sculpté, cette pipelette, ni grande, ni petite, plutôt grosse, mais du bouffi. Ses mains toutes déformées par les douleurs, ses jambes lourdes et gonflées, avec des ulcères qui s'ouvraient et se fermaient rien que de les regarder. Elle parlait de sa jeunesse, quand elle faisait les marchés. Elle vendait de la mercerie sous un parapluie, et les bouchers, les maraîchers, la courtisaient. C'était là qu'elle avait connu son défunt, dont le portrait pendait toujours dans la loge, si enfumé qu'on ne voyait plus guère que les moustaches, mais, ça, des vraies ! Elle racontait à Émilie les histoires de cette époque lointaine : « Quand je faisais les marchés... » C'était le temps de la grande aventure : alors les gens n'étaient pas ce qu'ils sont aujourd'hui, et si on lui avait dit qu'elle finirait comme ça dans cette taupinière, avec des guibolles pareilles, et la puanteur, et les rats, et cette malédiction de famille sur son dos...

« Allez, allez, — disait Émilie, — vous n'êtes pas fâchée de l'avoir sur le dos, la famille Méré, quand ça ne serait que rapport aux escaliers, madame Buzelin ! »

Alors Mme Buzelin criait dans ses dents cassées que s'il y avait un Dieu et une Sainte Vierge, et une justice encore elle ne serait pas là à se faire insulter par une Mme Méré, sous le prétexte que celle-ci lui donnait un coup de main de temps en temps, et encore rapport à ses jambes, sans ça, elle qui avait fait les marchés ! Une jeune femme qui ne devait pas être grand-chose pour rester ici avec ce voisinage, que c'était une honte. Là, Émilie en avait sa claque, et elle criait à son tour que la mère Buzelin commençait à lui courir sur le haricot, qu'elle savait bien que si on avait pu tout à fait payer le loyer on aurait mis les bouts de bois depuis longtemps, mais qu'ici on restait parce que le propriétaire était accommodant, à cause du boxon, et de l'impossibilité de trouver quelqu'un d'assez poire ou d'assez purée pour reprendre la turne si les Méré décampaient.

D'en haut, par une fenêtre où s'étiolait un pot de fleurs sans fleurs, une voix tombait sur les deux femmes : « Vos gueules en bas ! » C'était M. Caudron ou M. Dumesnil. M. Caudron était façonnier sur métal, M. Dumesnil travaillait la perle avec sa femme et sa fille pour les couronnes mortuaires. Tous pas jeunes, les yeux usés, le caractère à fleur de peau, et le cœur ulcéré du voisinage des *Hirondelles*.

Émilie Méré aimait bien pourtant quand Mme Buzelin se mettait à raconter comment ça se passait quand elle faisait les marchés. Elle s'en moquait, mais elle écoutait. La banlieue, les faubourgs, jusqu'en Seine-et-Oise. Ces histoires-là vous faisaient voyager un peu plus que les quelques courses du jour, pour aller chez l'épicier, chercher le lait, ou le matin les Halles où on avait de la denrée au rabais. Mme Buzelin racontait. Le prix des choses alors, avant que tout ait renchéri que c'était une folie. Les lacets de souliers, tenez. Et où on pouvait se procurer des beaux boutons de corozo à bon compte. C'était un mot qui faisait rêver Émilie. Corozo. Elle ne l'avait jamais entendu prononcer à qui que ce fût avant Mme Buzelin. Corozo. C'était un mot étrange comme certains soirs de printemps. Il revenait souvent dans les récits de la vieille.

Puis il y avait les histoires des marchands à la sauvette. Ah ça, sans fin ! Toute la romance de sa jeunesse était là-dedans, les histoires des marchands à la sauvette, à la mère Buzelin. Émilie la suspectait d'avoir eu un faible pour un type qui pratiquait ce truc-là du côté de Gentilly, et dont la vieille avait parlé plusieurs fois. C'était avant de rencontrer Buzelin. Il n'en avait jamais rien su, Buzelin, malgré ses moustaches. Il était mort sans rien savoir, et son épouse en riait encore sous cape, jusqu'à ce que ses articulations la rappelassent à la dignité conjugale.

Sur un petit tabouret, dans la cour, ses pieds nus dans l'eau sale qui croupissait à cause de la mauvaise pente de la cour, Nénette qui avait trois ans regardait avec obstination quelque chose que, de la loge, sa mère n'apercevait pas. Elle était trop sage, il devait y avoir du malheur : « Vous m'excuserez, madame Buzelin... » Ça ne pouvait pas rater. Les deux gosses, Nénette et Riquet, le bec ouvert, en bavant, regardaient la dame qui leur faisait des signes par le vasistas des *Hirondelles*. Une colère noire prit Émilie aux entrailles. Elle aurait hurlé ses plus grosses, ses plus sales injures. Mais elle se rappela que de temps en temps, on était venu de ce sale bobinard chercher Méré pour un coup de main aux gros ouvrages... et bien qu'à chaque fois elle eût pleuré des heures, et râlé, et tapé les murs, il fallait bien compter avec ça, et ravaler sa honte, et cacher à ces ordures ce qu'on pensait d'elles. Bien que la loi leur interdise de se montrer, à ce que disait Méré. C'est pour ça qu'on appelle ça des maisons closes. Mais se montrer à Nénette et à Riquet, à Émilie, femme Méré, tu parles qu'il n'y a pas de lois qui entrent dans de pareils détails!

Elle emporta les mioches qui crièrent, d'un bond, dans la chambre misérable et noire, et elle s'assit sur le canapé vert pisseux pour laisser son cœur se remettre. Tout d'un coup, tout tourna et elle sut qu'elle allait vomir.

O Jésus Marie, si elle allait encore être enceinte!

XI

De l'autre côté du salon rouge, il y avait une sorte de grande antichambre au pied de l'escalier, dans la deuxième entrée des *Hirondelles*, celle des clients qui ne voulaient pas traverser l'estaminet. Au pied de l'escalier s'ouvrait un petit bureau, et dans le petit bureau se tenait Mademoiselle.

Mademoiselle avait atteint l'âge canonique des sous-maîtresses. C'était une petite brune, légèrement séchée, serrant des lèvres boudinées sur des fins de phrase, avec des yeux de charbon à peine fardés. Habillée de noir, d'une façon un peu province, elle était corsetée à étouffer, et ne perdait pas un millimètre de sa dignité, sauf quand messieurs les clients tardaient à lui remettre une pièce. Elle tendait alors la joue, comme pour une gifle, et frottait un peu nerveusement ses mains courtes et mal soignées, et son visage jaune se tordait avec une expression doucereuse de politesse et de grivoiserie, qui montrait à gauche une canine d'or. C'était tout à coup de cette duègne sévère une allusion si directe à ce que le client venait de faire, que celui-ci se fouillait précipitamment. Alors les coins de la bouche de Mademoiselle tombaient, tout dans son visage se déplissait, sans expression autre que l'attente, et les yeux pesaient lourdement sur le porte-monnaie. Les cheveux de Mademoiselle étaient relevés à l'ancienne en chignon sur le haut du crâne. Pas de frisettes, mais quelques mèches follettes sur le cou, par-derrière.

Personne ne l'appelait que Mademoiselle, sauf Tavernier qui lui donnait parfois son nom, Marie. Elle manifestait alors, à chaque fois, une certaine humeur, et du bout de ses grosses lèvres elle répondait : « Mon cousin », car Tavernier était son cousin qui l'avait engagée quand Dora avait repris la boîte avec ses économies. A la condition pourtant que Marie dirait toujours Madame à Dora, et Monsieur à Jules. C'est ce qu'elle lui rappelait quand il s'oubliait lui, jusqu'à ne plus lui dire Mademoiselle.

Sauf le petit cerne bleu sous les paupières, Mademoiselle eût pu être prise pour une libraire de la place des Petits-Pères, ou une dame de sous-préfecture, légèrement déchue. Il ne lui restait rien de la carrière galante qu'elle avait eue dans plusieurs garnisons, il faut le dire, avec très peu d'éclat, et des malheurs pour finir.

Elle détestait les pensionnaires, ces filles, disait-elle. Et celles-ci le lui rendaient, parlant entre elles fielleusement de la Marie. Il n'y avait qu'Andrée qui lui tînt conversation, histoire de se faire raconter les aventures de Mademoiselle, l'écoutant l'air bien honnête pour s'en torboyauter ensuite avec les autres.

Mademoiselle détestait plus encore Dora, Madame. Je vous demande un peu, jolie Madame, ah ! la la. Il y en a qui ont de la chance voilà tout. Et d'autres qui n'en ont pas. De la chance encore, entendons-nous : il y en a qui ne reculent devant rien... L'index spatulé de Mademoiselle s'élevait devant ce nez gras et tournant bêtement court qui était pour beaucoup dans ses insuccès. Il s'agitait, cet index, de telle sorte que chaque vibration avait l'air de se rapporter précisément à une de ces choses devant lesquelles Madame ne s'était certes pas arrêtée, avec le peu de délicatesse qui la caractérisait, on se demande ce qui la retiendrait, celle-là !

Dans sa loge, ou si vous préférez, si ça ne vous gêne pas, si ça ne vous fait rien, dites dans son bureau, parce que enfin, sous-maîtresse peut-être, mais pas concierge, il faut distinguer... dans son bureau donc, Mademoiselle lisait des romans à longueur de journée, levant la tête quand quelqu'un se hasardait sur le seuil, prête à dire : « Vous *desirez*? » comme à la Comédie-Française, sans accent sur le premier *é*.

Quelquefois le client hésitait, elle se levait pour lui ouvrir la porte de l'antichambre brillamment éclairée, si gentiment Louis XVI bleue et jaune, récemment réaménagée. Surtout quand il pleuvait. Cela fendait le cœur de Mademoiselle de voir des messieurs sous la pluie. Les jeunes comme les vieux : elle n'avait pas de préférence.

C'était elle qui frappait alors dans ses mains : Voyons, mesdames... Et, à travers le salon rouge, on entendait des rires, des bruits précipités. Ces dames arrivaient, le menton en avant, toutes voiles dehors, comme des oiseaux curieux : « Oh, celui-là, c'est un chou... » ne manquait pas de s'écrier Suzanne, jusqu'au jour où cette gale d'Hermine s'était mise à le dire avant elle. C'était aussi Mademoiselle qui venait toquer à la porte quand un client exagérait : « Mado!... — Oui, qu'est-ce que c'est, Mademoiselle? — Il y a quelqu'un qui vous attend... » Il y a des gens qui sont d'un long! Qu'est-ce qu'ils se croient? Chez eux peut-être. Enfin, allez demander à tout le monde d'être bien élevé, ou d'avoir du tact.

Mademoiselle pourtant ne détestait pas les clients : ces messieurs étaient pour elle les rois de la création. Il y en avait de généreux. Les autres, parfois, se gênaient. Et puis, bien sûr, il y a les mufles. Ce serait trop beau. D'une façon générale, des gens tellement au-dessus de ces filles qu'ils venaient voir! Souvent même on s'étonnait positivement... Ce qui n'empêchait pas Mademoiselle, à la sortie, de faire sa plus suave gargouille pour susurrer : « Monsieur a eu tout ce qu'il *desirait*? » Toujours comme à la Comédie-Française. Le commerce est le commerce.

Mademoiselle mêlait dans sa tête le client qui venait de monter et les personnages du bouquin qu'elle était en train de lire. Parfois même, quand c'était un monsieur à l'air important, avec une serviette, de la magistrature, qui sait? elle rêvait, abandonnant Bourget ou Félicien Champsaur. Elle y allait de son petit roman. Tout un monde s'ouvrait à elle. Des appartements luxueux. Des femmes capiteuses. Des banquiers qui d'un geste pouvaient jeter sur le marché... je ne sais pas, moi! Et c'étaient des réceptions, des cinq à sept. Oh, ces *five o'clock!* ces *five o'clock!* les conversations qu'on y entendait... spirituelles, profondes... lascives parfois... pas trop... juste ce qu'il faut... les moustaches bien peignées dans le cou flexible de la charmante hôtesse... « Vous viendrez... vous viendrez... — Ah, commandant, commandant, vous m'affolez, positivement, vous m'affolez! »

Mademoiselle portait sur un agenda du Gagne-Petit ce qu'elle appelait les courses de ces dames. Elle sonnait Félicie, la bonne, quand elle entendait en haut une porte s'ouvrir. Mademoiselle avait l'ouïe très fine. Félicie la remplaçait au bureau, quand elle remplaçait Madame à l'estaminet. Soit que Dora allât préparer de petits plats pour Jules, soit qu'elle sortît faire ses emplettes. A l'estaminet, pas mèche de lire, Mademoiselle détestait l'estaminet. Si on lui avait dit, plus jeune, quand elle plaisait encore, qu'un jour elle aurait à s'y tenir.

Avec ça que ces dames vous asticotent. Vulgaires, cela va de soi. On n'allait pas attendre d'elles des manières de princesses. Mais enfin. De ces gestes, et de ces propos! Cela fait rire les hommes. Moi, c'est peut-être pourquoi je n'ai pas réussi, je n'ai jamais pu, jamais. C'est curieux même que ça plaise. Ce qui attire les hommes dans la féminité, est-ce que ce n'est pas le mystère? Ah va te faire... justement. Il est vrai que ces dames ne voient pas plus loin. Si Eugénie de Montijo s'était conduite comme cela avec le prince, eh bien, elle n'aurait jamais été impératrice! Mais ces filles seraient-elles là, si elles avaient deux sous, que dis-je deux sous, un sou d'ambition?

Hermine effrontée répondait généralement à de tels propos que Suzanne et Andrée provoquaient, par une mimique d'une bassesse et d'une cochonnerie qui n'avaient pas de nom. Hermine, la pensionnaire la plus demandée de la maison, pouvait se permettre.

Mademoiselle alors les regardait de côté, secouait les épaules et avant de se remettre en marche relevait de dédain ses fesses plates : « Filles de bordel! » disait-elle entre ses dents, et elle traversait le salon rouge vers sa loge où l'attendait la suite de l'histoire de cette femme d'industriel dont ça aurait été si terrible si on avait seulement soupçonné qu'elle pût sous une voilette à pois, par un soir de novembre... et les violettes de Parme, et l'abandon de la garçonnière qu'Il avait su si bien meubler avec un parfum de tabac blond.

XII

Les *Hirondelles* étaient sens dessus dessous. Il faut dire que le régulier de Lulu était tombé à l'improviste, Frédéric, et ce qu'elle en parlait de son Riquet, celle-là! Six mois qu'il n'était pas venu la voir. Paula, une récente dans la maison, grillait de curiosité. Lulu pleurait. Six mois, méchant. Il avait fait un long tour en province, où il avait plusieurs affaires. Puis une période militaire. Hermine, bonne âme, comme toujours, haussait les épaules : « Militaire? Tiens, si je disais, moi aussi, que j'ai des périodes militaires... » Mais Suzanne et Mado le trouvaient à leur goût, cet homme, large d'épaules, bien roulé, la démarche un peu chahutante, mais les jambes longues, un beau brun; elles en parlaient comme d'un cheval, déclara Mademoiselle, écœurée. Ce qu'elle lui trouvait de réussi, dit-elle pourtant, c'étaient les yeux. Ça, du velours. Malheureux qu'il ait sacrifié sa moustache à la mode des gueules rasées. Et ces cheveux en boule, quel mauvais genre. Là-dessus, l'unité se fit : ces dames trouvaient ça très mignon, et puis les moustaches, alors c'est ça qui fait coco. Andrée ne disait rien. Elle n'a pas de cœur, cette gosse-là. Les hommes ne l'intéressent pas. Madame prit sa défense. Elle était la seule sérieuse. Qu'est-ce qu'elles avaient toutes avec l'ami de Lulu ? Si *elles* ne se montraient pas mieux à leur affaire, les clients seraient contents peut-être... On faisait ce qu'il fallait aux *Hirondelles*, quand les pensionnaires avaient la visite de leur ami. On était correct, et même large. Toute la nuit qu'ils auraient pour eux, ces tourtereaux. Ainsi. Mais il ne fallait pas que le travail en souffrît. Le travail est le travail. Ça, c'est sacré. Il faut gagner ce qu'on mange.

Mademoiselle avait son point de vue là-dessus. Mais elle n'en parla point. Elle pensait que le monde se partage en deux catégories d'êtres : des bêtes de somme, comme ces filles en général, qui devaient travailler pour justifier le foin qu'elles broutaient sur la terre, et puis des créatures d'élite, à qui tout était dû, tout. A cause de la qualité de leurs sentiments. De leur raffinement. Ah, certes, pas des hirondelles ! Mademoiselle renifla de mépris et regagna son livre, un ouvrage exceptionnel pour l'intérêt, une nouveauté prise au cabinet de lectures, où la sous-maîtresse venait récemment de s'abonner.

M. Frédéric était un jeune homme très comme il faut. Vingt-six ans, pensez donc, et déjà une situation. On le redoutait parce qu'il était rapide à cogner, paraît-il. Il avait eu l'année précédente un coup dur à propos d'un petit imbécile qui avait cru lui soulever une de ses copines, à Toulouse. Ça se savait. A voir comme il était vêtu, du drap fin, des souliers tout ce qu'il y a de cher, des chemises de soie, on pouvait se rendre compte qu'il se débrouillait. Avec ça, M. Frédéric ne manquait pas d'entregent. Il avait invité M. et Mme Tavernier au restaurant. Sans Lulu, bien entendu, ça ne se fait pas. Un petit bistrot du côté des Halles, je ne vous dis que ça. S'il s'y connaissait en femmes comme en boustifaille, pas étonnant qu'il roulât sur l'or. Il avait même apporté un cadeau à M. Jules, un porte-cigarettes en émail, avec une tête de femme envoyant en l'air des ronds de fumée, qui fit l'unanimité. Une merveille. Il avait rapporté ça d'une ville d'eaux, Aix-les-Bains, je crois, ou quelque chose de ce genre. Ah, si toutes ces dames avaient des amis comme celui-là !

Mme Tavernier l'expliquait à M. Pierre, ce soir-là. Et puis pour le règlement des comptes, pas regardant. Rubis sur l'ongle. Il est vrai que Lulu était une travailleuse. Ça ne paraissait pas, à côté d'Hermine par exemple, qui a tellement plus de succès. Avec Lulu qui emballait moins de clients, c'était pourtant du sûr. A quelque chose près, elle faisait le même chiffre chaque semaine. C'est drôle, on ne sait pas à quoi ça tient.

Ce soir-là, M. Pierre se sentait assez distrait. Il écoutait sans écouter, c'était visible. On eût dit que tout ce qui l'intéressait se trouvait dans le grand vitrail auquel les *Hirondelles* devaient leur nom, et par quoi l'estaminet prenait jour sur la rue. Il le connaissait pourtant, ce vitrail, au bout de tout ce temps. Mais ça ne fait rien, ce soir-là, le vitrail avait un charme particulier. Probablement à cause du soleil qui s'y promenait depuis qu'on avait démoli la maison d'en face.

Un grand vitrail polychrome. Dans les tons clairs. Un paysage et dans un coin deux personnages. A quelle légende, à quelle histoire appartenaient-ils, ces deux-là, c'est ce qu'on pouvait se demander sans fin. Une sorte de chevalier habillé d'une armure baroque, mais le casque à la main, et sa jeune tête aux beaux cheveux blonds libre au soleil, faisant la conversation à une bergère médiévale, aux yeux baissés, parmi ses moutons, la quenouille à la main, comme surprise. Ce couple tenait peu de place dans leur coin, le vitrail représentait une grande plaine, avec des roseaux en premier plan, et un lointain de cultures, avec petit village et moulin. Un ruisselet qu'on suivait là-bas devait selon toutes probabilités passer tout près de nous entre les roseaux.

Jusque-là, rien de bien étonnant. Mais ce qui rendait le vitrail très particulier, c'était, plongeant du ciel jusque sur la rivière entre les roseaux, et s'éparpillant à travers la campagne et autour du chevalier et de la bergère, un vol, une nuée d'hirondelles bleu foncé à la gorge blanche, des hirondelles partout, des hirondelles à perdre haleine. La bergère avait un corset bleu et une robe rose, et le ciel commençait dans le bas par être orangé pour finir turquoise dans le haut. L'essentiel c'était cette pluie d'hirondelles...

L'étrange sujet. Plus étrange, pensait M. Pierre, avec la technique du vitrail, cet absurde dessin de plomb qui serpente entre les morceaux de vitre pour les tenir ensemble. Lohengrin et Jeanne d'Arc, mais les hirondelles ?

M. Jules rentra dans l'estaminet, flanqué d'un gaillard assez menaçant, un feutre gris sur la nuque. Ils avaient été prendre un verre au *Bar-Y-Ton*. Cela leur faisait le verbe un peu haut. Le jeune type avait un bec d'oiseau de proie, et des yeux de femme, d'une absurde douceur. Ce Lohengrin-là, se dit M. Pierre, je n'aimerais pas le rencontrer au coin d'un bois... « C'est M. Frédéric, justement... », lui glissa Mme Tavernier. Ah oui ? Les deux hommes s'étaient accoudés au zinc, Lulu déjà s'avançait.

« Dites-moi, chère madame, — demanda M. Pierre, — est-ce que vous croyez que ce serait très indiscret de ma part... aujourd'hui... si je demandais à Lulu de monter avec moi ? Et naturellement je ne voudrais pas déplaire à Lohengrin, à M. Frédéric je veux dire...

— Lui ? — s'exclama Mme Tavernier, — vous voulez rire ! Il est enchanté quand sa poule travaille, vous pensez. Lulu ! Monsieur te demande... » Il y eut un peu d'étonnement. Pourtant il n'y avait pas de quoi, et personne n'attacha d'importance plus d'un éclair à un incident si naturel. Mais Lulu hésitait, elle était devenue blême.

« Allons, Lulu, on t'appelle ! » dit M. Frédéric qui suivait la scène du bar. « A la vôtre, monsieur ! » ajouta-t-il en levant vers le vieux monsieur en redingote son verre que venait de remplir Hermine. M. Pierre s'inclina.

Lulu s'avança vers lui avec son sourire professionnel retrouvé. Elle avait des cheveux bleu d'encre et une peau très blanche. Des seins tout petits. « Une véritable hirondelle », dit galamment M. Pierre.

Et là-dessus, quand Lulu eut grimpé l'escalier devant le client, M. Frédéric demanda, l'air assez égrillard : « Et moi alors, si je m'envoyais Mado, par exemple, qu'est-ce que vous en diriez, madame Dora ? »

— Ah, ça, mon petit, ça ne se fait pas !

— Même si je payais ?

— Si tu payais, ah, si tu payais, évidemment... mais ce n'est pas ton genre ! »

XIII

Quand Mme Tavernier émerge sous le soleil de verre gaufré à l'entrée majolique du métro Maillot, c'est à elle que les crieurs tendent leurs journaux maculés, les petits camelots proposent des lacets ou des jouets mécaniques, les aboyeurs lancent leur : « Vingt sous Longchamp ! », la poussière mêlée d'essence apporte l'avant-goût étouffant du Bois jonché de papiers gras. Rarement Jules l'accompagne. Il faut bien avoir une vie à soi, une vie privée. Celle de Dora commence dans cette foire automobile de la sortie de Paris. Au-delà du chemin de fer de ceinture dont le petit panache blanc grimpait entre les grilles d'une fosse incurvée de gare en gare. Au-delà du monument Panhard-Levassor qui emprisonne une course d'autos en bas-relief dans un portique Louis XVI orné de lierre. Derrière le monument, se garent les tramways jaunes revenant, débarrassés de leurs voyageurs, retrouver Dora patiente au milieu des chaînes avec le peuple qui se rend à Suresnes ou à Saint-Cloud, dans l'avenue d'arbres par quoi débute le Bois de Boulogne, sans prévenir, avant les fortifications, en plein Paris.

Ce tramway jaune ! Elle en rêve, Dora, toute la semaine pour ce qu'il représente pour elle de dépaysement progressif, de distance prise avec la vie, les *Hirondelles*, Jules, la réalité. Le rêve naît de cette boîte de fer mal peinte, mal suspendue, bringuebalante, et d'une rapidité brutale, qui l'emporte sur sa banquette, encore pas débarbouillée de ses soucis, vers cette songerie qui prend corps de l'autre côté de la Seine, et qu'elle a bercée en elle toute une longue vie de fille et de maquerelle, enfant phénoménalement porté pendant plus de trente ans.

Vide ou plein, le tramway l'entraîne le long d'un restaurant au jardin de petit gravier, puis en contrebas dans une tranchée, hors du bois, contre les grilles, par le boulevard Maillot, secouant Dora jusqu'à lui faire perdre sens de la continuité de sa vie. L'odeur du tramway est suffocante. Au-dehors, les arbres petits et biscornus font à se pencher les uns vers les autres un toit précaire au-dessus d'une herbe parcimonieuse, des orties et des boîtes de conserve. On aperçoit de temps à autre un chemin cycliste où roulent des jeunes filles raides et des garnements coutumiers de l'excès de vitesse. De l'autre côté, sur le boulevard, des maisons désertes s'alignent derrière des bouts de jardin, comme des dames à un bal de sous-préfecture... Dora ne voit rien de tout cela. Ni ses voisins vulgaires et bruyants. Ni le contrôleur auquel elle tend son billet machinalement dans un monde de nuages. Elle ne voit rien que ses pensées. Reprise par ses pensées, elle est leur proie, leur domaine. Ses pensées de toujours, ses pensées d'enfant. Celles qui ne l'ont abandonnée qu'en apparence. Ses pensées cahotantes, ses espoirs, ses mélancolies. Un chant montant en elle, que rien dans la vie n'a pu faire taire. Un chant qui l'envahit, une romance jamais oubliée, un refrain...

On suit par la route verte un Neuilly gris et blanc comme une cervelle. Le boulevard Richard-Wallace succède au boulevard Maillot. Un petit lac sur la gauche. A droite, le château de Madrid. Des équipages à chevaux, des automobiles électriques. Puis l'ombre épaissie du Bois se troue de ciel. On perd confiance dans l'immensité forestière. Comme si l'on s'était approché de la mer. Bagatelle, et des champs d'herbe foulée coupés de voies blanches. Là-bas, on devine déjà la Seine soulignée d'arbres. Des chars à bancs passent avec des tentures rayées blanches et rouges, les mirli-tons d'une noce. Et des fumées d'usine, au-delà du fleuve avec le dégradé bleuâtre des coteaux de Suresnes. Dora rêve. Tout converge vers une lumière dans les coteaux, où c'est enfin la campagne et non plus ce parc majestueux qui prolonge la capitale. Le brouil-lard d'or vers lequel elle a orienté toute sa misérable et sale vie, sa jeunesse trahie et maculée, le temps de sa force asservie à la passion payante des hommes, son déclin grippe-sou, ses veilles de patronne inquiète sur des livres trop lents pour un avenir trop prochain. Ici s'ouvre le pays des contes. Tout ce pour quoi Mme Taver-nier a vécu, s'est survécu. Elle passe en triomphatrice le long de la Promenade du Bord de l'Eau du pont de Puteaux au pont de Suresnes, au milieu des cris d'enfants joueurs, du bondissement des ballons dans l'herbe, tandis que tournoient au loin les joueurs de polo. Elle franchit la Seine au-dessus des bateaux-mouches et des chalands avec des sentiments d'impéra-trice et regarde avec douceur le Pavillon Bleu où elle est venue en landau sous Félix Faure. Traversant Suresnes et Saint-Cloud, elle sent autour d'elle la présence du menu peuple, et elle éprouve l'orgueil de son rang et sa supériorité de propriétaire. Mais avec un bonheur qui la rend bonne. Une indulgence apaisée, qui fait qu'elle donnerait facilement des pourboires. Le tramway monte une côte assez rapide. Des guinguettes bordent la route aux grands arbres. A nouveau, la campagne, les villas de pierre meulière. En haut de la montée, des grilles : l'hippodrome de Saint-Cloud. Dora sent alors lui monter aux lèvres une vieille chanson, irrépressible, qu'elle a de la peine à ne pas entonner :

> Et je m'disais, la voyant si gentille :
> Qu'est-c' qu'elle a donc qu'ell' boit' comm' ça
> La pauv' fille ?

Le champ de courses est pour elle le signal d'une démangeaison. Elle ramasse ses affaires, son boa de plumes, son sac, son en-cas. Ne tient plus en place. Se lève. S'approche de la porte de la plate-forme, puis se rassied sur le bord de la banquette. Il y en a pourtant pour cinq bonnes minutes avant d'arriver à la Porte Jaune. On glisse au-dessus du parc de Saint-Cloud, épais et profond comme un songe, avec ses ramures bleues, ses charmilles négligées, ses ronds-points. Des affiches déshonorent les maisons de la route, des cabanes dans les champs cultivés. Puis le lotissement reprend. Des murs. Des bicoques. Du linge séchant au vent sur une corde dans une allée d'arbrisseaux. De petites villas bègues, bancroches et borgnes. Des champs. Des murs. Une sorte de ferme d'Ile-de-France comme un vestige du passé. Des affiches. De la poussière. De la poussière. Dora se lève. Se rassied. Le tramway s'est peu à peu vidé. La voilà presque seule avec le contrôleur et ses rêves. Le contrôleur traverse de bout en bout la voiture pour changer en l'air la pancarte indiquant la direction. En remorque, le tramway traîne une baladeuse qui a l'air de la queue d'un cerf-volant, s'envoyant à droite, à gauche. Dora bout littéralement, son en-cas tombe par terre, son boa pend, ses idées dansent à la façon de la baladeuse. Si elle avait oublié la clef? Elle fouille dans son sac pour le vérifier. La Porte Jaune! Tout le monde descend.

XIV

Sous un ciel gris de soleil, cette rue sans maisons montait entre les palissades, les petits murs et les terrains vagues. Y poussait soudain une villa qui faisait dent cariée, avec un soupirail modern-style, ou une bicoque à pignons amarante sur du nougat, la tristesse des tessons de verre en haut d'un portail normand inachevé. Du chèvrefeuille, comme une ivresse de ministre. La terre avait des sillons ferrugineux entre des pierres concassées. Quelqu'un frappait des coups de marteau à la cantonade. Une bébé Peugeot sommeillait le bec en bas, ancrée sur des freins peu rassurants pour la pente.

Mᵐᵉ Tavernier grimpait cette rue de plomb maussade dans une robe de soie marron soutachée de noir. Un trèfle à quatre feuilles d'émail sur le cœur. Et se souvenait, à dix-huit ans! des montagnes autour de Grenoble. Un chasseur alpin dans le funiculaire. Comme tout cela était loin, sans importance. Elle avait pourtant pris des trucs pour mourir lorsqu'elle avait eu une fausse couche. On est bête quand on est jeune... Qu'est-ce qu'elle aurait fait de cet enfant? Ça serait un homme à l'heure qu'il est, violent, coureur, avec des filles, des soûleries. Elle se rappelait le père. Le père! Drôle de façon de penser à ce voyou! Il avait fini en prison. Si on s'attachait aux gens, on ne pourrait rien faire de durable. Dora avait traversé sa vie avec une ambition. Une maison de campagne. Elle touchait à son rêve. Elle y arrivait. Une porte verte dans un mur gris perle. Un pot de fonte à l'angle, où l'on mettrait plus tard un géranium rose. La cloche oblique qui tinte quand on pousse le portail. Le domaine de la féerie s'ouvrait. Le jardin.

Quand Dora repoussa le vantail, son cœur comme à chaque fois battit à rompre. Seule dans le paradis. Tout ce que ce petit parc, on disait *parc* à Garches, représentait d'horreurs passées, il faut être femme pour le savoir. Il y a des gens qui croient que c'est de l'argent facilement gagné. Comme on n'habitait pas encore ici, le jardin était mal tenu, des herbes et des feuilles dans l'allée. Il aurait fallu ébrancher les marronniers et les vernis du Japon. Il aurait fallu émonder le cœur de la propriétaire de toutes les folles plantes qui le faisaient ressembler au désordre de ce jardin.

Le sentiment qui l'emportait en elle sur tout le reste était celui de la jeunesse gâchée, enfuie. Qu'aurait-elle fait à vingt ans de cette maison de briques peinte en blanc, avec un perron et des volets de fer, poussiéreux et aveugles, elle ne se le demandait pas. Il y avait seulement cette tristesse que le paradis fût venu si tard; on ne sait pas, plus jeune, ce pavillon eût abrité quelque folie, l'amour. Ce mot la faisait bien rire et bien râler. L'amour. Dora, sceptique, payée pour savoir, avait pourtant l'impression perpétuelle, ici, à cause de la marquise de verre sur l'étroite entrée, d'avoir passé pas très loin d'un roman, auquel il n'avait manqué que ce cadre pour prendre forme. Un banc vert pâle, en claie de bois, comme chaque semaine, la reçut solitaire, pour souffler, avant d'entrer dans la maison.

L'en-cas traça dans la poussière un cœur, une flèche... et s'arrêta. Le parc avait la forme d'un boyau, et tout au fond il y avait un jeu de tonneau dont on apercevait la grenouille rouillée, bien qu'on n'eût jamais joué depuis quatre ans. La maison avait deux étages symétriques, deux fenêtres à droite, deux fenêtres à gauche de l'escalier. Dora éprouvait d'avance le sentiment de l'ombre quand elle pousserait la porte. Chez elle. Ça vous fait tout de même quelque chose.

Jules avait-il l'intuition de quelque chose? Le fait était qu'il venait ici rarement. Il lui laissait son triomphe et son amertume. Elle en jouissait dans une désolation complète qui la comblait parfois d'une façon insupportable. Au fond, Jules avait du tact. Sa présence eût été presque insupportable. Dora se sentait avec sa maison comme avec un confesseur. Elle enleva son chapeau garni de bécassines et fit bouffer ses cheveux sur la transformation châtaine.

Elle possédait une maison pour elle seule. Une maison où elle pouvait n'entendre que ses propres pas, ses propres soupirs. Une maison endormie, mais pleine de choses amassées, de choses sans prix, comme des morceaux arrachés au cœur de Dora. Une maison où elle rêvait de venir une nuit dormir, solitaire. Il y avait des années qu'elle en avait l'envie et qu'elle ne se la passait pas, peur d'une désillusion. Tout un roman s'était échafaudé dans sa tête, avec des histoires de rentières assassinées en banlieue. Ah, la mort ainsi serait douce! Pour ce qu'on perdrait... On dit ça. Et puis.

Jules est ici merveilleusement absent. Il n'y a plus d'*Hirondelles*. Dora se sent à la fois très vieille et très jeune. Il y aurait pu y avoir des fées. Chaque porte, l'ouvrir tient un peu de la profanation. Il faut chaque fois renoncer à enlever tout à fait la poussière. Que l'ombre des pièces a de mystère et de paix! Les étagères surchargées de bibelots demandent un temps fou à épousseter. C'est pendant ce temps-là que l'obsession prend corps.

Une obsession bizarre et douce. Dora se débat contre elle comme une jeune fille contre son premier amour. Elle s'en veut de ce qui lui arrive là, mécaniquement, chaque fois. Elle sait que cela va venir, s'en plaisantant d'avance, et puis patatras! Impossible de se retenir. Le cours de ses pensées suit une pente prévue, irrésistible. Pendant cinq ou six minutes, peut-être, elle arrive à se donner le change avec des choses matérielles. Mais elle est la moins forte. Elle succombe.

Déjà, elle est en pleine rêverie. Un paysage immanquable. Comme si elle habitait déjà la maison, d'une façon naturelle, non préméditée. Une existence déjà qu'on ne discute plus, déjà qui se laisse aller à son miracle. Il y a une présence dans la maison. Une présence sans mystère, habituelle. Dora ne se questionne point à ce sujet. Une chose établie. Un être humain, déjà presque sans importance, puisqu'on ne l'attend plus. Mais pourtant la raison d'être des objets abandonnés sur une table, qu'elle aurait à ranger avec un peu d'irritation. Oh pas Jules, alors, pas Jules...

Une odeur de tabac lui fripe les narines. Où est-il, l'insupportable? Au jardin, probable, à bêcher. Quelle idée de croire que ses poiriers porteront jamais des poires? Mieux vaudrait planter des fleurs. Des pensées. C'est une fleur qui a l'air du velours, la pensée. Dora aime les jaunes qui ont près du cœur une blessure violette. Et si on avait semé à temps... Vaguement, Dora sent qu'elle se joue la comédie. Cela la berce. Et puis il y a quelque chose de réel dans tout ça. La maison.

Drôle pourtant qu'elle n'imaginât jamais ce qui serait pourtant un jour, c'est-à-dire qu'elle y viendrait, en retraite, avec Jules. Les jours seraient longs, et elle avait oublié comment tricoter des petites pèlerines pour le matin, au lit, le petit déjeuner... Non, rien ne pouvait chasser cette image absurde de l'avenir : elle et M. Pierre. Tous deux déjà comme une chose établie. Les premières années déjà passées, gênantes à imaginer. Quel drôle de trouble. A son âge, Dora n'imaginait pas que ce pût être l'amour, mais une fantaisie de l'imagination. Avec des difficultés de représentation. De quoi pouvait-il bien avoir l'air, ailleurs qu'à l'estaminet, M. Pierre ? A la campagne, en négligé...

Tous les huit jours, le jeudi, jour où il ne visitait pas les *Hirondelles*, elle venait à Garches penser à lui. Vivre avec lui. D'une vie sans éclat, machinale. Une vie de retraités qui lisent les journaux côte à côte. Le jour où elle savait qu'elle ne le verrait pas le lendemain, le mercredi, elle le regardait un peu différemment des autres jours. Comme si elle lui eût donné rendez-vous en cachette pour le jeudi, ici, sous les arbres, dans la maison secrète. Elle avait retrouvé avec lui toute la pureté de son cœur. L'âge aidant, elle se passait même de penser qu'elle pouvait l'embrasser, qu'il portait des bretelles. Elle l'idéalisait à peine, l'emportant dans les couloirs sous ses paupières.

Au premier étage, comme elle aérait, des mouches, les premières de l'année, tourbillonnèrent. Dora, par principe, ouvrit les water et tira la chasse d'eau. Le bruit l'accompagna de pièce en pièce. « A-t-il encore des cigarettes ? » se demanda-t-elle, car elle voulait penser d'elle-même qu'elle était une gentille femme d'intérieur.

Elle se vit dans une glace, toute jaune et ridée, avec ses faux cheveux et des fanons pendant dans le velours brun autour de son cou, et elle pleura.

Il y eut un long temps plein de silence. Une petite voiture passa dans la rue avec un hoquet de ferraille. Dora descendit en promenant un chiffon sur la rampe de bois rouge sombre. Elle se perdit lentement dans une idée vague et douloureuse. Une vieille femme. Une vieille femme.

Et quand elle reprit son sac à chaînette et sa toque ornée de gibier à plumes, elle sentit que quelque chose avait séché en bas de sa joue. Elle se dépêcha dans le déclin du jour. Le tramway passe à moins le quart. Elle avait une peur atroce d'être zigouillée, là, toute seule, à la nuit tombante.

XV

« Non, — dit-elle, — nous ne sommes pas mariés, Jules et moi. Vous ne connaissez donc pas la loi ? » M. Pierre ne connaissait pas la loi. Eh bien, l'usage veut, sinon vraiment la loi, que les licences ne soient accordées qu'à des femmes, qui sont mariées, mais non à leur mari pour éviter qu'un homme puisse en fait tenir la maison. Morale de police. Résultat : les tenancières ont toutes un ami. « Tavernier c'est mon nom à moi. Le nom d'un mari que j'ai eu parce qu'il fallait bien. Il est mort aux colonies. Jules, il s'appelle Morucci... On dit M. Tavernier pour simplifier...

— Ah, ah, — dit M. Pierre, — alors votre main est libre, sinon votre cœur ? » Qu'avait-il voulu dire ? Dora s'en était trouvée toute bête, elle avait répondu n'importe quoi. Même elle avait rougi. Par la suite, cette phrase l'avait hantée. La main, sinon le cœur... Il la croyait donc éprise de Jules ? C'était bouffon. Mais la main... Elle était troublée comme une jeune fille. Elle se prit à fredonner une vieille romance oubliée, qui ne lui était pas remontée aux lèvres depuis trente ou trente-cinq ans. Allons, est-ce qu'elle était folle ? Qu'allait-elle s'imaginer !

M. Pierre maintenant regardait bizarrement Dora. Du moins elle en avait l'impression. Au vrai, il avait compris d'une façon vague, à son trouble, la nature de ses pensées, sinon leur violence. Il avait rapproché cette rougeur subite, et le désordre des paroles insignifiantes de ce que Mme Tavernier lui avait dit quelques jours auparavant, quand elle lui avait demandé s'il n'avait jamais songé à se marier... Même qu'il en riait encore. Non, pas possible : cette vieille maquerelle avait des vues sur lui ! Il se prit au petit jeu méchant des insinuations, des mots à double entente. C'était presque irrésistible. Cela mettait chaque jour un piment à leur conversation. Et puis dans la vie, on avait été si vache avec lui! il avait bien sa revanche à prendre.

Dora était dans la persuasion que c'était M. Pierre qui avait eu l'initiative de cette pensée, dont maintenant elle était possédée comme par le feu. Avec une sorte de naïveté virginale, elle ne comprenait point qu'il l'avait lue en elle, avant qu'elle en eût pris conscience. Chose étrange et puissante que l'amour, quand il vient pour la première fois à une femme qui approche de la soixantaine, et dont la vie a été si profondément salie par les hommes. Une chose qui touche à la folie. Bien sûr, Dora ne se fût jamais permis d'en pincer pour un jeune homme, un beau mec. Toute sa vie l'avait prémunie contre ça, elle flairait le danger, elle était sur ses gardes. Ce vieil homme, sans rien qui eût éveillé en elle le sentiment du péril, sans beauté, sans argent, mal vêtu, avec ses maladies, elle ne s'en était pas méfiée. Elle s'était laissée aller. Elle s'était abandonnée. L'idée de l'amour ne l'avait pas effleurée. Et voici qu'il était là, avec ses exigences, ses délires, dans ce cœur desséché, dans ce cœur usé sans avoir jamais vraiment battu. Un amour d'autant plus surprenant qu'il était assez pur, en apparence. Assez détaché des choses de la chair. Mais avec ces sentiments qui rendent éperdus les cœurs des pensionnaires.

Oh, quand la porte s'ouvrait à l'heure habituelle... A son comptoir, Dora avait l'impression que tous les regards se tournaient vers elle. Le sang lui circulait mal. Elle sentait ses mains froides. Elle avait peur de se trahir. Sa voix devenait incertaine. Inutile vers quatre heures d'entreprendre par exemple des comptes : elle ne serait jamais arrivée au bout d'une addition, avec cet espoir de la porte qui s'ouvre... Il n'y avait guère plus de trois minutes de battement, un métro raté, d'un jour sur l'autre, à l'arrivée de M. Pierre. Assez pour que Dora se mît la tête à l'envers, s'imaginât qu'il était mort, écrasé, ou qu'il ne reviendrait plus, qu'elle l'avait froissé, qu'il s'était aperçu des sentiments de la tenancière, qu'il en était insulté... Grand Dieu! le voilà pourtant.

Pendant très longtemps, elle n'avait même pas accepté l'idée qu'elle l'aimait. Mais l'autre fois, quand il avait voulu monter avec Lulu, elle en avait ressenti un choc incompréhensible. Sans en rien montrer. C'était si surprenant, si vraiment incompréhensible. Une honte d'ailleurs. Il avait bien fallu s'avouer qu'elle était jalouse. Et si elle était jalouse... Pendant trois jours, elle avait hésité à penser le mot terrible et grotesque, le mot *amour*, si fantastique dans la lumière des *Hirondelles*, au son de la boîte à musique. Elle avait reculé devant ce mot, devant ce monstre. Elle se disait, Dora, ma vieille, tu perds la breloque. Elle se voyait dans les glaces, telle qu'elle était, et lui elle ne se l'embellissait pas, elle y pensait avec cruauté. Un vieux du chnock. A peine s'était-elle exprimée ainsi dans sa tête, qu'un mouvement de révolte et d'horreur contre elle-même la secoua. Comment pouvait-elle être assez vulgaire, assez basse... Elle qui avait le besoin de la voix de cet homme, comme d'une chanson. Elle écrivait son nom sur des petits bouts de papier, qu'elle déchirait ensuite, patiemment, menu, menu, comme une souris, avec ses ongles.

Elle ne savait plus que devenir. Elle ne songeait pas à lui plaire. Elle aurait voulu lui plaire. Elle lui aurait tout donné s'il n'avait que songé à demander quelque chose. Elle aurait voulu commettre pour lui quelque insanité, n'importe quoi de très difficile. « S'il me le demandait... », murmurait-elle, et commençait à défiler devant elle la série des défis et des impossibilités. Elle aurait volé pour lui, lui aurait lavé son linge, elle aurait... Oui. Tué pour lui. Même Jules.

Puis elle se demandait ce qu'elle voulait, ce qu'elle espérait. Elle n'avait même pas envie d'embrasser M. Pierre. L'idée de rapports physiques entre eux était une chose trop pénible pour s'y arrêter. Elle se disait bien : Si je l'avais connu plus tôt... avec une amertume affreuse. C'était alors seulement sa vie gâchée, sa sale vie qu'elle regrettait. Rêves de jeune fille renversés, ces pensées séniles; soupirs sans objets de désirs enfuis qui n'ont laissé que la trace d'un torrent en été... Chez cette créature déchue, et si dénuée en apparence de sentiments humains, dont l'avarice et la méchanceté avaient nourri chaque minute, chaque journée, chaque année d'une existence âpre et sans lumière, chez cette mégère dont le visage s'était pétri longuement de toutes les bassesses quotidiennes, dont le corps avait été patiemment déformé par la prostitution, l'âge et l'atmosphère sans air et sans jour des *Hirondelles*, voici que renaissaient des élans oubliés, des imaginations qui avaient dû germer au temps de sa misérable enfance. Non, elle ne voulait rien, elle n'espérait rien, aucun bouleversement de son sort, aucun miracle, auquel l'eût associée M. Pierre. Rien. Strictement rien. Elle étouffait seulement d'un besoin impérieux de donner. Quoi? Elle n'aurait su le dire. Mais de donner. Et puisqu'elle ne pouvait plus se donner elle-même, n'importe quoi.

Elle commençait à vivre dans la pensée du sacrifice. Pour lui, elle se serait jetée sous les voitures. Quelle raison y aurait-il de se jeter sous les voitures? En quoi ça l'aurait avancé, lui... Ainsi se tourmentait-elle sans fin, comme une enfant qui a si peu de représentations des choses de l'amour, qu'elle s'effraie du sentiment qui la porte vers un jeune homme. Pour Dora, ces sentiments aveugles avaient encore toute la violence des remords. Toute sa vie de putain lui revenait d'un coup comme un long écœurement. C'est de cela qu'en général sont faites les conversions des courtisanes. Seulement il n'est jamais trop tard pour la passion religieuse, et même les fautes du passé ne lui donnent que plus d'éclat et plus de feu. Dora recevait la révélation de l'amour humain à l'heure où il lui était interdit. C'était donc cela? pensait-elle, se rappelant des filles qu'elle avait vues mordues, jadis, sans y rien comprendre, faut-il être assez folle! C'était donc cela?

Cela se mit à devenir une véritable douleur. Un mal de dents avec lequel on vit, qui n'est pas tout le temps à l'état de rage, mais qu'on porte avec respect, dans la crainte de ses déchaînements. Depuis que la clarté s'était faite en elle, Dora supportait aussi peu la présence que l'absence de M. Pierre. Quand il était là, elle avait une telle peur de se trahir, une telle honte aussi d'elle-même, qu'elle se mettait à souhaiter son départ. Tout prenait double sens et lui, semblait-il, un ton narquois. Les filles, les clients, Mademoiselle... l'horreur! Elle en vint à préférer la douleur de l'absence à celle de la présence.

En son absence, au moins, elle pouvait s'abandonner au songe. Elle pouvait se permettre de lui parler. Elle était envahie par tout ce qu'elle ne lui avait pas dit, par tout ce qu'elle ne lui dirait jamais. Elle se laissa même aller un beau jour, après de longues délibérations, de lui dire *Pierre* dans ses rêves, sans *monsieur*. Sans en être à le tutoyer.

Peu à peu, ses anciennes chimères vinrent se tresser avec son nouvel amour. La villa de Garches devint le décor naturel du roman qui naissait en désordre comme de la mauvaise herbe dans sa tête détraquée. Le conte de fées avait à la fois son château et son prince charmant. Mais d'étranges chauves-souris rôdaient sur la légende, et la Belle au Bois dormant ne serait jamais rendue à la jeunesse, pour toujours prisonnière du maléfice de l'âge, du monde et de la saloperie. Elle délirait dans une nuit qui n'aurait pas de fin et ressemblait bien plus, époussetant les meubles de Garches, à un fantôme qu'à une princesse enchantée.

XVI

Mademoiselle regarda le ciel. D'habitude, il ne pleut pas comme ça en automne. Le temps était bien pris, ça tombait, ça tombait dans la rue noire. Pour les trois pas qu'il y avait à faire jusqu'à la voûte du 9, elle ne serait pas trop mouillée. Parce qu'elle se décidait pour cette femme du 9. On lui avait bien donné l'autre adresse, mais c'était passé la République, alors. La pluie tranchait tout. Mademoiselle irait au 9.

C'est formidable, ces filles. Ça ne fout rien. Ça ne mettrait pas un point à son linge. Désordre. Elles resteraient comme ça, si on les laissait. Bien sûr, vêtues comme elles sont... Justement ça ne demande pas lourd d'entretien. Pour un accroc, elles jettent leurs chemises. Tout bénéfice pour les patrons qui leur en revendent immédiatement. Ils font leur pelote, ceux-là. Ce n'est pas la générosité qui les étouffe.

Il pleuvait des hallebardes. Une de ces pluies comme il y en a deux, trois fois l'an. Même le 9, c'était encore trop loin. D'ailleurs, qu'est-ce qui pressait ? Sans attendre précisément une éclaircie, quelle utilité de se tremper à courir là-dessous, même dix mètres ?

Et puis, Dora avait mis le sien, de linge, avec celui des filles. Qu'est-ce qu'elle avait, Dora, elle redevenait coquette. Trop comique. Mademoiselle l'avait surprise devant les miroirs. Oui, oui, dites ce que vous voudrez. Mince de flotte, ça ne s'arrêtera pas.

Mademoiselle regarda le ciel, et soupira. Elle venait de se voir, de saisir toute l'ironie et la tristesse de la situation. Elle. Là. Et le ciel prit le reproche pour lui : la pluie redoubla. Il faut avouer tout de même qu'on peut avoir rêvé autre chose dans la vie que d'en arriver ainsi, à l'âge de Marie, à se trouver sur le pas de la porte d'une boîte de ce genre, par un temps pareil, avec sous le bras un paquet de linge à ravauder : les commissions de ces dames... comme si j'étais leur domestique, vraiment !

C'est tout de même inouï. La ravaudeuse ne pouvait pas se déranger, non... Mademoiselle savait très bien que c'était idiot ce qu'elle pensait là, puisque... Mais ça lui plaisait de formuler les choses comme ça. La ravaudeuse, on ne la reverrait pas. Elle avait levé le pied avec une demi-douzaine de liquettes et le peignoir de Lulu, celui à dentelles. Des larmes et des grincements de dents. Et puis après ? Qu'est-ce qu'on y peut : c'est la vie... Rien à faire. La police ne se dérange pas dans ces cas-là. Du vol pourtant. Il y a des prisons, je me demande si c'est pour les chiens. Mais comme aux *Hirondelles*, on fait un commerce immoral, alors n'importe qui a le droit de piller, de gruger... Tout cela ne tient pas debout. Allez demander de la logique.

Alors, naturellement c'est Mademoiselle qu'on charge... Je fais tout ici. Maintenant il faut porter leur linge à raccommoder. Vous voyez ça. Si encore on vous était reconnaissant ! C'est trop demander. Enfin, c'est bien assez bon pour elles, qu'on le porte à la femme du 9. Pour repriser, pas besoin d'une grande couturière : cette femme-là, avec ses gosses, et ce taudis qu'ils habitent... Oh, et puis, on n'avait qu'à essayer, si elle leur gâtait du linge, eh bien, on ne la paierait pas. Son mari avait fait du bricolage aux *Hirondelles*, deux ou trois fois. En tout cas, elle ne pourrait pas lever le pied avec les frusques, celle-là... on l'avait là sous les yeux... Il pleut moins.

Son paquet de linge sous le bras, Mademoiselle se jette à la nage. En trois brasses, elle est déjà sous la voûte. Elle s'ébroue. Elle ne voudrait pas gâter sa robe. Quelle dégueulasserie, ce 9 ! Est-ce qu'il y a beaucoup de maisons comme ça à Paris ? Oui, il y a beaucoup de maisons comme ça à Paris. Les gens sont si sales. S'ils le voulaient bien, mais ils préfèrent la crasse, alors. Où est-ce que c'est, Mme Méré ? Ma parole, on leur donne du Madame, gros comme le bras. La concierge de sa cabane encombrée et puante répond sans se déranger, elle était à fricoter sur son fourneau à gaz : « Dans la cour, au rez-de-chaussée... » Elle regarde la sous-maîtresse et son paquet : qu'est-ce qu'elle vient faire ici, cette maquerelle ? Par la fenêtre, elle crie : « Mame Méré ! du monde ! » Ce qui jette dans les pieds de Mademoiselle deux gosses qui étaient à se flanquer une peignée, un garçon et une fille, des tout-petits... Ils regardent la dame qui vient voir Maman. Ils étaient là à s'embêter sous la voûte. Enfin de la distraction.

Traverser la cour... Avec cette averse tout à coup comme si on vidait un évier du haut des maisons. L'odeur écœurante de la loge rejette Mademoiselle. Son courage à deux mains.

La femme Méré l'a reçue. C'est fou ce que ça se néglige ces gens du peuple. Elle n'a pas trente ans, de quoi est-ce qu'elle a l'air ? Avec un peu de soin, et habillée autrement, elle ne serait pas vilaine... Elle a discuté les prix, pas croyable. Enfin on s'est entendu.

A vrai dire, Émilie Méré avait ressenti des sentiments très mélangés. Humiliée d'abord. Travailler pour le bordel. Et puis tant pis : il faut manger. Mais la peur de ce que dirait Eugène. Avec ça qu'il en a de bonnes, Eugène. Il faut manger. Du travail à la maison, comme ça, ce n'est pas si facile à dégotter. Eugène, lui, est-ce qu'il se débrouillait ? Si elle avait la clientèle d'à côté... Ça lui faisait horreur, ce linge... Bon, ça ne lui brûlerait pas les doigts, n'est-ce pas ? La garce, cette vieille-là ! Elle aurait voulu la faire travailler à l'œil peut-être ? Bon, bon : chacun y met du sien...

C'est ce que lui explique, après le départ de la vieille, Mme Buzelin, la concierge. Des maisons, comme ça, évidemment, c'est une honte. Mais il en faut : tous ces hommes qui voyagent. Et puis ceux qui vivent seuls. Ces coups de sang que ça évite... Vous n'y croyez pas aux coups de sang, vous ? Les hommes sont comme ça. Si, si. Tous les crimes qu'il y aurait... La police sait ce qu'elle fait quand elle tolère ça. D'ailleurs, vous avez-t-il besoin de savoir d'où qu'il vient, ce linge, après tout, Mame Méré ? On vous l'apporte, vous le prenez : une reprise par-ci, un bouton par-là. Puis ni vu, ni connu. Ah, faudra le leur rapporter ? Bon. Vous n'en mourrez pas. Votre linge, et puis bonsoir. Ça, je vous recommande pas de le dire à M. Eugène ! C'est comme tous les maris. Il pourrait se faire des idées. « Pourtant, madame Buzelin, — dit Émilie, — il y a été lui, au 9... travailler dans leur maison... » Ce qu'elle peut dire : c'est tout de même pas la même chose ? Et puis, dites-lui, si ça peut vous faire plaisir... vous verrez : il n'en aurait rien su. Du linge qu'on vous donne à repriser, voilà tout. Vrai que c'est du linge reconnaissable... Je serais de vous, je raconterais qu'on vient le reprendre chez moi... « Vous avez peut-être bien raison, madame Buzelin, mais je n'aime pas mentir à Eugène... »

XVII

Comment en vinrent-ils à parler de l'âge, de son âge à elle ? Dora était obsédée d'une idée fort simple à ce sujet. Elle se demandait avec une angoisse qui ne se démentait pas ce que pouvait bien penser là-dessus cet homme plus vieux qu'elle, probablement, qui s'envoyait encore des jeunesses, rarement, mais enfin. Le plus bizarre était que cela lui donnait vis-à-vis de M. Pierre cette appréhension des vieilles gens devant les enfants, des grand'mères qui ont peur secrètement que les tout-petits soient dégoûtés d'elles.

« C'est terrible, — disait-elle, — ce qu'on devient... »

D'un geste machinal, elle avait tâté la peau flasque de son cou, et il y avait eu dans ses yeux une lueur traquée. Cela fit un silence pendant lequel pour la première fois, entre eux, il y eut une véritable communion de pensées. Ce drame de la vieillesse, ce n'était pas lettre morte pour M. Pierre. Il se mit à regarder Mme Tavernier comme un être humain : et tout ce qu'elle pouvait avoir de grotesque et de repoussant prit soudain pour lui un sens nouveau, les rides et le fard, la poudre dans la peau flétrie, les frisettes, les fausses dents. Il lui venait non de la pitié pour elle, mais de la pitié pour lui sans doute, car il songea à ses varices. Mais en même temps il sentit qu'il pouvait lui parler comme si elle eût pu le comprendre, en même temps il éprouva pour elle un sentiment nouveau, singulier.

« Vous rappelez-vous, madame Tavernier, quand on est jeune, il semble qu'on pourrait faire n'importe quoi... Il y a entre les choses, les gens et nous, un rapport immédiat, auquel on n'a jamais réfléchi, qu'on n'a pas remarqué, parce qu'on a toujours été ainsi, qu'on n'a jamais pensé le monde que dans ce rapport-là, et puis... Enfin tout se passe comme si ce rapport n'exis-tait pas, puisqu'on n'en a pas conscience, et puis... Un beau jour, comme ça, on s'aperçoit que ce rapport existait, parce qu'il n'existe plus. C'est là ce qu'on appelle la vieillesse. Vous saisissez ? Je me dis qu'on doit avoir ce sentiment-là quand on se réveille aveugle. Et encore. Parce que nous savons ce que c'est que voir, et que nous pouvons ne plus voir en fermant les yeux... »

Bien sûr, elle ne le suivait pas, ou plutôt elle ne faisait que le suivre. Elle plongeait dans la musique. Elle n'entendait que ce mot : *vieillesse*, et c'est bien assez d'un mot comme celui-là, lourd, amer et terrible, pour faire chanter le cœur. Elle ne savait qu'une chose, c'est que M. Pierre lui parlait à elle, un peu comme s'il se fût parlé à lui-même, elle ne lui en voulait pas de se perdre dans ses paroles, elle avait l'idée enivrante qu'il était en confiance avec elle, elle approchait doucement du bonheur...

« Être ou ne pas être, madame Tavernier, c'est un problème de jeune homme... La vie se charge de résoudre ces problèmes-là avec une vitesse effrayante. Il y a des jours où l'existence entière m'apparaît comme une minute. Pourtant Dieu sait si ça a pu être long, et bête, et sournois... Être ou avoir été, voilà comment il aurait fallu dire... Être, cela va de soi, c'est avoir la force, c'est... Mais avoir été. Comprenez-moi, on supporte facilement le drame évident de la vieillesse, ne plus pouvoir patiner par exemple, ou grimper des montagnes. L'abominable, ce sont les surprises, les choses auxquelles on ne pensait plus, et puis le souvenir tout d'un coup, précis, banal, de comment c'était... et comment c'est. »

Elle avait encore reçu la flèche d'un mot. Le mot *patiner*. C'était assez de quoi rêver. Jadis, Dora avait été menée au Palais de Glace par un fils de famille, et elle avait appris à se tenir à peu près. Elle n'avait jamais pu valser, ce qui l'avait assez attristée. Elle revoyait le tournoiement, les modes d'alors, la piste à la poussière blanche, les traits des patins sur la glace, l'espèce de fièvre des hommes, leur façon de la dévisager, la complicité de tant de gens prêts aux aventures... Elle n'entendait plus rien des paroles de M. Pierre, bien qu'elle l'écoutât avec ferveur. Ainsi vont les meilleures conversations du monde : chacun parle et rêve pour soi, on ne s'accroche que par le hasard d'un verbe, d'une image, et on en garde l'impression bouleversante de l'échange des idées. Il disait : « Une vitesse effrayante. La vie a passé sans qu'on s'en aperçoive. Pourtant cela a pris un long demi-siècle... Et puis tout d'un coup le temps s'est mis en travers dans votre gorge... Il ne passe plus, positivement, il ne passe plus... J'ai cinquante-six ans, madame Tavernier, et ces six dernières années ont été plus longues, plus pesantes que tout le reste. C'est drôle. Dans dix ans, nous serons morts, vous et moi, n'est-ce pas ? C'est drôle. Tout d'abord c'est très long et ça paraît diablement court, ensuite c'est très court, et ça paraît d'une longueur...

— Oh ! — murmura-t-elle, — vous vivrez plus de dix ans ! Soixante-six ans, ce n'est pas un âge pour mourir ! Moi, dans ma famille... »

Il ricana doucement. Il aimait les défaillances mentales. L'attendu de cette petite phrase le réconfortait, lui faisait sentir sa supériorité. Tout d'un coup Dora dit quelque chose de très inattendu, et il eut cette sensation bizarre qu'elle comprenait chaque mot qu'il disait, lui. Elle avait étendu ses bras sur la table de marbre dans l'estaminet, dans ce geste qui lui était familier, elle tourna vers lui ses yeux un peu rougis par l'émotion, ses yeux qui avaient pu être beaux.

« Notre vieillesse, monsieur Pierre, ce n'est rien. Le terrible, c'est la vieillesse des autres... »

Il crut à je ne sais quelle philosophie qui l'étonna. Il pensa l'avoir mal jugée. On parle dans le vide devant une idiote, et puis tout d'un coup on s'aperçoit que c'est une femme qui réfléchit, qui pense. Méprise de vieillard, car il avait la tête si loin de l'amour, qu'il ne pouvait le reconnaître dans cette pauvre phrase suspendue, non point sur des subtilités qu'il prêtait à son interlocutrice, mais sur cette passion dévorante en elle, et dont il était l'objet. Le terrible, dans cette phrase, était bien ce sublime oubli de soi, l'amour qui la possédait. Elle qui se ravageait d'être vieille à cause de lui, comme sa propre vieillesse lui paraissait facile à porter, naturelle, légitime à cet instant, et comme elle eût donné le restant de sa vie pour faire revenir sous la peau de cet homme un peu de l'éclat d'une jeunesse qui l'eût plus encore séparé d'elle...

Dans le décor des *Hirondelles*, cette conversation presque chuchotée, entre de vieilles gens que la mauvaise lumière rendait vaguement respectables, s'éternisait aujourd'hui. A l'habitude M. Pierre appelait ces dames. Aujourd'hui, il restait là, à bavarder avec la patronne. Elles en riaient sous cape, et cette vache d'Hermine en pinça Lulu. Dora sentait l'anormal de ce long dialogue, elle en était éperdue, elle craignait que cela eût un terme, elle était en plein miracle.

« La vieillesse des autres..., — reprit M. Pierre. — Non... je ne suis pas comme vous. Je m'en fous, au fond. Égoïsme ? Sincérité. La jeunesse des autres, ça s'achète. Qu'est-ce que je viens chercher ici ? »

Elle savait qu'il ne pouvait avoir conscience de sa cruauté. Elle s'arrangea pour ne pas avoir trop mal. Elle ne voulait pas souffrir à cette merveilleuse minute. Elle serra ses lèvres fendillées. Un jour de fête, on prend sur soi... Avait-il compris qu'il la blessait, ou fût-ce le hasard, un courant heureux de pensées, toujours est-il qu'il dit : « Non, je ne sens pas si misérablement la vieillesse des autres, que la mienne... Pas par égoïsme. Mais elle m'est idéalisée. Les détails sordides de l'âge, je les crois miens essentiellement... On est ainsi porté à croire que les autres ne font naturellement pas de bruit en mangeant... On s'étonne qu'ils puent... On sait de soi des choses qu'on ne peut se cacher, que les autres ne vous montrent jamais... Et puis ce n'est pas ça. Mais, voyez-vous, une certaine puissance d'illusion est tout ce que j'ai gardé de ma jeunesse. Si je veux... Je peux me raconter des histoires... m'imaginer que ce qui est noir est blanc... C'est comme cela que je me protège de la souffrance... Je peux vous regarder, et vous voir comme vous étiez sans doute il y a vingt ans... »

Encore une fois la fin de tout ceci lui parvint seule, et elle se sentit rougir. Comme il avait dit ça ! Était-ce possible ? Son vieux cœur lui battit si fort, qu'elle en fut incommodée. Pourquoi avait-il dit ça? Oh, elle aurait voulu se voir par ses yeux! Mais elle était folle: c'était une manière de parler, une galanterie... Elle en devint niaise, elle minauda: « J'ai beaucoup changé pourtant... »

Il la regarda soudain avec un dégoût qui l'eût tuée probablement si elle avait pu le démêler, hors d'elle qu'elle était de toute cette scène, et préoccupée seulement de la peur que tout d'un coup il appelât les filles. Il pensa: « Qu'est-ce que je suis là, à tenir la jambe à cette maquerelle? Je parle, je parle... Un boxon est un boxon. »

Et puis il se dit qu'il était injuste. Mme Tavernier n'était pas Emmanuel Kant. Le coq-à-l'âne avec elle valait bien une autre forme de la conversation. Il remarqua qu'elle était émue. Après tout, c'est quelqu'un comme moi. Vieille bête, est-ce que tu te crois d'une espèce supérieure? Regarde-toi dans la glace, cette gueule infâme que le temps t'a faite. Et toi-même... Il poursuivit sa pensée à voix haute, en l'altérant un peu... Juste ce rien de comédie qu'il y a dans les choses qu'on dit sur le ton le plus sincère, le plus convaincant: « Je me demande comment c'est, pour deux êtres qui ont vieilli ensemble... L'autre... »

Tout ce qu'il y avait de fleurs bleues au cœur de Dora refleurit soudain. Elle sentait avec violence la délicatesse des pensées de M. Pierre. Elle était ivre de ses paroles. C'était la révélation d'un monde fermé. Jamais personne ne lui avait parlé ainsi. Et même plus: jamais personne n'avait ainsi parlé devant elle. Elle comprenait qu'il ne lui parlait pas, qu'il se parlait à lui-même: cela même la bouleversait, la pénétrait de reconnaissance.

« Naturellement, madame Tavernier, deux êtres qui ont vieilli ensemble... Ils se sont habitués... Cela n'est pas venu d'un coup... c'est d'abord une petite marque insignifiante, une ride sur laquelle on s'attendrit... le visage, le corps changent doucement... On le remarque sans le remarquer... On se donne des raisons... On s'aime mieux comme ça même... Mais oui... La puissance de l'illusion quand elle se double de celle de l'habitude... Qui dira la beauté d'une laideur familière? Naturellement, madame Tavernier, naturellement... Si nous avions vieilli ensemble, madame Tavernier, vous et moi, songez... si nous nous étions toujours connus... »

Ah, Dora ferma les yeux. Le reste se perdit. Que pouvait-il ajouter maintenant qui valût qu'on l'écoutât? Si ça lui faisait plaisir d'appeler Lulu, Mado, les autres! Elle s'abandonnait. Elle riait en dedans. Elle avait dix-huit ans, pas même. Elle était contente, heureuse, heureuse. Tout le reste était sans importance. Elle ne l'entendait plus parler, M. Pierre. Elle dit bien encore quelques mots de temps en temps, mais Jésus sait comme ils tombèrent!

Trois soldats entrèrent dans l'estaminet, on alluma les lumières, et la boîte à musique se mit à jouer *Rêve de Valse*, le dernier morceau acheté.

XVIII

Les soucis de Meyer ne s'étaient pas évanouis. Mauvais résultats aux bachots d'octobre, rentrée déplorable, et avec ça la toute petite qui supportait mal son premier hiver. Sarah avait dû cesser de l'allaiter, et c'était le premier de ses enfants pour lequel cela se passât ainsi. Elle avait eu les trois autres au sein, sans accident ni pour eux ni pour elle. La petite Claudine, il semblait que le lait de sa mère ne lui convînt pas, et des abcès avec ça... Au biberon, avec le médecin tout le temps sur le dos, c'est cher, les médecins, la vie des enfants ne devrait pas avoir de prix. Claudine avait encore de temps en temps des diarrhées, de vilaines diarrhées... On ne pouvait pas s'empêcher d'en parler à table rue Ampère, au milieu des nouvelles politiques qui divisaient Robinel et Meyer. Robinel était violemment opposé à la candidature de Poincaré à la Présidence, Meyer tenait pour Poincaré.

Pierre Mercadier aimait encore mieux entendre parler de diarrhée verte que d'élections présidentielles. Ça ne lui coupait pas du tout l'appétit, et du reste pour ce qu'on avait à manger! Quand enfin Poincaré eut triomphé, et avec lui Meyer, après les premières journées de disputes bruyantes, Robinel se calma, et Meyer redevint fréquentable. La petite n'allait pas mieux. On devait la nourrir comme les grandes personnes, ma parole. « Si je parlais de la couleur de mes selles! » dit Mercadier, fourrageant avec rage des flageolets tristes comme l'hiver.

« Mon cher Mercadier, — dit Sarah, après le dîner, — vous croyez qu'on ne s'inquiète pas de vous... Vous n'imaginez pas comme ici tous, oui, tous, nous tenons à vous... »

Pierre savait être poliment sarcastique.

« Croyez-moi, — reprit Sarah, — croyez-moi... J'ai beaucoup pensé à vous récemment. A cause de Claudine. Ça peut vous paraître bizarre. N'est-ce pas, quand on reste des heures à côté d'un petit enfant... qui crie et qu'on berce et qu'on change... toutes sortes d'idées vous passent par la tête... J'ai beaucoup pensé à vous... Vous permettez que je vous dise? Il me semble que vous n'avez pas ce que vous méritiez... Un homme de votre intelligence... Vous avez brisé votre vie... Je sais bien, je sais bien... D'abord c'était un très grand courage, et puis on est seul juge! Seulement je m'effraie parfois du vide de votre existence : nous faisons de notre mieux, seulement... »

Pierre déteste la sollicitude, et cette sollicitude-là précisément. Il n'aime pas Sarah, du reste. Elle est bouffie. Il évite la suite de la conversation. Mme Meyer bat en retraite, confuse. Il ne reste de tout cela qu'une gêne lourde et aigre. Et sans doute que ce qu'elle n'a pas dit à Mercadier, Sarah l'a dit à Meyer, parce que Georges le lendemain reprend la conversation juste où sa femme l'avait laissée. Qu'est-ce qu'ils ont? Autour de quoi tournent-ils? Avec Meyer, Pierre se sent mieux à l'aise, et puis quand il est d'humeur de bavarder, on peut se faire inviter au café par lui, place Pereire. Alors c'est un peu comme dans les vieux jours, quand ils étaient au lycée, tous les deux. Sauf que Pierre ne prend plus d'absinthe, un byrrh cassis...

« Mercadier, quand vous avez quitté les vôtres, le problème était différent, vous étiez plus jeune... Certains sentiments ne sont pas indispensables à l'homme dans la force de l'âge... Mais plus tard... Avec quoi peuplerions-nous notre vie ? Je ne vous parle pas de votre femme : je l'ai vue une fois pendant que vous étiez là-bas en Égypte... J'avais cru humain de lui donner de vos nouvelles... Je vous comprends. Je ne vous parle pas de foyer, Mercadier... Mais les enfants... les petits... Est-ce que vous pensez parfois à votre petit-fils ? Il va avoir cinq ans... »

Ah, voilà où il voulait en venir ! Extraordinaire, ce besoin de Meyer, il lui dit tous les ans que le mioche a trois, quatre, cinq ans... Il en aura six l'année prochaine... à moins qu'il n'attrape la scarlatine. Meyer ne peut pas se faire à l'idée qu'on n'ait pas un cœur de grand-père, quand on a un petit-fils. Un petit-fils qu'on n'a jamais vu ! Eh bien, voilà où est le hic. Si vous le voyiez, Mercadier ? Rien qu'une fois... Les tentations de la vieillesse ne sont décidément pas bien puissantes. Si c'est là tout ce qu'on a à lui offrir de nouveau ! La vieille Mme Meyer a remis ça sur le même sujet au cinéma. Pierre est sûr qu'il pourrait regarder sans le moindre émoi la chair de la chair de sa chair, le fils de son fils. Un garçon, n'est-ce pas ? Il s'en fout. Est-ce que c'est absolument anormal ? Je ne sais pas, moi. Ce goût des enfants, une passion comme une autre. On l'a ou on ne l'a pas. Il est certain qu'on ne prend un vice qu'à condition de s'y essayer, de s'y abandonner. Il y a des sentiments que Pierre ne s'est jamais permis. Il se souvient pourtant comme d'une étrange chose de la mort de sa première-née jadis... à Dax. Les images de ce temps-là sont effacées et confuses et il ne reste rien de cet homme désespéré dans le cimetière, il y a vingt-trois ans bientôt... Rien. Pas même le souvenir.

Qu'ont-ils à parler de sa vie, ces Meyer ? Qu'est-ce qu'ils en savent ? Ils croient que sa vie, c'est l'école, et eux avec et les diarrhées vertes de leurs mioches, et le cinéma rue Demours avec la vieille maman... Pierre pense à tous les secrets qu'il porte en lui : à ces images non partagées des années enfuies, à ces paysages, à ces visages qui n'ont eu de sens que pour lui seul. Sa vie! il pense aux *Hirondelles*, à Lulu, à cette bique de Dora... Il ricane. Les Meyer n'imaginent pas les *Hirondelles*. Puis tout à coup, il a eu une espèce de froid dans le dos. Il vient de penser qu'après tout les *Hirondelles*, Dora, c'est ça, sa vie. Bon, le byrrh ne lui vaut rien. Il devient sentimental. Qu'est-ce que ça peut faire que ce soit ceci ou ça, votre vie? S'il va tous les jours aux *Hirondelles*, c'est que ça lui plaît, non? Alors...

« Voyez-vous, Meyer, j'ai toujours été en dehors, à côté de ce que les autres appellent la vie... C'est absurde à dire, mais j'essaie d'emprunter le vocabulaire des autres pour me faire comprendre. Les gens braquent les lumières sur une certaine sorte de vie, et ils disent que c'est ça, la vie! Le reste... Le reste ne compte pas pour vous, Meyer, n'a jamais compté... Mais si vous bougiez un peu les lampes, qu'est-ce qu'il resterait de votre propre vie? Tenez, allez n'importe où le dimanche, où les gens qui mènent une vie normale vont désespérément user le peu d'heures libres qu'ils ont, et dont ils ne savent que faire... Vous trouverez mille fois votre caricature, celles des vôtres, l'expression du même ennui, de la même défaite, sur cent, sur mille faces... »

Il avait beau dire, l'idée de l'enfant le chiffonnait. Il se prit à y repenser dans la nuit. Ce devait être sa hernie. Supposez qu'en voyant ce gosse, tout d'un coup, là, ça lui fasse quelque chose! Absurde.

Il en parla avec Dora pour voir.

« Madame Tavernier, qu'est-ce que vous pensez des enfants? »

Cette question la prit au dépourvu, et elle se sentit rougir d'un rouge sombre sous le fard. Pourquoi lui demandait-il cela?

« Je ne sais pas, — dit-elle. — Je n'y ai jamais songé. Vous me surprenez. Les enfants. J'aurais pu avoir des enfants. Je n'en ai pas voulu. Dans mon métier, vous comprenez. J'aurais pu avoir des enfants. Pourquoi est-ce que j'en ai pas voulu? Ah oui, je le disais, mon métier... Des enfants... C'est difficile à dire... des enfants... mais un enfant en tout cas, un enfant... si on avait aimé le père, vraiment aimé... alors, si j'avais aimé... comme je ne savais pas qu'on pouvait aimer... un enfant... oh, oui, monsieur Pierre! J'aurais voulu. J'aurais bien voulu. Mais je n'ai pas voulu. Je ne savais pas. Je n'aimais personne alors. Personne. Je n'aurais pas voulu d'un enfant dont je n'aurais pas aimé le père... un enfant! Et maintenant il est trop tard. Tout vient trop tard dans la vie... »

Il vit qu'elle pleurait. Ah ça par exemple! Du diable s'il avait cru provoquer cela!

Quand il y pensait, son propre cas commençait à l'intéresser. Qu'on soit différent des autres, en général on s'en trouve plutôt content. Mais, après tout, la machine humaine est toujours faite sur le même plan, et ce qui brûle l'un brûle l'autre. Avec cette histoire d'enfants... A franchement parler, parfois, quand il regardait des petits, petits d'homme comme petits de chat ou de chien, il ressentait un début d'attendrissement qui devait ressembler à ce goût des gens pour les gosses. C'est une chose étrange que de voir tous les êtres vivants s'entendre sur un sentiment, et de ne pas le partager. Qu'est-ce qu'il y a donc en moi qui ne va pas? Les hommes plus jeunes ont d'autres raisons d'être, et quand j'étais plus jeune, je me disais qu'entre les passions, les plus fortes sont les meilleures... Mais à mon âge. Bien des gens qui n'ont eu pour l'enfance aucun attrait commencent à s'en prendre la manie quand ils se sentent vieillir. C'est une forme de l'égoïsme. Mercadier se savait égoïste. Il ne pensait pas, l'étant, qu'il fût un monstre. Les autres cachent leur égoïsme sous le masque des affections, des dévouements mêmes. La peur d'être seul. Les vieillards n'ont plus le pouvoir de dissimuler, et leur attrait pour l'extrême jeunesse, le monde la leur passe, parce que chacun s'attend un jour à l'éprouver. « Et si j'étais un monstre? » se disait Mercadier.

XIX

« Jeannot ! » Maria l'appelle : il a encore été chercher de l'eau à la fontaine pour mettre dans le sable afin que ses pâtés tiennent. C'est vrai que le sable de l'avenue du Bois a besoin qu'on le mouille pour faire des pâtés qui ne s'effondrent pas, seulement Jeannot se mouille et se salit avec cette eau. Maria se sent mal à l'aise, comme si son canotier noir dansait sur sa tête, ou son boléro avait besoin tout le temps d'être tiré. Toute vêtue de noir pourtant, elle n'attire pas les regards. Elle ne fait rien pour ça, et avec son nez court, sa bouche ouverte et ses yeux ronds, qui la remarquerait ?

Maria jurerait bien que ce vieux monsieur les a suivis depuis la maison. Ou si ce n'est pas depuis la maison, c'est tout comme. Il a tourné sur leurs pas dans la rue de Tilsit, qui est leur chemin habituel pour gagner l'avenue du Bois. Il a attendu à côté d'eux sur le bord de l'avenue de la Grande-Armée, et le voilà qui tourne autour d'eux maintenant. Maria touche sa petite croix d'argent. En même temps, elle regarde le vieux monsieur à la dérobée, un vieux monsieur en redingote avec un chapeau haut-de-forme, assez minable. Il la regarde aussi, et il regarde le petit. A son âge, tout de même ! Jamais on ne verrait ça en Italie. Ou alors c'est pour le mariage. Maria se rappelle un oncle à elle qui était commerçant et qui s'était remarié à soixante-cinq ans : mais il fallait bien tenir la boutique. Assise sur son banc, à un bout, avec des gens très sérieux à côté, une nurse anglaise, Maria vérifie ses jupes et fait comme si elle ne comprenait pas le manège du vieux.

Jeannot est affairé. Il a démoulé trois pâtés et trace des petits chemins de gravier qui mènent de l'un à l'autre : on met des petits cailloux à la file d'un côté et de l'autre pour marquer les bords des chemins. On ne peut absolument pas aller du premier pâté au troisième sans passer par le second. Le premier pâté, c'est la maison ; le second, c'est la confiserie ; et le troisième, qui est un peu raté, c'est le monastère. Alors quand on se rend au monastère, on fait une halte à la confiserie, où on mange toutes sortes de bonbons, des cailloux de toutes les formes.

Jeannot sait que les enfants qui passent le regardent jouer et qu'il pourrait leur dire de jouer avec lui. Maria ne se fâcherait pas. Mais aujourd'hui Jeannot veut rester seul. Parce qu'il espère que Christiane viendra. Christiane est une petite fille qui était à la pension de famille l'année dernière. Ses parents sont des Grecs. On ne croirait pas, mais ce sont des Grecs. Et une fois déjà Jeannot a rencontré Christiane avenue du Bois, depuis qu'ils ne sont plus à la pension et qu'ils ont pris un appartement avenue Victor-Hugo. Ils ont joué ensemble. Jamais ça ne s'est reproduit, mais Jeannot espère toujours que Christiane viendra. Elle ne sait pas faire les pâtés. Elle a cinq ans comme lui. Mais elle est jolie, elle a des cheveux frisés bruns et elle porte des robes de lingerie. Elle est plus jolie que Sophie, toujours, et puis Sophie est insupportable avec ses sept ans, et elle donne des coups de pied dans les pâtés.

Tiens, qu'est-ce que ça veut dire ? Maria parle avec un vieux monsieur. Un drôle de vieux monsieur, comme il est habillé, et un drôle de chapeau genre cheminée. Ça ne peut être un ramoneur, les ramoneurs sont des enfants, et puis ils ont le visage noir. Jeannot ne connaît pas ce monsieur. Probablement Maria le connaît, ou si elle ne le connaissait pas, eh bien, elle le connaît maintenant puisqu'il lui parle. Elle se pousse sur le banc pour lui faire de la place. Les autres gens se tassent, l'un après l'autre. C'est drôle quand les gens se poussent comme ça en se soulevant un peu pour se rasseoir un peu plus loin. Depuis quand Maria, ma bonne, connaît-elle des gens qu'on ne connaît pas ? Un Italien sans doute. Si c'était son papa ? Si c'était son papa, elle l'embrasserait. Elle n'appelle pas Jeannot. Alors, c'est que c'est son amoureux. Quand on a chassé la bonne précédente, cela s'était produit comme ça. L'amoureux de la bonne venait s'asseoir à côté d'elle avenue du Bois pendant qu'elle y promenait Jeannot. Ça s'est su. La tête de Grand'maman! Et Tante Jeanne! Cette fille quelle honte, et si elle attrape des maladies! Elle embrasse Jeannot, pensez donc... Enfin on l'avait chassée.

Jeannot n'a rien contre qu'on chasse Maria. Mais il faudra encore faire la connaissance d'une nouvelle, alors. Il décide qu'il ne dira rien de l'amoureux de Maria. Ils parlent, tous les deux, sur le banc : l'amoureux regarde Jeannot.

« Jeannot! »

Tiens, elle l'appelle maintenant? Jeannot arrive avec son seau, sa pelle, et un air sournois. « Jeannot, dis bonjour à monsieur, c'est un monsieur qui a connu ta famille dans le temps... quand tu n'étais pas né... »

Jeannot dit « Bonjour, monsieur », et pense : « la menteuse! » Puis il dit au monsieur : « Tu connais ma famille, monsieur! Pourquoi tu ne viens jamais à la maison? » Il n'écoute pas ce que répond le monsieur puisque de toute façon ce sont des menteries. Le monsieur l'a pris par les mains et le regarde. Il est fait comme était fait Pascal, moins fort, avec d'autres yeux. Ce doivent être les yeux de la mère... Elle est morte à ce qu'on lui a dit. Pour la première fois il pense à cette femme qui a été la vie de son fils, et puis qui est partie, jeune... Quelle discrétion! Cette femme de laquelle il est resté ce petit où il retrouve maintenant des choses de lui-même...

« A quoi tu penses? Tu sais jouer à un nouveau jeu? »

C'est le petit qui a parlé. Jeannot... Ils l'appellent Jeannot. Pierre n'a jamais aimé les diminutifs. Il se souvient de cette femme à Monte-Carlo qui l'appelait Johnny... Jeannot... c'est-à-dire Jean. « Dis-moi, Jean, tu ne veux pas t'asseoir sur mes genoux? »

Jeannot veut bien. Il n'est pas beau, l'amoureux de Maria, mais les vieilles gens ne sont jamais beaux : « Tu dois être très vieux, monsieur...

— Très vieux... enfin je ne suis pas jeune : qu'est-ce qui te fait dire ça?

— Tu es si laid, tu dois être très, très vieux... » C'est drôle que ça soit désagréable à entendre. Mercadier encaisse. Combien de temps cet enfant dira-t-il la vérité ? Le petit continue : « Quand on est vieux, on meurt... c'est comme ça... Quand est-ce que tu vas mourir ? »

Maria se fâche. Jeannot ! On ne parle pas comme ça.

« Oh bien, — dit Jeannot, — tu l'aimes donc tant que ça, ton amoureux ? »

Ils se sont regardés. Maria est confuse. Mercadier rit bonnement. Il en a déjà pour les cent sous qu'il a donnés à cette fille. « Et toi, mon petit Jean, qui aimes-tu bien ? »

Jean est devenu sérieux. C'est une question qui vaut qu'on y réfléchisse. Une question gênante. Jeannot écrase son petit menton contre son cou et remue la tête. Il ne répond pas tout de suite. Il pense à Christiane. Ce n'est pas ça que le monsieur lui demande. Une bonne réponse, ce serait de dire : Maria... mais ce serait mentir. Il faut bien mentir pour rire un peu. Mais non, Jeannot répond : « J'aime mon papa... voilà... et puis Dorothée...

— Qui c'est Dorothée ?

— Dorothée ? c'est une des dames Manescù...

— Ah ? Et tu l'aimes bien ton papa ? Pourquoi ?

— Mais parce qu'il est beau... »

Mercadier regarde le bout d'homme. Il aime son père parce qu'il est beau. Pierre n'avait jamais pensé que Pascal pourrait devenir beau.

« Et ta grand'mère ? demande-t-il.

— Grand'maman ? »

L'enfant ne répond pas. Il se balance. Maria intervient :

« Enfin Jeannot, tu aimes ta grand'maman !

— J'aime l'embrasser, dit Jeannot. C'est différent... »

Mercadier a profondément tressailli. L'enfant vient de dire une chose terrible. Est-ce que ce n'était pas là le secret de leurs vies, à Paulette et à lui ? Il cherche maintenant à voir par les yeux du mioche tout ce monde dont il s'est exilé, et Paulette, et Jeanne. « Et ta tante Jeanne ? tu aimes l'embrasser ?

— Non. Elle n'est pas douce. Grand'maman c'est doux, c'est usé... Puis elle a de la poudre, et du sent-bon... Tante Jeanne... je n'aime pas Tante Jeanne...

— Pourtant elle s'appelle comme toi...

— Tu es bête, monsieur. C'est ma marraine !

— Et tu as un parrain ?

— Non. Enfin j'avais un parrain... mais on ne le voit plus...

— On ne le voit plus ?

— C'était un ami de Papa. Il devait se marier avec Tante Jeanne. Puis il y a eu des cris. Il n'a plus voulu...

— Et ta maman, petit Jean, te souviens-tu de ta maman ? »

Jeannot se balance. Il est muet. Il n'aime pas ce sujet de conversation. A vrai dire, il n'a aucun souvenir de la morte, et ça l'humilie, il trouve ça bête de ne pas savoir comment était votre maman à vous. Il y a bien la photo chez papa... mais ça ne dit rien, les photos... on ne sait pas comment sont les gens d'après les photos... par exemple, Denise, l'amie de Grand'mère, eh bien, sur ses photos elle a cent ans de moins qu'en réalité ! Il dit bien parfois à d'autres enfants que sa mère était très belle, et qu'elle avait toujours des fleurs dans les bras, parce qu'il aime dire ça comme ça, mais aujourd'hui, il ne veut pas mentir, ou alors il faudrait un beau mensonge...

« Tu sais, à la maison, — dit-il très vite, — il y a des petits chevaux qui courent dans les murs, sous le papier, des petits chevaux de toutes les couleurs, avec des jockeys, en soie, et des cravaches comme pour jouer du violon... »

Pierre Mercadier imagine la pension de famille que tient son fils Pascal. Il en a vu la façade, les lettres d'or : *Étoile-Famille*... Comment tout cela s'est-il passé ? Le petit garçon qui jouait à Sainteville, quelle suite de faits biscornus en a fait cela à Paris, un hôtelier poli aux étrangers qui visitent la capitale, avec sa mère sur les bras, et Jeanne, et cet enfant... Que lui a-t-on jamais dit de son grand-père, à Jeannot ? J'imagine Paulette et son orgueil, et sa haine sans doute. La jolie histoire qu'on doit avoir fait de tout cela à l'usage des gens.

« Et ton grand-papa, petit Jean, est-ce que tu as ton grand-papa ?

— Mon grand-papa, dit Jeannot, il est en Amérique. »

Voilà. C'est tout. C'est ce qui a passé de jadis, de cette vie, de ce monde oublié jusque dans cette petite tête bouclée. Il est pâle, Jeannot. Un enfant des villes. Tout d'un coup, il s'est mis à jouer pour de vrai : « Hue, hue, cocotte ! Fais-moi balancer en arrière, monsieur ! » Et Pierre le fait balancer en arrière.

« Monsieur, excusez-moi, — dit Maria... — mais le dimanche nous ne faisons qu'une petite promenade, parce que Madame a des amies pour le thé, et elle veut que Jeannot soit là... »

Il repose l'enfant par terre. Jeannot sera bien sage, pas vrai, il ne dira pas qu'il a vu le vieux monsieur pour ne pas faire gronder sa bonne ? C'est promis ? C'est promis. Qu'est-ce que tu aimerais ?

« Du gâteau de Savoie ! »

Jeannot n'a pas hésité. Il y a une marchande à côté, son panier posé par terre, avec un linge blanc dedans, des gaufrettes et des brioches, et du gâteau de Savoie, et des réglisses... C'est le gâteau de Savoie qu'il aime. Les gaufrettes, c'est poussiéreux.

Tandis que la marchande coupe le gâteau de Savoie, un beau doré, avec le dedans si frais, c'est mou, c'est doux comme d'embrasser Grand'mère, Jeannot tient la main du monsieur. « Qu'est-ce qu'on dit ? » demande Maria. Jeannot sait qu'on dit merci. C'est banal de dire merci. Spécialement quand Maria a demandé qu'est-ce qu'on dit. Il a une inspiration : « Tu sais, monsieur, tu n'es pas si vieux que ça... »

Pierre Mercadier se baisse et embrasse l'enfant. Cette chose petite, et faible, et forte... La jeunesse, la vie... Jeannot lui murmure quelque chose à l'oreille : « Qu'est-ce que tu dis, petit ? » Alors Jeannot élève la voix et tire la jupe de Maria :

« Allons, Maria, embrasse-le, ton amoureux ! »

Il les regarde partir, Mercadier. Drôle d'enfant, pareil à Pascal, pareil à lui-même... Il s'éloigne avec son jean-bart à l'élastique mordillé, ses boucles longues de fille qui en porte, et son petit costume de marin, ses mollets nus. Il s'éloigne, Jeannot, tenant la main de sa bonne, ridicule et boulotte, tout en noir, avec son canotier perché sur le chignon haut. A quelle impulsion a-t-il obéi en venant ainsi en cachette voir ce fils de son fils, cette suite hétéroclite de son histoire à lui dans ce monde? Il n'en sait rien. Il n'a pas été très bien ces jours-ci. Peut-être est-ce la peur de mourir... peut-être l'ennui...

Tout d'un coup, il voit le petit qui lâche la main de sa bonne, qui se retourne, et se met à courir vers lui. Qu'est-ce qu'il y a? L'enfant essoufflé lui demande, tandis qu'au loin Maria agite le seau et la pelle : « Monsieur... Monsieur... Tu me permets, dis, tu me permets...

— Quoi donc, Jean?

— Que je lui dise, à elle, à Dorothée, que je t'ai vu?

— Non, mon petit, pas même à Dorothée... Mais qui est Dorothée?

— Dorothée Manescù... Je l'aime bien, tu sais, elle est jolie... elle me donne des bonbons... Pas même à Dorothée? Elle ne le dirait à personne.

— Pas même à Dorothée, ou je ne pourrais plus revenir te voir...

— Tu reviendras si je ne lui dis rien?

— Oui, peut-être... oui, sûrement : dimanche...

— Alors, je ne dis rien à Dorothée... Je te quitte, voilà Maria... »

Elle l'a repris par la main et l'entraîne. Vite, avant de quitter le monsieur, Jeannot se retourne et lui crie un grand secret : « Tu sais! Il y en a quatre! Il y a quatre dames Manescù! »

XX

Il y avait quatre dames Manescù. Il y avait M. Werner. Il y avait les demoiselles Moore. Il y avait Léontine et il y avait Élodie. Il y avait Mlle Petersen, Mme Seltsam et sa fille Sophie, il y avait la dame hongroise, la fruitière, M. Tournemain, la blanchisseuse et Nénette, Mme Vierge, Mme Durand, Mme de Saint-Laurent... est-ce que je sais.

Il y avait une immense avenue vide avec le soleil à chaque bout, le soir et le matin, avec de grands trottoirs d'asphalte qui dégringolaient de l'Étoile vers les Ternes, tenant prisonniers dans les grilles des arbres noirs aux larges feuilles, venus d'images japonaises. Il y avait au bout de l'avenue la légende et l'Arc de Triomphe, et au bas bout les fournisseurs, un quartier de petites gens sentant la nourriture, avec des mercières et des concierges.

Mais il faut bien prendre la vie comme elle se présente, et tant pis si je n'ai pas encore nommé les autres. Il y avait donc quatre dames Manescù.

Elvire, Élisabeth, Dorothée et Mme Manescù mère dont l'histoire ne dit pas le petit nom, bien qu'elle eût cinquante ans au grand maximum, mais qui était une mère, et n'était plus une femme malgré l'existence certaine d'un M. Manescù en Roumanie, qui produisait du blé comme on respire. Des flots de blé qu'on chargeait sur des bateaux dans la mer Noire, et qui s'en allaient on ne sait où sur ces bateaux-là.

Mme Manescù mère était brune avec des fils d'argent, habillée de noir avec des dépassants blancs, coiffée en bandeaux avec un chignon dans un filet à fine résille noire, le col montant jusqu'au menton, les manches qui couvraient les poignets, et une robe à baladeuse, rien d'exagéré, qui ne laissait voir que le bout très fin de la bottine. Ses traits étaient réguliers, sa peau jaune, ses yeux de charbon. Elle avait dû être assez grasse, elle achevait doucement de maigrir. Elle était maintenant faite, avec la complicité de vêtements calculés, comme ces dessins d'enfant où l'innocence n'a pas encore appris à distinguer les genoux des épaules. En un mot, rien de plus éminemment respectable que Mme Manescù.

Peut-être est-il contraire aux règles du roman et

déloyal par rapport au lecteur, de donner ici sur cette personne austère un détail anticipé de quelques années, mais tant pis. Car, sans une semblable perspective, on regarderait cette dame avec moins d'intérêt. Il n'est donc pas superflu de savoir tout de suite, que lorsque les dames Manescù eurent quitté Paris, on resta quelques années sans avoir de leurs nouvelles, en raison des événements internationaux. Puis on apprit par une carte postale de Roumanie avec un joli timbre bordé de violet qu'au cours d'une révolte, les paysans de Mme Manescù lui avaient coupé les deux mains net au ras des manches. Cela jette une certaine lumière sur la famille et donne du romantisme à la personne décrite. Ce qui fait rêver surtout, ce ne sont pas tellement ces deux moignons qu'une des demoiselles Manescù enveloppa dans le bas de son jupon déchiré à la hâte, c'est le fait que Mme Manescù eût des paysans. A elle. Des paysans. Qui se révoltèrent. En Roumanie. Où pousse le blé. Qui se révoltèrent parce qu'ils avaient faim. Il y a de temps en temps la famine là-bas. Ils étaient devenus comme fous. Et ils en rendaient responsable cette femme en noir, avec des dépassants blancs. Les deux mains. Cric, crac. Mais n'anticipons pas davantage.

Les dames Manescù habitaient au quatrième. Élisabeth, la seconde, collectionnait les cartes postales; la troisième, Dorothée, cultivait des pois de senteur sur le balcon, et il y avait des histoires avec les passants à cause de l'eau qui leur tombait sur la tête; l'aînée, Mme Elvire, la seule blonde, assez corpulente pour ses vingt-cinq ans, n'avait aucun passe-temps. Elle était divorcée et elle rêvait le doigt dans un livre qu'elle ne lisait pas. Elle rêvait le matin et elle rêvait le soir, et tout le long du jour entre le matin et le soir, elle rêvait, chassant comme des mouches ses deux sœurs cadettes, quand celles-ci jactaient et riaient, supportant tout au plus dans la même pièce qu'elle l'ombre muette de sa mère qui avait encore ses deux mains. Pas grande, vite engoncée, car elle était gourmande et ne se privait de rien, avec des corsages de soie vive, de préférence à rayures, et des jupes sombres genre tailleur. De beaux yeux myopes et le nez en l'air.

On avait loué un piano pour Élisabeth, mais Mme Elvire chantait. En allemand de préférence, *Ich grolle nicht*, et *Im wunderschönen Monat Mai*. Alors Mme Manescù faisait de la broderie de ses mains expertes, en soie gris fer sur du tissu noir, tandis que Dorothée, assise sur un pouf presque à terre, tirait sur sa jupe, elle avait seize ans et s'imaginait avoir des aventures avec un Tzigane dans un restaurant du Bois de Boulogne. Elle n'était pas jolie, mais elle avait seize ans, et un corps déjà tout vivant, de petites hanches rondes.

La beauté, c'était la pianiste, Élisabeth, qu'on appelait Betsy pour faire américain. Mince, la taille longue, dix-neuf ans, une poitrine retroussée par le corset. En haut de cette longue tige flexible elle avait une toute petite tête et des traits fins, le même nez en l'air qu'Elvire, mais on ne sait pourquoi ravissant, des yeux qu'elle ne pouvait fermer tout entiers tant ils étaient grands et relevés vers les tempes, et des cheveux châtains qu'elle coiffait en haut bouffant sur le front bombé, mais châtains comme ne le sont pas les châtaignes, et légers, légers comme de la plume emportée par la mer. Sur les côtés, ces cheveux à la fine teinte discrète étaient tirés tout serrés, pour pouvoir tous tenir sur la petite tête, découvrant des oreilles merveilleuses comme des coquillages transparents.

Ainsi que Dorothée, elle portait des blouses de lingerie et des jupes noires. Ainsi que Dorothée, elle avait des mains très petites, qui avaient de la peine pour les arpèges sur le piano de louage, où elles jouaient sans fin du Liszt et du Clementi. De petites mains aristocratiques qu'elles tenaient toutes deux de leur maman.

*

Quand on passait la porte de la maison, on lisait sous la sonnette : *Furnished rooms*, et on franchissait d'abord une entrée carrée, peinte en beige, à moulures filetées d'or. Puis on ouvrait une porte vitrée vernie noire, avec du dépoli sur les vitres, des grands rectangles aux angles échancrés en quart de cercle, et tout autour une grecque soulignée de perles.

Sur le tapis-brosse de l'entrée, d'un blond passé bordé de rouge, se déchiffrait en lettres rouges, répétant les lettres d'or du balcon du quatrième, le nom de la maison : *Étoile-Famille*, qui faisait toujours à Elvire Manescù l'effet de l'enseigne d'une compagnie d'assurances.

La porte vitrée passée, Elvire, au pied de l'escalier dont les trois premières marches étaient de pierre, négligeait à gauche les deux salons, à droite la salle à manger et la petite pièce qui la précédait, au fond en arrière de l'escalier la porte qui allait aux cuisines et l'entrée basse de la cave. Elvire s'élançait très vite vers les étages, malgré sa corpulence, sur ses petits pieds cambrés, parce qu'elle avait peur que le domestique-homme, un grand brun sans moustaches, avec un gilet rayé jaune et noir, et un tablier blanc ne surgît pour lui parler, et bien qu'elle ne craignît pas les hommes, Elvire était très gênée par lui, parce que ce n'était pas un monsieur, et que ce n'était pas pourtant un domestique de Roumanie. Il levait les yeux sur elle, et souriait, avec des dents fortes, blanches, festonnées.

Elvire tenait généralement à la main son en-cas, marron avec une petite poignée d'or, son sac en perles d'acier, son boa de plumes enlevé quand il faisait trop chaud, et un livre ou un journal de modes, *Fémina* peut-être. Parfois comme elle atteignait les marches, la porte du salon s'ouvrait, et elle regrettait un peu sa précipitation, car ce n'était pas le valet qui paraissait mais M. Werner, par exemple.

M. Werner était grand, solide, assez épais des reins à quarante ans, bien sanglé. Il avait l'air d'un officier de cavalerie en civil, et ses vestons se donnaient toujours des allures de redingotes. Le col dur très haut dans le cou sanguin, avec les coins cassés laissant sortir la pomme d'Adam, et une cravate papillon gris sur gris très comme il faut, souvent une fleur à la boutonnière. M. Werner était allemand, ce qui arrangeait tout, et qui expliquait sous le nez tombant les moustaches cirées, et un peu relevées, pas tout à fait à la Kaiser, mais dans ce sens-là.

Le mari d'Elvire était un Allemand, et bien qu'abandonnée après cinq ans d'une vie conjugale assez peu tranquille, l'aînée des Manescù en avait gardé une nostalgie inextinguible de la langue allemande. Elle détestait la Roumanie et ne pensait plus jamais en roumain. Elle rêvait en allemand elle pleurait en allemand, elle avait peur en allemand, elle eût défailli en allemand, si elle avait osé s'abandonner encore à un homme ou simplement vaincre sa nonchalance à cet égard.

M. Werner était très courtois et très respectueux. Il portait les cheveux très ras, déjà grisonnants. Il avait des yeux bleus, pâles, un peu méchants, et tout petits. Il fumait exclusivement le cigare. Il n'habitait pas *Étoile-Famille*, ayant un rez-de-chaussée non loin de là, rue Anatole-de-la-Forge, un pied-à-terre, mais venait ici prendre ses repas. La maison, malgré la plaque *Furnished rooms*, était une pension, et l'on dînait en table d'hôte. C'est ainsi que tout le monde se connaissait dans la maison.

Elvire savait de M. Werner qu'il était représentant en quelque chose d'une grande firme de Leipzig. Il voyageait dans les principales villes de France, et même de Belgique. Entre deux, il revenait à son port d'attache, rue Anatole-de-la-Forge et prenait ses repas à *Étoile-Famille*. Un bel homme emplissant bien ses vêtements. Une griffe de tigre en breloque à la chaîne d'or de son gilet.

On eût bien étonné Elvire à lui dire qu'elle avait un secret penchant pour M. Werner. Les personnages de ses rêves étaient plus romantiques, dans le genre maigre, avec des cheveux frisés. Quand ils n'étaient pas simplement Karl au long visage blond. Elle en aurait dix fois convenu pourtant, avant d'accepter que dans cette peur qu'elle avait du valet, il y avait un attrait assez trouble. Et je suis au regret d'avouer qu'il en était ainsi. Mais M. Werner parlait allemand, ce qui rappelait à Elvire l'époux enfui, et mettait dans sa journée une amère douceur qu'elle traînait par l'escalier avec son boa, son sac, son en-cas et son journal de mode.

Le grand chapeau orné d'une fantaisie d'autruche

oscillait dans la demi-lumière du premier étage, au-dessus de la jeune Roumaine rondouillette, que M. Werner suivait de ses yeux encore rapetissés après un échange de quelques banalités sur la température et la saison.

C'était au premier étage qu'habitait Mme Seltsam, dont le nom avait étrangement l'air d'une erreur de passeport, et il n'était pas rare, que déjà essoufflée par vingt et une marches, Elvire Manescù, le cœur un peu battant de la rencontre du rez-de-chaussée, se donnât du répit en frappant à la porte 5 sur le premier palier.

*

Dans la chambre de Mme Seltsam régnait un mélange de parfums et d'odeurs médicinales. Avec les rideaux mal tirés, et les brise-bise soigneusement clos, peu de lumière pénétrait dans cette grande pièce en désordre, la table encombrée de flacons, et des vêtements jetés sur tous les meubles. A terre, au pied du petit lit ripoliné blanc qu'on avait adjoint au grand lit de milieu en pitchpin, les enfants se roulaient dans un jeu très compliqué où Sophie Seltsam qui avait sept ans l'emportait toujours sur l'enfant des patrons, Jeannot, de deux années plus jeune, avec ses longues boucles sur l'épaule, un nœud bleu à gauche, pâlot et nerveux, mais fier d'avoir quitté les jupes pour une petite culotte trop juste qu'il avait peur de faire craquer bien qu'il fût maigrichon.

Dans son tablier à damier rouge et blanc, froncé sous les bras, les mollets nus, autoritaire, Sophie faisait marcher ses épaules avec importance pour manifester la peine qu'ont les grandes personnes avec les enfants, et cela préludait immanquablement à une tripotée qu'elle infligeait à Jeannot dont il aurait eu tort de se plaindre, car c'était partie du jeu. Brune, ses lèvres pincées, de longs cils le plus souvent baissés sur ses yeux noirs, la petite figure était comme écrasée par des cheveux crépus indomptables, serrés, serrés, serrés, et frisant, dont on n'arrivait à rien faire sauf avec ce qu'on parvenait à réunir par-derrière en les nattant en une sorte de queue de rat très courte qui n'atteignait pas le tablier.

Mme Seltsam se soulevait à peine du fauteuil où elle était assise, près de la fenêtre, à contre-jour. On entendait dès la porte sa respiration sifflante d'asthmatique. Elle était grosse, et noire, assez laide, les traits pointus dans un double menton. Quand elle tournait sa tête crépue comme celle de la petite, la lumière révélait qu'elle était anormalement moustachue. Elle venait d'Odessa, avec cette enfant tardive, une calamité qui avait failli lui coûter l'existence vers les quarante-cinq ans. « Ah ! c'est vous, ma chère Elvire ? » Elle retombait dans le fauteuil, un plaid sombre sur les genoux, bien qu'il fît étouffant dans la pièce. Le bruit de l'asthme prenait la force d'une horloge sifflante. On aurait dit par moments que toutes sortes de petits animaux dans sa poitrine sortaient comme d'un marais couvert de feuilles. Il y avait de l'éther derrière l'eau de Cologne russe et l'ambre musqué dont toute chose était baignée autour d'elle.

Jeannot voulait dire bonjour à Mme Elvire, mais Sophie ne le lui permettait pas : tout le jeu patiemment élaboré serait à recommencer. Elle, elle disait bonjour avec une petite génuflexion, et en tenant les bouts de son tablier, comme elle avait appris à le faire.

Mme Seltsam et Elvire usaient du français entre elles. Odessa n'est pas si loin de la Roumanie que Mme Seltsam ne baragouinât point un peu la langue des Manescù, mais sans aisance. Pour l'allemand qu'Elvire préférait, elle y avait renoncé parce que l'allemand de Mme Seltsam était impur, tout barbouillé de yiddish. Elles parlaient toutes deux un français très voisin, celui des gouvernantes, enrichi par des lectures semblables, d'André Theuriet à Eugène Fromentin.

Mme Seltsam semblait sortir d'un long enchantement sous la voix d'Elvire. Dans sa robe de dentelle noire qui formait sur elle comme une chasuble de ramages, la grosse femme avait pris à l'habitude de la somnolence une inclinaison de la tête qui écrasait son double menton et pointait son nez vers la poitrine énorme, habitée par les murmures de la forêt. Elle portait un collier de jais qui faisait bien dix rangs étalés en nappe sur cette gorge wagnérienne.

« Alors, — disait-elle, — comment s'est passée votre journée ? »

Mais il fallait chasser les enfants trop bruyants, on ne s'entendait pas. Jeannot pleurnichait. La voix aigre de Sophie faisait l'institutrice. Descendez jouer dans la petite pièce, et tâchez d'être sages. Le calme enfin reprenait dans la chambre sur les modulations de crapaud et les craquements de branches sèches dont était fait le silence habituel de Mme Seltsam.

Alors Elvire racontait sa journée. Elle avait été au grand air, par le monde libre, sans flacons, sans lumière filtrée. Il y avait des encombrements dans les rues, des autos qui filaient à des vitesses déraisonnables, des feuilles aux arbres, et déjà le magnolia des Champs-Élysées était tout en fleur. Elle s'était assise sur une chaise de fer avenue du Bois, et elle l'avait quittée juste à temps quand la femme des chaises était apparue avec son sac de cuir et son carnet à souches. Elles en riaient toutes deux, Elvire et la soupirante Forêt Noire, comme d'une bonne niche à un univers tourmenteur qui est toujours à exiger de l'argent des femmes, déjà assez furieuses de payer leur modiste et leur couturière. Ce qu'il y avait de gens sur l'avenue du Bois ! Elvire décrivait avec passion les robes et aussi quelques excentricités masculines, et de quoi avait l'air un homme très bien qui lui avait souri, et l'avait suivie un peu, oh pas longtemps. Heureusement parce qu'elle avait rencontré Jeannot et sa bonne, vous pensez de quoi ça aurait l'air !

Puis c'étaient les magasins, les nouvelles étoffes qu'on y trouvait, des occasions. Je vous donne en mille où j'ai été prendre le thé... Là, je l'aurais parié. Mais qu'est-ce que vous trouvez de particulier à cet endroit ? Les gens sans doute... Tout Paris frémissait dans la chambre, et Mme Seltsam agitait sa main boudinée sur un petit mouchoir brodé. Vous me donnez l'illusion de vivre encore, mon enfant. Si ce n'était mon asthme, j'aurais aimé aller voir ce que c'est que votre tango. Elvire se levait, posait ses affaires sur le lit, et esquissait le pas. Le corte, les ciseaux, la media luna...

Mᵐᵉ Seltsam riait. Elle avait la voix haute parfois : « Bien bien, et l'homme qu'est-ce qu'il fait pendant ce temps-là? C'est l'homme que je voudrais voir, moi! »

*

Tous les jours, après le déjeuner, Jeannot montait chez les dames Manescù. Et s'il était en retard, Dorothée venait le chercher. Mᵐᵉ Manescù lui caressait la tête et lui offrait un bonbon de chocolat enveloppé dans du papier d'argent rouge à l'intérieur. Puis Élisabeth et Dorothée l'emmenaient dans la chambre voisine ou sur le balcon, et là commençaient les débauches. Des bonbons, des bonbons, de toutes les sortes. Des fondants. Des caramels mous. Des transparents. Des petits noirs à la réglisse. Des grains de café. Des glacés aux fruits. Des durs à laisser fondre. Des durs qui devenaient mous sous la dent. Des croquants. Des pralinés. Des fourrés. Des à liqueur. Des bonbons, enfin, des bonbons sans fin.

Ce qu'elles pouvaient aimer les bonbons, les petites Manescù. Elles en oubliaient le piano, les cartes postales, les pois de senteur. Elles faisaient parler Jeannot la bouche pleine, elles riaient, elles jouaient avec lui à la poupée. Une grande poupée vivante qui bouge sans qu'on puisse prévoir comment, qui parle sans qu'on lui appuie sur le ventre, et si douce à caresser! Avec ça, un garçon. Le mystère.

« Dis, Dorothée, redonne-moi de ceux en papillote avec du sucre blanc dessus! »

De son sofa, qu'elle avait étoffé de coussins viennois violets, Elvire regardait l'enfant aux mains des filles. Elle coupait lentement, avec un coupe-papier en forme de yatagan chinois, les pages d'un livre qu'elle ne lirait pas. Qu'elle ne lirait jamais. Comme elle n'avait pas vraiment lu les autres, aucun des autres ainsi coupés avec de brusques précipitations qui déchiraient vilainement le papier, comme elle n'en lirait jamais aucun.

Car lorsque ses yeux déchiffraient une phrase, n'importe quelle phrase, au début, à la fin, au milieu du livre, au hasard, si compliquée qu'en fût l'arabesque bizarre, si singulière qu'en fût la platitude ou la poésie, il y avait toujours pour la tête perdue d'Elvire matière à se perdre davantage, et à rêver. Elle n'achevait jamais une phrase. Les mots se prolongeaient, l'entraînaient, flottaient eux-mêmes comme des bouchons sur ses pensées. Elle ne pouvait plus lire. Elle ne pouvait plus que rêver.

Les petits rires de Jeannot, les cris d'Élisabeth et de Dorothée par moments, ramenaient les yeux d'Elvire sur le groupe entouré d'assiettes et de boîtes, avec les bonbons, les petits fours, les sucreries et Elvire, elle aussi, étendait la main vers une boîte qui était près d'elle où elle puisait des rahat-loukoums à la rose ou à l'ananas. Là-dessus, la tête lui dérivait de nouveau dans un mélange de souvenirs et de regrets, d'inquiétudes folles et résignées, dans une espèce de tristesse béate comme le bonheur.

Elle regardait surtout sa sœur Betsy. Avec une admiration souillée d'envie. Avec une affection voisine de la haine. Qu'elle était belle, Betsy, belle et mince, élancée ! Cette poitrine si haute sur ce corps flexible, qu'on aurait entouré avec les deux mains écartelées. Cette tête étrangement jeune et fraîche. Comme une source. Qu'elle était belle, Betsy !

Elle connaissait bien cette beauté-là, Elvire, elle la connaissait dans le fond de sa chair grasse, car c'était la sienne, sa beauté de jadis, sa beauté d'hier, perdue et retrouvée. Elle avait été ainsi, Elvire, avec cette taille de défi, et comme il la prenait, lui, alors dans le creux de son bras...

Cinq ans, cela avait duré cinq ans, toute ma vie, et à peine le temps pourtant de respirer, cinq ans, un siècle et un éclair. Elle n'avait pas eu l'idée que cela pût finir, et pourtant cela avait fini, c'était la mort. Comme elle sentait maintenant, regardant Élisabeth et machinalement reprenant un rahat-loukoum, le mécanisme cruel et insensible de cette mort. Il l'avait aimée comme une enfant, avec cette folie et cette force qu'il mettait à toute chose. Il l'avait aimée tout simplement. Et puis cela s'était défait avec le naturel d'une saison qui suit son cours. On passe sans le savoir de la fleur au fruit, la pulpe blettit, c'est l'automne.

Mais avec quelle rapidité était venu octobre! vingt-cinq ans, et déjà... Il y avait deux ans qu'il était parti, toujours aussi fort, aussi méchant, aussi terrible. Deux ans. Le livre glissa sur ses genoux. Elle comprenait si bien comme tout cela s'était fait. Si bien. Si épouvantablement bien. Elle l'avait senti se fatiguer d'elle. Elle grossissait. D'abord à peine. Il en riait gaiement. Gentiment. Méchamment. Elle s'empâtait. Elle n'y pouvait rien. Elle était trop nonchalante. Elle avait beau sentir sa perte en elle, son déclin, elle ne pouvait pas se retenir. Elle grignotait tout le temps, elle aimait les chatteries.

Elvire regardait Betsy qui lançait en l'air un fondant qu'elle rattrapait au vol dans ses dents menues. Jeannot riait, riait. Elvire confondait ce rire d'enfant avec un autre rire. Elle ne continuait pas plus à observer cette scène devant elle qu'à lire ce livre échappé à terre, avec le yatagan chinois. Une voix irréelle et chaude dans ses cheveux qui disait : Liebchen, Liebchen...

Betsy, mince et souple, Betsy aux petits seins arrogants. Avec horreur et avec perversité, avec une espèce de plaisir triste, Elvire voyait clairement le destin de ce jeune corps charmant qui n'avait pas encore vécu. Même nonchalance, même incapacité de résister au plaisir, à la vie, à la gourmandise. Elle épaissirait, elle aussi, Betsy, on désapprendrait de l'aimer, elle n'aurait pas la force de se battre pour se survivre, elle suivrait le chemin d'Elvire. On ne l'aimerait pas, on ne l'aimerait plus.

De bonnes larmes, comme une pluie d'été, chaude et douce, roulèrent sur le visage d'Elvire. Tout d'un coup une pensée saisissante les arrêta : elle ne l'avait jamais vu pleurer, lui. Mon Dieu, il pleurait peut-être quelque part et elle n'était pas là! Elle reprit un rahat-loukoum fade et poudré.

A quoi penser, à quoi sourire ? La vie avait été si prodigieusement courte et la nonchalante Elvire n'imaginait pas un instant qu'elle pût reprendre, différente. Elle était vaincue d'avance. Elle avait à vingt-cinq ans dépassé l'âge d'être aimée. Non pas l'âge d'aimer, dont elle gardait avec effroi le tourment en elle. Sa jeunesse l'effrayait, mais à cause de ce long, de cet interminable chemin devant elle, à travers la vie, avec les seuls souvenirs, les cendres qui se refroidiraient lentement, affreusement sur son cœur.

Il en serait ainsi d'Élisabeth.

Les deux termes de l'existence, elle pouvait les toucher, les voir, les comparer. Élisabeth ici, et là-bas, Mme Seltsam. Il n'y avait pourtant que sept ans entre elle et sa sœur, et près de vingt entre elle et Mme Seltsam. Rien ne l'empêcherait de glisser vers cette ombre de l'avenir. Rien.

Élisabeth non plus d'ailleurs. Elle aimait trop les bonbons, Élisabeth.

Je me souviens. Quand j'avais ainsi les seins légers, il aimait s'asseoir derrière moi et les prendre. Il était fort. Il les écrasait un peu. Cela faisait mal. Qui est-ce qui écraserait maintenant mes seins ? Elle attend la mort, Mme Seltsam. Et moi aussi. Et Élisabeth.

La vie des femmes fuit entre les doigts. Un homme, des hommes. Mais nous sommes sûres de perdre au jeu. Nous restons toujours à la fin désœuvrées. Il y a celles qui ont la chance d'un enfant. Qui est-ce qui lui a fait le sien, à cette Seltsam ? Et si tard. Il y a sept, huit ans. Quand j'ai connu Karl à peu près. Elle ne devait pas être très différente de ce qu'elle est à présent. Et un homme lui a fait un enfant. Étrange. Un peu répugnant. C'était quand j'ai connu Karl... Karl... Karl.

Sur ce mot-là, Elvire pouvait rêver sans fin, mieux que sur tout au monde, et le rahat-loukoum restait dans sa main négligente...

Jeannot riait très fort avec Dorothée. Il lui avait chipé une praline entre les dents.

XXI

Les paliers du premier et du second étaient semblables : on y avait enlevé les portes de l'appartement,
de telle sorte que le couloir ouvrait sur l'escalier, avec
ses cinq pièces sur l'avenue et une sur la cour. Sur le
palier, à gauche, il y avait la porte d'une petite chambre
en dehors de l'appartement.

Du troisième au cinquième, l'appartement retrouvait
sa personnalité d'appartement. Au troisième pour les
patrons, au quatrième pour les Manescù, les plus
importants locataires de la pension (ces dames dépensaient plus de neuf cents francs par mois dans la maison). Le cinquième était loué comme dans une maison
d'habitation ordinaire à des gens de province qui
étaient là rarement, mais la chambre en dehors de
l'appartement ne leur revenait pas.

Dans l'escalier, il y avait un tapis chiné beige avec des
bandes latérales rouges cernées d'un trait noir et des
tringles de cuivre. Le papier du mur était en faux cuir
repoussé, marron, avec des fleurs de lis dédorées. Aux
étages, les portes étaient noires avec des poignées de
cuivre, et des sonnettes qui se tiraient, pas des cordons,
des boutons qui sortent du mur au milieu d'une cupule
à ronds concentriques. Elles faisaient toutes à peu près
le même bruit lointain de quelque chose de précieux
qui se brise avec discrétion.

Les sonnettes des chambres étaient autrement auto-
ritaires. Elles résonnaient au bas de l'escalier, et on
pouvait lire dans le tableau encadré de chêne ciré le
numéro surgi du client qui appelait. Derrière une
grande vitre, sur quatre rangs figurant les autres étages.
Sur un fond noir, plein de mystère. On pouvait rester
devant ce tableau longtemps à se demander quel
numéro allait apparaître sur le fond noir. Sophie
n'aimait guère ce jeu-là : on ne bouge pas assez. Mais
Jeannot, lui, avait du goût pour tout ce qui est occasion

de rêver. Il pariait aussi. Le 10, ce sera le 10. Pour rien au monde, vous ne l'auriez fait partir alors avant que quelqu'un eût sonné. Le 3, perdu.

Jeannot avait expliqué ce jeu à Tante Jeanne un jour et Tante Jeanne avait dit que Jeannot jouait aux petits chevaux. Pourquoi aux petits chevaux? Cela augmentait encore le mystère, et devant le tableau noir Jeannot s'imaginait que c'étaient des petits chevaux qui accouraient à travers les murs, portant dans leurs dents les numéros. Un client appuyait sur le bouton dans sa chambre, et le petit cheval affecté à cette chambre-là se précipitait jusqu'au bas avec le numéro noir inscrit sur une petite carte de celluloïd.

Il devait y avoir des courses quand deux chevaux étaient sonnés à la fois. A qui arriverait le premier en bas, derrière le cuir repoussé et les fleurs de lis. Jeannot les imaginait tous différents : ceux du premier étaient tout blancs, ceux du second étaient bruns, ceux du troisième (c'est-à-dire ceux de chez Jeannot) étaient rouges, et ceux du quatrième, ceux des dames Manescù, étaient noirs.

Jeannot aurait aimé monter comme un jockey sur un des chevaux rouges, par exemple. Mais cela ne se faisait pas. Il fallait donc se contenter d'imaginer leur galopade des étages au rez-de-chaussée, dans l'épaisseur du mur. On ne devait guère y voir là-dedans, et si on se trompait de chemin! C'était cette idée-là qui faisait bien rire Jeannot, mais alors là, bien rire. Seulement les petits chevaux étaient très malins, et très bien dressés. Ils ne se trompaient jamais, ils n'embrouillaient pas leurs numéros, ils les apportaient où il le fallait, et ainsi de suite.

Parfois, à des moments où on n'avait pas sonné, on entendait leur course effrénée dans les murs. Ce qu'ils allaient vite! Ils devaient jouer entre eux, se défier, se faire des farces. Léontine prétendait que c'étaient des souris. Mais Léontine ne sait pas ce qu'elle dit, et puis elle ne croit pas à l'existence des petits chevaux. Alors elle pense en savoir plus que sa patronne? Jeannot ne discuterait pas avec Léontine.

Ni avec le domestique-homme qui jurait comme un perdu quand un numéro apparaissait au tableau noir. En voilà un qui vous les aurait fouettés, ces pauvres petits chevaux !

Les domestiques sont des êtres à part. C'était ce que disait Papa, et Tante Jeanne et Grand'mère étaient bien d'accord avec lui là-dessus. Tout le monde avait dit et répété à Jeannot que les domestiques n'étaient pas des gens comme nous. Jeannot d'ailleurs s'en apercevait bien tout seul : est-ce que nous portons des tabliers, nous autres ? et des bonnets comme Léontine ?

L'idée de Grand'mère avec un bonnet paraissait à Jeannot une farce irrésistible. Alors, parce qu'on aime bien rire, il se représentait Grand'mère avec un bonnet et un tablier, montée sur l'escabeau et lavant les vitres. « Qu'est-ce qu'il a à rire tout seul cet enfant ? — dit Tante Jeanne. — Encore à ruminer des bêtises ! » Jeannot voulut s'innocenter : « Je pensais à Grand'mère avec un bonnet et un tablier en train de laver les vitres sur l'escabeau... » Décidément ce petit était trop bête : « Et ça te fait rire ? Ah, quand tu seras grand, ça sera du joli ! »

Jeannot n'aime pas Tante Jeanne. Elle est brune, et il préfère les blondes. Et puis il se dispute toujours avec elle. Elle trouve qu'elle déroge quand elle parle avec un enfant. Elle le taquine quand il croque une biscotte en disant qu'il fait du bruit en mangeant. Elle prétend qu'il met le nez dans son verre quand il boit. Il n'aime pas Tante Jeanne, et d'ailleurs il ne pense pas à elle, même si elle se mêle de ce qu'il pense, il pense aux domestiques et il continuera d'y penser.

Ils ne sont pas comme nous. Ils sont mal habillés, c'est-à-dire habillés avec de vilaines étoffes, grosses, vulgaires. Léontine par exemple, porte une jupe noire froncée, toute ronde, sans forme quoi, pas comme Tante Jeanne ou Mlle Petersen. Une étoffe sans douceur, poussiéreuse. Et là-dessus une sorte de caraco gris montant qui fait pauvre, pauvre. Pour servir à table, elle met un beau tablier blanc à bretelles. Heureusement. C'est nous qui lui donnons ce tablier-là.

Le bonnet qu'elle porte, en tulle, ovale, avec une grosse ruche autour, on pourrait trouver ça joli aussi bien que laid. C'est un bonnet d'Angers ou de par là. Je me demande si c'est très loin Angers? Est-ce que c'est un pays de domestiques? En tout cas le bonnet d'Angers est plus joli que celui que porte Élodie, la cuisinière, qui vient du Bon Marché, un truc tout rond serré avec un élastique, une espèce de percale blanche. Bah, c'est bien assez bon pour la cuisine, avec les fourneaux. Elle salit, cette Élodie, c'est fou ce qu'elle salit!

Ils ont la figure huileuse, les domestiques. Élodie avec ses fourneaux, ça s'explique. Mais Léontine? Léontine n'a pas de couleurs, les lèvres pâles, la peau toujours un peu humide. Ses cheveux qu'elle tire sous le bonnet, quand il y en a qui s'en échappent, sont des gros cheveux brun clair qui font des mèches, ils ont l'air sales. Elle a une figure bombée dans tous les sens, Léontine, un grand front et des longues joues, et des cils brûlés, presque pas de sourcils. Elle tient sa tête en arrière, tirée par le bonnet : ça lui donne un gros cou de pigeon. Elle fait les chambres avec Pierre, le domestique-homme, et elle sert à table. Elle se lève de bonne heure le matin. L'hiver elle garnit la salamandre. Elle roule un peu les r, et elle parle lentement.

Élodie, elle, a la figure toute chiffonnée, la bouche toujours un peu ouverte et les yeux pas droits du tout. Même Jeannot se rend compte qu'elle est petite. Elle met un petit banc près de ses fourneaux, pour pouvoir regarder dans la marmite de cuivre rouge. Il fait noir et fumeux dans la cuisine. On économise l'électricité. D'ailleurs Élodie a de bons yeux, alors. Quand par hasard on a allumé trop tôt, c'est Papa qui tempête! On voit que ce n'est pas vous qui payez et où vous croyez-vous, ma fille? A l'opéra?

Élodie est mariée. Elle ne couche pas à la maison. Elle rentre chez elle tous les soirs, à Courbevoie. Par le tramway de Saint-Germain qu'elle va prendre à l'Étoile, parce qu'il ne s'arrête pas sur l'avenue de la Grande-Armée. Ça doit être drôle d'être marié avec une domestique... Jeannot n'aime pas quand les domestiques l'embrassent. Bien qu'au fond, sans savoir pourquoi, il y a quelque chose qui lui dise, qu'il faut souffrir en silence et ne pas montrer ce qu'on pense. Il n'aurait pas pu être l'amoureux de Léontine, tiens. C'est ça qui était drôle à imaginer, Léontine avec un amoureux! Il se mit à rire.

« Qu'est-ce qu'il y a encore qui te fait rire? » demanda Tante Jeanne.

Jeannot expliqua : « Je m'imagine Léontine avec son amoureux, et tu ne sais pas comme c'est drôle! »

Tante Jeanne haussa les épaules : « Cet enfant a l'esprit d'un mal tourné! Enfin! »

Jeannot poursuivait ses rêves. Il avait vu le mari d'Élodie qui était venu la chercher quand elle était tombée malade. Ce n'était pas un domestique, c'était un ouvrier. Ce qui est pire d'une façon et ce qui est beaucoup mieux d'une autre. Les ouvriers sont des domestiques habillés en toile bleue, avec des pièces de couleur différente au pantalon, les vêtements tout froissés, parfois avec du plâtre dessus, une casquette. Certains ont un mètre pliant dans la poche. Ils travaillent dehors, montent sur les échafaudages, cassent les pavés au milieu de la rue. Il y a ceux qui ont des bottes et qu'on appelle égoutiers et qui descendent au centre de la terre en soulevant de lourdes plaques rondes sur le trottoir. Il y a aussi des couvreurs qui se promènent sur les toits et pour qui Jeannot avait une admiration secrète. Ce n'était pas le cas du mari d'Élodie. Il travaillait dans une usine. C'est plutôt mal vu chez nous, ce genre-là.

Déjà Élodie parlait bizarrement, avec des mots qu'on défendait à Jeannot de répéter. Mais alors son mari, il avait un accent, mais un accent. Ça se prenait de toutes les façons dans sa moustache tombante. Il aurait fallu un démêloir. Tante Jeanne avait essayé de l'imiter en disant n'importe quoi, en se balançant de droite et de gauche, et en ajoutant *Fouchtri-Fouchtra* entre les mots. Ça n'y ressemblait pas du tout, et Tante Jeanne avait l'air bête à faire le clown comme ça. Jeannot rit tout haut.

« Et cette fois, qu'est-ce que tu t'imagines? demanda Tante Jeanne.

— Je ne m'imagine pas, — dit Jeannot, — je me rappelle. Comme tu as voulu imiter le mari d'Élodie :
Fouchtri-Fouchtra. Et comme ça te donnait l'air d'une
dinde... »

Pan. Une gifle. Jeannot n'a pas pleuré. Il est devenu
pâle, il a serré les dents. Il se frotte un peu la joue. Mais
ce n'est pas une gifle qui l'empêchera de penser aux
domestiques, si c'est ça qu'il veut faire.

Il songe aux mains des domestiques. Ah, non, ce ne
sont pas des gens comme nous. Ils ont des mains pas
comme nous. Et Jeannot regarde ses petites pattes qui
ont encore des fossettes. Jamais elles ne gifleraient
Jeannot, les mains des domestiques, et c'est heureux.
Parce qu'elles sont autrement fortes, épaisses et dures
que nos mains à nous. Les mains du domestique-
homme, par exemple. Des grandes mains, presque
plates en dedans, on dirait du bois, et puis non, ce n'est
pas ça du tout. Avec des tas de petites lignes, comme
des crevasses, aux plis. Et puis toujours des écorchures,
des cicatrices. Le dos de la main, tout poilu, rouge,
comme sec. Les ongles... Ah ça, les ongles ne ressemblent pas aux longs beaux ongles de Papa, toujours
coupés en amande, et blancs, un peu jaunes parfois.
Non, c'étaient des ongles mal équarris, tout en largeur,
au ras du doigt avec un cerne noir. Des ongles qu'on
cassait avant d'avoir à les tailler. A la main gauche, le
domestique-homme avait un ongle tout noir, désagréable à regarder. Il s'était écrasé le doigt.

Jeannot aurait aimé, après tout, avoir un ongle noir,
lui aussi. Ça change. Pourquoi est-ce qu'on a tous les
ongles pareils ? De là à se prendre les doigts dans la
porte pour imiter le domestique-homme, comme il y
avait pensé un instant, il y avait un monde ! Jeannot
n'aime pas se faire mal. C'est drôle même comme il
n'aime pas se faire mal !

Il a ri, oublieux de la gifle. Tante Jeanne pince son
nez et regarde l'enfant. « Et cette fois, tu imagines ou tu
te rappelles ?

— Ni l'un ni l'autre. Je me dis.

— Et qu'est-ce que tu te dis ?

— Je me dis que c'est drôle comme je n'aime pas me faire mal... »

Tante Jeanne secoue ses épaules. « Si tu te crois malin! Et menteur avec ça... Complet, cet enfant. Mes compliments! »

Jeannot ne comprend plus. Mais s'il fallait tout comprendre. Surtout ce que dit Tante Jeanne : c'est si bête parfois!

XXII

Léontine, c'est la bonne de la maison. Mais Maria, c'est ma bonne. Jeannot met à ce possessif tout l'orgueil que Grand'mère apporte à parler de l'amiral Courtot de la Pause, de l'éducation qu'elle a reçue ou de n'importe quoi lorsqu'elle s'adresse indirectement aux inconnus qui l'entourent sur une plate-forme de tramway.

Léontine n'est pas belle. Mais elle a l'air intelligente, tandis que Maria, on voit tout de suite que c'est une gourde. Elle n'est pas belle non plus. Elle est petite, même Jeannot s'en rend compte, et boulotte. Avec des yeux ronds et une bouche boudinée. Ses cheveux noirs partent du milieu du front. Elle ne porte pas de bonnet, comme Léontine ou Élodie. Pour sortir avec Jeannot, elle met même un chapeau. Un canotier noir.

Elle habite la chambre qui donne sur la cour, dans l'appartement. Si Jeannot se réveillait la nuit, comme on laisse la porte du couloir entrouverte, il n'aurait qu'à l'appeler. Il l'a fait une fois quand il a été malade... Maria dormait comme une bienheureuse. Il a fallu l'appeler trois fois. Ça, il ne le lui pardonnera jamais. Il l'a dit à Grand'mère et à Tante Jeanne. Trois fois. Elles ont hoché la tête. Cette fille a le sommeil dur.

L'important avec Maria, ce n'est pas son canotier noir, ni ce sommeil de brute, ni tellement son air gourdiflot. Ni son corsage en petite laine écossais sombre, avec des plis écrasés partant d'un empiècement. Ce n'est même pas son nom, qui est celui de la Sainte Vierge. Et aussi le sien, parce que parfois les bonnes leur nom ce n'est pas leur nom. Par exemple Léontine, eh bien elle s'appelle Jeanne. Mais quand on l'a engagée, ça a été une condition formelle : vous ne vous appellerez plus Jeanne. A cause de Tante Jeanne. On confondrait tout le temps, quand on crierait : Jeanne ! Enfin, s'appeler comme une domestique ! Tante Jeanne en aurait fait une binette.

Elle a toujours la bouche ouverte, Maria. C'est à cause de ce petit nez. Et puis les végétations. Elle fait du bruit en dormant. Pauline l'a dit. Jeannot se demande s'il fait du bruit en dormant, lui. Comment le savoir ? C'est impossible. Mais ce n'est pas ça non plus, l'important avec Maria.

L'important avec Maria c'est qu'elle est Italienne, et que Jeannot déteste les Italiens. Pourquoi il déteste les Italiens, personne ne le sait. Il n'en connaît pas d'autres que Maria. Mais il a décidé ça le soir où Tante Jeanne lui a annoncé que sa nouvelle bonne était une Italienne. Il était furieux qu'on ait chassé la précédente, sa vraie bonne. Il l'avait oubliée, depuis. Même qu'il ne se rappelait plus du tout de quoi elle avait l'air. Mais celle-ci était Italienne. Alors Jeannot ne ratait pas une occasion de dire que, lui, il détestait le vert. Une couleur affreuse, c'est laid, c'est vert. Maria savait très bien que c'était le drapeau de son pays qui en prenait ainsi pour son grade. Elle disait que c'était beau, le vert. Jeannot levait les épaules. Maria insistait : un beau vert, comme ça. Alors Jeannot disait : « On a mal balayé sous le lit aujourd'hui. J'y vois quelque chose de vert... » Et cette gourde de Maria se mettait à pleurer : « Te fâche pas, Maria, c'est pour rire... » Non mais quelle gourde alors.

Elle faisait la chambre de Jeannot, Maria, et sa chambre. Elle gardait Jeannot, l'habillait, le lavait. Elle faisait les réparations. C'est-à-dire qu'elle cousait. Toute la journée. Pour Jeannot naturellement. Mais aussi pour Grand'mère, pour Pauline, pour Tante Jeanne. Une fois par semaine Maria lavait le linge de Jeannot, et les mouchoirs, les petites choses qu'on ne donne pas à la blanchisseuse parce que ce n'est pas la peine.

La corbeille à ouvrage de Maria était en paille luisante, et il y avait dedans, au fond, des bouts d'étoffe qui pouvaient servir pour les réparations : un peu de flanelle, du velours, des bouts de soie, et des morceaux de linge blanc pour les pièces. Elle avait des grands ciseaux, Maria, et des petits à bout rond, et encore des petits pointus en forme de cigogne. Les enfants ne doivent pas toucher aux ciseaux.

Elle chantait, Maria, en cousant. Des chansons de son pays. On n'y comprend rien, c'est comme à la messe. Jeannot a fait le serment de ne jamais apprendre l'italien. Alors, pas la peine d'essayer. C'est malheureux, dit Tante Jeanne. Elle devrait lui parler sa langue à cet enfant. Ça ne coûterait pas plus cher. Et puis ça sert toujours de savoir une langue. Même l'italien, bien que l'italien...

L'important avec Maria c'est qu'elle est Italienne, et toute blafarde, qu'elle ne sortirait jamais sans parapluie, parce qu'elle se méfie du ciel de Paris, qu'elle porte un tablier avec une petite broderie pour faire honneur à Jeannot, que quand elle se met à dire des prières ça n'en finit plus, et qu'elle a un chapelet de grains rouges avec une médaille avec la Vierge et l'Enfant, et que le chapelet a été béni par le pape en personne. Oui, parfaitement. Par le pape en personne. Grand'mère qui est si fière de connaître l'amiral Courtot de la Pause a été bien embêtée quand elle a su ça. Elle a même dit que le pape en bénissait des tas de chapelets. A la grosse. Mais ça n'y change rien. Il a béni le chapelet de Maria.

Il paraît que c'est un Italien, le pape. Enfin ce n'est pas sûr. Peut-être aussi que l'amiral est un Italien. Dans ce cas-là, je plains les bateaux. Maria qui tricotait des bas pour elle-même, elle ne devrait pas, c'est du temps qu'elle nous vole, et tenez, moi je vais vous trouver de l'ouvrage, Maria s'est fâchée à cause des bateaux. A ce qu'elle dit, les Italiens, les bateaux, ça les connaît. Les bateaux à voile, oui. Mais qui est-ce qui vous parle des bateaux à voile ? Tout ce qu'il y a de bien en Italie, c'est le Vésuve. Je l'ai vu sur la grande image. Maria...

« Qu'est-ce qu'il y a, Jeannot? — Maria sors mes images. Je veux voir le Vésuve. — Laisse donc, tu me fais tromper dans mes mailles. — Je veux voir le Vésuve... »

C'est une grande image avec Naples, la mer, de petits bateaux à voiles rouges, et des pêcheurs napolitains au premier plan avec des poissons et du corail. Dans le fond, le Vésuve. Il fume. Jeannot le regarde respectueusement.

Les images sont dans le coffre à bois. Et le coffre à bois est dans le corridor. C'est ennuyeux, c'est difficile pour aller les chercher. Il y a toujours des cartons posés sur le coffre à bois. On ne peut pas les enlever tout seul. Avec ça, que les cartons, ce n'est pas seulement des cartons vides, et des cartons pleins. Il y a aussi les choses à rendre. Ça tient une grande place dans la vie, les choses à rendre. Tout ce que Grand'mère fait venir des grands magasins, et qu'elle ne garde pas. Parce que ça ne lui plaît plus quand ça arrive, parce que c'est trop cher, parce qu'elle n'en a pas besoin, parce que le boa, elle l'a mis une fois, et puis ça n'allait pas, et comme on n'avait pas jeté l'étiquette...

Quand il pleut, on regarde les images. Les albums anglais, avec des histoires chinoises, et celui où les mince-pies et les puddings sont des personnages avec un nez et une bouche, Goliwogg, et le livre de Benjamin Rabier, les albums de cartes postales, le brun et le bleu, les cartes d'images, l'alphabet. « Maria, raconte-moi une histoire! » Ah, ouiche! C'est trop difficile pour elle, Maria, elle ne sait pas raconter des histoires. Quand elle les commence, elle ne finit jamais. Ça ne s'arrange jamais pour faire une histoire! « Il y avait un vieux monsieur qui avait une collection de montres, et qui habitait à Florence... » Bon, où avait-elle mis son dé? Un vilain dé d'argent, avec des points noirs. Pas comme le dé de Pauline, tout ciselé, en or. Ah, le voilà, il s'était caché dans la laine. « Alors, qu'est-ce qu'il faisait le vieux monsieur avec ses montres, dis? »

— Eh bien, je te l'ai dit : il les collectionnait.

— Ce n'est pas une histoire. Il devait s'ennuyer, ce

vieux monsieur. Des grosses et des petites, qu'il devait avoir, de montres. Une drôle d'idée. Parce que ça suffit d'avoir une montre. Comme Pauline, qu'on attache au corsage, avec une broche. Ou comme papa, dans la poche du gilet avec une chaîne. Parce que toutes les montres disent la même chose. L'heure qu'il est. Ou bien c'est qu'elles sont détraquées. Alors de toute façon, une seule suffit. Celle qui marche.

— Oui, mais lui, le vieux monsieur, il les collectionnait. »

Elle est gourde, cette Maria. Elle l'a déjà dit, d'abord. Puis collectionner... Moi, je collectionne les photos qu'il y a dans le chocolat de chez Potin. Ça, je comprends. Une photo c'est Mme Bartet, l'autre c'est le président Mac Kinley, l'autre c'est Mounet-Sully ou la reine Pomaré, enfin on peut les regarder, les ranger, les déranger, jouer, quoi! Mais des montres.

« Tu l'as connu, ce vieux monsieur?

— Je ne l'ai pas connu, mais on m'a dit... »

Oh, alors. S'il fallait croire tout ce qui se dit. A Florence...

« Dis...

— Quoi?

— Florence... C'est en Italie encore? »

L'ouvrage tombe des mains de Maria, et elle dit « Firenza... » Et elle croit qu'elle a tout dit. Évidemment pour elle, ça signifie quelque chose. Elle rêve à Florence, elle est insensible à ce que lui crie Jeannot, elle rêve à Florence, elle est insensible au chaud et au froid, elle rêve à Florence, elle a oublié qu'elle est placée, qu'il faut finir ce travail aujourd'hui, elle rêve à Florence. Si elle était capable encore d'en dire quelque chose! Mais non. Ce qu'elle pense, cette Maria, ça ne sort pas de sa caboche, ça flotte tout au plus devant elle comme ces points de couleur après qu'on s'est écrasé les yeux. Florence. Elle n'a rien à en dire. Florence... « Ce n'est pas moi qui t'ai dit qu'il habitait Florence, le vieux monsieur, avec ses montres... »

Quel vieux monsieur? Ah oui. Elle sourit. Elle avait oublié.

Non, quelle gourde. Il semble à Jeannot que, lui, il saurait raconter des histoires. Seulement ce serait le monde renversé.

En fait de vieux monsieur...

« Dis donc, Maria...

— Quoi, Jeannot ?

— Il te laisse tomber ton amoureux... »

Elle a mis un moment à comprendre.

« Il avait dit qu'il reviendrait dimanche... et puis personne... C'est comme Christiane...

— Il avait dit qu'il reviendrait ? A qui il avait dit ça ?

— A moi. Pourquoi tu as un amoureux si vieux, dis, Maria ? Il est si vieux, il ne devrait pas te faire attendre...

— Vous dites des bêtises, monsieur Jeannot. Vous feriez mieux d'apprendre à lire. »

*

Jeannot, à plat ventre sur le tapis devant le poêle de faïence, lisait son alphabet. C'est-à-dire que ce n'était pas un poêle, que le tapis n'était pas le tapis et que Jeannot ne lisait pas. Comme je vous le dis. D'abord le tapis, on avait jeté dessus la descente de lit en renard, faite de deux renards allongés avec des pattes écarquillées, roux, les renards, et bordée de deux rangs de festons de drap beige, la descente de lit. Ensuite le poêle, c'était une simple cheminée de faïence blanche, toute gaufrée, avec des trucs en cuivre ici et là, une grille en bas et à hauteur de grande personne deux battants de cuivre pour le chauffe-plats. Parce que la chambre non plus n'était pas une chambre, mais la salle à manger autrefois, et on allumait le feu dans la pièce à côté qui était la chambre de Grand'mère. Enfin, rien n'était comme on aurait cru, même pas l'alphabet, puisqu'il paraît qu'on apprend à lire dans les alphabets, et Jeannot n'y apprenait rien du tout : il y désapprenait. Parfaitement.

Jeannot gigotait sur son ventre dans son petit tablier noir. Parce que chaque fois qu'il prenait son alphabet (il prononçait : *mon halphabé*) il exigeait que Maria lui passât son tablier noir, pour faire écolier. Ses pieds s'agitaient en l'air avec des pantoufles noires à pompon rouge, et il les cognait l'un contre l'autre en cadence. Maria faisait du raccommodage près de la fenêtre, et sur la table la tisane de Jeannot refroidissait. « Qu'est-ce qu'on me dit ? Tu ne prends pas ta tisane ? »

C'était Papa qui était entré. Jeannot aimait son papa qui lui paraissait grand, élégant, fort et doux. Tout jeune, avec ses cheveux noirs, sa moustache blonde, et ses yeux rêveurs. Jeannot se tortilla davantage et dit : « Mais, Papa, tu vois bien : je lis... Il ne faut pas m'interrompre. » Papa l'avait attrapé par le dos comme un petit chat et menaçait de le noyer dans la tasse de tisane : « Mauvais garnement, veux-tu boire ? » Jeannot obéit. Une grimace : « De la camomille ! » Il avait espéré du tilleul.

« Alors, Jeanjean, tu lis comme un homme ? Montremoi ça. »

Jeannot sortit son nez de sa tasse, et secoua la tête, muet.

« Et pourquoi, petit homme ? On t'a bien expliqué pourtant... »

Papa s'était assis sur la chaise verte. Une chaise d'acajou avec un siège en velours frappé. Il avait ramassé l'alphabet et il en regardait les images. Jeannot vint s'appuyer à son genou : « Allons, lis, A, B, C... »

Jeannot secouait la tête.

« Il ne veut pas apprendre », dit Maria. Jeannot pinça les lèvres, et lui montra son petit poing fermé : « Méchante bête...

— Allons, — dit Papa, — veux-tu être correct avec Maria ? Et lis avec moi... A... B... C... »

Jeannot répétait les lettres sans enthousiasme.

« Enfin, petit homme, c'est facile : tu vois ici, ce dessin ? Qu'est-ce que c'est ?

— Un âne, répondit en traînant Jeannot.

— Eh bien, un âne ! Alors cette lettre à côté c'est... c'est... voyons, un A ! »

Jeannot secoua ses épaules avec un air vexé. Il savait

bien que c'était un A. On le lui avait dit assez. Mais il ne
voulait pas le répéter. Ça le vexait. De plus, il trouvait
idiot qu'on dessinât un âne à côté de l'A. Si un âne
devait faire lire A, alors il fallait le dire, et pas besoin de
faire ce grand A qui avait l'air si bête. L'âne était plus
joli. Et d'ailleurs si quand on voyait un âne on écrivait
A, alors A devait se lire âne, c'était la lettre âne et voilà
tout. Il se mit donc à lire : « Ane, boîte, crocodile...

— Mais non, — s'exclama son père, — A... B... C... »
Il n'y avait rien à faire. « Tiens, dit Jeannot, regarde,
Papa ! »

Avec sa main gauche, les quatre doigts réunis et le
pouce fléchi, il imitait un mouvement de mâchoire :
« Qu'est-ce que ça veut dire, monsieur Jean, pourquoi
ces yeux brillants ? — Mais, Papa, dit Jeannot très fier,
regarde bien : c'est la lettre crocodile... »

Pascal Mercadier sourit en contemplant Jean Mercadier, son fils. Quel étrange résultat cela donne, le
mélange de deux êtres humains ! De cette espèce de
doux orage, où s'entrelacent la violence et le consentement, les soupirs et les baisers, de cet enchevêtrement
d'un homme et d'une chevelure défaite, comment se
peut-il que ceci soit venu ? Pourtant cet enfant ressemblait bizarrement à sa mère, et Pascal devait convenir
que c'était bien son fils, aux paroles qui sortaient de ce
petit parfois, car où les eût-il prises sans savoir, ces
idées baroques, cette logique de l'absurde sinon dans le
sang qu'il tenait de lui ? Il se reconnaissait dans l'enfant
d'Yvonne, dans cet enfant auquel, jadis, il en avait tant
voulu de ressembler à Yvonne, de lui conserver les
traits d'Yvonne comme une douleur. Et par jalousie
d'Yvonne aussi, peut-être. Et encore à cause de ce
remords, quand il retrouve les traits d'Yvonne dans le
mioche qui joue avec ses cubes le soir en rentrant chez
lui, après tout un long jour qu'il n'a point pensé à elle,
qu'il l'a trahie, oubliée. Cela s'est un peu calmé der-
nièrement. D'abord sans doute, parce que cela fait trois
ans qu'Yvonne est morte, et ensuite parce que Jeannot
grandit et devient une personne et parle. Or, quand il
parle, son visage se met à changer. Il se rapproche de

son père. Il en a les yeux. Yvonne avait les yeux bleus, d'un bleu d'aveugle. Pascal se surprend à se pencher sur son fils, comme sur un écho puéril et lointain. Il se surprend à aimer son fils, et même à ressentir comme un amer plaisir ce souvenir d'Yvonne qui faisait qu'il criait jadis : « Enlevez cet enfant ! Je ne peux pas le voir. »

Pascal n'est pas tout à fait tel qu'il se peint dans les yeux dorés de Jeannot. Il n'est pas très grand, il n'est pas très fort ; son élégance est contestable et sa douceur il ne faut pas s'y fier.

Il marche sur ses vingt-neuf ans. Il a un certain charme, bien que ses traits manquent de finesse. Il a la lèvre inférieure très charnue, sous cette moustache pâle, qui révèle qu'il a eu la typhoïde vers les quatorze ans. Les pommettes longues. Des yeux marron. Mais tout cela ne dit rien, est sans importance.

Ce qui frappe, c'est qu'il se tient mal, le dos un peu rond bien que ses épaules soient très larges, qu'il est très mince des hanches, et que ses cheveux plats, séparés par une raie qu'il porte à gauche, tombent parfois sur son front en une mèche longue et striée, qu'il rejette d'un geste familier de la main droite, d'un geste réflexe.

Ce qui frappe en Pascal, c'est ce sourire sur des dents inégales qui donne l'impression qu'il n'écoute pas ce qu'on lui dit.

C'est aussi la manière de s'habiller. Ces vestons croisés, trop larges exprès, les gilets recherchés rayés ton sur ton, en soie, les cravates extravagantes avec une perle noire, les cols exagérés qui accentuent encore cet engoncement des épaules, le pantalon fantaisie.

Pascal n'est pas tout à fait tel qu'il se peint dans les yeux dorés de Jeannot.

XXIII

Rien ne rappelle plus en cet homme jeune et pâle aux vêtements recherchés l'enfant de jadis qui courait en haut de la montagne pour y voir « l'autre côté des choses », si ce n'est ce feu dans ses yeux foncés, et une certaine passion dans la voix, quand il parle de détails sans importance. Le chemin de l'un à l'autre, comment le retrouver ? La vie est un voyageur qui laisse traîner son manteau derrière lui pour effacer ses traces. Plus une goutte de sang, plus une cellule de la chair du petit Pascal ne subsiste en ce Pascal d'aujourd'hui, dont l'index gauche porte une légère tache jaune de tabac.

A vingt-neuf ans, ou presque, qu'on ait déjà sa vie derrière soi, paraît à peine croyable, alors que l'on s'imagine faire les premiers pas dans sa force, des gestes qui n'engagent rien encore. Pascal était tout proche de ce moment où l'homme domine sa vie, et en décide une bonne fois. Il n'était pas entièrement nettoyé de ces longs doutes par quoi l'adolescence se prolonge dans l'âge viril, comme une nuit qui ne quitte point le dormeur après le réveil.

Pourtant depuis ce jour où s'est déchiré subitement le voile de l'enfance, la fausse sécurité familiale au milieu de laquelle grandissent les petits d'hommes dans le monde de la bourgeoisie aisée, depuis ce jour où Pascal, à douze ans, a senti obscurément, parce que son père était parti sans rien dire, laissant au portemanteau de l'antichambre ses affaires qu'on n'osa pas de quinze jours enlever, que rien n'est stable et qu'un cyclone peut à tout instant emporter toute chose et qu'il ne faut compter au monde qu'avec ses propres forces, et sa ruse, et son acharnement, depuis ce jour-là, le jeune Mercadier est entré dans la réalité, tel un fils de famille qu'on met soudain comme interne au collège.

Il a, dès ce jour-là, senti qu'on l'avait mené pour de vrai à la crête des apparences, et il a fait avec amertume l'école de l'autre côté des choses, un autre côté sans chevauchées d'armures, sans géants pourfendus, sans forêts enchantées. Un monde de fer et d'humiliations, où il n'est qu'à serrer les dents et à supporter. Par une espèce de dérision, la nomination de Pierre Mercadier à Paris était arrivée juste au lendemain de sa fuite, et Paulette ne savait que pleurer et récriminer et dire que ce n'était pas de chance, que s'il avait su ça il ne serait pas parti, et que d'ailleurs il avait aussi bien fait de partir, que c'était une délivrance, mais ce qu'elle en disait ce n'était pas pour elle, c'était pour les enfants, un père dénaturé, et l'argent donc! un simple filou, un voleur, avec quoi allaient-ils manger? Il n'y avait plus qu'à fermer les rideaux et attendre la mort. En attendant, elle vendait ses dentelles pour s'acheter des petites robes simples, mieux en rapport avec sa nouvelle situation.

Il avait fallu abandonner le lycée, trop cher, et d'ailleurs Pascal aimait autant ça : il supportait mal la honte devant ses implacables camarades, l'espèce de perpétuelle présence dans leurs regards de l'histoire de son père, et de ce qu'on devait en dire dans les familles. S'il avait eu tant soit peu d'estime pour sa mère, elle aurait été à ses yeux une martyre, et cela l'aurait aidé à supporter l'injustice. Mais il la trouvait stupide, et elle l'était, et sa légèreté, son inconscience dans les circonstances présentes amenaient Pascal à certaines minutes à comprendre son père, à l'excuser. La seule personne de la famille avec laquelle il se trouvât en confiance, c'était encore l'oncle Blaise, qu'on avait vu rappliquer dans les mauvais moments, mais ses disputes avec sa sœur l'écartèrent très vite de cette famille qu'il avait fuie, jeune homme, pour la retrouver dans l'embarras. Jeanne pleurnichait sans arrêt parce qu'elle n'allait plus au cours, non pas par amour de l'étude, mais par un goût déjà prononcé de la société et des relations. Cela dura, avec des histoires d'avoués, de notaires, la vente des meubles de Grand'mère, des mendicités chez les cousins Champdargent, jusqu'à ce qu'enfin Mgr d'Ambérieux fît placer Pascal dans une école chrétienne, où on le prit gratuitement; que Mme de Lassy se chargeât de l'éducation de Jeanne qui fut confiée à l'institutrice de la petite nièce de Denise, et que, furieuse, bavarde, inconséquente et gémissante, Paulette tombât sur le dos de l'oncle Sainteville au milieu des difficultés du château, des hypothèques, des emprunts accélérés, des visites de propriétaire que faisait déjà le docteur Moreau dans son futur sanatorium.

La pauvreté apparut ainsi presque immédiatement à Pascal comme le mensonge obligatoire. Car, ne croyant pas en Dieu, il savait, sans qu'on eût eu besoin de le lui expliquer, que la moindre décence exigeait qu'il fît semblant, pour payer son pain quotidien, chez les pères dont il prit en horreur jusqu'à la douceur même, jusqu'aux attentions qu'ils se sentaient tenus de donner à cet élève déshérité, à ce jeune homme frappé dans sa famille. Il apprit âprement, à l'âge où la voix mue, qu'on n'a le droit de dire ce qu'on pense qu'autant qu'on en a les moyens. Il apprit à se taire et à haïr en silence. Il apprit à rougir des siens. Il apprit à ne rien croire de ce que l'on lui disait du bien et du mal, et sans en rien laisser voir. Il apprit à porter des manches trop courtes qui découvrent des poignets bêtes; il apprit à préférer le dortoir le dimanche, aux visites chez Denise de Lassy qui le faisait sortir tous les quinze jours avec Jeanne, et la petite nièce, une sorte de petite guenon habillée de rubans, avec les doigts poisseux de bonbons, et qui se moquait de ses culottes à lui, Pascal, de la casquette de l'internat. Quand Mme Mercadier venait à Paris, c'était pire encore. Les dimanches avec cette mère idiote, et pas le sou pour aller au théâtre où on aurait évité la conversation, étaient les cauchemars de l'année. Au dortoir, au moins, on pouvait lire. Tout Erckmann-Chatrian y passa, et certains Alphonse Daudet. Shakespeare expurgé, le capitaine Danrit, les livraisons d'Hugo lues en cachette... et Flaubert, enfin, Flaubert prêté par un externe, qui était la revanche, l'alcool béni, dans ce monde dominé par un crucifix où les gosses faisaient des saletés dans les coins et s'en tiraient à confesse.

De ce qui se passait au-dehors, l'Exposition Universelle, la guerre des Boers, les ministères tombant comme des châteaux de cartes, et les grandes batailles de la Laïcité, les expulsions de religieuses... de tout cela l'écho qui atteignait Pascal était lointain, déformé, fantastique, et le jeune garçon n'en retenait le décor étranger que comme un accompagnement lointain de ses pensées et de ses désirs. Il y eut, comme une bénédiction céleste, cette typhoïde merveilleuse, et les jours d'hôpital qui comptèrent comme les plus beaux et les plus doux de son adolescence. Il y eut encore des vacances à Sainteville, dans un Sainteville qui allait se dégradant chaque année, mais où la solitude était toujours possible, la montagne accueillante, et le parc dont on avait vendu une partie, suffisamment profond. Malgré le caquet, les fous rires et les farces de Jeanne qui devenait une grande fille turbulente. Malgré ce déclin de l'oncle qui étouffait de temps en temps, et qui sentait de plus en plus les médicaments mêlés à l'odeur négligée de la vieillesse.

Une sorte de tragédie étrange se jouait dans le cœur de Pascal. Il avait d'emblée accepté son destin, il ne renâclerait jamais devant; il ne serait pareil ni à son père, ni à son oncle Blaise, mais l'abominable fatalité lui pesait, et cette certitude que sa jeunesse ne serait ni libre ni heureuse, à cause du fardeau qu'il avait déjà sur les épaules : sa mère, sa sœur, lui-même à nourrir. Il n'admettait pas de discuter cette obligation monstrueuse, mais il en portait l'accablement à chaque instant de la vie. Elle avait la vie, cette cendre à lui offrir en toute chose. Mangeait-il? C'était pour nourrir ce bagnard qu'il serait dès qu'il en aurait la force. Étudiait-il? C'était qu'il le fallait, et, comment aurait-il pris le goût des mathématiques ou du latin, quand l'étude en était si peu désintéressée? Il n'était rien qu'il fît dont il ne vît dans la perspective l'abominable utilité. Et les siens ne lui laissaient guère là-dessus la possibilité de rêver. Sa mère, quand elle le voyait, ne lui parlait pas d'autre chose. « Alors, tu apprends bien? Tu en auras besoin, tu sais. Est-ce que tu te décides pour une profession? Étudier, c'est bien joli, mais ça doit mener à quelque chose... Ingénieur? Tu ne veux pas? C'est joli, ingénieur, ça rapporte... On est bien considéré... Tu es faible en dessin, voilà le malheur... Tu ne pourrais pas te forcer? Moi, je dessinais très bien, au couvent... Il doit t'en rester quelque chose, voyons... Je t'assure que c'est très joli d'être ingénieur... Évidemment la marine... Mais tu ne peux pas nous laisser, ta sœur et moi, et puis avant que tu sois amiral! » Jeanne n'était pas plus discrète, elle parlait même de sa dot, comme s'il avait pu tout de suite, le temps qu'elle rattrape leur différence de cinq ans, lui mettre de côté de quoi se payer un mari... Elle considérait les mauvaises notes que pouvait avoir son frère comme autant de pris sur sa dot, et elle se mettait en colère. Quand il passa son premier bachot, en 1903, elle augmenta ses prétentions sur le chiffre, et elle déclara qu'elle épouserait un militaire.

Cet été-là, M. de Sainteville creva dans une crise d'urémie, et le château délabré où tandis qu'il agonisait, se promenaient déjà les créanciers, fut vendu et passa aux mains du docteur Moreau qui en fit partir au plus vite Paulette et ses enfants pour y installer ses tuberculeux déjà trop nombreux pour le sana de la montagne, et qui empestaient de crachats le village, où on commençait à mourir ferme de la poitrine.

Il n'y eut plus jamais de vacances, de paradis au bout de l'an, de montagne mystérieuse et pleine de framboises, il n'y eut plus de panoramas où rêver sur le destin devant des chapeaux de Napoléon posés entre les glaciers et le soleil; il n'y eut plus que Paris terne et misérable, et le petit appartement de deux pièces, une entrée et une cuisine, dans le bout de l'avenue du Maine où Maman et Jeanne se partageaient la chambre, tandis qu'il y avait un lit pliant pour Pascal dans le salon, où l'on mangeait aussi, surtout des conserves, devant le piano drapé dans une étoffe à fleurs, qui montrait qu'on n'avait pas renoncé à toute dignité et qu'on était encore des gens bien. Tout cela grâce aux quatre sous de l'oncle qui filaient à grande allure.

XXIV

L'évêque de Trébizonde rendit là-dessus son âme à Dieu dans un automne pluvieux et froid, où la reconnaissance força Pascal à figurer dans des cérémonies sans fin. Autour des Mercadier, la famille s'effilochait comme l'argent, et d'héritage en héritage, partagés avec des cousins, des oncles, et Blaise qui s'était fâché contre eux à propos de celui de l'oncle Sainteville, on prolongeait tant bien que mal cette vie médiocre, soutenue par l'espoir de la carrière de Pascal.

De Mgr d'Ambérieux, il n'était pas venu grand-chose et l'on avait perdu avec lui l'appui auprès des pères, qui déclarèrent poliment que pour l'année de philosophie, ou plutôt de mathématiques élémentaires, il leur paraissait souhaitable que leur élève retournât dans sa famille, et ne bénéficiât ainsi que d'une bourse d'externat. Pascal, malgré cette vie les uns sur les autres, avenue du Maine, en éprouva une joie secrète, car dans le même temps il venait de faire sa première expérience des femmes. Sous des prétextes les plus divers, il se donnait des loisirs que facilitait l'aveuglement de sa mère, et le peu de plaisir que sa sœur avait de sa compagnie. Ses math' élém' en souffrirent, mais non pas sa science du plaisir. Il eut une manière de liaison avec la femme d'un marchand d'autos de l'avenue de la Grande-Armée, et diverses passades qui n'épargnèrent pas les amies de sa mère, dont certaines étaient encore assez jeunes pour les dix-sept ans. Comme il n'avait absolument pas d'argent, il fallait bien qu'il laissât aux femmes le soin des dépenses communes, et elles le faisaient volontiers avec ce gentil garçon. Il s'engageait ainsi sur une pente insensible. Personne ne lui avait jamais dit comment cela s'appelait. A cet âge-là d'ailleurs, il était proprement irrésistible, et les femmes n'avaient pas de temps à perdre à lui faire la morale, elles préféraient l'embrasser.

Ce n'était pas Paulette qui aurait pu l'élever sur ce chapitre. Bien que, pour elle, Pascal fût toujours un petit garçon, si le problème s'était un instant posé à son esprit, elle aurait certainement dit que, si ces femmes se trouvaient bien avec son fils, elles n'avaient qu'à en payer les frais. La morale pour elle, c'était que Pascal ne lui coûtât pas un sou. Elle ne voyait pas plus loin, et elle était d'avis que ce qu'on pouvait prendre était toujours bon à prendre. Avec cette philosophie de grande courtisane, la pauvre n'avait pas été bien loin dans la vie, mais ce n'était pas faute d'inconscience et de mauvais instincts. En attendant, elle voyait avec terreur arriver les derniers sous raclés de tous côtés. Elle avait une petite somme cachée dans ses chemises, sur laquelle tous les jours elle prélevait un peu. Elle s'efforçait de ne pas penser à ce qui se passerait quand on en serait au bout. A quoi bon ? Un miracle peut toujours arriver. En général, Paulette pratiquait la conduite de l'autruche. Elle ralentit la catastrophe en vendant encore un bronze qui venait de Mme d'Ambérieux, une armoire... Dès qu'elle avait bazardé quelque chose elle se sentait riche, et se payait un plaisir. L'argent ne durait pas. Deux ou trois fois Pascal avait essayé de lui faire entendre raison. Elle avait jeté les hauts cris. Un enfant qui veut en remontrer à sa mère ! Et d'ailleurs si elle ne comprend rien à l'argent, c'est tout à son honneur. Cela finissait toujours de même : elle s'enfermait dans la chambre, s'étendait sur le lit avec un mouchoir sur la figure, imbibé d'une eau de toilette qu'elle achetait les yeux de la tête rue de la Paix, chez un pharmacien anglais, et de laquelle il n'était pas question qu'elle se passât, plutôt ne pas manger !

Le jour vint d'ailleurs où ce ne fut plus une manière de parler. Quand Pascal rentra du collège, il trouva sa mère en larmes parce qu'elle avait compté sur Denise, et puis Denise était partie en voyage, et il ne restait plus rien, mais là, plus rien du tout dans le tiroir. Pas de quoi acheter des harengs saurs. Pascal, qui avait triché sa mère pour se payer un costume neuf et qui l'avait dessus depuis trois jours, éprouva une honte très grande et en même temps comprit qu'il ne s'agissait pas de demi-mesures à prendre. Malgré les jérémiades et les airs mère offensée de Paulette, il décida sur-le-champ, à quelques mois du second bachot, d'arrêter immédiatement les frais de ces études sans objet, car pour ce qui était de Polytechnique ou de Centrale qu'il feignait de préparer, outre l'aléatoire de l'affaire, il fallait encore au moins un an de bahut. Et le bachot math' élém' ne vous donne aucun moyen de gagner votre croûte à supposer qu'elle vous soit tombée du ciel dans le bec jusqu'à l'heure de l'examen. Il n'y avait pas le choix, il fallait manger tous les jours, tous les trois, payer le propriétaire... la femme de ménage, on y renonça, non sans que Mme Mercadier eût invoqué le Ciel, les temps modernes, sa famille, jeté l'anathème sur cette fripouille de Mercadier, et déclaré qu'elle aimait mieux mourir que de faire son lit. Après quoi, ayant bien spécifié qu'on ne soufflerait mot à personne de cette dernière déchéance, elle se mit à jouer au ménage et raconta à tout le monde qu'elle avait renvoyé sa bonne, parce que les bonnes de nos jours, et on ne sait pas qui on introduit chez soi, à Paris elles ont toutes des souteneurs, ce qui n'aurait pas encore été une raison, mais on se rouille à ne rien faire, c'est un genre que de se servir soi-même, il paraît qu'en Amérique c'est la grande mode, même les milliardaires balayent eux-mêmes sous leur lit, alors Paulette, très Trianon, qui s'acheta, sur les premiers sous que lui donna son fils, de ravissants tabliers à bavette, sacrifiait à cet engouement moderne et dix-huitième à la fois, puisqu'il n'y a plus de châteaux, qu'on n'a plus de terres, plus de gens de confiance, et qu'il y a la République, il faut vivre avec son temps.

Elle expliquait de même, en prenant le thé chez des amies, qu'aujourd'hui un jeune homme du meilleur monde devait confirmer ses lettres de noblesse en montrant qu'il était capable de se débrouiller. Ainsi elle, son fils, Pascal, vous le connaissez, elle lui a dit mon garçon, jette-toi à l'eau, il n'y a pas de sots métiers, prouve que tu es un homme. L'avenir est au *self-made-man*. Encore une idée qui nous vient d'Amérique! Les Gould, les Rockefeller, ont commencé comme garçons d'ascenseur. N'est-ce pas?

Ce qu'elle ne disait pas, c'était le drame qu'elle avait fait quand Pascal avait annoncé qu'il avait trouvé une place dans une boutique de fleurs et plumes, rue du Sentier. Une boutique! Commis de magasin! Encore si cela avait été dans quelque chose de propre, une librairie, je ne sais pas moi! Il fallait manger, il n'y avait pas à discuter. Ce n'était pas mal payé pour un débutant : cent cinquante francs par mois, à charge seulement de s'habiller proprement. Le pire avait été qu'on exigeait que le jeune homme fût présenté par ses parents, Paulette crut en mourir. Au bout du compte elle fit la démarche. Elle fut épique, grotesque à souhait. Pascal l'aurait tuée, et il dut supporter les sarcasmes du patron et les rires sous cape des autres commis, clairement au courant de l'affaire. Il devait au père d'un de ses camarades de collège la recommandation qui l'avait fait prendre. Pour économiser l'omnibus, il se levait à six heures et demie. Il faisait le chemin à pied, de Montrouge au Sentier. Il devait être à la boutique à huit heures moins le quart, parce qu'on faisait le gros, et que les représentants des maisons passaient souvent avant leur tournée pour les réassortiments.

Avec ces cent cinquante francs, on pouvait vivre alors, mais pas à trois, surtout si les deux autres considéraient cet argent apporté par l'homme de la famille comme une bonne farce qui ne coûte rien. Jeanne, à douze ans, était d'une frivolité exaspérante, et elle volait dans les poches de son frère, pour s'acheter de la poudre, du parfum, et un corset de grande personne dont on ne voyait pas encore apparaître la raison. Quand Pascal se fâchait, leur mère se bouchait les oreilles et disait qu'on la rendrait folle, que Pascal était un avare, tout le portrait de son père ! et qu'il finirait par quitter les siens comme lui. Tout cela parce qu'elle n'avait pas avoué qu'elle s'était acheté trois paires de gants en solde, au Bon Marché, une véritable affaire ! et qu'il n'y avait plus de beurre à la maison, si Pascal voulait descendre, il serait mignon, mignon.

Jamais Paulette n'avait imaginé qu'elle aurait pu gagner la vie des siens. A quoi donc, grand Dieu ! Elle n'avait aucune capacité particulière, elle avait bien tricoté des brassières pour des fêtes de charité, mais à part ça... Elle ne savait rien faire, et elle en tirait gloire. Une vraie femme est un objet parfaitement inutile. Ces femmes qui travaillent ne sont plus des femmes. Quand son fils lui apporta des adresses à écrire à domicile, et dit sur le ton impératif qu'elles n'avaient qu'à s'arranger toutes les deux, la mère et la fille, qu'elles arriveraient, à trois francs le mille, à gagner soixante francs par mois pour leur ménage, et que ça mettrait un peu de beurre dans les épinards, il y eut vraiment un pétard de tous les diables dans la maison, d'autant que Jeanne s'en mêla, qu'elle allait toujours en classe, elle, ce n'était pas comme ce paresseux de Pascal qui avait sauté sur l'occasion de plaquer là la boîte, sans se préoccuper de l'avenir et de la dot de sa sœur, quel mariage pourrait-elle faire avec un frère commis de magasin, c'était la fin de tout, est-ce que les gens n'allaient pas se révolter, quand on pense à la fortune, au rang qu'on avait! Tu n'as pas connu ton grand-père, le Préfet! Finalement les enveloppes entrèrent dans les mœurs.

Pascal en entendit de belles le jour qu'il fut jeté à la porte des Fleurs et Plumes parce que le patron l'avait surpris avec sa femme, qui n'était pas vilaine, et qui tournait depuis deux mois autour du nouveau commis. Ainsi il privait de leur pain sa mère et sa sœur et pourquoi, Seigneur! pour faire des saletés dans une arrière-boutique avec... tiens, je ne sais pas ce qui... chut, voilà ta sœur! Aie au moins le respect de ta sœur! Il faut dire que Pascal avait jeté à sa mère en trois phrases, dont l'une assez grossière, la nouvelle de son renvoi et ses raisons. Il était furieux contre lui-même et il fallait bien passer sa mauvaise humeur sur quelqu'un, et puis il n'était pas fâché d'instruire une bonne fois sa mère sur sa vie d'homme, pour qu'elle cessât de parler de lui devant les gens sur ce ton maternel et protecteur qui l'horripilait.

Il fit plusieurs places, chez un marchand de toile, dans un hôtel des boulevards à la réception, fut secrétaire d'un homme de lettres qui oubliait de le payer, mais qui flattait Paulette. On le prit comme guide dans une agence de voyages, et il eut une casquette, et conduisit les étrangers au Louvre. Rien ne durait. Pas de chance. A chaque renvoi, les sarcasmes de Jeanne et les reproches de Mme Mercadier montaient d'un ton. Avec cela qu'on n'avait pas toujours des enveloppes, qu'on vous chicanait sur le compte.

Enfin, par un hasard miraculeux, quelque chose s'arrangea. Pascal avait rencontré dans la rue son ancienne amie, la femme du marchand d'autos de l'avenue de la Grande-Armée. Elle s'était émue de l'élimé de son veston. Par un cousin de son mari, elle lui obtint d'être pris comme placier malgré son jeune âge, il venait tout juste d'avoir dix-huit ans, chez un grossiste de porcelaine qui faisait tout, le service à thé, le service de table, la tasse décorée, la figurine *et cœtera*, pour l'exportation. C'était un apprentissage à faire, et il n'y avait pas de fixe. On marchait à la commission. Mais une bonne maison qui travaillait surtout pour la Russie, les États-Unis et le Brésil. Les commandes passées atteignent parfois à de gros chiffres. Il fallait les décrocher.

Avec un gamin de treize ans qui l'aidait à porter les valises, lui-même chargé de deux lourdes boîtes noires qui avaient déjà passablement traîné les antichambres, il entreprit la longue quête de chaque jour, de commissionnaire en commissionnaire, à la poursuite des clients frais débarqués, des acheteurs des grands magasins de Berlin et de Budapest, de Chicago et de Buenos Aires, portant ses modèles de rue en rue, entre le boulevard de Strasbourg et la rue Laffitte, tournant et retournant dans le quadrilatère Hauteville-Poissonnière-rue Lafayette-Grands Boulevards, montant et descendant les étages, stationnant des heures devant les portes fermées, au milieu de la meute haineuse des collègues, de la cohue des besogneux, des crève-la-faim, prêts à tout pour le griller, ou même l'empêcher de prendre une commande, cent fois par jour dépité et prêt aux larmes, les pieds fatigués. Les bras arrachés par les valises, et poussé par un espoir insensé à courir encore square Montholon sur un tuyau donné, une annonce des petites affiches, un bobard surpris dans la conversation de deux vieilles revendeuses de fourrures.

Les grosses commissions n'arrivaient guère. Mais pourtant Pascal vendait parfois. Des choses improbables à d'improbables clients. Un Turc une fois commanda mille statuettes genre biscuit représentant une bergère qui rajuste sa jarretière. C'était un travail agréable, avait-on dit d'abord à Pascal, parce qu'on y est son maître. On n'a pas d'heures. Et si on en a assez, on peut toujours aller se promener. Oui. C'était comme ça qu'il arrivait à travailler de six heures et demie du matin à six heures du soir. Parce que le matin il fallait prendre ses numéros, et qu'en arrivant à sept heures chez tel commissionnaire couru, on avait le 200 ou le 250.

Jeanne trouvait très drôle de lui demander le soir combien il avait vendu de pots de chambre.

XXV

Ce matin-là, Pascal était d'une humeur charmante, le printemps y était pour quelque chose, mais avec l'aide d'une acheteuse de Philadelphie qui l'avait reçu sans attendre par un coup de veine et lui avait passé une commande énorme, dix mille francs, ce qui faisait pour lui, commissionnaire déduit, plus de cinq cents francs de ristourne, une fortune! Du coup il avait négligé le menu fretin des clients, et envoyé son porteur avec toutes les valises faire la queue dans une maison de la rue des Petites-Écuries, pour un client qu'il n'y avait pas de chance de voir avant onze heures et demie, midi. Pour lui, il s'était donné congé, dans ce joli Paris ensoleillé de janvier 1905 aux maisons salies de commerce et crasseuses, mais où les femmes lui semblaient toutes mystérieuses et jolies. Il avait été prendre un bain rue de la Victoire, dans un vieil établissement endormi au fond d'une cour feuillue, avec des lampadaires de bronze aux personnages méditatifs. Il était bien rasé et assez fier de l'ombre blonde de sa moustache. Il se sentait fort et gai. Il marchait par les rues avec de brusques crochets, comme s'il voulait s'écarter d'un but trop vite atteint. Il se trouva ainsi dans une rue retirée et calme, que barre un grand mur derrière lequel il y a un jardin, rue Sainte-Cécile, je crois, et soudain devant le Conservatoire il aperçut une jeune fille qui avait un rouleau de musique à la main et qui était arrêtée, les yeux fixés sur lui, avec un air de surprise et de bonheur. Elle lui parut ravissante, malgré le démon en lui qui lui fit remarquer qu'elle avait le menton un peu grand, blonde comme les filles du Nord, avec des cheveux lisses et tirés qui formaient un chignon énorme et lourd sous une toque de feutre noir avec deux ailes bleues, une apparition qui n'avait pas vingt ans dans son boléro de fourrure bon marché et sa grande jupe de grosse laine marine.

Pascal dans une espèce d'inspiration de bonne humeur et de jeunesse fit une chose qui ne lui ressemblait pas du tout, mais la petite le regardait avec une telle simplicité que c'était comme si elle l'avait appelé, et elle était frêle et fraîche à plaisir, avec une peau comme n'en avaient pas les femmes de Paris auxquelles il était habitué! Il traversa la rue, marcha droit sur elle. Elle ne bougea pas. Elle le voyait venir dans une espèce de ravissement. C'était très clair : dans une espèce de ravissement. Alors il s'approcha d'elle, souleva son chapeau et lui passant le bras autour de la taille, il la serra contre lui et l'embrassa.

Elle avait plié sans aucune résistance, mais non pas comme une femme qui attendait cela, comme une enfant confiante, et il l'entendit avec confusion qui disait : « Bonjour, Pascal! »

C'était Yvonne, Yvonne Berger, l'Yvonne de Sainteville, la petite Ouah-Ouah de sept ans plus tôt. Il ne l'avait pas reconnue, mais elle n'avait pas un instant douté que ce fût lui. Elle demeurait à Paris, ayant passé le concours du Conservatoire, classe de piano. Sa mère était toujours très malade. Elle était seule. Il lui prit le bras, oublia la rue des Petites-Écuries, et ne sachant que faire, tant il était joyeux, fit la folie d'un fiacre et la mena au Bois de Boulogne. Ce fut une promenade merveilleuse et il en eut pour près de dix francs. Il pouvait bien y avoir la guerre en Mandchourie, qui y songeait?

Sa vie tourna sur cette rencontre, parce qu'il cessa d'être seul au monde. Il y avait quelqu'un à qui parler.

Elle habitait dans une pension de dames à Passy, où il ne pouvait aller la voir, mais il la mena chez lui où Mme Mercadier lui fit assez grise mine, parce qu'elle détestait montrer le spectacle de sa déconfiture sociale à ceux qui l'avaient connue du temps de sa splendeur, qu'Yvonne lui rappelait Sainteville et cette créature, comment s'appelait-elle? Paillasson... Pailleron... une grue! Parce que aussi Yvonne était pauvre, et que dans sa propre pauvreté Paulette haïssait les pauvres. Le piano de l'avenue du Maine fut réaccordé pourtant pour la jeune fille, et il eut désormais une raison d'être, et Pascal une raison de revenir chez lui. Sa mère ne le gênait pas, car dès qu'elle entendait la musique, elle mettait son chapeau et allait courir les magasins, murmurant qu'on lui cassait les oreilles, qu'on se serait crus revenus au temps de M. Meyer, ce Pascal tout le portrait de son père!

Yvonne aux yeux bleus noyés, Yvonne aux cheveux blonds comme la faiblesse, se laissait aller à cette lente et prenante romance qui chantait en elle avec tous ses rêves, toutes les histoires lues, toutes les musiques qui s'arrêtent quand le cœur n'en peut plus. Pour elle, les mystères du grenier de Sainteville, les caresses d'enfants maladroits, si innocentes qu'elles eussent été, l'avaient liée à Pascal dans toute la songerie de ces années perdues, de ces années sans lui, où elle avait brisé ses doigts sur les notes, rompu aux exercices du clavier ces phalanges indociles d'où sortait la cascade des illusions sonores. Depuis près de sept ans, Pascal était devenu le héros d'une idylle muette, d'une imagination dérivante qui rapportait à ce gamin aux lèvres douces tout ce qui faisait battre le cœur, des remous sombres du Rhône sous ces fenêtres de Lyon aux fleurs de cerisiers de chaque printemps, des amoureux croisés dans la rue à de longues phrases de Mozart qu'elle emportait en elle dans les nuits sans sommeil; et quand elle le retrouva, ce Pascal devenu homme et plus beau qu'elle ne l'avait rêvé, comme la perfection de ses espoirs, elle sut pourquoi elle avait peiné tant d'heures à faire dire au piano ce qui est inexprimable par les lèvres, elle se mit à jouer avec une sorte d'inspiration qui frappait d'étonnement ses professeurs. Elle ne lui demanda rien de plus. Elle attendait le miracle sans rien faire pour le précipiter. Et lui voyait en elle une petite fille, malgré cette année qu'elle avait de plus que lui, parce qu'elle était restée très frêle et que la femme en elle attendait qu'on lui tendît les bras pour se dépouiller de l'enfance comme d'une pudeur.

Pascal continuait à promener ses valises et ses tasses à décor Empire, ses Incroyables, et ses Marquises pour cheminées. Il continuait aussi à courir les femmes, et à se jeter dessus comme un fou, si rarement mal reçu qu'il aurait eu tort de se gêner. Son grand charme était dans l'absence totale de logique de ses actes, sa façon de sourire au moment inattendu, de donner à la plus banale coucherie le caractère d'une aventure, d'une folie. Les femmes s'y prenaient à chaque coup, d'autant qu'il était extraordinairement jeune, extraordinairement lumineux. Mais mieux encore qu'il ne séduisait, il savait raconter ses frasques avec un bizarre humour mêlé à une naïve frénésie de gourmand pour qui toutes les femmes sont pendant trois jours ravissantes, pleines de ténèbres et de délices, et si bien qu'il parvenait à faire partager à Yvonne, sa confidente d'élection, ses émerveillements et ses emballements. Elle écoutait tout cela, sans en trop souffrir, comme des chansons. Elle croyait sans fin, la centième fois comme la première, les mots absurdes et grandiloquents de celui qu'elle aimait et qui parlait d'une autre. Que l'autre changeât tout le temps pouvait-il la troubler? Pourtant quand il rompit avec cette actrice d'un petit théâtre, qu'Yvonne avait été en cachette voir jouer dans une pièce de Feydeau, elle fut bouleversée, parce que pour elle l'amour était l'amour, et qu'elle pensait que cette femme allait se tuer d'être abandonnée par Pascal. Une belle fille assez vulgaire, très en chair, avec de longues jambes, et des cheveux fous, tout frisés... Elle s'était dit la voyant : C'est donc comme ça qu'il les aime, et elle avait pleuré, mais songé combien ils devaient faire se retourner les passants dans la rue, tous les deux... Et voilà qu'il en avait assez. Chose inexplicable. Comment était-ce donc cette phrase de Schumann dans *La Vie du Poète*? Pas les mots de Heine, le chant... La vie était inexplicable et bouleversante. Terrible comme les baisers qu'on garde entre ses doigts joints...

Elle rencontrait Pascal à déjeuner dans une crémerie voisine du Conservatoire, elle en sortait avec des cloches dans la tête, et une fièvre qui s'épuisait à peine dans sa musique. Elle se racontait des histoires, comme quand elle avait douze ans, mais le prince y avait une moustache pâle et de belles dents inégales, et une valise noire à la main. Et le prince marchait à travers les coquelicots et les fiacres et parlait à une dame habillée de satin blanc que personne ne voyait, parce qu'elle était derrière la fenêtre du troisième étage d'une maison tout en dentelle de pierre avec des gardes à hallebardes à toutes les portes, et des ventilateurs sur les toits pour faire joli... La dame jetait son mouchoir au prince, un mouchoir comme il n'y en a pas, fait avec du soleil brodé de lune, incomparable pour sécher les pleurs... Ah, Pascal, Pascal, comme il l'embrasse, le méchant garçon! Cela dura dix-huit mois. Il y eut l'exaltation du premier prix de piano décroché par Yvonne, du concert qu'elle donna. Elle gagnait de l'argent. Mme Mercadier commençait à dire que quand Pascal partirait pour le régiment ce serait la fin de tout, et le cœur d'Yvonne se glaçait. Le régiment! Ce serait vraiment la fin de tout. Deux ans sans le voir. Il s'agissait bien de ça: mais de quoi vivraient ces dames, lui parti? Et l'appartement?

Pascal s'était acheté une bicyclette à tempérament pour passer ses dimanches avec une jeune Anglaise qui était sa dernière toquade, ou tout au moins qui s'était toquée de lui. Elle avait fait la connaissance d'Yvonne, et ils lui rapportaient des fleurs de Saint-Nom-la-Bretèche ou de Bourron. Ils allèrent ensemble l'entendre jouer quand elle donna son récital.

Tout s'arrangea très bien pour le régiment: Jeanne, qui avait quinze ans et demi, trouva à se faire prendre au pair dans une famille de Boulogne-sur-Mer, où il y avait trois enfants à garder, auxquels elle devait faire répéter leurs leçons. Un rôle de grande sœur. La mère, mariée à un industriel, était très mondaine, et même Jeanne lui plut, et elle l'emmena avec elle dans des soirées, au bal. De plus, Yvonne s'était entendue en cachette avec Mme Mercadier, et elles mirent Pascal devant le fait accompli : elle quitterait ses dames de Passy et viendrait prendre le lit-cage de Pascal, avenue du Maine. Ce qu'elle payait à ces dames leur permettrait de vivre en faisant attention, à toutes les deux. Il y avait bien le loyer : douze cents francs par an, depuis qu'on avait été augmenté. Mais Denise de Lassy mettrait la différence, c'était promis.

Mme Mercadier passait par des alternatives de sympathie et d'antipathie à l'égard d'Yvonne. Ce qui les régissait était peut-être bien l'intérêt matériel, mais en ce cas elle se trompait parfois. Car aussi de savoir qu'elle avait besoin de la jeune fille la lui rendait insupportable. Pourtant avec une inconséquence bien caractéristique de cette tête de moineau, Paulette, le jour même où elle avait envoyé à tous les diables dans son cœur cette Yvonne qui avait encore interminablement joué n'importe quoi, se mettait à lui faire des confidences. Deux ou trois fois même elles abordèrent le sujet sur lequel Mme Mercadier était muette avec tout le monde, ce mari qui avait pris la clef des champs. « Mais est-ce que vous n'avez jamais eu de ses nouvelles?

— Non... si... Enfin il a écrit une fois à un M. Meyer... tenez, qui lui jouait du piano comme vous à Pascal... un collègue... Il était en Égypte, et ce qu'il pouvait y faire n'était pas clair... j'ai vu la lettre, Meyer était venu me la montrer... Oh, les gens comme Pierre, ça ne crève pas, c'est de la mauvaise graine. »

Pascal envoyé en Algérie avait bonne mine dans son uniforme de spahi, la vie de garnison avec le décor arabe était facile à rendre singulière, et, à lire les lettres du jeune homme, Yvonne ne sortait plus d'une tendre féerie amère, où la jalousie cédait à l'admiration. Elle lui écrivait constamment, et, sans qu'il s'en rendît bien compte, il prit de cette correspondance une habitude analogue à celle qu'on a du café. Il découvrait insensiblement grâce à elle une Yvonne inconnue, une Yvonne brûlante, et différente de la petite fille à laquelle il racontait ses fredaines, une Yvonne à laquelle il se mit à rêver, une Yvonne dont les histoires folles cessaient d'être des fantaisies burlesques, pour toucher à l'univers des songes, où se mêlent, comme des lianes croisées, les amants séparés. Il mêla bientôt, lui, à ses lettres des phrases faites pour séduire, dont il ne savait pas qu'il n'avait en fait nul besoin. Mais elles furent comme des flammes pour Yvonne, et, sans que rien y fût dit d'essentiel, cette correspondance prit pour elle un tour d'incendie.

Sa carrière de pianiste s'ouvrait de façon inespérée. Elle eut l'orgueil d'envoyer à Pascal des coupures de journaux à vous tourner la tête. Elle écrivait en même temps que tout cela était grâce à Pascal, que c'était Pascal qui lui avait fait connaître la vie, sentir toute chose, que c'était pour Pascal qu'elle jouait, qu'il lui tenait les mains au piano, et que les gens ne savaient pas que c'était lui, le grand pianiste dont on parlait... Elle eut plus de plaisir à le savoir caporal que pour son premier prix de l'année précédente. Ah, si on avait pu voir dans sa tête l'Algérie qu'elle se bâtissait! Qu'était-ce à côté que Golconde? Un pays où était Pascal ne pouvait être moins qu'un paradis. Elle eut une grand-peur cet été-là, parce qu'il y avait eu une alerte : on avait été à deux doigts de la guerre avec l'Allemagne. Et Pascal soldat! Enfin tout rentra dans l'ordre.

Quand Pascal au bout d'une année vint en permission, il la trouva en grand deuil. Mme Berger mère était morte après une longue et douloureuse maladie dans cette maison de santé qui mangeait leurs maigres rentes, et où on ne permettait que rarement à Yvonne de venir embrasser sa mère. Mon Dieu, qu'Yvonne était jolie tout en noir! Jamais ses yeux n'avaient eu davantage ce bleu de naufrage qui mangeait le blanc, jamais ses cheveux n'avaient été plus pareils à de la paille fraîche. Mais, malgré ce cœur battant qui se voyait, malgré la joie de voir, de toucher Pascal, elle avait un air de tristesse qui le frappa. Une phrase dans la dernière lettre de Mme Mercadier lui avait un instant mis la puce à l'oreille. Mme Mercadier écrivait : « ... Enfin la vie est un peu plus tenable à la maison depuis qu'Yvonne ne joue plus de piano... » Qu'est-ce que cela voulait dire ?

Yvonne regarda longuement Pascal, puis elle retira le gant noir qu'elle avait gardé sur sa main gauche : « Voilà... », dit-elle. La main atrophiée, recroquevillée sur elle-même, avec cette affreuse peau luisante des grandes brûlures, était à jamais infirme... Un accident... une lampe renversée : il n'y avait pas l'électricité, avenue du Maine. La maison aurait pu flamber. On s'en était tiré encore à bon compte. Jamais Yvonne ne jouerait plus de piano.

Mais ce qu'il vit dans ses yeux, Pascal, ce désespoir interrogateur, ce n'était pas la musique arrachée qui en était la cause, mais la crainte épouvantable qu'avait Yvonne du dégoût que sa pauvre main dévastée inspirerait sûrement à Pascal. Il vit cela, il comprit cela, et du même coup qu'elle l'aimait, et un grand orage passa sur lui, l'emporta, le poussa, une fois de plus, aux gestes irréparables. Ce n'était pas la pitié, ce n'était pas la seule tendresse. Il fallait qu'il y eût aussi l'amour, cette fois l'amour, encore cette fois l'amour, non : seulement cette fois l'amour. Il en fit sa maîtresse.

C'était tout ce qu'il avait trouvé de convaincant à dire, et il baisait comme un fou la petite main martyre, avec des larmes. Yvonne au-dessus de lui riait au ciel : elle avait à tout jamais retrouvé la musique. Elle était heureuse.

C'est de retour en Algérie qu'il apprit qu'elle était enceinte. Il ne sut jamais rien des scènes abominables qu'avait faites à ce sujet Mme Mercadier à sa jeune pensionnaire. Paulette détestait d'autant plus Yvonne qu'elle avait besoin d'elle, et que sans elle elle n'eût point eu à manger. Tout, jusqu'au fait qu'Yvonne faisait elle-même des robes pour Jeanne qui voulait être élégante aux réceptions que donnaient à Boulogne les gens chez qui elle était, tout tournait Mme Mercadier contre celle qu'elle appelait cette petite hypocrite. En général, faire des robes comme une couturière, savoir tailler, monter un modèle, etc., quelle preuve de vulgarité! Est-ce qu'une femme du monde sait faire cela? Et devoir garder cette fille chez soi! Plus d'intimité, c'est bien simple. Voilà tout à coup que Mademoiselle se faisait faire un enfant... Par qui? Ah ça, nous faisions la mystérieuse!

C'en fut bien d'une autre quand Pascal rappliqua, sergent, et déclara qu'il épousait cette malheureuse. Elle te dit que l'enfant est de toi, qu'est-ce que tu en sais? Tu as ta vie à faire, déjà ta mère et ta sœur à ta charge! Tu ne vas pas t'embarrasser de cette fille et de son bâtard? Cela fit beaucoup de cris, des colères noires de Pascal, et Yvonne comme une enfant battue qui voulait aller se jeter dans la Seine. Mme Mercadier refusait son consentement. Enfin elle se calma pour ne pas perdre sa pensionnaire, et commença à se lamenter sur l'impossibilité dans l'état où était Yvonne de faire un mariage comme il se devrait, avec les orgues, et un lunch. Elle se fit faire par Yvonne une robe discrète, beige et tête de nègre, pour la cérémonie intime.

C'est ainsi qu'Yvonne, avec honte et bonheur, devint la jeune Mme Mercadier, et que peu avant la libération de Pascal naquit le petit Jean qui avait les yeux de sa mère. Pascal se retrouvait civil sans rien devant lui. Il fallait reprendre la valise noire et la tournée des commissionnaires... Yvonne ne le voulut pas. Elle avait hérité de sa mère quelques dizaines de milliers de francs. De ce qui payait naguère sa pension, et la maison de santé pour la défunte, on pouvait à la rigueur vivre à deux, mais et l'enfant? et Mme Mercadier? et Jeanne? Yvonne avait fait un complot avant le retour de Pascal. Elle l'y amena tout doucement terrifiée de le froisser, et de ses refus possibles. Voilà: près de l'Étoile, dans un quartier excellent pour les étrangers, des amis de sa mère avaient une pension de famille, la femme était morte, le veuf ne savait comment se débrouiller... il voulait vendre... On aurait assez pour la reprise, et pour le roulement on ferait un emprunt, le propriétaire actuel avait parlé à sa banque, qui lui avait déjà prêté de l'argent, et dont on reprendrait la créance... alors la banque pour courir après ses sous, tu comprends, mon chéri. Avec cela, que cela ferait du travail pour Jeanne et pour Yvonne, Pascal tiendrait les livres, Mme Mercadier, sans précisément travailler, donnerait à la maison l'aspect à la fois mondain et respectable...

Il s'était fâché. Il avait dit non. Elle l'avait supplié. Il ne voulait pas lui prendre son malheureux argent, le risquer comme ça, et vivre en fait à ses crochets, parfaitement à ses crochets, grâce à elle... Il voulait faire vivre les siens. « Mais, voyons, tu travailleras, tu seras le maître de maison... » Non, non et non. Il avait été si violent qu'elle en était devenue toute pâle. Qu'est-ce qu'il y a ? Rien, rien... Elle s'était assise sur une chaise, et elle ne pouvait plus parler. Le cœur... Elle dut lui avouer que pendant sa grossesse, le cœur avait plusieurs fois faibli, et qu'on avait cru qu'elle y passerait. Le médecin lui avait dit qu'elle ne devrait plus jamais avoir d'enfant... Elle le lui avait caché d'abord parce qu'elle craignait de l'éloigner d'elle...

Il s'affola. Et il céda pour la pension. Ainsi s'ouvrit *Étoile-Famille*, repeint à neuf dans la perspective de l'Arc de Triomphe.

Jeanne y était à son centre. Elle adorait les gens, voir des gens nouveaux, des messieurs. Elle était revenue de Boulogne très embellie, avec ses dix-huit ans. Mme Mercadier se fit assez bien à son nouveau sort, non sans avoir d'abord crié qu'une Ambérieux tomber dans le commerce, une Sainteville hôtelière ! Mais *Étoile-Famille* après l'avenue du Maine valait bien quelques sacrifices... Très vite, elle en vint à penser que les clients étaient des invités dans une grande maison à elle, et qu'elle tenait salon. Le soir, après le dîner, elle faisait la conversation avec les pensionnaires. On jouait à de petits jeux, pas d'argent ! Une discrétion... en faisant attention à ce que tout restât correct. Et puis il y avait l'enfant. Ce petit Jeannot dont elle avait oublié que l'idée même de sa naissance l'avait rendue furibarde. Mais il était là, tout petit, désarmant plus encore que désarmé, avec ce petit crâne faible, sur lequel les cheveux avaient l'air de tenir à peine, comme de la soie posée... C'était drôle d'être grand'mère à quarante-deux ans... Me voilà une vieille femme! Elle se regardait dans la glace avec inquiétude. Si elle avait voulu, bien des hommes... « Pourquoi ne vous remariez-vous pas, Maman? disait Yvonne. — Mais je ne suis pas veuve, voyons! Qu'est-ce que vous dites? Le divorce! Et la religion qu'est-ce que vous en faites, de la religion! Avec ça, merci, je sais maintenant ce que c'est... Un mari me suffit... Supporter un autre homme! Recommencer! Merci... »

Yvonne vivait dans un rêve. Les affaires allaient assez bien, et n'eût été l'intérêt, et l'amortissement de l'emprunt bancaire, on eût été tout à fait à l'aise. Le prix de la vie aussi montait et dépassait tout le temps les prévisions, mais ça s'arrangerait. Pascal était le centre de ce monde de nuages roses où Yvonne riait à son enfant qui tendait vers tout ce qui brille une menotte et un petit pied tendre d'un drôle de mouvement simultané. Pascal était le centre des soucis et des songes d'Yvonne. Elle encourageait toutes ses toquades, tous ses goûts. Elle lui achetait des cravates sans arrêt, elle l'engagea à s'occuper de sa toilette, à être légèrement excentrique dans sa mise, à exagérer les cols hauts qui lui allaient si bien, à se faire des gilets de fantaisie. Il aimait aller aux courses. Eh bien, qu'il y aille. D'abord c'est excellent, le dimanche, ça fait prendre l'air...

Il ne sut jamais à quelles pensées était livrée la solitude d'Yvonne. Il ne connut pas les histoires qu'elle s'inventait pour faire couler le temps, les histoires merveilleuses et folles par quoi elle se tirait de la tristesse, avec leur habituel arbitraire, et lui pour héros, un Pascal traversé d'azur, un Pascal habillé de ciel, un Pascal aux yeux d'astre, un Pascal qui n'avait plus besoin de lui raconter ses aventures puisqu'elle les imaginait. Il ne sut jamais rien de ses larmes, ni des sourires qui en sortaient comme l'arc-en-ciel.

Qu'il fût moins empressé auprès d'elle que les premiers temps, elle ne lui en voulait pas. Devait-il se forcer? Il y avait aussi de sa part de la délicatesse. Est-ce qu'il n'avait pas toujours peur qu'elle fût à nouveau enceinte, avec son cœur? Et de fait cette crainte joua très fort pour lui, pour l'entraîner, comme une excuse peut-être, loin de son ménage. Peu à peu, tout reprit comme par le passé, sauf qu'il ne racontait pas à sa femme, comme à la petite Yvonne de jadis ses succès et ses aventures. Il y avait de jolies étrangères à *Étoile-Famille*, et les courses se prolongeaient parfois loin des hippodromes. En 1911, Pascal, à vingt-cinq ans, n'a peut-être plus pour les femmes cet attrait tremblant des eaux limpides, il n'est plus cet irrésistible enfant à qui on ne peut rien refuser. Mais il est un homme, un homme qui sait ce que c'est qu'une femme, et qui appuie sur elle un regard qu'on n'oublie pas. Un homme élégant et discret, un homme toujours prêt à prendre ce qui s'offre, et les femmes le savent. Il est l'amant tel qu'on se le représente dès vingt ans, dès qu'on n'attend plus exactement Roméo, mais un contemporain qui connaît les hôtels où une femme peut aller, les thés où l'on se rencontre. Insensiblement, Pascal s'est éloigné d'Yvonne. Ce qui ne veut pas dire qu'il l'aime moins. Il y a des êtres qui sont incapables d'être fidèles. L'amour ne leur est pourtant pas interdit.

Il sut combien il l'avait aimée, combien il l'aimait quand elle mourut, cette année-là. Elle lui avait caché qu'elle était enceinte. Elle avait voulu l'être pour le regagner. Et tout s'était passé comme l'avait dit le docteur. Le cœur... Le monde, en ces jours-là, était plein de sombres rumeurs. Encore une fois on avait frôlé la guerre, des navires allemands menaçaient le Maroc, tout cela demeurait confus pour Pascal qui faisait la découverte de la douleur.

Même l'égarement l'entraîna, recevant cet écho du monde lointain, à appeler de tout son cœur cette guerre possible, pour qu'enfin toute chose pérît avec son amour, et qu'il fût emporté, lui, dans la tourmente. Aux approches des désastres de l'humanité, ainsi, il y a des désespérés qui reprennent vie dans le vent du malheur, des noyés qui rouvrent les yeux dans le fond de l'abîme.

Il ne restait dans *Étoile-Famille* que l'enfant aux yeux dorés, le fils d'Yvonne et l'atroce amour de Pascal qui ne s'était reconnu que trop tard, que quand il avait été trop tard, si bien que la première fois qu'il lui dit : *Je t'aime*, Pascal le dit à Yvonne morte, autour de laquelle on avait allumé des cierges et répandu des fleurs absurdes, toutes les fleurs qu'elle n'aimait pas.

Le petit, avec ses trois ans et son besoin de courir et de jouer et de rire, ne demandait déjà plus sa maman, qu'il avait appelée trois soirs dans son lit parce qu'elle ne venait pas, comme il disait, l'embrasser bonsoir. Et Pascal, amer et tourmenté, regardait Jeannot comme l'image même de cette infidélité terrible, qui était en lui, qu'il ne pouvait vaincre et qui, maintenant qu'on l'avait portée au Père-Lachaise, Yvonne, lui remontait avec des sanglots tandis qu'il se remettait à regarder les femmes.

XXVI

« C'est extraordinaire, madame Tavernier, je voulais m'en empêcher, et puis c'était plus fort que moi... j'y suis retourné... j'ai laissé passer un dimanche : je croyais la partie gagnée... et puis ça me travaillait. Ce que c'est que de nous ! »

Dora écoutait M. Pierre. Toujours dans cette position qu'elle prenait, les bras allongés sur la table. Voilà soudain qu'il était entré dans la voie des confidences. Il avait un petit-fils... et toute cette famille à lui... Elle n'avait jamais rien imaginé de pareil. Elle avait pensé qu'il était absolument seul dans la vie... C'est vrai qu'il était séparé des siens. Comment, pourquoi, il n'en disait rien. Peut-être qu'il avait un ménage quelque part, tout de même. Mais les *Hirondelles*... Elle ne posait pas de questions. Elle avait trop peur.

« Alors le deuxième dimanche, j'y suis retourné. J'ai vu le petit. Je lui ai payé un sucre d'orge. Qu'est-ce que c'est que cet intérêt qui me pousse ? Certes je n'ai pas grand-chose à faire le dimanche... mais enfin ! Toute ma vie, j'ai eu une espèce de dégoût pour les mioches... enfin toute ma vie... ma première petite fille... Je n'ai jamais beaucoup regardé les enfants, pas même les miens. Ce petit, je peux rester là des heures. Ça joue tout le temps, c'est terriblement frêle... et ça prend des postures inattendues, ou bien ça fait juste ce qu'on s'imaginait. Ça ne bouge pas, vous comprenez, ça retombe... Ses idées aussi, si on peut dire. L'écouter parler, c'est comme remuer un kaléidoscope, les couleurs se mêlent, mais ce sont les mêmes couleurs et finalement c'est toujours symétrique, des complications d'étoiles... »

Dora aime cet enfant, et elle en est jalouse. Elle le volerait bien pour s'attacher M. Pierre, elle le tuerait bien pour qu'il n'y pense plus. Et puis qui sait ? C'est un lien terrible avec cette famille qui pourrait le reprendre. Elle a dit quelque chose en ce sens, et M. Pierre a bien ri. On ne sait pas qui veut le moins de l'autre, lui de sa famille, ou sa famille de lui. Cela ne tranquillise pas Mme Tavernier. Elle sent bien qu'il ne raconte pas tout. Est-ce qu'il sait lui-même ce qui est au fond de cet attrait qui le ramène presque tous les dimanches avenue du Bois ? Une curiosité qu'il n'avoue pas. Et qui n'est pas que de l'enfant. Il découvre par petits morceaux ce que sont devenus les siens, ceux qu'il a quittés, reniés. C'est un long jeu de patience au milieu du babillage enfantin, au milieu des images embrouillées d'un monde qu'il démêle. Et Jeannot ne parle au hasard que de ce qu'il connaît. Pour un petit bout de lumière, il faut tout un dimanche à faire les quatre volontés du gosse, à se récrier devant ses pâtés, et le plus souvent il ne veut parler que des dames Manescù.

Dora souffre avec Pierre de ce mystère où elle est plus encore que lui plongée. Elle souffre de ces rapports inconnus entre celui qu'elle aime et d'autres êtres. Elle cherche à déchirer ces ténèbres et ne peut que se déchirer le cœur. Une fois le nom de sa femme lui est échappé : Paulette... Dora a maintenant un sujet de rêves qui ne peut s'épuiser. Elle l'imagine, cette femme, qui a eu de lui des enfants, qu'il a quittée, qui l'a rendu malheureux... cette femme très belle et probablement affreuse. Une de ces bourgeoises hautaines qui font ce qu'elles veulent des hommes, sans jamais de relâche, sans rien leur permettre... Elle a lu des livres, et des hommes lui ont dit... Paulette... Est-ce qu'elle l'a trompé, est-ce qu'elle l'a aimé, est-ce qu'elle a jamais su...? Chaque ride dans le visage de M. Pierre prend un sens, elle comprend ce qui l'a creusée. Ce n'est pas la vieillesse qu'elle voit sur ce visage : c'est la profondeur des sentiments graves. Un pli, c'est une amertume. Les poches des yeux, la beauté des larmes... Les hommes jeunes n'ont que la face brutale de leurs os et de leurs muscles : rien n'y est inscrit, c'est vide et c'est grossier. Dora aime en M. Pierre la fatigue des traits, la noblesse de l'usure : et les mots qu'il dit de l'enfant, il lui semble qu'ils décrivent exactement ce qu'elle ressent pour cet homme âgé et flétri.

« Madame Tavernier, je n'ai jamais aimé mon fils Pascal... Mais maintenant quand je le retrouve dans ce petit, et que malgré moi je recherche à reconstruire sa vie, ce qu'est devenue sa vie depuis ce soir de novembre où je suis parti, c'est surprenant l'intérêt que je porte à Pascal. Parce qu'il a cessé pour moi d'être ce fils qu'il fallait nourrir, cet *impedimentum* traîné à ma remorque, cette raison d'être d'un ménage, il ne me reste de lui qu'une idée, un reflet et un reflet troublant. Comprenez-vous, c'est la suite d'une série d'actes et de pensées. Comme une réflexion que j'aurais faite un jour, et interrompue, et qui se serait poursuivie sans moi par la force de la logique... Moi, pendant ce temps-là, les années m'ont changé, je ne sais plus trop comment ceci est sorti de moi, je sais que c'est sorti de moi et voilà tout ! Je me dis : pour que ce que je pensais soit devenu cet homme-là, cette mécanique humaine qui habite une maison comme ci et comme ça, qui se meut suivant certaines lois, en respectant certaines lois, au milieu de gens qui s'entendent après tout sur certaines choses de la vie, il faut donc qu'alors quand le germe de ceci était encore en moi, j'aie cru à tout cela, j'aie imaginé le monde plus ou moins comme cela, le monde de cet automate, mon fils, c'est que moi, voyez-vous, j'ai varié comme un navire à la dérive, comme une chose jetée dans la mer... »

M. Pierre aime parler devant Dora. Elle ne l'interrompt jamais, et il peut se permettre n'importe quelle étrangeté de parole. Elle ne montrera pas qu'elle n'a pas compris et lui s'en fiche comme d'une guigne, d'être ou ne pas être compris, tout ce qu'il veut, c'est laisser couler les mots, les laisser former des franges d'idées, trahir sa pensée et tant pis s'il s'y perd lui-même. « Je pense à ce que nous étions dans mon enfance... mon père... et cet autre mari de ma mère... et ma mère... Je revois la maison, et ce à quoi nous tenions plus qu'à la vie même, des objets, des meubles, une sorte d'estime autour de nous, un calme, une manière d'être : une société en un mot. Et puis il y a eu moi, d'abord comme une part de ce monde, et qui concevais vaguement la vie comme une conséquence de tout cela, avec d'autres objets, peut-être, des tableaux, de la musique, mais toujours le même enchaînement des êtres et du temps et des meubles, presque la même chose qui avait été la foi de ma mère, sa crainte et son tourment. J'ai pu me détacher de cela, mais il y a eu Pascal, il fallait qu'il y eût Pascal. Pascal que je retrouve dans cet enfant de l'avenue du Bois, qui sera après Pascal, comme Pascal après moi. Qu'est-ce que c'est que tout cela ? Qu'est-ce que cela signifie ? Au bout du compte, qu'est-ce que cela aura voulu dire ? Et la diversité de nos manières d'être, avec mon père magistrat, mon fils hôtelier, qu'aura-t-elle changé de ce monde qui suit en dehors de nous sa voie ? Quand j'étais petit, l'empereur voulait s'emparer du Mexique, et aujourd'hui la République envoie mourir au Maroc ses enfants. Le gaz était une nouveauté qui bouleversait la vie : on ne s'attendait ni à l'auto, ni à la télégraphie sans fils, ni aux aéroplanes et il y a plus de changements autour de moi dans le cours de ma seule existence que pendant dix siècles des hommes. Et puis après ? Qui sait ce que verra ce petit Jean ? Mais cela ne

prend aucun sens. Nous sommes étrangers à tout cela...
Nous crèverons sans avoir joué autre chose que notre
long rôle de figurants... Et ainsi de ceux qui suivront...
Pourquoi ? »

Cette idée le harcelait, le turlupinait, il y revenait
sans cesse. C'était elle sans doute qu'il suivait, un autre
jour, lorsqu'il dit à Meyer qui était plus abattu que de
coutume, parce qu'il aurait fallu à nouveau emprunter
de l'argent au cousin Lévy pour entretenir l'école, et que
le cousin Lévy l'avait éconduit : « Il en est de vous
autres, les Meyer, comme de nous les Mercadier, mon
cher, nous ne sommes ni chair ni poisson, nous
sommes assis entre deux chaises. Mon oncle Sainteville
nous méprisait parce que nous étions des gens du commun, sans être du peuple. Il disait qu'on peut se réclamer de l'honneur ou du travail, mais que les gens de la
classe moyenne n'ont point d'honneur, et qu'ils ne travaillent pas vraiment, car ils se choisissent des métiers
d'intrigues, des rôles d'intermédiaire ou de parasite,
mais ne produisent point comme le demande le Seigneur, à la sueur de leur front...

— Vous ne considérez pas que nous travaillons, Mercadier ? Et l'école ? Vous ne faites pas assez d'heures
pour justifier votre droit à la vie ?

— D'abord c'est à mon corps défendant... puis cette
sorcellerie de l'enseignement ! Ainsi pensait mon digne
oncle Sainteville. Pour moi, je ne fais aucun cas ni de
l'honneur ni du travail, et par là je lui donne raison.
L'honneur d'ailleurs, que reste-t-il de leur vieille aristocratie, des vieux pirates de l'épée ? Les pirates
d'aujourd'hui, ceux qui sont les maîtres de l'électricité,
et de la sorcellerie moderne, ont jeté aux orties cette
vieille loque de l'honneur. Et en face d'eux il y a la
masse noire de ceux qui travaillent de leurs mains.
Mais nous autres, qui nous maintenons par des tours
de passe-passe, par des héritages, la dot d'une femme,
un gros lot que nous attendons des obligations, et qui
parfois nous tombe entre les pattes, ou tenez, un
emprunt d'un cousin fortuné, eh bien, nous ne sommes
ni d'un groupe ni de l'autre, nous ne nous déciderons

jamais à en être et notre vie n'a le sens ni de la domination ni de la haine contre les dominateurs...

— La haine! — dit Meyer. — Pourquoi diable haïrions-nous ceux-ci ou ceux-là? Et est-ce que la haine peut donner un sens à la vie?

— Pourquoi? Je n'en sais rien. Et je ne hais pas ceux qui sont les maîtres du monde, bien que je ne puisse que par fraude me mêler à eux, parce que j'ai les mêmes goûts qu'eux, que je désire ce qu'ils ont, les biens véritables de la terre, mais je peux haïr les autres, le nombre stupide, qui cherche à établir sa loi, la loi du travail... Je les hais comme le travail qu'ils m'imposent. Je les hais... »

Il y avait dans les yeux de Mercadier la lueur d'un sentiment véritable.

Les conversations de Mercadier se poursuivaient ainsi d'un interlocuteur à l'autre, et Meyer ne pouvait savoir ce qu'avait entendu Dora, ni Dora, mais elle s'en passait, deviner que les obscurités de ses paroles provenaient de ce qu'il avait eu avec la vieille dame Meyer un embryon de dispute sur le même sujet au cinéma Demours, en mangeant des chocolats glacés au bout d'un morceau de bois, une nouveauté de l'année : « Quand j'étais jeune, madame Tavernier, je croyais à l'amour et je me disais démocrate... La vie vous apprend sévèrement à connaître la réalité! Partout où j'ai été, dans les pays d'Europe et d'Afrique, et d'Asie, j'ai trouvé toujours deux grandes plaies qui infestaient l'existence : l'amour et le peuple. Madame Tavernier... l'amour et le peuple! Il y a des fous pour y croire et se perdre par là! On devrait rallumer les bûchers pour ces gens-là. L'amour et le peuple... Pouah! »

Dora lui abandonnait le peuple. Mais l'amour... Elle fermait les yeux, et c'était le seul point sur lequel il demeurât sans pouvoir contre les sentiments de Dora : car il ne pouvait rien en elle contre sa propre image, la nourrissant de sa seule présence, de ses paroles quel qu'en fût le sens destructeur.

XXVII

Maintenant, il faut que Dora s'arrange avec ce qu'elle sait de M. Pierre. Tant qu'il n'était que mystère, elle pouvait rêver, lui prêter une vie, combiner des coups de théâtre et même se mentir sur le passé, comme si ce passé leur avait été commun. Elle ne sentait pas le poids de ses propres souvenirs : tout le long de l'existence elle s'était rompue à oublier. Qu'est-ce qui était digne de sa mémoire dans son passé? Elle avait eu aussi à mentir aux hommes, là-dessus : c'était la part de sa profession. Elle s'était toujours imaginé des vies, parfois elle y avait cru. Mais avec sa vie à lui, comment tricher?

Ah, si elle avait pu penser que c'était pour elle qu'il avait quitté sa famille, cette Paulette! Si ces longues années dont il ne disait rien lui étaient laissées pour qu'elle s'y installât, pour qu'elle y fît son nid d'illusions! Quand on est jeune et qu'on aime, on peut supporter la concurrence des choses mortes, on a l'espoir, tout ce qui est à naître devant soi, pour le marquer de ses initiales, on a tout l'avenir d'un homme à envahir, et le présent comme un grand lit blanc aux draps frais. Mais quand l'amour vient à une vieille femme qui ne peut songer sans honte à l'union des corps, et qu'il n'y a pas d'avenir, et qu'il y a le passé tout entier de l'homme dans sa tête et dans sa chair, les choses auxquelles il pense quand il ne dit rien...

Les lundis, elle l'interroge tant qu'elle peut sur l'enfant. Car c'est son petit-fils, à M. Pierre. Elle se sent à la fois jalouse et liée à cet enfant. Elle veut savoir comment il est, ses yeux, ses vêtements. Elle aimerait le voir. Elle n'osera pas demander à M. Pierre de l'emmener avec lui, une fois, avenue du Bois, et c'est pourtant ce qui la brûle. Peut-être que si elle avait vu l'enfant, un peu de cette inquiétude en elle s'apaiserait.

Toute sa vie est mangée par cet homme. Elle n'a plus

de goût pour rien Elle se reprend dix fois à faire ses additions. Ses livres qu'elle a toujours tenus avec une passion de commerçante, elle les regarde aujourd'hui comme des importuns qui viennent la déranger dans ses pensées, la distraire de Pierre. Elle n'est plus si exacte à tenir la maison, elle surveille moins les filles, et Jules lui en a fait plus d'une fois la remarque. Quoi, il y a du coulage! Elle le regrette, mais qu'y faire? Elle n'a plus la tête à ça. Parfois elle s'arrête dans ce qu'elle fait et elle ne pense à rien. Pas même à Pierre. A rien. Elle s'assied et elle laisse filer le temps, le temps dont il y a si peu à perdre. Elle voudrait dormir. Elle est effrayée d'elle-même. Elle sent la disproportion monstrueuse de ses rêves et de la réalité. Elle passe en courant devant les miroirs. Elle s'y regarde. Et pleure.

Mademoiselle l'y a surprise. Qu'est-ce qu'elle s'est marrée! Ah, on ne peut pas être et avoir été! Elle a dit à Jules : « M'est avis que Madame devient neurasthénique... » Jules a levé la tête et froncé le sourcil. Neurasthénique? Ah! dis, Marie, tu me fais mal. Je vous prie, *mon cousin*, de garder vos distances. Pimbêche.

Jules voit bien qu'il y a quelque chose de détraqué aux *Hirondelles*, et sans doute qu'en d'autres temps, il n'aurait pas supporté ça. Mais depuis qu'il sort avec Frédéric et M. Morero, et ça devient de plus en plus fréquent, surtout que Dora s'en fout, il a bien autre chose en tête et l'avenir de la maison ne l'asticote guère, ou du moins il a d'autres plans là-dessus. Tout a commencé ce jour que M. Morero les a menés à son château. Un château, un vrai qu'il a. Dans l'Oise. A cent kilomètres de Paris. Il y avait Mme Morero avec eux, enfin sa poule. Frédéric avait amené la sienne. Pas Lulu. Lulu, c'est le bisness. Non, Suzanne, Mlle Suzy. Une grande avec de belles jambes longues, et un de ces décolletés. Et puis, comme par hasard une amie de Suzy, Mlle Rose Vatard. C'était cousu de fil blanc : il fallait bien que Jules ait aussi la sienne, et nature que dans l'entourage à Morero il n'y avait que le choix. Bon, la petite avait dix-huit ans, si elle les avait. Toute blanche. Pas grande et rieuse. Une poulette potelée, avec des seins qu'on ne quittait pas des yeux, impossible de regarder autre chose. Blonde avec toutes sortes de frisettes. Jules s'était laissé faire.

On avait pris un taxi. Frédéric s'était assis à côté du chauffeur, et dedans avec Morero et les trois femmes on était serré, et on plaisantait avec ces dames, ce n'était pas Frédéric qui y aurait vu du mal, à laisser peloter la sienne. Morero expliquait qu'il n'aimait que les taxis. Il aurait pu avoir sa voiture, ça coûte moins cher : bon, il prenait un taxi pour aller à Villemomble, Villemomble d'Oise qu'il ne faut pas confondre avec Villemomble (Seine) ; Villemomble c'était son château, et il gardait le taxi parfois du samedi au lundi, on invitait le chauffeur. Il y en avait parfois de drôles, et quand ça lui plaisait ma foi, si une de ces dames était d'humeur... Le chauffeur, ce jour-là, était un type blond avec le nez écrasé qui rigolait comme un bossu des histoires de Frédéric.

Peut-être bien qu'on avait combiné l'affaire, Morero et Frédéric s'entend, qu'ils lui avaient fichu Rosette dans les pattes, histoire de le mettre dans le coup. Mais qu'est-ce que ça pouvait faire ? Il y avait des années qu'il n'avait pas trouvé une belle petite à son goût comme celle-ci. Une petite fille, et douce, et qui savait déjà tout faire. Elle n'avait jamais été en maison, elle travaillait pour un type qui avait eu du malheur. Il en avait pour vingt ans. Veuve quoi.

Le château de Villemomble, quand on voit ça, on comprend quelle sorte de type c'est, Morero. Avec une pièce d'eau, et des carpes. Qu'est-ce que ça doit représenter comme jardinage, toutes ces fleurs qu'on change dès qu'elles sont un peu fanées ! Il a du monde dedans, des cousins à lui, qui lui tiennent tout en ordre. On peut recevoir ici. Morero en a besoin : si vous croyez qu'on peut avoir à Paris les affaires qu'il a sans recevoir. Du monde politique, et aussi des barbeaux. Les maisons de Morero, c'est connu, ont la meilleure remonte. Il a rendu service à tout le monde, ce diable d'homme. Et jamais d'embêtements. Ah, si Jules avait connu Morero plus tôt...

Naturellement que, s'il est si chic avec lui, Morero, c'est pour quelque chose. On n'est pas né d'hier. Mais quoi, quand on a les mêmes intérêts... C'est bien connu qu'il n'y a pas plus loyal que Morero. Avec ses gens à lui, bien entendu. Suffit d'en être. Il n'a jamais laissé tomber personne. Il a des amis à la Sûreté? Bon, qui est-ce qui n'en a pas! Est-ce que Jules serait où il est, s'il n'avait pas donné de temps en temps un tuyau aux inspecteurs? Morero, c'est une puissance. Puis, il ne laisse même pas tomber les vieux. Au fond, être des amis de Morero, c'est un peu comme avoir une retraite assurée. D'ailleurs, il parle carré : on est avec lui ou on est contre lui et quand il s'est mis quelque chose dans la tête... Il a été très chic avec Jules, au fait, avec les tuyaux qu'il lui a donnés pour ses placements...

Au fond, si les *Hirondelles* entraient dans la combine à Morero... Surtout qu'elles ne marchent pas si fort, les *Hirondelles*, les temps sont durs et les gens regardent à l'argent. Ce n'est plus comme autrefois, quand il y avait tous les étrangers qu'on voulait, et que, ma foi, le champagne coulait. Maintenant pour grimper les prix, il fallait remettre une boîte à neuf, et ça coûte. Et puisque la vie augmente, il faut bien grimper les prix. Impossible si on n'offrait aux gens que cette vieille turne qui sentait le moisi. Rien que le salon qu'on a refait, ce qu'on a dépensé!

De nos jours, voyez les hôtels. Ils forment des compagnies, ils se mettent ensemble. Sans ça, dégringolade. Tout ça, Deauville, Trouville, Paris-Plage, rien que des compagnies. Alors, pour les maisons, c'est le même truc. Les temps changent, faut savoir les suivre. Ou on fait comme tout le monde, ou on est mangé. Qu'est-ce qu'il y a comme faillites ces jours-ci dans le petit commerce! Les gros bouffent les petits, c'est régulier. Quand on a de la chance de connaître quelqu'un comme Morero et qu'il est bien disposé...

Seulement, ça, il est formel, Morero. Pas de Dora. Il sait ce que c'est, ces vieilles maquerelles qui ont l'instinct du propriétaire. On n'a jamais l'affaire en main tant qu'on ne s'est pas débarrassé d'elles. Elles ont possédé la boîte, et continueront à croire qu'elles le font, elles auront leurs idées sur tout, feront des manières, non. Avec un homme, on peut causer, c'est autre chose, et puis un homme, qu'est-ce qui l'intéresse? l'argent. Qu'il devienne dans l'affaire comme un actionnaire, ça lui suffit, il ne tient pas à travailler peut-être? Avec un système moderne, il faut un personnel moderne. Vous ne pouvez pas garder à la tête d'un truc comme ça une vieille gonzesse qui n'est pas dans le train. Supposez qu'il y ait là pour la façade une jeune femme attrayante, qu'un homme mûr aurait bien en main...

Oui, mais la licence? Ça se rachète une licence. On ne regarde pas au prix. Il faudrait persuader votre dame. Remarquez que je me mêle de ce qui ne me regarde pas : mais vous êtes encore jeune. Faut profiter de votre reste. Du train dont ça va, vous n'avez rien à vous, vous ne pouvez pas quitter votre associée, pas? C'est une vieille histoire : un jour ou l'autre, il vous faudra demander de l'aide à quelqu'un de plus jeune, comme Frédéric et puis peu à peu, la boîte vous sort des mains... Vous vous trouvez un vieux bonhomme, avec une vieille femme, et c'est elle qui a les économies à son nom. Une histoire courante. Ah, elle n'est pas rigolarde, la fin des tôliers! Je veux dire ceux qui ont trimé comme ça, sans prévoyance.

Il y avait du vrai dans tout ça. Et puis Dora l'inquiétait, Jules. Vrai qu'elle devenait neurasthénique, et que la maison était mal tenue. L'intéressant, ce serait pas tant de la remettre à neuf que changer de crémerie... Avec des protections politiques, peut-être par ce sénateur, ami de Morero... Un homme très bien, ce sénateur. On parle de lui tout le temps dans les journaux à propos des trois ans. Faut bien que la France se défende : ces Allemands qui augmentent tout le temps leur armée... Le difficile à Paris, toujours rester dans des vieilles turnes où on ne peut rien faire comme innovations. Mais peut-être par ce sénateur... Et puis Morero assurerait sa part à Tavernier là-dedans. Pas besoin d'avoué, ni de notaire avec quelqu'un comme lui, quand c'est dit, c'est dit. Ce serait comme d'avoir des actions. On pourrait se faire une autre vie. Avec Rose. Rose ou une autre.

Le tout est de s'entendre avec Dora. Elle est bizarre, Dora. Elle m'inquiète.

XXVIII

Eugène Méré posa par terre la statue de marbre vert qui représentait un Méphisto méditant les pieds croisés, et qui faisait bien dans les un mètre trente de haut et les soixante-cinq kilos, renversa sa casquette d'une pichenette sur sa nuque et, se carrant sur ses courtes et puissantes pattes mal habillées dans un pantalon fripé, ouvrit les bras, les mains prêtes à saisir l'adversaire. Tout le monde rigolait sur le trottoir, au milieu de l'encombrement des voitures et des charrettes à bras. La porte du taxi était ouverte, et dans son cache-poussière gris, le chauffeur, une espèce de colosse roux à la moustache tombante, fonça droit sur Eugène. Le client ne trouvait pas ça drôle, lui, il portait dans ses bras avec précaution des petits saxes d'étagère, tout ce qu'il y a de délicat. De l'Hôtel des Ventes, derrière eux, il venait des cris et des rires. Il faisait beau temps.

Les deux hommes s'empoignèrent, s'échauffant, fâchés tout d'un coup l'un de la force de l'autre. Ils cherchaient à s'arracher de terre et n'y parvenaient pas. Le chauffeur bouscula Eugène d'un grand coup d'épaule. Eugène était le plus petit. Il se gonfla tant qu'il put, méchamment, et brutalement il serra l'autre à la ceinture à lui couper le souffle. Le chauffeur, pour reprendre haleine, s'appuya des deux poignets sur la tête baissée de Méré. C'est alors que l'autre réussit l'arrachement.

Le client, un petit maigre à barbiche avec un melon et des lunettes, se précipita dans la voiture et cria d'une voix de fausset : « Ça suffit comme ça ! » Les assistants s'en payèrent une nouvelle pinte à ses dépens, tandis que les deux lutteurs reprenant haleine se mesuraient, rouges, mais calmés, comme des gosses qui ont bien joué. « En voilà assez! » glapit hystériquement l'homme aux saxes, et il tendit à Eugène le pourboire parcimonieux qu'il avait préparé, ses porcelaines contre lui, mal en équilibre.

« Alors au revoir, et bonne santé, — dit Méré au chauffeur grimpé sur son siège. — Si tu reviens par ici, on remettra ça! »

Il ouvrit et referma sa main, tandis que la voiture démarrait. Trois sous! On n'a pas idée. Trois sous pour tout ce coltinage. Eh bien, comme radin, ce particulier-là. Il lui avait fait trimbaler tout un mobilier de salon, et des bibelots, pour trois sous. Mince. J'aurais dû me méfier, il avait la gueule à Poincaré.

Dans le cul-de-sac de la rue Chauchat, Eugène s'avançait maronnant. Il prit le passage de l'Opéra, et s'en vint déboucher lentement sur les grands boulevards. Ce jour-là, il s'était employé tout le temps à porter des meubles, des paquets de bouquins, des choses sans nom, des rideaux de velours, de la ferraille, enfin tout ce qui se bazardait dans l'Hôtel Drouot, et que les acquéreurs lui donnaient à charrier de l'étage ou des salles du rez-de-chaussée au trottoir et aux voitures. Un autre eût été mort de fatigue à sa place, et tout ça pour pas vingt sous. Il y avait en Eugène une force absolument inépuisable qui le tracassait. Il eût déménagé des montagnes si on l'avait payé le prix. En même temps il se sentait ridicule à ce boulot de rien du tout. C'était un peu pour se prouver qu'il était toujours un homme qu'il avait fait du sport avec ce chauffeur, sur une petite plaisanterie du bonhomme.

Mais pas vingt sous... Pour près de quatre heures, entre l'attente et les allées et venues. Au fond, il y a des métiers où les femmes ne gagnent pas ça... Dix-huit sous, très exactement. Dix-huit sous, tu parles...

Il avait le torse très long, Eugène, et des mains énormes; presque pas de cou, et ce teint clair, déjà couperosé, des petits plis sous les yeux minuscules. Il était rasé, avec toujours des petits boutons dans le poil de sa

barbe. Sa veste bleue, il avait l'air d'avoir dormi dedans
tant elle suivait son corps râblé, le mouvement menaçant de ses reins quand il marchait. Il portait les cheveux très courts, sauf sur le dessus, où il fallait bien se
faire une raie. Au milieu, la raie. Et le dimanche du cos-
métique. En semaine ça faisait des mèches sous sa casquette. Presque pas de sourcils, et le nez légèrement
relevé. Même qu'on se fichait de lui à cause de ce pif en
l'air. Généralement ça faisait des batteries.

Pas vingt sous... Faute de travail il venait user sa
force à l'Hôtel des Ventes. Il en avait cherché honnêtement du travail, à croire que l'époque n'était pas favorable. Pourtant il faut bien des chaussures à tout le
monde en tout temps. S'il avait eu jamais devant lui de
quoi faire, il eût pu travailler comme cordonnier. Mais
récemment en chaussures... encore une usine qui avait
fermé récemment. Pas d'embauche.

On s'étonnait à le voir, avec sa carrure de belluaire,
qu'il eût un métier aussi sédentaire, aussi peu fait pour
sa violence naturelle. C'était comme ça pourtant, et il
n'était portefaix que d'occasion. Il faut bien croûter.
Pas vingt sous...

Il remontait les boulevards, pas pressé, flânant.
L'idée de son logement, où ça sentait les gosses et le
frichti, ne l'emballait pas positivement. Il tenait ses
sous dans sa main calleuse. Il se sentait des besoins de
mordre et de se secouer. De rire aussi. Si seulement il y
avait eu de quoi. Il regardait les femmes. Faudrait les
débarbouiller avant. Et puis tous ces types à la
redresse... Un petit vent sec comme on n'en a pas
d'habitude en juin. Pas vingt sous. Dix huit. Dix-huit.

Évidemment, c'était mieux que rien du tout. Mais je
ne sais pas, moi : quand on vous les pleure comme ça,
les pourboires, on a beau dire que ce sont les clients qui
sont des purotins, des pingres, eh bien, ça vous reste
comme une idée qu'on n'a pas fait tout à fait ce qu'il
faut, qu'on a été feignant, qu'on n'a pas assez sué, assez
baguenaudé de matériel... On voudrait se prouver à soi-
même qu'on n'y est pour rien, en faisant un effort de
cheval, dont on se sent encore capable. Bon Dieu! on

est jeune, on a le sang sous la peau, des bras à faire craquer la chemise, des poings. On casserait volontiers la gueule à quelqu'un pour trois sous de plus, par-dessus le marché. Et puis, il n'y a pas de candidat.

Une colère sourde le prenait, Eugène, une colère qui était comme la transsubstantiation de sa force inemployée. Il pensait à la maison, la femme, les mioches. Qu'est-ce qu'il leur rapportait ? Dix-huit sous ! Inutile de piétiner davantage à l'Hôtel des Ventes, pourtant. A cette heure-là, il n'y aurait plus de pratiques. Dix-huit sous. Ce qu'il râlait ! Ça ne faisait pas trois sous par bouche à la maison, le lardon compté. Il pensa à Bébé, et se mit doucement à se marrer. Puis l'argent le reprit qu'il serra dans sa paume, à le broyer. Il se décida à le fourrer dans sa poche, où il sentit les sous battant sa cuisse. Pour une mouise, alors. Au centre de sa rancœur, il y avait l'image d'Émilie, dépeignée, au saut du lit, encore mal débrouillée de la nuit, les bras au vent avec sa petite camisole blanche et son jupon noir. L'Émilie qu'il avait laissée dans le matin, dans cette misère de turne, avec le petit qui gueulait à cause d'une dent (qui sait si elle avait percé à cette heure, cette quenotte, la troisième s'il vous plaît !) et le reste de la marmaille qui se flanquait une peignée par terre, il avait failli marcher dessus. Les gosses ! Ils lui ressemblaient. Des bagarreurs.

Ah oui, pour un bagarreur, revenir avec dix-huit sous, il y avait de quoi être fier, vraiment. Pour ce prix-là, il n'aurait même pas pu se payer cette grosse mère qui faisait le trottoir en satin mauve. Plaisanterie bien gratuite. On l'aurait payé, lui, qu'il n'aurait pas pu. Sauf au régiment, il n'avait jamais trompé Émilie. Ça lui faisait tout drôle, même l'idée... Non, est-ce qu'il n'était pas maboul maintenant d'aller penser à des trucs pareils ? La saison... L'image d'Émilie se refit plus précise pour lui, plus nacrée... Il l'aimait bien, son Émilie, sa femme, sa copine, la maman... Il savait bien qu'elle avait changé avec les années, de dix-huit à vingt-six ans, changé de fond en comble, devenue robuste et lourde un peu, et fatiguée déjà, les seins défaits, le visage pâli et marqué... Il le savait sans le savoir. Il le voyait sans y croire, elle restait pour lui la même, comme il était le même, un peu plus fort seulement, un peu plus facilement en colère. Émilie. Il y avait en lui quelque chose qui fondait quand il pensait à elle. Pourtant il n'était pas pressé de rentrer. Il n'avait pas l'envie, comme d'autres, d'aller au café. Mais il flânait volontiers. Il y avait quelque chose, il ne savait trop quoi, qui l'éloignait de la maison. C'est-à-dire malgré tout, malgré ce qu'on y était tassé, et sans rien d'agréable, c'est-à-dire qu'il aimait pourtant être chez lui. Mais y être. Pas y rentrer. Y être au lit avec Émilie, les gosses déjà qui dorment à poings fermés, tous les deux le long l'un de l'autre, à se parler bas, avec des mots chauds et bêtes, ce qui vous passe par la tête comme si on rêvait...

Mais revenir... Il y a cette rue étroite et sale, et la voûte noire, et la cour ignoble, et la concierge à toujours gueuler pour quelque obscure raison à elle, et une fois dans la chambre être obligé de se mettre de côté pour ne pas gêner Émilie qui prépare le manger, attendre, attendre la nuit, puisqu'on ne peut rien faire dans la soirée, tout coûte... ou bien aller traîner encore sur les boulevards ou le long du canal, regarder les gens aux terrasses des cafés, les lumières... quand il y a la foire ça fait encore un peu de quoi s'intéresser, mais autrement. Revenir pour ça. Avec dix-huit sous dans la poche.

Il y avait une chose à quoi Eugène Méré, avec une volonté sauvage, s'abstenait de penser. Le pire. Ce qui était sa vraie raison de flâner, de tarder. Cette chose qui ramassait en lui une haine étouffante, une asphyxiante fureur, dès qu'il se laissait glisser à y songer. Une chose qui se confondait avec une sorte de vitrage semi-circulaire, aux carreaux enfumés, avec un grand vasistas, et des lumières donnant sur la cour. Des chants par bouffées qu'on entendait, quand s'ouvrait une porte là-dedans, là-derrière. Le bordel. Le voisinage du bordel. Cette honte dont il ne pouvait jamais se débarrasser tout à fait après en avoir plaisanté les premiers temps. Qu'Émilie vive là, et les petits. Les petits, pour l'instant

encore, passe. Mais Émilie. L'idée qu'Émilie... Ces
femmes-là, dans cette boîte à pourriture, ces garces à
gagner leur argent comme ça, il ne se formulait pas
jusqu'au bout ce qui le révoltait...

Il marchait le long des grands boulevards et le soir
tombait adoucissant l'air, sur l'asphalte où un sourd-
muet avait écrit pour les passants quelques mots
demandant la charité, devant ses cartes postales étalées, faites de timbres découpés en puzzle, des moulins,
des barques sur la mer, Venise et le Petit Caporal.

XXIX

« Attendez que je vous attrape ! »

Les gosses n'avaient pas demandé leur reste. Elle ne
pouvait pas avoir ses rhumatismes, la mère Buzelin,
non ? Voilà qu'elle était sur pied quand on la croyait au
lit à gémir. Et la cour, à cette heure, avait tout ce qu'il
fallait pour mettre une concierge hors d'elle. Outre que
Maman avait encore mis sur une ficelle des liquettes à
sécher et que les gens se heurtaient la cafetière dedans
pour passer, on avait joué avec les petits du 16, profitant de ce que Maman était allée à côté porter le linge,
et faire aux rideaux des réparations qu'on lui avait
demandées. Pour une fois qu'on était les maîtres de la
cour ! On avait fait avec du papier des têtes de poulets...
Vous savez, les têtes de poulets : on coupe un carré
dans une feuille, on plie au milieu, on rabat des pointes,
enfin tout le monde connaît ça, ça fait au bout du
compte un drôle de truc à bec qu'on peut ouvrir et fermer. Puis on mettait dedans de l'eau de lessive que
Maman avait laissée dans le baquet, pas trop, mais
assez, et on s'arrosait les uns les autres avec, on
s'approche d'un copain en douce, puis on manœuvre le
bec, et c'est comme si le poulet de papier lui crachait
dessus. On était six. On avait bien ri.

Mme Buzelin était tombée là-dedans. Une hécatombe de poulets, c'est-à-dire d'ignobles papiers traînant dans la lavasse partout par terre, tout éclaboussé, la marmaille excitée et riant, et criant, ruisselante, le baquet renversé, l'eau de savon coulant partout, les locataires d'en haut qui protestaient... Naturellement ils avaient fichu le camp, ces sales mioches, comme des mouches devant le spectre de l'ordre et de la propreté. Mme Buzelin regardait le désastre. Quand on pense au mal qu'on a à tenir tout ça correctement, avec des jambes malades. Elle était hors d'elle. Et le pire, c'était encore pas les enfants. Mais ce linge! Combien de fois lui avait-elle dit à Mme Méré! Où était-elle encore, celle-là! Au 11, bien sûr! Faut-il avoir peu de dignité! Elle regarda les vitres du 11 et songea qu'elle elle aurait préféré crever... crever... Elle allait voir, Mme Méré, qui ne pouvait pas tenir ses gosses... A propos, et le petit? Mme Buzelin regarda par la fenêtre. Il n'était pas là. La mère avait dû l'emporter avec elle. « Celui-là, — dit Mme Buzelin, — il commence jeune à aller au bordel! »

Dans sa colère, elle arrachait le linge pendu en travers de la cour. Ses jambes lui faisaient de plus en plus mal. Elle n'aurait pas dû se lever! Mais qu'est-ce qu'on peut faire avec des particuliers pareils? Et je te flanque des chemises par terre, et des petits pantalons que c'est une honte! Maintenant, non seulement elle leur recousait leurs trucs, mais elle les lavait! Pas dégoûtée! Ah non, alors, ah non! Par la fenêtre du logement des Méré, la concierge envoyait le linge arraché. Elle en pavoisait la pièce, par terre, sur le lit, la caisse au gosse, partout; le linge mouillé faisait flac, et se gondolait salement.

C'est là-dessus qu'Eugène apparut sous la voûte. Il entendit les cris de la concierge, le chahut coupé de gémissements qu'elle faisait, un vrai sabbat. Quand il vit le spectacle, cette furie, dans la débâcle de la petite cour noire, et la dégueulasserie par terre, et le linge flanqué en l'air, et comme c'était chez eux, il se mit à courir sur la concierge : « Non mais des fois, madame Buzelin, vous êtes pas sonnée? »

L'autre n'attendait que ça. Ah te voilà, toi! Et une cascade de récriminations, d'injures, de jérémiades. Elle était tout échevelée, haletante, mouillée, elle attestait le ciel lointain et hurlait... Eugène se mit de la partie. Quoi, les gosses?... Ils n'ont plus le droit de s'amuser, alors? Il se promettait bien de les fesser, mais ça ne regardait pas la pipelette, peut-être... Est-ce une raison pour flanquer tout en l'air, le linge qu'Émilie a lavé! C'est tout à recommencer maintenant... Quelle garce, cette Buzelin! « Comment? Une garce? » Elle est près de l'asphyxie. La rage lui bouche les yeux. Sa bouche aux dents cassées s'ouvre. Elle est hideuse. Méré va en rire, quand il l'entend qui crie : « Une garce, moi? Quand on vit de sa femme, et qu'on l'envoie au boxon, me dire à moi que je suis une garce! »

Eugène s'arrête interdit. Qu'est-ce qu'elle veut dire? Et d'abord où est Émilie? La mère Buzelin essaie de lui échapper. Il la coince qu'elle s'explique. Elle redresse la tête, elle met ses poings sur ses hanches. Oui, au boxon. Je l'ai dit, je ne le retire pas. Au boxon, l'Émilie, au boxon! Eugène voit rouge. Qu'est-ce que c'est que ces menteries? Il l'empoigne par le bras. Lâchez-moi ou j'appelle! Il la secoue. Il faut s'expliquer. Lâchez-moi...

Alors elle a tout dit. Des mois que ça dure. Elle prétend que les gens du quartier lui donnent du raccommodage? Faut être bouché pour ne pas reconnaître le linge des putains d'à côté! Mais oui, mais oui, c'est du 11 que tout ça vient! Elle lui a menti, à son homme? Il se fait plus niais que nature, des fois... D'abord c'était coudre, puis ça a été laver... Elle est tout le temps fourrée là-bas sous des prétextes... Comment? Comment? Et où est-elle à présent, peut-être?

Eugène sent le monde tourner sur lui-même. La colère, la colère! Et toutes les rancœurs contre ce monde de chiens qui le secouent, voilà où elle en est venue... Émilie! Il rejette de côté la concierge, il repasse sous la voûte, il sort dans la rue...

Quand il est entré dans l'estaminet des *Hirondelles*, tout y était paisible à son ordinaire. Il y avait la patronne qui bavardait avec un vieux monsieur à une table, et les filles les seins en l'air, avec leurs bas et leurs écharpes qui traînaient sur les banquettes. Elles s'étaient levées d'abord, comme pour un client. Puis ce type en veste bleue, qui hurlait quelque chose de sa femme, avait frappé sur les tables, on n'y comprenait rien.

Dora s'était levée : « Permettez, monsieur, de quoi s'agit-il ? »

De quoi, de quoi ? On vous prend votre femme, une saloperie pareille ! Des boîtes comme ça il faudrait y foutre le feu ! Oui, le feu, que je vous dis, moi ! Et je sais pas ce qui me retient ! J'y foutrai le feu, moi, un jour ! Les verres valsèrent, un s'écrasa par terre. Lulu cria. Toutes ces dames hurlèrent. On vit dans le salon rouge apparaître Mademoiselle. Et puis le forcené parlait un de ces langages ! Les noms qu'il donnait à la maison ! Et à ces dames ! Dora tremblante regardait M. Pierre, assis... Qu'on lui parle à elle, comme ça, devant M. Pierre ! « Jules ! » appela-t-elle par la porte du fond.

« Mais c'est M. Méré... », dit Mademoiselle qui n'en revenait pas. Méré ? Qui ça, Méré ?

« Où est Émilie ? S'il y a un homme avec Émilie, je le descends ! »

Tout le monde parlait à la fois. Jules entrait. Un homme ! Ah, nom de Dieu ! Eugène marcha sur lui. L'autre était solide. Il le maintint. Les filles se jetèrent sur eux, elles piaillaient, calme-toi, il nous court à la fin, qu'est-ce que c'est ?

Dans cette extrême confusion, un client était entré. Un habitué. Un monsieur extrêmement correct, un commerçant du boulevard Sébastopol, un homme d'allure discrète. Il battit en retraite, il allait sortir, Lulu s'occupa de lui...

Là-dessus, la voix glapissante de Mademoiselle surmontait le tout : « Je vous dis que c'est M. Méré ! » Mais les deux antagonistes ayant retrouvé du champ, commençaient à se colleter pour de bon, et le poing de Jules frappa la mâchoire d'Eugène, que ça fit un plaf, comme du bifteck jeté sur la table. Dora avait peur pour M. Pierre. Méré avait à peine flanché, et maintenant la boxe y allait bon train, une table bascula au milieu des filles. Au sein des clameurs. Mademoiselle qui avait disparu un instant ramenait une femme en cheveux, singulière là-dedans, dans ses vêtements pauvres, avec son air gêné... Elle avait encore à la main du fil et une aiguille... Émilie... Quand il la vit, Eugène tourna vers elle sa rage et sa folie... « Ah, salope, salope ! »

Il avait oublié son adversaire, qui d'un grand coup dans la gueule l'envoya rouler par terre, avec des chaises qui lui tombèrent dessus. Émilie épouvantée se précipita sur son homme. Il ne s'était pas relevé qu'il la gifla. Avec toute la force de la riposte préparée pour l'homme qui l'avait frappé. Émilie muette se mit à pleurer, et la lutte devant elle reprit, incompréhensible, insensée... « Eugène ! » Il continuait dans un brouhaha, débordant d'injures, de mots fous, de fureur, à se tabasser avec le tenancier des *Hirondelles*. Il saignait du visage. « Eugène ! »

Le client qui s'était dégagé des entreprises de Lulu venait de ressortir sans tambour ni trompette. Mais par la porte encore ouverte, M. Frédéric était entré. Ce fut la fin de la bataille. Il avait attrapé Eugène par-derrière, et les bras glissés sous les aisselles du forcené, il le maintenait tandis que Jules continuait à taper dessus, bang, bang, fouac dans le ventre, pan dans la gueule, pan dans la gueule... « Eugène ! » hurla Émilie. Lui, pris au piège, et respirant d'un sursaut pour ne pas crier de douleur, lui jeta : « Putain, putain... » Les hommes en lui cognant la tête contre les murs, serrés autour de lui qui se débattait, qui sautait entre leurs bras plus haut qu'eux, et qu'ils poussaient de l'épaule, et qu'ils frappaient dans le sang du nez, les hommes le portèrent à travers la pièce, et tandis que Mado maintenait la porte ils le lancèrent dans la rue. Émilie qui avait couru à son secours, et qui essayait de le dégager, tirée en arrière par Hermine et Paula, cria encore : « Eugène ! » et s'abattit dans la rue sur son homme comme la porte se refermait.

« Eh bien, — dit Mademoiselle, avec un coup d'œil sur le désordre, les verres cassés, et Jules et Frédéric qui se rajustaient, — donnez du travail aux gens, voilà la récompense ! »

Tout le monde jacassait. Dora demanda à M. Pierre s'il n'avait pas eu de mal. L'autre qui n'avait pas bougé de sa place dit placidement : « Très curieuse scène, madame Tavernier... » Tandis que Frédéric s'enquérait de l'origine de l'affaire, Jules, qui avait perdu son bouton de col, râlait, et parlait fort. « Qu'est-ce qui m'a fichu un feignant pareil ? Avec mon feu que j'aurais dû le recevoir ! » Et Lulu : « Vous avez vu, vous autres, comme il a vite fait ça, Frédéric. » On entendait audehors les cris de l'homme. « Il ne va pas finir ? » dit Jules. « On se demande, — dit Frédéric, — pourquoi il y a une police ! »

Dans la rue, Eugène s'était ramassé et maintenant il criait sa haine, sa haine sans limite, sa haine qui le dépassait, qui n'était pas que la sienne, qui était celle de milliers d'autres, contre cette chose incroyable, cette chose immonde où des gens venaient tous les jours faire leurs saletés, et où on buvait, on faisait de la musique, on bouffait, on... C'était trop, ça lui ressortait du ventre, et du cœur, et des meurtrissures de son visage. L'injustice, la formidable injustice... Pas de travail... et ceux-là... et le pire, Émilie, Émilie ! Il la vit contre lui, humble et tremblante, qui le touchait avec des doigts maternels, il la gifla : « Salope, salope ! » et il repoussa la main de sa femme avec horreur... Qu'est-ce qu'elle en avait fait, de cette main ?

Les gens, dans la rue, s'attroupaient. Des têtes venaient aux fenêtres... Une voiture à bras s'arrêta, on entendit corner un taxi. Il y avait des gosses autour. *Leurs gosses* qui regardaient ahuris. Émilie dit tout bas à Eugène : « Rentrons... tu me battras à la maison... » A la maison ! Ça lui fit mal de rire ! Et il hurla encore contre les *Hirondelles*, il les menaça du poing, il cria : « Le feu ! J'y foutrai le feu ! » Il y avait là le boucher, plusieurs passants et la mère Buzelin, curieuse, qui était venue pour voir... M. Jules Tavernier parut sur le pas de la porte et dit quelques paroles menaçantes.

« Allons, — dit Émilie, — tu vois bien les enfants... »

Il s'essuyait le visage, sa manche était toute tachée de sang. Il avait mal là, dans le sourcil gauche. Il regarda les petits, dans le premier rang des gens massés. Ils le croyaient soûl, leur père.

Quand Jules rentra, les *Hirondelles* offraient un singulier spectacle. Dans le désordre mal réparé, tandis qu'au bar Frédéric s'enfilait un petit verre servi par Dora, histoire de se remettre, avec Lulu tout le monde y compris M. Pierre se trouvait au milieu de la pièce autour de Mademoiselle, qui faisait des mines de mignardise, sous ses chichis et dans sa poudre de riz, avec son vilain nez, à une chose vagissante et qu'elle tenait dans ses bras. C'était le petit d'Émilie, que celle-ci avait laissé dans la loge... c'est-à-dire dans le bureau de la sous-maîtresse, où elle travaillait, quand Mademoiselle était venue lui dire qu'Eugène était là, qui faisait du foin...

« Qu'il est mignon, ce petit ! Fais risette... et kikiki... Et kikiki... »

Elles en étaient gâteuses, ces dames, avec leurs fesses, leurs seins, toute cette peau au rabais, et le vieux monsieur en redingote qui rigolait avec elles et qui disait aussi « Et kikiki... » Jules haussa les épaules. « Bon, et qui va leur porter le lardon ? »

M. Frédéric était plein des dernières nouvelles : les Bulgares s'étaient jetés sur les Serbes, les Balkans une fois de plus sens dessus dessous... Les Grecs... Les Turcs... « Dans ces pays-là, — dit Lulu, — c'est toujours la guerre... Moi j'en ai connu un, de Grec... Tu me croiras si tu veux, il fallait lui parler de sa mère... sans ça personne... »

XXX

« Jouer à la poupée ? Encore ? — dit Sophie. — Je ne te comprends pas, Jeannot, tu n'es pas un homme... Cette idée, je suis bête, tu n'es pas un homme : tu es un

636

petit garçon. Je me demande même ce que je fais avec un enfant comme toi. Ah, quand tu auras sept ans, tu commenceras à compter. Sept ans, l'âge de raison... J'ai l'âge de raison depuis neuf jours, moi. Sept ans. Mais jusque-là... Si encore elle était belle, ta poupée! Elle a un œil crevé, des cheveux poussiéreux, et ce vêtement de velours gris à côtes! Pouah, que c'est laid de s'habiller avec du velours à côtes! C'est vulgaire, c'est mauvais goût, c'est démodé, ça ne devrait pas être permis! »

Sophie fait une affreuse grimace, elle plisse son nez jusqu'à le faire disparaître dans les joues gonflées, les coins de la bouche s'abaissent à se retoucher et ses yeux gris louchent vilainement. On dirait qu'elle va rendre. Du velours à côtes! A côtes! Jeannot a honte pour sa poupée, il l'aime bien sa poupée, il a envie de pleurer. On est dans la petite pièce du rez-de-chaussée à côté de la salle à manger. Les deux pièces peuvent être réunies, quand on ouvre la porte à six battants qui se replie entièrement. Peintes en marron, les portes. Pas depuis longtemps : auparavant, il y avait une petite porte de chaque côté. C'est à la rentrée qu'on a fait refaire ça. Jeannot se perd entre l'étonnement toujours nouveau qu'il a de ces nouvelles portes, et la tristesse qu'il ressent de sa poupée si mal habillée. Elle est méchante, cette Sophie.

« Et à quoi tu proposes de jouer, puisqu'on ne peut pas jouer à la poupée avec ta sale poupée? Si c'est ta faute, tu devrais trouver quelque chose... Qu'est-ce que tu dis? Tu ne dis rien, bien entendu, mais on comprend ce que tu veux dire. Ce n'est pas ta faute, peut-être? Ah oui, tu n'as qu'une sale poupée parce que tu es un petit pauvre! C'est du joli d'être un petit pauvre! Alors on ne peut pas plus jouer avec toi qu'avec ta poupée... Petit pauvre, petit pauvre! Ffft, ffft! l'horrible petit pauvre! »

Jeannot ouvrit des yeux tout ronds. Il ne savait pas qu'il était un petit pauvre. Il ne sait pas ce qu'il faut en penser. Il se fait la réflexion qu'il ne sait pas du tout ce qu'il faut en penser. Cela lui paraît drôle. Il rit.

« Tu ris, sale mioche? Tu ris? Il n'y a pas de quoi rire d'être pauvre. C'est très triste, très laid, très honteux!

Tu comprendras ça quand tu auras sept ans. A cinq ans évidemment on ne comprend rien. Surtout quand on est pauvre!... Tu ferais bien mieux d'inventer un jeu! Je ne vais tout de même pas rester comme ça, moi, une grande fille de sept ans, à côté d'un petit pauvre à ne rien faire! Je devrais te battre, te gifler, te pincer, petit pauvre! Dis quelque chose à la fin, tu m'énerves! » Jeannot n'a rien à dire. Jouer au mariage? on ne peut jouer sans poupée. Sophie est si méchante aujourd'hui qu'il ne trouve rien à dire. « Eh bien, — reprend Sophie, — tu es trop stupide... Tu ne vois pas qu'on joue à quelque chose depuis un moment? On joue au petit pauvre. Tu es le petit pauvre, un dégoûtant petit pauvre. Ma maman m'a défendu de jouer avec les petits pauvres...

— Alors, — demande Jeannot, — pourquoi veux-tu jouer à ce jeu-là?

— Oh! le petit imbécile! C'est parce que ma maman m'a défendu de jouer avec les petits pauvres que tu es un petit pauvre et qu'on joue au petit pauvre! Tu es sale, tu ne te laves jamais, tu n'as pas de bonne, tu dis des gros mots, tu te roules dans le crottin... Tu n'es pas de mon monde! »

Maintenant Jeannot, il ne sait pas pourquoi, se sent vraiment tout triste. Il a un tablier écru avec des plis et une grande ceinture à laquelle on fait un nœud, parce qu'elle est pour un plus gros que lui. Il regarde sa poupée par terre avec son œil ouvert sur l'infini. Il déteste Sophie, mais elle a sept ans. Pour l'instant, elle a pris la grande chaise.

La grande chaise de Jeannot, sur laquelle il se juche à table, est comme un petit fauteuil monté en haut d'une cage. Entre les bras du siège il y a un plateau sur lequel on pose l'assiette de Jeannot et qui vous empêche de bouger quand il est refermé sur vous. Mais la merveille mystérieuse de la grande chaise qui est peinte en jaune canari est qu'on peut la plier en deux comme si on la cassait au-dessous du petit fauteuil, et la cage se place devant, et ça fait un petit chariot tout près de terre avec une table devant le fauteuil. Alors on est tout à fait prisonnier dedans, il faut qu'on tire Jeannot par-dessous les bras, avec les jambes qui gigotent, pour l'en sortir.

Sophie a plié la grande chaise, elle force Jeannot à s'y installer. Maintenant qu'il y est, elle gambade tout autour : « Ffft, ffft, Jeannot. Te voilà cul-de-jatte ! Plus de jambes ! Plus de jambes du tout ! Ridicule, sans jambes ! Ridicule, ah ! la la ! » Jeannot s'agite : « C'est pas vrai, j'ai des jambes, moi, tiens, regarde ! » Mais il ne peut pas les retirer, et Sophie triomphe : « Pas de jambes ! C'est honteux ! Pas de jambes ! » Tant et si bien que Jeannot se met à crier. Alors Sophie se fâche. « Si je te dis que tu n'as pas de jambes tu n'as qu'à ne pas en avoir. Est-ce que tu vas m'apprendre à moi, ce qu'il faut penser ? J'ai sept ans. Quand tu auras sept ans, tu déci- deras si tu as des jambes ou si tu n'en as pas. En atten- dant, c'est moi qui décide. Pas de jambes, tu n'as pas de jambes. Eh, et puis, n'essaie pas de te tirer de ta chaise ! D'abord c'est impossible et puis c'est moi qui commande ici ! Ffft, ffft ! » Sophie a passé derrière Jeannot, et, de toute la force de ses sept ans, elle appuie sur les épaules du garçon, le maintenant, furieux, dans sa chaise. Il se secoue, il n'arrive pas à se débarrasser de Sophie. Il jette ses petits poings en l'air. Elle les évite. « Ne me touche pas, petit pauvre, petit cul-de-jatte. Tu n'es pas digne de jouer avec moi. Ma maman dit que tu as des poux, des puces et d'autres bêtes qu'on appelle... qu'on appelle popinettes parfaitement, popinettes ! Tu as des popinettes !

— Ça n'existe pas, — hurle Jeannot, — ça n'existe pas, les popinettes ! Je n'ai pas de popinettes ! Je n'ai pas de popinettes !

— Tu as des popinettes. Je sais ce que je dis. Et des popinettes de pauvre, des popinettes de cul-de-jatte, la plus sale espèce de popinettes.

— Menteuse, menteuse ! Laisse-moi sortir de là.

— Sortir de là ? Pour que tu ailles donner des popi- nettes à toute la maison ? Jamais de la vie. Tu resteras dans ta chaise.

— Je veux sortir de la chaise ! Je veux...

— A-t-on jamais vu un petit morveux de cinq ans qu₁ dit je veux ? Le roi dit : "Nous voulons..."

— Il n'y a pas de roi et il n'y a pas de popinettes !

— Mais, il est insupportable, ce Jeannot! Il me donne des démentis, ma parole! J'ai sept ans, et je n'admets pas qu'on me donne des démentis. Tu as des popinettes et il y a un roi.

— Il y a un roi? Et où qu'il est, ton roi?

— Ça ne te regarde pas. Ça ne regarde pas les petits pauvres où est le roi.

— Tu dis ça parce qu'il n'y a pas de roi...

— Il y a un roi. Je l'ai vu.

— Et comment est-il, le roi?

— Il est comme il lui plaît. Avec un manteau bleu et des leggins.

— Des leggins? Je ne te crois pas. D'abord il n'y a pas de roi, alors il ne peut pas avoir des leggins.

— Puisque je te dis que je l'ai vu.

— Tu lui as parlé?

— C'est lui qui m'a adressé la parole.

— Qu'est-ce qu'il t'a dit?

— Il m'a dit : "Bonjour, mademoiselle, comment va la santé? Vous êtes bien jolie!"

— Ah, ah! Menteuse! Tu n'es pas jolie et il n'y a pas de roi.

— Comment, je ne suis pas jolie? Insolent! Sale petit pauvre couvert de popinettes!

— Et lui, il en a, des popinettes!

— Qui ça?

— Le roi...

— Le roi, des popinettes! Tâche d'être respectueux. C'est un roi très bien, avec une moustache blonde!

— Je le déteste, ton roi, c'est un menteur...

— Tu m'agaces à la fin... Eh bien, oui, il en a des popinettes, le roi... Il a tout ce qu'il veut d'abord... Et si ça lui fait plaisir d'avoir des popinettes...

— Oh, le joli roi! Tu te vantes, il ne t'a pas parlé!

— Enfin, Jeannot, si je te dis que le roi m'a parlé, c'est que le roi m'a parlé! Il m'a fait monter dans son automobile et il m'a offert des crêpes.

— Des crêpes aux popinettes! Des crêpes aux popinettes!

— Je n'aime pas ces manières, Jeannot. Il faudrait

être poli avec les grandes personnes... Tiens-toi tranquille, ou je ne te raconte plus rien... On les mange dans la vaisselle d'or, les crêpes du roi. Puis on se lave les mains dans des petits bols rouges, et on se passe des bagues à chaque doigt : une blanche au pouce, une rose à l'index, une en diamant au doigt du milieu, une en perle au quatrième, et au cinquième une bague de déridédé...

— Qu'est-ce que c'est que ça ?

— Tu m'interromps tout le temps ! Une bague de déridédé en forme de dirididi...

— Tu te moques de moi, Sophie...

— Moi ? Alors ça, je te jure sur Notre-Seigneur Jésus-Christ ! Une bague de déridédé en forme de dirididi... »

Jeannot, fortement impressionné, n'insiste pas. Mais une idée germe dans sa tête, là, quelque part, sous les boucles...

« Le roi m'a dit qu'il me ferait chercher tous les samedis dans son carrosse, parce qu'il trouve ça épouvantable que je joue avec des petits pauvres, jolie comme je suis... Qu'est-ce que tu veux ? Ne m'interromps pas.

— Approche-toi, Sophie, approche-toi !

— Pour que tu me passes des popinettes, merci ! Alors, le samedi, j'irai chez le roi avec une robe de dentelle et un pince-nez...

— Un pince-nez ?

— Oui, c'est très élégant, et ça se fait beaucoup cette année dans le monde des rois ! J'arriverai au palais, je descendrai du carrosse, j'entrerai dans le palais. Tout le monde me regardera, et dira : Mais qui est donc cette jeune fille ravissante ? Comme le pince-nez lui va bien ! Moi, je n'ai l'air de rien remarquer. Je m'avance jusque devant le roi, je veux lui tirer ma révérence. Mais il descend de son trône et me dit : Non, non, vous ne saluerez pas, vous êtes mon invitée, nous allons manger des crêpes...

— Encore ?

— Petit insolent ! Comme si ça t'était déjà arrivé de manger des crêpes avec un roi ! Ces enfants de pauvres sont d'une grossièreté !

— Sophie! Je t'en prie! Sophie!

— Qu'est-ce qu'il y a encore, enfant?

— Sophie, je veux te dire quelque chose à l'oreille!

— A l'oreille? Pourquoi? Pour me passer tes popinettes?

— Non, Sophie, je ne te passerai pas mes popinettes! Mais viens, viens...

— Non, non. Tu peux parler haut.

— Non, Sophie. J'aurais honte...

— Honte! Qu'est-ce que ça veut dire?

— Je t'en prie. C'est quelque chose de très important.

— Je ne te crois pas.

— Je t'assure, Sophie. Un secret, un grand secret! »

Sophie flaire quelque sottise de Jeannot. Mais en même temps elle a envie de connaître le secret. Elle se penche donc sur Jeannot l'oreille en avant, avec les gestes d'une princesse qui traverse une mare de fumier : elle rentre la taille pour ne pas attraper des popinettes...

« Plus près, Sophie! plus près! »

Et tout d'un coup Sophie éclate en sanglots et hurle, hurle. Jeannot vient de la mordre à l'oreille, d'un coup terrible de quenotte. Ça saigne tant que ça peut.

On arrive aux cris de Sophie. Qu'y a-t-il? Tante Jeanne et Papa se précipitent. Sale petit garnement! On le frappe. Il n'a pas l'air de s'en apercevoir. Il rit, le sot. « Ça lui apprendra, — dit-il, — c'est pour les popinettes!... »

XXXI

« La personnalité dont je parle a ses entrées à l'Élysée, et en raison même des affaires que nous traitons depuis des années me marque une certaine confiance. »

Dans le salon de la suite qu'occupait M. von Goetz à l'hôtel Meurice, M. Werner, carré dans un fauteuil crapaud, débordait son siège des bourrelets bien nourris de son dos. Il croisait ses jambes gris perle, et tirait de temps en temps sur les pans de sa redingote noire. Il parlait avec un mélange de déférence et d'assurance où se mariaient des habitudes de son métier et le respect qu'il devait à son hôte, au-delà duquel il apercevait par les fenêtres hautes les Tuileries et le joli paysage de Paris. Le baron von Goetz suivait avec attention les paroles du visiteur. A soixante ans sonnés, il était à peine plus voûté qu'à quarante-cinq, les cheveux plus uniformément blancs, toujours portés presque ras. Ses mains étaient devenues sèches et il n'arrivait pas à s'y faire. Tout en parlant, ou en écoutant parler les autres, il les regardait et les touchait comme une preuve patente de la vieillesse. Et comme toujours, l'intérêt chez lui se manifestait par une crispation des narines qui abaissait son nez fin et mince, dans une grimace suivie par le coin des lèvres. A contre-jour, M. Werner le voyait mal. Que pensait le baron? On n'était jamais bien sûr de l'avoir convaincu.

A vrai dire, M. von Goetz était assez agacé par le langage à dessein confidentiel de son interlocuteur. « La personnalité... » qu'est-ce que ça veut dire, puisqu'on sait très bien qu'il s'agit de Wisner, le grand constructeur d'autos? M. von Schoen ne l'avait pas caché au baron, quand il lui avait dit de parler directement à Werner, qu'est-ce que celui-ci avait besoin de faire le mystérieux? Mais c'est le style de tous ces petits officieux, parce que cela leur donne de l'importance, ne serait-ce qu'à leurs propres yeux, et qu'ils se procurent comme ça l'impression de toucher à des secrets d'État. Avec ça que Werner ne se sentait pas d'aise de parler directement au baron. C'était peut-être la chance de sa carrière. Alors il faisait feu des quatre pieds.

« Je ne doute pas, — dit von Goetz, — des rapports de M..., enfin de votre personnalité... avec le Président, mais des sentiments du Président lui-même à notre égard. C'est un Lorrain, de l'espèce la moins favorable à l'Allemagne, tête de pioche comme on dit en français, assez intelligent et assez borné, mais avec un sale caractère et de la vanité. Il a été élu par les revanchards; il est leur prisonnier contre le parti radical même où Clemenceau ne lui pardonne pas l'échec de Pams, et les radicaux tiennent le gouvernement. Poincaré veut jouer son rôle, il lui faut une aventure qui lui permette à la fois de satisfaire ses électeurs du Congrès et de rompre avec les traditions de la Présidence... Une guerre, par exemple... Il joue la partie du Tsar...

— Ne croyez pas cela! — interrompit Werner, un doigt levé. — Ne croyez pas cela : la personnalité dont nous parlons m'a dit, il y a de cela quelques jours, qu'au cours d'une conversation récente le Président s'était longuement plaint de M. Isvolsky. Et même pour rapporter une formule qui vaut ce qu'elle vaut, il s'était agi longuement dans la conversation de M. von Mayr, qui dirige l'association juridique internationale que M. Poincaré a présidée jusqu'à cette année, celui-ci a dit exactement : "Je m'entends autrement bien avec M. von Mayr ou M. von Schoen qu'avec ce prétentieux d'Isvolsky... Avec eux, je me sens en confiance, comme avec beaucoup d'Allemands..." Le baron haussa les épaules. Propos véritable ou apocryphe, il y avait des réalités, auprès desquelles les phrases ne signifiaient rien. L'alliance russe... « M. Poincaré n'a pas caché, — dit Werner, — à la personnalité en question que l'alliance russe n'était pas sans nuage, ni sans arrière-pensée de sa part. Tenez, dans les Balkans, le soutien russe à la Bulgarie irrite les Français. C'est la peur de notre armée qui fait qu'on tient en France à l'amitié du Tsar. Si l'on pouvait s'entendre avec nous, on laisserait facilement de côté ces combinaisons inquiétantes avec les Slaves, dont les dangers n'échappent pas au Président.

— Vous croyez?

— Isvolsky en général a beaucoup fait pour brouiller les cartes. Seulement le Président, je vous le dis, ne peut pas jouer sur la gauche, il lui faut, pour maintenir son jeu, se concilier la droite, qui est très montée contre Caillaux, que l'on sait bien disposé pour nous... S'il pouvait par un coup de maître obtenir un résultat diplomatique qui flatte l'orgueil français, il ferait avec la droite la politique de la gauche, c'est une méthode tradition-

nelle du gouvernement... Il n'aime pas Caillaux qui a
voté contre lui... Et malgré les gages que Barthou a
donnés aux anciens adversaires du Président, pour faire
sa majorité...

— Venons au fait, cher monsieur Werner...

— Eh bien, notre "personnalité" a sondé le Président... Je ne peux pas dire d'où l'idée est tout d'abord
venue, peut-être est-ce le Président... peut-être notre
homme la lui a-t-il soufflée... enfin on ne sait jamais
entre deux personnes qui parlent un peu au hasard...
Toujours est-il que M. Poincaré pense que la voie
ouverte après Agadir pour le règlement pacifique des
questions internationales devrait être suivie, et que
l'Europe aurait à y gagner l'économie d'une guerre...

— L'Europe... mais nous? On est très partagé à Berlin sur le caractère de cette négociation qui nous a
coûté le Maroc contre des terrains discutables au
Congo...

— Je vous dis ce que pense M. Poincaré... Il s'agit
d'une proposition officieuse, car M. Poincaré savait à
n'en pas douter que la personne en question *nous* en
parlerait...

— Une proposition?

— ... Une suggestion enfin : le Président constate
qu'il y a entre les deux pays un sujet d'irritation
constante dans la question d'Alsace-Lorraine, et il
s'inquiète notamment des incidents de Saverne et de
leur répercussion. Il croit que si le Kaiser donnait, par
un geste qui ne manquerait pas de grandeur, l'autonomie à ces provinces, tout ressentiment disparaîtrait
en France contre l'Allemagne, et il laisse entendre que
sur cette base il pourrait être question de concessions,
ou de cessions coloniales en Afrique...

— Allons, ce n'est pas sérieux! Tout cela a pour raison d'être de nous faire croire que l'Alsace et la Lorraine désirent l'autonomie, ce qui est parfaitement
faux. J'y ai voyagé, j'ai parlé aux gens! A part quelques
francophiles agités que la population ne suit pas...

— Je vous assure qu'il faut prendre ceci pour une
ouverture tout à fait...

— Mon cher Werner, votre histoire a toutes les chances d'être authentique, et vous faites votre métier en me la rapportant, mais elle n'est pas très neuve : nous avons l'an dernier été l'objet de deux suggestions du même ordre. Au printemps, cela a été une personnalité, comme vous dites, du "Comité de rapprochement franco-allemand" qui faisait de l'autonomie de l'Alsace et de la Lorraine la condition d'une véritable alliance franco-allemande. M. von Schoen lui-même a transmis cette communication à M. von Kiderlen-Waechter, sans succès, je dois dire, et M. Jules Cambon s'est empressé de désavouer une initiative qui n'avait pas réussi. Puis l'hiver dernier, cela a été un émissaire anglais qui s'est entremis, et qui a proposé au chancelier, toujours plus ou moins de la part de M. Poincaré, cette fois la cession du Tonkin contre celle de la Lorraine. Vous apprécierez le fait que le Président, Lorrain lui-même, nous abandonnait l'Alsace... Tout cela n'est pas sérieux, et il faudrait que nos amis en France se fissent une idée plus claire des intérêts réels de notre patrie... C'est à autre chose qu'à ces trocs imaginaires que doit servir l'intelligence d'un Allemand qui se trouve avoir jusqu'à l'Élysée des amis susceptibles d'apprendre certaines choses et d'en faire entendre d'autres...

— Vous savez fort bien que si vous désirez...

— Je le sais, mon ami, je le sais. Mais nous entrons dans une période politique où il serait nécessaire... Pour certaines choses qui sont délicates, je ne tiens pas plus à me servir de l'Ambassade que de la poste. Sait-on jamais ! Est-ce qu'il n'y aurait pas moyen de vous atteindre à coup sûr, d'une façon qui n'éveille pas l'attention ? Où logez-vous ?

— Rue Anatole-de-la-Forge. Mais je puis vous indiquer un autre système... »

La porte du salon s'ouvrit, et Mme von Goetz entra, les bras chargés de paquets, avec un grand chapeau garni de paradis, dans une robe vert amande serrée aux chevilles que découvrait un manteau de vison trois quarts. Les quinze années qui avaient fait du baron un vieux diplomate avaient à peine marqué Reine von Goetz.

Elle ne portait pas trente ans. Il fallait une grande lumière pour qu'on remarquât que le cou n'était pas aussi jeune que le visage et qu'on se prît alors à douter de ce corps merveilleusement épousé par sa gaine. Elle s'excusa. « Je ne savais pas, mon ami, que vous aviez du monde... »

Le baron lui baisait la main : « Vous ne nous dérangez pas, Reine. Je vous présente M. Werner...

— Enchantée, monsieur. Mais ne faites pas attention à moi. J'ai couru les magasins comme si j'avais vingt ans. Paris est resté le même pour moi... » Elle posait ses paquets, enlevait son chapeau. Elle demanda : « Des nouvelles de Karl ? »

Le baron secoua la tête : « Oh, il doit avoir beaucoup à faire ! On parle ce matin de von der Goltz dans les journaux français. Mon fils, mon cher Werner, est à Constantinople avec notre mission... » Reine passa dans la chambre voisine. Werner se levait : « Il n'y aurait pas moyen de vous atteindre à coup sûr, d'une façon qui n'éveille pas l'attention ? — dit le baron.

— Oh, excusez-moi... La crainte de déranger Mme von Goetz... Voilà : il se trouve que je prends mes repas près de chez moi dans une maison de famille, très correcte, où il descend pas mal d'étrangers et où, le soir, on fait un peu de musique, on danse... Je ne déteste pas de temps en temps y rester après dîner, pour prendre un peu le vent de ce qui se dit... Les patrons de la maison, une famille française ruinée, ont des relations... J'ai même rencontré là un amiral... Courtot de la Pause, vous savez, celui qui vient de mourir, et qui était administrateur de cette affaire avec laquelle les Manesmann sont en concurrence au Maroc... » Le baron pinça les lèvres. L'idée de Werner fréquentant ces petites sauteries dans l'espoir d'apercevoir un amiral égaré... L'autre poursuivait : « Si vous m'envoyez quelqu'un, il n'aurait qu'à descendre dans cette pension... Ça n'éveillerait pas du tout l'attention... et là aux repas, tout naturellement, on pourrait se parler ou le soir... pendant qu'on joue du piano... »

Toujours le style conspiration qui excitait l'ironie de

M. von Goetz. Mais après tout, ça pouvait servir, et un Werner peut être employé dans certaines occasions à autre chose qu'à rapporter des cancans. Reine rentrait dans la pièce avec des roses blanches dans un vase de cristal.

« Des roses! — dit le baron. — Qui vous a envoyé ça, ma chère?

— Pour vous rendre jaloux, je ne vous le dirai pas. Quesnel, bien entendu... Sa petite amie n'est pas vilaine...

— Une Italienne, je crois? Cher ami, écrivez-moi l'adresse de votre petit hôtel... et c'est entendu, s'il y avait besoin.

— Voilà, — dit en s'inclinant M. Werner, qui griffonnait sur une carte. — Cela s'appelle *Étoile-Famille*... c'est vraiment très familial... C'est d'ailleurs une famille qui tient la maison... un veuf, sa sœur et sa mère... les Mercadier... » Le vase de roses cogna un peu brutalement la table. « Prenez garde, Reine, — dit le baron, — vous allez casser votre vase.

— Excusez-moi, j'ai été frappée par une coïncidence... Vous dites *Étoile-Famille*, monsieur Werner! Imaginez-vous, mon ami que j'ai reçu un mot d'Elvire qui me donne son adresse à *Étoile-Famille* précisément! »

M. Werner fit marcher ses sourcils et ses moustaches. Il était émerveillé de l'occasion qui lui découvrait une relation commune avec des gens comme ses hôtes. Il s'exclama : « Vous connaissez Mme Manescù, je présume? Comme c'est curieux! »

M. von Goetz n'eut pas l'air enchanté de ce prolongement de la conversation. Il expliqua néanmoins : « Mme Manescù a été mariée à mon fils, qui est actuellement en Turquie.

— Dites-moi, cher monsieur, — demanda encore Mme von Goetz comme Werner s'inclinait devant elle, — comment avez-vous dit que s'appellent les gens qui tiennent ce *Famille-Je ne sais plus quoi*?... Mercandier?

— Mercadier... Le père du jeune homme a filé un beau jour avec leur fortune... un professeur qui en avait assez de sa femme... je le comprends du reste... alors ils se sont débrouillés comme ça...

— Qu'est-ce que ça peut vous faire, Reine ? demanda von Goetz agacé.

— Oh, rien, mon ami ! Mais pendant que j'étais dans les coïncidences... J'ai connu jadis des Mercandier qui se sont ruinés... Mais ce n'est pas le même nom, ceux-ci, c'est Mercadier, pas Mercandier... »

M. Werner se retirait, décidé à faire la cour à Elvire Manescù. Il avait remarqué qu'elle le regardait avec insistance. La belle-fille de von Goetz ! L'ex-belle-fille, ça revient au même... Il taquinait sa moustache. Il aurait préféré l'hôtel Meurice à *Étoile-Famille*, mais il était plein de sa chance, et il s'en fut sous les arcades de Rivoli en roulant dans sa tête les phrases qu'il dirait dans le salon jaune de la pension, en se penchant sur les épaules grasses de la Roumaine. Si ses relations avec Poincaré par l'intermédiaire de Wisner ne lui conciliaient pas von Goetz, il y avait d'autres voies pour se faire remarquer.

XXXII

« Mais, — dit Mme von Goetz, — je le trouve charmant, moi, votre appartement... » Mme Manescù se confondait en excuses, les petites étaient si désordre, et il fallait dire que le service n'était plus ce qu'il était, évidemment on devrait pouvoir être toujours surprise à l'improviste, mais ces dames avaient si peu de relations à Paris, c'était tellement inattendu de voir ainsi la porte s'ouvrir, et apparaître quelqu'un d'autrefois, d'un autre monde, peu fait pour ce cadre mesquin.

« Chère madame Manescù, je vous trouve bien difficile : c'est mieux que l'hôtel, et pour un pied-à-terre parisien...

— Oh, nous avons tant de soucis ! Cette guerre maintenant... Qu'est-ce que la Roumanie avait besoin de se mêler des affaires de nos voisins? J'ai peur que... Mais voici Elvire: elle va vous faire du thé... »

Elvire était essoufflée, comme toujours, par les étages. Quand elle eut enlevée son chapeau, elle vit soudain qu'il y avait quelqu'un, près de sa mère. Elle mit un peu de temps à reconnaître la visiteuse. Elle était si loin de Reine, pleine du bruit de Paris, des magasins parcourus plus par nervosité que par besoin, morte de fatigue. Elle la reconnut enfin, et ce fut comme si le sang la quittait tout entière: « Vous, madame... »

Reine l'embrassait. Reine, ici. Reine qui n'avait pas répondu à sa lettre et qu'elle croyait en Allemagne ou en Italie ou au bout du monde. Tout d'un coup le cœur se remit à battre très fort. Tout semblait être dans un nuage. Il n'y avait là que cette femme élégante, que son parfum. Mais derrière elle, Karl, l'ombre de Karl, ses hautes épaules, son sourire, Karl qui était parti à jamais...

« Comment va-t-il? » demanda-t-elle dans le premier souffle... Reine lui passa la main sur le front. Elle avait encore grossi, cette pauvre Elvire. Mme von Goetz soupira: fallait-il qu'il eût fait du dégât dans cette enfant, ce terrible Karl.

« Vous l'aimez donc toujours, ma petite Elvire? — murmura-t-elle, comme si elle eût voulu que la mère ne fût pas mêlée à cette conversation intime. — Vous l'aimez donc toujours? »

Elvire se dégagea, jeta ses affaires sur le sofa dans les coussins aux couleurs criardes. « Fais-nous du thé », dit-elle à sa mère. Mme Manescù murmura. C'était le monde renversé. Elvire avait entraîné Reine sur le balcon, le soleil y tombait à l'ouest, et les rayons rasants de la lumière donnaient aux ombres des immeubles des airs de mains agitées. En haut de l'avenue, on apercevait l'Arc de Triomphe. On surplombait les feuilles larges des catalpas aux troncs noirs.

« Où est-il? » demanda la jeune femme, et Reine sourit.

« Ma petite, vous devriez ne plus jamais penser à lui... Il est en Turquie. Service de l'Empereur. Avec la mission von der Goltz vous savez, tous les journaux en parlent. Il va bien, son père en a eu récemment une lettre...

— Ah, son père !

— Oui, pas moi, jalouse... Est-ce que vous m'en voulez encore de son amitié ? Vous êtes terrible, Elvire...

— Il vous aime...

— Comment pouvez-vous être si stupide ? Comme si Karl aimait quelqu'un ! Lui que toutes les femmes adorent... à commencer par vous...

— Il vous aime...

— Je suis pour lui une vieille femme, et la femme de son père... Votre lettre m'est revenue de Berlin avec quelque retard, nous sommes au *Meurice*...

— Il est en Turquie ?

— A Constantinople. Dieu sait ce qu'il y fait en dehors du service. Ne pleurez donc pas, chère sotte. Vous savez bien que vous l'avez perdu, alors ! Allons, allons. Non, je n'en sais pas plus, non, il ne m'écrit pas... C'est un homme à qui tout est trop facile et les femmes trop douces... personne ne le fixera... pas plus une autre que vous, si ça peut vous consoler... »

Dans le ciel, il passait de grands chevaux roses qui s'ébrouaient et perdaient leurs crinières, des charrettes chargées de gros chats blonds les suivaient, se fondant dans les cheminées, avec de longs éclats de lumière sur les tôles des toits. Les deux femmes dans leurs robes claires, entre des pots de géranium, et une caisse d'œillets défleuris, s'appuyaient au grillage du balcon dont les dessins d'acrostiches traditionnels faisaient à côté des jupes une dentelle sombre sur le visage de la ville. Elvire était gonflée par son malheur et la douceur d'en parler. Reine mêlait à ses paroles le mystère de toute une vie, et le secret de cette rapide et criminelle aventure qui l'avait jetée comme une autre jadis à ce beau-fils trop beau, irrésistible. Elle mentait comme elle sentait bon ce parfum qu'elle avait promené par l'Europe. Elle mentait quand elle disait qu'elle était heureuse. Elle mentait quand elle disait qu'elle avait tenu à voir Elvire. Elle mentait quand elle disait n'importe quoi de cette voix égale et profonde qui traçait dans l'air un sillage d'apaisement. Il fallait pour Mme von Goetz que tout fût pour le mieux dans le meilleur des mondes. Elle mentait sans rien dire. Elle était venue ici poussée par une raison qu'elle ne s'avouait pas. Elle parlait pour elle-même à Elvire. C'était pour elle-même qu'elle disait que la vie passe, et que la jeunesse finit, et que les hommes ne comptent pas, mais qu'ils vous déchirent, et qu'il ne faut jamais aimer, et ne donner de soi que le plaisir, jamais le cœur. Se mentait-elle ? Une musique lourde et douce, et précipitée, chargée d'un orage lointain, avec des gouttes d'eau soudaines apportées par le vent chaud d'une mélodie, s'éleva de la pièce suivante de l'appartement. Le piano gémissait sous une espèce de caresse passionnée. On eût dit que quelqu'un voulait dire autre chose que ce que le soir permet... « C'est Betsy, — dit Elvire, — qui est rentrée... »

Betsy... la petite fille... « On dirait, — murmura Reine, — qu'elle est amoureuse... »

Elle avait marché sur le balcon et par la fenêtre suivante, elle vit Élisabeth qui ne regardait plus les notes de la musique, ni les touches du clavier frémissant sous ses doigts, Élisabeth avec sa jeune gorge inconsciente et son long corps mince et cambré, toute traversée par les sons et les idées folles, qui n'avait d'yeux que pour l'homme jeune qui tournait ces pages connues par cœur. Un homme rêveur à la moustache faible, comme un peu d'avoine, malgré ses cheveux noirs qui formaient sur le front une grande mèche pour cacher une part de ses pensées, cette part à quoi devaient songer les femmes. Car il avait un visage de charme, et son veston allait bien, et il portait un gilet fantaisie de soie rayée, perle et gris fer, un modèle que Reine avait vu chez Charvet, et une cravate gorge-de-pigeon qui répondait à la musique. Il n'avait pas trente ans, les ongles trop longs, à des mains soignées.

Dans le fond de la pièce, avec juste un rayon de soleil dans les jambes, il y avait la troisième sœur dont les robes étaient encore courtes, et qui tenait sur ses genoux un petit garçon de cinq ans dans un tablier

beige, avec les mollets nus, et des cheveux longs bouclés.

Le clavier se ferma sur une phrase interrompue, et
Élisabeth se leva d'un bond, une Élisabeth devenue
femme qui surprit Reine, et Betsy prit la main du jeune
homme, et dit, le tirant vers la visiteuse : « Venez, monsieur Mercadier, que je vous présente à Mme von Goetz,
mais ne la regardez pas trop, elle est si belle et nous
serions toutes jalouses. »

Tandis qu'elle embrassait cette enfant devenue
grande, qu'on ne pouvait regarder que comme certaines
eaux si pures qu'elles font trembler, parce qu'on sait
qu'un caillou les troublera, Reine voyait au-delà d'elle
les yeux de l'homme, des yeux qu'elle reconnaissait.
Ainsi c'était là le fils de Pierre... Il lui semblait plus
jeune, plus charmant... Il se penchait sur sa main, elle
sentit l'effleurement de cette moustache d'avoine.

Alors on entendit dans l'ombre s'élever la voix enfantine de Jeannot qui disait :

« Elle me plaît, la dame, tu sais... elle est belle... mais
je voudrais qu'elle enlève son vilain chapeau... »

XXXIII

« Je n'ai jamais su pourquoi il était parti... La présence d'Heinrich ? Cela n'explique rien. Des gens lui
auront peut-être raconté des histoires. Est-ce qu'on sait
ce que les gens peuvent dire ? Des gens qu'on ne connaît
pas, n'importe qui, et toute votre vie tourne là-dessus...
Je ne savais pas que je l'aimais. Je l'aimais. J'ai été prise
par le désespoir. Je me suis jetée au premier venu pour
me changer les idées. C'était un tout jeune garçon...
Non, je te jure qu'il n'avait pas été mon amant ! Tu peux
me croire, est-ce que s'il en était autrement j'en aurais
honte maintenant par rapport à toi ? C'est mal me
connaître... »

Ils prenaient le thé au Palace, dans les immenses

salons blanc et or, où l'orchestre jouait la Trémoutarde. Ils étaient là dans un coin de toute cette lumière auprès d'une petite table, avec autour d'eux la foule bruissante des femmes, rejetant leurs manteaux sur les dossiers des chaises, sous le frémissement des lustres de cristal, et les maîtres d'hôtel empressés portant des petits fours assortis sur de petits meubles à plateaux. On venait d'inaugurer un thé prix fixe à cinq francs, comme il y en avait un déjà au Carlton. Tout était à discrétion. Des vieilles dames couleur pistache et framboise s'empiffraient en conséquence de tartelettes, d'éclairs au chocolat et redemandaient du champagne.

« Je suis comme elles », pensait Reine, et elle regardait Pascal, et elle n'osait achever cette comparaison amère, devant la force et la jeunesse de cet homme. Avait-elle été folle de se donner à lui, comme ça, si vite? Pas si vite d'ailleurs. Mon Dieu, que cela est terrible quand tous les hommes désirables sont nécessairement plus jeunes que vous! Le fils de Pierre, pensez donc.

« Il est parti, — dit Pascal rêveur, — cette fois-là encore comme il est parti de chez nous, sans un mot, rien, à l'improviste. Vois-tu, Reine, il y a des heures où je comprends mon père, où je sais profondément qu'il était mon père parce que je sens en moi certaines de ces pensées inexplicables qui expliquent tout ce qui de lui a toujours étonné les gens... On suit sa vie comme une chose naturelle, et puis soudain elle prend l'accent des mauvais rêves, sans que rien se soit produit... on se débat... on voudrait finir ou s'éveiller enfin... »

Ses paroles coulaient avec la musique et le thé et le brouhaha des conversations, des soies froissées, l'empressement des garçons, des rires discrets; Reine était partagée entre les hantises de Monte-Carlo, après seize ans, toute sa vie ou presque et la bizarre aventure d'automne où l'entraînait un vent chaud plein des refrains d'autrefois. Le fils de Pierre. Elle tenait dans ses doigts un gâteau sec demi-roulé, roux sur les bords, avec des amandes grillées. Elle pensa cruellement aux feuilles recroquevillées qui de si bonne heure jonchent les Champs-Élysées. Elle portait en elle comme une grande plainte perpétuelle la conscience de son âge, cette découverte de chaque jour. Cependant elle était encore belle. Le mot *encore* grinça dans tout son corps, elle songea comme en la découvrant dans cette chambre d'hôtel mélancolique d'Auteuil où il l'avait déshabillée pour la première fois, Pascal avait dit : « Comme tu es jeune, comme tu es jeune... » du même ton où hier encore on lui disait : « Comme tu es belle... » Elle était encore belle, et voilà tout.

« Je me demande, — soupira Pascal, — à quoi tu penses, méchante. Tu ne m'écoutes pas... tu es encore partie pour tes propriétés ! »

C'était déjà entre eux une expression classique. Avec quelle rapidité prodigieuse naît entre les amants cette langue de Sioux qui est la conversation de leur amour... « Oui, — dit-elle, — j'étais dans une villa que j'ai quelque part sur le Désespoir, et où je ne te laisserai jamais, jamais entrer... avec un jardin de fleurs empoisonnées, qui sont pour moi seule... et un chien méchant. »

A vrai dire l'étrange dialogue de ces deux-là marchait parallèlement pour ne s'interrompre de concert que dans cette affaire plus étrange encore du plaisir commun. Ils s'estimaient alors tous deux, comme des gens sérieux à la besogne. Ils n'étaient pourtant pas des étrangers entre-temps, à cause d'une ombre. L'ombre de Pierre.

« J'ai été élevé à considérer papa comme un salaud, reprit Pascal, — et sans doute que ce n'était pas lui faire du tort. Ma vie est la négation de la sienne. Je n'ai jamais discuté de certaines choses. Les miens, faire vivre les miens... Ma mère, la pauvre femme, je ne crois pas que je l'aime et c'est une simple emmerdeuse, si tu veux savoir... Quant à ma sœur... Il y a bien le gosse... Qu'est-ce au fond qui m'attache à tout cela comme une mouche dans une toile d'araignée ? L'homme veut s'en aller, être libre, c'est bien naturel... Je n'y pense pas. A cause de mon père. Je sais que c'est à cause de mon père. Sa liberté a fait ma prison, tu saisis ? Heureusement qu'il y a les femmes... toutes les femmes... Une nouvelle femme, vois-tu, c'est comme une fenêtre qu'on ouvre... le mystère... le large... c'est doux comme de marcher dans la nuit... »

Il y avait entre eux cette ombre, Pierre. Quand Reine était venue à *Étoile-Famille* pour la première fois, elle ne se l'était pas avoué : elle allait à la recherche de sa jeunesse, elle n'attendait rien de sa curiosité que l'absurde suite d'un roman dont on a lu quelques pages il y a longtemps... une suite où ne figurait plus le personnage principal. Elle avait rencontré le fils de Pierre. Ce jeune homme plus beau, plus charmant que jamais n'avait été Pierre. Mais c'était à Pierre pourtant qu'elle s'était abandonnée entre ses bras. Drôle comme à travers les années ses yeux étaient restés les mêmes! Elle n'avait jamais su alors qu'elle l'aimait. Elle ne l'avait connu que quelques semaines, une relation de jeu après tout, rien d'autre. Avait-elle pensé à lui depuis ce temps-là? Peut-être une ou deux fois pour s'étonner de ce départ si brusque... Et voilà qu'il devenait clair et certain que dans le fond de son cœur elle avait gardé son image. Comme la vie eût été différente s'il était resté! Ce soir-là, elle s'en souvenait, elle l'avait vu de loin qui jouait à d'autres tables... C'était ce soir-là que Karl lui avait dit... Et pendant qu'elle écoutait Karl, elle pensait à Pierre Mercadier, ce petit homme violent, qui lui parlait de John Law... Johnny! Elle se souvint seulement alors qu'elle l'appelait Johnny... « Je l'appelais Johnny, tu sais, ton père...

— Johnny?

— Oui, à cause d'un livre qu'il avait commencé d'écrire. Mais, au fait, tu ne sais pas ce que ta mère a fait de ses papiers? »

Non, il n'en savait rien. Un manuscrit? On pourrait voir. Il y avait une boîte où Mme Mercadier avait enfermé toutes sortes de choses... L'orchestre jouait un tango.

« Je comprends le pape », dit soudain Reine. Il la regarda, surpris. « Oui, d'avoir interdit le tango... »

Ils sourirent. Sous la table, leurs mains se cherchèrent.

XXXIV

« Tu sais, — dit Jeannot, — bientôt c'est les vacances... on part... on va au bord de la mer... J'ai déjà été au bord de la mer... Qu'est-ce qu'il y a comme sable ! »

Pierre Mercadier écoute son petit-fils. Son petit-fils... Maria, toujours inquiète, est assise à côté, et elle regarde s'il n'y a personne de connaissance sur l'avenue du Bois. Il fait chaud. Le soleil s'assied sur le dimanche et la cohue des flâneurs. Jeannot a une blouse blanche et des petites culottes de jersey. Il fait des pâtés avec un moule en forme de poisson. Il y a plein de poissons par terre. Un peu endommagés. Parce que quand il a eu ses poissons, Jeannot a décidé de leur crever l'œil à tous. Avec un doigt.

« Tu n'as jamais été à la mer, toi, monsieur ? » Si, Pierre Mercadier a été à la mer. Plusieurs fois même. « Tu prends des bains ? Parce que moi, pour nager, je ne veux pas. C'est salé !... »

Son petit-fils... S'il part, il ne va plus le voir comme cela, chaque dimanche. Il a dû expliquer à la bonne qui s'inquiétait le mystère de son attachement. Mais maintenant que Maria sait qui il est... C'est drôle, le Monsieur de Madame. Dire qu'il pourrait l'avoir à lui, le petit, et puis... Elle s'attendrit et elle trouve tout cela incompréhensible et bête. Enfin les gens sont comme ils sont.

Pierre se rend compte lentement de ce que signifient pour lui les vacances. Bon, deux mois sans voir l'enfant... et après ? Deux mois c'est court. Mais on peut mourir pendant ces deux mois. Il pense de plus en plus souvent à la mort. A sa mort. A chaque fois qu'il s'attendrit, il se sent pris d'une poésie profonde. L'idée de sa mort donne à tout un sens et un prix. C'est la dernière fois que je vois l'Arc de Triomphe, et l'Arc de Triomphe devient quelque chose, tout d'un coup : « Petit Jean, si tu pars pour la mer... tu ne me verras plus le dimanche...

— Non, — dit Jeannot, — c'est toi qui ne me verras plus... »

Bon, Mercadier saisit la différence. Il sourit : « Et tu n'auras plus de sucre d'orge le dimanche, petit Jean... Tu vas me regretter ? »

Jeannot réfléchit avant de répondre. Il y a évidemment les sucres d'orge. Mais regretter ! Il est un homme maintenant. Et puis la mer avec tout ce sable...

« Non, — dit-il, — je ne vais pas te regretter... Je ne vais pas penser à toi... Je vais t'oublier... Il y aura des petites filles : il y a toujours des petites filles au bord de la mer... »

Maria trouve que ce ne sont pas des manières de parler à son grand père. Évidemment le petit ne sait pas que c'est son grand-père. Mais enfin. « D'abord, — dit-elle, — nous ne partons pas tout de suite. Nous serons encore là dimanche prochain... »

Encore un dimanche... Mercadier accepte cette aumône du destin. Qu'est-ce qu'il fera ensuite pendant l'été ? Des répétitions aux cancres, le goût d'encre des journées à l'école, puis le dimanche...

« M⁽ᵐᵉ⁾ Seltsam est très malade, tu sais...

— M⁽ᵐᵉ⁾ Seltsam ? Qui c'est ça, M⁽ᵐᵉ⁾ Seltsam, Jean ?

— La maman de Sophie. On lui donne des ballons d'oxygène... »

Jeannot se demande au fond si on lui donnerait aussi des ballons, s'il était malade. Oui, on lui donnerait des ballons. Alors, il essaie de se donner l'air malade, il suce ses joues pour les faire creuses...

Drôle de petit être.

Il est parti avec sa bonne vers l'Étoile. Pierre le suit des yeux. Ça lui fait tout drôle, cette idée de vacances... Comme il se sent seul. Il n'est pas tard. Où aller ?

Quelqu'un lui a touché le bras. Il se retourne. Ma parole, M⁽ᵐᵉ⁾ Tavernier ! Et comme elle est habillée ! En l'honneur de l'avenue du Bois, elle a mis un chapeau à aigrette, et elle a une robe drapée, ma parole. Pierre se pince le nez pour ne pas rire. Mais quel bon vent ? Dora bafouille, puis elle avoue. C'était plus fort qu'elle. Des semaines qu'elle se disait. Elle voulait voir le petit, oh de loin, de loin. Bon, elle l'avait épié. Eh bien. Oh, ne vous fâchez pas, ne vous fâchez pas. Cela faisait si envie à Dora : et en même temps si mal. Elle a dit le mot *mal* avec la voix qui baisse, cette allusion à une chose dont ils ne parlent pas, mais qui est d'accord tacite entre eux, à cet amour qui ne s'exprimera jamais... Au fond il avait peur de la solitude, et puis voilà qu'elle est là... Un peu ridicule, soit... C'est toujours une compagnie.

« Nous faisons quelques pas, madame Tavernier ? » Elle accepte avec reconnaissance. Ils font quelques pas. « Comment vous le trouvez, mon petit Jean ?

— Oh ? gentil... C'est un chou... Il vous ressemble ! »

Hum ! Enfin, ça fait plaisir d'avoir quelqu'un à qui parler du petit. En fait, il ne peut pas en parler à Meyer ou à la vieille dame Meyer, ils commencent tout de suite à lui dire qu'il devrait tâcher d'arranger ses affaires avec sa famille, et ça l'agace. Avec Mme Tavernier, ce n'est pas à craindre.

« Imaginez-vous, madame Tavernier, que Mme Seltsam est très, mais alors là, très, très malade...

— Qui est Mme Seltsam, monsieur Pierre ?

— Mme Seltsam est la mère de Sophie, voyons... »

Et tout y défile : tout ce que raconte Jeannot. Sophie d'abord, et comme on joue avec elle, les popinettes... et les cavaliers dans le mur... et Dorothée, et Maria, et Léontine... Toute la pension de famille telle qu'à travers les paroles de Jeannot, Mercadier la reconstitue... Vous imaginez cet événement, les ballons d'oxygène qu'on apporte pour Mme Seltsam ? Sans parler de Jeanne qui est si bête, et de... et de... Non, il ne parlera pas de Paulette à Mme Tavernier. Laquelle des deux ménage-t-il ? Il tourne court : « Si nous nous asseyions ? »

Sur les chaises de fer jaune où les harcèle vite une chaisière avec sa giberne de sous, ils bavardent. Et ça s'est bien terminé, cette histoire de l'autre jour ? Quelle histoire ? Ah, cette bagarre avec cet ouvrier, le voisin... Oui, très bien... enfin, on n'en entend plus parler.

« Il a proféré des menaces contre votre maison,

madame Tavernier, de véritables menaces... J'espère que vous avez des témoins pour le cas où il se passerait quelque chose... »

Oh, mon Dieu, ça, Mme Tavernier n'y avait pas pensé. C'est vrai !

« Et M. Tavernier ne se ressent pas de... Il n'est pas courbaturé ?

— Qui ça ? Jules ? Vous voulez rire. Oh, je sais bien qu'il vieillit, lui aussi. Nous vieillissons tous... Enfin autrefois il n'aurait jamais eu besoin de M. Frédéric pour le mater... Vous avez remarqué, le rôle de Frédéric ? Non, autrefois, Jules, il vous l'aurait envoyé rouler d'un coup... L'âge. Même que depuis ce jour-là, Jules, eh bien, c'est moi qui vous le dis, il devient assommant. Il me dit, Dora, je vieillis. Ou bien, Dora, je ne suis plus ce que j'étais. Enfin il s'en fait. Nous nous en faisons tous, mais enfin. Et puis ça a une limite. Avec Jules, c'est une idée fixe. Alors, il s'est mis dans la tête de vendre les *Hirondelles*...

— De vendre les *Hirondelles* ?

— Enfin, il en parlait déjà avant. Mais maintenant, il est devenu collant, alors. N'est-ce pas, c'est de moi que ça dépend... et quand j'aurai vendu ma licence... je le vois d'ici... Non. Vous ne trouvez pas que j'ai raison, monsieur Pierre, ne pas vendre ?

— Mais certainement, madame Tavernier. Où est-ce que j'irais si vous vendiez les *Hirondelles* ? »

Cette phrase était allée au cœur de Dora : « Non, — dit-elle avec énergie, — je ne vendrai pas... »

Ils traînèrent ainsi, parlant à bâtons rompus. Ces instants pour Dora étaient bonnement célestes, mais la peur de leur fin les empoisonnait. Mercadier n'avait rien à faire. Il commençait à prendre plaisir à se sentir ainsi l'objet d'un culte bizarre. Mme Tavernier, elle, peut-être...

« Oh ! vous savez ! Jules est en balade. Il est encore sorti aujourd'hui avec M. Morero, et M. Frédéric. Vous connaissez Frédéric, vous l'avez vu l'autre jour, celui qui a attrapé cet ouvrier par-derrière... M. Morero, c'est un homme très important... Une bonne relation pour Jules... Il a le bras long, des amis partout... »

Elle lui racontait Morero, comme lui à elle Mme Selt-sam. Le soir tombait. « Vous ne faites rien, — dit Mer-cadier, — alors si nous dînions ensemble ? » Dora crut s'évanouir.

Il l'emmena dans un petit restaurant des Ternes. C'était simple, un peu gargote, mais on y servait les choses avec un peu plus de mise en scène, dans le genre gelée, décor de persil, etc., qu'ailleurs dans le quartier. Et ce soir-là, c'était juste de ça que Pierre avait l'envie.

« Ah, non, pas de haricots ! Si on prenait des asperges, chère madame, qu'est-ce que vous dites des asperges ? »

Elle cligna de l'œil, ravie, et risqua une plaisanterie. Après quoi, elle s'en voulut. Elle avait été vulgaire. Elle se demanda comment il aimerait ça, si, au dessert, elle chantait une chanson. Jamais elle n'oserait avec lui... Bien que ça avait été son genre, et qu'elle en savait des salées...

« Il vous laisse souvent comme ça, votre mari ?

— Oh, c'est laisser, et puis ce n'est pas laisser. On n'est plus dans notre lune de miel ! Il faut bien qu'il aille à ses affaires...

— Le dimanche ?...

— Chez nous, les affaires et le plaisir... M. Morero est très important pour Jules. Il lui donne des conseils pour ses placements... Il a des tuyaux de Bourse.

— Vous jouez à la Bourse ?

— Pas vraiment. Moi, je prends des valeurs sûres. Mais, tenez, j'ai risqué quelques billets sur une valeur que M. Morero recommandait... Je m'en suis bien trou-vée...

— Prenez garde, madame Tavernier, la Bourse, c'est bien traître. Moi qui vous parle...

— Je vous dis, je ne joue pas. Remarquez que quand j'ai placé avec Jules une part de mes économies dans une affaire dont lui avait parlé M. Morero, j'ai pris mes renseignements. Oh, c'était du sûr.

— Quel genre d'affaire ?

— Une usine de chaussures... quelque part sur la route de Fontainebleau... Vous comprenez, c'était le moment, ils se montaient... Il fallait qu'ils soient prêts pour les commandes...

— Les commandes ?

— Eh bien, oui. Les commandes de l'Armée. Ils les avaient eues, rien n'était encore bâti, ils cherchaient l'argent... c'était prêter au gouvernement, pour ainsi dire... alors... puisqu'ils avaient les commandes... Puis des godillots, il en faudra toujours. Surtout qu'on va en acheter davantage à ce qu'il paraît. Je veux dire pour nos soldats. Paraît que la loi de trois ans, c'est du tout cuit, alors! C'est M. Morero qui le dit. Il ne l'a pas inventé. Un sénateur de ses amis qui l'a prévenu. Enfin, paraît que les godillots c'est de l'or... »

Elle lui aurait bien chanté une petite chanson. Le vin lui montait à la tête. Une pas trop grossière. Pas le *Père Dupanloup*, bien sûr... « Même que vous ne savez pas... Moi, je trouve que de la part de Jules, c'est assez bien, même très chic... Ce type, l'autre jour, le loustic, l'asticot qui est venu faire du chahut...

— Ah, l'homme à la blouse bleue ?

— Oui. Imaginez-vous qu'il est ouvrier en chaussures, et qu'il est en chômage.

— Ils préfèrent tous ça. Qui est-ce qui aime travailler ?

— Peut-être, naturellement! Mais Jules, quand il a su ça, il a pensé à l'affaire où nous avons mis de l'argent... Il a demandé à Morero, qui a demandé à son sénateur, et imaginez-vous qu'il a fait avoir du travail à ce vaurien! Après comment il s'était conduit, ça ne fait rien, i trouvé ça chouette de la part de Jules...

— Très noble, très noble...

— N'est-ce pas? Et puis un chômeur... les menaces qu'il faisait contre la maison... voyez-vous qu'un jour qu'il ait bu, il vienne fiche le feu aux *Hirondelles* ? Pas de ça, Lisette! qu'il a dit, Jules. Maintenant l'autre lui est reconnaissant. Et puis il travaille loin. Je ne donne plus de linge à sa femme. Elle n'en a plus besoin, puis on ne sait jamais...

— Encore un peu de vin rouge, madame Tavernier?

— Pas trop, parce que je sens que je vais chanter... »

Il lui en versa une bonne rasade. Il était curieux de l'entendre. Et lui laissa payer l'addition. Pour se rajeunir.

XXXV

« Elle va mourir, ta maman ? »

On a tant parlé de la mort, et jamais Jeannot n'a eu la chance d'être près de quelqu'un qui mourait. Cette fois l'écho de cette proche agonie emplit la maison. Des parfums bizarres sortent de sous la porte de Mme Seltsam, des odeurs d'hôpital, dit Grand'mère. Quand la porte s'ouvre, on ne voit que l'ombre et le fantôme du lit où la malade respire de plus en plus difficilement. Tante Jeanne a pris la petite chez elle : et Sophie ne pleure pas, ne dit rien, ouvre de grands yeux, mais a un air sournois et triste quand on lui parle. Les médecins viennent plusieurs fois par jour. Et il y a des ballons d'oxygène. Il se passe quelque chose. « Elle va mourir, ta maman ? » C'est sans méchanceté que Jeannot dit ça... Il aurait aussi bien demandé si Mme Seltsam allait au triomphe de Saint-Cyr, comme Tante Jeanne l'autre jour. Mourir, c'est des choses que font les grandes personnes. « Elle va mourir, ta maman ? »

A la troisième fois Sophie éclate en sanglots, trépigne, cache sa figure contre le mur, les bras levés et en remuant un pied après l'autre comme si elle essayait de grimper contre la cloison. On se précipite. Tante Jeanne, Léontine, Jeannot explique : « C'est parce que je lui ai demandé si sa maman allait mourir... » Pan, une gifle ! Tante Jeanne a la main leste. Jeannot se frotte la joue, et regarde Sophie. Sophie s'est mise à rire, à rire, le bras tendu, montrant la joue de Jeannot : « Hi, hi ! Giflé ! Hi, hi, Giflé ! » Alors Jeannot serre les dents et dit avec le ton affirmatif : « Elle va mourir, ta maman. »

Et c'est bien vraisemblable. Elvire Manescù est toute bouleversée. Heureusement qu'elle a trouvé quelqu'un

663

de compréhensif. Depuis quelques jours, M. Werner est par hasard tout le temps sur son chemin. On dirait qu'il sait combien Mme Seltsam était un réconfort pour cette grosse Roumaine mélancolique, et comme elle est désemparée de n'avoir plus la chambre 5, au premier, pour s'y arrêter et parler à tort et à travers, avec la malade. On dirait qu'il a attendu ce moment, où Elvire se raccroche à lui comme dans un naufrage. Elle a peur, terriblement peur de la mort. Elle regarde cette porte derrière laquelle la mère de Sophie agonise comme si ce mystère pesait sur sa vie à elle. Et M. Werner lui dit : « Vous avez besoin de prendre l'air... de vous changer les idées... Allons au Bois... »

Elle sent peu à peu autour d'elle se former quelque chose comme un cercle magique. Elle ne sait pas ce que c'est. Elle ne veut pas y penser. Elle a peur de la mort. Elle a peur un peu aussi de M. Werner. Il canote bien. Il lui parle politique. Elle se grise du son de l'allemand. Cependant les médecins traversent la maison, l'inquiétude croît et de la chambre 5 les odeurs de pharmacie s'élèvent comme des présages. Maintenant Jeannot monte ou descend l'escalier sur la pointe des pieds. Une chaleur accablante pèse sur le monde, et Sophie se glisse dans les pièces du bas comme une ombre qui ne sait pas son rôle.

Papa sort tout le temps. Il est dans les nuages. Il y a des scènes avec Grand'mère et Tante Jeanne. Il ne leur a pas envoyé dire qu'il serait heureux de les voir au diable. Il n'aura pas si longtemps à attendre puisqu'on part la semaine prochaine. Lui, il reste. Tante Jeanne est furieuse qu'on emmène Maria. L'hôtel aux Petites-Dalles est cher, à ce qu'il paraît. Payer ce prix-là pour une bonne !

Grand'mère dit que Papa prend tout le temps des taxis quand on n'a pas d'argent que c'est une honte. Papa se fâche. S'il veut prendre des taxis. C'est ça, insulte ta mère. Ma mère, elle me court, si tu veux savoir. Qu'est-ce que c'est que ce langage devant le petit ? Il a bon dos, le petit, tu te gênes bien pour me reprocher mes taxis devant lui. Si tu lui retires le pain de la bouche pour promener tes créatures... En voilà assez : qui est-ce qui vous fait vivre tous, peut-être ? C'est ça, fils dénaturé, reproche-moi de manger maintenant ! Oh, la barbe. La barbe ? A sa mère ! Voilà comment on parle à sa mère de nos jours ! Oui, la barbe, la barbe et la barbe... Chut ! Cette pauvre Mme Seltsam... Quoi ? Qu'est-ce qu'elle vient foutre là-dedans ! Oh, Pascal !

Elvire a retrouvé Élisabeth en pleurs sur son piano fermé. « Qu'est-ce que c'est, petite ? Rien, rien... C'est à cause de cette pauvre Mme Seltsam ? Ah ça c'est très triste. Et cette petite Sophie qui va rester toute seule... Mais tout de même il ne faut pas être si sensible. Vois-tu, moi, j'étais bien plus liée que toi avec elle... Je sais qu'il n'y a rien à faire : j'essaie de penser à autre chose. Il se passe tant de choses dans le monde : les Turcs, à Andrinople et tu sais que Karl est là-bas...

— Tu penses toujours à Karl ? »

Élisabeth a demandé ça, du fond de ses larmes. Dieu qu'elle est jolie ! Oui. Elvire pense toujours à Karl... différemment... mais toujours. Quand on a aimé un homme...

Élisabeth, frémissante, s'est jetée dans les bras de sa sœur. Pauvre petite Betsy, est-ce bien de Mme Seltsam qu'il s'agit ? Elle dit que oui, elle dit qu'il s'agit de Mme Seltsam... de Mme Seltsam.

Mme Seltsam est morte au matin. Elle avait demandé un prêtre. On n'a pas su quel prêtre appeler. Elle était juive, mais elle s'était convertie, et on ne savait pas si c'était au catholicisme ou à l'église russe. De toute façon, elle est morte avant qu'on se soit décidé. Ça pose un tas de questions. Il y a la petite. Ces dames avaient-elles de la famille ? et où la prendre ? Qu'est-ce qu'on va faire de Sophie ? Pascal a dû fouiller dans les papiers, les lettres de la morte : le compliqué, c'est qu'il y en avait surtout en russe et on n'y comprend rien. Enfin on a écrit à une adresse trouvée dans un petit carnet. Mais comme c'est à Londres, il faut attendre...

Maria emmène tous les jours Sophie avec Jeannot se promener. Maintenant Sophie met tous les jours une petite robe qu'on lui a fait teindre en noir. Dans les vingt-quatre heures, une maison derrière la Madeleine... L'enterrement ne sera que samedi. On garde la morte trois jours en attendant le cousin de Londres.

C'est drôle une petite fille en noir avec le temps chaud de cette fin de juillet. Une chaleur lourde, pleine d'orages, et sous la porte de la chambre 5 il passe une odeur suspecte, mêlée à celle des fleurs pourrissantes qu'on aperçoit autour du lit, entre les cierges qui brûlent... Une religieuse veille la morte. C'est pour compenser le prêtre qu'on n'a pas eu à temps.

A quoi jouent-ils, les enfants dans la petite pièce en bas? Ils sont bien tranquilles : ils doivent faire des sottises, l'un à côté de l'autre sur le plancher. Maria s'approche. Elle entend Sophie, couchée à terre, murmurer : « Tu vois, Jeannot, j'ai le ventre qui gonfle, qui gonfle, je respire très mal, je vais mourir... » Et Jeannot, jaloux, qui dit : « Pas toi tout le temps... c'est à moi maintenant... je gonfle... » A quoi Sophie fâchée, répond : « Tu mourras quand tu auras sept ans... pas avant... » Il faut encore les séparer, ils se roulaient comme des petits chiffonniers. Voyons, et la maman de Sophie là-haut... chut! Alors Jeannot : « Mais, Maria... toujours elle qui meurt, dis-lui que ce n'est pas juste... »

Vous ne pourriez pas jouer à autre chose? Non, ils ne peuvent pas. Il n'y a que ça qui les intéresse, et ils rentreraient volontiers dans la chambre, mais on ne les laisse pas faire. Sophie ne se rend pas compte, c'est clair. Malgré les gens apitoyés, qui lui prennent la main, et la regardent dans les yeux avec un air triste et de grands soupirs. Elle prend une contenance hypocrite, retire sa main, renifle un peu, puis rejoint Jeannot, et ils jouent à nouveau à mourir.

Jeannot n'a pas été à l'enterrement. Le cousin de Londres, un gros monsieur très laid, est obligé de laisser Sophie à la pension de famille pour quelques jours : il profite de ce qu'il est venu à Paris pour pousser jusqu'à Lyon où il a des affaires. Au retour des obsèques, Elvire s'est sentie assez mal. La tête lui tournait. Au cimetière quand le cercueil s'était enfoncé dans le trou, elle avait compris soudain combien elle avait eu de l'affection pour la disparue. Heureusement M. Werner l'avait soutenue. Maintenant ils étaient là devant *Étoile-Famille*, et on enlevait les draperies noires et le grand écusson avec un S blanc, et tout était horrible comme l'odeur de la terre tantôt.

« Ne rentrons pas... », dit M. Werner. Elle l'a suivi, machinalement. Ils sont arrivés, bavardant, avec la morte toute mêlée à la chaleur du jour, dans une rue, pas loin. « C'est ici que j'habite... », a dit M. Werner. Toute la peur de la mort s'est d'un coup fondue dans une terreur précise, un vertige informulé. Non, non. Pourquoi non ? Il lui prenait le bras. C'était un homme fort, un peu épais, avec cette nuque sur laquelle le col faisait un trait rouge. Il touchait sa moustache cirée, ses yeux étaient brillants. Non, non... « Mais, voyons, chère madame, quel mal y aurait-il ? Nous ne pouvons pas aller dans un thé, dans l'état où vous êtes... »

Elle sait bien qu'elle ne résistera pas. Pourvu qu'il ne parle pas allemand... Parce que s'il parle allemand... Enfin, c'est vrai, qu'y a-t-il de mal ? Elle repense au cimetière.

Dans la garçonnière aux persiennes fermées. Il l'a prise dans ses bras, et qu'est-ce qu'elle y peut ? Il parle l'allemand, il parle l'allemand comme Karl, et elle oublie qu'elle est grasse, et elle oublie cette odeur affreuse et douce de la mort, elle glisse lentement dans un songe extravagant comme cet orageux été qui fouette maintenant les persiennes des lourdes gouttes de la pluie...

Le dimanche a ramené Pierre Mercadier avenue du Bois. Il a trouvé la bonne avec Jeannot et une petite fille en noir. Dire que l'enfant va partir pour deux mois, et cette fillette qui est là... Jeannot naturellement n'écoute plus le vieil homme, il est tout à ses jeux avec Sophie. Avec Sophie, très intéressée pourtant par le monsieur. Il a bien fallu lui expliquer que c'est un monsieur qu'on connaît, qu'on voit tous les dimanches, mais il ne faut pas le dire. « Alors c'est mal ? » demande Sophie. Mais non, ce n'est pas mal, mais c'est comme ça. Elle pince les lèvres. Est-ce que ce petit Jeannot la prend pour une enfant ? Si ce n'est pas mal, où est l'intérêt ? Elle hausse les épaules.

Le vieux monsieur a manqué son dimanche. Il embrasse Jeannot. Pour le départ, n'est-ce pas, les vacances... Est-ce qu'on sait jamais !

Maria dit à Sophie : « Sophie, il faudra être une brave fille... Ne pas dire qu'on a vu un monsieur... C'est promis ? »

C'est promis. Mais en rentrant Sophie n'a rien de plus pressé que d'aller tout raconter à Tante Jeanne. Un vieux monsieur ? Grand'mère s'en est mêlée. Ah, alors, quelle histoire ! Maria a pleuré. Tous les dimanches ? Un inconnu. Jeannot, paraît-il, a dit à Sophie que c'était son amoureux... Vous imaginez ! Maria se défend. Pour se défendre, elle avoue. Elle raconte. Le vieux monsieur, c'est le mari de Madame. Pour le coup, c'est la foudre, c'est complet. Le mari de Madame ? Quel mari de madame ? Le grand-père du petit, j'ai cru bien faire, je ne pouvais pas lui refuser... son petit-fils... Ça Maria n'a pas fait de vieux os dans la maison. On l'a vidée, elle et sa malle, c'est-à-dire... Grand'mère hurlait à travers l'appartement, elle claquait les portes. Tante Jeanne disait que comme ça, pas besoin de payer l'hôtel aux Petites-Dalles à cette fille, c'est toujours une économie, et quand Papa est arrivé, tout le monde s'est engueulé, mais engueulé.

Il sortait, ce soir-là, Papa. Il sort tous les soirs maintenant. Il voulait mettre son smoking, et il prétendait qu'on lui avait caché ses cols. Tante Jeanne s'est mise à pleurer, enfin c'était l'enfer. Tout ça, à cause de cette saleté de Sophie...

On n'avait pas permis à Jeannot d'embrasser Maria avant son départ. Ça lui était bien égal. Il n'aimait pas l'odeur de sa bonne. Mais il gardait un petit serrement de cœur de comme elle l'avait regardé en partant. Elle s'y était habituée à ce petit, voyez-vous.

XXXVI

« Pourquoi ne vendrions-nous pas la boîte ? » Jules Tavernier se fait les ongles. Un spectacle, pense Mme Tavernier. Ça lui reprend de temps en temps, cette idée ; mais cette fois ça fait trois jours qu'il la bassine. Oui, depuis qu'il a été encore une fois à la campagne avec ces gens. « Nous pourrions nous fixer à Garches... »

Ah ça, par exemple ! Elle en a froid dans le dos, c'est son domaine à elle, ses rêves... Tout ce qu'elle a bâti là-dedans d'images, d'espoirs vagues, de... Tout d'un coup Jules. La fin, quoi. Elle n'entend plus rien de ses raisons, de ses explications pratiques : « ... céder la licence... Avec ce qu'on a de côté, et les sacs que ça ferait... » Jamais. Jamais. « Tu perds la boule, — dit-elle. — On a encore quelques bonnes années. Faut penser à l'avenir. On n'a pas travaillé jusqu'à aujourd'hui... »

Il se fâche. Qu'est-ce qu'il s'est mis dans la tête ? Elle sait qu'il ne peut rien sans elle. Lui aussi le sait. C'est ça qui l'enrage. Vieille bique. Oui, quelques années de bonnes encore : pas pour les passer avec ce chameau. Et je te lime et je te frotte, et je te polis. « Tu les uses, tes ongles, mon Julot, faudrait peut-être prendre la brosse à chaussures, ça ferait plus miroir, des fois. »

Phrase imprudente. La baffe est partie avant d'y penser. Dora reste stupide. Il la bat maintenant ! Ah mais, dis donc, est-ce que tu te prends pour un marle ? A ton âge ! Mon colon, ça pourrait mal tourner... Il s'excuse. Mais quoi, à mon âge ? Il se regarde dans la glace de la coiffeuse. C'est à pouffer. Dora se tamponne la joue.

« Tu voudrais que je vende la boîte, hein ? Pour me choper les ronds, et te barrer ? Est-ce que je ne te vois pas venir avec tes ongles à la gomme, et ta cravate, et tes folies de brillantine ? Tu peux te l'accrocher, mon mignon, pour que tu me plaques ! »

Elle continue sur ce ton-là. Il proteste. Il sent qu'il a fait fausse route. Dora, elle, raconte n'importe quoi. Elle préserve le château de ses songes. Jules, là-dedans... Non, non, mille fois mieux garder les *Hiron-delles* jusqu'à cent ans! Elle pense très doucement à M. Pierre. Ah, s'il avait voulu habiter à Garches, lui...

Jules roule dans sa tête ses rancœurs, ses espoirs, ses imaginations médiocres et avortées. Aucune pensée n'arrive au bout d'elle-même. Il a commencé de rêver à son passé, que c'était un vieux tas de mégots, des fume-rons, des tout à fait éteints, puis l'estomac le tiraille. Tout ce qu'il aurait pu être, si ça s'était goupillé autre-ment. La richesse, puis ce n'est pas la richesse qui le tourmente. A ton âge, la vache lui a dit : *A ton âge*... Aucune pensée n'arrive au bout d'elle-même... Mais les hommes, si. C'est formidable à la fin qu'une gosse vous fasse cet effet-là. Il faut vendre la boîte, elle n'a qu'à marcher, Dora... Vendre la boîte. Ici, rien à faire, elle tient tout dans ses mains, la licence... Plus que quelques années de bonnes... Se dépêcher. Chaque jour lui est volé, chaque seconde. Dans combien de temps ne sera-t-il plus qu'un vieux jeton, une loque? Vaut mieux ne pas compter. Le temps passe, et il y a sur le chemin Madame qui veut s'arrondir le magot! Elle croit peut-être qu'il se goberge à l'idée de finir en pantoufles dans sa bicoque de Garches : il lui briserait le morceau, mais minute. La licence. Qu'elle s'en berce les seins, la fran-gine. Garches! Alors pour du comique. Il voit une chambre banale, n'importe où, c'est bien chauffé... le lit... du joli linge sur la chaise, et cette petite frimousse près de lui, ce corps d'enfant, cette peau blanche, ces bras ronds encore trop grêles... Je suis sonné. « Tu l'uses, ce polissoir... Et puis comme conversation... » Dora la ramène, alors, avec son ironie. Il prend son cha-peau. Il sort.

Il n'a rien à faire et ça pleut. Pas comme l'autre jour la petite pluie fine qui vous coupe les jambes, vous fait sentir tout stupide, tout inutile. Drôle de mois d'août. N'importe où il est entré dans un bar. Il en avait jadis, des trucs comme ça, il joue aux appareils à sous. Faut être tombé bien bas. Ça rapporte. Il le voyait d'ici, le mec qu'il engraissait à faire tourner la roulette. Oui, mais ça vous occupe quand la tête marche toute seule, et qu'on ne veut voir personne. C'est fou ce qu'on est facile à chambouler. Ce qu'on est seul aussi dans l'existence. Rose... c'est un joli nom... Rosette... D'énervement, il s'est arraché une petite peau près de l'ongle du pouce, c'est idiot, maintenant cela lui fait mal... enfin ça l'agace. La pluie se tasse. Avec les jetons, Jules paie : il en a de trop. Un pourboire royal au garçon : « Gardez, c'est pour vous ! » Il faut se sentir grand de temps en temps, on se croit plus jeune. Les boulevards. Ces trottoirs-là, c'est comme des chaussures usées. Jules se rappelle quand on les faisait pointues, pointues, les godasses. Elles marchaient devant vous : c'était la mode.

Deux heures et quart à l'horloge du *Matin*. Une heure idiote. Mais ça commence déjà, les femmes, dans ces parages-là. C'est drôle, il n'y a pas que des professionnelles. Il y a les folles, les honteuses. Celles qui cherchent à croire à la vie. Des bourgeoises qui n'ont pas ce qu'il faut chez elles peut-être. Celle-ci, une étrangère ? L'heure où la digestion commence à travailler les hommes. Jules guignait leur manège. Ce truc-là, ça ne chôme jamais. Hiver, été. Il se sent lourd. Il achète un journal par manière de faire quelque chose. De quoi ils parlent aujourd'hui... La paix signée à Bucarest... Dire qu'il y a des piqués qui s'excitent là-dessus ! Une femme étranglée à Auteuil...

Ses yeux se brouillent. Il voit Dora chez eux, sur la bergère, morte, elle a des marques bleues sur le cou... Ça n'arrangerait rien. On n'hérite pas de la licence... Il perdrait tout. Si elle allait crever avant d'avoir vendu... Une sollicitude étrange le prend pour la santé de Mme Tavernier. Une inquiétude qui le fait rigoler lui-même, à petits coups.

« On a encore quelques bonnes années... », répète-t-il avec rage. Et il se frotte le pouce, près de l'ongle, où c'est vilainement à vif.

XXXVII

Ainsi, Pierre Mercadier était à Paris maintenant. Reine se demandait si elle eût aimé le revoir. Tout était bizarre de cet homme : comme il avait reparu et disparu à la fois. Pascal disait qu'il avait interrogé la bonne, Maria elle ne savait rien, mais alors rien de rien. Simplement que tous les dimanches, il venait s'asseoir, avenue du Bois, à côté d'elle et de l'enfant. Mme von Goetz, au fond, redoutait de rencontrer ce spectre de sa jeunesse. Pascal lui suffisait, ce jeune Pascal si tendre et si peu sûr... Elle lui achetait des cravates. Elle pensait à lui au milieu des gens. D'ailleurs, en fait de spectre, il y avait Brécy. Elle avait revu son premier mari pour faire plaisir à Heinrich. Il était sénateur maintenant, Brécy, et après tout pas tellement changé. Cette vie mondaine, qu'elle avait menée, entre l'ambassade, les réceptions dans les ministères, s'était enfin ralentie avec la fin de juillet. Elle était tout à sa nouvelle aventure. D'autant que Pascal était seul à Paris maintenant, les siens partis... Elle rêvait pourtant à cet homme qui se trouvait quelque part dans la ville, qu'elle aurait pu rencontrer par hasard. Il devait avoir cinquante-sept ans. De quoi avait-il l'air ? Drôle de penser qu'il était venu tous les huit jours bavarder avec ce petit que Reine avait aperçu...

Heinrich était en Angleterre pour une quinzaine. Elle irait l'attendre à Deauville. Mais, à cause de Pascal, elle s'éternisait à Paris. Elle avait envie de visiter l'appartement des Mercadier à *Étoile-Famille*. Il lui avait montré des photos de sa mère : elle devait avoir été très jolie. C'était drôle, Reine avait surtout la curiosité de Paulette. De cette Paulette avec laquelle elle n'avait pas été en compétition, et qui était la mère de Pascal. Il ne voulait pas qu'elle vînt chez lui, à cause des domestiques, des gens dans l'escalier. Elle prit le prétexte d'une visite aux Manescù. Ces dames n'étaient pas encore parties pour la campagne en raison de la guerre. Tant que la paix de Bucarest n'avait pas été signée... Elles étaient sur leur départ : il était naturel de venir les saluer... Elvire était sortie tout le temps maintenant, disait Betsy, toute pâlotte, et elle s'enquit bizarrement de la santé de Karl. Oh, il fallait bien dire à Karl, quoi qu'il arrive! qu'Elvire n'aimait, n'aimerait jamais que lui. Mais voyons, puisque c'est fini entre eux...

Pascal guettait Reine derrière sa porte, quand elle redescendit. Il l'attira dans l'ombre, sans respect de la demeure familiale, dans l'appartement couvert de housses, avec des nattes de paille à terre et des journaux sur les cheminées. Pendant une heure, elle oublia ce qu'il y avait de précaire dans leur amour, elle oublia qu'il lui mentait, elle oublia ce désespoir de l'âge, cette hantise de la destruction qu'elle sentait en elle. Ensuite ils jouèrent avec tous les objets, les bibelots de la famille, absurdes, hétéroclites, habituels. Elle s'amusa des coffrets doublés de soie bleue ou rouge, des boîtes à thé laquées à la garniture de plomb, de petites statuettes en faux delft à sujets hollandais, des étagères d'étoiles à bouquets, du pêle-mêle plein de photos sous un nœud Louis XVI, de la bassine de cuivre guilloché à sujets hindous, de la boîte à dominos miniature, du serpent de porcelaine... Chacune de ces choses tristes et baroques avait une histoire idiote et sans charme, mais dans l'histoire des Mercadier chacune luisait comme une pierre lavée dans une grotte. Pascal racontait les lambeaux du passé accrochés aux têtières des chaises, au guéridon couvert de peluche, à ce fauteuil, un peu abîmé, bleu roi brodé, à ces mille détails sans goût amoncelés dans une vie machinale, et qui avaient survécu à la misère, aux déménagements, aux malheurs. « Montre-moi les papiers, Pascal... »

Il savait de quoi elle parlait. Il les avait retrouvés après le départ de la famille, dans la boîte à coiffe, que Paulette gardait sur le petit meuble. Une boîte à coiffe peinte à l'œuf, bleue et jaune, d'un style paysan picard. Les papiers... Il avait promis de ne pas les lire sans elle. Il n'avait pas tout à fait tenu parole. Il les tirait de la boîte bleue, avec le ruban pâle qui les enserrait. Elle les prit, Reine. Elle défit le ruban dans ses mains à lui, dans ses mains aux doigts minces et inquiets, qui soutenaient ses poignets à elle, et couraient sur les papiers et remontaient vers ses bras...

Il y avait des lettres fanées, des lettres des premiers temps, toutes nues et simples, sans rien de l'amour, que le désir de revenir, de ne pas prolonger une absence. Ils cambriolaient la vie de Pierre et de Paulette, avec honte, avec, aussi, désappointement. Des papiers d'affaires se mêlaient à ces missives froides ou refroidies : sait-on quelle valeur ont les simples mots écrits entre deux êtres ? Des fleurs séchées tombèrent d'une enveloppe où il n'était pourtant parlé que de contretemps d'un séjour à Paris, du ciel sombre et d'un costume qui était raté. Il y avait la photographie prise au jour de leur mariage, et un billet de théâtre de l'Opéra-Comique, un éventail. Au milieu de tout cela, une femme nue avec un masque et un décor vénitien lascif de vers 1890, une découverte cruelle, probablement laissée dans un portefeuille du mari, comme cette carte postale polissonne enfouie là, avec l'extrait de baptême de la fille aînée, celle qui était morte à Dax.

Enfin, ils tombèrent sur les cahiers de John Law. Deux d'entre eux, tout au moins. Étroits et longs, couverts d'une écriture petite et serrée, avec des abréviations, des repentirs, des rejets à la page en face. Une écriture un peu pâteuse mais pourtant formée, une écriture pesante de tout le poids d'une vie, l'écriture des lettres pourtant, mais toute changée. L'écriture d'un homme dans un monde sans glace. D'un homme qui n'écrit que pour des bouteilles à la mer. Reine se perdit un instant dans des considérations techniques sur le système de Law. Mais soudain elle trouva ces lignes :

Nous nous attristons du malheur des grands hommes comme de l'effet injuste d'une fatalité à leur taille. Est-ce qu'il y a dans la vie un seul roman heureux ? Est-ce que chaque vie humaine, la plus humble, ne se termine pas de façon tragique ? Le rocher de Napoléon n'est rien d'autre que l'alcôve où se termine toute aventure, et tous les lits des maisons de Paris ont été les témoins d'agonies qui valent Ugolin, le Chevalier de la Barre ou Maximilien.

C'est vers cette issue horrible de la vie que nous sommes tous portés, inconscients du mouvement qui l'anime, du mécanisme de la locomotion, par un immense omnibus lui-même destiné aux catastrophes. Je me souviens d'avoir un soir traversé Paris aux premières lumières sur l'un de ces véhicules cahotants, pareil à une baleine qui glisse sur les ombres naissantes. C'était un soir que je me sentais inquiet et triste, la tête bourrée des chiffres dont dépendait ma liberté, des cours de la Bourse et des noms d'actions et de titres, comme une pauvre cervelle dépossédée qu'habitent les monstres du calcul. Tout d'un coup tout me sembla étrange, les cafés, les boulevards, les pharmacies. Je me mis à regarder mes voisins de l'impériale non plus comme des compagnons de hasard, qui s'égailleraient aux stations successives, mais comme les voyageurs mystérieusement choisis pour traverser avec moi l'existence. Je me mis à remarquer que déjà, sur un parcours bref, des liens s'étaient formés entre nous, le sourire d'une femme, le regard appuyé d'un homme, deux vieillards qui avaient lié conversation : une ébauche de société. Et je pensais avec une espèce d'horreur que nous étions, nous à l'instant encore des étrangers, également menacés par un accident possible. De telle sorte que ce qui se passait en bas, entre les chevaux et la rue, et dont nous n'étions pas informés, risquait de créer entre nous une solidarité mortelle, et une intimité pire que l'intimité de l'amour, celle de la fosse commune. J'étais d'humeur à philosopher, parce que tout m'était amer. Je pensais que cette impériale était une bonne image de l'existence, ou plutôt l'omnibus tout entier. Car il y a deux sortes d'hommes dans le monde, ceux qui pareils aux gens de l'impériale sont emportés sans rien savoir de la machine qu'ils habitent, et les autres qui connaissent le mécanisme du monstre, qui jouent à y tripoter... Et jamais les premiers ne peuvent rien comprendre de ce que sont les seconds, parce que de l'impériale on ne peut que regarder les cafés, les réverbères

675

et les étoiles; et je suis inguérissablement l'un d'eux, c'est
pourquoi John Law qui inventa une façon d'affoler la
machine restera toujours pour moi, malgré cette curiosité
que je lui ai portée, un homme que je ne pourrai jamais
me représenter dans les simples choses de la vie, flânant
par exemple ou s'achetant des fruits chez l'épicier, ou
jouant avec de petits enfants. Comme il est de toute vrai-
semblance qu'il fit, et ce n'est pas moins important à
connaître de lui, que les opérations par lesquelles il créa
la Compagnie des Indes. Voilà quarante années et plus
que les miens et moi-même nous faisons vers une fin qui
sera sans doute sinistre un chemin que je n'ai pas tracé,
que personne n'a tracé. Peut-être pourrais-je m'expliquer
l'étrange intérêt que j'ai porté à Law par cette croyance
que j'ai qu'il a été l'un des rares hommes qui firent dévier
le monde. Il n'était pas, lui, un voyageur de l'impériale...

Reine releva la tête : « Il y en a des pages comme ça,
c'est bizarre, je pense que ce sont des notes d'un journal, plutôt qu'un morceau du livre...

— Sans doute, dit Pascal qui lui caressait les épaules,
mais excuse-moi : on sonne à la porte... »

Elle continuait à feuilleter le manuscrit, vaguement
consciente d'un chuchotement dans le couloir. Pascal
réapparut sur le seuil : « Quelqu'un me demande au
bureau, en bas, expliqua-t-il. Je reviens, chérie... »

Il descendit sur les pas de Léontine. La bonne savait
bien qu'il y avait là une femme, mais quoi ! Au bureau,
deux messieurs râblés : l'un, c'était l'inspecteur des gar-
nis qui venait de temps en temps regarder les livres de
la pension, l'autre, avec sa moustache en brosse, un
inconnu.

« Qu'y a-t-il, monsieur l'inspecteur ? Vous venez bien
souvent ces temps-ci.

— Excusez-moi, monsieur Mercadier, je dois regarder encore une fois vos livres... »

L'autre, avec lui, consulta longuement la liste des
pensionnaires. A chaque nom, il se reportait à une
petite fiche qu'il avait en main. Pascal s'impatientait à
l'idée de Reine. Sur une remarque à mi-voix de son

compagnon, l'inspecteur demanda d'un air faussement détaché :

« Ces dames... Mane... Manescù... sont chez vous depuis plusieurs mois, n'est-ce pas ? Rien à signaler à leur sujet ? Tout à fait correctes ? Pas de fréquentations... »

Pascal s'étonnait. L'avoir fait descendre pour ces questions stupides.

« Monsieur Mercadier, — dit l'autre homme, — permettez-moi de vous parler sérieusement. Je m'en remets à vous, à votre discrétion.

— Je vous en prie, mais...

— Il s'agit de choses très... délicates, et très sérieuses. Vous êtes un bon Français et nous devons compter sur vous.

— Sans doute... mais les dames Manescù...

— L'une d'elles n'a-t-elle pas été mariée à un Allemand ?

— Elle est divorcée, et d'ailleurs...

— Monsieur Mercadier, je vous en prie ! Ceci n'est pas une plaisanterie. Il est probable, il est même plus que probable que cette dame a conservé des relations avec des personnes que nous avons le plus grand intérêt, le plus grand, à surveiller de près... Si elle recevait des Allemands ou des Allemandes... le sauriez-vous ?

— Sans pouvoir affirmer... enfin... où en voulez-vous venir ?

— Monsieur Mercadier, il faudrait nous en informer. Il s'agit d'affaires graves. Peut-être d'espionnage. »

Pascal se révolta : « Voyons, dans ma maison ! Ces dames ne voient presque personne... pas d'Allemands que je sache...

— Bien, bien... jusqu'ici... mais si par hasard... nous devons savoir... nous compterons sur vous... N'allez pas leur dire ! Vous nous promettez... »

Pascal promit, et fut heureux d'être débarrassé de ces messieurs. Qu'allaient-ils inventer ? C'était si stupide. Pascal avait toujours détesté ces rapports forcés avec la police. Enfin. Il regagna le troisième.

« Tu me permets d'emporter ces cahiers ? Je voudrais lire tranquillement ce que ton père écrivait..., dit Reine.

— Si tu veux. Imagine-toi que ces imbéciles... »

Il raconta la scène du bureau. « Tu penses, ces pauvres Manescù ! » Mais Reine ne riait pas. Elle dit : « Il faut que je parte... Je te rendrai ces cahiers après-demain... si tu veux... au lieu habituel. Non, ne me retiens pas... Tu vois, je compromets ta maison...

— Toi ? Tu es folle !

— Je suis Allemande, n'est-ce pas ? Je vais voir les Manescù, ici. Je ne peux pas dire que c'est toi que je viens voir...

— Enfin, c'est ridicule. Je n'y avais même pas pensé. »

Il voulut l'embrasser. Elle avait la tête à autre chose. « Laisse-moi, laisse-moi. Tu ne te rends pas compte. Toutes ces histoires entre la France et l'Allemagne...

— Quelles histoires ?

— Ah tu es trop enfant. Tu sais bien, ces incidents... Et quand la police commence à se remuer...

— Eh bien ?

— Ça sent la guerre. Cela fait des années et des années que j'ai peur de la guerre. Mets-toi à ma place, mi-française, mi-allemande... Tout ce que j'ai fait... J'ai fait tout ce que j'ai pu pour rapprocher les Français et les Allemands... Heinrich aussi... Mais vois-tu, on sent que ce qui arrive lentement est plus fort que nous... Lentement... La guerre... J'ai fait ce que j'ai pu... »

Il se mit à rire. Il ne fallait pas se frapper à cause des bêtises d'un inspecteur de police. Quand elle descendit l'escalier, avec les cahiers sous le bras, il la suivit des yeux. Soudain il eut notion que quelqu'un le regardait. Il se tourna vers l'ombre : il y avait là Élisabeth Manescù, qui le fixait, et son visage était déchiré par une longue larme.

XXXVIII

Quand Pascal reçut le petit mot de Reine qui lui annonçait son départ subit pour l'Angleterre où M. von

Goetz la rappelait d'urgence, il eut une impression désagréable dont il ne parvint pas de toute la journée à se rendre maître. Il n'arrivait pas à comprendre ce ton triste des dernières phrases de son amie, et tout d'un coup cette peur de la guerre dont elle n'avait jamais parlé. Il chercha à se rappeler d'autres propos qu'elle avait tenus devant lui et qui flottaient dans sa mémoire comme des vêtements oubliés.

Il se souvenait d'elle à plusieurs reprises raillant le patriotisme, aussi bien celui des pangermanistes que celui des chauvins de chez nous. Des gens du peuple dans les deux pays, elle disait qu'avec tout leur socialisme ils n'attendaient qu'une occasion de se jeter les uns sur les autres. Et cet accent qu'elle mettait à proclamer que les véritables internationalistes, c'étaient les gens comme elle qui vivraient bien n'importe où, et qu'il n'y avait d'internationale de l'avenir que la sienne, l'internationale des wagons-lits, avec la cuisine des palaces pareille à Vienne, à New York, à Londres, à Lisbonne.

Pourquoi recherchait-il les bribes de leurs conversations à bâtons rompus ? Pour écarter quelle idée obsédante ? Elle était partie pour rejoindre son mari, après tout, quoi de plus naturel ?

Avait-elle raison avec la guerre ? Cette année-là, un zeppelin s'était égaré à Lunéville, des touristes allemands avaient été bousculés à Nancy ; en Alsace, des voyageurs français. Et puis après ? Personne ne veut la guerre. Si ça devenait sérieux... Personne ne veut la guerre. S'il n'y a pas la guerre, dans trois ans j'aurai repayé la banque, la pension commencera à bien rapporter. Pour bien faire, avec les Américains, il faudrait faire installer des salles de bains. Mais c'est toute une histoire. On fermerait un été. En tout cas, pas avant 1916 ou 1917. Pas avant.

Ennuyeux que Reine eût emporté les cahiers de Papa. Pour deux jours, et maintenant elle disait qu'elle ne reviendrait pas avant septembre. Sa lettre était bizarre, drôlement parfumée, et avec des mots lourds comme des larmes. On sentait qu'elle l'aimait son Pascal. Cela avait dû lui être pénible de ne pas le revoir avant de prendre le train. Mais... il y a quelque chose de flatteur et de gênant dans l'amour d'une femme qu'on sait qu'on n'aime pas. Pascal avait pourtant un goût très vif pour celle-ci. Rien autre. Un goût très vif. Puis il ne pouvait pas résister au plaisir d'être aimé. Dans la lettre, elle reparlait de la guerre. Elle disait : « Je ne crois pas qu'il y aura la guerre en 1913. » Bien sûr. Pas plus qu'en 1914. S'il allait la voir en Angleterre? Il n'avait été qu'une fois à Londres, il y avait de cela des années, pour trois jours.

C'était vrai qu'il ne résistait pas à plaire, et la jalousie d'Élisabeth envers Mme von Goetz, qu'il avait déjà vaguement soupçonnée, ne lui était pas plus tôt apparue dans l'escalier, ce soir que Reine l'avait quitté, qu'il ne put plus se retenir de jouer la comédie. Elle était ravissante, Betsy, ravissante. Il l'avait mal vue jusqu'alors, et puis il était libre. Il se disait qu'il ne pouvait pousser très loin une si jeune fille, il s'en serait méprisé, mais quel est l'homme qui peut se défendre d'un certain entraînement avec une petite de dix-sept ans qui est éprise de lui, et qui lui plaît? Le jeu avait commencé de sa part comme une complaisance : pourquoi refuser à la seconde des Manescù l'illusion d'être déjà une femme, de flirter avec un monsieur? Cela n'était pas méchant. Il se sentait un aîné protecteur Mais peu à peu, les choses glissèrent, il la laissa se blottir contre lui, il lui caressait les bras, il baisa ses cheveux, elle lui donna un ruban qu'elle avait porté. Pascal s'en voulait, il ne ferait pas d'elle sa maîtresse, qu'avait-il à perpétuer cette équivoque? Il était seul à Paris, il n'avait pas grand-chose à faire... D'ailleurs, ces dames allaient s'absenter.

Elles avaient loué une maison à Marlotte, jugeant qu'il était trop tard pour s'en aller au diable, et Élisabeth revenait à Paris deux fois par semaine pour ses leçons de piano. Ce qui rendit leurs relations plus dangereuses; et il ne put refuser de venir à Marlotte, et ils se promenèrent tous deux dans la forêt de Fontainebleau. Dans les grandes allées comme des branches d'étoiles, se perdant à plaisir dans les sous-bois, jouant avec le soleil et l'ombre et la jeunesse, de rond-point en rond-point, et les mares mélancoliques aux dos d'âne des collines qui surmontent le champ de tir, ce couple qui redoute et cherche le vertige peu à peu prend l'habitude d'une intimité insensible. A quel moment les choses auront-elles changé, et qu'en sauront les feuilles mortes de la forêt ? Une sorte de fatalité ramène à Pascal l'ombre d'Yvonne. Comme Yvonne, cette enfant étrangère est musicienne, et il tourne pour elle les pages au piano. Comme Yvonne, elle a d'abord de lui la caresse de la jalousie. Et c'est Yvonne qu'il retrouve, l'Yvonne de Sainteville, celle qui se cachait avec lui dans le foin, celle qu'il prenait dans ses bras d'enfant et dont il caressait les jambes. Mais il est un homme, et Betsy n'a plus douze ans, et Betsy est comme le feu dans la forêt, et elle s'enroule comme la flamme à l'homme qui si mal lui résiste et s'il n'en fait pas une femme, c'est bientôt la seule limite entre eux du plaisir. Élisabeth...

Un dimanche à Marlotte, il y avait chez ces dames et Pascal et M. Werner. Que celui-ci fût l'amant d'Elvire, cela crevait les yeux de tout le monde, excepté de Mme Manescù. Il avait une manière assez fate de lui poser la main sur les genoux. Elle ne lui parlait guère que l'allemand, langue qu'ignorait sa mère, et ne se privait pas de lui donner alors des noms qu'elle avait inventés pour Karl, et cela même devant ses sœurs, même devant Pascal. Comme on était dans le jardin, sous une tonnelle, à prendre le thé, et Dorothée se balançait dans un hamac, lisant un livre de Marcel Prévost qu'elle avait chipé à Elvire, c'est M. Werner qui mit la conversation sur la guerre.

« Sincèrement, — dit Pascal, — vous y croyez ? Je sais bien qu'il y a de temps en temps des incidents près de la frontière, de part et d'autre, où les gens ont l'imagination montée... mais enfin ! D'abord, nous avons cédé tout ce qu'ils ont voulu à vos compatriotes. En 1911, ils voulaient un morceau de Congo, ils l'ont eu.

— Vous auriez tort de croire, cher monsieur Merca-

dier, que dans cette affaire, c'est la France qui a cédé...
Et à Berlin on pense même que vous nous avez roulés...
Le Maroc valait mille fois ce que vous l'avez payé...
Remarquez que je suis de ceux qui se sont toujours
employés à maintenir les bons rapports entre nos deux
pays... Mais si vous croyez qu'Agadir a arrangé les
choses... Vous augmentez toujours vos armements...
Après Agadir, ça a été la marine, l'aviation... Maintenant les trois ans...

— Ah, pardon, c'est vous qui avez commencé!

— Pour la loi militaire, naturellement, mais c'est
parce qu'avec l'Entente Cordiale et l'alliance russe nous
nous sentons encerclés... Notez bien que je sais que les
Français, ce ne sont pas quelques braillards qui crient
A Berlin! comme j'en ai rencontré... non... Vous ne
devriez pas avoir confiance dans les Anglais. Ils vous
lâcheront. Ils ont brûlé Jeanne d'Arc... »

M. Werner avait un culte pour Jeanne d'Arc. Il en
parlait très souvent. Il disait d'elle qu'elle était la sœur
des Walkyries. Cela faisait un peu sourire Pascal, mais
il y voyait de l'amitié pour la France, ce qui le rassurait.
Il avait toujours cru que cette peur de la guerre, c'était
un fantôme qu'agitaient les socialistes pour leurs fins
politiques. L'autre hiver, ils avaient eu un congrès en
Suisse avec Jaurès et tout le bataclan. Quand on en
lisait le compte rendu, on avait l'impression que la
guerre était pour le lendemain. Cela avait paru bien
ridicule à Pascal. Maintenant il se surprenait à y croire.
Bah, pure nervosité. Sottise.

M. Werner dit encore : « Ce qui me rend sceptique
pourtant sur la possibilité d'une guerre entre la France
et l'Allemagne, c'est que nous ne pouvons pas nous passer les uns des autres. Ainsi, tenez : vous nous vendez
du minerai de fer, et nous vous donnons du charbon...
L'un sans l'autre, à quoi servirait-il ? Voyez-vous, on a
beaucoup discuté de ces échanges d'un pays à l'autre...
Eh bien, il faut le dire, les industriels qui ne
connaissent pas de frontières, parce que les affaires
sont les affaires, font plus pour maintenir la paix que
tous les pacifistes avec leurs criailleries... Vous savez

que je suis très ami avec Wisner, des automobiles...
Voilà un homme qui a bien mérité de la paix... Il y a des différends internationaux qui s'aplanissent dans les conseils d'administration... Quand on est entre collègues, autour de la table où on partage les tantièmes, on ne se rappelle plus si on est allemand ou français... et là un mot dit à propos... voilà du bon internationalisme... »

Il parlait comme Reine. A peu près. La veille, Pascal avait reçu d'elle une lettre triste et passionnée, mêlée de propos incompréhensibles sur les obstacles à son retour en France, sur l'injustice de certains à l'égard d'Heinrich von Goetz, sur le caractère de leur ménage. Ces propos étaient interrompus çà et là de grands cris de solitude, et de regrets, et de langueurs et de souvenirs de leurs amours qui flattaient Pascal plus qu'ils ne le touchaient : « ... Tu le sais, écrivait-elle, j'ai toujours gardé en face d'Heinrich ma vie propre, le droit de penser. Je suis née française et je le suis restée. Non pas avec cette extravagance des gens qui brandissent sans cesse leur drapeau. J'ai vécu en Allemagne, j'ai su faire respecter mon pays devant moi : et en France je n'ai jamais autorisé personne en ma présence à médire du pays de mon mari. Nous sommes demeurés, en nous unissant, des patriotes, et nous nous serions méprisés s'il en avait été autrement. Notre mariage, c'était déjà un idéal, cette paix si précaire et que tout le monde attaque. Nous avions cru faire quelque chose de très beau, au-dessus des conventions, des frontières.. »

Qu'est-ce qu'elle avait donc à lui écrire tout ça ? Elle aurait mieux fait de lui renvoyer les cahiers qu'elle avait emportés. Elle en disait un mot au passage : « J'hésite à confier ces précieux cahiers à la poste, et je ne sais quand je pourrai te les apporter moi-même... »

Là-dessus s'ouvrait un délire que Pascal ne partageait pas.

XXXIX

Eugène rentrait du travail, assez las, mais content.
Comme tous les soirs, en prenant sa rue noire et sale,
étroite, malgré le coup de sabre des démolisseurs dans
l'immeuble d'en face, il se disait : encore deux mois, un
mois et demi, un mois... et on se tirera d'ici, on ne verra
plus le claque. On avait pu s'entendre avec le gérant,
sans payer tout l'arriéré, on quittait en octobre. C'était
le principal...

Travailler. Quand on en a perdu l'habitude. C'est
drôle, il y a des gens qui croiraient que c'est difficile. Ce
qui est difficile, c'est de ne pas travailler. Tous les jours
maintenant, Eugène, il se disait : Je travaille. C'était à
ne pas y croire. Il pouvait regarder Émilie en face. Il
nourrissait ses gosses. Pas richement. Mais il les nourrissait. Le dimanche, on allait à Clamart ou à Vin-
cennes.

Il rentrait donc ce soir-là, comme tous les soirs, la
tête tout occupée de projets d'avenir, pour octobre...
octobre, c'était le mot le plus gai qu'il connût, il l'aurait
chanté. Avec ça, il touchait dans sa poche une carte
qu'il était fier d'avoir, et ça le faisait rigoler comme un
gosse qui a joué un bon tour. Il y avait devant les *Hirondelles* un taxi arrêté, et M. Tavernier qui payait le chauffeur, et fit de loin à Eugène un signe protecteur de la
main. Lui toucha sa casquette. Après tout ce type lui
avait procuré un emploi. N'empêche qu'il n'aimait pas
trop le saluer. Faut dire que pour ce qui est de lui avoir
tapé dans la gueule ce particulier-là... Tout d'un coup, il
s'entendit interpeller. C'est-à-dire qu'il ne croyait pas
que c'était à lui que ça s'adressait. C'était le chauffeur
de taxi, un grand bonhomme, rouquin, dans son cache-
poussière gris flottant avec la moustache tombante, qui
le hélait. « Eh bien, quoi ? On ne reconnaît pas les
amis ? » Il y mit un moment : puis tout d'un coup, il eut
un gros rire et fronça le nez. Le copain avec lequel il

s'était battu un jour à la porte de l'Hôtel des Ventes, histoire de se dérouiller un peu. « Non, — dit-il, — je ne te reconnaissais pas d'abord... pourtant des rouquins comme toi il n'y en a pas tant... Tu as conduit le voisin, alors ? » Ils clignèrent de l'œil ensemble, à cause des *Hirondelles*. Puis se frappèrent l'épaule. « Allez, — dit le chauffeur, — j'offre un verre. »

Sur le zinc au bord ourlé, dans le petit bar où on allait acheter du bois, sous un décor de glaces et de bouteilles d'amer, où un garçon aux bras cordés de veines bleues lavait sans fin des verres toujours resalis, ils trinquèrent avec de la bière blonde, et se mirent à parler au hasard, mais le chauffeur n'avait qu'une démangeaison, raconter sa virée avec les clients qui l'avaient gardé deux jours, le tôlier, des jolies filles, et un drôle de type, Morero qu'ils l'appellent. Il s'échauffait à son récit, et Eugène rigolait. Tout de même, quels cochons ! On ne s'imagine pas ce qu'il y a des gens qui se la coulent douce. Il le voyait d'ici, leur château. Et les femmes là-dedans. Ah mince. « Qu'est-ce qu'ils se sont engueulés après le dîner ! Il y a sa belle petite, au Jules, qui le bassine pour liquider les *Hirondelles*, paraît que c'est sa dame qui veut pas... Alors ça commence à faire du vilain entre eux... ils étaient tous à lui dire que si le zigoto qui a fait du chambard au claque l'autre jour y avait foutu le feu comme il l'avait dit... »

Ici ce fut au tour d'Eugène de s'expliquer. Ça leur avait fait tant d'effet que ça, à ces gens-là ? Des mots de colère, oui, mais c'est tout, et il raconta la scène, c'était le même jour qu'on s'était chahuté, tiens... « Tu ne coltines plus à l'Hôtel Drouot ? » Non, puisque... mais c'est ça, le plus drôle... Son interlocuteur n'en revenait pas, alors ça pour une veine. Jamais entendu parler de boulot trouvé comme ça.

Eugène grillait de dire autre chose. Il tournait autour : « Quand il m'a fait venir, le patron du 9, je ne voulais pas... nature... puis il m'a fait dire, tope-là, sans rancune, c'est pour du travail... On a sa fierté, mais du travail, on n'en trouve pas sous la queue d'un cheval, pas vrai ? Alors... quand il m'a tortillé son histoire, un

685

sénateur de ses amis, et patati et patata... cause, mon bonhomme... Ma responsabilité, qu'il disait... le sénateur... affaire de confiance... Et sa main sur son cœur... Enfin il voulait savoir si j'étais syndiqué... J'étais pas syndiqué : pas besoin de mentir... Si vous aviez été syndiqué, jamais, jamais, je ne vous aurais recommandé, on a sa conscience, on a sa conscience, on a beau être ci et ça, les syndicats faudrait les couper en petits morceaux, enfin, je ne sais pas, moi, il était lancé, il m'a parlé des syndicats un quart d'heure...

— Pourquoi tu n'es pas syndiqué? — demanda le chauffeur, scandalisé.

— Tu sais, je viens de la campagne... dans la famille, pas d'ouvriers d'usine... J'étais dans une boîte, ils étaient aux syndicats chrétiens... moi, j'aime pas les curés...

— Bien, et la **C.G.T.**? c'est des curés, peut-être...

— Enfin, ça se trouvait comme ça... et puis chômeur si longtemps... enfin j'étais pas syndiqué... Tu l'es, toi?

— Qu'est-ce que tu crois? Tu te rappelles la grève des taxis? En 1911? Six mois qu'on a tenu. J'ai été mis en boîte. A cause de la chasse aux renards... des types dans ton genre... pas syndiqués... »

Eugène rit doucement, avec cet air de gosse qui a joué un bon tour. « Quand je me suis présenté à l'usine, avec la recommandation du tôlier, on m'a interrogé, un bonhomme, puis un autre bonhomme, puis un troisième. Et ces messieurs ne rataient pas la question : Êtes-vous syndiqué? Puisque je l'ai déjà dit, que non... Non? C'est bien vrai? Je ne sais pas ce qu'ils avaient tous à vouloir que je sois syndiqué... Et des discours. Contre les syndicats. Moi, je leur disais, j'ai jamais bien compris à quoi ça sert, les syndicats... Alors ils m'ont expliqué... Sous aucun prétexte, qu'ils disaient, ils ne m'embaucheraient si j'étais syndiqué... Alors comme je n'étais pas syndiqué, ils m'ont embauché. Et puis moi, comme je les avais écoutés, toutes les horreurs qu'ils disaient des syndicats, des criminels, et ci et ça... Ça m'avait plu ce qu'ils m'en disaient... alors quand j'ai été embauché, j'ai demandé à un copain... Et voilà... »

Sa main élevait en l'air une carte sortie de sa poche, toute neuve, et le chauffeur la prit pour regarder, et se tapa les cuisses. Ah non, alors, ça vaut une tournée. « C'est moi, — dit Eugène, — cette fois... » Ils ne pouvaient plus s'arrêter de rire tous les deux. « Aussi, — dit Eugène, — qu'est-ce qu'ils avaient besoin de m'asticoter avec ce syndicat ? Quand j'ai vu que ça les rendait malades, j'ai réfléchi... je me suis dit, mais si c'est comme ça... Jamais je n'y avais pensé... Émilie, ma femme, elle n'était pas contente... On va te fiche à la porte... Pour une fois que tu as du travail... Si tu avais entendu, je lui ai dit, tout ce qu'ils m'ont dit des syndicats... Pour qu'ils les détestent tant, faut bien... » Ils s'étranglèrent de rire. Eugène regardait sa carte de syndiqué avec fierté. « La politique, — dit le chauffeur, — le syndicat, ce n'est pas de la politique...

— Et quand ça en serait ? » dit Eugène.

XL

Avec l'été qui s'achevait, la folie de Dora Tavernier allait grandissante. Elle se disputait avec Jules comme une forcenée, elle maltraitait Mademoiselle et les filles, elle haïssait ce monde atroce qui était le sien, elle éprouvait la malédiction de sa destinée et tout cela à cause de M. Pierre. Il lui semblait que les *Hirondelles*, ce seul bien pourtant qu'elle avait avec lui, la séparait plus que l'âge, et la hideur, de son inatteignable amour. Elle attendait avec horreur et espoir l'heure du sommeil. Elle souffrait atrocement de s'endormir avec une difficulté toujours plus grande. Elle maudissait et chérissait la vie. Elle était possédée par sa passion, elle ne faisait plus rien à quoi M. Pierre ne fût mêlé.

Tout d'abord le départ de Jeannot pour la mer avait apaisé en elle cette jalousie dont elle était dévorée, et plus encore, depuis qu'elle avait pu voir le petit. Un enfant, allez donc rivaliser avec un enfant ! Mais c'était une tranquillité fausse : après le premier dimanche désert, M. Pierre avait recommencé à parler de son petit-fils avec une tristesse presque intolérable. Elle souffrait de l'entendre. Elle souffrait et pour lui et pour elle. Et désireuse de chasser ce petit fantôme, elle fermait les yeux et elle reprenait son roman, son mensonge intérieur... Il n'y avait rien eu de tout ce qui avait été sa vie, ni la sienne à lui. Il n'y avait pas eu de Paulette, et pas d'*Hirondelles*, et pas de Jeannot, et pas de Jules... Ils avaient tous les deux, Pierre et Dora, passé ensemble vingt, trente ans peut-être, d'une existence inimaginable, d'une existence comme dans les livres, le long, l'unique amour, le rêve prolongé d'une confiance qui les avait l'un sur l'autre appuyés, modelés, vieillis... C'était le soir d'un beau jour. Un jour plein de regrets et de rayons, un soir doré, un soleil déclinant, une vie qui atteint enfin aux frontières de l'ombre et qui a été si pleine, si brûlante et si pure qu'elle est comme une soif étanchée, on aspire au repos, à la nuit, on craint seulement que l'autre vous y devance...

Elle égarait sa tête pendant des heures, à imaginer cette vie à deux, non point les péripéties agitées d'une vie romanesque, mais l'immense vide d'une vie à laquelle il avait suffi d'être deux, toujours deux, rien que deux... Pierre, mon amour !...

Cela la rendait étrange au milieu du décor mal fait pour les songes qui était la réalité des *Hirondelles*. Elle était trop prise à ce jeu pour éprouver l'humour de la situation, le comique sordide des gestes qu'elle avait à faire, du machinal de ses journées et de l'écart de ses imaginations folles. Le pire était fait de la présence de Pierre. Elle devait avec un sourire, un de ces sourires d'acétylène avec lesquels on ment aux malades, écouter ce qu'il disait sans déranger son conte bleu, sans bousculer sa romance. Tout se passait comme si le compagnon de toute sa vie, sur certains sujets, eût eu la tête un peu dérangée et qu'elle ne voulût pas le contrarier. Elle le laissait dire, elle se tourmentait, mais acceptait ses manies, et quand il reparlait du petit, du petit de ce fils qu'il imaginait méchamment avoir eu d'une autre femme, cela la déchirait certes qu'il eût un semblable doux délire, comme une trahison irréelle, mais elle ne l'interrompait pas, elle parlait même de l'enfant, comme s'il eût existé, comme s'il eût existé...

M. Pierre disait : « C'est absolument extraordinaire. Je croyais que cela me calmerait quand je ne le verrais plus... Et puis voilà qu'il me manque, ce petit Jean... Positivement il me manque. Vous savez, la nuit je me réveille avec une angoisse insurmontable. Je me dis que je ne le reverrai plus. C'est absurde, mais je ne peux me détacher d'une image : sa petite main frappant avec la pelle sur le seau pour démouler les pâtés... et l'expression de désappointement dans ses yeux parce que le sable s'est effondré... Est-ce assez bête ? La vieillesse, il faut que ce soit la vieillesse... Mais alors, je ne sais pas, cela contredit tout ce que j'ai cru, tout ce que j'ai pensé : toute ma vie, toute la vie... Un enfant... Est-ce que ce n'est pas honteux ? »

Elle ne l'entendait plus. Elle cherchait à se rappeler un détail de leur jeunesse, un détail de sa force et de son amour, une histoire de jadis, au commencement de leur vie commune, quand ils étaient encore étrangers l'un à l'autre et qu'ils se cherchaient, et qu'ils se craignaient, et que leurs yeux brillaient sans savoir pourquoi, et qu'elle avait ce grand vertige dans le cœur quand il l'approchait les mains ouvertes...

« Madame Tavernier, je commence à comprendre ce qui se passe chez les vieillards qui remuent leur passé et se convertissent et confondent toute vérité, toute croyance du temps de leur maturité dans la grande terreur de l'âge, je commence à comprendre cet abaissement de l'intelligence, cet affolement. Mais ce n'est pas un Dieu, la mise en scène de l'Église et de la prière, moi... c'est cet enfant... cet enfant... »

Que disait-il ? Elle écartait comme un rêve au front d'un malade ces propos de fièvre, ces balbutiements... Une hantise en elle, un besoin : elle voulait l'avoir chez elle, chez eux, dans la maison de Garches, leur maison.

Accepterait-il d'y venir ? Elle osa le lui demander. Dimanche... dimanche, puisque ses dimanches maintenant étaient libres. Elle formula cela comme épousant ses divagations, comme acceptant l'illusion à laquelle il se plaisait : puisque le petit n'est plus là le dimanche...

Il refusa d'abord. Le dimanche, il allait seul avenue du Bois, et il s'asseyait sur une chaise de fer, et il regardait d'autres enfants jouer. D'autres enfants inconnus. Il avait même pleuré la dernière fois. « Entre nous, chère madame... là, sincèrement... vous ne croyez pas que je baisse ? »

Dora se récria. C'était ça pourtant. Il baissait. Mais elle se récria. Elle éprouvait du même coup une joie mauvaise, comme une revanche. Il baissait.

Comme on arrivait en septembre, il tint de drôles de propos, qui parurent à Dora un signe de plus de cette déchéance. Lui qui se faisait une gloire de ne pas lire les journaux, il se mit à parler des choses qu'on y trouvait. Il fallait donc qu'il les lût, maintenant. Et des choses incompréhensibles. Par exemple de la venue à Paris d'un homme politique turc pour demander de l'argent au Quai d'Orsay. C'est vrai qu'il a été en Turquie, Pierre, il en parlait encore l'autre jour, mais c'est presque aussi extraordinaire que son amour pour le gosse, cet intérêt subit des choses turques. Il disait que si on faisait la bêtise de ne pas donner d'argent à ce Turc, les Allemands en profiteraient.

« Mais vous parlez politique, monsieur Pierre ?...
— Politique ? — dit-il. — Politique ?... »

Et il se mit à rêver. Il baissait vraiment.

C'est vers ce temps qu'elle le convainquit de venir le dimanche à Garches, avec elle, voir la maison. Il était pris de doutes très graves sur lui-même, alors il ne savait même plus résister à cette invitation répétée. Peut-être qu'il avait tort de ne pas lui faire ce plaisir, à cette femme. Puisqu'elle y tenait tant. Ce n'était pas si important, un de ses dimanches, d'abord, pour refuser un plaisir à cette femme. Il y avait en lui maintenant comme un vague sentiment de culpabilité ! Drôle à dire : il accompagnait Dora à Garches, un peu, beaucoup, pour Paulette, à cause de Paulette. Pourtant l'idée de Paulette le faisait encore bien râler. Mais qu'est-ce qui est juste, qu'est-ce qui est injuste? On ne sait plus. Si je m'étais trompé du tout au tout... sur toutes les choses? Et pas moyen de revenir en arrière. On ne vit sa vie qu'une fois. Une pauvre petite fois. S'il lisait le journal maintenant, une découverte faite avenue du Bois, où il traînait à ne rien faire, avec le souvenir du petit, c'était évidemment par ennui, par ennui surtout. Pas uniquement par ennui, par faiblesse, par peur aussi, de ce qu'allait devenir le monde, de ce qui pouvait lui arriver. Je ne peux rien pour empêcher tout ça, c'est idiot. Mais ça ne fait rien : on est attiré par l'abîme, on se penche dessus. Ou je vivrai encore quand tout se gâtera, et mon Dieu! mon Dieu, qu'est-ce que je deviendrai là-dedans? Ou bien cela tiendra plus long-temps que moi, comme ça, avec ce faux air de solidité, et je partirai sans savoir, je ne saurai pas la fin de l'his-toire, comme un imbécile qui s'est trouvé devant une maison à la minute d'un grand crime, et qui est passé sans se douter... Qu'est-ce que ça peut faire qu'on sache ou qu'on ne sache pas? Mon imbécile est-il moins heu-reux de ce qu'il ignore? C'est drôle, ça me vexe. Je baisse, il n'y a pas à dire.

Il avait peur surtout. Il avait peur de tout et de rien. Cela montait en lui depuis deux, trois ans cette peur. Maintenant ça prenait corps, ça peuplait sa carcasse, comme le vent dans une maison abandonnée. La peur, cette forme terrible de la vieillesse. Si je m'étais trompé du tout au tout... Il ne pensait pas cela tellement à cause d'un doute moral. C'est-à-dire que le doute moral venait après. Cela s'élevait au doute moral. Mais c'était la peur, la peur de l'incertitude, de la vieillesse isolée, de ce qu'il deviendrait dans un monde bouleversé perpé-tuellement, aurait-il à manger? des gens autour de lui, des gens indifférents. Quand on est jeune, on n'y pense pas, on se suffit... Cinquante-sept d'abord, ce n'est pas la vieillesse, la vraie vieillesse.

C'est absurde, c'est confondant. Il avait cru toute sa vie tenir à des idées, pas toujours les mêmes, mais enfin : qui sortaient les unes des autres avec une sorte de logique, ses idées... Maintenant il s'apercevait que ce n'était rien par soi-même, c'est-à-dire que ses idées étaient le résultat non pas la cause, et quand le monde changeait, et sa situation dans ce monde, sa sécurité précaire, ces changements prenaient corps, devenaient des idées nouvelles, tout aussi puissantes, tout aussi convaincantes, et contradictoires, pourtant, avec ses idées précédentes, un démenti, un soufflet à tout ce qu'il avait cru...

Il avait peur de ce marais en lui, énorme, de cet enlisement. Était-ce cela, vieillir ? Il repensa à Paulette. Elle était encore jeune, elle n'avait pas cinquante ans, Paulette. C'était vexant. Mais en même temps une chose sournoise qui tournait en lui depuis quelques jours l'entraîna. Il était bien tard pour faire la fine bouche. Et les Meyer, et Dora ? Il se trouva sans savoir comment à écrire une lettre, qu'il déchira d'ailleurs. Qu'il récrivit un autre jour. Il était là à contempler le papier, et son écriture toute changée, incertaine. L'incertitude était en lui, ce n'était pas seulement la main. Ce petit bout de papier, cela signifiait le renoncement, le pire, à soi-même. Il ne demandait pas pardon, non, sans doute... C'était tout. Pour la dignité... Plus de dignité. La peur. La peur sordide. L'enfant, le petit Jean, un simple prétexte, un prétexte auquel on se prend, mais un prétexte, le petit Jean, c'était la peur. Une lettre à son fils Pascal. Oh, bien sûr, pas une lettre décisive ! Mais Pierre savait qu'une autre lettre suivrait la première. Une fois engagé sur cette voie-là... Il ne se décida pas tout de suite à l'envoyer. Elle était déjà écrite. Pas mal déjà. Il la mit dans une enveloppe avec l'adresse, sans la fermer. Il la porta quelques jours dans sa poche intérieure. Il la palpait en parlant d'autre chose, comme s'il eût vérifié son argent. Cette idée le frappa. Son argent ! La seule idée permanente à travers toute sa vie : l'argent. Il sourit. Il n'envoya pas la lettre. Pas encore...

C'est là-dessus qu'il accepta donc l'invitation de Mme Tavernier, et ils s'en furent ensemble à Garches, par le tramway jaune qui longeait le Bois, traversait la Seine, et par-delà les fumées des usines abordait cette région prédestinée où le sort poussait Pierre par les épaules.

XLI

Quand ils descendirent du tram, le temps s'était couvert, un temps lourd. Pierre Mercadier songea aux dimanches en famille. Tout était couvert de cette poussière âpre et calcaire des environs de Paris. Est-ce qu'il n'y avait pas un théâtre de verdure dans la région ? Comment y avait-il échoué jadis, pour une représentation en péplum, une agitation absurde d'alexandrins dans un enclos avec des bancs durs aux fesses ? Mme Tavernier sous un grand chapeau noir bordé d'autruche bleu pâle, avec son ombrelle et son réticule, et un gâteau qu'elle trimbalait depuis la République, pour prendre le thé à Garches, n'était guère avec son compagnon, le cœur bondissant de sa félicité. Soudain, au-dessus de leurs têtes, il y eut un bruit grondant qui se rapprochait, et ils virent de partout surgir des gens, les têtes se lever vers les nuages. Dans les petits jardins, des femmes sortaient des maisons, des hommes se redressaient des plates-bandes : là-haut, regardez, un aéroplane ! « Qu'est-ce que nous n'aurons pas vu ! » dit Pierre. Et Dora : « Je me demande si c'est un monoplan ou un biplan... — Mme Tavernier, à cette distance... c'est trop technique pour moi... — Je voudrais que ce soit un biplan... — Et pourquoi ? — Je ne voudrais pas qu'il nous dégringole dessus : et le biplan, c'est plus solide... — Vous croyez ? Mais les oiseaux sont tous des monoplans... — Ce n'est pas la même chose : ils battent des ailes... »

Ils gravissaient la rue sableuse, Mercadier s'arrêta, essoufflé. Le cœur lui battait. C'était d'avoir regardé le ciel. Et puis ses varices... Il pensait à l'Exposition de 89, à Paulette jeune, et à l'amiral rencontré au Trocadéro. Comme le temps court plus vite que nous ! Les aéroplanes maintenant... Je n'ai été pour rien dans tout ça, pensa-t-il. Drôle de sujet de tristesse ! Mais cet isolement de l'époque, c'était le même qu'il éprouvait des siens, des êtres vivants. Il tâta la lettre dans sa poche.

Quand ils atteignirent la maison de nougat qui était le château des rêves de la taulière, Pierre se sentit au bout de sa bonté. Faire plaisir... Il en était à faire plaisir à cette vieille bique comme à la mère Meyer. Toujours la frousse, rien que la frousse. Il se sentait mal à l'aise avec une petite sueur et les idées brouillées. Il fallut subir le tour du propriétaire. Quelle horreur, quelle absolue horreur que cette turne! A vomir de bonne volonté, de patience, de faux luxe et d'économie mesquine. Et, trois fois, elle lui fit grimper et descendre les deux étages. Il y avait des bibelots qu'il n'avait pas vus, le cabinet de toilette qu'elle avait oublié. L'air humide et lourd, aggravé par les ombres de la maison, tombait sur eux comme une serviette chaude. Est-ce qu'il n'allait pas enfin pleuvoir? enfin y avoir une bourrasque d'air frais? Non.

Dora, son chapeau enlevé, volait par les pièces comme une grosse mouette affolée. Des histoires lui remontaient à la gorge à chaque presse-papiers, à chaque têtière de chaise. Elle avait déposé le saint-honoré sorti de son carton sur la table au dessus de velours, il aurait fallu une nappe, elle en avait une, brodée, avec des trèfles, des trèfles verts et des petits chats... plutôt celle avec des cœurs, celle avec des cœurs... Les armoires s'ouvraient sur des provisions, et des piles de linge, tout prêt comme si on allait venir vivre ici d'un instant à l'autre. Même une bouteille de fine entamée...

« Non, pas de fine, je ne pourrais pas... je ne me sens pas bien... »

Dans le jardin, on serait mieux. On n'y respirait guère, mais enfin c'est dehors... Le gravier crissa sous leurs pieds. Les feuilles d'arbres pas sérieux ne bougeaient pas. « Le jardin a besoin d'être entretenu », dit Mme Tavernier, en manière d'excuse. Non, tout ce qui lui donnait encore un certain charme, c'était cet abandon, l'herbe dans les chemins, les branches non émondées. Ils s'assirent sur les fauteuils de vannerie que

Dora avait été tirer de la remise. Poisseux comme le temps, ces fauteuils. Le vernis vous en collait aux doigts. « Vous n'aimeriez pas, — dit-elle, — habiter tout le temps à la campagne ?

— A la campagne ? Que voulez-vous dire ? A la campagne... bien sûr... Pas seul, par exemple. Est-ce que c'est facile ici pour les commissions ? » Il avait demandé cela, par gentillesse, dans la crainte que ses intonations sur le mot campagne n'eussent blessé Mme Tavernier.

Elle en rougit, et sentit en elle toute la violence de ses espoirs. Les commissions ! Elle pensait au laitier qui demande : Un litre aujourd'hui, ou un litre et demi ? Elle reprenait pied dans ses fantasmagories, car c'était le monde réel qui était la vague, la mer, la songerie, et non point ce roman d'amour qu'elle portait en elle, ce roman, sa terre ferme, sa forêt. Il parlait : « Comment aurions-nous préféré vivre ? Souvent je me demande, si j'avais le choix... Le choix entre quoi et quoi... J'ai semblé plus qu'un autre avoir choisi ma vie, et pourtant... si peu, si mal ! J'ai dit non à ce qui m'attachait, j'ai dénoué des obligations pesantes, défait cet enchevêtrement de valeurs morales, rejeté ces fardeaux... Et qui sait, qui sait si je suis plus libre ? Voyez-vous, madame Tavernier, quand j'étais professeur dans une petite ville de l'Est, et père de famille, et que je souscrivais encore aux emprunts de l'État, et que je croyais, que je voulais croire encore à des devoirs, à la solidarité des hommes, j'étais souvent pris d'un doute : ce qui parlait là, ce n'était pas moi, mais l'autre, celui qu'on avait formé avec des livres, des idées, modelé à l'image d'une société de fer, d'un groupe humain défini. Mais, moi, moi ! l'individu... l'homme... j'aurais voulu mordre, et aimer, et me soûler, et tuer, et prendre. L'individu... A toutes les religions mortes se substituait la religion de l'individu. Et voilà, même pour cette religion, je n'ai plus la foi, j'ai perdu la foi... »

Mme Tavernier prit un air grave et profond. Dès qu'on parlait devant elle de religion... ou est-ce qu'on est... mais il y a des choses sacrées. Pourquoi, au fond, s'ils habitaient ici tous les deux, n'iraient-ils pas à l'église ? Il devait y avoir un curé. On lui donnerait, pour ses pauvres. De cela, il ne fallait pas encore parler. Elle gardait ces folies comme des oiseaux dans son cœur. Déjà qu'il fût là, dans le jardin, sous les feuilles, à parler de n'importe quoi, mais à parler, quel trouble, quelle joie, quelle crainte aussi ! Il faisait étouffant, et on entendait un phonographe dans la maison voisine, nasillard et plein de poésie, une valse... était-ce bien une valse ? « J'ai écrit à mon fils, à Pascal... La lettre est là... »

Soudain, c'est comme de la glace. Dora ne comprend pas encore ce qui la tenaille et lui donne l'envie de pleurer. Elle a senti la menace, sans en saisir les termes. Le drame des fêtes qu'on se donne et que vient interrompre n'importe qui d'un mot. D'un mot terrible. Qu'est-ce qu'il a écrit à son fils ? Oh, mon Dieu ! ils vont le reprendre. Ils vont le reprendre. Ils vont le reprendre. Avec eux. L'emporter. Son amour, sa vie. Les vêtements lui collent à la peau, elle essuie à sa lèvre une écume qui va la trahir. Ses mains tremblent. Ils vont le reprendre. N'est-elle venue ici que pour entendre cela ? Comment se défendra-t-elle ? Les larmes montent à ses yeux. Elle se lève, elle court dans la maison. C'est pour faire le thé. Le thé ! Elle s'était promis de prendre le thé avec lui, comme les femmes du monde. Le thé amer, le thé dont elle ne sait pas combien il faut mettre et qui s'éparpille autour de la terre cuite, sous ses doigts pris d'hystérie, entre les tasses fragiles qui s'entrechoquent, et qu'il serait si bon de briser... Le saint-honoré sur la table... Elle rit, d'un rire des nerfs qui secoue ses dents fausses, elle rit devant le miroir où elle voit son image flétrie, ses chichis, sa poudre et ses rides, la tragique expression de sa bouche plissée... Tout est perdu, tout s'écroule, ah, folle, folle ! Madame se croyait déjà installée avec son amant... Avec son amant, je vous demande ! Vieille peau, idiote, avec tes nuages, tes rêvasseries, tes... Mais est-ce qu'il ne l'a pas appelée ? Comme un cri ! Oui, dans le jardin... Elle laisse tomber une tasse, elle n'entend plus son propre cœur, elle trousse sa jupe, elle court, elle descend les marches du perron, où est-il ? Il n'est plus sur sa chaise...

Parmi le gravier et les herbes, dans un désordre grotesque, la marionnette s'est effondrée : tête en avant, la bouche sur la terre, avec sa redingote noire, et les jambes molles, les bras au hasard... Seigneur! Seigneur! Dora s'abat sur cette forme noire qui a accroché en tombant le chapeau haut-de-forme posé sur une table de fer, et le cylindre a roulé devant lui comme si le drame se fût joué entre l'homme et lui...

Il est là, sous elle, qui le prend dans ses bras, trop lourd pour elle, et ils retombent tous les deux. Il ne bouge pas, il ne résiste pas, il ne dit rien... Parlez, parlez, voyons... Il souffre, il a bavé, ses yeux sont révulsés, épouvantables... Pierre, monsieur Pierre! Elle retombe encore sous ce poids de mollesse. Elle s'assied à terre, elle le retourne, quelle vue! qu'a-t-il? Voyons, ne jouez pas, ne jouez pas! Il ne l'entend pas, il souffle. On ne sent plus son cœur. Il est blanc. Oh non, non, pas cela!

Mais c'est en vain qu'elle l'appelle, qu'elle le secoue, qu'elle le frappe au visage avec respect, avec terreur... Il retombe dès qu'elle desserre son étreinte. Oh, c'était donc ainsi qu'elle devait enfin le tenir dans ses bras! Il ne va pas mourir, impossible, il ne va pas mourir!

Là-dessus voici que l'orage éclate, et le ciel et la femme à la fois pleurent sur la terre et l'homme qui gémit, dans les limbes de la poussière et de l'inconscience.

XLII

Cinq heures du soir. L'homme se répétait les mots de la concierge : sous la voûte à gauche, la porte vitrée, et au rez-de-chaussée à côté de l'ascenseur. Très grand, avec les épaules larges, et malgré le veston de voyage l'air d'un officier, il était blond, avec une face rasée longue, les yeux un peu trop ouverts, qui lui donnaient une expression d'étonnement perpétuel. Un bel homme, avait pensé la concierge, un étranger pour sûr.

Il trouva la porte et sonna. On mit quelque temps à venir ouvrir. M. Werner apparut dans l'entrebâillement, il n'avait pas l'air spécialement heureux d'avoir de la visite. L'inconnu se présenta en allemand. C'était différent, si le capitaine von Goetz voulait entrer.

Karl à trente-quatre ans est un athlète pâle, dont le charme tient plus à un sourire fugitif qu'à ce caractère de bête noble qui le rend gênant pour les hommes. Il jette sur la pièce où son hôte vient de l'introduire un regard professionnel. Il connaît ce genre de garçonnière, avec divan oriental et tentures de bazar, la demi-lumière qui y règne, la bibliothèque de livres allemands et français mêlés, rarement coupés, et choisis avec toutes sortes d'intentions discutables des *Liaisons dangereuses* à Schnitzler. Et le petit buffet qui fait encas. Il regarde M. Werner, sa maturité solide, le pli de la nuque sur le col dur, la moustache qui aurait besoin de fixatif, et il sourit, de ce sourire irrésistible...

« Je vous croyais à Constantinople, mon capitaine...

— J'en arrive. Il fallait un remplaçant au major von Winterfeld, vous savez notre attaché qui a eu cet accident d'automobile près de Montauban... J'ai été le saluer de la part de l'ambassadeur. Fracture de la colonne vertébrale. Il s'en tirera, mais c'est au moins six mois qu'il doit rester là-bas, intransportable. »

M. Werner murmura quelque chose de très convenable. L'autre l'interrompit : « Vous m'excuserez, j'ai peu de temps, et une simple communication à vous faire. Voilà : nous avons le plus grand intérêt à savoir ce que fait à Paris un diplomate turc, un homme fort distingué que j'ai connu à Constantinople, Djavid Bey. Il a vu M. Pichon au Quai d'Orsay. Un emprunt que la Sublime Porte... ? ça ne nous plaît pas, vous saisissez ?

— Oui, mais en quoi puis-je ?...

— Vous connaissez, m'a-t-on dit, Wisner, l'homme des autos ? Eh bien, Djavid Bey va visiter prochainement les usines Wisner...

— Pour des commandes ?

— Ou par curiosité. Il y a de très bonnes voitures en Allemagne. Mais si on a un crédit en France... Enfin nous voudrions être renseignés. S'il y a marché, l'étendue de ce marché, les délais demandés, le mode de paiement... Vous me suivez? Ah, il est bon que vous sachiez que le présent ministère français est absolument, absolument opposé aux emprunts étrangers... Il ne veut pas augmenter ainsi la dette française... Il a raison. Mais peut-être votre ami, M. Wisner, n'en sait-il rien? Les usines Wisner travaillent pour le ministère de la Guerre. Ce n'est pas une raison, le cas échéant, pour que nous ne fassions pas affaire avec eux. Il vaudrait mieux cependant qu'ils ne traitent pas avec Djavid Bey L'Allemagne est un meilleur client que la Turquie... » Le capitaine jouait avec ses gants tannés, rouges, neufs, et plats comme s'il ne les avait même pas essayés. Soudain, son regard qui s'amusait du côté galant de la pièce tomba dans la pénombre sur une chaise. Sur cette chaise il y avait un chapeau de femme, une grande forme de paille avec un pouf de tulle champagne... Les yeux de Karl se creusèrent dans la joue. « Excusez-moi, dit-il, mais vous n'étiez pas seul ici...

— Vous ne m'aviez rien demandé...

— Non, mais... a-t-on pu nous entendre? » Il regardait avec hésitation les deux portes.

« Je ne pense pas...

— Ceci est sérieux, Werner, et il ne s'agit pas de penser... quelle sorte de personne? » Il avait baissé la voix, très contrarié. Quel imbécile vraiment!

Werner sentit son mécontentement. Il sourit, hésita, puis dit

« Oh, quelqu'un en qui vous pouvez avoir confiance...

— C'est votre avis, je n'ai aucune raison de vous croire... »

Werner se gargarisait de son secret. Vaniteux comme il l'était, et désireux aussi de ne pas être mal noté, il se dirigea vers la porte du fond et l'ouvrit. « Entrez, ma chère amie mais entrez donc... » La dame n'y tenait guère probablement. Il insista, passa dans la pièce voisine, il y eut un chuchotement irrité, et enfin la femme s'avança dans la porte. Le capitaine von Goetz la regarda, elle avait une blouse de piqué blanc et une jupe marron. Elvire! Il serra légèrement les dents.

Elvire bouleversée regardait Karl. Elle aurait voulu être morte. Il n'était rien qu'elle n'eût fait pour éviter cela. Elle regardait ce grand corps puissant avec un terrible regret. Cet homme qui lui était arraché comme son cœur, comme son cœur... Le coup de cette rencontre était encore trop soudain pour qu'elle pût haïr Werner, mais elle savait qu'elle le haïrait pour ceci. « Karl! » soupira-t-elle. Il se redressa, claqua militairement les talons, et salua : « Enchanté, madame, enchanté... Madame votre mère est en excellente santé, je présume? Et Dorothée? Betsy? Je m'excuse de vous avoir dérangés... J'espère que de là-bas, vous n'avez pas entendu notre conversation...

— Je n'ai entendu que ta voix, Karl...

— Bon. De toute façon, oubliez que vous m'avez rencontré ici. C'est désagréable pour vous et pour moi. Et parfaitement inutile. Madame... Mon cher Werner... » Il avait claqué les talons à nouveau, salué, il serrait la main de l'homme, il allait sortir, il sortait... « Karl! » La porte se referma.

Le désespoir alors s'empara d'Elvire Manescù. Un désespoir comme la grêle dans un verger. Une débâcle. Quel saccage épouvantable! Il fallait que Karl l'eût trouvée là... et à rien ne servait de se dire et après tout, et pourquoi pas? Elle savait que même si depuis deux ou trois ans Karl n'avait jamais pensé à elle, de la trouver ici dans cette garçonnière, avec cet homme-là, et les images que ça éveille, Karl la méprisait. Il avait une idée des femmes, Karl, très vieux jeu. Elle savait qu'il avait maintenant du dégoût en pensant à elle. Insupportable à penser. Tout cela à cause de Werner. Il s'avançait vers elle, comme si de rien n'était. Il voulait la reprendre dans ses bras. Elle sauta de côté. Elle attrapa son chapeau : « Ne me touchez pas!

— Qu'est-ce que c'est, Liebchen?... »

Ah, tout le dégoût de Karl elle le ressentait devant cet homme! Comment avait-elle pu... jamais... Cette graisse dans ses joues, cette lèvre fendue... Elle se dégagea et lui dit en français : « Vous êtes un mufle... »

Il tombait des nues. Il ne voyait pas. Elle s'en fut comme une folle.

Le soir doux de la fin septembre faisait un châle très fin sur son visage. Elle hésita dans la rue Anatole-de-la-Forge : tournerait-elle vers l'avenue de la Grande-Armée ou vers l'avenue Carnot ? Il y avait dans l'air une poussière d'or. Et la haine de cet homme monstrueux qui avait ouvert la porte... paradé... étalé devant Karl leur misérable aventure... Trop content bien sûr. La canaille ! Toute l'amertume de la vie ; et son grand amour, et cette glissade lente de ces années-là, quand elle voyait dans les yeux de Karl une lumière peu à peu s'éteindre... l'horreur ! Le désespoir. La déchéance. Cette insensible infiltration en elle. Cette mollesse. Cette torpeur. Le roman d'une noyée... Mieux eût valu être morte ! Elle avait lu dans le regard de Karl bien pis que le mépris. La pitié. Je ne veux pas de sa pitié ! La pitié pour ce qu'elle était devenue. Pour cette grosse femme finie... Oh ça, elle ne pouvait pas s'y tromper : elle le connaissait trop bien, Karl. Elle lui avait déjà vu cette expression, parfois dans le monde, devant des femmes qui avaient vieilli. Et elle savait que sa pitié ne pardonnait pas. Pour Karl, une femme moche, c'était moins que la terre à ses pieds.

Trop lasse pour faire autre chose que rentrer à *Étoile-Famille* : de toute façon elle devait reprendre Betsy de retour de son cours de piano, pour rentrer à Marlotte par le train du soir. Quand elle traversa l'entrée, elle eut la malchance d'y croiser Pascal. Avec un homme plutôt petit, une barbiche, habillé en gris. Il lui demanda ce qu'elle avait, elle dit que c'était la migraine et se précipita dans l'escalier. Pascal la suivit des yeux, et se retourna vers son interlocuteur : « Eh bien, de toute façon, je vous remercie, monsieur Meyer... il semble qu'il y ait un sort dans tout cela... C'est très aimable à vous de vous être dérangé, et de m'avoir prévenu...

— Ce n'est que trop naturel...

— Non, non... Mais quelle chose singulière que la vie de cet homme ! Vous savez, je n'ai jamais pu oublier ces jours quand il nous a laissés, ma mère, ma sœur et moi, sans crier gare, et ses affaires qui restaient toujours au portemanteau du vestibule... J'avais douze ans...

— Nous avons été bien surpris aussi, allez. Songez donc, alors, c'était un homme jeune... on pouvait penser... enfin il n'est pas le seul, excusez-moi, qui ait quitté sa femme et puis il avait de l'argent... Mais, maintenant! Trois ans et demi que je l'ai trouvé au parc Monceau, crevant de faim, littéralement crevant la faim... Nous l'avions pris chez nous. Peut-être n'avait-il pas une très belle chambre... Enfin le couvert, la nourriture assurée, du travail, ça ne se trouve pas dans le pas d'un cheval... et notre affection. Il allait au cinéma toutes les semaines avec ma belle-mère!

— Un homme singulier, monsieur Meyer, singulier. Vous savez peut-être qu'il s'était arrangé pour voir Jeannot, mon petit... en cachette... Oui? Au lieu de venir simplement ici, si ça lui chantait. J'avais même pensé... je me disais qu'à la rentrée, peut-être il essaierait de revoir l'enfant et que peut-être j'aurais pu me trouver là par hasard... A peine sa trace retrouvée, le voilà qui disparaît à nouveau!

— J'ai voulu vous dire... Les premiers jours, nous avons craint... Il n'est plus jeune. J'ai été à la Morgue... partout. Sarah m'a dit, c'est ma femme, s'il lui était arrivé quelque chose on nous l'aurait rapporté, alors c'est qu'il ne lui est rien arrivé...

— Une fugue à son âge! Je dois dire que j'ai connu récemment quelqu'un qui l'avait rencontré jadis, pendant ces années dont nous ne savions rien... Et là encore il était parti, un beau soir, sans un mot...

— L'idée de la fugue nous est venue assez tard. C'est André Bellemine, vous savez, l'écrivain? Il s'intéressait à votre père. Eh bien, André Bellemine est un peu de la famille. Il est venu nous voir, et il nous a dit: "Est-ce que vous ne voyez pas que c'est une fugue!"

— Quelle drôle de chose!

— Oui, vous pouvez le dire! Est-ce qu'il n'était pas bien chez nous. Tout le monde l'aimait. Ou presque... Ma belle-mère... Enfin je n'avais pas le droit de ne pas vous prévenir. Je me suis dit: il faut les prévenir. Et Sarah m'a dit: "Tu ne peux pas ne pas prévenir les siens.. Avec toutes ses affaires chez nous... pas grand-chose, c'est vrai... mais enfin..." Si quelque chose lui était arrivé, c'est à vous... Alors... Bien qu'elles ne me gênent pas chez moi. Nous lui gardons sa chambre, pour s'il revenait. Remarquez qu'il m'a joué un tour pendable, à la fin des vacances, quand il faut mettre les bouchées doubles pour le bachot d'octobre... Qu'y faire, il est comme ça.

— Je vous remercie, monsieur Meyer, vous avez été très bon pour mon père, et c'était vraiment très gentil, de vous être dérangé... Si ses affaires ne vous gênent pas trop... vous comprenez, les reprendre, c'est comme s'il était mort... Et puis ma pauvre mère... enfin c'est délicat... je vous remercie infiniment... Mes hommages à Mme Meyer, je vous prie... Faites attention, il y a une petite marche pour sortir... Alors, au revoir, monsieur Meyer. Et encore merci ! »

XLIII

L'homme est à elle enfin.

Dans les oreillers, la vieille tête hagarde déplonge de la stupeur après huit jours. L'œil comme décoloré, vidé, regarde avec un étonnement de nouveau mort les objets dont il ne semble plus saisir la forme ni le sens : avec un étonnement qu'éclaire à peine une colère morne, la colère de l'impuissance. Paralysé, presque incapable de bouger les jambes, qui sont sans force, et de tourner sa tête, sa bouche de travers, la barbe qui a poussé, sale, avec à la lèvre la bave et la langue comme gonflée qui se prend dans les dents lorsqu'elle veut parler... C'est un tragique guignol démantibulé où les rouages ne se commandent plus les uns les autres, où tout joue séparément, quand cela joue encore...

Il a fallu le hisser ici. Grâce aux voisins que Dora avait été chercher. Des postiers qui avaient un petit cottage, des gens humbles, pour qui la villa où ils entraient était une manière de palais. « Ma femme va rester auprès de votre mari, — avait dit l'homme, — moi, je saute sur ma bécane et je vais chercher le médecin. »

Elle n'avait compris que plus tard que c'était cette petite phrase qui avait décidé de tout. *Votre mari*...

Pas facile à trouver un dimanche soir, le médecin. Enfin on l'avait découvert. Il avait examiné assez brièvement Pierre, cette chose qui était Pierre, fait la grimace : « Pas à transporter... installez-vous ici pour deux, trois jours... »

Il était sans connaissance alors. La voisine avait fait du café, apporté un peu de sa cuisine. Dans la nuit, Dora avait commencé à sentir au fond de son épouvante son atroce bonheur. Elle avait commencé à craindre que cela finît, qu'il lui échappât, qu'il retrouvât son indépendance... D'abord elle s'était reproché ce sentiment monstrueux, elle l'avait chassé vainement. Il revenait sous mille formes, il s'insinuait, il s'installait, il triomphait.

Son absence, cette nuit, n'aurait gêné personne aux *Hirondelles* : comme toutes les semaines Jules découchait du samedi au lundi maintenant.

Dora avait pensé à la famille, aux gens chez qui *son* Pierre habitait. Avec haine. Avec peur. Il faudrait pourtant les prévenir, ou au moins les uns... ou les autres... Elle attendrait de savoir s'il se remettait.

Peu à peu la vie s'organisa. Le médecin était décourageant, les piqûres restaient sans effet. On dénicha une femme qui vint faire le ménage. Dans la journée, Dora téléphona à Paris qu'elle ne rentrait pas jusqu'au jeudi. Jules s'en foutait : il y avait Mademoiselle.

Longues heures près de cet être soufflant et vagissant, longues et courtes heures de rêve et de triomphe, la possession enfin... Toute la femme se résumait chez Mme Tavernier, autour de ce paquet humain : les sentiments de la mère, et ceux de l'amante, et ceux de la fille.

D'abord elle n'y touchait qu'avec crainte, avec le tremblement du sacrilège. Puis il fallait bien arranger le lit, le faire manger, boire... c'était difficile... et les besoins...

C'est quand elle atteignit le naturel de l'infirmière à

manier sa victime, qu'elle se sentit enfin maîtresse de l'homme dompté. Son corps : l'étrange révélation de toute cette misère physique, on n'imagine pas ce que ça devient un ventre d'homme, vers soixante ans, avec une hernie et un bandage... Le laver...

Maintenant, elle pouvait se livrer tout entière à l'imagination. Il ne parlait plus, et le médecin le lui dit : il ne parlerait plus. Un son, informe d'abord, toujours le même, était tout ce qu'il trouvait pour tout désigner, pour tout dire, demander le bassin, le mange-mange, se plaindre, se fâcher... Ça essayait d'avoir trois syllabes, ça mit du temps à former un mot...

Quand elle s'était décidée à fouiller les poches du mort-vivant, Dora avait eu toutes les peurs et les joies du vol, et de la sépulture violée. Un petit carnet, des bouts de papier, la copie d'un devoir à corriger... rien qui indiquât son adresse... l'adresse de l'école, des Meyer, mais seulement cette enveloppe, avec la lettre pour Pascal, et l'adresse de Pascal : *Étoile-Famille*...

Cela avait été un grand combat pour la lire. Dora se dévorait de délicatesse. Enfin elle avait ouvert l'enveloppe, lu. Oui, il voulait les revoir, oh, c'était donc ça ! Ils le reprendraient maintenant, vieux et impotent, sa famille. C'est à ça que servent les familles.

Oui, mais qu'est-ce qu'elle deviendrait là-dedans, elle, Dora, et son roman, et leur passé fantastique à reconstruire, assise dans la ruelle, la main sur le drap comme au creux d'un livre ? Impossible, fini, ma vieille. Non, elle ne se laisserait pas arracher, elle n'avait pas besoin de savoir, de connaître l'adresse, quant à la lettre...

Le papier se fendit douloureusement selon une longue ligne irréparable. Quand elle vit ce qu'elle avait fait, elle mit précipitamment les deux morceaux l'un sur l'autre et déchira deux fois en croix cette dernière volonté perdue. Puis elle brûla soigneusement ce petit tas, joua avec les cendres, les dispersa...

Il restait l'enveloppe. Dora hésitait. Enfin comme une voleuse elle la fourra dans son sac à main. Elle n'avait pu se résoudre. Si un jour...

Dans la semaine, elle fit deux petits voyages à Paris, se disputa avec Jules qu'elle mit au courant des événements, qui la traita de folle, mais qui jouissait secrètement de cette absence qui le comblait. La vieille peau n'était plus là le soir, avec son râtelier dans le verre. Et lui il s'abreuvait de cette jeunesse retrouvée, de cette Rose, de cette fille enfantine et naïve, qui le réveillait vers quatre heures du matin, brutale, avec une tête de femme d'affaires pour dire : « Et alors, cette licence ? C'est-il pour aujourd'hui ou pour demain ? »

Vers la fin de la semaine, Dora comprit le mot qui se formait si mal sur les lèvres du malade. Elle avait fait venir le coiffeur pour le raser, elle apprendrait ensuite à le raser elle-même : elle voulait qu'il fût à elle entièrement. Pierre avait un peu bougé la lèvre au mauvais moment, ça lui avait fait une de ces coupures de rien du tout qui sont si agaçantes... Alors, il répétait le mot en essayant d'avancer le menton comme une protestation faible... Il n'y avait pas à dire, il disait : « Po-li-ti-que... » Si c'est pas drôle ! Politique... le seul mot qui lui restât. Elle se mit à le taquiner, à lui parler son langage : « Tu veux ton politique, mon Pierrot ? » Car elle le tutoyait, et lui donnait des petits noms. Elle poussa même la gaieté jusqu'à l'appeler « le père Politique », en souvenir, probable, d'un nom plus désinvolte, jadis, sur les lèvres de Jules...

Elle ne se rendit même pas compte elle-même de ce qu'elle s'était installée ainsi dans une vie nouvelle. D'ailleurs, il ne fallait pas que ce fût une vie nouvelle, c'était la fin d'une vie, d'une longue vie à deux, avec son mari, avec son *mari*.

Ce mot qui l'avait d'abord amusée était passé dans ses pensées naturelles. Et avec lui, la chose. L'intimité. Le sans-gêne. La tendresse. L'impossibilité de se compter pour quelqu'un à soi seule, parce qu'il y a l'autre, le mari. Avec une pointe d'énervement. Et la pitié. Et le désir de gâterie. L'amour... mais l'amour à ce terme parfait d'une course interminable, avec le repos, l'amertume et la fatigue, et la peur très douce de la mort.

XLIV

Une fange qui tombe du ciel baigne les maisons noircies aux sueurs de soufre. Le graillon de l'automne se prend dans les pieds besogneux des passants avec un amoncellement de déchets imprimés, fakirs, maladies honteuses, magasins de chaussures et tentations à la petite semaine d'un mobilier paradisiaque où le Louis XVI et la moquette s'époumonent encore dans la boue. Les lueurs mauves à la tombée du jour d'une électricité précoce comme une acné du soir transforment ce monde transi en une fausse kermesse publicitaire. Les magasins regorgent de bronzes en deux tons, où la moissonneuse et le muscle symbolique alternent de l'horloge à la stèle de faux marbre blême, parmi les Hérodiades sphinx, et les buffles genre Barye, les bisons verts. Les lettres blanches reflétées à l'envers par les glaces sont prisonnières des vitrines où elles expriment, au-dessus des va-et-vient humains, les espoirs ou les orgueils du négoce. L'air froid fait naître la buée autour de misères maronnantes. Les hommes-sandwiches avec leurs vêtures rouges pas à la taille passent comme des reproches entre des caracos de vieilles et le lamentable trompe-l'œil des satins usés sur les croupes battues par des sacs à main qui s'éraillent. De petits pardessus ajustés à prétention se hâtent, trop beiges pour la saison. Et tout cela dans un charroi d'autos pas neuves et de fiacres pseudo-cannés, dans un bruit uniforme qui rend le film muet. Des gaillards louches rôdent vers les réverbères neurasthéniques, avec les dernières frisures des clartés jamais très nettes d'octobre. C'est Paris, ça schlingue et ça se traîne, ça n'a pas son pareil, et c'est fait de détails médiocres et malsains, avec les boas de plume de coq et des pantalons rayés, toute une bigarrure boueuse où s'effilochent pauvrement les grands boulevards. Le Bébé Cadum est encore visible sur des architectures de hasard qui font chevaucher des maisons achevées en palissade avec de sordides ateliers de photographes au dernier étage, où vole dans le vent, on ne sait pourquoi, l'inexplicable d'un voile noir. Chapeaux, chapeaux! C'est une surenchère de cloches et de bergères, avec des dentelles ocre, sur des visages plâtrés, saignant de fard. Les trottoirs se décalent sans raison théâtrale sur des escaliers à contre-flanc. De petites rues s'enfuient obliquement comme si elles avaient peur avant la saignée perpendiculaire Strasbourg-Sébasto.

Au milieu de ce quartier étrange et banal comme une chanson connue dont on a oublié les paroles, se lèvent deux fantômes de gloire. Deux fantômes de pierre enfumée. Allant de l'un à l'autre, le promeneur se demande ce qui a présidé à la répétition si proche des mêmes formes architecturales. Des pieds d'éléphants sculptés. Il faut déjà une certaine expérience de la sottise humaine pour reconnaître ici des portes et que le mot *porte* cadre un instant avec ces énigmatiques ouvertures qui ne donnent sur rien, et qui n'ont pas l'excuse de pouvoir être fermées. Portes pourtant. On a oublié à quels triomphes font allusion ces arches nées d'un grand orgueil. Elles gênent la circulation, comme des somnambules que les autos respecteraient. Elles se sont engourdies là, sur leur histoire, et la ville a changé autour d'elles, et elles ne s'en sont pas aperçues. Saint-Martin, Saint-Denis... L'un trancha son manteau, l'autre eut la tête tranchée. La légende elle-même est impuissante à justifier cet arbitraire monumental.

Telles qu'elles sont, ces portes mettent du vague à l'âme à tout le quartier. Tout d'abord parce qu'elles renforcent l'ombre autour d'elles. Et puis pour ces soudains bas-reliefs, chargés du souvenir incompréhensible de guerres oubliées...

Dans les petits bars qui les entourent se touchent et se mêlent deux mondes que les passants distinguent mal. Ceux que la vie attache ici comme les époux Méré à côté des *Hirondelles*, et la racaille qui fleurit comme les moules où il y a de l'ordure. A l'ombre des fantômes du Grand Siècle, s'éclaire ainsi bien avant la tombée de la nuit une série de cafés violents et blafards où la plus belle sélection de requins du monde traîne ses costumes clairs, ses souliers éclatants, ses muscles de luxe, ses chapeaux mous particuliers. Ainsi la ville voit pulluler ces athlètes dans les alvéoles mêmes de sa tuberculose. Grands microbes sains faits pour le large, à côté desquels dépérit un honnête peuple pâle...

C'est là-dedans que Jules Tavernier tourne et retourne avec la peur de perdre cette fille aux dents perlées, qui est sa dernière chance contre les gens, dans ses jupons, et parmi les rivaux les plus dangereux du monde, de zinc en table, et de biard en tabac-bar, qui a l'air d'avoir poussé dans les champs; une rose sauvage, avec des épines partout, et un parfum artificiel et fort...

« Te rends-tu compte, — dit Rose, — qu'elle n'est même plus jamais là? »

Jules comme toujours se faisait les ongles. La scène fut effroyable, déchirante, ordurière. Cette fleur des champs parlait un langage de ruisseau. Mais c'était clair : la licence, la licence, et tout de suite, ou bien ceinture...

Au *Bar-Y-Ton*, ce n'est pas M. Frédéric plus astiqué que jamais, et plein d'histoires mystérieuses, de succès, qui arrangea les choses. « Mon cher, des jeunesses comme ça, ça ne pardonne pas... Un morceau, ta Rose... une tête de mule... moi, je la prendrais bien en remonte... » Ils s'étaient séparés, rêveurs, tous deux.

M. Frédéric allait faire un tour aux *Hirondelles*. Oh, pas pour surveiller Lulu! Celle-là... Non. Mais histoire de passer un peu de temps, les journées, ça dure. Il avait pris l'habitude de faire la causette avec Mademoiselle, qui trônait depuis que la patronne n'était plus là. Elle était drôle, cette vieille chipie, parce qu'elle détestait bien Dora... Lancée sur ce sujet... Et avec l'histoire du vieux bonhomme à Garches qu'elle dorlotait, et gâteux, ba ba ba ba...

M. Frédéric jouait à développer l'ambition de Mademoiselle. Ce n'était pas très difficile. Il y avait en elle une mondaine qui s'ignorait. Et le barbeau, qui aimait plaire, mêlait sa vanité à l'affaire, même avec cette sous-chose à ne pas croire.

« Tout de même, vous êtes tout ici, Marie... »

A lui, elle lui permet de l'appeler par son petit nom.

Marie... ça fait même curieux, comme quelque chose d'oublié...

« Et le pis, c'est qu'on n'a pas l'air de s'en apercevoir... Je le disais à Jules... Mon vieux, ta cousine, c'est autre chose que ta femme... »

Pour ça! Mademoiselle hoche la tête, flattée.

« Seulement voilà... qu'il me répond... Dora... elle a la licence... »

Cette licence maintenant tout le monde en parle aux *Hirondelles*. Lulu en rêve. Si on avait la licence avec Frédéric? Et on en discute entre filles. Et Mademoiselle se dit que tout de même, si elle avait la licence, elle foutrait la paix à Jules... ou elle le foutrait dehors.

Quand Jules est rentré, il était enragé. Il n'avait pensé qu'à la licence. Comment faire, nom de Dieu? Comment faire? Il en parla avec sa cousine. Avec la cousine, nature, motus sur Rose... parce que la cousine...

« Tu comprends, avec une autre femme qui serait propriétaire, on pourrait se réinstaller ailleurs, grâce au sénateur Brécy, mieux, plus au large, dans de l'oriental, avec des mousmées... Un jet d'eau... Tu vois ça d'ici? »

Elle se laissait tutoyer. Elle faisait part de ce rêve. Elle n'imaginait pas un instant qu'il ne fût pas question d'elle. Oh, pas d'histoire de couchage, c'était son cousin... mais la licence... la licence...

« Tu vois d'ici... la mosaïque... des colonnes... enfin un bath petit cadre à nouba... »

Il voyait Rose comme une reine. Et Mademoiselle régnait déjà. Et Frédéric, qui sirotait une cerise, se disait que Rose... quand il voudrait... le Tavernier, bonsoir!

« Mais comment faire? » dit Mademoiselle.

Quand, cette même nuit, les filles s'échappèrent nues, avec leurs bas, leurs voiles, leurs cheveux défaits, portant contre leurs seins un châle plié, une roubachka quelconque, un petit objet stupide, leurs infimes trésors, et que la rue retentit de clameurs terrifiées, le 11 en flammes avec une fumée épaisse qui sortait par le vitrail brisé où Lohengrin était tombé en pièces aux pieds de Jeanne d'Arc, sous les hirondelles éclairées de flammes, le 11 brûla comme un morceau d'étoupe, tandis que les pompiers arrivaient avec leurs vestes de cuir noir, les casques d'or, d'inutiles échelles rouges, et le chant strident qui les accompagne. L'étrange était ces fenêtres toujours closes, là-haut, que quelqu'un essayait d'ébranler... La chaleur suffocante, la fumée qui faisait tousser, et le splash, splash, splash de la pompe d'incendie, les gens éclaboussés qui se retirent comme si ce n'était pas le feu qu'ils craignent...

Mademoiselle et Jules se regardèrent. Lequel des deux, ou Frédéric? Frédéric n'était pas là. Impossible de croire à un hasard, la fin de la conversation les accusait... Frédéric n'était pas là... mais ça pouvait être Frédéric... Et Jules, c'est Jules qui avait à y gagner... Cela, Mademoiselle l'avait dit avec une voix menaçante. Il remarqua qu'elle avait tout sauvé, mais alors là tout, de ses choses à elle, dans la loge... Ça s'empilait dans la rue, et elle était comme une poule autour de ses œufs...

« A moi? Et ça peut-être? »

Ils étaient déjà ennemis, dressés, accusateurs. Ils se mesuraient, sans penser aux gens... Il y avait foule dans la rue. Les gens du 9 déménageaient tout ce qu'ils pouvaient, peur de l'extension du feu... on sortait des matelas, des cages d'oiseaux...

Lulu hurlait, brûlée au bras. Les curieux alentour grondaient et taquinaient les filles. Lulu hurlait. Il faut la mener chez un pharmacien. Dans cet état? Il faut lui mettre un peignoir, un pardessus...

Elle sanglotait, Lulu. Avec une haine dans tout ça pour l'incendie qui l'avait brûlée, elle, elle... Qui sont ces salauds? ces salauds...

Elle cria : « Je sais qui c'est! C'est l'ouvrier du 9! C'est l'ouvrier du 9! »

Et tout d'un coup ce fut une illumination. Pardi! L'ouvrier du 9! Tout le monde se rappelait maintenant... Il y avait plein de gens qui avaient assisté à la scène, entendu les menaces... Et d'ailleurs, il était là, inconscient avec des gosses sur les bras, sa femme à peine sortie du sommeil, en bras de chemise au milieu des autres...

« L'ouvrier! l'ouvrier! »

Le cri reprit de toutes parts, avec des *A mort!* et des *Salaud! Salaud!* la rue fut bientôt sous sa couronne de flammes retournée comme une manche, comme un cyclone qui se déchire, et ce fut une bousculade terrible, dans les pieds des pompiers, avec le tuyau de la pompe, et le halètement de forge de l'incendie qui se fichait de l'eau parce que le vent s'était mis de la partie, et le 9 à son tour brûlait, lâchant encore des petits artisans en bannière, emportant une boîte à outils de précision, et des enfants, et des femmes.

« A mort! A mort! »

La femme au centre hurlait, avec ses gosses, et Eugène Méré se battait comme un fou, succombant sous le nombre, en sang, une oreille arrachée, les yeux égarés, la lèvre fendue. Une chaise vola en l'air et l'abattit. Tout était clair : on tenait le criminel. Jules regarda Mademoiselle et dit : « Justement hier, de l'usine ils avaient envoyé une note à son sujet, un agitateur... Et on l'a dit au sénateur Brécy qui s'est plaint à M. Morero... qui me l'a dit... »

Mademoiselle eut un murmure de triomphe : « Vous n'avez jamais la main heureuse, mon cousin : ni pour les hommes, ni pour les femmes... » Ça brûlait derrière eux comme de la paille.

XLV

Qu'est-ce qu'il veut? Il se démène dans les draps, pour autant qu'il puisse se démener... Le pauvre vieux! Qu'est-ce que tu as? Il se tord, sa bouche a l'air d'être le siège d'un drame, l'effort fait gonfler les veines des tempes, les joues rougissent, on dirait qu'il arrache sa langue, qu'il la décroche de la gorge, qu'il la pousse vers les mots prisonniers, va-t-il enfin trouver quelque chose pour exprimer ce qui est emprisonné dans cette malheureuse tête : « Ppp-politique... » Allons, ce n'était pas la peine, tant d'efforts pour retomber dans le même mot...

De grosses larmes se sont formées dans ses yeux, dont les paupières en quelques semaines ont déjà changé, plutôt des peaux que des paupières, incapables de revenir sur elles-mêmes assez vite, gaufrées... Maintenant, il est toujours bien rasé, parce que Dora pour rien au monde ne raterait la cérémonie, depuis qu'elle opère elle-même. Il est bien possible qu'à ces moments-là, quand le rasoir valse autour de lui, quelque chose d'humain, de simple, se loge au fond des orbites : la terreur d'être coupé par cette femme. Elle se passionne, elle fignole. Il faut la voir lui taillant les poils du nez. Il ne le faisait pas, lui, et elle l'avait remarqué, comme aux oreilles aussi. Les hommes, ça se néglige.

Cette fois, il avait vraiment voulu dire quelque chose, et Dora cherche à deviner quoi en lui essuyant le visage. « Qu'est-ce que c'est, mon gros loup ? Tu veux faire sissite ? Du lolo ? » Il y a peut-être dans cette lutte où il est à tout coup vaincu l'horreur de ce langage de bébé, l'espoir de fuir, l'impuissance du prisonnier. Après tout, il fait bien le difficile. Sa mère l'avait élevé pour être fonctionnaire, avec une retraite. Il finissait sa vie comme compris, avec Dora seulement, en guise d'État gâteau. Il aurait si bien pu ne pas avoir de Dora. Dora, c'était la Providence ; elle ne l'abandonnerait jamais, sa vie était assurée. Une maison, la nourriture, les soins. C'était la dernière étape de ce parasitisme vers quoi pas seulement Pierre, mais les Mercadier, et tous leurs pareils glissaient de façon insensible le long de leur existence. L'argent de son père, celui de son beau-père, celui de son oncle, d'un cousin, l'héritage de celui-ci et de celui-là, le miracle de quelques sous qui tombent encore dans le panier, évitant de ne compter que sur soi seul... Un beau jour il n'y a plus rien à venir, que la vie effrayante, la misère... C'est le temps de la peur, qui donne aux choses un aspect nouveau, c'est le temps où déjà l'on abandonne ses idées de toujours, où on tombe aux sentiments inconnus dont on avait toujours ri, qu'on avait méprisés toujours, les sentiments des autres hommes. C'est le temps de la peur... Puis Dora. Satisfaite comme un dénouement. Qui redonne cours à la morale précédente, à la morale de la sécurité. Allons, tout est bien qui finit bien. L'irresponsabilité animale.

« Qu'est-ce qu'il y a, mon chéri ? »

Il se démène encore dans les draps... « Poo-litique... » Cette fois, je comprends ce que tu as voulu dire. Attends, je vais te donner ça. Là... comme ça... comme ça...

Jules est venu voir ce qui se passait à Garches. Il a été grossier à souhait. Enfin, il aurait pu être pire. Et même, pour ce qui était de lui, il s'était trouvé plein de tact : il avait fait effort en ce sens, pour obtenir ce qu'il venait chercher. Ne pas choquer la patronne, surtout ! C'était ce qu'il disait en venant. Mais voilà, il n'avait pas sa délicatesse de sentiments, à Dora. Quand il s'était assis à côté du lit, pour regarder Pierre, il y avait quelque chose d'intolérable dans son attitude, ses hochements de tête, ses clins d'œil. Ce qu'il se parfumait maintenant ! Une poule, une vraie poule !

D'ailleurs, elle avait été tout de suite mise en éveil, Dora, par la façon dont Jules acceptait tout. Enfin, c'était une situation extraordinaire, cette transformation subite en garde-malade, le refus de s'occuper des *Hirondelles*, le vieil homme là dans le lit, la villa de Garches devenue hôpital, l'abandon de fait de toute vie commune à cause de ce vieil homme... Comme Jules avait pris tout ça naturellement... Cela cachait quelque chose...

Puis était venu l'incendie. Il ne restait des *Hirondelles* que la licence. Jules aurait dû lui retomber sur les bras. Eh bien, non... Et il était là assis, à regarder Pierre Mercadier un peu comme on regarde une bête au Jardin des plantes, et qui ne proposait pas de venir s'installer ici, qui ne se fâchait pas. Est-ce que je l'aurais mal jugé ? Oh, s'il comprenait ce que j'éprouve... Allons, allons, ce n'est pas possible...

Oui, bien entendu : il était venu pour la licence. C'était tout ce qu'on retirait du désastre. Il n'y a pas d'assurance pour une maison comme les *Hirondelles*... Question de moralité sociale. La licence n'avait de valeur qu'autant qu'on avait de capitaux pour se rétablir quelque part, bâtir de préférence. Et qu'on pouvait obtenir de quelqu'un de puissant, comme Brécy par exemple, la tolérance préfectorale pour transporter les *Hirondelles* ailleurs. Il aurait fallu un quartier plus commode pour les étrangers : la République, c'est tarte... Naturellement changer de nom. Jules penchait pour l'oriental... Qu'est-ce que tu dirais de *La Casbah* ? Pas mal, hein ?

Cette idée n'était pas de lui. Et d'ailleurs, on n'avait pas les capitaux nécessaires. Les économies... Dora ne sacrifierait pas ses économies. Merci, se mettre sur la paille. Elle ne disait pas : mettre Pierre sur la paille. C'était le point pourtant. Une autre chose curieuse : Jules ne lui réclamait pas ses économies. Une part... Il est vrai qu'il avait dû faire sa pelote de son côté...

Non, il y avait plus de grandeur, de générosité que ça chez Jules. Il trouverait de l'argent si Dora était accommodante. Mais naturellement les gens qui prêtent mettent des conditions. Il s'embrouillait, tournait autour du pot... « Politique... », gémit le malade. Qu'est-ce qu'il dit ? Ne te frappe pas : c'est pour son oreiller...

Enfin, la licence. Puisque Dora ne voulait déjà plus s'occuper des *Hirondelles*, elle se désintéressait de *La Casbah*... Alors, pour que l'affaire marche... des gens qui n'auraient pas la licence... D'ailleurs, Dora sait bien que c'est impossible, pour la préfecture... On n'obtiendrait rien de Brécy sans ça. Il fallait vendre la licence...

Bon. Combien ?

Jules n'en revenait pas. Ce que c'était simple... Il attendait des cris, des histoires, et puis : Combien ? Là sur le prix, autre histoire. Je vous passe les détails. Mais il y avait une proposition, à prendre ou à laisser : cinquante sacs, pas un pet de plus. Sans l'appui de Brécy, la licence ne vaut rien. Alors, encore bien bon... C'est ton sénateur qui achète? Non, c'est-à-dire... En effet, c'est d'accord avec lui : Morero... Ah, parce que Morero est un ami. Un autre ne prendrait pas le risque, tant qu'on n'a pas la décision préfectorale.

Elle avait accepté les cinquante mille francs. Dire qu'elle s'était crevée, toute sa vie, pour ces cinquante mille francs! Il y avait des femmes, elles faisaient un billet en une nuit... Tu parles! Enfin, ce n'est pas de ça qu'il s'agit.

Nature aussi, le principe établi, Jules avait parlé de ses intérêts à lui. Ce qu'il perdait. La villa de Garches, les économies de Dora. De deux choses l'une : ou on reprenait la vie à deux et il s'installait ici, ou à sor âge pour s'établir, se débrouiller, il lui fallait des sous... Dora, toute froide, demanda une fois encore : « Combien? »

Je ne serai pas chien. Je te laisse la turne, tes sous. Mais sur le marché que je t'apporte (sans moi tu ne ferais pas l'affaire, une affaire inespérée!) je veux ma part, faut être juste.

« Combien? »

Vingt-cinq billets : c'est raisonnable... part à deux! Je pourrais demander plus, mais la moitié c'est raisonnable. Il expliqua sa pensée, soudain sentimental, l'œil mouillé : on se séparait, pas vrai, et à tout âge, sans cris, sans douleurs... pourtant ça fait quelque chose comme des gens du monde... bien que les gens du monde...

Vingt-cinq mille francs? Dora se sentait froide. Mais quoi... Elle voyait Pierre dans le lit. Combien de temps vivrait-il? Elle faisait ses comptes avec ce qu'elle avait... Tope là.

On s'était quitté les meilleurs amis du monde.

Je me demande qui roulera l'autre, Jules, Brécy, ou Morero...

XLVI

Elvire n'a plus de raison de vivre, elle n'a plus de raison de flâner, l'atmosphère des thés-tangos lui est odieuse, les robes sont sans prix pour elle. Tout homme porte pour elle des traits odieux, il ressemble à Johann Werner, ou il a quelque trait fugitif de Karl et c'est pire encore : pas plus odieux, mais atroce, amer, une blessure.

Elle se dit qu'elle n'a qu'à tourner la page : cette expression est bizarre, et ne répond à rien. Tourner la page... et la page suivante porte la même image blafarde et grosse. Elle se hait, et c'est d'elle-même qu'elle ne peut se débarrasser. Elle se revoit sans cesse dans ce miroir, implacable, les yeux de Karl. Salie, d'être, d'avoir été la maîtresse de Werner. Elle a horreur de tout cela. Et elle se pose sur Karl même des questions à défaillir.

Elle a surpris sa sœur Betsy avec Pascal Mercadier, dans l'appartement d'*Étoile-Famille*. Ils ne l'ont pas vue. Elle avait passé par le balcon. Quelle nausée! Cette petite Betsy. Un sentiment de jalousie mêlé au dégoût. Avec ça, qu'à faire la morale, elle aurait eu bonne mine. Betsy n'avait pas dix-huit ans. Et cet hôtelier...

C'est extraordinaire à dire, mais cette révélation qui n'en était pas tout à fait une, parce que enfin ils ne se cachaient pas de leur flirt, et de nos jours, les flirts... cette révélation lui porta un coup plus fort que tout le reste. Un peu ridicule même l'importance donnée à ça. Qu'y faire? Elle en avait le haut-le-cœur.

Elle s'en fut chez le pharmacien et acheta de l'éther. Elle avait entendu parler de ça, et commença par s'enfermer chez elle, Betsy retournée à Marlotte, seule Elle en respira, en avala... Tout devenait aérien merveilleux, et un coup de folie, le coude se lève...

La bonne, Élodie, qui venait faire l'appartement, la retrouva au matin, et la crut morte. On la porta à l'hôpital et elle revint à elle avec d'atroces brûlures. Elle fut si malade qu'elle se résigna à vivre. Seulement avant d'essayer de mourir, elle avait écrit une petite lettre. Quand elle commença d'aller mieux, elle s'en souvint avec terreur. Elle posa des questions indirectes, tourna autour du pot, et apprit enfin que M. Werner avait quitté précipitamment son pied-à-terre de la rue Anatole-de-la-Forge. Elle n'osa pas en demander davantage ; jusqu'à une visite de Betsy avec Pascal, où Pascal lui raconta que Werner avait été expulsé de France, sur une dénonciation, une femme, paraît-il.

Il allait falloir se promener dans la vie avec cette histoire en soi comme un renard. Personne ne saurait jamais. Et d'ailleurs, Werner n'était pas un monsieur bien recommandable. Mais elle, elle, au nom de quel principe moral, de quel enthousiasme, de quelle foi, avait-elle fait cela ? Rien. Comme sans réfléchir on jette une bague par la portière d'un train...

Il avait été son amant, cet homme dont elle revoyait la nuque marquée d'un trait rouge, et les bras puissants, les moustaches. Il ne s'était pas méfié. C'était un être méprisable, vulgaire, bas, tout ce qu'on veut, mais enfin... Si encore elle avait fait ça par amour du pays... elle qui n'aimait que l'Allemagne...

Elle riait hystériquement de tout ce qu'on lui disait au hasard. Parce qu'elle n'écoutait plus ce qu'on lui disait, elle était au milieu des gens comme une démente dans une île déserte, les paroles des autres commençaient une sorte de grimace qui la distrayait d'eux. Alors pour avoir l'air de suivre, elle riait au petit bonheur. Elle se mit à acheter des parfums et à s'en couvrir. C'était à fuir. Elle devenait tout à fait folle.

Si encore elle avait tué Werner, elle aurait pu penser à Karl comme purifiée. Mais lui avoir fait ça, ça précisément ! Elle se mit à détester Karl même. Elle faisait du matin au soir jouer un phonographe aux côtés duquel elle avait des bonbons à la liqueur. Elle devenait laide. Elle engraissait d'une façon catastrophique.

Ce n'est que fin octobre que les petites et Mme Manescù étaient rentrées à Paris, où Elvire les avait devancées après des scènes extravagantes sur l'ennui de Marlotte. La vie devint à ce point insipide, encombrée de tous ces gens autour d'elle, qu'Elvire se fit d'une méchanceté noire, pour autant que sa personne mortelle l'y autorisât. L'appartement d'*Étoile-Famille* tourna au véritable enfer, à force de criailleries et de récriminations. Avec cela qu'à cause des fleurs de Dorothée sur le balcon, il y avait tous les jours des histoires d'arrosage, l'eau qui coulait sur les passants, et les passants protestaient.

Après cinq semaines de cette existence, quand Betsy annonça avec des larmes à sa grande sœur qu'elle craignait d'être enceinte la haine d'Elvire pour les hommes triompha. Elle exigea de l'innocente qu'elle cachât la vérité à Pascal et elle écrivit en Roumanie à son père. Puis elle traça à sa sœur un tableau épouvantable de ce qui attend les filles mères, lui arracha littéralement le cœur, la terrorisa, la força à prendre vis-à-vis du monstre, c'est-à-dire de Pascal, une attitude absurde, incohérente, incompréhensible. Enfin, la réponse de Roumanie arriva : le père rappelait toute la famille, cela ne se discutait pas, il envoyait les billets, on n'aurait plus d'argent. Ces dames vécurent leur reste de Paris, coururent les magasins, se disputèrent sur l'emploi des derniers sous.

Betsy était au désespoir. Ne rien dire à Pascal, à Pascal qu'elle adorait et maltraitait sur les conseils de sa sœur. Celle-ci la menaçait, si Pascal apprenait quelque chose de tout dire à leur mère, qui était malade justement, le cœur... Betsy sanglotait toute la nuit et maudissait son ventre, et s'attendrissait en pensant au petit : sans doute là-bas en Roumanie, à la campagne, on pourrait étouffer le scandale, on ferait passer le petit pour l'enfant d'une servante... Mais Pascal...

Pascal, à vrai dire, s'occupait très peu de Betsy, devenue vraiment insupportable. Il n'avait jamais pris bien au sérieux cette aventure, et il avait renoué avec une amie d'autrefois, une actrice, qu'il avait retrouvée au Salon d'Automne. Elle avait eu son portrait fait par un peintre de talent indiscutable, mais ses seins ne l'étaient pas. Incapable de se fixer, Pascal ne pouvait résister au goût que les femmes avaient de lui... Il se disait : c'est ça, la vie rien ne l'arrêtera, ce n'est pas désagréable !

Ce ne fut pas un drame pour lui quand les dames Manescù partirent, sauf du point de vue locataires... parce qu'elles dépensaient et payaient bien. Il était déjà las d'Élisabeth, et puis ça tombait dans le moment où *Figaro* venait de publier les premiers articles de Calmette contre Caillaux. La France se passionnait, et Pascal avec elle, à l'aurore de l'an nouveau.

Pascal ne sut jamais qu'avec ces dames et leurs bagages, un fils à lui partait, le dernier Mercadier qui n'avait pas encore forme, et qui emportait dans son germe l'héritage de cette famille à bout de course, si parfaitement inutile à l'État, vivant parce que c'était la mode ; et dépourvue au-delà du raisonnable du sens élémentaire de ses responsabilités.

Dans le wagon de l'Orient-Express, Betsy pleurait. Sur le quai avec Pascal, il y avait Mlle Petersen qui avait tenu à venir, et deux ou trois personnes. Élisabeth eut un élan pour aller tout dire à cet homme avant de le quitter, mais Elvire la prévint. Elle la fit brutalement se rasseoir, et répandit une boîte de bonbons à terre, du coup. Sur quoi, toutes les dames Manescù piquèrent de la tête vers le plancher, et s'employèrent si bien à ramasser les crottes de chocolat éparses, que le sifflet du départ les surprit dans cette position.

Betsy quitta Paris à jamais, et Pascal, dans son coin à éplucher un marron glacé de son habit d'argent. Maintenant, c'était au tour d'Elvire de pleurer. A cœur joie La bouche pleine.

« C'est extraordinaire, — dit Pascal à Mlle Petersen, comme il la ramenait vers *Étoile-Famille*, — la maison va me paraître vide sans ces dames... » C'est-à-dire qu'il n'y pensait déjà plus. Il avait un client, un homme de province qui passait huit jours par mois à Paris, qui avait loué l'appartement des Manescù cet après-midi-là. Un client très tranquille, bon genre, sérieux : ce qu'il fallait à la maison...

Jeannot parla des dames Manescù pendant une

semaine. Puis des bonbons l'y firent penser parfois, mais il n'en parla plus. Elles se rangeaient parmi les fées et les fantômes, la cire de cette petite tête les avait oubliées. Il vint bien vers le printemps une carte, signée des trois sœurs, et représentant le roi de Roumanie avec sa belle barbe noire à fils blancs dans un cadre Louis XV aux armes des Hohenzollern. On la mit dans l'album de toile bleue, avec une tête de femme modern-style lisant un livre entre des arbres roux. Il y avait déjà le portrait de la reine : le couple était au complet.

« Papa? — dit Jeannot, fier comme Artaban.

— Quoi, mon petit?

— Papa, le couple est au complet! Regarde : le roi, la reine... »

Puis à *Étoile-Famille* on oublia la Roumanie : M. Calmette venait d'être assassiné par Mme Caillaux.

XLVII

Le long hiver se dissipait dans la pluie et les frissons. Garches n'avait pas été drôle par le froid, la villa était faite pour la saison. Dora fourgonnait les poêles à pétrole qui emplissaient les pièces d'une puanteur à tousser. La vie s'était organisée frileusement dans la cuisine et dans la chambre de Pierre.

La chambre de Pierre... c'était devenu leur chambre. Dora y avait traîné un lit-cage, et elle dormait comme cela près du malade, avec une veilleuse sur une étagère. Le moindre mouvement de l'homme la réveillait. Elle eût été une excellente infirmière si l'existence en avait décidé ainsi. Elle partageait ses pensées entre Pierre, et la bonne, une femme de ménage qui couchait au-dehors, et la voisine, celle qui l'avait aidée le premier jour, qui venait lui enseigner des recettes de plats, des secrets de cuisine. Car Dora ne se négligeait pas de ce point de vue-là. Le grand miracle social de Mme Tavernier, c'était que le coup de sang, qui avait jeté Merca dier à sa merci, eût fait d'elle une femme mariée, considérée dans le quartier, respectée et plainte. Elle sortait peu, et il n'y a pas foule dans ces rues de banlieue bordées de pavillons et d'arbustes, mais à chaque fois quelqu'un la saluait avec déférence. Elle en revenait comme ivre d'orgueil. Peu à peu, instinctivement, elle avait modifié son aspect extérieur, renoncé aux frisettes, blanchi... Elle laissait dans l'armoire les corsages tapageurs qui avaient échappé aux flammes de la Providence.

« Vous maigrissez », lui disait Mme Bertillon, la voisine, et elle la plaignait. Elle se desséchait, cette pauvre Mme Tavernier, elle ne prenait pas assez l'air, voilà ce que c'était.

A vrai dire, pourquoi serait-elle sortie, n'était le désir de constater qu'elle était devenue respectable et respectée? Son bonheur était dans la maison, « le château », avec cet homme qui avait besoin d'elle. C'était un bonheur immense, complet, un bonheur comme il n'y en a pas même dans les livres, quelque chose de plus que la possession. Ou plutôt non : c'était enfin la possession même.

Elle ne voyait rien de la mesquinerie du décor, elle subissait passivement la vulgarité quotidienne. Quand les fournisseurs sonnaient à la porte et qu'elle descendait leur répondre, ça ne coupait aucunement sa rêverie, ça l'agrémentait, c'était comme une fugue, un contrepoint de chèvrefeuille. Rien ne la distrayait vraiment de cette jubilation intérieure qui débordait d'elle, et qui englobait à la fois l'avenir et le passé, la pensée et la mémoire. Elle accomplissait ce prodige d'équilibrer les imaginations délirantes de l'amour et la réalité, de ne plus les séparer, triviales et lyriques. On imagine mal un lion, la crinière éparse, et plein de l'air du désert, qui se croit libre encore dans un petit entresol de province entre la pendule de marbre rouge et une descente de lit d'agneau et qui rêve au fleuve où l'on va boire, aux gazelles, à la nuit d'Afrique : eh bien, c'est exactement de cela qu'a l'air Mme Tavernier, rugissante d'amour, dans ce palais de pierres meulières, dont elle règle au percepteur les impôts, certainement excessifs, mais modestes, avec une ponctualité inconnue dans la région parisienne.

Trêve de plaisanterie. Il n'y a pas le plus petit grain d'humour dans le roman de Dora, de la pathétique Dora. Mais il y a l'amour, cette chose vénérable entre toutes, cette justification de l'être par un autre être, cette subordination d'une vie à une autre vie, et ni le langage de Mme Tavernier, ni les accessoires du lieu ne changent rien à cette grandeur réelle des sentiments qui s'y débattent.

Ni à la forme absurde, angélique, surnaturelle qu'ils revêtaient, ni à la niaiserie sans nom de cette vie qu'elle se prête dans le passé, à la pureté imaginaire de cette idylle entre elle et l'homme couché, qu'elle imagine, et qui laisse bien loin derrière elle et Philémon et Baucis à la fois, et Roméo et Juliette. Sentiments traversés, familles implacables, barrières sociales, déchirantes séparations, absences qui montaient au paroxysme de la douleur : voilà ce qu'elle retrouve à l'origine de la romance et la jeunesse, et la beauté qui faisaient se retourner hommes et femmes sur leur passage, et les prêtres se signer, croyant qu'on n'a pas le droit de tenter le diable avec tant de bonheur. Chaque jour Dora retrouve, recrée une scène de leur vie, les paysages fantastiques de ces scènes, le haut rang des comparses, la chasse à courre ou la garden-party... Le jeune sourire de Pierre par moments lui échappe, son aspect à trente ans, et la jalousie qu'elle a d'une femme si belle, sans aucune raison pourtant, elle a dû en convenir ! Et leurs voyages, l'Italie avec les lacs bleus où vont les nouveaux mariés, les amants. Tout un panorama d'affiches vues dans les gares, de paysanneries et d'exotismes mêlés, un Châtelet, qui tient du bordel et de la cathédrale, avec des fêtes publiques dans les rues, le Carnaval et les processions...

Il arrivait à Dora qu'elle se mît à parler toute seule. Le bazar de délires qu'elle portait en elle n'était plus arrêté par ces vieilles lèvres flétries, redevenues virginales. C'était un balbutiement, un bégaiement de jeune fille, incohérent et doux, baignant de mots d'amour...

Dans ce siècle sceptique où les grands élans de l'âme se meurent, les voici tous, pareils à des cartes postales, peints dans ces yeux mal défardés d'une vie ignoble et déchue. Tout ce à quoi plus personne ne croit dans cette année 1914 se réfugie chez cette mère maquerelle, qui a traversé le fleuve sacré, retrouvé l'enfance du cœur. Il n'y a pas une seule de ces grandes balançoires pour lesquelles on refuse de mourir dans ce vingtième siècle qui est à l'âge ingrat de la mue et du cynisme, pas une seule de ces bulles de savon crevées qui n'ait encore dans cette tête partie à la dérive l'irradiation des paradis retrouvés.

Les jours passent, et l'odeur d'ail grimpe de la cuisine où la voisine fait un petit fritchi, vous me direz ce que vous en pensez, et les papillons se heurtent aux parois tapissées de légendes de ce crâne dégénéré. Cependant la marionnette humaine gémit toujours sur sa couche, et frémit sous les mains trop épaisses qui viennent le border. Il y a de la terreur dans ses yeux, c'est ce qui dépasse tout ce qu'on peut y lire, et le genre hypocrite avec lequel il se fait servir, et profite sournois de la démence de la femme dont il est le prisonnier.

« Politique... »

C'est devenu si habituel qu'on ne l'entend plus, ce mot-là, qui peut être tout ce qu'on veut, une prière, une réponse, un reproche, une câlinerie, un mensonge. Cela a fini par devenir tout un langage, et Dora ne s'y trompe guère, ou du moins elle est persuadée qu'elle ne s'y trompe pas, et elle a des conversations avec le paralytique, de longs dialogues à son gré, où il a sa part, croit-elle. Mais ce n'est plus comme jadis, après quatre heures, c'est toute la vie qui est envahie par cet échange entre eux de toute chose. Après quatre heures... où était-ce donc? Elle a oublié les *Hirondelles* : ce qui est brûlé est brûlé.

Les premières fleurs apparaissent aux arbres du jardin. La rumeur du monde ne pénètre point ici. Que se passe-t-il en Turquie ou à Berlin? Même Paris est si loin, ce Paris de clameurs, où l'on se déchire à propos de la publication de certains documents secrets, des

« verts » comme on dit... Quels sont ces cris, quelles sont ces peurs ? Derrière les volets, des femmes attendent avec inquiétude des messieurs qui reviennent d'un conseil d'administration. Il va y avoir des élections législatives. Des meetings réunissent des ouvriers qui chantent...

Les premières fleurs apparaissent aux arbres du jardin. Dora écoute son vieux cœur, plein de murmures et de folies...

« Politique... », dit Pierre Mercadier, professeur d'histoire...

XLVIII

Depuis janvier, les ulcérations étaient apparues. On avait beau mettre le malade sur des coussins, lui glisser un rond de caoutchouc soufflé, le poudrer, le laver, le repoudrer, ça ne se refermait que pour mieux s'ouvrir, et suppurer. Une succédait à l'autre, et le malheureux dos, les reins, les fesses avaient bonne mine. Dora s'affairait autour de ces marques de la décomposition prochaine, elle y nourrissait ses espoirs et ses craintes. Avec ça que Pierre était lourd, pour amaigri qu'il fût. Heureusement qu'il y avait la voisine et la femme de ménage, pour l'aider à retourner ce corps meurtri d'escarres, à tirer l'alèse, à glisser sous lui la toile cirée indispensable.

Garches n'est pas Tahiti. L'isolement de ce couple n'était qu'une apparence, et les gens parlaient, hochant la tête, de la villa et de ses habitants. On croyait généralement de quelques mots échappés à Mme Tavernier, et que la femme de ménage avait ébruités, qu'il s'agissait d'un ménage d'hôteliers, d'un grand hôtel à Paris, retirés fortune faite : et juste comme ils venaient s'établir, profiter d'un repos bien gagné, patatras ce pauvre monsieur... Faut voir ce dévouement qu'elle a pour son mari, cette brave dame, et rien n'est assez bon, et elle ne fait rien que s'occuper de lui, elle sort à peine, elle s'étiole d'ailleurs.

Dora atteignait les purs sommets du sacrifice. Aux yeux des autres comme aux siens propres. Elle nageait dans sa légende, dans les souvenirs inventés, la vie qu'elle s'était refaite après coup. Plus une ombre, plus une pensée basse. Elle avait oublié tout ce qui eût pu la gêner d'un monde évanoui. Il n'existait plus, il était aussi aboli qu'un parfum perdu. Une musique souveraine régnait pour elle sur toutes choses : la bonté, l'infinie bonté dont elle était envahie. Quand les beaux jours revinrent, elle jouit comme jamais de la douceur de l'air, de la transparence des lumières, des fleurs dans le jardin. Elle avait pris l'habitude de la solitude au point de parler seule à mi-voix ou même à voix haute, et ce monologue interminable qu'accompagnait un léger tremblement, probablement lié à ce gonflement du cou qu'elle avait depuis quelque temps, se prolongeait en présence du paralysé, qui vers le flux machinal des paroles se tournait, avec un tutoiement câlin, pareil aux chatteries d'écume que fait la mer sur les rochers du rivage.

C'était étrange comme cette vie que rien ne meublait était pour elle riche en émotions, en sursauts, en surprises. Il lui en fallait très peu pour porter à l'exaltation ces sentiments sublimes dont elle se gargarisait. Elle avait de subits fous rires qui la laissaient toute pantelante, et qui venaient sans raison apparente contredire ces mouvements élevés de l'âme qui l'emportaient. Elle passait du rire aux larmes avec une facilité déconcertante et ces variations de l'humeur frappaient la femme de ménage et la voisine, qui disaient entre elles avec ce respect populaire de la déraison : « Cette bonne Mme Tavernier déménage décidément, elle déménage... » Mais on savait que c'était là l'effet de ses grands malheurs, et on la plaignait. Avoir travaillé toute sa vie, et puis là, à la dernière minute, quand on va pouvoir prendre un peu de bon temps...

Elle disait des choses bizarres, Mme Tavernier, qu'on ne comprenait pas toujours, et de bouche en bouche certains propos répétés contribuèrent à lui faire dans Garches et Vaucresson une auréole de singularité. Elle avait dû vivre parmi des gens très riches, le haut du pavé, et cela expliquait l'inexplicable. Elle devint pour tout un milieu désœuvré un objet de conversations et de rêveries.

C'est ainsi qu'un jour elle se souvint de ce que Pierre lui avait dit, juste avant son attaque : elle ne pouvait pas exactement se rappeler les mots, ni comment c'était venu, mais le sûr était qu'il avait parlé de religion et de foi. Cela se mit à la préoccuper, et elle marmonna cette histoire cent fois par jour, tant que la femme de ménage la rapporta à d'autres patrons, dont elle faisait la cuisine, qui la redirent à d'autres encore. Cela prit le tour de la prescience que ce malheureux avait eue de ce qui l'attendait : un incroyant, comme il y en a beaucoup, mais à la minute même où Dieu allait le frapper, il avait senti obscurément, confusément son erreur, il avait le désir de la religion, de la piété. C'est beau cela, c'est grand, cela fait frémir.

Rien ne pouvait plus aisément courir qu'une histoire semblable, un mille-pattes de première grandeur. Et il ne fut pas longtemps avant qu'elle n'atteignît les milieux où elle devait prendre l'aspect du miracle céleste. On sut dans les cercles pieux de la région qu'il y avait une âme à sauver, et une âme qui criait vers le Seigneur.

Alors, ça devait être en mars ou en avril, apparut Mme de la Mettraie. Elle dédaigna de chercher les voies communes de la présentation mondaine. Elle apparut tout simplement, dans sa robe noire, avec son voile de veuve, sur le pas de la porte. Elle avait sonné, Mme Tavernier lui avait ouvert, elle entra. A quoi bon préparer une entrée en scène qui rappelait plus les apparitions de la Vierge que les visites de bon voisinage ? Il y avait une âme à sauver : Mme de la Mettraie était là.

D'abord Dora, extrêmement confuse, ne comprit pas ce que lui voulait la visiteuse, mais elle fut vivement impressionnée par le nom et le maintien de l'inconnue. Presque une comtesse, parce que si l'aîné de feu M. de

la Mettraie, qui était l'héritier du titre, était mort le premier, quand il avait eu cette pneumonie double... Elle-
même née de Combelieu, ainsi. Elle avait un frère qui
écrivait, collaborateur du *Pèlerin*, pensez donc. Un
jeune homme doux, vertueux. Il n'avait jamais regardé
les femmes, jamais manqué de communier un
dimanche. Un esprit sans tache, droit, inspiré. Mme de
la Mettraie était petite, sèche, sans âge dans ses cheveux bruns, avec des yeux ronds, et un sourire crucifié.

Oui, elle avait entendu dire que M. Tavernier, Dora
cilla légèrement, juste avant de tomber frappé par la
maladie, avait tenu des propos inspirés sur la religion.
Quelle chose saisissante! admirable! et d'un grand
exemple, chère madame, d'un grand exemple : alors je
suis venue...

Dora se mit à pleurer, puis à rire en s'excusant dans
ses larmes et la visiteuse lui prit les mains et lui parla
de Dieu, et de ses responsabilités morales et de la
pauvre âme qui pouvait partir sans le secours des sacrements. C'était un langage inouï pour Mme Tavernier, un
langage doré, sentimental et puissant, auquel elle ne
résista guère. Que fallait-il faire, et qu'attendait-on
d'elle ? Elle accepta avec reconnaissance le crucifix de
bois noir à Christ d'argent que Mme de la Mettraie lui fit
placer au-dessus du malade, avec un petit brin de buis.
Des images saintes surgirent dans la maison. La veuve
au sourire blessé revint chaque jour, et bientôt s'installa
près de Pierre. Elle aida Dora, elle pansa les escarres,
elle prépara le déjeuner certains jours. Enfin elle devint
un morceau de la vie, cette chose extraordinaire : une
amie. Dora avait une amie. Presque comtesse. Une
vraie. La grande romance s'amplifiait de ce prodige, et
le Christ sanctifiait de sa présence cette amitié inattendue.

Chaque jour Mme de la Mettraie arrivait avec des bonbons achetés dans la grande rue, des boules de gomme,
ou des bonbons anglais. Elle retirait son chapeau
comme un grand oiseau noir. Elle arrangeait ses cheveux avec un air de modestie, et puis elle s'installait
auprès du malade. Savait-on au juste ce qu'il compre-

nait, le malade? Il ne pouvait parler, mais cela ne voulait pas dire qu'il ne comprenait rien. Ainsi Mme Tavernier n'avait jamais, jamais songé à lui faire la lecture?
Mme de la Mettraie l'entreprit, et elle choisit ses livres
pour l'édification et du malade et de Dora. De pieuses,
de bonnes, d'édifiantes lectures. Quel flot de vertus se
déversa sur l'oreiller tourmenté où Pierre torturait son
visage! Il sait, voyez-vous, le poids de ses péchés, et ces
exemples de vies pures et saintes éveillent en lui le désir
de se laver de ses imperfections. Parfois son regard va
se fixer sur le crucifix : il aurait fallu être aveugle pour
ne pas voir que *quelque chose* alors se passait en lui. Oh,
oui, les voies du Seigneur sont impénétrables!

Dora d'abord s'attendait à être jalouse, comme d'un
partage, de l'intrusion de cette femme entre elle et
Pierre. Elle eût pu détester de le voir toucher par une
autre, et qui sait au fond ce qui se passait en lui quand
il tournait son œil rougi vers Mme de la Mettraie? Mais
il n'en avait rien été. Car le roman de son amour avait
trouvé dans l'atmosphère de sainteté qu'apportait cette
noble dame la perspective qui lui manquait, sa justification, son orchestration angélique. Et, bien que Dora eût
oublié toute chose de sa vie pécheresse, quel bondissement de son cœur quand elle entendit un jour, des
lèvres de Mme de la Mettraie, l'histoire de Marie-Magdeleine et de Notre-Seigneur! Oh, les sources célestes
s'ouvraient sur ce vieux cœur scléreux, sur cette
humaine terre asséchée! Les anges assis dans les
rideaux surveillaient certes la scène, et l'échelle d'or qui
conduirait au ciel la Marie-Magdeleine des *Hirondelles*
commençait à se tresser dans la lumière où dansait la
poussière! Mon Dieu! merci, mon Dieu! pour cela seulement que vous existez...

Il arrivait parfois qu'à ses lectures pieuses et à ses
paroles de miel, Mme de la Mettraie mêlât des considérations tout extérieures sur les petits incidents de la vie
de Garches, et les fournisseurs, et le curé, qui était un
saint homme, mais pas le prêtre qu'il faut à des créatures d'élite comme M. Tavernier. Elle connaissait un
ecclésiastique, un homme de grand tact et de profonde

piété, qu'un jour elle se laisserait convaincre d'amener, si Mme Tavernier insistait, naturellement. Il lui avait servi en d'autres occasions semblables, car il apparaissait que Mme de la Mettraie était une spécialiste des conversions chez les malades : elle s'était donné ce but-là dans la vie, elle ramenait à Dieu des âmes égarées, au moment de la dernière faiblesse. Elle embaumait des vies qui semblaient condamnées à l'enfer. Elle était une sorte de chevalière de la Bonne Mort. Elle racontait comment elle avait pu, ainsi, sauver *in extremis* des francs-maçons farouches, des athées réputés inattaquables. Elle livrait combat au démon au milieu des fioles de pharmacie, elle chassait le Malin parmi les ventouses, et la Grâce descendait à sa prière sur les traversins mouillés des sueurs de l'agonie... Ici, quelle allégresse ! Elle allait reconquérir à la fois un moribond et une femme d'élite encore vouée à la vie !

Tous ses propos n'étaient pas toujours empreints de la même sérénité. Il s'y mêlait un intérêt profane, parfois incompréhensible à Dora, retranchée du monde. Par exemple, Mme Tavernier la laissa parler sans la suivre, quand, à la fin d'avril, le deuxième tour des élections législatives eut porté à cent les sièges socialistes à la Chambre, Mme de la Mettraie avait perdu tout contrôle, elle écumait. A l'en croire, tout était perdu, les trois ans, si indispensables à notre sécurité, allaient être jetés à terre, et pis que tout : on parlait du retour de Combes, le hideux Petit-Père, l'Antéchrist ! Dora frémissait, mais elle se retrouvait plus à son aise quand Mme de la Mettraie reprenait la lecture édifiante d'un livre de chez Mame, à Tours, avec une reliure de toile rouge, où étaient décrits les châtiments célestes qui avaient frappé un jeune soldat profanant l'hostie à la Sainte Table, et une femme du peuple qui avait ri pendant la messe à l'instant de l'Élévation.

Tout de même en juin, quand le ministère Viviani fut formé et que Mme de la Mettraie expliqua avec force détails à Dora qui était le nouveau président du Conseil, Mme Tavernier connut le sentiment de l'épouvante. L'homme-qui-éteint-les-étoiles ! C'était à lui qu'était

confiée la direction du pays, et M. Poincaré au lieu
d'exercer ses pouvoirs acceptait cela! Certes il y avait de
quoi trembler. Nous entrions dans une période de nuit
terrible. Qui sait quelles catastrophes allaient suivre ce
défi au Créateur? Mme de la Mettraie prenait le ton de la
prophétesse : « Rappelez-vous, madame Tavernier, rappelez-vous bien ce que je vais vous dire : nous arrivons
dans une époque où les trains brûleront leurs rails, où
les maisons flamberont, où le nouveau-né périra au
sein de sa mère! Et tout cela à cause de cet homme, de
ce ministre de l'enfer, Viviani... Viviani! Nom sinistre
dans l'histoire, madame Tavernier... l'homme-qui-
éteint-les-étoiles! »

Juin éclatait comme une figue sous la chaleur précoce. Les escarres s'étendaient au dos du malade, et
gagnaient les épaules. Deux ou trois fois, il s'arrêta de
pisser de façon inquiétante, tandis que ses pieds et son
visage enflaient sous le regard du Christ. Un archiduc
d'Autriche et sa femme furent assassinés vers ce
temps-là. Enfin, Mme de la Mettraie amena chez les
Tavernier l'abbé Pautre, un homme énorme, au visage
de pierre pâle, dont la soutane était très fine, et la voix
profonde comme la mort. A tout hasard, il donna les
sacrements au malade. Puis se retournant vers Dora,
tremblante, il dit · « Et vous, ma fille, n'avez-vous rien à
me dire? »

Mme Tavernier regarda Mme de la Mettraie, et Pierre,
et le Christ dans son buis jaunissant, et se sentit tra-
quée, et pensa sans doute à ses mensonges, à ce décor
qu'elle s'était fait et qui lui était plus cher que la vie
éternelle, et elle dit à mi-voix, avec honte, avec crainte :
« Pas encore, monsieur l'abbé, oh, pas encore... »

XLIX

« Certes, — s'écrie à la tribune du Sénat l'orateur qui
parle depuis près d'une heure, — nous avons vaincu à

Valmy avec une armée de va-nu-pieds, mais croyez-vous que les guerres modernes soient compatibles avec une tradition, héroïque peut-être, qui, je le crains, n'a été perpétuée que par une incurie criminelle? »

Le sénateur Brécy rejette en arrière sa belle tête un peu bovine. Il tient la haute assemblée en haleine, le tableau qu'il a fait de l'impréparation de notre armée est dramatique. Clemenceau, debout à son banc, suit l'exposé et applaudit. La peur et le patriotisme se mêlent parmi ces crânes chauves, ces têtes blanches. Brécy lance son cri : « Des souliers! Des souliers! Je ne me lasserai pas de réclamer des souliers pour les défenseurs de la Patrie!... », et trois fois on a dû menacer de faire évacuer les tribunes, où l'on applaudissait. Des femmes.

A en croire l'orateur, l'état-major cache la vérité. L'artillerie lourde est insuffisante, les places fortes sont organisées en dépit du bon sens, elles n'ont pas d'observatoires, pas de communications entre les forts. Et les munitions! Autant ne pas en parler, c'est trop pénible...

Pascal, qui écoute dans la tribune, se demande si c'est possible, et si vraiment c'est bien le moment de dire des choses pareilles. Quelles déductions va-t-on en tirer en Allemagne? Il est difficile de savoir ce qu'il faut taire ou ce qu'il faut crier... Le débat ne se termine pas ce soir-là, dans le brouhaha et l'émotion universelle. Il faudra encore une ou deux séances après la revue du 14 juillet... Pascal regarde descendre de la tribune l'ancien mari de Reine, vers qui se tendent toutes les mains. Un triomphe. Mais la France, dans tout cela, la sert-il ou la dessert-il, cet élégant sénateur, qui oserait le dire? L'avenir en décidera.

Depuis l'expulsion de Werner, Pascal, qui se souvient de la visite des inspecteurs de police à *Étoile-Famille*, est en proie à une sorte d'angoisse toute nouvelle. Il n'a jamais vraiment cru à la guerre, il n'a jamais cru à ces histoires qu'on lit dans *L'Humanité*, à ces menaces allemandes que dénoncent, au contraire, *L'Action française* et les journaux de droite. Et puis tout d'un coup, il a senti dans son voisinage l'obscur pullulement d'hommes chargés de besognes incompréhensibles Les propos de Reine von Goetz lui reviennent, tout chargés de significations d'orage. Mais enfin est-ce que quelqu'un au monde pourrait voir cela ? Non, personne. Il ne suffit pas de se le dire. Pascal s'est intéressé au débat sur les armements. Il a eu une carte pour la tribune du Sénat. Il était très curieux d'entendre Brécy, à cause de Reine. Il sort de là avec une gêne, une inquiétude que le soir chaud ne chasse pas, au-dehors, dans la rue de Tournon.

Il fait des projets pour cet été. Toute la famille ensemble ira aux Petites-Dalles, pour une fois. On doit fermer *Étoile-Famille* pendant une quinzaine, pour des travaux. Il s'est décidé à faire mettre des salles de bains à tous les étages, en sacrifiant les petites chambres qui donnent sur le palier. On ravalera la façade qui en a grand besoin. Cela fait d'énormes dépenses. Mais la banque, après examen des livres, a consenti un nouvel emprunt. Vers le 15 août, Pascal reviendra, on pourra partiellement rouvrir. Tout cela a failli ne pas s'arranger : on prétendait que cette histoire de Serbie allait se gâcher, l'Autriche... enfin la banque ne voulait plus sortir d'argent. Puis ça s'est tassé : le danger s'écartait. Tout de même, ces stupides rumeurs gênent diablement le commerce. Diablement. Si les gens les écoutaient, plus personne ne viendrait à Paris. Ce sont sûrement les Suisses qui en profitent, qui les font courir. Un jour ou l'autre, cela pourrait se gâter. Il songe à son petit, Pascal. Bien sûr, il ne l'élève pas, son Jeannot, pour faire un jour ou l'autre de la chair à canon. Quand on se dit que dans dix, vingt ans, les gens pourraient tout d'un coup se mettre à s'entre-tuer... Avec les armes qu'on a, ça ne pourrait pas durer longtemps, mais qui sait ? Ce Kaiser est-ce qu'il veut vraiment la paix comme il le déclare tout le temps ? Supposez que ce soit un fou, un mégalomane... On frémit quand on y pense. Quelle douceur a l'air, boulevard Saint-Germain...

Pourquoi Reine ne lui a-t-elle plus écrit ? Jamais il n'avait été si sûr de l'amour d'une femme. Il ne pouvait pas s'être trompé. Non pas que ça le dérangeât de s'être trompé, mais alors à qui se fier ? Reine est toute mêlée aux inquiétudes de Pascal, sa silhouette, et l'altération de sa voix quand elle parlait de la guerre. Elle n'avait jamais renvoyé les cahiers de *John Law*. Pourquoi cela ? Ce n'était pas chic, et même c'était bizarre. Pascal aurait voulu mieux connaître ce père qui était à nouveau disparu. Peut-être eût-il trouvé en lui des choses qui expliqueraient ses propres mystères. Relation troublante que celle d'un père et d'un fils qui n'ont pas vécu ensemble. Ce en quoi ils diffèrent, ce par quoi ils se répètent, tacitement. Drôle que cet homme qui parlait tout à l'heure, avec cette voix pathétique, ce trémolo traditionnel, fût le premier mari de Reine ! Drôle vraiment...

Il y a vingt ans : c'était une petite fille, Reine, une enfant jetée dans ce monde politique, où déjà Brécy, député, marquait sa place. Elle était alors la jolie petite Mme Brécy et c'était sous Félix Faure. Alors, nous étions au plus mal avec les Anglais, et Déroulède qui vient de mourir... Pourquoi Pascal roule-t-il tout ça dans sa tête ? Qu'est-ce qui le travaille ainsi ?

Je rêve à comment se joue une vie, à comment elle a l'air de se dérouler d'elle-même, sans aucun rapport avec les affaires publiques, l'histoire du monde, et puis elle s'y inscrit, elle emprunte à cette histoire ses traits essentiels, ses inflexions, son cours. Ce qu'il y a de louche, d'équivoque, dans cette vie qui a été celle de Reine, ce que quelqu'un d'autre à sa place penserait de Reine... Ça lui est venu tout doucement, à force d'y réfléchir. Il repousse cette image de Mme von Goetz. Il ne veut pas la juger. Il ne jugera personne. Qui es-tu pour juger les autres ? Il a traversé la Seine, il remonte les Champs-Élysées. La nuit descend, claire. Avec des gens aux terrasses des cafés. Des lumières. Et la profondeur de l'été. Juillet comme un fruit mûr. Il ne pense plus à rien d'autre, Pascal, qu'au beau temps, et à l'aisance de son corps. Il se sent jeune et bien vivant, et regarde les femmes, les femmes lui sourient. Presque rien ne compte ici-bas qui ne soit ce sourire d'une femme qu'on croise, et qui ressent du plaisir.

Rien ne pressait Pascal, et quand il fut à l'Étoile, il erra longtemps encore sans but par l'avenue du Bois, et vers la Porte Maillot le long du train de ceinture. Il revint à *Étoile-Famille* trop tard pour dîner, prétendant qu'il avait mangé en ville. On lui remit un petit paquet. C'était l'histoire de John Law, les cahiers ficelés dans du papier brouillard. Comme une réponse à ce qu'il avait pensé tout à l'heure. Quelqu'un avait déposé cela dans l'après-midi. Il y avait une lettre jointe. Elle était d'Heinrich von Goetz :

« *Monsieur*, (disait-elle), *veuillez recevoir ci-joint ces cahiers qui vous appartiennent. Je les ai trouvés sur la table de Mme von Goetz, avec un petit mot qui en indiquait la provenance, et m'apprenait assez l'affection que ma femme vous portait pour que je me tienne obligé de vous faire parvenir ce paquet et de vous apprendre que Reine a cru devoir mettre fin à ses jours, sans expliquer la raison de son geste. C'est, je crois, Monsieur, tout ce qu'elle eût désiré que je vous dise. Pardonnez-moi de ne pas prétendre vous porter un intérêt hypocrite en cette occasion, et de ne pas vous parler de mes sentiments personnels. Je ne crois pas que nous ayons besoin de nous voir, et je pense, en vous restituant ces cahiers, régler une situation à laquelle je n'ai point de part...* »

Reine... morte. D'abord c'est tout ce que Pascal comprend, s'efforce de comprendre, car c'est assez incompréhensible, incroyable. Il la voit, telle qu'elle était, ce dernier jour à *Étoile-Famille*, dans l'appartement désert, abandonnée dans ses bras d'homme. Il la revoit, un peu différente de ce qu'il imaginait tout à l'heure encore : le travail de l'idéalisation est commencé, et par là elle est vraiment morte, et cela cesse un peu d'être une obscurité... Elle s'est tuée. Comment ? La lettre ne le dit pas. Une série d'images atroces s'offre et Pascal ne sait pas choisir. Elle s'est tuée. Pourquoi ? Qu'avait-elle aperçu dans le monde, qui lui fût à ce point intolérable ? Ce qui effraie Pascal, ce n'est point de l'ignorer, mais de le deviner, de le savoir... Il est devant cet abîme et il blêmit. Reine est morte.

Il ne l'aimait pas. Inutile de se mentir parce qu'elle est morte. Il ne l'aimait pas. Il se le répète avec la force de la certitude. Elle est morte, parce qu'elle l'a voulu, de son côté, tout à fait indépendamment de lui, pour des raisons auxquelles il est étranger. Cette petite morsure au cœur, ce n'est que cette peur de la mort qu'il y a en chacun de nous. Rien de plus. La mort de quelqu'un qu'on connaissait bien vous saisit, forcément. Rien de plus. Il ne l'aimait pas. Il sait ce qui se passe quand on perd quelqu'un que l'on aime. Il aimait Yvonne. Quand Yvonne est morte... Et tout d'un coup, ce n'est plus Reine qui est devant ses yeux, mais Yvonne. Yvonne extraordinairement présente. Et c'est Yvonne qu'il pleure à petits coups, doucement, dans la nuit. Yvonne irremplacée, Yvonne son seul amour... Yvonne dont il revoit la pauvre main brûlée...

Comment tout cela s'arrange-t-il dans sa tête? Ses pensées ont marché par un drôle de sentier. Comme des chèvres dans la montagne. Il n'a pas eu le temps d'avoir conscience des feuilles arrachées aux buissons. Il s'entend dire à mi-voix: « Il vaut mieux qu'elle soit morte », et il sait que c'est d'Yvonne qu'il parle, et que c'est parce que maintenant il est sûr qu'il y aura la guerre puisque Reine s'est tuée. Yvonne ne verra pas cela. Cela aurait été trop difficile de se séparer d'elle. Veuf, il est libre pour l'horreur. Rien ne le retient, rien ne l'attache. L'enfant? Il grandira entre sa tante et sa grand-mère... S'il faut faire cela, pour que l'enfant n'ait pas besoin à son tour de connaître la guerre, eh bien, Pascal est prêt à le faire. La guerre, et il n'y a pas de souliers pour les soldats... Ah, qu'on nous laisse la paix avec toutes ces criailleries! Souliers ou pas souliers, la fatalité s'avance à la rencontre de Pascal dans son cortège sombre de nuées, ses grands mystères sacrés, ses illusions, ses mensonges...

Et Pascal en entend monter la rumeur, comme un homme perdu à un carrefour d'orages.

Il a donc grimpé toute sa vie vers cette crête d'où l'on aperçoit l'autre côté des choses, qui est mort et massacre avec la clangorante épopée, la chevauchée renouée des paladins modernes. Il se retrouve comme jadis au-dessus de Sainteville à cette charnière du monde qui sépare la vie ordonnée et sage du pays monstrueux des nuées, semé de chapeaux de Napoléon. Il va savoir enfin pourquoi ces hommes font, comme Jeannot, avenue du Bois, des pâtés de sable. Il est au seuil de la fureur inhumaine. Il va voir à quoi aboutit la longue patience constructive de la bonne volonté. Ici, ce n'est plus le domaine des jeux, où les garnements du village signalaient leur présence d'une brindille brisée à un creux d'arbre, ni la tendre épopée de l'amour, où rien ne comptait que la défaillance d'une femme et le cri de gloire de Pascal qui l'a vaincue; ici, ce n'est plus le temps des hommes seuls livrés à la rêverie, c'en est fini de l'individu, ce fantôme, et de sa liberté errante. Voici l'autre côté des choses, où se déversent des fleuves capricieux dans la vallée de la rigueur. Voici l'autre côté de la vie, où tous deviennent les jouets d'un même vent terrible, et les ombres dansent très haut, au-dessus des hommes, au-dessus des morts...

Reine est morte. Elle est morte d'avoir aperçu l'autre côté des choses, et de ne pouvoir le supporter. Un trait est tiré sur le passé : Reine est morte.

L

Il sait qu'il s'enfonce dans une nuit croissante; il en a la terreur et l'inconscience, il se terre dans sa petitesse, il nourrit un espoir animal qui a ses racines dans la déchéance même dont Pierre Mercadier se sait frappé. Diminué, réduit à cette pensée végétative, il n'a presque plus d'autre sentiment que cette puérile croyance qu'on peut tricher avec la mort, se faire ignorer d'elle à force d'immobilité, de repliement. Il est là qui veille sur une flamme qui n'éclaire déjà plus. Il ne distingue presque plus les choses et les gens qui sont ce monde extérieur haï, il est le dernier souffle d'un être, un vagissement, l'extrême vagissement d'un individu.

Parfois, comme les nuages passent dans la fenêtre, de vieux lambeaux d'idées viennent encore se promener dans cette tête de coton. Ce sont des liens qui se réveillent avec des souvenirs d'autrefois, des ombres aux bras démesurés. Ou ce sont les personnes de la dernière scène du drame en chair et en os, mais tout aussi irréelles que des ombres qui traversent le champ optique de l'homme traqué. Dora ou la nouvelle mégère embéguinée de crêpe, cette apparition qui s'explique mal au malade, et qui est venue se joindre comme une divinité familière à la toute-puissante Dora.

Dora s'est, elle aussi, enfoncée dans sa nuit, et si avant, qu'elle en subit une transformation physique. Des mèches blanches en tout sens sortent de la transformation brune qu'elle porte encore mais sans en assurer l'équilibre ; une négligence qui atteint à la grandeur s'est emparée d'elle, et elle ne dissimule plus son âge, et elle laisse voir à tous qu'elle est la proie démente d'un rêve. Elle marmonne ou parle seule sans honte. Elle est un murmure continu, elle est habitée de murmures. Le désordre de ses vêtements que tiennent mal les épingles de nourrice, et de petits bouts de ruban, le désordre de son esprit ravagé par les histoires qu'elle se conte tout le long du jour, font d'elle une extraordinaire fée Carabosse de banlieue. Au centre de ses divagations, il y a, comme au temps ingénu de son enfance, une poupée à laquelle elle tient déraisonnablement, et qu'elle entoure de soins burlesques, de petites fioles qui répandent leurs odeurs de médecine, d'attentions anxieuses, de lainages noirs, de tendresses répugnantes, de tout un micmac d'urinal et de bassin, de grandes scènes où cette vieille rejoint les héroïnes des romans d'amour où sa démence reprend le visage céleste d'Isolde auprès de Tristan qui va mourir.

Et là-dessus Brangaene... Je veux dire Mme de la Mettraie, avec ses gestes doux et pieux, ses lents abaissements des paupières, ses prières murmurées, sa ferveur à implorer Dieu. Elle est comme la contrepartie de Dora, le contrepoint d'ombre et de silence de cette agitation bavarde, de ce va-et-vient romanesque.

L'homme, tapi, dans son lit, qui a perdu le contrôle de ses sphincters, et qui aggrave de son urine et de ses excréments les ulcérations de ses fesses et de son dos, suit d'un regard rusé et terrorisé les recoupements de ces formes qui s'interposent entre lui et la lumière. Il sait les appeler de son langage sans nuance, il sait se les concilier, et se les concilie avec une prudence de trompe-la-mort, et les hait à la muette, et peut-être plus encore Dora qui est là tout le temps, Dora confusément liée à des choses qu'il a pensées jadis et qui lui ont échappé, et qu'il ne retrouvera plus jamais.

Est-ce qu'elle a senti cette haine, Dora, ou pis encore cette nuance dans la haine, cette espèce de préférence pour la femme en noir qu'il y a au fond de cet œil vidé, de ce dernier sursaut de la vie ? On le dirait à la montante fureur qu'elle ne s'explique pas et qu'elle sent en elle, et veut vaincre parce qu'elle ne la comprend pas, mais qui la rend brusque et brutale avec Mme de la Mettraie, maintenant. D'abord elle voulait endiguer ce mouvement, et s'en tenait rigueur, elle cherchait à être aimable avec Mme de la Mettraie. Mais rien n'y faisait, cela grondait en elle, cela grandissait ; elle ne supportait pas ce partage, dont l'idée ne l'avait pas d'abord touchée, cette présence d'une autre femme auprès du lit empuanti de l'homme. De son homme. De cet homme toute sa vie rachetée, toute sa vie transformée, récrite, transfigurée.

Tout tourna bientôt en sujet d'altercation entre les deux ombres. Les éclats de voix montèrent au-dessus du lit. Mercadier écoutait d'entre les couvertures, comme un chien qui plie l'échine, avec un mélange de peur et de méchanceté. Il avait une manière de goût physique pour ces tempêtes dont le sens lui échappait. C'était sa distraction au fond de cette vie pourrissante. Il se ratatinait en marge de cette rivalité. Le vocabulaire ordurier de Dora, enfin, chassa l'angélique visiteuse, qu'elle que fût sa passion de ramener les âmes à Dieu ; et sur une dispute où ces dames s'arrachèrent trois fois le bassin tandis que Pierre sournoisement s'en passait, Mme de la Mettraie quitta enfin la villa dans un déluge d'injures que dominait le grand mot de Dora : Intrigante !

L'intrigante enfin disparue, le charme était renoué, le sortilège de la solitude. La folie romanesque de Dora prit alors des proportions épiques. Tout autour d'elle devint drap d'or, manteau de cour, héroïsme et grandeur. Une mythologie de princesse et d'industriels, un délire de palais triste et beau, hanté par des lévriers, des dames à plumes, des officiers, des domestiques. Des êtres surnaturels entrèrent par les fenêtres et dansèrent sur les parquets des valses d'autrefois. La petite maison fut envahie par une foule d'apparitions blêmes. Dora parlait à ces personnages imaginaires, qui s'asseyaient dans les fauteuils, entouraient le lit, saluaient dans le malade légendaire leur maître au bout d'une vie merveilleuse, le roi-héros, le bien-aimé que rien ne défigurera, qui entre vivant dans la gloire et l'auréole, avec sur lui l'amour inhumain, magnifique et sans pair de cette femme qu'on sait qu'il aima comme au temps des romances.

Comment se marient enfin cette vie surnaturelle et le train-train de Garches, les repas, les fournisseurs, toutes les choses qui font la trame des heures, ce n'est pas Dora qui se le demande, elle qui ne retient de tout que ce qui en fait l'ivresse. Elle qui est toute la légende. Heureuse, monstrueusement heureuse. Tout aux fantômes, et chassant tour à tour les vivants qui viennent troubler la fantasmagorie. Bientôt, elle ne voulut même plus voir la voisine, et se contenta de sa propre tambouille de conserves au coin de la cheminée. La poussière, la saleté s'entassèrent. Elle ne les remarqua pas. Elle ne laissa plus entrer le médecin. Le papier d'Arménie brûlant qu'elle promenait de pièce en pièce suffisait à tous ses besoins de l'âme et du corps. Le parfum en couvrait les odeurs puissantes qui habitaient ce logis singulier. Il en était la richesse et l'égarement. La saison se faisait chaude à mesure qu'on approchait d'août.

Un jour, au réveil, car il y avait malgré tout encore des nuits et des sommeils, elle trouva le malade d'une étrange couleur, et râlant, somnolant à demi, mais geignant. Quand il parvint à ouvrir les yeux, elle y lut l'épouvante et la douleur. De quoi souffrait-il? Elle ne pouvait l'imaginer, et lui ne savait rien dire, sauf qu'il tenait son ventre. Elle lui proposa le plat, il n'en voulut point. L'odeur autour de lui s'était modifiée. Il fallut brûler un carnet entier de papier d'Arménie. Pierre respirait bizarrement, et son visage fonçait. Elle songea à appeler le docteur. Mais elle se révolta à l'idée de faire encore entrer dans son château de rêves, cet être de sang et d'os. Elle s'affaira tout le jour autour de Mercadier sans rien comprendre à ce qu'il avait.

Le lendemain l'odeur était devenue telle qu'elle le démaillota et vit son ventre. La hernie du professeur s'était étranglée, et avec une rapidité déconcertante, elle s'était sphacélée. Le sac avait crevé, déversant les matières. Mercadier sans connaissance baignait dans une horreur sans nom.

Dora, folle, et soudain illuminée par la terreur, partit en cheveux à travers les rues de Garches. Elle avait derrière elle laissé la porte ouverte, elle cherchait le docteur, elle n'en savait pas l'adresse, sonna à des portes et tint un langage si égaré aux gens accourus qu'on la jetait dehors avec un bon bang de la porte. Enfin, elle tomba sur le médecin et le ramena dans un déluge de propos entrecoupés. Elle venait de comprendre que son bonheur était périssable. Elle trouvait pour le dire des mots terribles, qui auraient déchiré le cœur même d'un médecin, si ce médecin avait eu un cœur. Si ce jour-là quelqu'un avait pu encore avoir un cœur.

Il n'y avait plus rien à faire, et Pierre Mercadier mourut avant qu'on l'eût transporté à l'hôpital. La conversation de la « veuve » et du médecin, toute lardée de propos sur les honoraires, eût pu paraître bouffonne si quelqu'un s'en était, ce jour-là, soucié. Toute faite de quiproquos, d'erreurs, de malentendus. C'était que le docteur était mobilisé le jour même, et qu'il se demandait quand il pourrait s'acheter une tenue, et que Dora Tavernier n'avait pas vu les affiches de la mobilisation générale, et que les eût-elle vues, elle n'aurait pas compris ce qu'elles signifiaient, qu'elle se moquait bien de la guerre, et réclamait Pierre tout son ciel et sa vie, Pierre, son pur, son unique amour.

Ce qu'il avait fallu de détresse dans l'âme de Dora pour écrire cette lettre et la mettre à la poste, rien ne le mesurera. Dans la tempête qui l'habitait, elle avait retrouvé le souvenir de l'enveloppe; comme une feuille jadis jetée à terre que le vent ramasse soudain. L'enveloppe écrite par Pierre Mercadier, et dont elle avait extrait la lettre pour la détruire. Cette enveloppe à l'adresse de Pascal qu'elle avait gardée par une sorte de superstition.

Mme Tavernier écrivit donc à Pascal que son père était mort, et à quelle date auraient lieu les obsèques. Dernier déchirement, dernier sacrifice : elle acceptait que le mort ne fût plus à elle seule, elle le rendait aux siens, à ces êtres dont elle avait voulu oublier l'existence. Ils seraient là derrière le corbillard... Sa femme peut-être...

La lettre n'atteignit point le fils de Pierre. Dora s'était pour rien labouré le cœur. Pascal avait quitté *Étoile-Famille* depuis deux jours quand la lettre y parvint. Elle demeura avec un paquet d'autres, noyée, jusqu'au jour où l'on reçut du mobilisé une adresse qui avait été la sienne; et alors Jeanne expédia le paquet à cette adresse. Mais comme de vingt jours au moins pas un soldat n'eut de courrier, Pascal avait eu dix fois le temps d'être transporté ailleurs, traîné au front sur la frontière de Belgique, pris dans la défaite de Charleroi, la retraite, et sa trace postale fut brouillée. D'autant que le dépôt mobilisateur de l'Aisne où les lettres étaient tombées fut occupé par l'armée allemande dans les premiers jours de septembre. Pascal ne sut donc jamais comment, où, entre quelles mains son père était mort. Ni même qu'il fût mort. L'étrange destin de Pierre Mercadier se plaît jusqu'au-delà du tombeau à entretenir l'équivoque et le trouble. Paulette ne saura pas qu'elle est veuve, et le petit Jeannot ne pleurera pas le monsieur du dimanche; non plus que les Meyer, à jamais étonnés par tant d'ingratitude.

Pascal est jeté dans la guerre, comme tout un peuple; avant de s'être reconnu. Il avait eu beau y croire, il n'y

742

croyait pas. Il se répétait que personne n'en voulait, que les moyens modernes rendaient la guerre impossible, qu'à la dernière minute tout s'arrangerait. Il a subi ces journées où les notes diplomatiques se succédaient dans la chaleur accablante comme les portes qui claquent l'une après l'autre, et on ne sait plus où on est, ni d'où souffle le vent. Avec la mort de Jaurès, il a craint la guerre civile, et puis ç'a été l'Union sacrée. Enfin la Belgique...

Tout cela si rapide, si fou, si brutal. On n'a pas eu le temps de se retourner qu'on était soldat, avec cette vie misérable, plus de journaux ou si peu, des bruits insensés qui courent, le désordre extraordinaire du dépôt, ces gens de toutes sortes qui sont les autres Français, des hommes exaltés ou abattus, parfois les deux à la fois (arrangez ça comme vous pourrez), les croquenots qui vous broient les pieds, l'impossibilité de se laver, les vêtements militaires sales et jamais à la taille, la discipline, la vie simplifiée et brisante, ce sommeil noir dans la paille, les puces, la guerre enfin...

Qu'est-ce que tu dis! La mobilisation n'est pas la guerre. De toute façon, il ne faut pas s'en faire, il y en a pour trois semaines. Dans trois semaines on est là, chez soi, en pékin, un mois pas plus...

Pascal trouve ces propos légers. Un mois, c'est vite dit. Lui, ce qu'il compte, c'est q'on en a jusqu'à l'automne. Enfin ça peut se traîner en octobre, ça ne dépassera pas le 1er novembre. En hiver, la guerre est impossible. Allez tirer les canons qu'on a de nos jours, quand les chemins sont défoncés, la pluie, le froid... Mais, aura-t-on le temps d'en finir avec Guillaume II d'ici octobre? Là est le point. Parce qu'on ne peut pas traiter avec Guillaume II. Fini, le Kaiser, balayé. On n'en veut plus. S'il fallait recommencer la vie qu'on mène depuis Agadir, les incidents de Saverne, le zeppelin de Lunéville et le reste. Paraît que même les laiteries Maggi... et le bouillon Kub...

Non, on se bat pour en finir. C'est la dernière guerre Il ne faut pas que nos enfants revoient ça. C'est pour eux. Pour eux qu'on se bat. Quand Pascal pense que

Jeannot un jour pourrait être comme lui un numéro matricule quelque part dans l'infanterie, son cœur se serre, ses yeux se brouillent. Jamais, jamais! S'il faut crever, on crèvera, mais le petit ne connaîtra pas ça. Encore une fois, Pascal songe à son père, à son père qu'il ne sait pas mort. Avec colère. Il a lu dans ces derniers jours le manuscrit incomplet de *John Law*. Rien n'est plus loin tout à coup, du fait de la guerre, que cet espoir qu'il n'a connu que tardivement, que cet individualisme forcené, qui résume à ses yeux ce père. Comme c'est une époque bien finie, vraiment, tout ça. Ce sont eux qui nous ont menés là, nos pères, avec leur aveuglement, leur superbe dédain de la politique, leurs façons de se tirer des pieds toujours, en laissant les autres dans le pétrin. Ah, ils en ont fait du joli! Maintenant, la France est prise à la gorge, et ce n'est pas une façon de parler. *Nous tenons de la Somme aux Vosges.* Quatre jours de suite, il a fallu fiche le camp sans dormir. On tombait dans une ferme vers le soir, puis les gens terrorisés vous disaient: « Vous croyez qu'ils sont loin encore?... » Nous, on riait. Mais voilà un type à bécane, avec un message pour le colon. Rassemblement. On met les bouts. Une fois sur la route, on se croyait à des mille et des cents... Puis tout d'un coup, tatatatac, tatatatac... Les mitrailleuses. On se couche par terre. On était en plein bousin, avec des uhlans qui se baladaient à cheval. On en a tiré, comme des cartons. Puis il a fallu courir. Ah, moins cinq. Cinquante kilomètres avec le barda. On ne se le faisait pas redire. Rien qu'à voir les blessés qui rappliquèrent. Ils ne savaient pas où aller, les blessés. Le major, lui, n'avait pas de pansements, pas de brancards, tout laissé quelque part dans le Nord.

On n'avait plus le temps de réfléchir. On faisait la guerre. On se demandait où on s'arrêterait. Quand on s'est vu en Seine-et-Marne, si ça a fait joli dans le tableau! On est à soixante kilomètres de Paname. Soixante? Pas tout à fait... Des petits patelins si paisibles, la verdure, des boqueteaux, la route faite par le facteur... Et puis, clac, ça n'était d'abord qu'une rose blanche en l'air, mais tout d'un coup, ça se multipliait ça pétait de tous les côtés, il y avait des hommes qu' tombaient dans les betteraves, on se battait dans le village précédent, celui qu'on avait à peine traversé... où il y avait encore des civils.

A quoi Pascal se serait-il raccroché? C'était fini. Il était jeté de l'autre côté des choses. Le sang, la sueur, et la boue. Pendant quatre ans et trois mois, il n'eut plus une pensée à lui, il était un morceau d'un énorme corps, d'un immense animal blessé et rugissant. Il faisait la guerre. Il avait les tourments, les espoirs de millions d'autres hommes comme lui, comme lui jetés de l'autre côté des choses. De temps en temps, l'image de son père lui revenait et il haussait les épaules.

L'individu. Ah non, Léon, tu veux rire : l'individu!

Le temps de tous les Pierre Mercadier était définitivement révolu et quand par impossible, on pensait à leur vie absurde de naguère, comment n'eût-on pas haussé les épaules de pitié?

Ce sont tout de même ces gens-là qui nous ont valu ça.

Oui, mais Jeannot, lui, eh bien, Jeannot, il ne connaîtra pas la guerre!

Pascal pendant quatre ans et trois mois a fait pour cela son devoir.

Paris, 31 août 1939.

Note à l'édition de 1942

VINGT ANS APRÈS[1]

Le temps a retrouvé son charroi monotone
Et rattelé ses bœufs lents et roux c'est l'automne
Le ciel creuse des trous entre les feuilles d'or
Octobre électroscope a frémi mais s'endort

Jours carolingiens Nous sommes des rois lâches
Nos rêves se sont mis au pas mou de nos vaches
A peine savons-nous qu'on meurt au bout des champs
Et ce que l'aube fait l'ignore le couchant

---

1. Ce poème, écrit en octobre 1939, aux armées, plusieurs mois après que l'auteur eut mis la dernière main aux *Voyageurs de l'impériale*, n'était pas destiné à figurer ici. C'est sur la suggestion de l'éditeur de New York, qui l'avait lu dans la *Nouvelle Revue française* du 1er décembre 1939, que l'auteur l'adjoint ainsi à ce roman, comme cela a été fait dans la traduction américaine.

Les événements qui font que ce livre ne paraît en français qu'après avoir été publié en anglais lui ont donné un terrible commentaire, dont il n'était pas possible que l'écho ne se trouvât point à la dernière page. Et, comme de toute mort renaît la vie, de toute horreur l'espoir, il ne se pouvait pas non plus que ce drame se terminât sans qu'y parût ton image, à toi pour qui fut écrit ce poème (et ce livre) à toi, inséparable de mes rêves, ma chérie, dont le nom s'inscrit ici pour chasser les ombres, ELSA, par qui je crois en l'avenir. (*Note à l'édition de 1942, écrite en 1941. En réalité, seuls des extraits de ce poème figurent dans une longue notice de la traductrice américaine, Mme Hannah Josephson, à la fin de l'édition de New York, parue au début de 1942.*)

Nous errons à travers des demeures vidées
Sans chaînes sans draps blancs sans plaintes sans idées
Spectres du plein midi revenants du plein jour
Fantômes d'une vie où l'on parlait d'amour

Nous reprenons après vingt ans nos habitudes
Au vestiaire de l'oubli Mille Latudes
Refont les gestes d'autrefois dans leur cachot
Et semble-t-il ça ne leur fait ni froid ni chaud

L'ère des phrases mécaniques recommence
L'homme dépose enfin l'orgueil, et la romance
Qui traîne sur sa lèvre est un air idiot
Qu'il a trop entendu grâce à la radio

Vingt ans L'espace à peine d'une enfance et n'est-ce
Pas sa pénitence atroce pour notre aînesse
Que de revoir après vingt ans les tout-petits
D'alors les innocents avec nous repartis

Vingt ans après Titre ironique où notre vie
S'inscrit tout entière et le songe dévie
Sur ces trois mots moqueurs d'Alexandre Dumas
Père avec l'ombre de celles que tu aimas

Il n'en est qu'une la plus belle la plus douce
Elle seule surnage ainsi qu'octobre rousse
Elle seule l'angoisse et l'espoir mon amour
Et j'attends qu'elle écrive et je compte les jours

Tu n'as de l'existence eu que la moitié mûre
O ma femme les ans réfléchis qui nous furent
Parcimonieusement comptés mais heureux
Où les gens qui parlaient de nous disaient Eux deux

Va tu n'as rien perdu de ce mauvais jeune homme
Qui s'efface au lointain comme un signe ou mieux
                                              [comme
Une lettre tracée au bord de l'Océan
Tu ne l'as pas connu cette ombre ce néant

Un homme change ainsi qu'un ciel font les nuages
Tu passais tendrement ta main sur mon visage

Et sur l'air soucieux que mon front avait pris
T'attardant à l'endroit où mes cheveux sont gris

O mon amour ô mon amour toi seule existes
A cette heure pour moi du crépuscule triste
Où je perds à la fois le fil de mon poème
Et celui de ma vie et la joie et la voix
Parce que j'ai voulu te redire Je t'aime
Et que ce mot fait mal quand il est dit sans toi

DU MÊME AUTEUR

Poèmes

LES POÈTES *(Gallimard)*.

LE FOU D'ELSA *(Gallimard)*.

LE VOYAGE DE HOLLANDE *(Seghers)*.

IL NE M'EST PARIS QUE D'ELSA *(Robert Laffont)*.

LE VOYAGE DE HOLLANDE ET AUTRES POÈMES *(Seghers)*.

ÉLÉGIE À PABLO NERUDA *(Gallimard)*.

LES CHAMBRES *(É.F.R.)*.

LES ADIEUX *(Messidor)*.

Prose

ANICET OU LE PANORAMA, roman *(Gallimard)* (Folio n° 195).

LES AVENTURES DE TÉLÉMAQUE *(Gallimard)* (L'Imaginaire n° 370).

LES PLAISIRS DE LA CAPITALE *(Berlin)*.

LE LIBERTINAGE *(Gallimard)* (L'Imaginaire n° 9).

LE PAYSAN DE PARIS *(Gallimard)* (Folio n° 782).

UNE VAGUE DE RÊVE *(Commerce)*.

LA PEINTURE AU DÉFI *(Galerie Gœmans)*.

TRAITÉ DU STYLE *(Gallimard)* (L'Imaginaire n° 59).

POUR UN RÉALISME SOCIALISTE *(Denoël)*.

MATISSE EN FRANCE *(Fabiani)*.

LE CRIME CONTRE L'ESPRIT PAR LE TÉMOIN DES MARTYRS *(Presses de « Libération » — Bibliothèque française — Éditions de Minuit)*.

LES MARTYRS (Le Crime contre l'esprit) *(Suisse)*.

SERVITUDE ET GRANDEUR DES FRANÇAIS *(É.F.R.)*.

SAINT-POL ROUX OU L'ESPOIR *(Seghers)*.

L'HOMME COMMUNISTE, I ET II *(Gallimard)*

LA CULTURE ET LES HOMMES *(Éditions sociales)*.

CHRONIQUES DU BEL CANTO *(Skira)*.

LA LUMIÈRE ET LA PAIX *(Lettres françaises)*.

LES EGMONT D'AUJOURD'HUI S'APPELLENT ANDRÉ STIL (*Lettres françaises*).

LA « VRAIE LIBERTÉ DE LA CULTURE » : réduire notre train de mort pour accroître notre train de vie (*Lettres françaises*).

L'EXEMPLE DE COURBET (*Cercle d'Art*).

LE NEVEU DE M. DUVAL, *suivi* d'UNE LETTRE D'ICELUI À L'AUTEUR DE CE LIVRE (*É.F.R.*).

LA LUMIÈRE DE STENDHAL (*Denoël*).

JOURNAL D'UNE POÉSIE NATIONALE (*Henneuse*).

LITTÉRATURES SOVIÉTIQUES (*Denoël*).

J'ABATS MON JEU (*É.F.R.*).

IL FAUT APPELER LES CHOSES PAR LEUR NOM (*Parti communiste français*).

L'UN NE VA PAS SANS L'AUTRE (*Henneuse*).

LA SEMAINE SAINTE, roman (*Gallimard*) (Folio n° 3099).

ENTRETIENS AVEC FRANCIS CRÉMIEUX (*Gallimard*).

LA MISE À MORT (*Gallimard*) (Folio n° 314).

LES COLLAGES (*Hermann*).

BLANCHE OU L'OUBLI, roman (*Gallimard*) (Folio n° 792).

JE N'AI JAMAIS APPRIS À ÉCRIRE OU LES INCIPIT (*Skira*).

HENRI MATISSE, roman (*Gallimard*).

THÉÂTRE/ROMAN (*Gallimard*) (L'Imaginaire n° 381).

LE MENTIR-VRAI (*Gallimard*) (Folio n° 3001).

ÉCRITS SUR L'ART MODERNE (*Flammarion*).

LA DÉFENSE DE L'INFINI *suivi de* LES AVENTURES DE JEAN-FOUTRE LA BITE (*Gallimard*).

POUR EXPLIQUER CE QUE J'ÉTAIS (*Gallimard*).

PROJET D'HISTOIRE LITTÉRAIRE CONTEMPORAINE (*Collection « Digraphe »*).

« LE TEMPS TRAVERSÉ. » CORRESPONDANCE 1920-1964. ARAGON, JEAN PAULHAN ET ELSA TRIOLET (*Gallimard*).

J'ABATS MON JEU *(Lettres françaises)*.

LA DÉFENSE DE L'INFINI. Nouvelle édition *(Gallimard, « Les Cahiers de la N.R.F. »)*.

LE COLLABORATEUR et autres nouvelles *(Gallimard)* (Folio n° 3618).

Romans

LE MONDE RÉEL :

LES CLOCHES DE BÂLE *(Denoël)* (Folio n° 791).

LES BEAUX QUARTIERS *(Denoël)* (Folio n° 241).

LES VOYAGEURS DE L'IMPÉRIALE *(Gallimard)* (Folio n° 120).

AURÉLIEN *(Gallimard)* (Folio n° 1750).

LES COMMUNISTES *(É.F.R. — Messidor, nouvelle édition en deux volumes)*.

  I. Février-septembre 1939.

  II. Septembre-novembre 1939.

  III. Novembre 1939-mars 1940.

  IV. Mars-mai 1940.

  V. Mai 1940.

  VI. Mai-juin 1940.

Œuvres complètes

L'ŒUVRE POÉTIQUE, *en quinze, puis en sept volumes (Livre Club Diderot)*.

ŒUVRES ROMANESQUES CROISÉES d'Aragon et Elsa Triolet (Robert Laffont).

ROMANS, I *(Gallimard, « Bibliothèque de la Pléiade »)*.

En collaboration avec Jean Cocteau

ENTRETIENS SUR LE MUSÉE DE DRESDE *(Cercle d'Art)*.

COLLECTION FOLIO

Composition Euronumérique.
Impression Bussière Camedan Imprimeries
à Saint-Amand (Cher),
le 18 octobre 2002.
Dépôt légal : octobre 2002.
1ᵉʳ dépôt légal dans la collection : mai 1972.
Numéro d'imprimeur : 024817/1.
ISBN 2-07-036120-3./Imprimé en France.